中国现当代文学名著导读

钱理群 主编
钱理群 王风 贺桂梅 编

博雅导读

北京大学出版社
PEKING UNIVERSITY PRESS

图书在版编目(CIP)数据

中国现当代文学名著导读/钱理群主编．—北京：北京大学出版社，2002.1

（教育部人才培养模式改革和开放教育试点教材）

ISBN 978－7－301－05339－3

Ⅰ.①中… Ⅱ.①钱… Ⅲ.①文学—作品—简介—中国—现代—干部教育—教材②文学—作品—简介—中国—当代—干部教育—教材 Ⅳ.①I211

中国版本图书馆 CIP 数据核字(2001)第 089697 号

书　　　名	中国现当代文学名著导读
著作责任者	钱理群　主编
责任编辑	张凤珠　艾　英
标准书号	ISBN 978－7－301－05339－3
出版发行	北京大学出版社
地　　　址	北京市海淀区成府路 205 号　100871
网　　　址	http://www.pup.cn　新浪微博：@北京大学出版社
电子信箱	pkuwsz@126.com
电　　　话	邮购部 010－62752015　发行部 010－62750672 编辑部 010－62756467
印　刷　者	北京中科印刷有限公司
经　销　者	新华书店
	965 毫米 × 1300 毫米　16 开本　32.75 印张　550 千字
	2002 年 1 月第 1 版　2020 年 1 月第 30 次印刷
定　　　价	69.00 元

未经许可，不得以任何方式复制或抄袭本书之部分或全部内容。

版权所有，侵权必究

举报电话：010－62752024　　电子信箱：fd@pup.pku.edu.cn

图书如有印装质量问题，请与出版部联系，电话：010－62756370

前　言

　　本书的编选意在提倡"名著"的阅读,这是因为在我们看来,每一个民族、每一个时代的精神的精华,人类最美好的创造都汇集于"名著"之中,其中的一部分经过历史的筛选,就成了民族与人类的"经典"。人类精神文明的成果,就是通过各类学科(不只是文学,还有其他人文科学学科、社会科学学科、自然科学学科)的名著、经典的阅读而代代相传的。在这个意义上,受教育的基本途径就是读名著、经典。

　　具体到现当代文学,应该肯定,经过近百年的积淀,我们已经拥有了一批名著与经典,它们理应成为现当代文学学科的主要研究与学习对象。学习现当代文学史的最基本的途径与要求,就是要认认真真、老老实实地读作品,首先是其中的名著、经典,这也是研究现当代文学的基本功。

　　读文学作品,特别是读名著,还要有正确的方法。那种"一主题二分段三写作特点"式的机械、冷漠的传统阅读方法,是进入不了文学世界的。鲁迅曾写过一篇《诗歌之敌》,说诗人是要"专诉于想象力的",要"感得……艺术的魅力","最要紧的是精神的炽烈的扩大","诗歌不能凭仗了哲学和智力来认识,所以情感已经冰结的思想家,即对于诗人往往有谬误的判断和隔膜的揶揄","凡是科学底人们……他们精细地研钻着一点有限的视野,便决不能和博大的诗人的感得全人间世,而同时又领会天国之极乐和地狱之大苦恼的精神相通"。这里所强调的是"科学"与"文学"是把握世界的两种不同的方式,它们是互补而又不能互相代替的,绝不能用研究科学的眼光、方法去读文学作品。包括文学阅读在内的文学教育的最根本的目的是要感受"艺术的魅力",开发"想象力",培育"炽烈"的情感、"博大"的情怀,学会以审美的眼光去读作品,看世界。——我们这门"中国现当代文学名著导读"课的"教学大纲"规定课程的"教学目的"是要提高每个学习者"阅读、鉴赏文学作品的能力和审美力",说的就是这个意思。

　　因此,文学的阅读,必须有情感的投入。在我们看来,文学作品的阅读欣赏,其本质就是"对话":打破时空界限,与作者(其中有许多人是民族与世界的文学巨匠、思想大师)进行精神的对话、心灵的交流和撞击。所谓"对话",包含两个要点,或者说两个过程。首先是要"进入"作品的世界,"设身处地"地想作者、作品中的人物之所想,感作者、作品中的人物之所感,同时把自己摆进去,"烧"进去,不能"隔岸观火"。说得形象一点,就是要与作者和作品中的人物同哭同笑,产生感情的共振。进去了,还要"跳出来",进行有距离的观照,然后才会有平等的对话、交流,以至不同意见的撞击,从而达到更高层面的读者与作者之间的心灵的默契。阅读、欣赏者既与作者产生感情的共鸣,从作品中有所吸取,又不被俘虏,保持着自己的独立性——这正是阅读的理想境界。

因此,我们提倡一种"主体性的阅读"。阅读本质上还是一种"感受",即通过阅读、欣赏,将外在的作品中的文学因素内化为阅读者自己的主体感受,激发与培育起自身的想象力、感知力、创造力……在这个意义上,可以说对文学作品的阅读、欣赏最终要归结为阅读者的自我发现与自我开发。因此,这样的阅读、欣赏必然是一种个人的创造性的活动。我们鼓励每一个学习者从自己的独特的感受出发,对作品做出不同于他人的阐释。这不仅符合文学作品模糊性、多义性的特性,而且也是文学教育的目的所在:唯有这样的创造性的阅读,才能从根本上开发每一个学习者内在的文学素质与才能,通过一篇篇文学名著的阅读,练就"自己的文学的眼睛",去感受与发现属于自己的内外世界的美。

文学说到底是一种语言的艺术。阅读文学作品不仅要注意作者"写什么",更要着重体味作者"怎么写"。文学阅读的重点应放在反复揣摩作品的语言、行文结构与文体风格,特别要提高自己对文学语言的感悟力。真正的文学大师笔下的语言,是具有生命灵性的,它有声,有色,有味,有情感,有厚度、力度与质感,是应该细心去体味、沉吟、把玩,并从中感受到一种语言的趣味的。"语言(说与写)"是人的基本存在方式,言说的背后是人的心灵世界。因此,对文学语言美的敏感与驾驭能力,是提高人的精神境界,使人变得更美好的不可或缺的方面。文学阅读的魅力与意义也都在于此。

以上几个方面构成了本书编选的基本指导思想与原则。

关于具体的编选工作,还有以下几点说明:

1. 每一篇作品写有"阅读提示",目的是启发思考,并不是预设某种"标准答案"。学习者可以根据个人的感受与理解,对所提示的问题做出自己的解说,也可以在提示范围之外对作品做出自己的解读。

2. "阅读提示"主要偏向于"鉴赏性的阅读",这是针对全体学员的。

我们还写有一部分"研究性的阅读"的"提示",以满足部分基础与条件较好、有进一步学习兴趣的学员的要求,引导他们把作品放回到"文学史"中,进行比较的阅读(不同时代相类作品的比较,同一时代相类作品的比较,同一作家不同时代的作品的比较,等等),或做更深入的研读,写出分析性、研究性的文章。

3. 学习本书最基本的要求是"多读"。首先是要集中精力读所选的作品。此外,还编选了"扩展性阅读书(篇)目",希望有精力与兴趣的学员能读全书,读作家未选入的代表作,以尽可能地增加自己的阅读量。

4. 本书编有"参考书(篇)目"。我们希望读者在最初阅读的时候,不要看任何参考资料,要直接读原文,用自己的心灵去感受,要特别重视与珍惜自己阅读的第一印象;在反复的独立阅读中,有了自己的一些想法以后,再去读必要的参考资料,以启发自己的思考,开拓阅读视野。

5. 学习本书要突出两个环节,一是"多读"——不仅要默读,而且提倡"朗读",在朗诵中读出作品的情感与韵味。如有可能,一些诗歌和短文最好能背诵。二是"多写"。要勤写"读书笔记",养成"每读书必动笔"的习惯。读书笔记的写法是自由的:读后感想,片断的分析,提出不同看法,抄录选文中的佳句好词……都可以。有条件和兴趣,还可以进行模仿性以至创造性的写作。

目录

前言/1

小说部分

在酒楼上　鲁　迅/3
铸剑　鲁　迅/11
纺纸记·楔子　废　名/25
　　〔附一〕菱荡(节选)/29
　　〔附二〕桥·灯笼(节选)/30
　　〔附三〕莫须有先生传·这一回讲到三脚猫(节选)/32
　　〔附四〕莫须有先生坐飞机以后·莫须有先生
　　　　　　动手著论(节选)/33
子夜(节选)　茅　盾/37
边城(节选)　沈从文/54
骆驼祥子(节选)　老　舍/70
正红旗下(节选)　老　舍/91
呼兰河传(节选)　萧　红/102
倾城之恋(存目)　张爱玲/121
李有才板话(节选)　赵树理/123
山地回忆　孙　犁/134
故里三陈　汪曾祺/141
棋王(节选)　阿　城/150
透明的红萝卜(节选)　莫　言/164
十九间房(存目)　苏　童/184
纪实和虚构(节选)　王安忆/185
孕妇和牛　铁　凝/202
许三观卖血记(节选)　余　华/207
一句顶一万句(节选)　刘震云/228

散文部分

野草(节选)　鲁　迅/253
　　影的告别/253
　　过客/254
　　好的故事/258
阿长与《山海经》　鲁　迅/261
灯下漫笔　鲁　迅/266
女吊　鲁　迅/272
苦雨　周作人/277
水里的东西　周作人/280
金鱼　周作人/283
鬼的生长　周作人/286
陶然亭的雪　俞平伯/290
儿女　朱自清/295
放猖　废　名/300
三竿两竿　废　名/302
感伤的行旅　郁达夫/304
独语　何其芳/317
一九三四年一月十八　沈从文/320
烛虚(节选)　沈从文/326
更衣记　张爱玲/331
十年一梦　巴　金/338
午门忆旧　汪曾祺/343
隐身衣　杨　绛/347
商州又录　贾平凹/351
我与地坛　史铁生/363
思维的乐趣　王小波/378
大地上的事情(节选)　苇　岸/385
十年一日(存目)　格　非/392

寒风吹彻　刘亮程/393
山南水北(节选)　韩少功/398

诗歌部分

梦与诗　胡　适/407
天狗　郭沫若/409
"我不知道风是在那一个方向吹"　徐志摩/411
闻一多诗二首/413
　　发现/413
　　闻一多先生的书桌/414
戴望舒诗二首/416
　　寻梦者/416
　　乐园鸟/417
预言　何其芳/419
卞之琳诗二首/421
　　尺八/421
　　断章/422
艾青诗三首/424
　　雪落在中国的土地上/424
　　乞丐/427
　　黎明的通知/428
冯至诗二首/433
　　《十四行集》之十六/433
　　《十四行集》之二十六/434
穆旦诗三首/436
　　赞美/436
　　诗八首/438
　　出发/442
悼念一棵枫树　牛　汉/444
凶年逸稿(在饥馑的年代)　昌　耀/448

多多诗二首/453
    手艺/453
    能够/454
北岛诗二首/456
    古寺 456/
    走向冬天/457
会唱歌的鸢尾花　舒　婷/460
母亲　翟永明/467
尚义街六号　于　坚/469
海子诗二首/473
    亚洲铜/473
    春天,十个海子/474
帕斯捷尔纳克　王家新/476
致敬(节选)　西　川/479

戏剧部分

酒后　丁西林/485
日出(节选)　曹　禺/493
北京人(节选)　曹　禺/500
茶馆(节选)　老　舍/503

小说部分

在酒楼上

鲁　迅

　　我从北地向东南旅行,绕道访了我的家乡,就到 S 城。这城离我的故乡不过三十里,坐了小船,小半天可到,我曾在这里的学校里当过一年的教员。深冬雪后,风景凄清,懒散和怀旧的心绪联结起来,我竟暂寓在 S 城的洛思旅馆里了;这旅馆是先前所没有的。城圈本不大,寻访了几个以为可以会见的旧同事,一个也不在,早不知散到那里去了;经过学校的门口,也改换了名称和模样,于我很生疏。不到两个时辰,我的意兴早已索然,颇悔此来为多事了。

　　我所住的旅馆是租房不卖饭的,饭菜必须另外叫来,但又无味,入口如嚼泥土。窗外只有渍痕斑驳的墙壁,帖着枯死的莓苔;上面是铅色的天,白皑皑的绝无精采,而且微雪又飞舞起来了。我午餐本没有饱,又没有可以消遣的事情,便很自然的想到先前有一家很熟识的小酒楼,叫一石居的,算来离旅馆并不远。我于是立即锁了房门,出街向那酒楼去。其实也无非想姑且逃避客中的无聊,并不专为买醉。一石居是在的,狭小阴湿的店面和破旧的招牌都依旧;但从掌柜以至堂倌却已没有一个熟人,我在这一石居中也完全成了生客。然而我终于跨上那走熟的屋角的扶梯去了,由此径到小楼上。上面也依然是五张小板桌;独有原是木棂的后窗却换嵌了玻璃。

　　"一斤绍酒。——菜?十个油豆腐,辣酱要多!"

　　我一面说给跟我上来的堂倌听,一面向后窗走,就在靠窗的一张桌旁坐下了。楼上"空空如也",任我拣得最好的坐位:可以眺望楼下的废园。这园大概是不属于酒家的,我先前也曾眺望过许多回,有时也在雪天里。但现在从惯于北方的眼睛看来,却很值得惊异了:几株老梅竟斗雪开着满树的繁花,仿佛毫不以深冬为意;倒塌的亭子边还有一株山茶树,从暗绿的密叶里显出十几朵红花来,赫赫的在雪中明得如火,愤怒而且傲慢,如蔑视游人的甘心于远行。我这时又忽地想到这里积雪的滋润,著物不去,晶莹有光,不比朔雪的粉一般干,大风一吹,便飞得满空如烟雾。……

　　"客人,酒。……"

堂倌懒懒的说着，放下杯，筷，酒壶和碗碟，酒到了。我转脸向了板桌，排好器具，斟出酒来。觉得北方固不是我的旧乡，但南来又只能算一个客子，无论那边的干雪怎样纷飞，这里的柔雪又怎样的依恋，于我都没有什么关系了。我略带些哀愁，然而很舒服的呷一口酒。酒味很纯正；油豆腐也煮得十分好；可惜辣酱太淡薄，本来S城人是不懂得吃辣的。

大概是因为正在下午的缘故罢，这虽说是酒楼，却毫无酒楼气，我已经喝下三杯酒去了，而我以外还是四张空板桌。我看着废园，渐渐的感到孤独，但又不愿别的酒客上来。偶然听得楼梯上脚步响，便不由的有些懊恼，待到看见是堂倌，才又安心了，这样的又喝了两杯酒。

我想，这回定是酒客了，因为听得那脚步声比堂倌的要缓得多。约略料他走完了楼梯的时候，我便害怕似的抬头去看这无干的同伴，同时也就吃惊的站起来。我竟不料在这里意外的遇见朋友了，——假如他现在还许我称他为朋友。那上来的分明是我的旧同窗，也是做教员时代的旧同事，面貌虽然颇有些改变，但一见也就认识，独有行动却变得格外迂缓，很不像当年敏捷精悍的吕纬甫了。

"阿，——纬甫，是你么？我万想不到会在这里遇见你。"

"阿阿，是你，我也万想不到……"

我就邀他同坐，但他似乎略略踌躇之后，方才坐下来。我起先很以为奇，接着便有些悲伤，而且不快了。细看他相貌，也还是乱蓬蓬的须发；苍白的长方脸，然而衰瘦了。精神很沉静，或者却是颓唐；又浓又黑的眉毛底下的眼睛也失了精采，但当他缓缓的四顾的时候，却对废园忽地闪出我在学校时代常常看见的射人的光来。

"我们，"我高兴的，然而颇不自然的说，"我们这一别，怕有十年了罢。我早知道你在济南，可是实在懒得太难，终于没有写一封信。……"

"彼此都一样。可是现在我在太原了，已经两年多，和我的母亲。我回来接她的时候，知道你早搬走了，搬得很干净。"

"你在太原做什么呢？"我问。

"教书，在一个同乡的家里。"

"这以前呢？"

"这以前么？"他从衣袋里掏出一支烟卷来，点了火衔在嘴里，看着喷出的烟雾，沉思似的说，"无非做了些无聊的事情，等于什么也没有做。"

他也问我别后的景况；我一面告诉他一个大概，一面叫堂倌先取杯筷来，使他先喝着我的酒，然后再去添二斤。其间还点菜，我们先前原是毫不客气的,但此刻却推让起来了,终于说不清那一样是谁点的,就从堂倌的口头报告上指定了四样菜:茴香豆,冻肉,油豆腐,青鱼干。

"我一回来,就想到我可笑。"他一手擎着烟卷,一只手扶着酒杯,似笑非笑的向我说。"我在少年时,看见蜂子或蝇子停在一个地方,给什么来一吓,即刻飞去了,但是飞了一个小圈子,便又回来停在原地点,便以为这实在很可笑,也可怜。可不料现在我自己也飞回来了,不过绕了一点小圈子。又不料你也回来了。你不能飞得更远些么?"

"这难说,大约也不外乎绕点小圈子罢。"我也似笑非笑的说。"但是你为什么飞回来的呢?"

"也还是为了无聊的事。"他一口喝干了一杯酒,吸几口烟,眼睛略为张大了。"无聊的。——但是我们就谈谈罢。"

堂倌搬上新添的酒菜来,排满了一桌,楼上又添了烟气和油豆腐的热气,仿佛热闹起来了;楼外的雪也越加纷纷的下。

"你也许本来知道,"他接着说,"我曾经有一个小兄弟,是三岁上死掉的,就葬在这乡下。我连他的模样都记不清楚了,但听母亲说,是一个很可爱念的孩子,和我也很相投,至今她提起来还似乎要下泪。今年春天,一个堂兄就来了一封信,说他的坟边已经渐渐的浸了水,不久怕要陷入河里去了,须得赶紧去设法。母亲一知道就很着急,几乎几夜睡不着,——她又自己能看信的。然而我能有什么法子呢?没有钱,没有工夫:当时什么法也没有。

"一直挨到现在,趁着年假的闲空,我才得回南给他来迁葬。"他又喝干一杯酒,看着窗外,说,"这在那边那里能如此呢?积雪里会有花,雪地下会不冻。就在前天,我在城里买了一口小棺材,——因为我豫料那地下的应该早已朽烂了,——带着棉絮和被褥,雇了四个土工,下乡迁葬去。我当时忽而很高兴,愿意掘一回坟,愿意一见我那曾经和我很亲睦的小兄弟的骨殖:这些事我生平都没有经历过。到得坟地,果然,河水只是咬进来,离坟已不到二尺远。可怜的坟,两年没有培土,也平下去了。我站在雪中,决然的指着他对土工说,'掘开来!'我实在是一个庸人,我这时觉得我的声音有些希奇,这命令也是一个在我一生中最为伟大的命令。但土工们却毫不骇怪,就动手掘下去了。待到掘着圹穴,我便过去看,果然,棺木已经快要烂尽了,只剩下一堆木丝和小木片。我的心颤动着,自去拨开这些,很小心的,要看一看我的小兄弟。然而出乎意外!被褥,衣服,骨骼,什么也没有。我想,这些都消尽了,向来听说最难烂的是头发,也许还有罢。我便伏下去,在该是枕头所在的泥土里仔仔细细的看,也没有。踪影全无!"

我忽而看见他眼圈微红了,但立即知道是有了酒意。他总不很吃菜,单是把酒不停的喝,早喝了一斤多,神情和举动都活泼起来,渐近于先前所见的吕纬甫了。我叫堂倌再添二斤酒,然后回转身,也拿着酒杯,正对面默默的听着。

"其实,这本已可以不必再迁,只要平了土,卖掉棺材,就此完事了的。我去卖棺材虽然有些离奇,但只要价钱极便宜,原铺子就许要,至少总可以捞回几文酒钱来。但我不这样,我仍然铺好被褥,用棉花裹了些他先前身体所在的地方的泥土,包起来,装在新棺材里,运到我父亲埋着的坟地上,在他坟旁埋掉了。因为外面用砖椁,昨天又忙了我大半天:监工。但这样总算结了一件事,足够去骗骗我的母亲,使她安心些。——阿阿,你这样的看我,你怪我何以和先前太不相同了么?是的,我也还记得我们同到城隍庙里去拔掉神像的胡子的时候,连日议论些改革中国的方法以至于打起来的时候。但我现在就是这样了,敷敷衍衍,模模胡胡。我有时自己也想到,倘若先前的朋友看见我,怕会不认我做朋友了。——然而我现在就是这样。"

他又掏出一支烟卷来,衔在嘴里,点了火。

"看你的神情,你似乎还有些期望我,——我现在自然麻木得多了,但是有些事也还看得出。这使我很感激,然而也使我很不安:怕我终于辜负了至今还对我怀着好意的老朋友。……"他忽而停住了,吸几口烟,才又慢慢的说,"正在今天,刚在我到这一石居来之前,也就做了一件无聊事,然而也是我自己愿意做的。我先前的东边的邻居叫长富,是一个船户。他有一个女儿叫阿顺,你那时到我家里来,也许见过的,但你一定没有留心,因为那时她还小。后来她也长得并不好看,不过是平常的瘦瘦的瓜子脸,黄脸皮;独有眼睛非常大,睫毛也很长,眼白又青得如夜的晴天,而且是北方的无风的晴天,这里的就没有那么明净了。她很能干,十多岁没了母亲,招呼两个小弟妹都靠她;又得服侍父亲,事事都周到;也经济,家计倒渐渐的稳当起来了。邻居几乎没有一个不夸奖她,连长富也时常说些感激的话。这一次我动身回来的时候,我的母亲又记得她了,老年人记性真长久。她说她曾经知道顺姑因为看见谁的头上戴着红的剪绒花,自己也想有一朵,弄不到,哭了,哭了小半夜,就挨了她父亲的一顿打,后来眼眶还红肿了两三天。这种剪绒花是外省的东西,S城里尚且买不出,她那里想得到手呢?趁我这一次回南的便,便叫我买两朵去送她。

"我对于这差使倒并不以为烦厌,反而很喜欢;为阿顺,我实在还有些愿意出力的意思的。前年,我回来接我母亲的时候,有一天,长富正在家,不知怎的我和他闲谈起来了。他便要请我吃点心,荞麦粉,并且告诉我所加的是白糖。你想,家里能有白糖的船户,可见决不是一个穷船户了,所以他也吃得很阔绰。我被劝不过,答应了,但要求只要用小碗。他也很识世故,便嘱咐阿顺说,'他们文人,是不会吃东西的。你就用小碗,多加糖!'然而等到调好端来的时候,仍然使我吃一吓,是一大碗,足够我吃一天。但是和长富吃的一碗比起来,我的也确乎算小碗。我生平没有吃过荞麦粉,这回一尝,实在不可口,却是非常甜。我漫然的吃了几口,就想不吃了,然而无意中,忽然间看见阿顺远远的站在屋角里,就使我立刻消失了放下碗筷的勇气。我看她的神情,是害怕而且希望,大约怕自己调得不好,愿我们吃得有味。我知道如果剩下大半碗来,一定要使她很失望,而且很抱歉。我于是同时决心,放开喉咙灌下去了,几乎吃得和长富一样快。我由此才知道硬吃的苦痛,我只记得还做孩子时候的吃尽一碗拌着驱除蛔虫药粉的沙糖才有这样难。然而我毫不抱怨,因为她过来收拾空碗时候的忍着的得意的笑容,已尽够赔偿我的苦痛而有余了。所以我这一夜虽然饱胀得睡不稳,又做了一大串恶梦,也还是祝赞她一生幸福,愿世界为她变好。然而这些意思也不过是我的那些旧日的梦的痕迹,即刻就自笑,接着也就忘却了。

"我先前并不知道她曾经为了一朵剪绒花挨打,但因为母亲一说起,便也记得了荞麦粉的事,意外的勤快起来了。我先在太原城里搜求了一遍,都没有;一直到济南……"

窗外沙沙的一阵声响,许多积雪从被他压弯了的一枝山茶树上滑下去了,树枝笔挺的伸直,更显出乌油油的肥叶和血红的花来。天空的铅色来得更浓;小鸟雀啾唧的叫着,大概黄昏将近,地面又全罩了雪,寻不出什么食粮,都赶早回巢来休息了。

"一直到了济南,"他向窗外看了一回,转身喝干一杯酒,又吸几口烟,接着说。"我才买到剪绒花。我也不知道使她挨打的是不是这一种,总之是绒做的罢了。我也不知道她喜欢深色还是浅色,就买了一朵大红的,一朵粉红的,都带到这里来。

"就是今天午后,我一吃完饭,便去看长富,我为此特地耽搁了一天。他的家倒还在,只是看去很有些晦气色了,但这恐怕不过是我自己的感觉。他的儿子和第二个女儿——阿昭,都站在门口,大了。阿昭长得全不像她姊姊,简直像一个鬼,但是看见我走向她家,便飞奔的逃进屋里去。我就问那小子,知道长富不在家。'你的大姊呢?'他立刻瞪起眼睛,连声问我寻她什么事,而且恶狠狠的似乎就要扑过来,咬我。我支吾着退走了,我现在是敷敷衍衍……

"你不知道,我可是比先前更怕去访人了。因为我已经深知道自己之讨厌,连自己也讨厌,又何必明知故犯的去使人暗暗地不快呢?然而这回的差使是不能不办妥的,所以想了一想,终于回到就在斜对门的柴店里。店主的母亲,老发奶奶,倒也还在,而且也还认识我,居然将我邀进店里坐去了。我们寒暄几句之后,我就说明了回到S城和寻长富的缘故。不料她叹息说:

"'可惜顺姑没有福气戴这剪绒花了。'

"她于是详细的告诉我,说是'大约从去年春天以来,她就见得黄瘦,后来忽而常常下泪了,问她缘故又不说;有时还整夜的哭,哭得长富也忍不住生气,骂她年纪大了,发了疯。可是一到秋初,起先不过小伤风,终于躺倒了,从此就起不来。直到咽气的前几天,才肯对长富说,她早就像她母亲一样,不时的吐红和流夜汗。但是瞒着,怕他因此要担心。有一夜,她的伯伯长庚又来硬借钱,——这是常有的事,——她不给,长庚就冷笑着说:你不要骄气,你的男人比我还不如!她从此就发了愁,又怕羞,不好问,只好哭。长富赶紧将她的男人怎样的挣气的话说给她听,那里还来得及?况且她也不信,反而说:好在我已经这样,什么也不要紧了。'

"她还说,'如果她的男人真比长庚不如,那就真可怕呵!比不上一个偷鸡贼,那是什么东西呢?然而他来送殓的时候,我是亲眼看见他的,衣服很干净,人也体面;还眼泪汪汪的说,自己撑了半世小船,苦熬苦省的积起钱来聘了一个女人,偏偏又死掉了。可见他实在是一个好人,长庚说的全是诳。只可惜顺姑竟会相信那样的贼骨头的诳话,白送了性命。——但这也不能去怪谁,只能怪顺姑自己没有这一份好福气。'

"那倒也罢,我的事情又完了。但是带在身边的两朵剪绒花怎么办呢?好,我就托她送了阿昭。这阿昭一见我就飞跑,大约将我当作一只狼或是什么,我实在不愿意去送她。——但是我也就送她了,对母亲只要说阿顺见了喜欢的了不得就是。这些无聊的事算什么?只要模模胡胡。模模胡胡的过了新年,仍旧教我的'子曰诗云'去。"

"你教的是'子曰诗云'么?"我觉得奇异,便问。

"自然。你还以为教的是ABCD么?我先是两个学生,一个读《诗经》,一个读《孟子》。新近又添了一个,女的,读《女儿经》。连算学也不教,不是我不教,他们不要教。"

"我实在料不到你倒去教这类的书,……"

"他们的老子要他们读这些;我是别人,无乎不可的。这些无聊的事算什么?只要随随便便,……"

他满脸已经通红,似乎很有些醉,但眼光却又消沉下去了。我微微的叹息,一时没有话可说。楼梯上一阵乱响,拥上几个酒客来:当头的是矮子,拥肿的圆脸;第二个是长的,在脸上很惹眼的显出一个红鼻子;此后还有人,一叠连的走得小楼都发抖。我转眼去看吕纬甫,他也正转眼来看我,我就叫堂倌算酒账。

"你借此还可以支持生活么?"我一面准备走,一面问。

"是的。——我每月有二十元,也不大能够敷衍。"

"那么,你以后豫备怎么办呢?"

"以后?——我不知道。你看我们那时豫想的事可有一件如意?我现在什么也不知道,连明天怎样也不知道,连后一分……"

堂倌送上账来,交给我;他也不像初到时候的谦虚了,只向我看了一眼,便吸烟,听凭我付了账。

我们一同走出店门,他所住的旅馆和我的方向正相反,就在门口分别了。我独自向着自己的旅馆走,寒风和雪片扑在脸上,倒觉得很爽快。见天色已是黄昏,和屋宇和街道都织在密雪的纯白而不定的罗网里。

一九二四年二月一六日。

【阅读提示】

1. 学术界对《在酒楼上》的潜在作者、叙述者与人物的关系,主要有两种分析:

①"认为吕纬甫是鲁迅投射了反思和批判目光的人物,而小说叙述者'我'则更多地代表了鲁迅的立场,'我'对吕纬甫在'五四'落潮期的'敷敷衍衍,模模胡胡'的颓废状态采取的是审视和批判的态度。而吕纬甫也在见证着自己当年的革命热情的同路人——叙述者'我'的面前表现出一种自省的心态。从这个意义上看,鲁迅在小说中坚持的是五四式的启蒙主义话语,吕纬甫的声音是作者力图压抑甚至摆脱的声音。"

②"关注吕纬甫讲的故事本身,就会感到这其实是两个十分感人的故事,有一种深情,有一种人情味,笼罩着感伤的怀旧情绪","吕纬甫身上是有鲁迅的影子的,吕纬甫的声音可能比小说叙述者'我'更代表鲁迅心灵深处的声音","小说中的'我'不仅是吕纬甫故事的倾听者,同时也更是一个

审视者,吕纬甫一遍又一遍的自我嘲讽、自我申辩、自我否定,正因为他一直感受着'我'的潜在的审视的目光。从而'我'与吕纬甫之间呈现为一种内在的对话关系,这可以看作是作者两种声音的外化。'我'与吕纬甫的辩难,正是作者内在的两种声音在冲突,在对话,在争辩,最终很难说哪一种是主导性的声音。这种辩难性正是鲁迅小说思维的体现,是鲁迅认知和把握世界的基本思维在小说文本层面的印证。"

细读小说文本,做出你自己的分析。

2. 这篇小说关于"废园"里的"老梅"的描写是历来最为人们所称道的;细读这段文字,体会它的写法的精妙处,并结合上下文的描写,体会它在小说中的作用。

3. 有进一步研究兴趣的同学还可以思考一个问题:1956年,曹聚仁北上访问已72岁的周作人,谈到鲁迅的作品。曹聚仁表示自己最喜欢的是《在酒楼上》,周作人同意曹聚仁的看法,说"这是最富鲁迅气氛的小说"(参看曹聚仁:《与周启明先生》)。——你同意周作人的评价吗?能否结合文本的描写,谈谈你对"鲁迅气氛"的理解,并以这样的眼光去重读鲁迅的其他小说,看看会不会有新的发现。

【扩展性阅读书(篇)目】

《孤独者》《伤逝》——均收《彷徨》,是与《在酒楼上》同时期的关于知识分子题材的小说。

【参考书(篇)目】

1. 吴晓东等:《现代小说研究的诗学视域》,载《中国现代文学研究丛刊》1999年第1期。

2. 严家炎:《复调小说:鲁迅的突出贡献》,载《中国现代文学研究丛刊》2001年第3期。

3. 卢今:《〈在酒楼上〉解说》,收《走进鲁迅世界(小说卷)》,北京工业大学出版社1995年版。

铸 剑

鲁 迅

一

眉间尺刚和他的母亲睡下,老鼠便出来咬锅盖,使他听得发烦。他轻轻地叱了几声,最初还有些效验,后来是简直不理他了,格支格支地径自咬。他又不敢大声赶,怕惊醒了白天做得劳乏,晚上一躺就睡着了的母亲。

许多时光之后,平静了;他也想睡去。忽然,扑通一声,惊得他又睁开眼。同时听到沙沙地响,是爪子抓着瓦器的声音。

"好!该死!"他想着,心里非常高兴,一面就轻轻地坐起来。

他跨下床,借着月光走向门背后,摸到钻火家伙,点上松明,向水瓮里一照。果然,一匹很大的老鼠落在那里面了;但是,存水已经不多,爬不出来,只沿着水瓮内壁,抓着,团团地转圈子。

"活该!"他一想到夜夜咬家具,闹得他不能安稳睡觉的便是它们,很觉得畅快。他将松明插在土墙的小孔里,赏玩着;然而那圆睁的小眼睛,又使他发生了憎恨,伸手抽出一根芦柴,将它直按到水底去。过了一会,才放手,那老鼠也随着浮了上来,还是抓着瓮壁转圈子。只是抓劲已经没有先前似的有力,眼睛也淹在水里面,单露出一点尖尖的通红的小鼻子,咻咻地急促地喘气。

他近来很有点不大喜欢红鼻子的人。但这回见了这尖尖的小红鼻子,却忽然觉得它可怜了,就又用那芦柴,伸到它的肚下去,老鼠抓着,歇了一回力,便沿着芦干爬了上来。待到他看见全身,——湿淋淋的黑毛,大的肚子,蚯蚓似的尾巴,——便又觉得可恨可憎得很,慌忙将芦柴一抖,扑通一声,老鼠又落在水瓮里,他接着就用芦柴在它头上捣了几下,叫它赶快沉下去。

换了六回松明之后,那老鼠已经不能动弹,不过沉浮在水中间,有时还向水面微微一跳。眉间尺又觉得很可怜,随即折断芦柴,好容易将它夹了出来,放在地面上。老鼠先是丝毫不动,后来才有一点呼吸;又许多时,四只脚运动了,一翻身,似乎要站起来逃走。这使眉间尺大吃一惊,不觉提起左脚,一脚踏下去。只听得吱的一声,他蹲下去仔细看时,只见口角上微有鲜血,大概是死掉了。

他又觉得很可怜,仿佛自己作了大恶似的,非常难受。他蹲着,呆看着,站不起来。

"尺儿,你在做什么?"他的母亲已经醒来了,在床上问。

"老鼠……。"他慌忙站起,回转身去,却只答了两个字。

"是的,老鼠。这我知道。可是你在做什么? 杀它呢,还是在救它?"

他没有回答。松明烧尽了;他默默地立在暗中,渐看见月光的皎洁。

"唉!"他的母亲叹息说,"一交子时,你就是十六岁了,性情还是那样,不冷不热地,一点也不变。看来,你的父亲的仇是没有人报的了。"

他看见他的母亲坐在灰白色的月影中,仿佛身体都在颤动;低微的声音里,含着无限的悲哀,使他冷得毛骨悚然,而一转眼间,又觉得热血在全身中忽然腾沸。

"父亲的仇? 父亲有什么仇呢?"他前进几步,惊急地问。

"有的。还要你去报。我早想告诉你的了;只因为你太小,没有说。现在你已经成人了,却还是那样的性情。这教我怎么办呢? 你似的性情,能行大事的么?"

"能。说罢,母亲。我要改过……。"

"自然。我也只得说。你必须改过……。那么,走过来罢。"

他走过去;他的母亲端坐在床上,在暗白的月影里,两眼发出闪闪的光芒。

"听哪!"她严肃地说,"你的父亲原是一个铸剑的名工,天下第一。他的工具,我早已都卖掉了来救了穷了,你已经看不见一点遗迹;但他是一个世上无二的铸剑的名工。二十年前,王妃生下了一块铁,听说是抱了一回铁柱之后受孕的,是一块纯青透明的铁。大王知道是异宝,便决计用来铸一把剑,想用它保国,用它杀敌,用它防身。不幸你的父亲那时偏偏入了选,便将铁捧回家里来,日日夜夜地锻炼,费了整三年的精神,炼成两把剑。

"当最末次开炉的那一日,是怎样地骇人的景象呵! 哗拉拉地腾上一道白气的时候,地面也觉得动摇。那白气到天半便变成白云,罩住了这处所,渐渐现出绯红颜色,映得一切都如桃花。我家的漆黑的炉子里,是躺着通红的两把剑。你父亲用井华水慢慢地滴下去,那剑嘶嘶地吼着,慢慢转成青色了。这样地七日七夜,就看不见了剑,仔细看时,却还在炉底里,纯青的,透明的,正像两条冰。

"大欢喜的光采,便从你父亲的眼睛里四射出来;他取起剑,拂拭着,拂拭着。然而悲惨的皱纹,却也从他的眉头和嘴角出现了。他将那两把剑分装在两个匣子里。

"'你只要看这几天的景象,就明白无论是谁,都知道剑已炼就的了。'他悄悄地对我说。'一到明天,我必须去献给大王。但献剑的一天,也就是我命尽的日子。怕我们从此要长别了。'

"'你……。'我很骇异,猜不透他的意思,不知怎么说的好。我只是这样地说:'你这回有了这么大的功劳……。'

"'唉!你怎么知道呢!'他说。'大王是向来善于猜疑,又极残忍的。这回我给他炼成了世间无二的剑,他一定要杀掉我,免得我再去给别人炼剑,来和他匹敌,或者超过他。'

"我掉泪了。

"'你不要悲哀。这是无法逃避的。眼泪决不能洗掉运命。我可是早已有准备在这里了!'他的眼里忽然发出电火似的光芒,将一个剑匣放在我膝上。'这是雄剑。'他说。'你收着。明天,我只将这雌剑献给大王去。倘若我一去竟不回来了呢,那是我一定不再在人间了。你不是怀孕已经五六个月了么?不要悲哀;待生了孩子,好好地抚养。一到成人之后,你便交给他这雄剑,教他砍在大王的颈子上,给我报仇!'

"那天父亲回来了没有呢?"眉间尺赶紧问。

"没有回来!"她冷静地说。"我四处打听,也杳无消息。后来听得人说,第一个用血来饲你父亲自己炼成的剑的人,就是他自己——你的父亲。还怕他鬼魂作怪,将他的身首分埋在前门和后苑了!"

眉间尺忽然全身都如烧着猛火,自己觉得每一枝毛发上都仿佛闪出火星来。他的双拳,在暗中捏得格格地作响。

他的母亲站起了,揭去床头的木板,下床点了松明,到门背后取过一把锄,交给眉间尺道:"掘下去!"

眉间尺心跳着,但很沉静的一锄一锄轻轻地掘下去。掘出来的都是黄土,约到五尺多深,土色有些不同了,似乎是烂掉的材木。

"看罢!要小心!"他的母亲说。

眉间尺伏在掘开的洞穴旁边,伸手下去,谨慎小心地撮开烂树,待到指尖一冷,有如触着冰雪的时候,那纯青透明的剑也出现了。他看清了剑靶,捏着,提了出来。

窗外的星月和屋里的松明似乎都骤然失了光辉,惟有青光充塞宇内。那剑便溶在这青光中,看去好像一无所有。眉间尺凝神细视,这才仿佛看见长五尺余,却并不见得怎样锋利,剑口反而有些浑圆,正如一片韭叶。

"你从此要改变你的优柔的性情,用这剑报仇去!"他的母亲说。

"我已经改变了我的优柔的性情,要用这剑报仇去!"

"但愿如此。你穿了青衣,背上这剑,衣剑一色,谁也看不分明的。衣服我已经做在这里,明天就上你的路去罢。不要记念我!"她向床后的破衣箱一指,说。

眉间尺取出新衣,试去一穿,长短正很合式。他便重行叠好,裹了剑,放在枕边,沉静地躺下。他觉得自己已经改变了优柔的性情;他决心要并无心事一般,倒头便睡,清晨醒来,毫不改变常态,从容地去寻他不共戴天的仇雠。

但他醒着。他翻来覆去,总想坐起来。他听到他母亲的失望的轻轻的长叹。他听到最初的鸡鸣;他知道已交子时,自己是上了十六岁了。

二

当眉间尺肿着眼眶,头也不回的跨出门外,穿着青衣,背着青剑,迈开大步,径奔城中的时候,东方还没有露出阳光。杉树林的每一片叶尖,都挂着露珠,其中隐藏着夜气。但是,待到走到树林的那一头,露珠里却闪出各样的光辉,渐渐幻成晓色了。远望前面,便依稀看见灰黑色的城墙和雉堞。

和挑葱卖菜的一同混入城里,街市上已经很热闹。男人们一排一排的呆站着;女人们也时时从门里探出头来。她们大半也肿着眼眶;蓬着头;黄黄的脸,连脂粉也不及涂抹。

眉间尺预觉到将有巨变降临,他们便都是焦躁而忍耐地等候着这巨变的。

他径自向前走;一个孩子突然跑过来,几乎碰着他背上的剑尖,使他吓出了一身汗。转出北方,离王宫不远,人们就挤得密密层层,都伸着脖子。人丛中还有女人和孩子哭嚷的声音。他怕那看不见的雄剑伤了人,不敢挤进去;然而人们却又在背后拥上来。他只得宛转地退避;面前只看见人们的背脊和伸长的脖子。

忽然,前面的人们都陆续跪倒了;远远地有两匹马并着跑过来。此后是拿着木棍,戈,刀,弓弩,旌旗的武人,走得满路黄尘滚滚。又来了一辆四匹马拉的大车,上面坐着一队人,有的打钟击鼓,有的嘴上吹着不知道叫什么名目的劳什子。此后又是车,里面的人都穿画衣,不是老头子,便是矮胖子,个个满脸油汗。接着又是一队拿刀枪剑戟的骑士。跪着的人们便都伏下去了。这时眉间尺正看见一辆黄盖的大车驰来,正中坐着一个画衣的胖子,花白胡子,小脑袋;腰间还依稀看见佩着和他背上一样的青剑。

　　他不觉全身一冷,但立刻又灼热起来,像是猛火焚烧着。他一面伸手向肩头捏住剑柄,一面提起脚,便从伏着的人们的脖子的空处跨出去。

　　但他只走得五六步,就跌了一个倒栽葱,因为有人突然捏住了他的一只脚。这一跌又正压在一个干瘪脸的少年身上;他正怕剑尖伤了他,吃惊地起来看的时候,肋下就挨了很重的两拳。他也不暇计较,再望路上,不但黄盖车已经走过,连拥护的骑士也过去了一大阵了。

　　路旁的一切人们也都爬起来。干瘪脸的少年却还扭住了眉间尺的衣领,不肯放手,说被他压坏了贵重的丹田,必须保险,倘若不到八十岁便死掉了,就得抵命。闲人们又即刻围上来,呆看着,但谁也不开口;后来有人从旁笑骂了几句,却全是附和干瘪脸少年的。眉间尺遇到了这样的敌人,真是怒不得,笑不得,只觉得无聊,却又脱身不得。这样地经过了煮熟一锅小米的时光,眉间尺早已焦躁得浑身发火,看的人却仍不见减,还是津津有味似的。

　　前面的人圈子动摇了,挤进一个黑色的人来,黑须黑眼睛,瘦得如铁。他并不言语,只向眉间尺冷冷地一笑,一面举手轻轻地一拨干瘪脸少年的下巴,并且看定了他的脸。那少年也向他看了一会,不觉慢慢地松了手,溜走了;那人也就溜走了;看的人们也都无聊地走散。只有几个人还来问眉间尺的年纪,住址,家里可有姊姊。眉间尺都不理他们。

　　他向南走着;心里想,城市中这么热闹,容易误伤,还不如在南门外等候他回来,给父亲报仇罢,那地方是地旷人稀,实在很便于施展。这时满城都议论着国王的游山,仪仗,威严,自己得见国王的荣耀,以及俯伏得有怎么低,应该采作国民的模范等等,很像蜜蜂的排衙。直至将近南门,这才渐渐地冷静。

　　他走出城外,坐在一株大桑树下,取出两个馒头来充了饥;吃着的时候忽然记起母亲来,不觉眼鼻一酸,然而此后倒也没有什么。周围是一步一步地静下去了,他至于很分明地听到自己的呼吸。

　　天色愈暗,他也愈不安,尽目力望着前方,毫不见有国王回来的影子。上城卖菜的村人,一个个挑着空担出城回家去了。

　　人迹绝了许久之后,忽然从城里闪出那一个黑色的人来。

　　"走罢,眉间尺!国王在捉你了!"他说,声音好像鸱鸮。

眉间尺浑身一颤,中了魔似的,立即跟着他走;后来是飞奔。他站定了喘息许多时,才明白已经到了杉树林边。后面远处有银白的条纹,是月亮已从那边出现;前面却仅有两点燐火一般的那黑色人的眼光。

"你怎么认识我?……"他极其惶骇地问。

"哈哈!我一向认识你。"那人的声音说。"我知道你背着雄剑,要给你的父亲报仇,我也知道你报不成。岂但报不成;今天已经有人告密,你的仇人早从东门还宫,下令捕拿你了。"

眉间尺不觉伤心起来。

"唉唉,母亲的叹息是无怪的。"他低声说。

"但她只知道一半。她不知道我要给你报仇。"

"你么?你肯给我报仇么,义士?"

"阿,你不要用这称呼来冤枉我。"

"那么,你同情于我们孤儿寡妇?……"

"唉,孩子,你再不要提这些受了污辱的名称。"他严冷地说,"仗义,同情,那些东西,先前曾经干净过,现在却都成了放鬼债的资本。我的心里全没有你所谓的那些。我只不过要给你报仇!"

"好。但你怎么给我报仇呢?"

"只要你给我两件东西。"两粒燐火下的声音说。"那两件么?你听着:一是你的剑,二是你的头!"

眉间尺虽然觉得奇怪,有些狐疑,却并不吃惊。他一时开不得口。

"你不要疑心我将骗取你的性命和宝贝。"暗中的声音又严冷地说。"这事全由你。你信我,我便去;你不信,我便住。"

"但你为什么给我去报仇的呢?你认识我的父亲么?"

"我一向认识你的父亲,也如一向认识你一样。但我要报仇,却并不为此。聪明的孩子,告诉你罢。你还不知道么,我怎么地善于报仇。你的就是我的;他也就是我。我的魂灵上是有这么多的,人我所加的伤,我已经憎恶了我自己!"

暗中的声音刚刚停止,眉间尺便举手向肩头抽取青色的剑,顺手从后项窝向前一削,头颅坠在地面的青苔上,一面将剑交给黑色人。

"呵呵!"他一手接剑,一手捏着头发,提起眉间尺的头来,对着那热的死掉的嘴唇,接吻两次,并且冷冷地尖利地笑。

笑声即刻散布在杉树林中,深处随着有一群燐火似的眼光闪动,倏忽临近,听到咻咻的饿狼的喘息。第一口撕尽了眉间尺的青衣,第二口便身体全都不见了,血痕也顷刻舐尽,只微微听得咀嚼骨头的声音。

最先头的一匹大狼就向黑色人扑过来。他用青剑一挥,狼头便坠在地面的青苔上。别的狼们第一口撕尽了它的皮,第二口便身体全都不见了,血痕也顷刻舐尽,只微微听得咀嚼骨头的声音。

他已经掣起地上的青衣,包了眉间尺的头,和青剑都背在背脊上,回转身,在暗中向王城扬长地走去。

狼们站定了,耸着肩,伸出舌头,咻咻地喘着,放着绿的眼光看他扬长地走。

他在暗中向王城扬长地走去,发出尖利的声音唱着歌:

> 哈哈爱兮爱乎爱乎!
> 爱青剑兮一个仇人自屠。
> 夥颐连翩兮多少一夫。
> 一夫爱青剑兮呜呼不孤。
> 头换头兮两个仇人自屠。
> 一夫则无兮爱乎呜呼!
> 爱乎呜呼兮呜呼阿呼,
> 阿呼呜呼兮呜呼呜呼!

三

游山并不能使国王觉得有趣;加上了路上将有刺客的密报,更使他扫兴而还。那夜他很生气,说是连第九个妃子的头发,也没有昨天那样的黑得好看了。幸而她撒娇坐在他的御膝上,特别扭了七十多回,这才使龙眉之间的皱纹渐渐地舒展。

午后,国王一起身,就又有些不高兴,待到用过午膳,简直现出怒容来。

"唉唉!无聊!"他打一个大呵欠之后,高声说。

上自王后,下至弄臣,看见这情形,都不觉手足无措。白须老臣的讲道,矮胖侏儒的打诨,王是早已听厌的了;近来便是走索,缘竿,抛丸,倒立,吞刀,吐火等等奇妙的把戏,也都看得毫无意味。他常常要发怒;一发怒,便按着青剑,总想寻点小错处,杀掉几个人。

偷空在宫外闲游的两个小宦官,刚刚回来,一看见宫里面大家的愁苦的情形,便知道又是照例的祸事临头了,一个吓得面如土色;一个却像是大有

把握一般,不慌不忙,跑到国王的面前,俯伏着,说道:

"奴才刚才访得一个异人,很有异术,可以给大王解闷,因此特来奏闻。"

"什么?!"王说。他的话是一向很短的。

"那是一个黑瘦的,乞丐似的男子。穿一身青衣,背着一个圆圆的青包裹;嘴里唱着胡诌的歌。人问他。他说善于玩把戏,空前绝后,举世无双,人们从来就没有看见过;一见之后,便即解烦释闷,天下太平。但大家要他玩,他却又不肯。说是第一须有一条金龙,第二须有一个金鼎。……"

"金龙?我是的。金鼎?我有。"

"奴才也正是这样想。……"

"传进来!"

话声未绝,四个武士便跟着那小宦官疾趋而出。上自王后,下至弄臣,个个喜形于色。他们都愿意这把戏玩得解愁释闷,天下太平;即使玩不成,这回也有了那乞丐似的黑瘦男子来受祸,他们只要能挨到传了进来的时候就好了。

并不要许多工夫,就望见六个人向金阶趋进。先头是宦官,后面是四个武士,中间夹着一个黑色人。待到近来时,那人的衣服却是青的,须眉头发都黑;瘦得颧骨,眼圈骨,眉棱骨都高高地突出来。他恭敬地跪着俯伏下去时,果然看见背上有一个圆圆的小包袱,青色布,上面还画上一些暗红色的花纹。

"奏来!"王暴躁地说。他见他家伙简单,以为他未必会玩什么好把戏。

"臣名叫宴之敖者;生长汶汶乡。少无职业;晚遇明师,教臣把戏,是一个孩子的头。这把戏一个人玩不起来,必须在金龙之前,摆一个金鼎,注满清水,用兽炭煎熬。于是放下孩子的头去,一到水沸,这头便随波上下,跳舞百端,且发妙音,欢喜歌唱。这歌舞为一人所见,便解愁释闷,为万民所见,便天下太平。"

"玩来!"王大声命令说。

并不要许多工夫,一个煮牛的大金鼎便摆在殿外,注满水,下面堆了兽炭,点起火来。那黑色人站在旁边,见炭火一红,便解下包袱,打开,两手捧出孩子的头来,高高举起。那头是秀眉长眼,皓齿红唇;脸带笑容;头发蓬松,正如青烟一阵。黑色人捧着向四面转了一圈,便伸手擎到鼎上,动着嘴唇说了几句不知什么话,随即将手一松,只听得扑通一声,坠入水中去了。水花同时溅起,足有五尺多高,此后是一切平静。

许多工夫,还无动静。国王首先暴躁起来,接着是王后和妃子,大臣,宦官们也都有些焦急,矮胖的侏儒们则已经开始冷笑了。王一见他们的冷笑,便觉自己受愚,回顾武士,想命令他们就将那欺君的莠民掷入牛鼎里去煮杀。

但同时就听得水沸声;炭火也正旺,映着那黑色人变成红黑,如铁的烧到微红。王刚又回过脸来,他也已经伸起两手向天,眼光向着无物,舞蹈着,忽地发出尖利的声音唱起歌来:

哈哈爱兮爱乎爱乎!
爱兮血兮兮谁乎独无。
民萌冥行兮一夫壶卢。
彼用百头颅,千头颅兮用万头颅!
我用一头颅兮而无万夫。
爱一头颅兮血乎呜呼!
血乎呜呼兮呜呼阿呼,
阿呼呜呼兮呜呼呜呼!

随着歌声,水就从鼎口涌起,上尖下广,像一座小山,但自水尖至鼎底,不住地回旋运动。那头即随水上上下下,转着圈子,一面又滴溜溜自己翻筋斗,人们还可以隐约看见他玩得高兴的笑容。过了些时,突然变了逆水的游泳,打旋子夹着穿梭,激得水花向四面飞溅,满庭洒下一阵热雨来。一个侏儒忽然叫了一声,用手摸着自己的鼻子。他不幸被热水烫了一下,又不耐痛,终于免不得出声叫苦了。

黑色人的歌声才停,那头也就在水中央停住,面向王殿,颜色转成端庄。这样的有十余瞬息之久,才慢慢地上下抖动;从抖动加速而为起伏的游泳,但不很快,态度很雍容。绕着水边一高一低地游了三匝,忽然睁大眼睛,漆黑的眼珠显得格外精采,同时也开口唱起歌来:

王泽流兮浩洋洋;
克服怨敌,怨敌克服兮,赫兮强!
宇宙有穷止兮万寿无疆。
幸我来也兮青其光!
青其光兮永不相忘。

异处异处兮堂哉皇!
堂哉皇哉兮嗳嗳唷,
嗟来归来,嗟来陪来兮青其光!

头忽然升到水的尖端停住;翻了几个筋斗之后,上下升降起来,眼珠向着左右瞥视,十分秀媚,嘴里仍然唱着歌:

阿呼呜呼兮呜呼呜呼,
爱乎呜呼兮呜呼阿呼!
血一头颅兮爱乎呜呼。
我用一头颅兮而无万夫!
彼用百头颅,千头颅……

唱到这里,是沉下去的时候,但不再浮上来了;歌词也不能辨别。涌起的水,也随着歌声的微弱,渐渐低落,像退潮一般,终至到鼎口以下,在远处什么也看不见。

"怎了?"等了一会,王不耐烦地问。

"大王,"那黑色人半跪着说。"他正在鼎底里作最神奇的团圆舞,不临近是看不见的。臣也没有法术使他上来,因为作团圆舞必须在鼎底里。"

王站起身,跨下金阶,冒着炎热立在鼎边,探头去看。只见水平如镜,那头仰面躺在水中间,两眼正看着他的脸。待到王的眼光射到他脸上时,他便嫣然一笑。这一笑使王觉得似曾相识,却又一时记不起是谁来。刚在惊疑,黑色人已经擎出了背着的青色的剑,只一挥,闪电般从后项窝直劈下去,扑通一声,王的头就落在鼎里了。

仇人相见,本来格外眼明,况且是相逢狭路。王头刚到水面,眉间尺的头便迎上来,狠命在他耳轮上咬了一口。鼎水即刻沸涌,澎湃有声;两头即在水中死战。约有二十回合,王头受了五个伤,眉间尺的头上却有七处。王又狡猾,总是设法绕到他的敌人的后面去。眉间尺偶一疏忽,终于被他咬住了后项窝,无法转身。这一回王的头可是咬定不放了,他只是连连蚕食进去;连鼎外面也仿佛听到孩子的失声叫痛的声音。

上自王后,下至弄臣,骇得凝结着的神色也应声活动起来,似乎感到暗无天日的悲哀,皮肤上都一粒一粒地起粟;然而又夹着秘密的欢喜,瞪了眼,像是等候着什么似的。

黑色人也仿佛有些惊慌,但是面不改色。他从从容容地伸开那捏着看不见的青剑的臂膊,如一段枯枝;伸长颈子,如在细看鼎底。臂膊忽然一弯,青剑便蓦地从他后面劈下,剑到头落,坠入鼎中,㩅的一声,雪白的水花向着空中同时四射。

他的头一入水,即刻直奔王头,一口咬住了王的鼻子,几乎要咬下来。王忍不住叫一声"阿唷",将嘴一张,眉间尺的头就乘机挣脱了,一转脸倒将王的下巴下死劲咬住。他们不但都不放,还用全力上下一撕,撕得王头再也合不上嘴。于是他们就如饿鸡啄米一般,一顿乱咬,咬得王头眼歪鼻塌,满脸鳞伤。先前还会在鼎里面四处乱滚,后来只能躺着呻吟,到底是一声不响,只有出气,没有进气了。

黑色人和眉间尺的头也慢慢地住了嘴,离开王头,沿鼎壁游了一匝,看他可是装死还是真死。待到知道了王头确已断气,便四目相视,微微一笑,随即合上眼睛,仰面向天,沉到水底里去了。

四

烟消火灭;水波不兴。特别的寂静倒使殿上殿下的人们警醒。他们中的一个首先叫了一声,大家也立刻迭连惊叫起来;一个迈开腿向金鼎走去,大家便争先恐后地拥上去了。有挤在后面的,只能从人脖子的空隙间向里面窥探。

热气还炙得人脸上发烧。鼎里的水却一平如镜,上面浮着一层油,照出许多人脸孔:王后,王妃,武士,老臣,侏儒,太监。……

"阿呀,天哪!咱们大王的头还在里面哪,唉唉唉!"第六个妃子忽然发狂似的哭嚷起来。

上自王后,下至弄臣,也都恍然大悟,仓皇散开,急得手足无措,各自转了四五个圈子。一个最有谋略的老臣独又上前,伸手向鼎边一摸,然而浑身一抖,立刻缩了回来,伸出两个指头,放在口边吹个不住。

大家定了定神,便在殿门外商议打捞办法。约略费去了煮熟三锅小米的工夫,总算得到一种结果,是:到大厨房去调集了铁丝勺子,命武士协力捞起来。

器具不久就调集了,铁丝勺,漏勺,金盘,擦桌布,都放在鼎旁边。武士们便揎起衣袖,有用铁丝勺的,有用漏勺的,一齐恭行打捞。有勺子相触的声音,有勺子刮着金鼎的声音;水是随着勺子的搅动而旋绕着。好一会,一个武士的脸色忽而很端庄了,极小心地两手慢慢举起了勺子,水滴从勺孔中珠子一般漏下,勺里面便显出雪白的头骨来。大家惊叫了一声;他便将头骨倒在金盘里。

"阿呀!我的大王呀!"王后,妃子,老臣,以至太监之类,都放声哭起来。但不久就陆续停止了,因为武士又捞起了一个同样的头骨。

他们泪眼模胡地四顾,只见武士们满脸油汗,还在打捞。此后捞出来的是一团团的白头发和黑头发;还有几勺很短的东西,似乎是白胡须和黑胡须。此后又是一个头骨。此后是三枝簪。

直到鼎里面只剩下清汤,才始住手;将捞出的物件分盛了三金盘:一盘头骨,一盘须发,一盘簪。

"咱们大王只有一个头。那一个是咱们大王的呢?"第九个妃子焦急地问。

"是呵……。"老臣们都面面相觑。

"如果皮肉没有煮烂,那就容易辨别了。"一个侏儒跪着说。

大家只得平心静气,去细看那头骨,但是黑白大小,都差不多,连那孩子的头,也无从分辨。王后说王的右额上有一个疤,是做太子时候跌伤的,怕骨上也有痕迹。果然,侏儒在一个头骨上发见了;大家正在欢喜的时候,另外的一个侏儒却又在较黄的头骨的右额上看出相仿的瘢痕来。

"我有法子。"第三个王妃得意地说,"咱们大王的龙准是很高的。"

太监们即刻动手研究鼻准骨,有一个确也似乎比较地高,但究竟相差无几;最可惜的是右额上却并无跌伤的瘢痕。

"况且,"老臣们向太监说,"大王的后枕骨是这么尖的么?"

"奴才们向来就没有留心看过大王的后枕骨……。"

王后和妃子们也各自回想起来,有的说是尖的,有的说是平的。叫梳头太监来问的时候,却一句话也不说。

当夜便开了一个王公大臣会议,想决定那一个是王的头,但结果还同白天一样。并且连须发也发生了问题。白的自然是王的,然而因为花白,所以黑的也很难处置。讨论了小半夜,只将几根红色的胡子选出;接着因为第九个王妃抗议,说她确曾看见王有几根通黄的胡子,现在怎么能知道决没有一根红的呢。于是也只好重行归并,作为疑案了。

到后半夜,还是毫无结果。大家却居然一面打呵欠,一面继续讨论,直到第二次鸡鸣,这才决定了一个最慎重妥善的办法,是:只能将三个头骨都和王的身体放在金棺里落葬。

七天之后是落葬的日期,合城很热闹。城里的人民,远处的人民,都奔来瞻仰国王的"大出丧"。天一亮,道上已经挤满了男男女女;中间还夹着许多祭桌。待到上午,清道的骑士才缓辔而来。又过了不少工夫,才看见仪仗,什么旌旗,木棍,戈戟,弓弩,黄钺之类;此后是四辆鼓吹车。再后面是黄盖随着路的不平而起伏着,并且渐渐近来了,于是现出灵车,上载金棺,棺里面藏着三个头和一个身体。

　　百姓都跪下去,祭桌便一列一列地在人丛中出现。几个义民很忠愤,咽着泪,怕那两个大逆不道的逆贼的魂灵,此时也和王一同享受祭礼,然而也无法可施。

　　此后是王后和许多王妃的车。百姓看她们,她们也看百姓,但哭着。此后是大臣,太监,侏儒等辈,都装着哀戚的颜色。只是百姓已经不看他们,连行列也挤得乱七八糟,不成样子了。

一九二六年十月作。

【阅读提示】

1. 重点阅读(最好能朗读)小说中关于"铸剑开炉""以头相搏"的场面描写,细心体味鲁迅丰富的想象力、诡奇而绚丽的文字。对比你原来读过的鲁迅作品,你对鲁迅的语言风格有什么新的体认?

2. "三头相搏"的场面无疑是小说情节发展的顶点,在大多数作家的笔下,小说都到此戛然而止;但鲁迅却偏要精心安排"复仇完成以后"情节的新的发展,于是出现了"辨头"的闹剧,"三头并葬"的滑稽戏,到最后的"大出丧"变成全民"瞻仰"的"狂欢节",小说又出现了一个高潮。请想想,小说的前后两个高潮之间,构成了怎样的关系?

　　请细心比较前后的文字,作者的叙述语调(以及内在的情感)发生了什么变化?你或许会意识到鲁迅的这篇小说原来存在着两个调子,再去重读全篇小说,体会这"两种调子"在小说中的相互纠缠、渗透,对峙,消解,起伏,激荡,并由此体味作者深广的忧愤与内心的矛盾和痛苦。

3. 有兴趣的同学可以进一步分析"黑的人(宴之敖者)"的形象,还可以联系鲁迅作品中的其他人物,例如《理水》里的夏禹和他的弟子,《非攻》里的墨子,《过客》(见《野草》)里的主人公,《孤独者》里的魏连殳——他们都是鲁迅作品中的"黑色家族"的成员,从外貌到内心世界和性格都有相似之处,并注入了鲁迅的主体精神("宴之敖"本是鲁迅的笔名,鲁迅还说过:

"我就是魏连殳")。可以就此写一篇小论文。

【扩展性阅读书(篇)目】

《补天》《理水》《非攻》——都是《故事新编》里的小说,并且都可以从"两个调子"的角度去阅读。

【参考书(篇)目】

1. 钱理群:《试论鲁迅小说中的复仇主题——从〈孤独者〉到〈铸剑〉》,收《走进当代的鲁迅》,北京大学出版社1999年版。

2. 残雪:《艺术复仇——读〈铸剑〉》,收《21世纪:鲁迅和我们》,人民文学出版社2001年版。

3. 钱理群:《〈故事新编〉解说》,收《走进当代的鲁迅》,北京大学出版社1999年版。

4. 高远东:《〈铸剑〉解说》,收《走进鲁迅世界(小说卷)》,北京工业大学出版社1995年版。

纺纸记·楔子

废　名

　　大凡做文章必须切题,文不对题,大概这篇文章总做得好,然而可惜矣。小时跟一位儒师佛堂念书,据说这个庙里常爱闹鬼,九龄童子听讲半部鲁论,也曾执笔学为文章,但老师总是说可惜题目做得不对,言下很是叹息,有一回简直责备我连篇累牍尽是鬼话。那么换一个题目怎么样呢,就算做的是一篇鬼话不就好了吗?可惜小孩子总是怕挨打,一点也不敢撒野,这一句言之成理的话就不晓得说了。作者在经历半生的辛苦以后,倒很有一个神出鬼没的本领,流水可画得桃花,雁字不妨在云外抒写,天下事真是逃不过我佛之掌,梦中何曾爱惜诗人之笔,然而这时才晓得人生最可懊恼的乃是没有一个题目可做,崭新的东西我却每每看得出它的腐朽,想起那时有一个有经验的师傅,耳提面喻,叫我只管用心,我想那就是有一个金箍帽罩在头上我也应该不怕痛了。读者幸莫笑我有什么大道理在这里头,我是什么道理也不懂,只是喜欢撒野罢了。世上最有意思的事情总莫过于写情书,将它拿去卖钱,那自然是卑卑不足道矣,就是因此而掀起一世的狂热,也未见得是把这个题目做到好处,最好是一封未寄的信,就算它无法投递也罢,石沉海底,于你们岸上之人全不相干,我自己知道我的深罢了,及至沧海桑田,麻姑三见,然而仙人与我前生无缘,遗恨还在人间。言下我很像一个梦境。昨夜倒真做了一个好梦,梦见在一个古庙里,大概是无处投宿,就在这庙里借宿一夜,生平好像来过一趟,所以一个个的泥菩萨很是面熟,我是最怕同人打招呼的,好在这里头没有和尚,我乐得自由自在,不由得动了我的幼稚的思想,倘若就在我梦中,有一名地保跑进来把我捉了去,那倒也不是一个勉强的遭遇,大可不必反抗,我只希望他不是绑票,或者同我小孩时喜欢湖里捉鱼一样,自己没有在水里淹死,倒把活泼泼的鱼儿弄到手上一跑跑到我的家里去了,他把我捉去坐了监,或是携带我一路上山寨里去落草,我都喜欢,反正小说上都是有的,从此我要少想好些心事了,因为我就是做了强盗也不想发财。我这样想时,心里渐渐有点害怕,不觉打一个寒噤,古庙无灯,明月在地,令我记起一个仙姑来,这个仙人是狐狸变的,其实她并没有现给我看,是一个顶好看的女子,那时我们在庙里念书,童子六七人,趁着老师不在家,大家便来谈她,有人说他看见过,我说你看见过是什么样子呢?他说他看见一双小脚眉毛一闪就不看见了。这人后来他爸爸送他到大学堂里去上学,后来他自己在外面另外讨了一个老婆,他说他有一桩心事装在心里永也不向人家说,大概他不能同我一样顽皮还时常记起那个狐仙了。不知怎的我总觉得这位狐狸是顶懂得爱情的人,前生也一定还是一个女子,五百年的修炼又变一个好看的女人来替女人报仇,所以身边别无武器,有一面镜子,那时我私地里就读过许多齐谐志怪之书,又听了我的姑母一位老处女讲给我一些故事,很有点愤愤不平,菩提树上为什么一定要杨妃吊颈,许仙为什么那么卑鄙总要计算白蛇娘娘,裂帛之声我也以为真是好听,炮烙之刑只不过是你们文人笔下残忍,实在的,连丑妇效颦都比你们烈女传做得有意思多了,先生拿了戒尺要我赶快背书,我望着窗外秋风落叶以为仙姑今天一定现给我看了,我倒想看一看她的镜子是不是也同我们今日的女学生一样的,总是当着皮包拿着,但我一推想就知道那一定不是的,因为我记得姑母告诉我,我们在夜里看见鬼火就是狐狸精在那里梳头,姑母又说月亮里头有一位嫦娥女子,长生不老,永夜婆罗,因此我想这位狐仙的镜子一定是圆的,好比天上的月亮,难怪女子总是那么好看了,她诱惑了你,无论是为恩为怨,或者就同亚当夏娃要吃树上的果子一样,无所谓恩,无所谓怨,弄得你骨瘦如柴,我想这也没有什么可怪的,反正比起你们抽鸦片烟来总算是一个理想之国了。这时我听得一声咳嗽,吓得我一跳,原来一位白发老妪拄了拐杖向我打招呼了,我知道事情不妙,这一定不是我们平常之人,但也没有法子,反正今天总是梦中有梦,害怕也是无益,我赶快拿出我的日记把它记下来好了,我说,老祖母,我不认得你,言下我很是抱愧,因为口里说不认得她,心里好像有点认识,记得我十岁的时候,自己扎一个风筝放蝴蝶玩,跑到一位卖线的老太太那里去买线,告诉她过几天就过年,爸爸给压岁钱我再给她,不过两天的工夫她一病死了,我的风筝倒放得很好,所以至今还欠了一笔债,今天她来追我还债了。我想我还是自己开口为妙,于是我也还不站起身来,就好似泥菩萨一样的安静,告诉白发老者道:

"老祖母,今天实在是一个钱也没有,如今简直是公子落魄了,你知道,我家有良田几顷,当初羡慕人家过穷日子,有如皇帝想做神仙,谁知父亲的遗嘱上没有我的名字,本来就等于没有,诸事还请老祖母指教才是。"

"此庙现无人照管,你如是有心之人,就在这里供奉香火。"

"大概不行,因为照你这一说,那我就要出家做和尚,此事我曾慎重考虑过。我有一个顽皮的意见,大凡做一桩事业,万万不可以离开本行,只有抬棺材的才也扛花轿,我恐怕还是一个心猿意马之人,倘若坐在菩提树下,看见苹果忽然落了,那就未免堕入凡想,以为天下问题还要靠科学解决矣。"

"此言亦能自圆其说,但你既然来了,我殊不能放你走,我有一件事可以托你去办。"

老太婆说着若有所思,我想她不是来问我讨债的人了,关乎钱财上的事情那里有这样的儒雅,我不妨相机行事,今天或者有一个好缘法也未可知,于是我乃下笔千言离题万里道:

"老祖母,你可以告诉我一个人的赌博的法子不能?我镇日家有点无事可干的神气,倘若一个人可以赌博,那就无所谓输赢,而我又大赌了一场。"

"你永远是一个顽皮孩子,古性不改,记得汝为儿时,汝母亲虑及你将来无法收拾,成天的同几个孩子坐在土地庙里打骨牌。"

"老祖母既然知道过去未来之事。那我今日之相遇,一定不可错过,我有一个痴心的欲望,虽曰欲望,但也没有满足之意,然而确有一个鸡鸣狗盗之豪兴,故宫博物院里头有三十二张骨牌,并色子六枚,做得甚是玲珑,简直把我的眼睛看花了,老祖母可以替我盗得来否?那实在也不过同猴子偷印一样,猴子并不拿来做官,一种技痒罢了,所以千万不可以不肖之心待人。"

"不要胡思乱想,老身有拐杖在此,前程远大,你得听我吩咐。"

这一喝我就什么话也没有得说了,我虽然顽皮,但生来很有一个守礼法的性格,因为守礼法所以渐渐也就把礼法看穿了,懒得同它说话了,所以还落得做一个好子孙,其实我很是傲岸。慢慢我垂头丧气的又开言道:

"老祖母,敢问,你是一个什么人呢?你与我有什么亲属的关系没有呢?"

"汝母还替我做鞋。"

这一来我乃更是摸不着头脑,我的母亲还替她做鞋?我是我的母亲生的,我记得自我认识我的母亲我就没有看见母亲做什么女红,只是相信比丘尼,我怪我昨夜不该跑到东安市场去看戏,那个宋江不知是什么人,梅兰芳手上倒捏了一支红绣花鞋,说是替妈妈做生日,给了我一个不好的印象,所以今天就遇见怪事了。我看戏总是没有好结果,小时在乡下看东吴招亲,刘备是一个抽鸦片烟的须生,无论他也搽了粉,也还是一副害黄肿病似的面孔,登场报名说他今年五十三还做什么新郎,从此我就很是一个厌世主义者,极端佩服金圣叹的学说,过了三十岁你就不必再讨老婆了。这是闲话,且不表。我对于我的母亲的印象十分好,是一位整齐严肃的女人,我感谢我的母亲,她生我的时候正是她的少壮,而我很早很早就离开家庭,一个人在外面世界流浪,一直到现在,现在还要到将来,这是我所羡慕的一个境界。但是我何曾记得我的母亲替老祖母做鞋来着?梦中难道遇见谎事?其中必有原故,我得研究个明白。是的,这位老祖母一定是一名菩萨,名字叫做送子娘娘,我听说我的母亲在生我以前,曾经求天拜佛,在送子娘娘庙里许了愿,那自然是为得我的降生了,那个庙里我去玩过,佛龛之前确乎挂着一双一双的娘娘鞋,原来那里头有我的母亲的手工,但我好像记得那个佛龛上的偶像是同观音菩萨一样的好看,并不是这么一个白发苍苍的老祖母,拄了拐杖来同我认亲,然而菩萨有七十二相,或者本来就无定形也未可知,而且我亲眼看见我家里有一位张婆,是一个稳婆,后来也是岁数很大,贫无所依,常到我家作客,叫我不要淘气,别同她闹,她说,"你知道吗,你生下地是我把你拣起来的!"那么,如今我就算是一个亡命之徒,论起关系来,这两位老太婆至少总与我的母亲有关系了。这一层瓜葛给我弄明白了,我乃向我的面前这位老祖母仔细认识一眼,今天大有请客之意,喝几杯淡酒,叙此平生之缘。说也奇怪,我这样仔细觑视她,我才看见老祖母的背后原来还站着一人,天下事真是未免出乎意外了,我再一看,这一位藏在眼前不同我打招呼的来客原来是一位好看的女子,我无论如何只看得见女儿之发,萧萧发影,不可仰首,于是我不由得悲从中来,珠泪双抛了,这里头一定有一个不相招呼的道理在,然而我偏偏小孩子似的墙高数仞我也要钻隙相窥,老祖母乃大摆其架子以杖恐吓我道:

"孺子不得无礼!"

她没有说明其所以,我也就不说明其所以,省得把心事揭穿了。人之情各见于其面,当下我大概很是一个惆怅之容,老祖母乃以其慈悲之相从荷包里递给我一个东西道:

"这个你拿去。"

我以为她开一张支票给我,心里也很有点喜欢,但捧在手上夜里我要细细的看,原来是一个玩具,我不敢说它就是希腊国克罗妥太太的纺织物,至少也总是一个土物,像我家老妈子纺线的一套家伙,总之决不是一场梦罢了。我更请教于老祖母道:

"此物有何用处呢?"

"此物名曰纺纸,其性质略当于走马灯,但可以无限引长,故事层出不穷,汝拿去权当一个题目做之可也。"

〔附一〕

菱荡(节选)

　　菱荡属陶家村,周围常青树的矮林,密得很。走在坝上。望见白水的一角。荡岸,绿草散着野花,成一个圈圈。两个通口,一个连菜园,陈聋子种的几畦园也在这里。

　　菱荡的深,陶家村的二老爹知道,二老爹是七十八岁的老人,说,道光十九年,剩了他们的菱荡没有成干土,但也快要见底了。网起来的大小鱼真不少,鲤鱼大的有二十斤。这回陶家村可热闹,六城的人来看,洗手塔上是人,荡当中人挤人,树都挤得稀疏了。

　　菱叶差池了水面,约半荡,余则是白水。太阳当顶时,林茂无鸟声,过路人不见水的过去。如果是熟客,绕到进口的地方进去玩,一眼要上下闪,天与水。停了脚,水里唧唧响,——水仿佛是这一个一个的声音填的!偏头,或者看见一人钓鱼,钓鱼的只看他的一根线。一声不响的你又走出来了。好比是进城去,到了街上你还是菱荡的过客。

　　这样的人,总觉得有一个东西是深的,碧蓝的,绿的,又是那么圆。

　　城里人并不以为菱荡是陶家村的,是陈聋子的。大家都熟识这个聋子,喜欢他,打趣他,尤其是那般洗衣的女人,——洗衣的多半住在西城根,河水渴了到菱荡来洗。菱荡的深,这才被她们搅动了。太阳落山以及天刚刚破晓的时候,坝上也听得见她们喉咙叫,其至,衣篮太重了坐在坝脚下草地上"打一栈"的也与正在捶捣杵的相呼应。野花做了他们的蒲团,原来青青的草她们踏成了路。

　　陈聋子,平常略去了陈字,只称聋子。他在陶家村打了十几年长工,轻易不见他说话,别人说话他偏肯听,大家都嫉妒他似的这样叫他。但这或者不始于陶家村,他到陶家村来似乎就没有带来别的名字了。二老爹的园是他种,园里出的菜也要他挑上街去卖。二老爹相信他一人,回来一文一文的钱向二老爹手上数。洗衣女人问他讨萝卜吃——好比他正在萝卜田里,他也连忙拔起一个大的,连叶子给她。不过问萝卜他就答应一个萝卜,再说他的萝卜不好,他无话回,笑是笑的。菱荡圩的萝卜吃在口里实在甜。

　　菱荡满菱角的时候,菱荡里不时有一个小划子(这划子一个人背得起),坐划子菱叶上打回旋的常是陈聋子。聋子到那里去了,二老爹也不知道,二老爹或者在坝脚下看他的牛吃草,没有留心他的聋子进菱荡。聋子挑了菱角回家——聋子是在菱荡摘菱角!

聋子总是这样的去摘菱角,恰如菱荡在菱荡圩不现其水。

有一回聋子送一篮菱角到石家井去,——石家井是城里有名的巷子,石姓所居,两边院墙夹成一条深巷,石铺的道,小孩子走这里过,故意踏得响,逗回声。聋子走到石家大门,站住了,抬了头望院子里的石榴,仿佛这样望得出人来。两匹狗朝外一奔,跳到他的肩膀上叫。一匹是黑的,一匹白的,聋子分不开眼睛,尽站在一块石上转,两手紧握篮子,一直到狗叫出了石家的小姑娘,替他喝住狗。石家姑娘见了一篮红菱角,笑道:"是我家买的吗?"聋子被狗呆住了的模样,一言没有发,但他对了小姑娘牙齿都笑出来了。小姑娘引他进门,一会儿又送他出门。他连走路也不响。

以后逢着二老爹的孙女儿吵嘴,聋子就咕噜一句:

"你看街上的小姑娘是多么好!"

他的话总是这样的说。

〔附二〕

桥·灯笼(节选)

史家奶奶琴子两人坐在灯下谈天,尽是属于传说上的。这回的清明对于史家奶奶大大的不同了,欢欢喜喜的也说过节。

原因自然是多了小林这一个客。老人,象史家奶奶这样的老人,狂风怒涛行在大海,恐怕不如我们害怕;同我们一路祭奠死人,站在坟场之中——青草也堆成了波呵,则其眼睛看见的是什么,决不是我们所能够推测。往年,陪了琴子细竹去上坟,回转头来,细竹常是埋怨琴子"不该掉眼泪,惹得奶奶几乎要哭!"她实在的觉得奶奶这么大的年纪不哭才好。

然而奶奶有时到底哭了一哭,她也哭而已,算是"大家伤心一场,"哭就同是伤心,掉眼泪就是哭,——本来,泪珠儿落了下来,那里还有白头与少女的标记呢?但这都不是今年的话。今年连琴子也格外的壮观起来了,"清明是人间的事,与大地原无关。"奶奶同她谈,她恰用得着野心二字,——这在以前是决没有的。

这时小林徘徊于河上,细竹也还在大门口没有进来。灯点在屋子里,要照见的倒不如说是四壁以外,因为琴子的眼睛虽是牢牢的对住这一颗光,而她一忽儿站在杨柳树底下,一忽儿又跑到屋对面的麦垅里去了。这一些稔熟的地方,谁也不知谁是最福气偏偏赶得上这一位姑娘的想象!不然就只好在夜色之中。

"清明插杨柳,端午插菖蒲,艾,中秋个个又要到塘里摘荷叶,——这都有来历没有?到处是不是一样?"史家奶奶说。

"不晓得。"

琴子答,眼睛依然没有离开灯火,——忽然她替史家庄唯一的一棵梅花开了一树花!

这是一棵腊梅,长在"东头"一家的院子里,花开的时候她喜欢去看。

这个新鲜的思想居然自成一幕,刚才一个一个的出现的都不知退避到哪一角落里去了。抬头,很兴奋的对奶奶道:

"过年有什么可插呢?要插就只有梅花。但梅花太少。"

史家奶奶的眼睛闭住了,仿佛一时觉得灯光太强,而且同小孩子背书一般随口这样一声:

"岁寒然后知松柏之后凋。"

话出了口,再也不听见别的什么了,眼睛还是闭着。这实在只等于打了一个呵欠,一点意思也没有。而琴子,立时目光炯然,望着老人,那一双眼睛就真是瞎子的眼睛她也要它重明似的,道:

"奶,过年家家贴对子,红纸上写的也就是些春风杨柳之类。"

"哈,我的孩子,——史家庄所有的春联,都是你一人的心裁,亏你记得许多。"

"细竹倒也帮了许多忙。"

琴子笑。连忙又道:

"她跑到哪里玩去了,还没有回来。"

"小林也没有回来哩,——他跑到哪里去了?外面都是漆黑的。"

没有答话,静得很。

灯光无助于祖母之爱,少女的心又不能自己燃起来——真是"随风潜入夜"。

〔附三〕

莫须有先生传·这一回讲到三脚猫（节选）

莫须有先生蹲在两块石砖之上，悠然见南山，境界不胜其广，大喜道：
"好极了，我悔我来之晚矣，这个地方真不错。我就把我的这个山舍颜之曰茅司见山斋。可惜我的字写得太不象样儿，当然也不必就要写，心心相印，——我的莫须有先生之玺，花了十块左右请人刻了来，至今还没有买印色，也没有用处，太大了。我生平最不喜欢出告示，只喜欢做日记，我的文章可不就等于做日记吗？只有我自己最明白。如果历来赏鉴艺术的人都是同我有这副冒险本领，那也就没有什么叫做不明白。"

"莫须有先生，你有话坐在茅司里说什么呢？"

"我并没有说话呵，这就完全是你的不是了，我没有净一净手，不是正正堂堂的自己站到人世之前，你就不应该质问我，——糟糕，不巧得很，我平白的一脚把一个循到这儿走路的蚂蚁踏死了。这只好说是它该死，也算是它的人的一生。有什么了不得的事？"

于是莫须有先生低头而出了，没有净一净手，而一看，吓得一跳，这个露天茅司的一角之墙立刻可以有坍台之势，好在他已经出来了。不知是侥幸今遭呢，还是以警后来，自言自带笑：

"倘若在这个里头埋没了，那人生未免太无意义了。"

"莫须有先生，你以后多谈点故事，不要专门讲道理，那是不容易叫人喜欢听的，而且你也实在不必要人家听你的道理，人生在世，过日子，一天能够得几场笑，那他的权利义务都尽了。你多多的讲点故事我们听，我们都喜欢你了。"

"我告诉你，你不要怪我生气，你这讲的是什么话呢？你叫我不要讲道理，你可不就是讲道理我听吗？你懂得什么呢？我什么都能讲，故事多着哩，但我不能轻听你们妇人女子之言，我高兴怎么就怎么。别以为我住在你们这里，人家可以贿赂你，可以买通我。好罢，你倒杯水我喝一喝，就是谈故事说书人他也不能够只是讲话，他得让他的喉咙不干枯，你简直还没有尽过宾主之礼。"

"莫须有先生，这个不能怪我，我一见了你我什么都忘记了，我可怜你，这么年青青的，这么的德配天地道贯古今，这么的好贞操！"

"你最后一句意思是好是坏，不明白，——算了算了，以前的话都不算数,算是一个开场白,从今天起努力谈故事。唉,人生在世实在就应该练习到同讲故事一样,同唱戏一样,哀而不伤,君君臣臣父父子子,一切一切关系都能够不过如此,恋爱也好,亡国也好,做到真切处弃甲丢盔,回头还是好好的打扮自己。"

"你喝一杯茶,你的房主人祝你平安多福。"

"嗳呀,谢谢你。"

莫须有先生一饮而尽,愁眉莫展,他以为他来得十分好看,两袖生风,恨不得他的爱人从精神上相应惊赏他这一个豪饮了。

〔附四〕

莫须有先生坐飞机以后·莫须有先生动手著论(节选)

两个小孩,在水磨冲寻得了两个乐处,一是拣柴,一是洗衣。小孩子的乐处也便是莫须有先生的乐处,莫须有先生也觉得此二事甚可乐也。不过拣柴的乐处也还是贪。其实世间一切的乐处都是贪,只有孔颜的乐处不是贪,故孔颜是圣贤。谁能不自欺乎?且先说拣柴的乐处。纯与慈不知为什么那样喜欢拣柴,即莫须有先生自己也还是那样喜欢拣柴,此事真复乐,聊用忘华簪。头一天晚上到水磨冲,第二天清晨,冬夜长,天还没有亮,但小孩子的眼睛已经清醒了,躺在床上想一个新鲜的功课,纯叫慈道:

"姐姐,我们两人起早些,到山上去拣柴。"

"要得要得!"

慈无论赞成什么事情,总是连声答着"要得要得",因为"要得要得"常常受了莫须有先生的打击,莫须有先生说"要不得要不得"了。有一回莫须有先生无心发现他自己赞成一件事也是连声答着"要得要得",原来慈同他是一个口吻了。此刻晨光熹微,莫须有先生正在高枕而卧,听着慈的"要得要得"的声音,如听雀叫,很是喜欢了。莫须有先生虽然不加入两个小孩子的拣柴队,确是神往,不过他这个人现在一切事都没有重量,大约真是到了唯心地位,世间已经不是物,是心猿意马了,于我如浮云而已。莫须有先生太太则近乎功利派,听了两个小孩子的话,便有点怂恿他们去拣柴,说道:

"你们两人去拣柴,拣回了我煮饭,家里还没有买柴。"

两个小孩子便高兴极了,趣味之中而有功利的意义参加,于是趣味更重了。所以世间确乎是贪。

拣柴，便是提了一个手提的竹篮子到山上树林里去拾起树上落下来的细小的枯枝，慈同纯便共同出发了，竹篮子由姐姐提着。冬日到山上树林里拣柴，真个如"洞庭鱼可拾"，一个小篮子一会儿就满了，两个小孩子抢着拣，笑着拣，天下从来没有这样如意的事了。这虽是世间的事，确是欢喜的世间，确是工作，确是游戏，又确乎不是空虚了，拿回去可以煮饭了，讨得妈妈的喜欢了。他们不知道爸爸是怎样的喜欢他们。是的，照莫须有先生的心理解释，拣柴便是天才的表现，便是创作，清风明月，春华秋实，都在这些枯柴上面拾起来了，所以烧起便是美丽的火，象征着生命。莫须有先生小时喜欢乡间塘里看打鱼，天旱时塘里的水干了，鱼便俯手即是，但其欢喜不及拣柴。喜欢看落叶，风吹落叶成阵，但其欢喜不及拣柴。喜欢看河水，大雨后小河里急流初至，但其欢喜不及拣柴。喜欢看雨线，便是现在教纯读国语读本，见书上有画，有"一条线，一条线，到河里，都不见"的文句，也还是情不自禁，如身临其境，但其欢喜不及拣柴。喜欢看果落，这个机会很少，后来在北平常常看见树上枣子落地了，但其欢喜不及拣柴。明月之夜，树影子都在地下，"只知解道春来瘦，不道春来独自多，"见着许多影子真个独自多起来了，但其欢喜不及拣柴。这原来并不是莫须有先生个人的欢喜，是两个小孩子共同的欢喜，只有莫须有先生十分的理解他们了。这一点不能不说是爸爸的伟大，妈妈比起来诚不免妇人女子之见了，也便是小人之见，所谓"小人喻于利。"妈妈看着两个小孩子顷刻的工夫提了一篮柴回来，替他们倾倒下来，叫他们再去，而且估计道：

"再拣一篮回来，就煮得一餐饭熟。"

纯要得一个主观的批评，不要得一个客观的批评，认妈妈的话毫不足以满意，仅问着道：

"妈妈，多不多？"

"再去！"

"你说多不多？"

"再去！"

莫须有先生在旁边十分的寂寞，不但为纯寂寞，也为一切的艺术家寂寞了，世间的批评何以多有世俗气呢？

"纯，再去，妈妈叫我们两人再去。"

慈不愿受批评，而且她向来不重视妈妈的批评，只要妈妈允许她再去作这一件有趣的工作便高兴足矣了。她凭着自己的兴趣作的事常常受妈妈的责难。关于妈妈的责难，莫须有先生却总以为妈妈是对的。

"我同你们两人去。"

莫须有先生说,于是两个小孩十分得意,爸爸陪着他们去,天下那里有这样有价值的鼓励呢?同时两个小孩子的欢喜如风平浪静了,一点竞争的心没有,等于携手同行到树林里去玩,竹篮子里面永远装不满了。大约小孩子与小孩子等于天上的星与星,彼此之间是极端欢喜的,若有大人加入,则如日月出矣了,星光都隐藏于慈爱了。

【阅读提示】

选录本文及所附四则文字是为了展示废名小说语言的五度变化,废名小说创作始于1922年,终于1948年,几乎与现代文学相起讫。作为极负盛名的"文体家",他在语言上的极端追求和极力变化都是非常引人注目的。《纺纸记·楔子》背后的思想相当复杂晦涩,因而本节的阅读仅从体会其语言特点的角度进行。

1. 《菱荡》是废名早期短篇小说,这是一种几乎没有"故事"的小说,一切依赖于"情境"来组织,大量的景物描写和随意的人物点染是其特点,语言清新流利,运转自如,体现了很高的水平。

2. 《桥》的创作延续十多年,是由一段段可自独立的章节组成的长篇,在这部作品中,废名进行了艰苦的语言探索,"写小说同唐人写绝句一样",极端俭省的文字使得意象既繁密又超出常理地跳跃,修辞上也有较为极端的探索,成败皆有例证。本选段中描写琴子的想象就是一个漂亮的修辞例子。

3. 《莫须有先生传》与《桥》在语言上几乎完全相反,这个长篇用的是可以称为放肆的文字进行叙述,不衫不履,几乎毫无节制,在这里,废名把语言试验推到另一个极端。

4. 《纺纸记》是废名拟想中的又一个长篇,但没有完成,只留下这个《楔子》,其晦涩难懂较之《莫须有先生传》有过之而无不及,但在对语言的控制上明显比后者精致,如风行水上,起落无痕,抛其他方面不论,这则文字所达到的水平在汉语文本中是极高的。

5. 《莫须有先生坐飞机以后》是抗战后的长篇,此时废名已宣称不写小说,专写散文,碍于约稿,乃有此作,但废名基本上是将这部小说当散文写的,由于思想经历的变化,本作返璞归真,语言极为平易,可称"无意为文"了。

6. 前面所讲是废名作品间的"异",实际上各期之间的"同"是不可能完全没有的,能否在所提供的文本中找到具体的句例?

【扩展性阅读书(篇)目】

《浣衣母》《竹林的故事》《河上柳》;《桥》"习字""杨柳""花红山""桥";《莫须有先生传》"莫须有先生下乡""这一章说到不可思议";《莫须有先生坐飞机以后》"莫须有先生买白糖""民国庚辰元旦"。

【参考书(篇)目】

1. 周作人:《莫须有先生传·序》,《周作人文类编》,湖南文艺出版社1998年版。
2. 吴晓东:《背着语言的筏子——废名小说〈桥〉的诗学研读》,载《中国现代文学研究丛刊》2001年第1期。

子夜（节选）

茅 盾

第 一 章

一

　　太阳刚刚下了地平线。软风一阵一阵地吹上人面，怪痒痒的。苏州河的浊水幻成了金绿色，轻轻地，悄悄地，向西流去。黄浦的夕潮不知怎的已经涨上了，现在沿这苏州河两岸的各色船只都浮得高高地，舱面比码头还高了约莫半尺。风吹来外滩公园里的音乐，却只有那炒豆似的铜鼓声最分明，也最叫人兴奋。暮霭挟着薄雾笼罩了外白渡桥的高耸的钢架，电车驶过时，这钢架下横空架挂的电车线时时爆发出几朵碧绿的火花。从桥上向东望，可以看见浦东的洋栈像巨大的怪兽，蹲在暝色中，闪着千百只小眼睛似的灯火。向西望，叫人猛一惊的，是高高地装在一所洋房顶上而且异常庞大的霓虹电管广告，射出火一样的赤光和青燐似的绿焰：Light，Heat，Power！

　　这时候——这天堂般五月的傍晚，有三辆一九三〇年式的雪铁笼汽车像闪电一般驶过了外白渡桥，向西转弯，一直沿北苏州路去了。

　　过了北河南路口的上海总商会以西的一段，俗名唤作"铁马路"，是行驶内河的小火轮的汇集处。那三辆汽车到这里就减低了速率。第一辆车的汽车夫轻声地对坐在他旁边的穿一身黑拷绸衣裤的彪形大汉说：

　　"老关！是戴生昌罢？"

　　"可不是！怎么你倒忘了？您准是给那只烂污货迷昏了啦！"

　　老关也是轻声说，露出一口好像连铁梗都咬得断似的大牙齿。他是保镖的。此时汽车戛然而止，老关忙即跳下车去，摸摸腰间的勃郎宁，又向四下里瞥了一眼，就过去开了车门，威风凛凛地站在旁边。车厢里先探出一个头来，紫酱色的一张方脸，浓眉毛，圆眼睛，脸上有许多小疱。看见迎面那所小洋房的大门上正有"戴生昌轮船局"六个大字，这人也就跳下车来，一直走进去。老关紧跟在后面。

"云飞轮船快到了么?"

紫酱脸的人傲然问,声音宏亮而清晰。他大概有四十岁了,身材魁梧,举止威严,一望而知是颐指气使惯了的"大亨"。他的话还没完,坐在那里的轮船局办事员霍地一齐站了起来,内中有一个瘦长子堆起满脸的笑容抢上一步,恭恭敬敬回答:

"快了,快了!三老爷,请坐一会儿罢。——倒茶来。"

瘦长子一面说,一面就拉过一把椅子来放在三老爷的背后。三老爷脸上的肌肉一动,似乎是微笑,对那个瘦长子瞥了一眼,就望着门外。这时三老爷的车子已经开过去了,第二辆汽车补了缺,从车厢里下来一男一女,也进来了。男的是五短身材,微胖,满面和气的一张白脸。女的却高得多,也是方脸,和三老爷有几分相像,但颇白嫩光泽。两个都是四十开外的年纪了,但女的因为装饰入时,看来至多不过三十左右。男的先开口:

"荪甫,就在这里等候么?"

紫酱色脸的荪甫还没回答,轮船局的那个瘦长子早又陪笑说:

"不错,不错,姑老爷。已经听得拉过回声。我派了人在那里看着,专等船靠了码头,就进来报告。顶多再等五分钟,五分钟!"

"呀,福生,你还在这里么?好!做生意要有长性。老太爷向来就说你肯学好。你有几年不见老太爷罢?"

"上月回乡去,还到老太爷那里请安。——姑太太请坐罢。"

叫做福生的那个瘦长男子听得姑太太称赞他,快活得什么似的,一面急口回答,一面转身又拖了两把椅子来放在姑老爷和姑太太的背后,又是献茶,又是敬烟。他是荪甫三老爷家里一个老仆的儿子,从小就伶俐,所以荪甫的父亲——吴老太爷特嘱荪甫安插他到这戴生昌轮船局。但是荪甫他们三位且不先坐下,眼睛都看着门外。门口马路上也有一个彪形大汉站着,背向着门,不住地左顾右盼;这是姑老爷杜竹斋随身带的保镖。

杜姑太太轻声松一口气,先坐了,拿一块印花小丝巾,在嘴唇上抹了几下,回头对荪甫说:

"三弟,去年我和竹斋回乡去扫墓,也坐这云飞船。是一条快船。单趟直放,不过半天多,就到了;就是颠得厉害。骨头痛。这次爸爸一定很辛苦的。他那半肢疯,半个身子简直不能动。竹斋,去年我们看见爸爸坐久了就说头晕——"

姑太太说到这里一顿,轻轻吁了一口气,眼圈儿也像有点红了。她正想接下去说,猛的一声汽笛从外面飞来。接着一个人跑进来喊道:

"云飞靠了码头了!"

姑太太也立刻站了起来,手扶着杜竹斋的肩膀。那时福生已经飞步抢出去,一面走,一面扭转脖子,朝后面说:

"三老爷,姑老爷,姑太太;不忙,等我先去招呼好了,再出来!"

轮船局里其他的办事人也开始忙乱;一片声唤脚夫。就有一架预先准备好的大藤椅由两个精壮的脚夫抬了出去。苏甫眼睛望着外边,嘴里说:

"二姊,回头你和老太爷同坐一八八九号,让四妹和我同车,竹斋带阿萱。"

姑太太点头,眼睛也望着外边,嘴唇翕翕地动:在那里念佛!竹斋含着雪茄,微微地笑着,看了苏甫一眼,似乎说"我们走罢"。恰好福生也进来了,十分为难似的皱着眉头:

"真不巧。有一只苏州班的拖船停在里挡——"

"不要紧。我们到码头上去看罢!"

苏甫截断了福生的话,就走出去了。保镖的老关赶快也跟上去。后面是杜竹斋和他的夫人,还有福生。本来站在门口的杜竹斋的保镖就作了最后的"殿军"。

云飞轮船果然泊在一条大拖船——所谓"公司船"的外边。那只大藤椅已经放在云飞船头,两个精壮的脚夫站在旁边。码头上冷静静地,没有什么闲杂人;轮船局里的两三个职员正在那里高声吆喝,轰走那些围近来的黄包车夫和小贩。苏甫他们三位走上了那"公司船"的甲板时,吴老太爷已经由云飞的茶房扶出来坐上藤椅子了。福生赶快跳过去,做手势,命令那两个脚夫抬起吴老太爷,慢慢地走到"公司船"上。于是儿子,女儿,女婿,都上前相见。虽然路上辛苦,老太爷的脸色并不难看,两圈红晕停在他的额角。可是他不作声,看看儿子,女儿,女婿,只点了一下头,便把眼睛闭上了。

这时候,和老太爷同来的四小姐蕙芳和七少爷阿萱也挤上那"公司船"。

"爸爸在路上好么?"

杜姑太太——吴二小姐,拉住了四小姐,轻声问。

"没有什么。只是老说头眩。"

"赶快上汽车罢!福生,你去招呼一八八九号的新车子先开来。"

苏甫不耐烦似的说。让两位小姐围在老太爷旁边,苏甫和竹斋,阿萱就先走到码头上。一八八九号的车子开到了,藤椅子也上了岸,吴老太爷也被扶进汽车里坐定了,二小姐——杜姑太太跟着便坐在老太爷旁边。本来还

是闭着眼睛的吴老太爷被二小姐身上的香气一刺激,便睁开眼来看一下,颤着声音慢慢地说:

"芙芳,是你么?要蕙芳来!蕙芳!还有阿萱!"

荪甫在后面的车子里听得了,略皱一下眉头,但也不说什么。老太爷的脾气古怪而且执拗,荪甫和竹斋都知道。于是四小姐蕙芳和七少爷阿萱都进了老太爷的车子。二小姐芙芳舍不得离开父亲,便也挤在那里。两位小姐把老太爷夹在中间。马达声音响了,一八八九号汽车开路,已经动了,忽然吴老太爷又锐声叫了起来:

"《太上感应篇》!"

这是裂帛似的一声怪叫。在这一声叫喊中,吴老太爷的残余生命力似乎又复旺炽了;他的老眼闪闪地放光,额角上的淡红色转为深朱,虽然他的嘴唇簌簌地抖着。

一八八九号的汽车夫立刻把车煞住,惊惶地回过脸来。荪甫和竹斋的车子也跟着停止。大家都怔住了。四小姐却明白老太爷要的是什么。她看见福生站在近旁,就唤他道:

"福生,赶快到云飞的大餐间里拿那部《太上感应篇》来!是黄绫子的书套!"

吴老太爷自从骑马跌伤了腿,终至成为半肢疯以来,就虔奉《太上感应篇》,二十余年如一日;除了每年印赠而外,又曾恭楷手抄一部,是他坐卧不离的。

一会儿,福生捧着黄绫子书套的《感应篇》来了。吴老太爷接过来恭恭敬敬摆在膝头,就闭了眼睛,干瘪的嘴唇上浮出一丝放心了的微笑。

"开车!"

二小姐轻声喝,松了一口气,一仰脸把后颈靠在弹簧背垫上,也忍不住微笑。这时候,汽车愈走愈快,沿着北苏州路向东走,到了外白渡桥转弯朝南,那三辆车便像一阵狂风,每分钟半英里,一九三〇年式的新纪录。

坐在这样近代交通的利器上,驱驰于三百万人口的东方大都市上海的大街,而却捧了《太上感应篇》,心里专念着文昌帝君的"万恶淫为首,百善孝为先"的诰诫,这矛盾是很显然的了。而尤其使这矛盾尖锐化的,是吴老太爷的真正虔奉《太上感应篇》,完全不同于上海的借善骗钱的"善棍"。可是三十年前,吴老太爷却还是顶括括的"维新党"。祖若父两代侍郎,皇家的恩泽不可谓不厚,然而吴老太爷那时却是满腔子的"革命"思想。普遍于那时候的父与子的冲突,少年的吴老太爷也是一个主角。如果不是二十五年前习武骑马跌伤了腿,又不幸而渐渐成为半身不遂的毛病,更不幸而接着又赋悼亡,那么现在吴老太爷也许不至于整天捧着《太上感应篇》罢?然而自从伤腿以后,吴老太爷的英年浩气就好像是整个儿跌丢了;二十五年来,他就不曾跨出他的书斋半步!二十五年来,除了《太上感应篇》,他就不曾看过任何书报!二十五年来,他不曾经验过书斋以外的人生!第二代的"父与子的冲突"又在他自己和荪甫中间不可挽救地发生。而且如果说上一代的侍郎可算得又怪僻,又执拗,那么,吴老太爷正亦不弱于乃翁;书斋便是他的堡寨,《太上感应篇》便是他的护身法宝,他坚决的拒绝了和儿子妥协,亦既有十年之久了!

虽然此时他已经坐在一九三〇年式的汽车里,然而并不是他对儿子妥协。他早就说过,与其目击儿子那样的"离经叛道"的生活,倒不如死了好!他绝对不愿意到上海。荪甫向来也不坚持要老太爷来,此番因为土匪实在太嚣张,而且邻省的共产党红军也有燎原之势,让老太爷高卧家园,委实是不妥当。这也是儿子的孝心。吴老太爷根本就不相信什么土匪,什么红军,能够伤害他这虔奉文昌帝君的积善老子!但是坐卧都要人扶持,半步也不能动的他,有什么办法?他只好让他们从他的"堡寨"里抬出来,上了云飞轮船,终于又上了这"子不语"的怪物——汽车。正像二十五年前是这该诅咒的半身不遂使他不能到底做成"维新党",使他不得不对老侍郎的"父"屈服,现在仍是这该诅咒的半身不遂使他又不能"积善"到底,使他不得不对新式企业家的"子"妥协了!他就是那么样始终演着悲剧!

但毕竟尚有《太上感应篇》这护身法宝在他手上,而况四小姐蕙芳,七少爷阿萱一对金童玉女,也在他身旁,似乎虽入"魔窟",亦未必竟堕"德行",所以吴老太爷闭目养了一会神以后,渐渐泰然怡然睁开眼睛来了。

汽车发疯似的向前飞跑。吴老太爷向前看。天哪!几百个亮着灯光的窗洞像几百只怪眼睛,高耸碧霄的摩天建筑,排山倒海般地扑到吴老太爷眼前,忽地又没有了;光秃秃的平地拔立的路灯杆,无穷无尽地,一杆接一杆地,向吴老太爷脸前打来,忽地又没有了;长蛇阵似的一串黑怪物,头上都有一对大眼睛放射出叫人目眩的强光,啵——啵——地吼着,闪电似的冲将过来,准对着吴老太爷坐的小箱子冲将过来!近了!近了!吴老太爷闭了眼睛,全身都抖了。他觉得他的头颅仿佛是在颈脖子上旋转;他眼前是红的,黄的,绿的,黑的,发光的,立方体的,圆锥形的,——混杂的一团,在那里跳,在那里转;他耳朵里灌满了轰,轰,轰!轧,轧,轧!啵,啵,啵!猛烈嘈杂的声浪会叫人心跳出腔子似的。

不知经过了多少时候,吴老太爷悠然转过一口气来,有说话的声音在他耳边动荡:

"四妹,上海也不太平呀!上月是公共汽车罢工,这月是电车了!上月底共产党在北京路闹事,捉了几百,当场打死了一个。共产党有枪呢!听三弟说,各工厂的工人也都不稳。随时可以闹事。时时想暴动。三弟的厂里,三弟公馆的围墙上,都写满了共产党的标语……"

"难道巡捕不捉么?"

"怎么不捉!可是捉不完。啊哟!真不知道哪里来的这许多不要性命的人!——可是,四妹,你这一身衣服实在看了叫人笑。这还是十年前的装束!明天赶快换一身罢!"

是二小姐芙芳和四小姐蕙芳的对话。吴老太爷猛睁开了眼睛,只见左右前后都是像他自己所坐的那种小箱子——汽车。都是静静地一动也不动。横在前面不远,却像开了一道河似的,从南到北,又从北到南,匆忙地杂乱地交流着各色各样的车子;而夹在车子中间,又有各色各样的男人女人,都像有鬼赶在屁股后似的跌跌撞撞地快跑。不知从什么高处射来的一道红光,又正落在吴老太爷身上。

这里正是南京路同河南路的交叉点,所谓"抛球场"。东西行的车辆此时正在那里静候指挥交通的红绿灯的命令。

"二姊,我还没见过三嫂子呢。我这一身乡气,会惹她笑痛了肚子罢。"

蕙芳轻声说,偷眼看一下父亲,又看看左右前后安坐在汽车里的时髦女人。芙芳笑了一声,拿出手帕来抹一下嘴唇。一股浓香直扑进吴老太爷的鼻子,痒痒地似乎怪难受。

"真怪呢!四妹。我去年到乡下去过,也没看见像你这一身老式的衣裙。"

"可不是。乡下女人的装束也是时髦得很呢,但是父亲不许我——"

像一枝尖针刺入吴老太爷迷惘的神经,他心跳了。他的眼光本能地瞥到二小姐芙芳的身上。他第一次意识地看清楚了二小姐的装束:虽则尚在五月,却因今天骤然闷热,二小姐已经完全是夏装;淡蓝色的薄纱紧裹着她的壮健的身体,一对丰满的乳房很显明地突出来,袖口缩在臂弯以上,露出雪白的半只臂膊。一种说不出的厌恶,突然塞满了吴老太爷的心胸,他赶快转过脸去,不提防扑进他视野的,又是一位半裸体似的只穿着亮纱坎肩,连肌肤都看得分明的时装少妇,高坐在一辆黄包车上,翘起了赤裸裸的一只白腿,简直好像没有穿裤子。"万恶淫为首!"这句话像鼓槌一般打得吴老太爷全身发抖。然而还不止此。吴老太爷眼珠一转,又瞥见了他的宝贝阿萱却正张大了嘴巴,出神地贪看那位半裸体的妖艳少妇呢!老太爷的心卜地一下狂跳,就像爆裂了似的再也不动,喉间是火辣辣地,好像塞进了一大把的辣椒。

此时指挥交通的灯光换了绿色,吴老太爷的车子便又向前进。冲开了各色各样车辆的海,冲开了红红绿绿的耀着肉光的男人女人的海,向前进!机械的骚音,汽车的臭屁,和女人身上的香气,霓虹电管的赤光,——一切梦魇似的都市的精怪,毫无怜悯地压到吴老太爷朽弱的心灵上,直到他只有目眩,只有耳鸣,只有头晕!直到他的刺激过度神经像要爆裂似的发痛,直到他的狂跳不歇的心脏不能再跳动!

呼卢呼卢的声音从吴老太爷的喉间发出来,但是都市的骚音太大了,二小姐,四小姐和阿萱都没有听到。老太爷的脸色也变了,但是在不断的红绿灯光的映射中,谁也不能辨别谁的脸色有什么异样。

汽车是旋风般向前进。已经穿过了西藏路,在平坦的静安寺路上开足了速率。路旁隐在绿荫中射出一点灯光的小洋房连排似的扑过来,一眨眼就过去了。五月夜的凉风吹在车窗上,猎猎地响。四小姐蕙芳像是摆脱了什么重压似的松一口气,对阿萱说:

"七弟,这可长住在上海了。究竟上海有什么好玩,我只觉得乱烘烘地叫人头痛。"

"住惯了就好了。近来是乡下土匪太多,大家都搬到上海来。四妹,你看这一路的新房子,都是这两年内新盖起来的。随你盖多少新房子,总有那么多的人来住。"

二小姐接着说,打开她的红色皮包,取出一个粉扑,对着皮包上装就的小镜子便开始化起妆来。

"其实乡下也还太平。谣言还没有上海么多。七弟,是么?"

"太平?不见得罢!两星期前开来了一连兵,刚到关帝庙里驻扎好了,就向商会里要五十个年青的女人——补洗衣服;商会说没有,那些八太爷就自己出来动手拉。我们隔壁开水果店的陈家嫂不是被他们拉了去么?我们家的陆妈也是好几天不敢出大门……"

"真作孽!我们在上海一点不知道。我们只听说共产党要掳女人去共。"

"我在镇上就不曾见过半个共军。就是那一连兵,叫人头痛!"

"吓,七弟,你真糊涂!等到你也看见,那还了得!竹斋说,现在的共产党真厉害,九流三教里,到处全有。防不胜防。直到像雷一样打到你眼前,你才觉到。"

这么说着,二小姐就轻轻吁一声。四小姐也觉毛骨悚然。只有不很懂事的阿萱依然张大了嘴胡胡地笑。他听得二小姐把共产党说成了神出鬼没似的,便觉得非常有趣;"会像雷一样的打到你眼前来么?莫不是有了妖术罢!"他在肚子里自问自答。这位七少爷今年虽已十九岁,虽然长的极漂亮,却因为一向就做吴老太爷的"金童",很有几分傻。

此时车上的喇叭突然呜呜地叫了两声,车子向左转,驶入一条静荡荡的浓荫夹道的横马路,灯光从树叶的密层中洒下来,斑斑驳驳地落在二小姐她们身上。车子也走得慢了。二小姐赶快把化妆皮包收拾好,转脸看着老太爷轻声说:

"爸爸,快到了。"

"爸爸睡着了!"

"七弟,你喊得那么响!二姊,爸爸闭了眼睛养神的时候,谁也不敢惊动他!"

但是汽车上的喇叭又是呜呜地连叫三声,最后一声拖了个长尾巴。这是暗号。前面一所大洋房的两扇乌油大铁门霍地荡开,汽车就轻轻地驶进门去。阿萱猛的从坐位上站起来,看见荪甫和竹斋的汽车也衔接着进来,又看见铁门两旁站着四五个当差,其中有武装的巡捕。接着,砰——的一声,铁门就关上了。此时汽车在花园里的柏油路上走,发出细微的丝丝的声音。黑森森的树木夹在柏油路两旁,三三两两的电灯在树荫间闪烁。蓦地车又转弯,眼前一片雪亮,耀的人眼花,五开间三层楼的一座大洋房在前面了,从屋子里散射出来的无线电音乐在空中回翔,咕——的一声,汽车停下。

有一个清脆的声音在汽车旁边叫:

"太太!老太爷和老爷他们都来了!"

从晕眩的突击中方始清醒过来的吴老太爷吃惊似的睁开了眼睛。但是紧抓住了这位老太爷的觉醒意识的第一刹那却不是别的,而是刚才停车在"抛球场"时七少爷阿萱贪婪地看着那位半裸体似的妖艳少妇的那种邪魔的眼光,以及四小姐蕙芳说的那一句"乡下女人装束也时髦得很呢,但是父亲不许我——"的声浪。

刚一到上海这"魔窟",吴老太爷的"金童玉女"就变了!

无线电音乐停止了,一阵女人的笑声从那五开间洋房里送出来,接着是高跟皮鞋错落地阁阁地响,两三个人形跳着过来,内中有一位粉红色衣服,长身玉立的少妇,袅着细腰抢到吴老太爷的汽车边,一手拉开了车门,娇声笑着说:

"爸爸,辛苦了!二姊,这是四妹和七弟么?"

同时就有一股异常浓郁使人窒息的甜香,扑头压住了吴老太爷。而在这香雾中,吴老太爷看见一团蓬蓬松松的头发乱纷纷地披在白中带青的圆脸上,一对发光的滴溜溜转动的黑眼睛,下面是红得可怕的两片嘻开的嘴唇。蓦地这披发头扭了一扭,又响出银铃似的声音:

"荪甫!你们先进去。我和二姊扶老太爷!四妹,你先下来!"

吴老太爷集中全身最后的生命力摇一下头。可是谁也没有理他。四小姐擦着那披发头下去了,二小姐挽住老太爷的左臂,阿萱也从旁帮一手,老太爷身不由主的便到了披发头的旁边了,就有一条滑腻的臂膊箍住了老太爷的腰部,又是一串艳笑,又是兜头扑面的香气。吴老太爷的心只是发抖,《太上感应篇》紧紧地抱在怀里。有这样的意思在他的快要炸裂的脑神经里通过:"这简直是夜叉,是鬼!"

超乎一切以上的憎恨和忿怒忽然给与吴老太爷以长久未有的力气。仗着二小姐和吴少奶奶的半扶半抱,他很轻松的上了五级的石阶,走进那间灯火辉煌的大客厅了。满客厅的人!迎面上前的是荪甫和竹斋。忽然又飞跑来两个青年女郎,都是披着满头长发,围住了吴老太爷叫唤问好。她们嘈杂地说着笑着,簇拥着老太爷到一张高背沙发椅里坐下。

吴老太爷只是瞪出了眼睛看。憎恨,忿怒,以及过度刺激,烧得他的脸色变为青中带紫。他看见满客厅是五颜六色的电灯在那里旋转,旋转,而且愈转愈快。近他身旁有一个怪东西,是浑圆的一片金光,荷荷地响着,徐徐向左右移动,吹出了叫人气噎的猛风,像是什么金脸的妖怪在那里摇头作法。而这金光也愈摇愈大,塞满了全客厅,弥漫了全空间了!一切红的绿的电灯,一切长方形,椭圆形,多角形的家具,一切男的女的人们,都在这金光中跳着转着。粉红色的吴少奶奶,苹果绿色的一位女郎,淡黄色的又一女郎,都在那里疯狂地跳,跳!她们身上的轻绡掩不住全身肌肉的轮廓,高耸的乳峰,嫩红的乳头,腋下的细毛!无数的高耸的乳峰,颤动着,颤动着的乳峰,在满屋子里飞舞了!而夹在这乳峰的舞阵中间的,是荪甫的多疱的方脸,以及满是邪魔的阿萱的眼光。突然吴老太爷又看见这一切颤动着飞舞着的乳房像乱箭一般射到他胸前,堆积起来,堆积起来,重压着,重压着,压在他胸脯上,压在那部摆在他膝头的《太上感应篇》上,于是他又听得狂荡的艳笑,房屋摇摇欲倒。

"邪魔呀!"吴老太爷似乎这么喊,眼里迸出金花。他觉得有千万斤压在他胸口,觉得脑袋里有什么东西爆裂了,碎断了;猛的拔地长出两个人来,粉红色的吴少奶奶和苹果绿色的女郎,都嘻开了血色的嘴唇像要来咬。吴老太爷脑壳里梆的一响,两眼一翻,就什么都不知道了。

"表叔!认得我么?素素,我是张素素呀!"

站在吴老太爷面前的穿苹果绿色 Grafton 轻绡的女郎兀自笑嘻嘻地说,可是在她旁边捧着一杯茶的吴少奶奶蓦地惊叫了一声,茶杯掉在地下。满客厅的人都一跳!死样沉寂的一刹那!接着是暴雷般的脚步声,都拥到吴老太爷的身边来了。十几张嘴同时在问在叫。吴老太爷脸色像纸一般白,嘴唇上满布着白沫,头颅歪垂着。黄绫套子的《太上感应篇》啪的一声落在地下。

"爸爸,爸爸!怎么了?醒醒罢,醒醒罢!"

二小姐捧住了吴老太爷的头,颤抖着声音叫,竹斋伸长了脖子,挨在二小姐肩下,满脸的惊惶。抓住了老太爷左手的荪甫却是一脸怒容,厉声斥骂那些围近来的当差和女仆:

"滚开!还不快去拿冰袋来么?快,快!"

冰袋!冰袋!老太爷发痧了!——一迭声传出去。当差们满屋子乱跑。略站得远些的淡黄色衣服的女郎拉住了张素素低声问:

"素!你看见老太爷是怎么一来就发晕了呢?"

张素素瞪大了眼睛,说不出话来,她的丰满的胸脯像波浪似的一起一伏。那边吴少奶奶却气喘喘地断断续续地在说:

"我捧了茶来,——看见,看见,爸爸——头一歪,眼睛闭了,嘴里出白沫——白沫!脸色也就完全变了。发痧,发痧……是痰火么?爸爸向来有这毛病么?"

二小姐一手掐住老太爷的人中,一面急口地追问那呆呆地站着淌眼泪的四小姐:

"四妹,四妹!爸爸发过这种病么?发过罢!你说,你说哟!"

"要是痰火上,转过一口气来,就不要紧了。只要转一口气,一口气!"

竹斋看着荪甫说,慌慌张张地把他那个随身携带的鼻烟壶递过去。荪甫一手接了鼻烟壶,也不回答竹斋,只是横起了怒目前前后后看,一面喝道:

"挤得那么紧!单是这股子人气也要把老太爷熏坏了!——怎么冰袋还不

来!佩瑶,这里暂时不用你帮忙;你去亲自打电话请丁医生!——王妈!催冰袋去!"于是他又对二小姐摆手:"二姊,不要慌张!爸爸胸口还是热的呢!在这沙发椅上不是办法,我们先抬爸爸到那架长沙发榻上去罢。"这么说着,也不等二小姐的回答,荪甫就把老太爷抱起来,众人都来帮一手。

刚刚把老太爷放在一张蓝绒垫子的长而且阔的沙发榻上,打电话去请医生的吴少奶奶也回来了。据她说:十分钟内,丁医生就可以到;而在他未到以前,切莫惊扰病人,应该让病人躺在安静的房间里。此时王妈捧了冰袋来。荪甫一手接住,就按在老太爷的前额,一面看着那个站在客厅门口的当差高升说:

"去叫几个人来抬老太爷到小客厅!还有,丁医生就要来,吩咐号房留心!"

忽然老太爷的手动了一下,喉间一声响,就有像是痰块的白沫从嘴里冒出来。"好了!"——几张嘴同声喊,似乎心头松一下。吴少奶奶在张素素襟头抢了一方白丝手帕揩去了老太爷嘴上的东西,一面对荪甫使眼色。荪甫皱了眉头。竹斋和二小姐也是苦着脸。老太爷额头上爆出的青筋就有蚯蚓那么粗,喉间的响声更大更急促了,白沫也不住的冒。俄而手又一动,眼皮有点跳,终于半睁开了。

"怎么丁医生还不来?先抬进小客厅罢!"

荪甫搓着手自言自语地说,回头对站在那里等候命令的四个当差一摆手。四个当差就上前抬起了那张长沙发榻,走进大客厅左首的小客厅;竹斋,荪甫,吴少奶奶,二小姐,四小姐,都跟了进去。阿萱自始就站在那里呆呆地出神,此时像觉醒似的,慌慌张张向四面一看,也跑进小客厅去了。砰——的一声,小客厅的门就此关上。

留在大客厅里的人们悄悄地等候着,谁也不开口。张素素倚在一架华美硕大的无线电收音机旁边,垂着头,看地上的那部《太上感应篇》,似乎很在那里用心思。两个穿洋服的男客,各自据了一张沙发椅,手托住了头,慢慢的吸香烟;有时很焦灼地对小客厅的那扇门看一眼。

电灯光依然柔和地照着一切。小风扇的浑圆的金脸孔依然荷荷地响着,徐徐转动,把凉风送到各人身上,吹拂起他们的衣裾。然而这些一向是快乐的人们此时却有一种不可名状的不安压住在心头。

钢琴旁边坐着那位穿淡黄色衣服的女郎,随手翻弄着一本琴谱。她的相貌很像吴少奶奶,她是吴少奶奶的嫡亲妹子,林二小姐。

呆呆地在出神的张素素忽然像是想着了什么,猛的抬起头来,向四面看看,似乎要找谁说话;一眼看见那淡黄色衣服的女郎正也在看她,就跑到钢琴前面,双手一拍,低声地然而郑重地说:

"佩珊!我想老太爷一定是不中用了!我见过——"

那边两位男客都惊跳起来,睁大了询问的眼睛,走到张素素旁边了。

"你怎么知道一定不中用?"

林佩珊迟疑地问,站了起来。

"我怎么知道?嗳——因为我看见过人是怎样死的呀!"

几个男女仆人此时已经围绕在这两对青年男女的周围了,听得张素素那么样说,忍不住都笑出声来。张素素却板起脸儿不笑。她很神秘的放低了声音,再加以申明:

"你们看老太爷吐出来的就是痰么?不是!一百个不是!这是白沫!大凡人死在热天,就会冒出这种白沫来,我见过。你们说今天还不算热么?八十度哪!真怪!还只五月十六,——玉亭,我的话对不对?你说!"

张素素转脸看住了男客中间的一个,似乎硬要他点一下头。这人就是李玉亭:中等身材,尖下巴,戴着程度很深的近视眼镜。他不说"是",也没说"不是",只是微微笑着。这使得张素素老大不高兴,向李玉亭白了一眼,她噘起猩红的小嘴唇,叽叽咕咕地说:

"好!我记得你这一遭!大凡教书的人总是那么灰色的,大学教授更甚。学生甲这么说,学生乙又那么说,好,我们的教授既不敢左袒,又不敢右倾,只好摆出一副挨打的脸儿嘻嘻的傻笑。——但是,李教授李玉亭呀!你在这里不是上课,这里是吴公馆的会客厅!"

李玉亭当真不笑了,那神气就像挨了打似的。站在林佩珊后面的男客凑到她耳朵边轻轻地不知说了怎么一句,林佩珊就嗤的一声笑了出来,并且把她那俊俏的眼光在张素素脸上掠过。立刻张素素的嫩脸上飞起一片红云,她陡的扭转腰肢,扑到林佩珊身上,恨恨地说:

"你们表兄妹捣什么鬼!说我的坏话?非要你讨饶不行!"

林佩珊吃吃地笑着,保护着自己的顶怕人搔摸的部分,一步一步往后退,又夹在笑声中叫道:

"博文,是你闯祸,你倒袖手旁观呢!"

此时忽然来了汽车的喇叭声,转瞬间已到大客厅前,就有一个高大的穿洋服的中年男子飞步跑进来,后面跟着两个穿白制服的看护妇捧着很大的皮包。张素素立刻放开了林佩珊,招呼那新来者:

"好极了,丁医生!病人在小客厅!"

说着,她就跳到小客厅门前,旋开了门,让丁医生和看护妇都进去了,她自己也往门里一闪,随手就带上了门。

林佩珊一面掠头发,一面对她的表哥范博文说:

"你看丁医生的汽车就像救火车,直冲到客厅前。"

"但是丁医生的使命却是要燃起吴老太爷身里的生命之火,而不是扑灭那个火。"

"你又在做诗了么?嘻——"

林佩珊佯嗔地睃了她表哥一眼,就往小客厅那方向走。但在未到之前,小客厅的门开了,张素素轻手轻脚踅出来,后面是一个看护妇,将她手里的白瓷方盘对伺候客厅的当差一扬,说了一个字:"水!"接着,那看护妇又缩了进去,小客厅的门依然关上。

探询的眼光从四面八方射出来,集中于张素素的脸上。张素素摇头,不作声,闷闷的绕着一张花梨木的圆桌子走。随后,她站在林佩珊他们三个面前,悄悄地说:

"丁医生说是脑充血,是突然受了猛烈刺激所致。有没有救,此刻还没准。猛烈的刺激?真是怪事!"

听的人们都面面相觑,不作声。过了一会儿,李玉亭似乎要挽救张素素刚才的嗔怒,应声虫似的也说了一句:

"真是怪事!"

"然而我的眼睛就要在这怪事中看出不足怪。吴老太爷受了太强的刺激,那是一定的。你们试想,老太爷在乡下是多么寂静;他那二十多年足不窥户的生活简直是不折不扣的坟墓生活!他那书斋,依我看来,就是一座坟!今天突然到了上海,看见的,听到的,嗅到的,哪一样不带有强烈的太强烈的刺激性?依他那样的身体,又上了年纪,若不患脑充血,那就当真是怪事一桩!"

范博文用他那缓慢的女性的声调说,脸上亮晶晶的似乎很得意。他说完了,就溜过眼波去找林佩珊的眼光。林佩珊很快地回看他一眼,就抿着嘴一笑。这都落在张素素的尖利的观察里了,她故意板起了脸,鼻子里哼一声:

"范诗人!你又在做诗么?死掉了人,也是你的诗题了!"

"就算我做诗的时机不对,也不劳张小姐申申而詈呵!"

"好!你是要你的林妹妹申申而詈的罢?"

这次是林佩珊的脸上飞红了。她对张素素啐了一声,就讪讪地走开了。范博文毫不掩饰地跟着她。然而张素素似乎感到更悲哀,蹙着眉尖,又绕走那张花梨木的圆桌子了。李玉亭站在那里摸下巴。客厅里静得很,只有小风扇的单调的荷荷的声响。间或飞来了外边马路上汽车的喇叭叫,但也是像要睡去似的没有一丝儿劲。几个男当差像棍子似的站着。王妈和另一个女仆头碰头的在密谈,可是只见她们的嘴唇皮动,却听不到声音。

小客厅的门开了,高大的身形一闪,是丁医生。他走到摆着烟卷的黄铜椭圆桌子边,从银匣里捡了一枝雪茄烟燃着了,吐一口气,就在沙发椅里坐下。

"怎样?"

张素素走到丁医生跟前轻声问。

"十分之九是没有希望。刚才又打一针。"

"今晚上挨不过罢?"

"总是今晚上的事!"

丁医生放下雪茄,又回到小客厅里去了。张素素悄悄地跑过去,将小客厅的门拉上了,蓦地跳转身来,扑到林佩珊面前,抱住了她的细腰,脸贴着脸,一边乱跳,一边很痛苦地叫道:

"佩珊!佩珊!我心里难过极了!想到一个人会死,而且会突然的就死,我真是难过极了!我不肯死!我一定不能死!"

"可是我们总有一天要死。"

"不能!我一定不能死!佩珊,佩珊!"

"也许你和大家不同,老了还会脱壳;——可是,素,不要那么乱揉,你把我的头发弄成个什么样子!啊,啊,啊!放手!"

"不要紧,明天再去一次 Beauty Parlour——哦,佩珊,佩珊!如果一定得死,我倒愿意刺激过度而死!"

林佩珊惊异地叫了一声,看看张素素的眼睛,这眼睛现在闪着异样兴奋的光芒,和平常时候完全不同。

"就是过度刺激!我想,死在过度刺激里,也许最有味,但是我绝对不需要像老太爷今天那样的过度刺激,我需要的是另一种,是狂风暴雨,是火山爆裂,是大地震,是宇宙混沌那样的大刺激,大变动!啊,啊,多么奇伟,多么雄壮!"

这么叫着,张素素就放开了林佩珊,退后一步,落在一张摇椅里,把手掩住了脸孔。

站在那里听她们谈话的李玉亭和范博文都笑了,似乎料不到张素素有这意外的一转一收。范博文看见林佩珊还是站在那里发怔,就走去拉一下她的手。林佩珊一跳,看清楚了是范博文,就给他一个娇嗔。范博文翘起右手的大拇指,向张素素那边虚指了一指,低声说:

"你明白么?她所需要的那种刺激,不是'灰色的教授'所能给与的!可是,刚才她实在颇有几分诗人的气分。"

林佩珊先自微笑,听到最后一句,她忽然冷冷地瞥了范博文一眼,鼻子里轻轻一哼,就懒洋洋地走开了。范博文立刻明白自己的说话有点被误会,赶快抢前一步,拉住了佩珊的肩膀。但是林佩珊十分生气似的挣脱了范博义的手,就跑进了客厅右首后方的一道门,碰的一声,把门关上。范博文略一踌躇,也就赶快跟过去,飞开了那道门,就唤"珊妹"。

林佩珊关门的声音将张素素从沉思中惊醒。她抬起头来看,又垂下眼去;放在一张长方形的矮脚琴桌上的黄绫套子的《太上感应篇》首先映入她的眼内。她拿起那套书,翻开来看。是朱丝栏夹贡纸端端正正的楷书。卷后有吴老太爷在"甲子年仲春"写的跋文:

  余既镌印文昌帝君《太上感应篇》十万部,广布善缘,又手录全文……

张素素忍不住笑了一声,正想再看下去,忽然脑后有人轻声说:

"吴老太爷真可谓有信仰,有主义,终身不渝。"

是李玉亭,正靠在张素素坐椅的背后,烟卷儿夹在手指中。张素素侧着头仰脸看了他一眼,便又低头去翻看那《太上感应篇》。过一会儿,她把《感应篇》按在膝头,猛的问道:

"玉亭,你看我们这社会到底是怎样的社会?"

冷不防是这么一问,李玉亭似乎怔住了;但他到底是经济学教授,立即想好了回答:

"这倒难以说定。可是你只要看看这儿的小客厅,就得了解答。这里面有一位金融界的大亨,又有一位工业界的巨头;这小客厅就是中国社会的缩影。"

"但是也还有一位虔奉《太上感应篇》的老太爷!"

"不错,然而这位老太爷快就要——断气了。"

"内地还有无数的吴老太爷。"

"那是一定有的。却是一到了上海就也要断气。上海是——"

李玉亭这句话没有完,小客厅的门开了,出来的是吴少奶奶。除了眉尖略蹙而外,这位青年美貌的少奶奶还是和往常一样的活泼。看见只有李玉亭和张素素在这里,吴少奶奶的眼珠一溜,似乎很惊讶;但是她立刻一笑,算是招呼了李张二位,便叫高升和王妈来吩咐:

"老太爷看来是拖不过今天晚上的了。高升,你打电话给厂里的莫先生,叫他马上就来。应该报丧的亲戚朋友就得先开一个单子。花园里,各处,都派好了人去收拾一下。搁在四层屋顶下的木器也要搬出来。人手不够,就到杜姑老爷公馆里去叫。王妈,你带几个人去收拾三层楼的客房,各房里的窗纱,台布,沙发套子,都要换好。"

"老太爷身上穿了去的呢?还有,看什么板——"

"这不用你办。现在还没商量好,也许包给万国殡仪馆。你马上打电话到厂里叫账房莫先生来。要是厂里抽得出人,就多来几个。"

"老太爷带来的行李,刚才'戴生昌'送来了,一共二十八件。"

"那么,王妈,你先去看看,用不到的行李都搁到四层屋顶去。"

此时小客厅里在叫"佩瑶"了,吴少奶奶转身便跑了回去,却在带上那道门之前,露出半个头来问道:

"佩珊和博文怎么不见了呢?素妹,请你去找一下罢。"

张素素虽然点头,却坐着不动。她在追忆刚才和李玉亭的讨论,想要拾起那断了的线索。李玉亭也不作声,吸着香烟,踱方步。这时已有九点钟,外面园子里人来人往,骤然活动;树荫中,湖山石上,几处亭子里的电灯,也都一齐开亮了。王妈带了几个粗做女仆进客厅来,动手就换窗上的绛色窗纱。一大包沙发套子放在地板上。客厅里的地毯也拿出去扑打。

忽然小客厅里一阵响动以后,就听得杂乱的哭声,中间夹着唤"爸爸"。张素素和李玉亭的脸上都紧张起来了。张素素站起来,很焦灼地徘徊了几步,便跑到小客厅门前,推开了门。这门一开,哭声就灌满了大客厅。丁医生搓着手,走到大客厅里,看着李玉亭说:

"断气了!"

接着荪甫也跑出来,脸色郁沉,吩咐了当差们打电话去请秋律师来,转身就对李玉亭说:

"今晚上要劳驾在这里帮忙招呼了。此刻是九点多,报馆里也许已经不肯接收论前广告,可是我们这报丧的告白非要明天见报不行。只好劳驾去办一次交涉。底稿,竹斋在那里拟。五家大报一齐登!——高升,怎么莫先生还没有来呢?"

高升站在大客厅门外的石阶上,正想回话,二小姐已经跑出来拉住了荪甫说:

"刚才和佩瑶商量,觉得老太爷大殓的时刻还是改到后天上午好些,一则不匆促,二则曾沧海舅父也可以赶到了。舅父是顶会挑剔的!"

荪甫沉吟了一会儿,终于毅然回答:

"我们连夜打急电去报丧,赶得到赶不到,只好不管了;舅父有什么话,都由我一人担当。大殓是明天下午二时,决不能改动的了!"

二小姐还想争,但是荪甫已经跑回小客厅去了。二小姐跟着也追进去。

这时候,林佩珊和范博文手携着手,正从大客厅右首的大餐室门里走出去,一眼看见那乱烘烘的情形,两个人都怔住了。佩珊看着博文低声说:

"难道老太爷已经去世了么?"

"我是一点也不以为奇。老太爷在乡下已经是'古老的僵尸',但乡下实际就等于幽暗的'坟墓',僵尸在坟墓里是不会'风化'的。现在既到了现代大都市的上海,自然立刻就要'风化'。去罢!你这古老社会的僵尸!去罢!我已经看见五千年老僵尸的旧中国也已经在新时代的暴风雨中间很快的很快的在那里风化了!"

林佩珊抿着嘴笑,掷给了范博文一个娇媚的佯嗔。

【阅读提示】

重点琢磨有关吴老太爷的"都市感觉"的文字,体味语言的声、色变幻和节奏感,并注意作者(或通过人物之口)所作的分析性文字,进而体会本节描写的象征意义与在全书结构上的作用,从而把握茅盾的"社会剖析小说"的特点。

【扩展性阅读书(篇)目】

《子夜》《霜月红似二月花》——进一步体会茅盾的"社会剖析小说"的特点,体味茅盾长篇小说的艺术(结构、语言、人物)。

【参考书(篇)目】

王中忱:《都市空间·时代性·革命现实主义——读〈子夜〉》,收《中学生课外文学名著导读》,人民文学出版社2000年版。

边城（节选）

沈从文

　　由四川过湖南去，靠东有一条官路。这官路将近湘西边境到了一个地方名为"茶峒"的小山城时，有一小溪，溪边有座白色小塔，塔下住了一户单独的人家。这人家只一个老人，一个女孩子，一只黄狗。

　　小溪流下去，绕山岨流，约三里便汇入茶峒的大河，人若过溪越小山走去，则只一里路就到了茶峒城边。溪流如弓背，山路如弓弦，故远近有了小小差异。小溪宽约廿丈，河床为大片石头作成。静静的水即或深到一篙不能落底，却依然清澈透明，河中游鱼来去皆可以计数。小溪既为川湘来往孔道，限于财力不能搭桥，就安排了一只方头渡船，一次连人带马，约可以载二十位，人数多时则反复来去。渡船头竖了一枝小小竹竿，挂着一个可以活动的铁环，溪岸两端水面牵了一段废缆，有人过渡时，把铁环挂在废缆上，船上人则引手攀缘那横缆，慢慢的牵船过对岸去。船将拢岸了，管理这渡船的，一面口中嚷着"慢点慢点"，自己霍的跃上了岸，拉着铁环，于是人货牛马全上了岸，翻过小山不见了。渡头为公家所有，故过渡人不必出钱，有人心中不安，抓了一把钱掷到船板上时，管渡船的必为一一拾起，仍然塞到那人手心里去，俨然吵嘴时的认真神气："我有了口粮，三斗米，七百钱，够了！谁要这个！？"

　　但不成，不管如何还是有人把钱的。管船人也为了心安起见，便把这些钱托人到茶峒去买茶叶和草烟，将茶峒出产的上等草烟，挂在自己腰带边，遇渡的谁需要这东西皆慷慨奉赠，估计那远路人对于身边草烟引起了相当的注意时，便把一小束草烟扎到那人包袱上去，一面说，"不吸这个吗，这好的，这妙的，送人也很合适！"茶叶则在六月里放进大缸里去，用开水泡好，给过路人解渴。

　　管理这渡船的，就是住在塔下的那个老人。活了七十年，从二十岁起便守在这小溪边，五十年来不知把船来去渡了若干人。年纪虽那么老了，本来应当休息了，但天不许他休息，他仿佛便不能够同这一分生活离开。他从不思索自己的职务对于本人的意义，只是静静的很忠实的在那里活下去。代替了天,使他在日头升起时,感到生活的力量,当日头落下时,又不至于思量与日头同时死去的,是那个伴在他身旁的女孩子。他惟一的朋友为一只渡船与一只黄狗,惟一的亲人便只那个女孩子。

女孩子的母亲,老船夫的独生女,十五年前同一个茶峒军人,很秘密的背着那忠厚爸爸发生了暧昧关系。有了小孩子后,这屯戍军士便想约了她一同向下游逃去。但从逃走的行为上看来,一个违悖了军人的责任,一个却必得离开孤独的父亲。经过一番考虑后,军人见她无远走勇气,自己也不便毁去作军人的名誉,就心想:一同去生既无法聚首,一同去死当无人可以阻拦,首先服了毒。事情业已为作渡船夫的父亲知道,父亲却不加上一个有分量的字眼儿,只作为并不听到过这事情一样,仍然把日子很平静的过下去。女儿一面怀了羞惭一面却怀了怜悯,仍守在父亲身边,待到腹中小孩生下后,却到溪边吃了许多冷水死去了。在一种奇迹中这遗孤居然已长大成人,一转眼间便十三岁了。为了住处两山多篁竹,翠色逼人而来,老船夫随便为这可怜的孤雏,拾取了一个近身的名字,叫作"翠翠"。

翠翠在风日里长养着,故把皮肤变得黑黑的,触目为青山绿水,故眸子清明如水晶。自然既长养她且教育她,故天真活泼,处处俨然如一只小兽物。人又那么乖,如山头黄麂一样,从不想到残忍事情,从不发愁,从不动气。平时在渡船上遇陌生人对她有所注意时,便把光光的眼睛瞅着那陌生人,作成随时皆可举步逃入深山的神气,但明白了人无机心后,就又从从容容的在水边玩耍了。

老船夫不论晴雨,皆守在船头,有人过渡时,便略弯着腰,两手缘引了竹缆,把船横渡过小溪。有时疲倦了,躺在临溪大石上睡着了,人在隔岸招手喊过渡,翠翠不让祖父起身,就跳下船去,很敏捷的替祖父把路人渡过溪,一切皆溜刷在行,从不误事。有时又与祖父黄狗一同在船上,过渡时与祖父一同动手,船将近岸边,祖父正向客人招呼:"慢点,慢点"时,那只黄狗便口衔绳子,最先一跃而上,且俨然懂得如何方为尽职似的,把船绳紧衔着拖船拢岸。

风日清和的天气,无人过渡,镇日长闲,祖父同翠翠便坐在门前大岩石上晒太阳,或把一段木头从高处向水中抛去,嗾身边黄狗自岩石高处跃下,把木头衔回来。或翠翠与黄狗皆张着耳朵,听祖父说些城中多年以前的战争故事。或祖父同翠翠两人,各把小竹作成的竖笛,逗在嘴边吹着迎亲送女的曲子,过渡人来了,老船夫放下了竹管,独自跟到船边去,横溪渡人,在岩上的一个,见船开动时,于是锐声喊着:

"爷爷,爷爷,你听我吹——你唱!"

爷爷到溪中央便很快乐的唱起来,哑哑的声音同竹管声,振荡在寂静空气里,溪中仿佛也热闹了一些。(实则歌声的来复,反而使一切更寂静了一些了。)

有时过渡的是从川过东茶峒的小牛,是羊群,是新娘子的花轿,翠翠必争着作渡船夫,站在船头,懒懒的攀引缆索,让船缓缓的过去,牛羊花轿上岸后,翠翠必跟着走,站到小山头,目送这些东西走去很远了,方回转船上,把船牵靠近家的岸边。且独自低低的学小羊叫着,学母牛叫着,或采一把野花缚在头上,独自装扮新娘子。

茶峒山城只隔渡头一里路,买油买盐时,逢年过节祖父得喝一杯酒时,祖父不上城,黄狗就伴同翠翠入城里去备办东西。到了买杂货的铺子里,有大把的粉条,大缸的白糖,有炮仗,有红蜡烛,莫不给翠翠一种很深的印象,回到祖父身边,总把这些东西说个半天。那里河边还有许多船,比起渡船来全大得多,有趣味得多,翠翠也不容易忘记。

……

还是两年前的事。五月端阳,渡船头祖父找人作了代替,便带了黄狗同翠翠进城,过大河边去看划船。河边站满了人,四只朱色长船在潭中滑着,龙船水刚刚涨过,河中水皆豆绿色,天气又那么明朗,鼓声蓬蓬响着,翠翠抿着嘴一句话不说,心中充满了不可言说的快乐。河边人太多了一点,各人皆尽张着眼睛望河中,不多久,黄狗还在身边,祖父却挤得不见了。

翠翠一面注意划船,一面心想"过不久祖父总会找来的"。但过了许久,祖父还不来。翠翠便稍稍有点儿着慌了。先是两人同黄狗进城前一天,祖父就问翠翠:"明天城里划船,倘若一个人去看,人多怕不怕?"翠翠就说:"人多我不怕,但自己只是一个人可不好玩。"于是祖父想了半天,方想起一个住在城中的老熟人,赶夜里到城里去商量,请那老人来看一天渡船,自己却陪翠翠进城玩一天。且因为那人比渡船老人更孤单,身边无一个亲人,也无一只狗,因此便约好了那人早上过家中来吃饭,喝一杯雄黄酒。第二天那人来了,吃了饭,把职务委托那人以后,翠翠等便进了城。到路上时,祖父想起什么似的,又问翠翠,"翠翠,翠翠,人那么多,好热闹,你一个人敢到河边看龙船吗?"翠翠说:"怎么不敢?可是一个人有什么意思。"到了河边后,长潭里的四只红船,把翠翠的注意力完全占去了,身边祖父似乎也可有可无了。祖父心想:"时间还早,到收场时,至少还得三个时刻。溪边的那个朋友,也应当来看看年青人的热闹,回去一趟,换换地位还赶得及。"因此就告翠翠,"人太多了,站在这里看,不要动,我到别处有事情,无论如何总赶得回来伴你回家。"翠翠正为两只竞速并进的船迷着,祖父说的话毫不思索皆答应了。祖父知道黄狗在翠翠身边,也许比他自己在她身边还稳当,于是便回家看船去了。

祖父到了那渡船处时,见代替他的老朋友,正站在白塔下注意听远处鼓声。

祖父喊他,请他把船拉过来,两人渡过小溪仍然站到白塔下去。那人问老船夫为什么又跑回来,祖父就说想替他一会儿故把翠翠留在河边,自己赶回来,好让他也过河边去看看热闹,且说,"看得好,就不必再回来,只须见了翠翠告她一声,翠翠到时自会回家的,小丫头不敢回家,你就伴她走走!"但那替手对于看龙船已无什么兴味,却愿意同老船夫在这溪边大石上各自再喝两杯烧酒。老船夫十分高兴,把酒葫芦取出,推给城中来的那一个。两人一面谈些端午旧事,一面喝酒,不到一会,那人却在岩石上为烧酒醉倒了。

人既醉倒了,无从入城,祖父为了责任又不便与渡船离开,留在河边的翠翠便不能不着急了。

河中划船的决了最后胜负后,城里军官已派人驾小船在潭中放了一群鸭子,祖父还不见来。翠翠恐怕祖父也正在什么地方等着她,因此带了黄狗各处丛中挤着去找寻祖父,结果还是不得祖父的踪迹。后来看看天快要黑了,军人扛了长凳出城看热闹的,皆已陆续扛了那凳子回家。潭中的鸭子只剩下三五只,捉鸭人也渐渐的少了。落日向上游翠翠家中那一方落去,黄昏把河面装饰了一层薄雾。翠翠望到这个景致,忽然想起一个怕人的想头,她想:"假若爷爷死了?"

她记起祖父嘱咐她不要离开原来地方那一句话,便又为自己解释这想头的错误,以为祖父不来必是进城去或到什么熟人处去,被人拉着喝酒,故一时不能来的。正因为这也是可能的事,她又不愿在天未断黑以前,同黄狗赶回家去,只好站在那石码头边等候祖父。

再过一会,对河那两只长船已泊到对河小溪里去不见了,看龙船的人也差不多全散了。吊脚楼有娼妓的人家,已上了灯,且有人敲小斑鼓弹月琴唱曲子。另外一些人家,又有划拳行酒的吵嚷声音。同时泊在吊脚楼下的一些船只,上面也有人在摆酒炒菜,把青菜萝卜之类,倒进滚热油锅里去时发出沙——的声音。河面已朦朦胧胧,看去好像只有一只白鸭在潭中浮着,也只剩一个人追着这只鸭子。

翠翠还是不离开码头,总相信祖父会来找她,同她一起回家。

吊脚楼上唱曲子声音热闹了一些,只听到下面船上有人说话……

两个水手还正在谈话,潭上那只白鸭慢慢的向翠翠所在的码头边游来,翠翠想:"再过来些我就捉住你!"于是静静的等着,但那鸭子将近岸边三丈远近时,却有个人笑着,喊那船上水手。原来水中还有个人,那人已把鸭子捉到手,却慢慢的"踹水"游近岸边的。船上人听到水面的喊声,在隐约里也喊道:"二老,二老,你真干,你今天得了五只罢。"那水上人说:"这家伙狡猾得很,现在可归我了。""你这时捉鸭子,将来捉女人,一定有同样的本领。"水上那一个不再说什么,手脚并用的拍着水傍了码头。湿淋淋的爬上岸时,翠翠身旁的黄狗,仿佛警告水中人似的,汪汪的叫了几声,那人方注意到翠翠。码头上已无别的人,那人问:"是谁人?"

"是翠翠!"

"翠翠又是谁?"

"是碧溪岨撑渡船的孙女。"

"你在这儿做什么?"

"我等我爷爷。我等他来。"

"等他来他可不会来,你爷爷一定到城里军营里喝了酒,醉倒后被人抬回去了!"

"他不会这样子,他答应来找我,他就一定会来的。"

"这里等也不成,到我家里去,到那边点了灯的楼上去,等爷爷来找你好不好?"

翠翠误会邀他进屋里去那个人的好意,正记着水手说的妇人丑事,她以为那男子就是要她上有女人唱歌的楼上去,本来从不骂人,这时正因等候祖父太久了,心中焦急得很,听人要她上去,以为欺侮了她,就轻轻的说:

"悖时砍脑壳的!"

话虽轻轻的,那男的却听得出,且从声音上听得出翠翠年纪,便带笑说:"怎么,你骂人!你不愿意上去,要耽在这儿,回头水里大鱼来咬了你,可不要叫喊!"

翠翠说:"鱼咬了我也不管你的事。"

那黄狗好像明白翠翠被人欺侮了,又汪汪的吠起来,那男子把手中白鸭举起,向黄狗吓了一下,便走上河街去了。黄狗为了自己被欺还想追过去,翠翠便喊:"狗,狗,你叫人也看人叫!"翠翠意思仿佛只在告给狗"那轻薄男子还不值得叫",但男子听去的却是另外一种好意,放肆的笑着,不见了。

又过了一阵,有人从河街拿了一个废缆做成的火炬,喊叫着翠翠的名字来找寻她,到身边时翠翠却不认识那个人。那人说:老船夫回到家中,不能来接她,故搭了过渡以口信来告翠翠要她即刻就回去。翠翠听说是祖父派来的,就同那人一起回家,让打火把的在前引路,黄狗时前时后,一同沿了城墙向渡口走去。翠翠一面走一面问那拿火把的人,是谁告他就知道她在河边。那人说这是二老告他的,他是二老家里的伙计,送翠翠回家后还得回转河街。

翠翠说:"二老他怎么知道我在河边?"

那人便笑着说:"他从河里捉鸭子回来,在码头上见你,他说好意请你上家里坐坐,等候你爷爷,你还骂过他!"

翠翠带了点儿惊讶轻轻的问:"二老是谁?"

那人也带了点儿惊讶说:"二老你还不知道?就是傩送二老!就是岳云!他要我送你回去!"

傩送二老在茶峒地方不是一个生疏的名字!

翠翠想起自己先前骂人那句话,心里又吃惊又害羞,再也不说什么,默默的随了那火把走去。

翻过了小山岨,望得见对溪家中火光时,那一方面也看见了翠翠方面的火把,老船夫即刻把船拉过来,一面拉船一面哑声儿喊问:

"翠翠,翠翠,是不是你?"翠翠不理会祖父,口中却轻轻的说:"不是翠翠,不是翠翠,翠翠早被大河里鲤鱼吃去了。"翠翠上了船,二老派来的人,打着火把走了,祖父牵着船问:"翠翠,你怎么不答应我,生我的气了吗?"

翠翠站在船头还是不作声。翠翠对祖父那一点儿埋怨,等到把船拉过了溪,一到了家中,看明白了醉倒的另一个老人后,就完事了。但另一件事,属于自己不关祖父的,却使翠翠沉默了一个夜晚。

……

翠翠一天比一天大了,无意中提到什么时,会红脸了。时间在成长她,似乎正催促她,使她在另外一件事情上负点儿责。她欢喜看扑粉满脸的新嫁娘,喜欢说到关于新嫁娘的故事,欢喜把野花戴到头上去,还欢喜听人唱歌。茶峒人的歌声,缠绵处她已领略得出。她有时仿佛孤独了一点,爱坐在岩石上去,向天空一片云一颗星凝眸。祖父若问:"翠翠,想什么?"她便带着点儿害羞情绪,轻轻的说:"翠翠不想什么。"但在心里却同时又自问:"翠翠,你想什么?"同是自己也在心里答着:"我想的很远,很多。可是我不知想些什么!"她的确在想,又的确连自己也不知在想些什么。这女孩子身体既发育得很完全,在本身上因年龄自然而来的一件"奇事",也使她多了些思索。

祖父明白这类事情对于一个女子的影响,祖父心情也变了些。祖父是一个在自然里活了七十年的人,但在人事上的自然现象,就有了些不能安排处。因为翠翠的长成,使祖父记起了些旧事,从掩埋在一大堆时间里的故事中,重新找回了些东西。

翠翠的母亲,某一时节原同翠翠一个样子。眉毛长,眼睛大,皮肤红红的。也乖得使人怜爱——也懂在一些小处,使家中长辈快乐。也仿佛永远不会同家中这一个分开。但一点不幸来了,她认识了那个兵。这些事从老船夫说来谁也无罪过,只应"天"去负责。翠翠的祖父口中不怨天,心却不能完全同意这种不幸的安排。到底还像年青人,说是放下了,也正是不能放下的莫可奈何容忍到的一件事!

并且那时还有个翠翠。如今假若翠翠又同妈妈一样,老船夫的年龄,还能把小雏儿再抚育下去吗?人愿意神却不同意!人太老了,应当休息了,凡是一个良善的乡下人,所应得到的劳苦与不幸,全得到了。假若另外高处有一个上帝,这上帝且有一双手支配一切,很明显的事,十分公道的办法,是应把祖父先收回去,再来让那个年青的在新的生活上得到应分接受那一分的。

可是祖父不那么想。他为翠翠担心。他有时便躺到门外岩石上,对着星子想他的心事。他以为死是应当快到了的,正因为翠翠人已长大了,证明自己也真正老了。无论如何,得让翠翠有个着落。翠翠既是她那可怜母亲交把他的,翠翠大了,他也得把翠翠交给一个人,他的事才算完结!交给谁?必需什么样的方不委屈她?

前几天顺顺家天保大老过溪时,同祖父谈话,这心直口快的青年人,第一句话就说:

"老伯伯,你翠翠长得真标致,再过两年,若我有闲空能留在茶峒照料事情,不必像老鸦到处飞,我一定每夜到这溪边来为翠翠唱歌。"

祖父用微笑奖励这种自白。一面把船拉动,一面把那双小眼睛瞅着大老。

于是大老又说:

"翠翠太娇了,我担心她只宜于听点茶峒人的歌声,不能作茶峒女子做媳妇的一切正经事。我要个能听我唱歌的情人,却更不能缺少个照料家务的媳妇。'又要马儿不吃草,又要马儿走得好',唉,这两句话说是古人为我说的!"

祖父慢条斯理把船转了头,让船尾傍岸,就说:

"大老,也有这种事儿!你瞧着吧。"

那青年走去后,祖父温习着那些出于一个男子口中的真话,实在又愁又喜。翠翠若应当交把一个人,这个人是不是适宜于照料翠翠?当真交把了他,翠翠是不是愿意?

……

有人带了礼物到碧溪岨,掌水码头的顺顺,当真请了媒人为儿子向渡船的认亲戚来了。老船夫慌慌张张把这个人渡过溪口,一同到家里去。翠翠正在屋门前剥豌豆,来了客并不如何注意。但一听到客人进门说"贺喜贺喜",心中有事,不敢再蹲在屋门边,就装作追赶菜园地的鸡,拿了竹响篙唰唰的摇着,一面口中轻轻喝着,向屋后白塔跑去了。

来人说了些闲话,言归正传转述到顺顺的意见时,老船夫不知如何回答,只是很惊惶的搓着两只茧结的大手,且神气中则只像在说:"那好的,那妙的。"其实这老头子却不曾说过一句话。

来人把话说完后,就问作祖父的意见怎么样。老船夫笑着把头点着说:"大老想走车路,这个很好。可是我得问问翠翠,看她自己主张怎么样。"来人被打发走后,祖父在船头叫翠翠下河边来说话。

翠翠拿了一簸箕豌豆下到溪边,上了船,娇娇的问她的祖父:"爷爷,你有什么事?"祖父笑着不说什么,只看翠翠。看了许久。翠翠坐到船头,低下头去剥豌豆,耳中听着远处竹篁里的黄鸟叫。翠翠想:"日子长咧,爷爷话也长了。"翠翠心跳着。

过了一会祖父说:"翠翠,翠翠,先前那个人来作什么,你知道不知道。"

翠翠说:"我不知道。"说后脸同颈脖全红了。

祖父看看那种情景,明白翠翠的心事了,便把眼睛向远处望去,在空雾里望见了十五年前翠翠的母亲,老船夫心中异常柔和了。轻轻的自言自语说:"每一只船总要有个码头,每一只雀儿得有个巢。"他同时想起那个可怜的母亲过去的事情,心中有了一点隐痛,却勉强笑着。

翠翠呢,正从山中黄鸟杜鹃叫声里,以及伐竹人嗖嗖一下一下的砍伐竹声音里,想到许多事情。老虎咬人的故事,与人对骂时四句头的山歌,造纸作坊中的方坑,熔铁炉里泄出的铁汁,耳朵听来的,眼睛看到的,她似乎皆去温习它。她其所以这样作,又似乎全只为了希望忘掉眼前的一桩事而起。但她实在有点误会了。

祖父说:"翠翠,船总顺顺家里请人来为大老作媒,讨你作媳,问我愿不愿。我呢,人老了,再过三年两载会过去的,我没有不愿的事情。这是你自己的事,你自己想想,自己来说。愿意,就成了;不愿意,也好。"

翠翠弄明白了，人来做媒的是大老，不曾把头抬起，心忡忡的跳着，脸烧得厉害，仍然剥她的豌豆，且随手把空豆荚抛到水中去，望着它们在流水中从从容容的流去，自己也俨然从容了许多。

见翠翠总不作声，祖父于是笑了，且说："翠翠，想几天不碍事。洛阳桥并不是一个晚上弄得好的，要日子咧。前次那人来的就问我说到这件事，我已经就告过他：车是车路，马是马路，想爸爸作主，请媒人正正经经来说是车路；要自己作主，站到对溪高崖竹林里为你唱三年六个月的歌是马路，——你若欢喜走马路，我相信人家会为你在日头下唱热情的歌，在月光下唱温柔的歌，一直唱到吐血喉咙烂！"

翠翠不作声，心中只想哭，可是也无理由可哭。祖父再说下去，便引到死过了的母亲来了。说了一阵，沉默了。翠翠悄悄把头撂过一些，祖父眼中也已酿了一汪眼泪。翠翠又惊又怕怯生生的说："爷爷，你怎么的？"祖父不作声，用大手掌擦着眼睛，小孩子似的咕咕笑着，跳上岸跑回家去了。

翠翠想赶去却不赶去。

雨后放晴的天气，日头炙到人肩上背上已有了点儿力量。溪边芦苇水杨柳，菜园中菜蔬，莫不繁荣滋茂，带着一分有野性的生气。草丛里绿色蚱蜢各处飞着，翅膀搏动空气时皆习习作声。枝头新蝉声音已渐渐宏大。两山深翠逼人，竹篁中有黄鸟与竹雀杜鹃鸣叫。翠翠感觉着，望着，听着，同时也思索着：

"爷爷今年七十岁……三年六个月的歌——谁送那只白鸭子呢？……得碾子的好运气，碾子得谁更是好运气？………"

痴着，忽地站起，半簸箕豌豆便倾倒到水中去了。伸手把那簸箕从水中捞起时，隔溪有人喊过渡。

……

祖父把船拉回来时，见翠翠痴痴的坐在岸边，问她是什么事，翠翠不作声。祖父要她去烧火煮饭，想了一会儿，觉得自己哭得可笑，一个人便回到屋中去。坐在黑黝黝的灶边把火烧燃后，她又走到门外高崖上去，喊叫她的祖父，要他回家里来，在职务上毫不儿戏的老船夫，因为明白过渡人皆是赶回城中吃晚饭的人，来一个就渡一个，不便要人站在那岸边呆等，故不上岸来。只站在船头告翠翠，且让他做点事，把人渡完事后，就会回家里来吃饭。

翠翠第二次请求祖父祖父不理会，她坐在悬崖上，很觉得悲伤。

天夜了，有一匹大萤火虫尾上闪着蓝光，很迅速的从翠翠身旁飞过去，翠翠想，"看你飞得多远！"便把眼睛随着那萤火虫的明光追去。杜鹃又叫了。

"爷爷,为什么不上来?我要你!"

在船上的祖父听到这种带着娇有点儿埋怨的声音,一面粗声粗气的答道:"翠翠,我就来,我就来!"一面心中却自言自语:"翠翠,爷爷不在了,你将怎么样?"

老船夫回到家中时,见家中还黑黝黝的,只灶间有火光,见翠翠坐在灶边矮条凳上,用手蒙着眼睛。

走过去才晓得翠翠已哭了许久。祖父一个下半天来,皆弯着个腰在船上拉来拉去,歇歇时手也酸了,腰也酸了,照规矩,一到家里就会嗅到锅中所焖瓜菜的味道,且可见到翠翠安排晚饭在灯光下跑来跑去的影子。

祖父说:"翠翠,我来慢了,你就哭,这还成吗?我死了呢?"

翠翠不作声。

祖父又说:"不许哭,做一个大人,不管有什么事皆不许哭,要硬扎一点,结实一点,方配活到这块土地上!"

翠翠把手从眼睛边移开,靠近了祖父身边去,"我不哭了。"

两人作饭时,祖父为翠翠说到一些有趣味的故事。因此提到了死去了的翠翠的母亲。两人在豆油灯下把饭吃过后,老船夫因为工作疲倦,喝了半碗白酒,故饭后兴致极好,又同翠翠到门外高崖上月光下去说故事。说了些那个可怜母亲的乖巧处,同时且说到那可怜母亲性格强硬处,使翠翠听来神往倾心。

翠翠抱膝坐在月光下,傍着祖父身边,问了许多关于那个可怜母亲的故事。间或吁一口气,似乎心中压上了些分量沉重的东西,想挪移得远一点,才吁着这种气,可是却无从把东西挪开。

月光如银子,无处不可照及,山上篁竹在月光下皆成为黑色。身边虫声繁密如落雨。间或不知道从什么地方,忽然会有一只草莺"落落落落落"啭着她的喉咙,不久之间,这小鸟儿又好像明白这是半夜,便仍然闭着那小小眼儿安睡了。

祖父夜来兴致很好,为翠翠把故事说下去,就提到了本城人二十年前唱歌的风气,如何驰名于川黔边地。翠翠的父亲,便是唱歌的第一手,能用各种比喻解释爱与憎的结子,这些事也说到了。翠翠母亲如何爱唱歌,且如何同父亲在未认识以前在白日里对歌,一个在半山上竹篁里砍竹子,一个在溪面渡船上拉船,这些事也说到了。

翠翠问:"后来怎么样?"

祖父说:"后来的事长得很,最重要的事情,就是这种歌唱出了你。"

老船夫做事累了睡了,翠翠哭倦了也睡了。翠翠不能忘记祖父所说的事情,梦中灵魂为一种美妙歌声浮起来了,仿佛轻轻的各处飘着,上了白塔,下了菜园,到了船上,又复飞窜过悬崖半腰——去作什么呢?摘虎耳草!白日里拉船时,她仰头望着崖上那些肥大虎耳草已极熟习。

一切皆像是祖父说的故事,翠翠只迷迷糊糊的躺在粗麻布帐子里草荐上,以为这梦做得顶美顶甜。祖父却在床上醒着张起个耳朵听对溪高崖上大唱了半夜的歌。他知道那是谁唱的,他知道是河街上天保大老走马路的第一着,又忧愁又快乐的听下去。翠翠因为日里哭倦了,睡得正好,他就不去惊动她。

第二天,天一亮翠翠就同祖父起身了,用溪水洗了脸,把早上说梦的忌讳去掉了,翠翠赶忙同祖父去说昨晚上所梦的事情。

"爷爷,你说唱歌,我昨天就在梦里听到一种歌声,又软又缠绵,我像跟了这声音各处飞,飞到对溪悬崖半腰,摘了一大把虎耳草,得到了虎耳草,我可不知道把这个东西交给谁去了。我睡得真好,梦的真有趣!"

祖父温和悲悯的笑着,并不告给翠翠昨晚上的事实。

祖父心里想:"做梦一辈子更好,还有人在梦里作宰相咧。"

昨晚上唱歌的,老船夫还以为是天保大老,日来便要翠翠守船,借故到城里去送药,在河街见到了大老,就一把拉住那小伙子,很快乐的说:"大老,你这个人,又走车路又走马路,是怎样一个狡猾东西!"

但老船夫却作错了一件事情,把昨晚唱歌人"张冠李戴"了。这两弟兄昨晚上同时到碧溪岨,为了作哥哥的走车路占了先,无论如何也不肯先开腔唱歌,一定得让那弟弟先唱。弟弟一开口,哥哥却因为明知不是敌手,更不能开口了。翠翠同她祖父晚上听到的歌声,便全是那个傩送二老所唱的。大老伴弟弟回家时,就决定了同茶峒地方离开,驾家中那只新油船下驶,好忘却了上面的一切。这时正想下河去看新船装货。老船夫见他冷冷的,不明白他的意思,就用眉眼做了一个可笑的记号,表示他明白大老的冷淡处是装成的,表示他有消息可以奉告。

他拍了大老一下,轻轻的说:"你唱得很好,别人在梦里听着你那个歌,为那个歌带得很远,走了不少的路!"

大老望着弄渡船的老船夫涎皮的老脸,轻轻的说:

"算了吧,你把宝贝女儿送给了竹雀吧。"

这句话使老船夫完全弄不明白他的意思。大老从一个吊脚楼甬道走下河去了,老船夫也跟着下去,到了河边,见那只新船正在装货,许多油篓子搁到岸边,一个水手正在用茅草扎成长束,备作船舷上挡浪用的茅把,还有人在河边用脂油擦桨板。老船夫问那个坐在大太阳下扎茅把的水手,这船什么日子下行,谁押船。那水手把手指着大老。老船夫搓着手说:

"大老,听我说句正经话,你那件事走车路,不对;走马路,你有分的!"

那大老把手指着窗口说:"伯伯,你看那边,你要竹雀做孙女婿,竹雀在那里啊!"

老船夫抬头望到二老,正在窗口整理一个鱼网。

回碧溪岨到渡船上时,翠翠问:"爷爷,你同谁吵了架,面色那样难看!"

祖父莞尔而笑,他到城里的事情,不告给翠翠一个字。

人老坐了那只新油船向下河走去了,留下傩送二老在家。……

……

二老有机会唱歌却从此不再到碧溪岨唱歌。十五过去了,十六也过去了,到了十七,老船夫忍不住了,进城往河街去找寻那个年青小伙子,到城门边正预备入河街时,就遇着上次为大老作保山的杨马兵,正牵了一匹骡马预备出城,一见老船夫,就拉住了他:

"伯伯,我正有事情告你,碰巧你就来城里!"

"什么事?"

"天保大老坐下水船到茨滩出了事,闪不知这个人掉到滩下漩水里就淹坏了。早上顺顺家里得到这个信,听说二老一早就赶去了。"

这消息同有力巴掌一样重重的捆了他那么一下,他不相信这是当真的消息。他故作从容的说:

"天保大老淹坏了吗?从不闻有水鸭子被水淹坏的!"

"可是那只水鸭子仍然有那么一次被淹坏了……我赞成你的卓见,不让那小子走车路十分顺手。"

从马兵言语上,老船夫还十分怀疑这个新闻,但从马兵神气上注意,老船夫却看清楚这是个真的消息了。他惨惨的说:

"我有什么卓见可言?这是天意!……"老船夫说时心中充满了感情。

特为证明那马兵所说的话,有多少可靠处,老船夫同马兵分手后,士是匆匆赶到河街上去。到了顺顺家门前,正有人烧纸钱,许多人围在一处说话。掺加进去听听,所说的便是杨马兵提到的那件事。但一到有人发现了身后的老船夫时,大家便把话语转了方向,故意来谈下河油价涨落情形了。老船夫心中很不安,正想找一个比较要好的水手谈谈。

一会船总顺顺从外面回来了,样子沉沉的,这豪爽正直的中年人,正似乎为不幸打倒,努力想挣扎爬起的神气,一见到老船夫就说:"老伯伯,我们谈的那件事情吹了吧。天保大老已经坏了,你知道了吧。"

老船夫两只眼睛红红的,把手搓着,"怎么的,这是真事!是昨天,是前天?"

另一个像是赶路同来报信的,插嘴说道:"十六中上,船搁到石包子上,船头进了水,大老想把篙撇着,人就弹到水中去了。"

老船夫说:"你眼见他下水吗?"

"我还与他同时下水!"

"他说什么?"

"什么都来不及说!这几天来他都不说话!"

老船夫把头摇摇,向顺顺那么瞅了一眼。船总顺顺像知道他的心中不安处,说:"伯伯,一切是天,算了吧。我这里有大兴场送来的好烧酒,你拿一点去喝罢。"一个伙计用竹筒上了一筒酒,用新桐木叶蒙着筒口,交给了老船夫。

老船夫把酒拿走,到了河街后,低头向河码头走去,到河边天保大前天上船处去看看。杨马兵还在那里放马到沙地上打滚,自己坐在柳树荫下乘凉,老船夫就走过去请马兵试试那大兴场的烧酒,两人兴致似乎皆好些了,老船夫告给杨马兵,十四夜里二老两兄弟过碧溪岨唱歌那件事情。

那马兵听到后便说:"伯伯,你是不是以为翠翠愿意二老应该派归二老……"

话未说完,傩送二老却从河街下来了。这年青人正像要远行的样子,一见了老船夫就回头走去。杨马兵就喊他说:"二老,二老,你来,有话同你说呀!"

二老站定了,问马兵"有什么话说"。马兵望望老船夫,就向二老说:"你来,有话说!"

"什么话?"

"我听人说你已经走了,——你过来我同你说,我不会吃掉你!"

那黑脸宽肩膊,样子虎虎有生气的傩送二老,勉强似的笑着,到了柳荫下时,老船夫指着河上游远处那座新碾坊说:"二老,听人说那碾坊将来是归你的!归了你,派我来守碾子,行不行?"

二老仿佛听不惯这个询问的用意,便不作声。杨马兵看风头有点儿僵,便说:"二老,你怎么的,预备下去吗?"那年青人把头点点,就走开了。

老船夫讨了个没趣,赶回碧溪岨去,到了渡船上时,就装作把事情看得极随便似的,告给翠翠。

"翠翠,城里出了件新鲜事情,天保大老驾油船下辰州,掉到茨滩淹坏了。"

翠翠因为听不懂,对于这个报告最先好像全不在意,祖父又说:

"翠翠,这是真事,上次来到这里做保山的杨马兵,还说我早不答应亲事极有见识!"

翠翠瞥了祖父一眼,见他眼睛红红的,知道他喝了酒,且有了点事情不高兴,心中想:"谁撩你生气?"船到家边时,祖父不自然的笑着向家中走去,翠翠守船,半天不闻祖父声息,赶回家去看看,见祖父正坐在门槛上编草鞋耳子。

翠翠见祖父神气极不对,就蹲到他身前去。

"爷爷,你怎么的?"

"天保当真死了! 二老生了我们的气,以为他家中出这件事情是我们分派的!"

有人在溪边大喊渡船过渡,祖父匆匆出去了。翠翠坐在那屋角隅稻草上,心中极乱,等等还不见祖父回来,就哭起来了。

……

黄昏时天气十分郁闷,溪面各处飞着红蜻蜓。天上已起了云,热风把两山竹篁吹得声音极大,看样子到晚上必落大雨。翠翠守在渡船上,看着那些溪面飞来飞去的蜻蜓,心也极乱。看祖父脸上颜色惨惨的,放心不下,便又赶回家中去。先以为祖父一定早睡了,谁知还坐在门槛上打草鞋!

"爷爷,你要多少双草鞋,床头上不是还有十四双吗? 怎么不好好的躺一躺?"

老船夫不作声,却站起身来昂头向天空望着,轻轻说的:"翠翠,今晚上要落大雨响大雷的! 回头把我们的船系到岩下去,这雨大哩。"

翠翠说:"爷爷,我真吓怕!"翠翠怕的似乎并不是晚上要来的雷雨。

老船夫似乎也懂得那个意思,就说:"怕什么? 一切要来的都得来,不必怕!"

夜间果然落了大雨,挟以吓人的雷声。电光从屋脊上掠过时,接着就是訇的一个炸电。翠翠在暗中抖着,祖父也醒了,知道她害怕,且担心她招凉,还起身来把一条布单搭到她身上去。祖父说:

"翠翠,不要怕!"

翠翠说:"我不怕!"说了还想说:"爷爷你在这里我不怕!"

訇的一个大雷,接着是一种超越雨声而上的洪大倾圮声。两人皆以为一定是溪岸悬岸崩落了;担心到那只渡船,会早已压在崖石上面去了。

祖孙两人便默默的躺在床上听雨声雷声。

但无论如何大雨,过不久,翠翠却仍然就睡着了。醒来时天已亮了,雨不知在何时业已止息,醒来只听到溪两岸山沟里注水入溪的声音,翠翠爬起身来看看祖父还似乎睡得很好,开了门走出去,门前已成为一个水沟,一股水便从塔后哗哗的流来,从前面悬崖直堕而下。并且各处皆是那么一种临时的水道。屋旁菜园地已为山水冲乱了,菜秧皆掩在粗砂泥里了。再走过前面去看看溪里一切,才知道溪中也涨了大水,已满过了码头,水脚快到茶缸边了。下到码头去的那条路,正同一条小河一样,哗哗的泄着黄泥水。过渡的那一条横溪牵定的缆绳,已被水淹去了,泊在崖下的渡船,已不见了。

翠翠看看屋前悬崖并不崩坍,故当时还不注意渡船的失去。但再过一阵,她上下搜索不到这东西,无意中回头一看,屋后白塔已不见了,一惊非同小可。赶忙向屋后跑去,才知道白塔也已坍倒,大堆砖石极凌乱的摊在那儿,翠翠吓慌得不知所措,只锐声叫她的祖父。祖父不起身,也不答应,就赶回家里去,到得祖父床边摇了祖父许久,祖父还不作声。原来这个老年人在雷雨将息时已死去了。

翠翠于是大哭起来。

……

碧溪岨的白塔,与茶峒风水有关系,塔圮坍了,不重新作一个自然不成。除了城中营管,税局,以及各商号各平民捐了些钱以外,各大寨子也有人拿册子去捐钱。为了这塔成就并不是给谁一个人的好处,应尽每个人来积德造福,尽每个人皆有捐钱的机会,因此在渡船上也放了个两头有节的大竹筒,中部锯了一口尽过渡人自由把钱投进去,竹筒满了马兵就捎进城中首事人处去,另外又带了个竹筒回来。过渡人一看老船夫不见了,翠翠辫子上扎了白线,就明白那老的已作完了自己分上的工作,安安静静躺到土坑里给小蛆吃掉了,必一面用同情的眼色瞧着翠翠,一面就摸出钱来塞到竹筒中去。"天保佑你,死了的到西方去,活下的永保平安。"翠翠明白那些捐钱人的意思,心里酸酸的,忙把身子背过去拉船。

可是到了冬天,那个圮坍了的白塔,又重新修好了,那个在月下唱歌,使翠翠在睡梦里为歌声把灵魂轻轻浮起的年青人,还不曾回到茶峒来。

……

这个人也许永远不回来了,也许"明天"回来!

【阅读提示】

1. 在了解全篇故事、把握小说的基本情调的基础上,对下列文字作逐字逐句的细读,细心体味作者笔下人的心灵、人与人的关系,以及相应语言的明净的美,进而体会作者所说的他的写作与水的关系:

① 五月端阳之夜,翠翠与二老第一次相遇("潭上那只白鸭慢慢向翠翠所在的码头边游来。……但另一件事,属于自己不关祖父的,却使翠翠沉默了一个晚上")。

② 月夜翠翠与爷爷的谈话,睡梦中听见二老唱歌的幻觉("翠翠抱膝坐在月光下……祖父心里想:'做梦一辈子更好……'")。

2. 认真思考与分析:翠翠、祖父、二老、大老……这样一些善良、美好的人,却得不到他们所期望的幸福,作者对这样的悲剧有怎样的感悟和情感反应?再仔细体会小说结尾("可是到了冬天……也许'明天'回来!")给你的感受。

3. 有学习与研究兴趣的同学可以从不同的角度对《边城》做进一步的解读与研究:例如,从湘西地域文化、民俗学的角度,从诗化小说与语言的角度看《边城》,或联系沈从文其他关于湘西的小说,并与他的城市小说相对照,看沈从文笔下湘西社会在现代史中的缓慢变化,以及沈从文对现代化过程中的文化冲突的独特洞察与思考。

【扩展性阅读书(篇)目】

《边城》(全书)、《长河》《丈夫》《萧萧》《新与旧》《灯》《湘西》《湘行散记》。

【参考书(篇)目】

1. 汪曾祺:《沈从文和他的〈边城〉》《又读〈边城〉》,分别收《汪曾祺全集》第 3 卷、第 5 卷,北京师范大学出版社 1998 年版。

2. 《沈从文名作欣赏》,中国和平出版社 1993 年版。

3. 赵园:《〈边城〉——一个关于水的故事》,收《新讲台:学者教授讲析新版中学语文名篇》,中央编译出版社 2001 年版。

骆驼祥子（节选）

老 舍

第 一 章

一

我们所要介绍的是祥子，不是骆驼，因为"骆驼"只是个外号；那么，我们就先说祥子，随手儿把骆驼与祥子那点关系说过去，也就算了。

北平的洋车夫有许多派：年轻力壮，腿脚灵利的，讲究赁漂亮的车，拉"整天儿"，爱什么时候出车与收车都有自由；拉出车来，在固定的"车口"或宅门一放，专等坐快车的主儿；弄好了，也许一下子弄个一块两块的；碰巧了，也许白耗一天，连"车份儿"也没着落，但也不在乎。这一派哥儿们的希望大概有两个：或是拉包车；或是自己买上辆车，有了自己的车，再去拉包月或散座就没大关系了，反正车是自己的。

比这一派岁数稍大的，或因身体的关系而跑得稍差点劲的，或因家庭的关系而不敢白耗一天的，大概就多数的拉八成新的车；人与车都有相当的漂亮，所以在要价儿的时候也还能保持住相当的尊严。这派的车夫，也许拉"整天"，也许拉"半天"。在后者的情形下，因为还有相当的精气神，所以无论冬天夏天总是"拉晚儿"。夜间，当然比白天需要更多的留神与本事；钱自然也多挣一些。

年纪在四十以上，二十以下的，恐怕就不易在前两派里有个地位了。他们的车破，又不敢"拉晚儿"，所以只能早早的出车，希望能从清晨转到午后三四点钟，拉出"车份儿"和自己的嚼谷。他们的车破，跑得慢，所以得多走路，少要钱。到瓜市，果市，菜市，去拉货物，都是他们；钱少，可是无须快跑呢。

在这里，二十岁以下的——有的从十一二岁就干这行儿——很少能到二十岁以后改变成漂亮的车夫的，因为在幼年受了伤，很难健壮起来。他们也许拉一辈子洋车,而一辈子连拉车也没出过风头。那四十以上的人,有的是已拉了十年八年的车,筋肉的衰损使他们甘居人后,他们渐渐知道早晚是一个跟头会死在马路上。他们的拉车姿势,讲价时的随机应变,走路的抄近绕远,都足以使他们想起过去的光荣,而用鼻翅儿扇着那些后起之辈。可是这点光荣丝毫不能减少将来的黑暗,他们自己也因此在擦着汗的时节常常微叹。不过,以他们比较另一些四十上下岁的车夫,他们还似乎没有苦到了家。这一些是以前决没想到自己能与洋车发生关系,而到了生和死的界限已经不甚分明,才抄起车把来的。被撤差的巡警或校役,把本钱吃光的小贩,或是失业的工匠,到了卖无可卖,当无可当的时候,咬着牙,含着泪,上了这条到死亡之路。这些人,生命最鲜壮的时期已经卖掉,现在再把窝窝头变成的血汗滴在马路上。没有力气,没有经验,没有朋友,就是在同行的当中也得不到好气儿。他们拉最破的车,皮带不定一天泄多少次气;一边拉着人还得一边儿央求人家原谅,虽然十五个大铜子儿已经算是甜买卖。

此外,因环境与知识的特异,又使一部分车夫另成派别。生于西苑海甸的自然以走西山,燕京,清华,较比方便;同样,在安定门外的走清河,北苑;在永定门外的走南苑……这是跑长趟的,不愿拉零座;因为拉一趟便是一趟,不屑于三五个铜子的穷凑了。可是他们还不如东交民巷的车夫的气儿长,这些专拉洋买卖的讲究一气儿由交民巷拉到玉泉山,颐和园或西山。气长也还算小事,一般车夫万不能争这项生意的原因,大半还是因为这些吃洋饭的有点与众不同的知识,他们会说外国话。英国兵,法国兵,所说的万寿山,雍和宫,"八大胡同",他们都晓得。他们自己有一套外国话,不传授给别人。他们的跑法也特别,四六步儿不快不慢,低着头,目不旁视的,贴着马路边儿走,带出与世无争,而自有专长的神气。因为拉着洋人,他们可以不穿号坎,而一律的是长袖小白褂,白的或黑的裤子,裤筒特别肥,脚腕上系着细带;脚上是宽双脸千层底青布鞋;干净,利落,神气。一见这样的服装,别的车夫不会再过来争座与赛车,他们似乎是属于另一行业的。

有了这点简单的分析,我们再说祥子的地位,就像说——我们希望——一盘机器上的某种钉子那么准确了。祥子,在与"骆驼"这个外号发生关系以前,是个较比有自由的洋车夫,这就是说,他是属于年轻力壮,而且自己有车的那一类:自己的车,自己的生活,都在自己手里,高等车夫。

这可绝不是件容易的事。一年,二年,至少有三四年;一滴汗,两滴汗,不知道多少万滴汗,才挣出那辆车。从风里雨里的咬牙,从饭里茶里的自苦,才赚出那辆车。那辆车是他的一切挣扎与困苦的总结果与报酬,像身经百战的武士的一颗徽章。在他赁人家的车的时候,他从早到晚,由东到西,由南到北,像被人家抽着转的陀螺;他没有自己。可是在这种旋转之中,他的眼并没有花,心并没有乱,他老想着远远的一辆车,可以使他自由,独立,像自己的手脚的那么一辆车。有了自己的车,他可以不再受拴车的人们的气,也无须敷衍别人;有自己的力气与洋车,睁开眼就可以有饭吃。

　　他不怕吃苦,也没有一般洋车夫的可以原谅而不便效法的恶习,他的聪明和努力都足以使他的志愿成为事实。假若他的环境好一些,或多受着点教育,他一定不会落在"胶皮团"里,而且无论是干什么,他总不会辜负了他的机会。不幸,他必须拉洋车;好,在这个营生里他也证明出他的能力与聪明。他仿佛就是在地狱里也能作个好鬼似的。生长在乡间,失去了父母与几亩薄田,十八岁的时候便跑到城里来。带着乡间小伙子的足壮与诚实,凡是以卖力气就能吃饭的事他几乎全作过了。可是,不久他就看出来,拉车是件更容易挣钱的事;作别的苦工,收入是有限的;拉车多着一些变化与机会,不知道在什么时候与地点就会遇到一些多于所希望的报酬。自然,他也晓得这样的机遇不完全出于偶然,而必须人与车都得漂亮精神,有货可卖才能遇到识货的人。想了一想,他相信自己有那个资格:他有力气,年纪正轻;所差的是他还没有跑过,与不敢一上手就拉漂亮的车。但这不是不能胜过的困难,有他的身体与力气作基础,他只要试验个十天半月,就一定能跑得有个样子,然后去赁辆新车,说不定很快的就能拉上包车,然后省吃俭用的一年二年,即使是三四年,他必能自己打上一辆车,顶漂亮的车!看着自己的青年的肌肉,他以为这只是时间的问题,这是必能达到的一个志愿与目的,绝不是梦想!

　　他的身量与筋肉都发展到年岁前边去;二十来的岁,他已经很大很高,虽然肢体还没被年月铸成一定的格局,可是已经像个成人了——一个脸上身上都带出天真淘气的样子的大人。看着那高等的车夫,他计划着怎样杀进他的腰去,好更显出他的铁扇面似的胸,与直硬的背;扭头看看自己的肩,多么宽,多么威严!杀好了腰,再穿上肥腿的白裤,裤脚用鸡肠子带儿系住,露出那对"出号"的大脚!是的,他无疑的可以成为最出色的车夫;傻子似的他自己笑了。

　　他没有什么模样,使他可爱的是脸上的精神。头不很大,圆眼,肉鼻子,两条眉很短很粗,头上永远剃得发亮。腮上没有多余的肉,脖子可是几乎与头一边儿粗;脸上永远红扑扑的,特别亮的是颧骨与右耳之间一块不小的疤——小时候在树下睡觉,被驴啃了一口。他不甚注意他的模样,他爱自己的脸正如同他爱自己的身体,都那么结实硬棒;他把脸仿佛算在四肢之内,只要硬棒就好。是的,到城里以后,他还能头朝下,倒着立半天。这样立着,他觉得,他就很像一棵树,上下没有一个地方不挺脱的。

他确乎有点像一棵树,坚壮,沉默,而又有生气。他有自己的打算,有些心眼,但不好向别人讲论。在洋车夫里,个人的委屈与困难是公众的话料,"车口儿"上,小茶馆中,大杂院里,每人报告着形容着或吵嚷着自己的事,而后这些事成为大家的财产,像民歌似的由一处传到一处。祥子是乡下人,口齿没有城里人那么灵便;设若口齿灵利是出于天才,他天生来的不愿多说话,所以也不愿学着城里人的贫嘴恶舌。他的事他知道,不喜欢和别人讨论。因为嘴常闲着,所以他有工夫去思想,他的眼仿佛是老看着自己的心。只要他的主意打定,他便随着心中所开开的那条路儿走;假若走不通的话,他能一两天不出一声,咬着牙,好似咬着自己的心!

他决定去拉车,就拉车去了。赁了辆破车,他先练练腿。第一天没拉着什么钱。第二天的生意不错,可是躺了两天,他的脚脖子肿得像两条瓠子似的,再也抬不起来。他忍受着,不管是怎样的疼痛。他知道这是不可避免的事,这是拉车必须经过的一关。非过了这一关,他不能放胆的去跑。

脚好了之后,他敢跑了。这使他非常的痛快,因为别的没有什么可怕的了:地名他很熟习,即使有时候绕点远也没大关系,好在自己有的是力气。拉车的方法,以他干过的那些推,拉,扛,挑的经验来领会,也不算十分难。况且他有他的主意;多留神,少争胜,大概总不会出了毛病。至于讲价争座,他的嘴慢气盛,弄不过那些老油子们。知道这个短处,他干脆不大到"车口儿"上去;哪里没车,他放在哪里。在这僻静的地点,他可以从容的讲价,而且有时候不肯要价,只说声:"坐上吧,瞧着给!"他的样子是那么诚实,脸上是那么简单可爱,人们好像只好信任他,不敢想这个傻大个子是会敲人的。即使人们疑心,也只能怀疑他是新到城里来的乡下老儿,大概不认识路,所以讲不出价钱来。及至人们问到,"认识呀?"他就又像装傻,又像耍俏的那么一笑,使人们不知怎样才好。

两三个星期的工夫,他把腿溜出来了。他晓得自己的跑法很好看。跑法是车夫的能力与资格的证据。那撇着脚,像一对蒲扇在地上扇乎的,无疑的是刚由乡间上来的新手。那头低得很深,双脚蹭地,跑和走的速度差不多,而颇有跑的表示的,是那些五十岁以上的老者们。那经验十足而没什么力气的却另有一种方法:胸向内含,度数很深,腿抬得很高;一走一探头;这样,他们就带出跑得很用力的样子,而在事实上一点也不比别人快;他们仗着"作派"去维持自己的尊严。祥子当然决不采取这几种姿态。他的腿长步大,腰里非常的稳,跑起来没有多少响声,步步都有些伸缩,车把不动,使座儿觉到安全,舒服。说站住,不论在跑得多么快的时候,大脚在地上轻蹭两蹭,就站住了;他的力气似乎能达到车的各部分。脊背微俯,双手松松拢住车把,他活动,利落,准确;看不出急促而跑得很快,快而没有危险。就是在拉包车的里面,这也得算很名贵的。

他换了新车。从一换车那天,他就打听明白了,像他赁的那辆——弓子软,铜活地道,雨布大帘,双灯,细脖大铜喇叭——值一百出头;若是漆工与铜活含忽一点呢,一百元便可以打住。大概的说吧,他只要有一百块钱,就能弄一辆车。猛然一想,一天要是能剩一角的话,一百元就是一千天,一千天!把一千天堆到一块,他几乎算不过来这该有多么远。但是,他下了决心,一千天,一万天也好,他得买车!第一步他应当,他想好了,去拉包车。遇上交际多,饭局多的主儿,平均一月有上十来个饭局,他就可以白落两三块的车饭钱。加上他每月再省出个块儿八角的,也许是三头五块的,一年就能剩起五六十块!这样,他的希望就近便多多了。他不吃烟,不喝酒,不赌钱,没有任何嗜好,没有家庭的累赘,只要他自己肯咬牙,事儿就没有个不成。他对自己起下了誓,一年半的工夫,他——祥子——非打成自己的车不可!是现打的,不要旧车见过新的。

他真拉上了包月。可是,事实并不完全帮助希望。不错,他确是咬了牙,但是到了一年半他并没还上那个愿。包车确是拉上了,而且谨慎小心的看着事情;不幸,世上的事并不是一面儿的。他自管小心他的,东家并不因此就不辞他;不定是三两个月,还是十天八天,吹了;他得另去找事。自然,他得一边儿找事,还得一边儿拉散座;骑马找马,他不能闲起来。在这种时节,他常常闹错儿。他还强打着精神,不专为混一天的嚼谷,而且要继续着积储买车的钱。可是强打精神永远不是件妥当的事:拉起车来,他不能专心一志的跑,好像老想着些什么,越想便越害怕,越气不平。假若老这么下去,几时才能买上车呢?为什么这样呢?难道自己还算个不要强的?在这么乱想的时候,他忘了素日的谨慎。皮轮子上了碎铜烂磁片,放了炮;只好收车。更严重一些的,有时候碰了行人,甚至有一次因急于挤过去而把车轴盖碰丢了。设若他是拉着包车,这些错儿绝不能发生;一搁下了事,他心中不痛快,便有点楞头磕脑的。碰坏了车,自然要赔钱;这更使他焦躁,火上加了油;为怕惹出更大的祸,他有时候懊睡一整天。及至睁开眼,一天的工夫已白白过去,他又后悔,自恨。还有呢,在这种时期,他越着急便越自苦,吃喝越没规则;他以为自己是铁作的,可是敢情他也会病。病了,他舍不得钱去买药,自己硬挺着;结果,病越来越重,不但得买药,而且得一气儿休息好几天。这些个困难,使他更咬牙努力,可是买车的钱数一点不因此而加快的凑足。

整整的三年,他凑足了一百块钱!

他不能再等了。原来的计划是买辆最完全最新式最可心的车,现在只好按着一百块钱说了。不能再等;万一出点什么事再丢失几块呢!恰巧有辆刚打好的车(定作而没钱取货的)跟他所期望的车差不甚多;本来值一百多,可是因为定钱放弃了,车铺愿意少要一点。祥子的脸通红,手哆嗦着,拍出九十六块钱来:"我要这辆车!"铺主打算挤到个整数,说了不知多少话,把他的车拉出去又拉进来,支开棚子,又放下,按按喇叭,每一个动作都伴着一大串最好的形容词;最后还在钢轮条上踢了两脚,"听听声儿吧,铃铛似的!拉去吧,你就是把车拉碎了,要是钢条软一根,你拿回来,把它摔在我脸上!一百块,少一分咱们吹!"祥子把钱又数了一遍:"我要这辆车,九十六!"铺主知道是遇见了一个心眼的人,看看钱,看看祥子,叹了口气:"交个朋友,车算你的了;保六个月:除非你把大箱碰碎,我都白给修理;保单,拿着!"

祥子的手哆嗦得更厉害了,揣起保单,拉起车,几乎要哭出来。拉到个僻静地方,细细端详自己的车,在漆板上试着照照自己的脸! 越看越可爱,就是那不尽合自己的理想的地方也都可以原谅了,因为已经是自己的车了。把车看得似乎暂时可以休息会儿了,他坐在了水簸箕的新脚垫儿上,看着车把上的发亮的黄铜喇叭。他忽然想起来,今年是二十二岁。因为父母死得早,他忘了生日是在哪一天。自从到城里来,他没过一次生日。好吧,今天买上了新车,就算是生日吧,人的也是车的,好记,而且车既是自己的心血,简直没什么不可以把人与车算在一块的地方。

怎样过这个"双寿"呢? 祥子有主意:头一个买卖必须拉个穿得体面的人,绝对不能是个女的。最好是拉到前门,其次是东安市场。拉到了,他应当在最好的饭摊上吃顿饭,如热烧饼夹爆羊肉之类的东西。吃完,有好买卖呢就再拉一两个;没有呢,就收车;这是生日!

自从有了这辆车,他的生活过得越来越起劲了。拉包月也好,拉散座也好,他天天用不着为"车份儿"着急,拉多少钱全是自己的。心里舒服,对人就更和气,买卖也就更顺心。拉了半年,他的希望更大了:照这样下去,干上二年,至多二年,他就又可以买辆车,一辆,两辆……他也可以开车厂子了!

可是,希望多半落空,祥子的也非例外。

二

因为高兴,胆子也就大起来;自从买了车,祥子跑得更快了。自己的车,当然格外小心,可是他看看自己,再看看自己的车,就觉得有些不是味儿,假若不快跑的话。

他自己,自从到城里来,又长高了一寸多。他自己觉出来,仿佛还得往高里长呢。不错,他的皮肤与模样都更硬棒与固定了一些,而且上唇上已有了小小的胡子;可是他以为还应当再长高一些。当他走到个小屋门或街门而必须大低头才能进去的时候,他虽不说什么,可是心中暗自喜欢,因为他已经是这么高大,而觉得还正在发长,他似乎既是个成人,又是个孩子,非常有趣。

这么大的人,拉上那么美的车,他自己的车,弓子软得颤悠颤悠的,连车把都微微的动弹;车箱是那么亮,垫子是那么白,喇叭是那么响;跑得不快怎能对得起自己呢,怎能对得起那辆车呢? 这一点不是虚荣心,而似乎是一种责任,非快跑,飞跑,不足以充分发挥自己的力量与车的优美。那辆车也真是可爱,拉过了半年来的,仿佛处处都有了知觉与感情,祥子的一扭腰,一蹲腿,或一直脊背,它都就马上应合着,给祥子以最顺心的帮助,他与它之间没有一点隔膜别扭的地方。赶到遇上地平人少的地方,祥子可以用一只手拢着把,微微轻响的皮轮像阵利飕的小风似的催着他跑,飞快而平稳。拉到了地点,祥子的衣裤都拧得出汗来,哗哗的,像刚从水盆里捞出来的。他感到疲乏,可是很痛快的,值得骄傲的,一种疲乏,如同骑着名马跑了几十里那样。

假若胆壮不就是大意,祥子在放胆跑的时候可并不大意。不快跑若是对不起人,快跑而碰伤了车便对不起自己。车是他的命,他知道怎样的小心。小心与大胆放在一处,他便越来越能自信,他深信自己与车都是铁作的。

因此,他不但敢放胆的跑,对于什么时候出车也不大去考虑。他觉得用力拉车去挣口饭吃,是天下最有骨气的事;他愿意出去,没人可以拦住他。外面的谣言他不大往心里听,什么西苑又来了兵,什么长辛店又打上了仗,什么西直门外又在拉伕,什么齐化门已经关了半天,他都不大注意。自然,街上铺户已都上了门,而马路上站满了武装警察与保安队,他也不便故意去找不自在,也和别人一样急忙收了车。可是,谣言,他不信。他知道怎样谨慎,特别因为车是自己的,但是他究竟是乡下人,不像城里人那样听见风便是雨。再说,他的身体使他相信,即使不幸赶到"点儿"上,他必定有办法,不至于吃很大的亏;他不是容易欺侮的,那么大的个子,那么宽的肩膀!

战争的消息与谣言几乎每年随着春麦一块儿往起长,麦穗与刺刀可以算作北方人的希望与忧惧的象征。祥子的新车刚交半岁的时候,正是麦子需要春雨的时节。春雨不一定顺着人民的盼望而降落,可是战争不管有没有人盼望总会来到。谣言吧,真事儿吧,祥子似乎忘了他曾经作过庄稼活;他不大关心战争怎样的毁坏田地,也不大注意春雨的有无。他只关心他的车,他的车能产生烙饼与一切吃食,它是块万能的田地,很驯顺的随着他走,一块活地,宝地。因为缺雨,因为战争的消息,粮食都长了价钱;这个,祥子知道。可是他和城里人一样的只会抱怨粮食贵,而一点主意没有;粮食贵,贵吧,谁有法儿教它贱呢?这种态度使他只顾自己的生活,把一切祸患灾难都放在脑后。

设若城里的人对于一切都没有办法,他们可会造谣言——有时完全无中生有,有时把一分真事说成十分——以便显出他们并不愚傻与不作事。他们像些小鱼,闲着的时候把嘴放在水皮上,吐出几个完全没用的水泡儿也怪得意。在谣言里,最有意思是关于战争的。别种谣言往往始终是谣言,好像谈鬼说狐那样,不会说着说着就真见了鬼。关于战争的,正是因为根本没有正确消息,谣言反倒能立竿见影。在小节目上也许与真事有很大的出入,可是对于战争本身的有无,十之八九是正确的。"要打仗了!"这句话一经出口,早晚准会打仗;至于谁和谁打,与怎么打,那就一个人一个说法了。祥子并不是不知道这。不过,干苦工的人们——拉车的也在内——虽然不会欢迎战争,可是碰到了它也不一定就准倒霉。每逢战争一来,最着慌的是阔人们。他们一听见风声不好,赶快就想逃命;钱使他们来得快,也跑得快。他们自己可是不会跑,因为腿脚被钱赘的太沉重。他们得雇许多人作他们的腿,箱子得有人抬,老幼男女得有车拉;在这个时候,专卖手脚的哥儿们的手与脚就一律贵起来:"前门,东车站!""哪儿?""东——车——站!""呕,干脆就给一块四毛钱! 不用驳回,兵荒马乱的!"

就是在这个情形下,祥子把车拉出城去。谣言已经有十来天了,东西已都涨了价,可是战事似乎还在老远,一时半会儿不会打到北平来。祥子还照常拉车,并不因为谣言而偷点懒。有一天,拉到了西城,他看出点棱缝来。在护国寺街西口和新街口没有一个招呼"西苑哪?清华呀?"的。在新街口附近他转悠了一会儿。听说车已经都不敢出城,西直门外正在抓车,大车小车骡车洋车一齐抓。他想喝碗茶就往南放车;车口的冷静露出真的危险,他有相当的胆子,但是不便故意的走死路。正在这个接骨眼儿,从南来了两辆车,车上坐着的好像是学生。拉车的一边走,一边儿喊:"有上清华的没有?嗨,清华!"

车口上的几辆车没有人答碴儿,大家有的看着那两辆车淡而不厌的微笑,有的叼着小烟袋坐着,连头也不抬。那两辆车还继续的喊:"都哑吧了?清华!"

"两块钱吧,我去!"一个年轻光头的矮子看别人不出声,开玩笑似的答应了这么一句。

"拉过来!再找一辆!"那两辆车停住了。

年轻光头的楞了一会儿,似乎不知怎样好了。别人还都不动。祥子看出来,出城一定有危险,要不然两块钱清华——平常只是二三毛钱的事儿——为什么会没人抢呢?他也不想去。可是那个光头的小伙子似乎打定了主意,要是有人陪他跑一趟的话,他就豁出去了;他一眼看中了祥子:"大个子,你怎样?"

"大个子"三个字把祥子招笑了,这是一种赞美。他心中打开了转儿:凭这样的赞美,似乎也应当捧那身矮胆大的光头一场;再说呢,两块钱是两块钱,这不是天天能遇到的事。危险?难道就那样巧?况且,前两天还有人说天坛住满了兵;他亲眼看见的,那里连个兵毛儿也没有。这么一想,他把车拉过去了。

拉到了西直门,城洞里几乎没有什么行人。祥子的心凉了一些。光头也看出不妙,可是还笑着说:"招呼吧,伙计!是福不是祸,今儿个就是今儿个啦!"祥子知道事情要坏,可是在街面上混了这几年了,不能说了不算,不能耍老娘们脾气!

出了西直门,真是连一辆车也没遇上;祥子低下头去,不敢再看马路的左右。他的心好像直顶他的肋条。到了高亮桥,他向四围打了一眼,并没有一个兵,他又放了点心。两块钱到底是两块钱,他盘算着,没点胆子哪能找到这俏的事。他平常很不喜欢说话,可是这阵儿他愿意跟光头的矮子说几句,街上清静得真可怕。"抄土道走吧?马路上——"

"那还用说,"矮子猜到他的意思,"自要一上了便道,咱们就算有点底儿了!"

还没拉到便道上,祥子和光头的矮子连车带人都被十来个兵捉了去!

虽然已到妙峰山开庙进香的时节,夜里的寒气可还不是一件单衫所能挡得住的。祥子的身上没有任何累赘,除了一件灰色单军服上身,和一条蓝布军裤,都被汗沤得奇臭——自从还没到他身上的时候已经如此。由这身破军衣,他想起自己原来穿着的白布小褂与那套阴丹士林蓝的夹裤褂;那是多么干净体面!是的,世界上还有许多比阴丹士林蓝更体面的东西,可是祥子知道自己混到那么干净利落已经是怎样的不容易。闻着现在身上的臭汗味,他把以前的挣扎与成功看得分外光荣,比原来的光荣放大了十倍。他越想着过去便越恨那些兵们。他的衣服鞋帽,洋车,甚至于系腰的布带,都被他们抢了去;只留给他青一块紫一块的一身伤,和满脚的疱!不过,衣服,算不了什么;身上的伤,不久就会好的。他的车,几年的血汗挣出来的那辆车,没了!自从一拉到营盘里就不见了!以前的一切辛苦困难都可一眨眼忘掉,可是他忘不了这辆车!

吃苦,他不怕;可是再弄上一辆车不是随便一说就行的事;至少还得几年的工夫!过去的成功全算白饶,他得重打鼓另开张打头儿来!祥子落了泪!他不但恨那些兵,而且恨世上的一切了。凭什么把人欺侮到这个地步呢?凭什么?"凭什么?"他喊了出来。

这一喊——虽然痛快了些——马上使他想起危险来。别的先不去管吧,逃命要紧!

他在哪里呢?他自己也不能正确的回答出。这些日子了,他随着兵们跑,汗从头上一直流到脚后跟。走,得扛着拉着或推着兵们的东西;站住,他得去挑水烧火喂牲口。他一天到晚只知道怎样把最后的力气放在手上脚上,心中成了块空白。到了夜晚,头一挨地他便像死了过去,而永远不再睁眼也并非一定是件坏事。

最初,他似乎记得兵们是往妙峰山一带退却。及至到了后山,他只顾得爬山了,而时时想到不定哪时他会一交跌到山涧里,把骨肉被野鹰们啄尽,不顾得别的。在山中绕了许多天,忽然有一天山路越来越少,当太阳在他背后的时候,他远远的看见了平地。晚饭的号声把出营的兵丁唤回,有几个扛着枪的牵来几匹骆驼。

骆驼!祥子的心一动,忽然的他会思想了,好像迷了路的人忽然找到一个熟识的标记,把一切都极快的想了起来。骆驼不会过山,他一定是来到了平地。在他的知识里,他晓得京西一带,像八里庄,黄村,北辛安,磨石口,五里屯,三家店,都有养骆驼的。难道绕来绕去,绕到磨石口来了吗?这是什么战略——假使这群只会跑路与抢劫的兵们也会有战略——他不晓得。可是他确知道,假如这真是磨石口的话,兵们必绕不出山去,而想到山下来找个活路。磨石口是个好地方,往东北可以回到西山;往南可以奔长辛店,或丰台;一直出口子往西也是条出路。他为兵们这么盘算,心中也就为自己画出一条道儿来;这到了他逃走的时候了。万一兵们再退回乱山里去,他就是逃出兵的手掌,也还有饿死的危险。要逃,就得乘这个机会。由这里一跑,他相信,一步就能跑回海甸!虽然中间隔着那么多地方,可是他都知道呀;一闭眼,他就有了个地图;这里是磨石口——老天爷,这必须是磨石口!——他往东北拐,过金顶山,礼王坟,就是八大处;从四平台往东奔杏子口,就到了南辛庄。为是有些遮隐,他顶好还顺着山走,从北辛庄,往北,过魏家村;往北,过南河滩;再往北,到红山头,杰王府;静宜园了!找到静宜园,闭着眼他也可以摸到海甸去!他的心要跳出来!这些日子,他的血似乎全流到四肢上去;这一刻,仿佛全归到心上来;心中发热,四肢反倒冷起来;热望使他浑身发颤!

　　一直到半夜,他还合不上眼。希望使他快活,恐惧使他惊惶,他想睡,但睡不着,四肢像散了似的在一些干草上放着。什么响动也没有,只有天上的星伴着自己的心跳。骆驼忽然哀叫了两声,离他不远。他喜欢这个声音,像夜间忽然听到鸡鸣那样使人悲哀,又觉得有些安慰。

　　远处有了炮声,很远,但清清楚楚的是炮声。他不敢动,可是马上营里乱起来。他闭住了气,机会到了!他准知道,兵们又得退却,而且一定是往山中去。这些日子的经验使他知道,这些兵的打仗方法和困在屋中的蜜蜂一样,只会到处乱撞。有了炮声,兵们一定得跑;那么,他自己也该精神着点了。他慢慢的,闭着气,在地上爬,目的是在找到那几匹骆驼。他明知道骆驼不会帮助他什么,但他和它们既同是俘虏,好像必须有些同情。军营里更乱了,他找到了骆驼——几块土岗似的在黑暗中爬伏着,除了粗大的呼吸,一点动静也没有,似乎天下都很太平。这个,教他壮起点胆子来。他伏在骆驼旁边,像兵丁藏在沙口袋后面那样。极快的他想出个道理来:炮声是由南边来的,即使不是真心作战,至少也是个"此路不通"的警告。那么,这些兵还得逃回山中去。真要是上山,他们不能带着骆驼。这样,骆驼的命运也就是他的命运。他们要是不放弃这几个牲口呢,他也跟着完事;他们忘记了骆驼,他就可以逃走。把耳朵贴在地上,他听着有没有脚步声儿来,心跳得极快。

　　不知等了多久,始终没人来拉骆驼。他大着胆子坐起来,从骆驼的双峰间望过去,什么也看不见,四外极黑。逃吧!不管是吉是凶,逃!

三

祥子已经跑出二三十步去,可又不肯跑了,他舍不得那几匹骆驼。他在世界上的财产,现在,只剩下了自己的一条命。就是地上的一根麻绳,他也乐意拾起来,即使没用,还能稍微安慰他一下,至少他手中有条麻绳,不完全是空的。逃命是要紧的,可是赤裸裸的一条命有什么用呢?他得带走这几匹牲口,虽然还没想起骆驼能有什么用处,可是总得算是几件东西,而且是块儿不小的东西。

他把骆驼拉了起来。对待骆驼的方法,他不大晓得,可是他不怕它们,因为来自乡间,他敢挨近牲口们。骆驼们很慢很慢的立起来,他顾不得细调查它们是不是都在一块儿拴着,觉到可以拉着走了,他便迈开了步,不管是拉起来一个,还是全"把儿"。

一迈步,他后悔了。骆驼——在口内负重惯了的——是走不快的。不但是得慢走,还须极小心的慢走,骆驼怕滑;一汪儿水,一片儿泥,都可以教它们劈了腿,或折扭了膝。骆驼的价值全在四条腿上;腿一完,全完!而祥子是想逃命呀!

可是,他不肯再放下它们。一切都交给天了,白得来的骆驼是不能放手的!

因拉惯了车,祥子很有些辨别方向的能力。虽然如此,他现在心中可有点乱。当他找到骆驼们的时候,他的心似乎全放在它们身上了;及至把它们拉起来,他弄不清哪儿是哪儿了,天是那么黑,心中是那么急,即使他会看看星,调一调方向,他也不敢从容的去这么办;星星们——在他眼中——好似比他还着急,你碰我,我碰你的在黑空中乱动。祥子不敢再看天上。他低着头,心里急而脚步不敢放快的往前走。他想起了这个:既是拉着骆驼,便须顺着大道走,不能再沿着山坡儿。由磨石口——假如这是磨石口——到黄村,是条直路。这既是走骆驼的大路,而且一点不绕远儿。"不绕远儿"在一个洋车夫心里有很大的价值。不过,这条路上没有遮掩!万一再遇上兵呢?即使遇不上大兵,他自己那身破军衣,脸上的泥,与那一脑袋的长头发,能使人相信他是个拉骆驼的吗?不像,绝不像个拉骆驼的!倒很像个逃兵!逃兵,被官中拿去还倒是小事;教村中的人们捉住,至少是活埋!想到这儿,他哆嗦起来,背后骆驼蹄子噗噗轻响猛然吓了他一跳。他要打算逃命,还是得放弃这几个累赘。可是到底不肯撒手骆驼鼻子上的那条绳子。走吧,走,走到哪里算哪里,遇见什么说什么;活了呢,赚几条牲口;死了呢,认命!

可是,他把军衣脱下来:一把,将领子扯掉;那对还肯负责任的铜钮也被揪下来,掷在黑暗中,连个响声也没发。然后,他把这件无领无钮的单衣斜搭在身上,把两条袖子在胸前结成个结子,像背包袱那样。这个,他以为可以减少些败兵的嫌疑;裤子也挽高起来一块。他知道这还不十分像拉骆驼的,可是至少也不完全像个逃兵了。加上他脸上的泥,身上的汗,大概也够个"煤黑子"的谱儿了。他的思想很慢,可是想得很周到,而且想起来马上就去执行。夜黑天里,没人看见他;他本来无须乎立刻这样办;可是他等不得。他不知道时间,也许忽然就会天亮。既没顺着山路走,他白天没有可以隐藏起来的机会;要打算白天也照样赶路的话,他必须使人相信他是个"煤黑子"。想到了这个,也马上这么办了,他心中痛快了些,好似危险已过,而眼前就是北平了。他必须稳稳当当的快到城里,因为他身上没有一个钱,没有一点干粮,不能再多耗时间。想到这里,他想骑上骆驼,省些力气可以多挨一会儿饥饿。可是不敢去骑,即使很稳当,也得先教骆驼跪下,他才能上去;时间是值钱的,不能再麻烦。况且,他要是上了那么高,便更不容易看清脚底下,骆驼若是摔倒,他也得陪着。不,就这样走吧。

大概的他觉出是顺着大路走呢;方向,地点,都有些茫然。夜深了,多日的疲乏,与逃走的惊惧,使他身心全不舒服。及至走出来一些路,脚步是那么平匀,缓慢,他渐渐的仿佛困倦起来。夜还很黑,空中有些湿冷的雾气,心中更觉得渺茫。用力看看地,地上老像有一岗一岗的,及至放下脚去,却是平坦的。这种小心与受骗教他更不安静,几乎有些烦躁。爽性不去管地上了,眼往平里看,脚擦着地走。四外什么也看不见,就好像全世界的黑暗都在等着他似的,由黑暗中迈步,再走入黑暗中;身后跟着那不声不响的骆驼。

外面的黑暗渐渐习惯了,心中似乎停止了活动,他的眼不由的闭上了。不知道是往前走呢,还是已经站住了,心中只觉得一浪一浪的波动,似一片波动的黑海,黑暗与心接成一气,都渺茫,都起落,都恍惚。忽然心中一动,像想起一些什么,又似乎是听见了一些声响,说不清;可是又睁开了眼。他确是还往前走呢,忘了刚才是想起什么来,四外也并没有什么动静。心跳了一阵,渐渐又平静下来。他嘱咐自己不要再闭上眼,也不要再乱想;快快的到城里是第一件要紧的事。可是心中不想事,眼睛就很容易再闭上,他必须想念着点儿什么,必须醒着。他知道一旦倒下,他可以一气睡三天。想什么呢?他的头有些发晕,身上潮渌渌的难过,头发里发痒,两脚发酸,口中又干又涩。他想不起别的,只想可怜自己。可是,连自己的事也不大能详细的想了,他的头是那么虚空昏胀,仿佛刚想起自己,就又把自己忘记了,像将要灭的蜡烛,连自己也不能照明白了似的。再加上四围的黑暗,使他觉得像在一团黑气里浮荡,虽然知道自己还存在着,还往前迈步,可是没有别的东西来证明他准是在哪里走,就很像独自在荒海里浮着那样不敢相信自己。他永远没尝受过这种惊疑不定的难过,与绝对的寂闷。平日,他虽不大喜欢交朋友,可是一个人在日光下,有太阳照着他的四肢,有各样东西呈现在目前,他不至于害怕。现在,他还不害怕,只是不能确定一切,使他受不了。设若骆驼们要是像骡马那样不老实,也许倒能教他打起精神去注意它们,而骆驼偏偏是这么驯顺,驯顺得使他不耐烦;在心神最恍惚的时候,他忽然怀疑骆驼是否还在他的背后,教他吓一跳;他似乎很相信这几个大牲口会轻轻的钻入黑暗的岔路中去,而他一点也不晓得,像拉着块冰那样能渐渐的化尽。

不知道在什么时候,他坐下了。若是他就是这么死去,就是死后有知,他也不会记得自己是怎么坐下的,和为什么坐下的。坐了五分钟,也许是一点钟,他不晓得。他也不知道他是先坐下而后睡着,还是先睡着而后坐下的。大概他是先睡着了而后坐下的,因为他的疲乏已经能使他立着睡去的。

他忽然醒了。不是那种自自然然的由睡而醒,而是猛的一吓,像由一个世界跳到另一个世界,都在一睁眼的工夫里。看见的还是黑暗,可是很清楚的听见一声鸡鸣,是那么清楚,好像有个坚硬的东西在他脑中划了一下。他完全清醒过来。骆驼呢?他顾不得想别的。绳子还在他手中,骆驼也还在他旁边。他心中安静了。懒得起来。身上酸懒,他不想起来;可也不敢再睡。他得想,细细的想,好主意。就是在这个时候,他想起他的车,而喊出"凭什么?"

"凭什么?"但是空喊是一点用处没有的。他去摸摸骆驼,他始终还不知自己拉来几匹。摸清楚了,一共三匹。他不觉得这是太多,还是太少;他把思想集中到这三匹身上,虽然还没想妥一定怎么办,可是他渺茫的想到,他的将来全仗着这三个牲口。

"为什么不去卖了它们,再买上一辆车呢?"他几乎要跳起来了! 可是他没动,好像因为先前没想到这样最自然最省事的办法而觉得应当惭愧似的。喜悦胜过了惭愧,他打定了主意:刚才不是听到鸡鸣么? 即使鸡有时候在夜间一两点钟就打鸣,反正离天亮也不甚远了。有鸡鸣就必有村庄,说不定也许是北辛安吧? 那里有养骆驼的,他得赶快的走,能在天亮的时候赶到,把骆驼出了手,他可以一进城就买上一辆车。兵荒马乱的期间,车必定便宜一些;他只顾了想买车,好似卖骆驼是件毫无困难的事。

想到骆驼与洋车的关系,他的精神壮了起来,身上好似一向没有什么不舒服的地方。假若他想到拿这三匹骆驼能买到一百亩地,或是可以换几颗珍珠,他也不会这样高兴。他极快的立起来,扯起骆驼就走。他不晓得现在骆驼有什么行市,只听说过在老年间,没有火车的时候,一条骆驼要值一个大宝,因为骆驼力气大,而吃得比骡马还省。他不希望得三个大宝,只盼望换个百儿八十的,恰好够买一辆车的。

越走天越亮了;不错,亮处是在前面,他确是朝东走呢。即使他走错了路,方向可是不差;山在西,城在东,他晓得这个。四外由一致的漆黑,渐渐能分出深浅,虽然还辨不出颜色,可是田亩远树已都在普遍的灰暗中有了形状。星星渐稀,天上罩着一层似云又似雾的灰气,暗淡,可是比以前高起许多去。祥子仿佛敢抬起头来了。他也开始闻见路旁的草味,也听见几声鸟鸣;因为看见了渺茫的物形,他的耳目口鼻好似都恢复了应有的作用。他也能看到自己身上的一切,虽然是那么破烂狼狈,可是能以相信自己确是还活着呢;好像噩梦初醒时那样觉得生命是何等的可爱。看完了他自己,他回头看了看骆驼——和他一样的难看,也一样的可爱。正是牲口脱毛的时候,骆驼身上已经都露出那灰红的皮,只有东一缕西一块的挂着些零散的,没力量的,随时可以脱掉的长毛,像些兽中的庞大的乞丐。顶可怜的是那长而无毛的脖子,那么长,那么秃,弯弯的,愚笨的,伸出老远,像条失意的瘦龙。可是祥子不憎嫌它们,不管它们是怎样的不体面,到底是些活东西。他承认自己是世上最有运气的人,上天送给他三条足以换一辆洋车的活宝贝;这不是天天能遇到的事。他忍不住的笑了出来。

灰天上透出些红色,地与远树显着更黑了;红色渐渐的与灰色融调起来,有的地方成为灰紫的,有的地方特别的红,而大部分的天色是葡萄灰的。又待了一会儿,红中透出明亮的金黄来,各种颜色都露出些光;忽然,一切东西都非常的清楚了。跟着,东方的早霞变成一片深红,头上的天显出蓝色。红霞碎开,金光一道一道的射出,横的是霞,直的是光,在天的东南角织成一部极伟大光华的蛛网:绿的田,树,野草,都由暗绿变为发光的翡翠。老松的干上染上了金红,飞鸟的翅儿闪起金光,一切东西都带出笑意。祥子对着那片红光要大喊几声,自从一被大兵拉去,他似乎没看见过太阳,心中老在咒骂,头老低着,忘了还有日月,忘了老天。现在,他自由的走着路,越走越光明,太阳给草叶的露珠一点儿金光,也照亮了祥子的眉发,照暖了他的心。他忘了一切困苦,一切危险,一切疼痛;不管身上是怎样褴褛污浊,太阳的光明与热力并没将他除外,他是生活在一个有光有热力的宇宙里;他高兴,他想欢呼!

看看身上的破衣,再看看身后的三匹脱毛的骆驼,他笑了笑。就凭四条这么不体面的人与牲口,他想,居然能逃出危险,能又朝着太阳走路,真透着奇怪!不必再想谁是谁非了,一切都是天意,他以为。他放了心,缓缓的走着,自要老天保佑他,什么也不必怕。走到什么地方了?不想问了,虽然田间已有男女来作工。走吧,就是一时卖不出骆驼去,似乎也没大关系了;先到城里再说,他渴想再看见城市,虽然那里没有父母亲戚,没有任何财产,可是那到底是他的家,全个的城都是他的家,一到那里他就有办法。远处有个村子,不小的一个村子,村外的柳树像一排高而绿的护兵,低头看着那些矮矮的房屋,屋上浮着些炊烟。远远的听到村犬的吠声,非常的好听。他一直奔了村子去,不想能遇到什么俏事,仿佛只是表示他什么也不怕,他是好人,当然不怕村里的良民;现在人人都是在光明和平的阳光下。假若可能的话,他想要一点水喝;就是要不到水也没关系;他既没死在山中,多渴一会儿算得了什么呢?

　　村犬向他叫,他没大注意;妇女和小孩儿们的注视他,使他不大自在了。他必定是个很奇怪的拉骆驼的,他想;要不然,大家为什么这样呆呆的看着他呢?他觉得非常的难堪:兵们不拿他当个人,现在来到村子里,大家又看他像个怪物!他不晓得怎样好了。他的身量,力气,一向使他自尊自傲,可是在过去的这些日子,无缘无故的他受尽了委屈与困苦。他从一家的屋脊上看过去,又看见了那光明的太阳,可是太阳似乎不像刚才那样可爱了!

　　村中的唯一的一条大道上,猪尿马尿与污水汇成好些个发臭的小湖,祥子唯恐把骆驼滑倒,很想休息一下。道儿北有个较比阔气的人家,后边是瓦房,大门可是只拦着个木栅,没有木门,没有门楼。祥子心中一动;瓦房——财主;木栅而没门楼——养骆驼的主儿!好吧,他就在这儿休息会儿吧,万一有个好机会把骆驼打发出去呢!

　　"色!色!色!"祥子叫骆驼们跪下;对于调动骆驼的口号,他只晓得"色……"是表示跪下;他很得意的应用出来,特意叫村人们明白他并非是外行。骆驼们真跪下了,他自己也大大方方的坐在一株小柳树下。大家看他,他也看大家;他知道只有这样才足以减少村人的怀疑。

　　坐了一会儿,院中出来个老者,蓝布小褂敞着怀,脸上很亮,一看便知道是乡下的财主。祥子打定了主意:

　　"老者,水现成吧?喝碗!"

　　"啊!"老者的手在胸前搓着泥卷,打量了祥子一眼,细细看了看三匹骆驼。"有水!哪儿来的?"

"西边!"祥子不敢说地名,因为不准知道。

"西边有兵呀?"老者的眼盯住祥子的军裤。

"教大兵裹了去,刚逃出来。"

"啊!骆驼出西口没什么险啦吧?"

"兵都入了山,路上很平安。"

"嗯!"老者慢慢点着头。"你等等,我给你拿水去。"

祥子跟了进去。到了院中,他看见了四匹骆驼。

"老者,留下我的三匹,凑一把儿吧?"

"哼!一把儿?倒退三十年的话,我有过三把儿!年头儿变了,谁还喂得起骆驼!"老头儿立住,呆呆的看着那四匹牲口。待了半天:"前几天本想和街坊搭伙,把它们送到口外去放青。东也闹兵,西也闹兵,谁敢走啊!在家里拉夏吧,看着就焦心,看着就焦心,瞧这些苍蝇!赶明儿天大热起来,再加上蚊子,眼看着好好的牲口活活受罪,真!"老者连连的点头,似乎有无限的感慨与牢骚。

"老者,留下我的三匹,凑成一把儿到口外去放青。欢蹦乱跳的牲口,一夏天在这儿,准教苍蝇蚊子给拿个半死!"祥子几乎是央求了。

"可是,谁有钱买呢?这年头不是养骆驼的年头了!"

"留下吧,给多少是多少;我把它们出了手,好到城里去谋生!"

老者又细细看了祥子一番,觉得他绝不是个匪类。然后回头看了看门外的牲口,心中似乎是真喜欢那三匹骆驼——明知买到手中并没好处,可是爱书的人见书就想买,养马的见了马就舍不得,有过三把儿骆驼的也是如此。况且祥子说可以贱卖呢;懂行的人得到个便宜,就容易忘掉东西买到手中有没有好处。

"小伙子,我要是钱富裕的话,真想留下!"老者说了实话。

"干脆就留下吧,瞧着办得了!"祥子是那么诚恳,弄得老头子有点不好意思了。

"说真的,小伙子;倒退三十年,这值三个大宝;现在的年头,又搭上兵荒马乱,我——你还是到别处吆喝吆喝去吧!"

"给多少是多少!"祥子想不出别的话。他明白老者的话很实在,可是不愿意满世界去卖骆驼——卖不出去,也许还出了别的毛病。

"你看,你看,二三十块钱真不好说出口来,可是还真不容易往外拿呢;这个年头,没法子!"

祥子心中也凉了些,二三十块?离买车还差得远呢!可是,第一他愿脆快办完,第二他不相信能这么巧再遇上个买主儿。

"老者,给多少是多少!"

"你是干什么的,小伙子;看得出,你不是干这一行的!"

祥子说了实话。

"呕,你是拿命换出来的这些牲口!"老者很同情祥子,而且放了心,这不是偷出来的;虽然和偷也差不远,可是究竟中间还隔着层大兵。兵灾之后,什么事儿都不能按着常理儿说。

"这么着吧,伙计,我给三十五块钱吧;我要说这不是个便宜,我是小狗子;我要是能再多拿一块,也是个小狗子!我六十多了;哼,还教我说什么好呢!"

祥子没了主意。对于钱,他向来是不肯放松一个的。可是,在军队里这些日子,忽然听到老者这番诚恳而带有感情的话,他不好意思再争论了。况且,可以拿到手的三十五块现洋似乎比希望中的一万块更可靠,虽然一条命只换来三十五块钱的确是少一些!就单说三条大活骆驼,也不能,绝不能,只值三十五块大洋!可是,有什么法儿呢!

"骆驼算你的了,老者!我就再求一件事,给我找件小褂,和一点吃的!"

"那行!"

祥子喝了一气凉水,然后拿着三十五块很亮的现洋,两个棒子面饼子,穿着将护到胸际的一件破白小褂,要一步迈到城里去!

四

祥子在海甸的一家小店里躺了三天,身上忽冷忽热,心中迷迷忽忽,牙床上起了一溜紫泡,只想喝水,不想吃什么。饿了三天,火气降下去,身上软得像皮糖似的。恐怕就是在这三天里,他与三匹骆驼的关系由梦话或胡话中被人家听了去。一清醒过来,他已经是"骆驼祥子"了。

自从一到城里来,他就是"祥子",仿佛根本没个姓;如今,"骆驼"摆在"祥子"之上,就更没有人关心他到底姓什么了。有姓无姓,他自己也并不在乎。不过,三条牲口才换了那么几块钱,而自己倒落了个外号,他觉得有点不大上算。

刚能挣扎着立起来,他想出去看看。没想到自己的腿能会这样的不吃力,走到小店门口他一软就坐在了地上,昏昏沉沉的坐了好大半天,头上见了凉汗。又忍了一会儿,他睁开了眼,肚中响了一阵,觉出点饿来。极慢的立起来,找到了个馄饨挑儿。要了碗馄饨,他仍然坐在地上。呷了口汤,觉得恶心,在口中含了半天,勉强的咽下去;不想再喝。可是,待了一会儿,热汤像股线似的一直通到腹部,打了两个响嗝。他知道自己又有了命。

肚中有了点食,他顾得看看自己了。身上瘦了许多,那条破裤已经脏得不能再脏。他懒得动,可是要马上恢复他的干净利落,他不肯就这么神头鬼脸的进城去。不过,要干净利落就得花钱,剃剃头,换换衣服,买鞋袜,都要钱。手中的三十五元钱应当一个不动,连一个不动还离买车的数儿很远呢!可是,他可怜了自己。虽然被兵们拉去不多的日子,到现在一想,一切都像个噩梦。这个噩梦使他老了许多,好像他忽然的一气增多了好几岁。看着自己的大手大脚,明明是自己的,可是又像忽然由什么地方找到的。他非常的难过。他不敢想过去的那些委屈与危险,虽然不去想,可依然的存在,就好像连阴天的时候,不去看天也知道天是黑的。他觉得自己的身体是特别的可爱,不应当再太自苦了。他立起来,明知道身上还很软,可是刻不容缓的想去打扮打扮,仿佛只要剃剃头,换件衣服,他就能立刻强壮起来似的。

打扮好了,一共才花了两块二毛钱。近似搪布的一身本色粗布裤褂一元,青布鞋八毛,线披儿织成的袜子一毛五,还有顶二毛五的草帽。脱下来的破东西换了两包火柴。

拿着两包火柴,顺着大道他往西直门走。没走出多远,他就觉出软弱疲乏来了。可是他咬上了牙。他不能坐车,从哪方面看也不能坐车:一个乡下人拿十里八里还能当作道儿吗,况且自己是拉车的。这且不提,以自己的身量力气而被这小小的一点病拿住,笑话;除非一交栽倒,再也爬不起来,他满地滚也得滚进城去,决不服软!今天要是走不进城去,他想,祥子便算完了;他只相信自己的身体,不管有什么病!

晃晃悠悠的他放开了步。走出海甸不远,他眼前起了金星。扶着棵柳树,他定了半天神,天旋地转的闹慌了会儿,他始终没肯坐下。天地的旋转慢慢的平静起来,他的心好似由老远的又落到自己的心口中,擦擦头上的汗,他又迈开了步。已经剃了头,已经换上新衣新鞋,他以为这就十分对得起自己了;那么,腿得尽它的责任,走!一气他走到了关厢。看见了人马的忙乱,听见了复杂刺耳的声音,闻见了干臭的味道,踏上了细软污浊的灰土,祥子想爬下去吻一吻那个灰臭的地,可爱的地,生长洋钱的地!没有父母兄弟,没有本家亲戚,他的唯一的朋友是这座古城。这座城给了他一切,就是在这里饿着也比乡下可爱,这里有的看,有的听,到处是光色,到处是声音;自己只要卖力气,这里还有数不清的钱,吃不尽穿不完的万样好东西。在这里,要饭也能要到荦汤腊水的,乡下只有棒子面。才到高亮桥西边,他坐在河岸上,落了几点热泪!

太阳平西了,河上的老柳歪歪着,梢头挂着点金光。河里没有多少水,可是长着不少的绿藻,像一条油腻的长绿的带子,窄长,深绿,发出些微腥的潮味。河岸北的麦子已吐了芒,矮小枯干,叶上落了一层灰土。河南的荷塘的绿叶细小无力的浮在水面上,叶子左右时时冒起些细碎的小水泡。东边的桥上,来往的人与车过来过去,在斜阳中特别显着匆忙,仿佛都感到暮色将近的一种不安。这些,在祥子的眼中耳中都非常的有趣与可爱。只有这样的小河仿佛才能算是河;这样的树,麦子,荷叶,桥梁,才能算是树,麦子,荷叶,与桥梁。因为它们都属于北平。

坐在那里,他不忙了。眼前的一切都是熟习的,可爱的,就是坐着死去,他仿佛也很乐意。歇了老大半天,他到桥头吃了碗老豆腐:醋,酱油,花椒油,韭菜末,被热的雪白的豆腐一烫,发出点顶香美的味儿,香得使祥子要闭住气;捧着碗,看着那深绿的韭菜末儿,他的手不住的哆嗦。吃了一口,豆腐把身里烫开一条路;他自己下手又加了两小勺辣椒油。一碗吃完,他的汗已湿透了裤腰。半闭着眼,把碗递出去:"再来一碗!"

站起来,他觉出他又像个人了。太阳还在西边的最低处,河水被晚霞照得有些微红,他痛快得要喊叫出来。摸了摸脸上那块平滑的疤,摸了摸袋中的钱,又看了一眼角楼上的阳光,他硬把病忘了,把一切都忘了,好似有点什么心愿,他决定走进城去。

【阅读提示】

1. 读老舍的作品,一定要抓住他的语言。要重点揣摩以下几个片段:

① 小说开头对祥子其"人"其"车"的描写——请注意作者怎样在第三人称的叙述中注入自己的"陶醉"之情,进而体会老舍语言中的诗意;

② 祥子牵着骆驼走夜路的描写——请琢磨祥子夜行的神态、心理,破晓时分天色的变化,作者观察之入微、描写之细致与层次感,进而领会老舍语言"在俗白中追求讲究、精致的美"的特点;

③ 祥子回到北京城喝馄饨、吃老豆腐,"站起来,他觉出他又像个人了"的描写——注意老舍对北京市民日常生活、心理的深刻体察,传神的细节描写,进而体会作为"北京市民诗人"的老舍的价值。

2. 有研究兴趣的同学可进一步思考与讨论:老舍与沈从文一样关注现代化过程中的文化冲突,他的独特之处在哪里?也可以尝试写一篇《老舍与北京城》的论文。

【扩展性阅读书(篇)目】

《骆驼祥子》(全书)、《离婚》《我这一辈子》(以上中长篇小说)、《断魂枪》《老字号》《月牙儿》(以上短篇小说)。

【参考书(篇)目】

1. 赵园:《永远的洋车夫——读〈骆驼祥子〉》,收《中学生课外文学名著导读》,人民文学出版社 2000 年版。
2. 樊骏:《认识老舍》(上)(下),载《文学评论》1996 年第 5 期。

正红旗下（节选）

老 舍

大姐的公、婆和大姐夫[①]

  大姐的婆婆口口声声地说："父亲是子爵，丈夫是佐领，儿子是骁骑校。"这都不假；可是，她的箱子底儿上并没有什么沉重的东西。有她的胖脸为证，她爱吃。这并不是说，她有钱才要吃好的。不！没钱，她会以子爵女儿、佐领太太的名义去赊。她不但自己爱赊，而且颇看不起不敢赊，不喜欢赊的亲友。虽然没有明说，她大概可是这么想：不赊东西，白作旗人！
  我说她"爱"吃，而没说她"讲究"吃。她只爱吃鸡鸭鱼肉，而不会欣赏什么山珍海味。不过，她可也有讲究的一面：到十冬腊月，她要买两条丰台暖洞子生产的碧绿的、尖上还带着一点黄花的王瓜，摆在关公面前；到春夏之交，她要买些用小蒲包装着的，头一批成熟的十三陵大樱桃，陈列在供桌上。这些，可只是为显示她的气派与排场。当她真想吃的时候，她会买些冒充樱桃的"山豆子"，大把大把地往嘴里塞，既便宜又过瘾。不管怎么说吧，她经常拉下亏空，而且是债多了不愁，满不在乎。
  对债主子们，她的眼瞪得特别圆，特别大；嗓音也特别洪亮，激昂慷慨地交代：
  "听着！我是子爵的女儿，佐领的太太，娘家婆家都有铁杆儿庄稼！俸银俸米到时候就放下来，欠了日子欠不了钱，你着什么急呢！"
  这几句豪迈有力的话语，不难令人想起二百多年前清兵入关时候的威风，因而往往足以把债主子打退四十里。不幸，有时候这些话并没有发生预期的效果，她也会瞪着眼笑那么一两下，叫债主子吓一大跳；她的笑，说实话，并不比哭更体面一些。她的刚柔相济，令人啼笑皆非。
  她打扮起来的时候总是使大家都感到遗憾。可是，气派与身份有关，她

[①] 标题为选者所加，下同。

还非打扮不可。该穿亮纱,她万不能穿实地纱;该戴翡翠簪子,决不能戴金的。于是,她的几十套单、夹、棉、皮、纱衣服,与冬夏的各色首饰,就都循环地出入当铺,当了这件赎那件,博得当铺的好评。据看见过阎王奶奶的人说:当阎王奶奶打扮起来的时候,就和盛装的大姐婆婆相差无几。

因此,直到今天,我还摸不清她的丈夫怎么会还那么快活。在我幼年的时候,我觉得他是个很可爱的人。是,他不但快活,而且可爱!除了他也爱花钱,几乎没有任何缺点。我首先记住了他的咳嗽,一种清亮而有腔有调的咳嗽,叫人一听便能猜到他至小是四品官儿。他的衣服非常整洁,而且带着樟脑的香味,有人说这是因为刚由当铺拿出来,不知正确与否。

无论冬夏,他总提着四个鸟笼子,里面是两只红颏,两只蓝靛颏儿。他不养别的鸟,红、蓝颏儿雅俗共赏,恰合佐领的身份。只有一次,他用半年的俸禄换了一只雪白的麻雀。不幸,在白麻雀的声誉刚刚传遍九城的大茶馆之际,也不知怎么就病故了,所以他后来即使看见一只雪白的老鸦也不再动心。

在冬天,他特别受我的欢迎:在他的怀里,至少藏着三个蝈蝈葫芦,每个都有摆在古玩铺里去的资格。我并不大注意葫芦。使我兴奋的是它们里面装着的嫩绿蝈蝈,时时轻脆地鸣叫,仿佛夏天忽然从哪里回到北京。

在我的天真的眼中,他不是来探亲家,而是和我来玩耍。他一讲起养鸟、养蝈蝈与蛐蛐的经验,便忘了时间,以至我母亲不管怎样为难,也得给他预备饭食。他也非常天真。母亲一暗示留他吃饭,他便咳嗽一阵,有腔有调,有板有眼,而后又哈哈地笑几声才说:

"亲家太太,我还真有点饿了呢!千万别麻烦,到天泰轩叫一个干炸小丸子、一卖木樨肉、一中碗酸辣汤,多加胡椒面和香菜,就行啦!就这么办吧!"

这么一办,我母亲的眼圈儿就分外湿润那么一两天!不应酬吧,怕女儿受气,应酬吧,钱在哪儿呢?那年月走亲戚,用今天的话来说,可真不简单!

亲家爹虽是武职,四品顶戴的佐领,却不大爱谈怎么带兵与打仗。我曾问他是否会骑马射箭,他的回答是咳嗽了一阵,而后马上又说起养鸟的技术来。这可也的确值得说,甚至值得写一本书!看,不要说红、蓝颏儿们怎么养,怎么蹓,怎么"押",在换羽毛的季节怎么加意饲养,就是那四个鸟笼子的制造方法,也够讲半天的。不要说鸟笼子,就连笼里的小瓷食罐,小瓷水池,以及清除鸟粪的小竹铲,都是那么考究,谁也不敢说它们不是艺术作品!是的,他似乎已经忘了自己是个武官,而把毕生的精力都花费在如何使小罐小铲、咳嗽与发笑都含有高度的艺术性,从而随时沉醉在小刺激与小趣味里。

　　他还会唱呢!有的王爷会唱须生,有的贝勒会唱《金钱豹》,有的满族官员由票友而变为京剧名演员……戏曲和曲艺成为满人生活中不可缺少的东西,他们不但爱去听,而且喜欢自己粉墨登场。他们也创作,大量地创作,岔曲、快书、鼓词等等。我的亲家爹也当然不甘落后。遗憾的是他没有足够的财力去组成自己的票社,以便亲友家庆祝孩子满月,或老太太的生日,去车马自备、清茶恭候地唱那么一天或一夜,耗财买脸,傲里夺尊,誉满九城。他只能加入别人组织的票社,随时去消遣消遣。他会唱几段联珠快书。他的演技并不很高,可是人缘很好,每逢献技都博得亲友们热烈喝彩。美中不足,他走票的时候,若遇上他的夫人也盛装在场,他就不由地想起阎工奶奶来,而忘了词儿。这样丢了脸之后,他回到家来可也不闹气,因为夫妻们大吵大闹会喊哑了他的嗓子。倒是大姐的婆婆先发制人,把日子不好过,债务越来越多,统统归罪于他爱玩票,不务正业,闹得没结没完。他一声也不出,只等到她喘气的时候,他才用口学着三弦的声音,给她弹个过门儿:"登根儿哩登登。"艺术的熏陶使他在痛苦中还能够找出自慰的办法,所以他快活——不过据他的夫人说,这是没皮没脸,没羞没臊!……

　　大姐夫虽已成了家,并且是不会骑马的骁骑校,可是在不少方面还像个小孩子,跟他的爸爸差不多。是的,他们老爷儿俩到时候就领银子,终年都有老米吃,干吗注意天有多么高,地有多么厚呢?生活的意义,在他们父子看来,就是每天要玩耍,玩得细致,考究,入迷。大姐夫不养靛颏儿,而英雄气概地玩鹞子和胡伯喇,威风凛凛地去捕几只麻雀。这一程子,他玩腻了鹞子与胡伯喇,改为养鸽子。他的每只鸽子都值那么一二两银子;"满天飞元宝"是他爱说的一句豪迈的话。他收藏的几件鸽铃都是名家制作,由古玩摊子上搜集来的。

　　大姐夫需要杂拌儿。每年如是:他用各色洋纸糊成小高脚碟,以备把杂拌儿中的糖豆子、大扁杏仁等等轻巧地放在碟上,好像是为给他自己上供。一边摆弄,一边吃;往往小纸碟还没都糊好,杂拌儿已经不见了;尽管是这样,他也得到一种快感。杂拌儿吃完,他就设计糊灯笼,好在灯节悬挂起来。糊完春灯,他便动手糊风筝。这些小事情,他都极用心地去作;一两天或好几天,他逢人必说他手下的工作,不管人家爱听不爱听。在不断的商讨中,往往得到启发,他就重新设计,以期出奇制胜,有所创造。若是别人不愿意听,他便都说给我大姐,闹得大姐脑子里尽是春灯与风筝,以至耽误了正事,招得婆婆鸣炮一百零八响!

他们玩耍,花钱,可就苦了我的大姐。在家庭经济不景气的时候,他们不能不吵嘴,以资消遣。十之八九,吵到下不来台的时候,就归罪于我的大姐,一致进行讨伐。大姐夫虽然对大姐还不错,可是在混战之中也不敢不骂她。好嘛,什么都可以忍受,可就是不能叫老人们骂他怕老婆。因此,一来二去,大姐增添了一种本事:她能够在炮火连天之际,似乎听到一些声响,又似乎什么也没听见。似乎是她给自己的耳朵安上了避雷针。可怜的大姐!……

二姐跑到大姐婆家的时候,大姐的公公正和儿子在院里放花炮。今年,他们负债超过了往年的最高纪录。腊月二十三过小年,他们理应想一想怎么还债,怎么节省开支,省得在年根底下叫债主子们把门环子敲碎。没有,他们没有那么想。大姐婆婆不知由哪里找到一点钱,买了头号的大糖瓜,带芝麻的和不带芝麻的,摆在灶王面前,并且瞪着眼下命令:"吃了我的糖,到天上多说几句好话,别不三不四地顺口开河,瞎扯!"两位男人呢,也不知由哪里弄来一点钱,都买了鞭炮。老爷儿俩都脱了长袍。老头儿换上一件旧狐皮马褂,不系钮扣,而用一条旧布褡包松拢着,十分潇洒。大姐夫呢,年轻火力壮,只穿着小棉袄,直打喷嚏,而连说不冷。鞭声先起,清脆紧张,一会儿便火花急溅,响成一片。儿子放单响的麻雷子,父亲放双响的二踢脚,间隔停匀,有板有眼:噼啪噼啪,咚;噼啪噼啪,咚;——当!这样放完一阵,父子相视微笑,都觉得放炮的技巧九城第一,理应得到四邻的热情夸赞。

二哥福海

在亲友中,二哥福海到处受欢迎。他长得短小精悍,既壮实又秀气,既漂亮又老成。圆圆的白净子脸,双眼皮,大眼睛。他还没开口,别人就预备好听两句俏皮而颇有道理的话。及至一开口,他的眼光四射,满面春风,话的确俏皮,而不伤人;颇有道理,而不老气横秋。他的脑门以上总是青青的,像年画上胖娃娃的青头皮那么清鲜,后面梳着不松不紧的大辫子,既稳重又飘洒。他请安请得最好看:先看准人,而后俯首急行两步,到了人家的身前,双手扶膝,前腿实,后腿虚;一趋一停,毕恭毕敬。安到话到,亲切诚挚地叫出来:"二姉儿,您好!"而后,从容收腿,挺腰敛胸,双臂垂直,两手向后稍拢,两脚并齐"打横儿"。这样的一个安,叫每个接受敬礼的老太太都哈腰儿还礼,并且暗中赞叹:我的儿子要能够这样懂得规矩,有多么好啊!

他请安好看，坐着好看，走道儿好看，骑马好看，随便给孩子们摆个金鸡独立，或骑马蹲裆式就特别好看。他是熟透了的旗人，既没忘记二百多年来的骑马射箭的锻炼，又吸收了汉族、蒙族和回族的文化。论学习，他文武双全；论文化，他是"满汉全席"。他会骑马射箭，会唱几段（只是几段）单弦牌子曲，会唱几句（只是几句）汪派的《文昭关》，会看点风水，会批八字儿。他知道怎么养鸽子，养鸟，养骡子与金鱼。可是他既不养鸽子、鸟，也不养骡子与金鱼。他有许多正事要作，如代亲友们去看棺材，或介绍个厨师傅等等，无暇养那些小玩艺儿。大姐夫虽然自居内行，养着鸽子，或架着大鹰，可是每逢遇见福海二哥，他就甘拜下风，颇有意把他的满天飞的元宝廉价卖出去。福海二哥也精于赌钱，牌九、押宝、抽签子、掷骰子、斗十胡、踢球、"打老打小"，他都会。但是，他不赌。只有在老太太们想玩十胡而凑不上手的时候，他才逢场作戏，陪陪她们。他既不多输，也不多赢。若是赢了几百钱，他便买些糖豆大酸枣什么的分给儿童们。

　　他这个熟透的旗人其实也就是半个、甚至于是三分之一的旗人。这可与血统没有什么关系。以语言来说，他只会一点点满文，谈话，写点什么，他都运用汉语。他不会吟诗作赋，也没学过作八股或策论，可是只要一想到文艺，如编个岔曲，写副春联，他总是用汉文去思索，一回也没考虑过可否试用满文。当他看到满、汉文并用的匾额或碑碣，他总是欣赏上面的汉字的秀丽或刚劲，而对旁边的满字便只用眼角照顾一下，敬而远之。至于北京话呀，他说的是那么漂亮，以至使人认为他是这种高贵语言的创造者。即使这与历史不大相合，至少他也应该分享"京腔"创作者的一份儿荣誉。是的，他的前辈们不但把一些满文词儿收纳在汉语之中，而且创造了一种轻脆快当的腔调；到了他这一辈，这腔调有时候过于轻脆快当，以至有时候使外乡人听不大清楚。

　　可是，惊人之笔是在这里：他是个油漆匠！我的大舅是三品亮蓝顶子的参领，而儿子居然学过油漆彩画，谁能说他不是半个旗人呢？我大姐的婚事是我大舅给作的媒人。大姐婆婆是子爵的女儿、佐领的太太，按理说绝对不会要个旗兵的女儿作媳妇，不管我大姐长的怎么俊秀，手脚怎么利落。大舅的亮蓝顶子起了作用。大姐的公公不过是四品呀。在大姐结婚的那天，大舅亲自出马作送亲老爷，并且约来另一位亮蓝顶子的，和两位红顶子的，二蓝二红，都戴花翎，组成了出色的送亲队伍。而大姐的婆婆呢，本来可以约请四位红顶子的来迎亲，可是她以为我们绝对没有能力组织个强大的队伍，所以只邀来四位五品官儿，省得把我们吓坏了。结果，我们取得了绝对压倒

正红旗下（节选）

的优势,大快人心!受了这个打击,大姐婆婆才不能不管母亲叫亲家太太,而姑母也乘胜追击,郑重声明:她的丈夫(可能是汉人)也作过二品官!

　　大姐后来嘱咐过我,别对她婆婆说,二哥福海是拜过师的油漆匠。是的,若是当初大姐婆婆知道二哥的底细,大舅作媒能否成功便大有问题了,虽然他的失败也不见得对大姐有什么不利。

　　二哥有远见,所以才去学手艺。按照我们的佐领制度,旗人是没有什么自由的,不准随便离开本旗,随便出京;尽管可以去学手艺,可是难免受人家的轻视。他应该去当兵,骑马射箭,保卫大清皇朝。可是,旗族人口越来越多,而旗兵的数目是有定额的。于是,老大老二也许补上缺,吃上钱粮,而老三老四就只好赋闲。这样,一家子若有几个白丁,生活就不能不越来越困难。这种制度曾扫南荡北,打下天下;这种制度可也逐渐使旗人失去自由,失去自信,还有多少人终身失业。

　　同时,吃空头钱粮的在在皆是,又使等待补缺的青年失去有缺即补的机会。我姑母,一位寡妇,不是吃着好几份儿钱粮么?

　　我三舅有五个儿子,都虎头虎脑的,可都没有补上缺。可是,他们住在郊外,山高皇帝远。于是这五虎将就种地的种地,学手艺的学手艺,日子过得很不错。福海二哥大概是从这里得到了启发,决定自己也去学一门手艺。二哥也看得很清楚:他的大哥已补上了缺,每月领四两银子;那么他自己能否也当上旗兵,就颇成问题。以他的聪明能力而当一辈子白丁,甚至连个老婆也娶不上,可怎么好呢?他的确有本领,骑术箭法都很出色。可是,他的本领只足以叫他去作枪手,替崇家的小罗锅,或明家的小瘸子去箭中红心,得到钱粮。是呀,就是这么一回事:他自己有本领,而补不上缺,小罗锅和小瘸子肯花钱运动,就能通过枪手而当兵吃饷!二哥在得一双青缎靴子或几两银子的报酬而外,还看明白:怪不得英法联军直入公堂地打进北京,烧了圆明园!凭吃几份儿饷银的寡妇、小罗锅、小瘸子,和像大姐公公那样的佐领、像大姐夫那样的骁骑校,怎么能挡得住敌兵呢!他决定去学手艺!是的,历史发展到一定的阶段,总会有人,像二哥,多看出一两步棋的。

　　大哥不幸一病不起,福海二哥才有机会补上了缺。于是,到该上班的时候他就去上班,没事的时候就去作点油漆活儿,两不耽误。老亲旧友们之中,有的要漆一漆寿材,有的要油饰两间屋子以备娶亲,就都来找他。他会替他们省工省料,而且活儿作得细致。

　　当二哥作活儿的时候,他似乎忘了他是参领的儿子,吃着钱粮的旗兵。他的工作服,他的认真的态度,和对师兄师弟的亲热,都叫他变成另一个,一个汉人,一个工人,一个顺治与康熙所想象不到的旗人。

二哥还信白莲教!他没有造反、推翻皇朝的意思,一点也没有。他只是为坚守不动烟酒的约束,而入了"理门"。本来,在友人让烟让酒的时候,他拿出鼻烟壶,倒出点茶叶末颜色的闻药来,抹在鼻孔上,也就够了。大家不会强迫一位"在理儿的"破戒。可是,他偏不说自己"在理儿",而说:我是白莲教!不错,"理门"确与白莲教有些关系,可是在一般人的心目中,"在理儿"是好事,而白莲教便有些可怕了。母亲便对他说过:"老二,在理儿的不动烟酒,很好!何必老说白莲教呢,叫人怪害怕的!"二哥听了,便爽朗地笑一阵:"老太太!我这个白莲教不会造反!"母亲点点头:"对!那就好!"

大姐夫可有不同的意思。在许多方面,他都敬佩二哥。可是,他觉得二哥的当油漆匠与自居为白莲教徒都不足为法。大姐夫比二哥高着一寸多。二哥若是虽矮而不显着矮,大姐夫就并不太高而显着晃晃悠悠。干什么他都慌慌张张,冒冒失失。长脸,高鼻子、大眼睛,他坐定了的时候显得很清秀体面。可是,他总坐不住,像个手脚不识闲的大孩子。一会儿,他要看书,便赶紧拿起一本《五虎平西》——他的书库里只有一套《五虎平西》,一部《三国志演义》,四五册小唱本儿,和他幼年读过的一本《六言杂字》。刚拿起《五虎平西》,他想起应当放鸽子,于是顺手把《五虎平西》放在窗台上,放起鸽子来。赶到放完鸽子,他到处找《五虎平西》,急得又嚷嚷又跺脚。及至一看它原来就在窗台上,便不去管它,而哼哼唧唧地往外走,到街上去看出殡的。

他很珍视这种想干什么就干什么的"自由"。他以为这种自由是祖宗所赐,应当传之永远,"子子孙孙永保用!"因此,他觉得福海二哥去当匠人是失去旗人的自尊心,自称白莲教是同情叛逆。前些年,他不记得是哪一年了,白莲教不是造过反吗?

在我降生前的几个月里,我的大舅、大姐的公公和丈夫,都真着了急。他们都激烈地反对变法。大舅的理由很简单,最有说服力:祖宗定的法不许变!大姐公公说不出更好的道理来,只好补充了一句:要变就不行!事实上,这两位官儿都不大知道要变的是哪一些法,而只听说:一变法,旗人就须自力更生,朝廷不再发给钱粮了。

大舅已年过五十,身体也并不比大舅妈强着多少,小辫儿须续上不少假头发才勉强够尺寸,而且因为右肩年深日久地向前探着,小辫儿几乎老在肩上扛着,看起来颇欠英武。自从听说要变法,他的右肩更加突出,差不多是斜着身子走路,像个断了线的风筝似的。

大姐的公公很硬朗,腰板很直,满面红光。他每天一清早就去遛鸟儿,至少要走五六里路。习以为常,不走这么多路,他的身上就发僵,而且鸟儿也不歌唱。尽管他这么硬朗,心里海阔天空,可是听到铁杆庄稼有点动摇,也颇动心,他的咳嗽的音乐性减少了许多。他找了我大舅去。

笼子还未放下,他先问有猫没有。变法虽是大事,猫若扑伤了蓝靛颏儿,事情可也不小。

"云翁!"他听说此地无猫,把鸟笼放好,有点急切地说:"云翁!"

大舅的号叫云亭。在那年月,旗人越希望永远作旗人,子孙万代,可也越爱摹仿汉人。最初是高级知识分子,在名字而外,还要起个字雅音美的号。慢慢地,连参领佐领们也有名有号,十分风雅。到我出世的时候,连原来被称为海二哥和恩四爷的旗兵或白丁,也都什么臣或什么甫起来。是的,亭、臣、之、甫是四个最时行的字。大舅叫云亭,大姐的公公叫正臣,而大姐夫别出心裁地自称多甫,并且在自嘲的时节,管自己叫豆腐。多甫也罢,豆腐也罢,总比没有号好的多。若是人家拱手相问:您台甫?而回答不出,岂不比豆腐更糟么?

大舅听出客人的语气急切,因此不便马上动问。他比客人高着一品,须拿出为官多年,经验丰富,从容不迫的神态来。于是,他先去看鸟,而且相当内行地夸赞了几句。直到大姐公公又叫了两声云翁,他才开始说正经话:"正翁!我也有点不安!真要是自力更生,您看,您看,我五十多了,头发掉了多一半,肩膀越来越歪,可叫我干什么去呢?这不是什么变法,是要我的老命!"

"嗻!是!"正翁轻嗽了两下,几乎完全没有音乐性。"是!出那样主意的人该剐!云翁,您看我,我安分守己,自幼儿就不懂要星星,要月亮!可是,我总得穿的整整齐齐,干干净净吧?我总得炒点腰花,来个木樨肉下饭吧?我总不能不天天买点嫩羊肉,喂我的蓝靛颏儿吧?难道这些都是不应该的?应该!应该!"

"咱们哥儿们没作过一件过分的事!"

"是嘛!真要是不再发钱粮,叫我下街去卖……"正翁把手揞在耳朵上,学着小贩的吆喝,眼中含着泪,声音凄楚:"赛梨哪,辣来换!我,我……"他说不下去了。

"正翁,您的身子骨儿比我结实多了。我呀,连卖半空儿多给,都受不了啊!"

"云翁!云翁!您听我说!就是给咱们每人一百亩地,自耕自种,咱们有办法没有?"

"由我这儿说,没有!甭说我拿不动锄头,就是拿得动,我要不把大拇脚趾头锄掉了,才怪!"

老哥俩又讨论了许久,毫无办法。于是就一同到天泰轩去,要了一斤半柳泉居自制的黄酒,几个小烧(烧子盖与炸鹿尾之类),吃喝得相当满意。吃完,谁也没带着钱,于是都争取记在自己的账上,让了有半个多钟头。

可是,在我降生的时候,变法之议已经完全作罢,而且杀了几位主张变法的人。云翁与正翁这才又安下心去,常在天泰轩会面。每逢他们听到卖萝卜的"赛梨哪,辣来换"的呼声,或卖半空花生的"半空儿多给"的吆喝,他们都有点怪不好意思;作了这么多年的官儿,还是沉不住气呀!

多甫大姐夫,在变法潮浪来得正猛的时节,佩服了福海二哥,并且不大出门,老老实实地在屋中温习《六言杂字》。他非常严肃地跟大姐讨论:"福海二哥真有先见之明!我看咱们也得想个法!"

"对付吧!没有过不去的事!"大姐每逢遇到难以解决的问题,总是拿出这句名言来。

"这回呀,就怕对付不过去!"

"你有主意,就说说吧!多甫!"大姐这样称呼他,觉得十分时髦、漂亮。

"多甫?我是大豆腐!"大姐夫惨笑了几声。"现而今,当瓦匠、木匠、厨子、裱糊匠什么的,都有咱们旗人。"

"你打算……"大姐微笑地问,表示嫁鸡随鸡,嫁狗随狗,他去学什么手艺,她都不反对。

"学徒,来不及了!谁收我这么大的徒弟呢?我看哪,我就当鸽贩子去,准行!鸽子是随心草儿,不爱,白给也不要;爱,十两八两也肯花。甭多了,每月我只作那么一两号俏买卖,就够咱们俩吃几十天的!"

"那多好啊!"大姐信心不大地鼓舞着。

大姐夫挑了两天,才狠心挑出一对紫乌头来,去做第一号生意。他并舍不得出手这一对,可是朝廷都快变法了,他还能不坚强点儿么?及至到了鸽市上,认识他的那些贩子们一口一个多甫大爷,反倒卖给他两对鸽铃,一对凤头点子。到家细看,凤头是用胶水粘合起来的。他没敢和大姐商议,就偷偷撤销了贩卖鸽子的决定。

变法的潮浪过去了,他把大松辫梳成了小紧辫,摹仿着库兵,横眉立目地满街走,倒仿佛那些维新派是他亲手消灭了的。同时,他对福海二哥也不再那么表示钦佩。反之,他觉得二哥是脚踩两只船,有钱粮就当兵,没有钱粮就当油漆匠,实在不能算个地道的旗人,而且难免白莲教匪的嫌疑。

书归正传:大舅妈拜访完了我的姑母,就同二哥来看我们。大舅妈问长问短,母亲有气无力地回答,老姐儿们都落了点泪。收起眼泪,大舅妈把我好赞美了一顿:多么体面哪!高鼻子,大眼睛,耳朵有多么厚实!

福海二哥笑起来:"老太太,这个小兄弟跟我小时候一样的不体面!刚生下来的娃娃都看不出模样来!你们老太太呀……"他没往下说,而又哈哈了一阵。

母亲没表示意见,只叫了声:"福海!"

"是!"二哥急忙答应,他知道母亲要说什么。"您放心,全交给我啦!明天洗三,七姥姥八姨的总得来十口八口儿的,这儿二妹妹管装烟倒茶,我跟小六儿(小六儿是谁,我至今还没弄清楚)当厨子,两杯水酒,一碟炒蚕豆,然后是羊肉酸菜热汤儿面,有味儿没味儿,吃个热乎劲儿。好不好?您哪!"

母亲点了点头。

"有爱玩小牌儿的,四吊钱一锅。您一丁点心都别操,全有我呢!完了事,您听我一笔账,决不会叫您为难!"说罢,二哥转向大舅妈:"我到南城有点事,太阳偏西,我来接您。"

大舅妈表示不肯走,要在这儿陪伴着产妇。

二哥又笑了:"奶奶,您算了吧!凭您这全本连台的咳嗽,谁受得了啊!"

这句话正碰在母亲的心坎上。她需要多休息、睡眠,不愿倾听大舅妈的咳嗽。

二哥走后,大舅妈不住地叨唠:这个二鬼子!这个二鬼子!

可是"二鬼子"的确有些本领,使我的洗三办得既经济,又不完全违背"老妈妈论"的原则。

【阅读提示】

1. 在《正红旗下》里,老舍作为满族的后裔,讲述了一个满族北京市民衰败的故事。细读"大姐的公、婆和大姐夫"这一节(特别是大姐的公公和他的儿子"放花炮"那一段),体会作者所说的"生活的意义,在他们父子看来,就是每天要玩耍,玩得细致,考究,入迷"的含义,并体味作者叙述、描写的语气与复杂心态。

2. 写得更为传神的是二哥福海,作者对他怀有什么样的情感,为什么?

细读二哥"请安"和他安排"洗三"的两个场面,注意作者如何将对人物的描写与分析两者有机结合,注意体味老舍洗练纯净的北京话中的幽默感与韵味。

3. 你可能已经注意到,老舍与沈从文都是少数民族的作家,是否可从这一角度对他们的作品进行一种解读？如有兴趣,不妨一试。

【扩展性阅读书(篇)目】

可与已选入本读本的同写于五六十年代的戏剧《茶馆》对照起来读。

【阅读参考书(篇)目】

赵园:《北京:城与人》,重点阅读"旗人现象"一节,北京大学出版社2002年版。

呼兰河传(节选)

萧 红

第 三 章

一

呼兰河这小城里边住着我的祖父。

我生的时候,祖父已经六十多岁了,我长到四五岁,祖父就快七十了。

我家有一个大花园,这花园里蜂子、蝴蝶、蜻蜓、蚂蚱,样样都有。蝴蝶有白蝴蝶、黄蝴蝶。这种蝴蝶极小,不太好看。好看的是大红蝴蝶,满身带着金粉。

蜻蜓是金的,蚂蚱是绿的,蜂子则嗡嗡地飞着,满身绒毛,落到一朵花上,胖圆圆地就和一个小毛球似的不动了。

花园里边明晃晃的,红的红,绿的绿,新鲜漂亮。

据说这花园,从前是一个果园。祖母喜欢吃果子就种了果园。祖母又喜欢养羊,羊就把果树给啃了。果树于是都死了。到我有记忆的时候,园子里就只有一棵樱桃树,一棵李子树,为因樱桃和李子都不大结果子,所以觉得他们是并不存在的。小的时候,只觉得园子里边就有一棵大榆树。

这榆树在园子的西北角上,来了风,这榆树先啸,来了雨,大榆树先就冒烟了。太阳一出来,大榆树的叶子就发光了,它们闪烁得和沙滩上的蚌壳一样了。

祖父一天都在后园里边,我也跟着祖父在后园里边。祖父带一个大草帽,我戴一个小草帽,祖父栽花,我就栽花;祖父拔草,我就拔草。当祖父下种,种小白菜的时候,我就跟在后边,把那下了种的土窝,用脚一个一个地溜平,哪里会溜得准,东一脚的,西一脚的瞎闹。有的把菜种不单没被土盖上,反而把菜子踢飞了。

小白菜长得非常之快,没有几天就冒了芽了。一转眼就可以拔下来吃了。

祖父铲地,我也铲地;因为我太小,拿不动那锄头杆,祖父就把锄头杆拔下来,让我单拿着那个锄头的"头"来铲。其实哪里是铲,也不过爬在地上,用锄头乱勾一阵就是了。也认不得哪个是苗,哪个是草。往往把韭菜当做野草一起地割掉,把狗尾草当做谷穗留着。

等祖父发现我铲的那块满留着狗尾草的一片,他就问我:

"这是什么?"

我说:

"谷子。"

祖父大笑起来,笑得够了,把草摘下来问我:

"你每天吃的就是这个吗?"

我说:

"是的。"

我看着祖父还在笑,我就说:

"你不信,我到屋里拿来你看。"

我跑到屋里拿了鸟笼上的一头谷穗,远远地就抛给祖父了。说:

"这不是一样的吗?"

祖父慢慢地把我叫过去,讲给我听,说谷子是有芒针的。狗尾草则没有,只是毛嘟嘟的真像狗尾巴。

祖父虽然教我,我看了也并不细看,也不过马马虎虎承认下来就是了。一抬头看见了一个黄瓜长大了,跑过去摘下来,我又去吃黄瓜去了。

黄瓜也许没有吃完,又看见了一个大蜻蜓从旁飞过,于是丢了黄瓜又去追蜻蜓去了。蜻蜓飞得多么快,哪里会追得上。好在一开初也没有存心一定追上,所以站起来,跟了蜻蜓跑了几步就又去做别的去了。

采一个倭瓜花心,捉一个大绿豆青蚂蚱,把蚂蚱腿用线绑上,绑了一会,也许把蚂蚱腿就绑掉,线头上只拴了一只腿,而不见蚂蚱了。

玩腻了,又跑到祖父那里去乱闹一阵,祖父浇菜,我也抢过来浇,奇怪的就是并不往菜上浇,而是拿着水瓢,拼尽了力气,把水往天空里一扬,大喊着:

"下雨了,下雨了。"

太阳在园子里是特大的,天空是特别高的,太阳的光芒四射,亮得使人睁不开眼睛,亮得蚯蚓不敢钻出地面来,蝙蝠不敢从什么黑暗的地方飞出来。是凡在太阳下的,都是健康的、漂亮的,拍一拍连大树都会发响的,叫一叫就是站在对面的土墙都会回答似的。

花开了,就像花睡醒了似的。鸟飞了,就像鸟上天了似的。虫子叫了,就像虫子在说话似的。一切都活了。都有无限的本领,要做什么,就做什么。要怎么样,就怎么样。都是自由的。倭瓜愿意爬上架就爬上架,愿意爬上房就爬上房。黄瓜愿意开一个谎花,就开一个谎花,愿意结一个黄瓜,就结一个黄瓜。若都不愿意,就是一个黄瓜也不结,一朵花也不开,也没有人问它。玉米愿意长多高就长多高,他若愿意长上天去,也没有人管。蝴蝶随意的飞,一会从墙头上飞来一对黄蝴蝶,一会又从墙头上飞走了一个白蝴蝶。它们是从谁家来的,又飞到谁家去?太阳也不知道这个。

只是天空蓝悠悠的,又高又远。

可是白云一来了的时候,那大团的白云,好像洒了花的白银似的,从祖父的头上经过,好像要压到了祖父的草帽那么低。

我玩累了,就在房子底下找个阴凉的地方睡着了。不用枕头,不用席子,就把草帽遮在脸上就睡了。

二

祖父的眼睛是笑盈盈的,祖父的笑,常常笑得和孩子似的。

祖父是个长得很高的人,身体很健康,手里喜欢拿着个手杖。嘴上则不住地抽着旱烟管,遇到了小孩子,每每喜欢开个玩笑,说:

"你看天空飞个家雀。"

趁那孩子往天空一看,就伸出手去把那孩子的帽给取下来了,有的时候放在长衫的下边,有的时候放在袖口里头。他说:

"家雀刁走了你的帽啦。"

孩子们都知道了祖父的这一手了,并不以为奇,就抱住他的大腿,向他要帽子,摸着他的袖管,撕着他的衣襟,一直到找出帽子来为止。

祖父常常这样做,也总是把帽放在同一的地方,总是放在袖口和衣襟下。那些搜索他的孩子没有一次不是在他衣襟下把帽子拿出来的,好像他和孩子们约定了似的:"我就放在这块,你来找吧!"

这样的不知做过了多少次,就像老太太永久讲着"上山打老虎"这一个故事给孩子们听似的,哪怕是已经听过了五百遍,也还是在那里回回拍手,回回叫好。

每当祖父这样做一次的时候,祖父和孩子们都一齐地笑得不得了。好像这戏还像第一次演似的。

别人看了祖父这样做,也有笑的,可不是笑祖父的手法好,而是笑他天天使用一种方法抓掉了孩子的帽子,这未免可笑。

祖父不怎样会理财,一切家务都由祖母管理。祖父只是自由自在地一天闲着;我想,幸好我长大了,我三岁了,不然祖父该多寂寞。我会走了,我会跑了。我走不动的时候,祖父就抱着我;我走动了,祖父就拉着我。一天到晚,门里门外,寸步不离,而祖父多半是在后园里,于是我也在后园里。

我小的时候,没有什么同伴,我是我母亲的第一个孩子。

我记事很早,在我三岁的时候,我记得我的祖母用针刺过我的手指,所以我很不喜欢她。我家的窗子,都是四边糊纸,当中嵌着玻璃,祖母是有洁癖的,以她屋的窗纸最白净。别人抱着把我一放在祖母的炕边上,我不加思索地就要往炕里边跑,跑到窗子那里,就伸出手去,把那白白透着花窗棂的纸窗给通了几个洞,若不加阻止,就必得挨着排给通破,若有人招呼着我,我也得加速的抢着多通几个才能停止。手指一触到窗上,那纸窗像小鼓似的,嘭嘭地就破了。破得越多,自己越得意。祖母若来追我的时候,我就越得意了,笑得拍着手,跳着脚的。

有一天祖母看我来了,她拿了一个大针就到窗子外边去等我去了。我刚一伸出手去,手指就痛得厉害。我就叫起来了。那就是祖母用针刺了我。

从此,我就记住了,我不喜她。

虽然她也给我糖吃,她咳嗽时吃猪腰烧川贝母,也分给我猪腰,但是我吃了猪腰还是不喜她。

在她临死之前,病重的时候,我还会吓了她一跳。有一次她自己一个人坐在炕上熬药,药壶是坐在炭火盆上,因为屋里特别的寂静,听得见那药壶骨碌骨碌地响。祖母住着两间房子,是里外屋,恰巧外屋也没有人,里屋也没人,就是她自己。我把门一开,祖母并没有看见我,于是我就用拳头在板隔壁上,咚咚地打了两拳。我听到祖母"哟"地一声,铁火剪子就掉了地上了。

我再探头一望,祖母就骂起我来。她好像就要下地来追我似的。我就一边笑着,一边跑了。

我这样地吓唬祖母,也并不是向她报仇,那时我才五岁,是不晓得什么的。也许觉得这样好玩。

祖父一天到晚是闲着的,祖母什么工作也不分配给他。只有一件事,就是祖母的地榇上的摆设,有一套锡器,却总是祖父擦的。这可不知道是祖母派给他的,还是他自动的愿意工作,每当祖父一擦的时候,我就不高兴,一方面是不能领着我到后园里去玩了,另一方面祖父因此常常挨骂,祖母骂他懒,骂他擦的不干净。祖母一骂祖父的时候,就常常不知为什么连我也骂上。

祖母一骂祖父,我就拉着祖父的手往外边走,一边说:

"我们后园里去吧。"

也许因此祖母也骂了我。

她骂祖父是"死脑瓜骨",骂我是"小死脑瓜骨"。

我拉着祖父就到后园里去了,一到了后园里,立刻就另是一个世界了。决不是那房子里的狭窄的世界,而是宽广的,人和天地在一起,天地是多么大,多么远,用手摸不到天空。而土地上所长的又是那么繁华,一眼看上去,是看不完的,只觉得眼前鲜绿的一片。

一到后园里,我就没有对象地奔了出去,好像我是看准了什么而奔去了似的,好像有什么在那儿等着我似的。其实我是什么目的也没有。只觉得这园子里边无论什么东西都是活的,好像我的腿也非跳不可了。

若不是把全身的力量跳尽了,祖父怕我累了想招呼住我,那是不可能的,反而他越招呼,我越不听话。

等到自己实在跑不动了,才坐下来休息,那休息也是很快的,也不过随便在秧子上摘下一个黄瓜来,吃了也就好了。

休息好了又是跑。

樱桃树,明是没有结樱桃,就偏跑到树上去找樱桃。李子树是半死的样子了,本不结李子的,就偏去找李子。一边在找,还一边大声的喊,在问着祖父:

"爷爷,樱桃树为什么不结樱桃?"

祖父老远的回答着:

"因为没有开花,就不结樱桃。"

再问:

"为什么樱桃树不开花?"

祖父说:

"因为你嘴馋,它就不开花。"

我一听了这话,明明是嘲笑我的话,于是就飞奔着跑到祖父那里,似乎是很生气的样子。等祖父把眼睛一抬,他用了完全没有恶意的眼睛一看我,我立刻就笑了,而且是笑了半天的工夫才能够止住,不知哪里来了那许多高兴。把后园一时都让我搅乱了,我笑的声音不知有多大,自己都感到震耳了。

后园中有一棵玫瑰。一到五月就开花的。一直开到六月。花朵和酱油碟那么大。开得很茂盛,满树都是,因为花香,招来了很多的蜂子,嗡嗡地在玫瑰树那儿闹着。

别的一切都玩厌了的时候,我就想起来去摘玫瑰花,摘了一大堆把草帽脱下来用帽兜子盛着。在摘那花的时候,有两种恐惧,一种是怕蜂子的勾刺人,另一种是怕玫瑰的刺刺手。好不容易摘了一大堆,摘完了可又不知道做什么了。忽然异想天开,这花若给祖父戴起来该多好看。

祖父蹲在地上拔草,我就给他戴花。祖父只知道我是在捉弄他的帽子,而不知道我到底是在干什么。我把他的草帽给他插了一圈的花,红通通的二三十朵。我一边插着一边笑,当我听到祖父说:

"今年春天雨水大,咱们这棵玫瑰开得这么香。二里路也怕闻得到的。"

就把我笑得哆嗦起来。我几乎没有支持的能力再插上去。等我插完了,祖父还是安然的不晓得。他还照样地拔着垄上的草。我跑得很远的站着,我不敢往祖父那边看,一看就想笑。所以我借机进屋去找一点吃的来,还没有等我回到园中,祖父也进屋来了。

那满头红通通的花朵,一进来祖母就看见了。她看见什么也没说,就大笑了起来。父亲母亲也笑了起来,而以我笑得最厉害,我在炕上打着滚笑。

祖父把帽子摘下来一看,原来那玫瑰的香并不是因为今年春天雨水大的缘故,而是那花就顶在他的头上。

他把帽子放下,他笑了十多分钟还停不住,过一会一想起来,又笑了。

祖父刚有点忘记了,我就在旁边提着说:

"爷爷……今年春天雨水大呀……"

一提起,祖父的笑就来了。于是我也在炕上打起滚来。

就这样一天一天的,祖父,后园,我,这三样是一样也不可缺少的了。

刮了风,下了雨,祖父不知怎样,在我却是非常寂寞的了。去没有去处,玩没有玩的,觉得这一天不知有多少日子那么长。

三

偏偏这后园每年都要封闭一次的,秋雨之后这花园就开始凋零了,黄的黄、败的败,好像很快似的一切花朵都灭了,好像有人把它们摧残了似的。它们一齐都没有从前那么健康了,好像它们都很疲倦了,而要休息似的,好像要收拾收拾回家去了似的。

大榆树也是落着叶子,当我和祖父偶尔在树下坐坐,树叶竟落在我的脸上来了。树叶飞满了后园。

没有多少时候,大雪又落下来了,后园就被埋住了。

通到园去的后门,也用泥封起来了,封得很厚,整个的冬天挂着白霜。

我家住着五间房子,祖母和祖父共住两间,母亲和父亲共住两间。祖母住的是西屋,母亲住的是东屋。

是五间一排的正房,厨房在中间,一齐是玻璃窗子,青砖墙,瓦房间。

祖母的屋子,一个是外间,一个是内间。外间里摆着大躺箱,地长桌,太师椅。椅子上铺着红椅垫,躺箱上摆着砱砂瓶,长桌上列着坐钟。钟的两边站着帽筒。帽筒上并不挂着帽子,而插着几个孔雀翎。

我小的时候,就喜欢这个孔雀翎,我说它有金色的眼睛,总想用手摸一摸,祖母就一定不让摸,祖母是有洁癖的。

还有祖母的躺箱上摆着一个坐钟,那坐钟是非常希奇的,画着一个穿着古装的大姑娘,好像活了似的,每当我到祖母屋去,若是屋子里没有人,她就总用眼睛瞪我,我几次的告诉过祖父,祖父说:

"那是画的,她不会瞪人。"

我一定说她是会瞪人的,因为我看得出来,她的眼珠像是会转。

还有祖母的大躺箱上也尽雕着小人,尽是穿古装衣裳的,宽衣大袖,还戴顶子,带着翎子。满箱子都刻着,大概有二三十个人,还有吃酒的,吃饭的,还有作揖的……

我总想要细看一看,可是祖母不让我沾边,我还离得很远的,她就说:

"可不许用手摸,你的手脏。"

祖母的内间里边,在墙上挂着一个很古怪很古怪的挂钟,挂钟的下边用铁练子垂着两穗铁包米。铁包米比真的包米大了很多,看起来非常重,似乎可以打死一个人。再往那挂钟里边看就更希奇古怪了,有一个小人,长着蓝眼珠,钟摆一秒钟就响一下,钟摆一响,那眼珠就同时一转。

那小人是黄头发,蓝眼珠,跟我相差太远,虽然祖父告诉我,说那是毛子人,但我不承认她,我看她不像什么人。

所以我每次看这挂钟,就半天半天的看,都看得有点发呆了。我想:这毛子人就总在钟里边呆着吗?永久也不下来玩吗?

外国人在呼兰河的土语叫做"毛子人"。我四五岁的时候,还没有见过一个毛子人,以为毛子人就是因为她的头发毛烘烘地卷着的缘故。

祖母的屋子除了这些东西,还有很多别的,因为那时候,别的我都不发生什么趣味,所以只记住了这三五样。

母亲的屋里,就连这一类的古怪玩艺也没有了,都是些普通的描金柜,也是些帽筒,花瓶之类,没有什么好看的,我没有记住。

这五间房子的组织,除了四间住房一间厨房之外,还有极小的,极黑的两个小后房。祖母一个,母亲一个。

那里边装着各种样的东西,因为是储藏室的缘故。

坛子罐子、箱子柜子、筐子篓子。除了自己家的东西,还有别人寄存的。

那里边是黑的,要端着灯进去才能看见。那里边的耗子很多,蜘蛛网也很多。空气不大好,永久有一种扑鼻的和药的气味似的。

我觉得这储藏室很好玩,随便打开那一只箱子,里边一定有一些好看的东西,花丝线、各种色的绸条、香荷包、搭腰、裤腿、马蹄袖、绣花的领子。古香古色,颜色都配得特别的好看。箱子里边也常常有蓝翠的耳环或戒指,被我看见了,我一看见就非要一个玩不可,母亲就常常随手抛给我一个。

还有些桌子带着抽屉的,一打开那里边更有些好玩的东西,铜环、木刀、竹尺、观音粉。这些个都是我在别的地方没有看过的。而且这抽屉始终也不锁的。所以我常常随意地开,开了就把样样,似乎是不加选择地都搜了出去,左手拿着木头刀,右手拿着观音粉,这里砍一下,那里画一下。后来我又得到了一个小锯,用这小锯,我开始毁坏起东西来,在椅子腿上锯一锯,在炕沿上锯一锯。我自己竟把我自己的小木刀也锯坏了。

无论吃饭和睡觉,我这些东西都带在身边,吃饭的时候,我就用这小锯,锯着馒头。睡觉做起梦来还喊着:

"我的小锯哪里去了?"

储藏室好像变成我探险的地方了。我常常趁着母亲不在屋我就打开门进去了。这储藏室也有一个后窗,下半天也有一点亮光,我就趁着这亮光打开了抽屉,这抽屉已经被我翻得差不多的了,没有什么新鲜的了。翻了一会,觉得没有什么趣味了,就出来了。到后来连一块水胶,一段绳头都让我拿出来了,把五个抽屉通通拿空了。

除了抽屉还有筐子笼子,但那个我不敢动,似乎每一样都是黑洞洞的,灰尘不知有多厚,蛛网蛛丝的不知有多少,因此我连想也不想动那东西。

记得有一次我走到这黑屋子的极深极远的地方去,一个发响的东西撞住我的脚上,我摸起来抱到光亮的地方一看,原来是一个小灯笼,用手指把灰尘一划,露出来是个红玻璃的。

我在一两岁的时候,大概我是见过灯笼的,可是长到四五岁,反而不认识了。我不知道这是个什么。我抱着去问祖父去了。

祖父给我擦干净了,里边点上个洋蜡烛,于是我欢喜得就打着灯笼满屋跑,跑了好几天,一直到把这灯笼打碎了才算完了。

我在黑屋子里边又碰到了一块木头,这块木头是上边刻着花的,用手一摸,很不光滑,我拿出来用小锯锯着。祖父看见了,说:

"这是印帖子的帖板。"

我不知道什么叫帖子,祖父刷上一片墨刷一张给我看,我只看见印出来几个小人。还有一些乱七八糟的花,还有字。祖父说:

"咱们家开烧锅的时候,发帖子就是用这个印的,这是一百吊的……还有伍十吊的十吊的……"

祖父给我印了许多,还用鬼子红给我印了些红的。

还有戴缨子的清朝的帽子,我也拿了出来戴上。多少年前的老大的鹅翎扇子,我也拿了出来吹着风。翻了一瓶莎仁出来,那是治胃病的药,母亲吃着,我也跟着吃。

不久,这些八百年前的东西,都被我弄出来了。有些是祖母保存着的,有些是已经出了嫁的姑母的遗物,已经在那黑洞洞的地方放了多少年了,连动也没有动过,有些个快要腐烂了,有些个生了虫子,因为那些东西早被人们忘记了,好像世界上已经没有那么一回事。而今天忽然又来到了他们的眼前,他们受了惊似的又恢复了他们的记忆。

每当我拿出一件新的东西的时候,祖母看见了,祖母说:

"这是多少年前的了!这是你大姑在家里边玩的……"

祖父看见了,祖父说:

"这是你二姑在家时用的……"

这是你大姑的扇子,那是你三姑的花鞋……都有了来历。但我不知道谁是我的三姑,谁是我的大姑。也许我一两岁的时候,我见过她们,可是我到四五岁时,我就不记得了。

我祖母有三个女儿,到我长起来时,她们都早已出嫁了。可见二三十年内就没有小孩子了。而今也只有我一个。实在的还有一个小弟弟,不过那时他才一岁半岁的,所以不算他。

家里边多少年前放的东西,没有动过,他们过的是既不向前,也不回头的生活,是凡过去的,都算是忘记了,未来的他们也不怎样积极地希望着,只是一天一天地平板地、无怨无尤地在他们祖先给他们准备好的口粮之中生活着。

等我生来了,第一给了祖父的无限的欢喜,等我长大了,祖父非常地爱我。使我觉得在这世界上,有了祖父就够了,还怕什么呢?虽然父亲的冷淡,母亲的恶言恶色,和祖母的用针刺我手指的这些事,都觉得算不了什么。何况又有后花园!后园虽然让冰雪给封闭了,但是又发现了这储藏室。这里边是无穷无尽地什么都有,这里边宝藏着的都是我所想像不到的东西,使我感到这世界上的东西怎么这样多!而且样样好玩,样样新奇。

比方我得到了一包颜料,是中国的大绿,看那颜料闪着金光,可是往指甲上一染,指甲就变绿了,往胳臂上一染,胳臂立刻飞来了一张树叶似的。实在是好看,也实在是莫名其妙,所以心里边就暗暗地欢喜,莫非是我得了宝贝吗?

得了一块观音粉。这观音粉往门上一划,门就白了一道,往窗上一划,窗就白了一道。这可真有点奇怪,大概祖父写字的墨是黑墨,而这是白墨吧。

得了一块圆玻璃,祖父说是"显微镜"。他在太阳底下一照,竟把祖父装好的一袋烟照着了。

这该多么使人欢喜,什么什么都会变的。你看他是一块废铁,说不定他就有用,比方我捡到一块四方的铁块,上边有一个小窝。祖父把榛子放在小窝里边,打着榛子给我吃。在这小窝里打,不知道比用牙咬要快了多少倍。何况祖父老了,他的牙又多半不大好。

我天天从那黑屋子往外搬着,而天天有新的。搬出来一批,玩厌了,弄坏了,就再去搬。

因此使我的祖父、祖母常常地慨叹。

他们说这是多少年前的了,连我的第三个姑母还没有生的时候就有这东西。那是多少年前的了,还是分家的时候,从我曾祖那里得来的呢。又哪样哪样是什么人送的,而那家人家到今天也都家败人亡了,而这东西还存在着。

又是我在玩着的那葡蔓藤的手镯,祖母说她就戴着这个手镯,有一年夏天坐着小车子,抱着我大姑去回娘家,路上遇了土匪,把金耳环给摘去了,而没有要这手镯。若也是金的银的,那该多危险,也一定要被抢去的。

我听了问她:

"我大姑在哪儿?"

祖父笑了。祖母说:

"你大姑的孩子比你都大了。"

原来是四十年前的事情,我哪里知道。可是藤手镯却戴在我的手上,我举起手来,摇了一阵,那手镯好像风车似的,滴溜溜地转,手镯太大了,我的手太细了。

祖母看见我把从前的东西都搬出来了,她常常骂我:

"你这孩子,没有东西不拿着玩的,这小不成器的……"

她嘴里虽然是这样说,但她又在光天化日之下得以重看到这东西,也似乎给了她一些回忆的满足。所以她说我是并不十分严刻的,我当然是不听她,该拿还是照旧地拿。

于是我家里久不见天日的东西,经我这一搬弄,才得以见了天日。于是坏的坏,扔的扔,也就都从此消灭了。

我有记忆的第一个冬天,就这样过去了。没有感到十分的寂寞,但总不如在后园里那样玩着好。但孩子是容易忘记的,也就随遇而安了。

四

第二年夏天,后园里种了不少的韭菜,是因为祖母喜欢吃韭菜馅的饺子而种的。

可是当韭菜长起来时,祖母就病重了,而不能吃这韭菜了,家里别的人也没有吃这韭菜,韭菜就在园子里荒着。

因为祖母病重,家里非常热闹,来了我的大姑母,又来了我的二姑母。

二姑母是坐着她自家的小车子来的。那拉车的骡子挂着铃铛,哗哗啷啷的就停在窗前了。

从那车上第一个就跳下来一个小孩,那小孩比我高了一点,是二姑母的儿子。

他的小名叫"小兰",祖父让我向他叫兰哥。

别的我都不记得了,只记得不大一会工夫我就把他领到后园里去了。

告诉他这个是玫瑰树,这个是狗尾草,这个是樱桃树。樱桃树是不结樱桃的,我也告诉了他。

不知道在这之前他见过我没有,我可没有见过他。

我带他到东南角上去看那棵李子树时,还没有走到眼前,他就说:

"这树前年就死了。"

他说了这样的话,是使我很吃惊的。这树死了,他可怎么知道的?心中立刻来了一种忌妒的情感,觉得这花园是属于我的,和属于祖父的,其余的人连晓得也不该晓得才对的。

我问他:

"那么你来过我们家吗?"

他说他来过。

这个我更生气了,怎么他来我不晓得呢?

我又问他:

"你什么时候来过的?"

他说前年来的,他还带给我一个毛猴子。他问着我:

"你忘了吗?你抱着那毛猴子就跑,跌倒了你还哭了哩!"

我无论怎样想,也想不起来了。不过总算他送给我过一个毛猴子,可见对我是很好的,于是我就不生他的气了。

从此天天就在一块玩。

他比我大三岁,已经八岁了,他说他在学堂里边念了书的,他还带来了几本书;晚上在煤油灯下他还把书拿出来给我看。书上有小人、有剪刀、有房子。因为都是带着图,我一看就连那字似乎也认识了,我说:

"这念剪刀,这念房子。"

他说不对:

"这念剪,这念房。"

我拿过来一细看,果然都是一个字,而不是两个字,我是照着图念的,所以错了。

我也有一盒方字块,这边是图,那边是字,我也拿出来给他看了。

从此整天的玩。祖母病重与否,我不知道。不过在她临死的前几天就穿上了满身的新衣裳,好像要出门做客似的。说是怕死了来不及穿衣裳。

因为祖母病重,家里热闹得很,来了很多亲戚。忙忙碌碌不知忙些个什么。有的拿了些白布撕着,撕得一条一块的,撕得非常的响亮,旁边就有人拿着针在缝那白布。还有的把一个小罐,里边装了米,罐口蒙上了红布。还有的在后园门口拢起火来,在铁火勺里边炸着面饼了。问她:

"这是什么?"

"这是打狗饽饽。"

她说阴间有十八关,过到狗关的时候,狗就上来咬人,用这饽饽一打,狗吃了饽饽就不咬人了。

似乎是姑妄言之、姑妄听之,我没有听进去。

家里边的人越多,我就越寂寞,走到屋里,问问这个,问问那个,一切都不理解。祖父也似乎把我忘记了。我从后园里捉了一个特别大的蚂蚱送给他去看,他连看也没有看,就说:

"真好,真好,上后园去玩去吧!"

新来的兰哥也不陪我时,我就在后园里一个人玩。

五

祖母已经死了,人们都到龙王庙上去报过庙回来了。而我还在后园里边玩着。

后园里边下了点雨,我想要进屋去拿草帽去,走到酱缸旁边(我家的酱缸是放在后园里的),一看,有雨点拍拍的落到缸帽子上。我想这缸帽子该多大,遮起雨来,比草帽一定更好。

于是我就从缸上把它翻下来了,到了地上它还乱滚一阵,这时候,雨就大了。我好不容易才设法钻进这缸帽子去。因为这缸帽子太大了,差不多和我一般高。

我顶着它,走了几步,觉得天昏地暗。而且重也是很重的,非常吃力。而且自己已经走到哪里了,自己也不晓,只晓得头顶上拍拍拉拉的打着雨点,往脚下看着,脚下只是些狗尾草和韭菜。找了一个韭菜很厚的地方,我就坐下了,一坐下这缸帽子就和个小房似的扣着我。这比站着好得多,头顶不必顶着,帽子就扣在韭菜地上。但是里边可是黑极了,什么也看不见。

同时听什么声音,也觉得都远了。大树在风雨里边被吹得呜呜的,好像大树已经被搬到别人家的院子去似的。

韭菜是种在北墙根上,我是坐在韭菜上。北墙根离家里的房子很远的,家里边那闹嚷嚷的声音,也像是来在远方。

我细听了一会,听不出什么来,还是在我自己的小屋里边坐着。这小屋这么好,不怕风,不怕雨。站起来走的时候,顶着屋盖就走了,有多么轻快。

其实是很重的了,顶起来非常吃力。

我顶着缸帽子,一路摸索着,来到了后门口,我是要顶给爷爷看看的。

我家的后门坎特别高,迈也迈不过去,因为缸帽子太大,使我抬不起腿来。好不容易两手把腿拉着,弄了半天,总算是过去了。虽然进了屋,仍是不知道祖父在什么方向,于是我就大喊,正在这喊之间,父亲一脚把我踢翻了,差点没把我踢到灶口的火堆上去。缸帽子也在地上滚着。

等人家把我抱了起来,我一看,屋子里的人,完全不对了,都穿了白衣裳。

再一看,祖母不是睡在炕上,而是睡在一张长板上。

从这以后祖母就死了。

六

　　祖母一死,家里继续着来了许多亲戚,有的拿着香、纸,到灵前哭了一阵就回去了。有的就带着大包小包的来了就住下了。

　　大门前边吹着喇叭,院子里搭了灵棚,哭声终日,一闹闹了不知多少日子。

　　请了和尚道士来,一闹闹到半夜,所来的都是吃、喝、说、笑。

　　我也觉得好玩,所以就特别高兴起来。又加上从前我没有小同伴,而现在有了。比我大的,比我小的,共有四五个。我们上树爬墙,几乎连房顶也要上去了。

　　他们带我到小门洞了顶上去捉鸽了,搬了梯了到房檐头上去捉家雀。后花园虽然大,已经装不下我了。

　　我跟着他们到井口边去往井里边看,那井是多么深,我从未见过。在上边喊一声,里边有人回答。用一个小石子投下去,那响声是很深远的。

　　他们带我到粮食房子去,到碾磨房去,有时候竟把我带到街上,是已经离开家了,不跟着家人在一起,我是从来没有走过这样远。

　　不料除了后园之外,还有更大的地方,我站在街上,不是看什么热闹,不是看那街上的行人车马,而是心里边想:是不是我将来一个人也可以走得很远?

　　有一天,他们把我带到南河沿上去了,南河沿离我家本不算远,也不过半里多地。可是因为我是第一次去,觉得实在很远。走出汗来了。走过一个黄土坑,又过一个南大营,南大营的门口,有兵把守门。那营房的院子大得在我看来太大了,实在是不应该。我们的院子就够大的了,怎么能比我们家的院子更大呢,大得有点不大好看了,我走过了,我还回过头来看。

　　路上有一家人家,把花盆摆到墙头上来了,我觉得这也不大好,若是看不见人家偷去呢!

　　还看见了一座小洋房,比我们家的房不知好了多少倍。若问我,哪里好?我也说不出来,就觉得那房子是一色新,不像我家的房子那么陈旧。

　　我仅仅走了半里多路,我所看见的可太多了。所以觉得这南河沿实在远。问他们:

　　"到了没有?"

　　他们说:

　　"就到的,就到的。"

呼兰河传(节选)

果然,转过了大营房的墙角,就看见河水了。

我第一次看见河水,我不能晓得这河水是从什么地方来的? 走了几年了。

那河太大了,等我走到河边上,抓了一把沙子抛下去,那河水简直没有因此而脏了一点点。河上有船,但是不很多,有的往东去了,有的往西去了。也有的划到河的对岸去的,河的对岸似乎没有人家,而是一片柳条林。再往远看,就不能知道那是什么地方了,因为也没有人家,也没有房子,也看不见道路,也听不见一点音响。

我想将来是不是我也可以到那没有人的地方去看一看。

除了我家的后园,还有街道。除了街道,还有大河。除了大河,还有柳条林。除了柳条林,还有更远的,什么也没有的地方,什么也看不见的地方,什么声音也听不见的地方。

究竟除了这些,还有什么,我越想越不知道了。

就不用说这些我未曾见过的。就说一个花盆吧,就说一座院子吧。院子和花盆,我家里都有。但说那营房的院子就比我家的大,我家的花盆是摆在后园里,人家的花盆就摆到墙头上来了。

可见我不知道的一定还有。

所以祖母死了,我竟聪明了。

七

祖母死了,我就跟祖父学诗。因为祖父的屋子空着,我就闹着一定要睡在祖父那屋。

早晨念诗,晚上念诗,半夜醒了也是念诗。念了一阵,念困了再睡去。

祖父教我的有《千家诗》,并没有课本,全凭口头诵,祖父念一句,我就念一句。

祖父说:

"少小离家老大回……"

我也说:

"少小离家老大回……"

都是些什么字,什么意思,我不知道,只觉得念起来那声音很好听。所以很高兴地跟着喊。我喊的声音,比祖父的声音更大。

我一念起诗来,我家的五间房都可以听见,祖父怕我喊坏了喉咙,常常警告着我说:

"房盖被你抬走了。"

听了这笑话,我略微笑了一会工夫,过了不多久,就又喊起来了。

夜里也是照样地喊,母亲吓唬我,说再喊她要打我。

祖父也说:

"没有你这样念诗的,你这不叫念诗,你这叫乱叫。"

但我觉得这乱叫的习惯不能改,若不让我叫,我念它干什么。每当祖父教我一个新诗,一开头我若听了不好听,我就说:

"不学这个。"

祖父于是就换一个,换一个不好,我还是不要。

"春眠不觉晓,处处闻啼鸟,

夜来风雨声,花落知多少。"

这一首诗,我很喜欢,我一念到第二句,"处处闻啼鸟"那处处两字,我就高兴起来了。觉得这首诗,实在是好,真好听"处处"该多好听。

还有一首我更喜欢的:

"重重叠叠上楼台,几度呼童扫不开。

刚被太阳收拾去,又为明月送将来。"

就这"几度呼童扫不开",我根本不知道什么意思,就念成西沥忽通扫不开。

越念越觉得好听,越念越有趣味。

还当客人来了,祖父总是呼我念诗的,我就总喜念这一首。

那客人不知听懂了与否,只是点头说好。

八

就这样瞎念,到底不是久计。念了几十首之后,祖父开讲了。

"少小离家老大回,乡音无改鬓毛衰。"

祖父说:

"这是说小的时候离开了家到外边去,老了回来了。乡音无改鬓毛衰,这是说家乡的口音还没有改变,胡子可白了。"

我问祖父:

"为什么小的时候离家?离家到哪里去?"

祖父说:

"好比像你爷爷那么大离家,现在老了回来了,谁还认识呢?儿童相见不相识,笑问客从何处来。小孩子见了就招呼着说:你这个白胡老头,是从哪里来的?"

我一听觉得不大好,赶快就问祖父:

"我也要离家的吗?等我胡子白了回来,爷爷你也不认识我了吗?"

心里很恐惧。

祖父一听就笑了:

"等你老了还有爷爷吗?"

祖父说完了,看我还是不很高兴,他又赶快说:

"你不离家的,你哪里能够离家……快再念一首诗吧!念春眠不觉晓……"

我一念起春眠不觉晓来,又是满口的大叫,得意极了。完全高兴,什么都忘了。

但从此再读新诗,一定要先讲的,没有讲过的也要重讲,似乎那大嚷大叫的习惯稍稍好了一点。

"两个黄鹂鸣翠柳,一行白鹭上青天。"

这首诗本来我也很喜欢的,黄梨是很好吃的。经祖父这一讲,说是两个鸟。于是不喜欢了。

"去年今日此门中,人面桃花相映红。

人面不知何处去,桃花依旧笑春风。"

这首诗祖父讲了我也不明白,但是我喜欢这首。因为其中有桃花。桃树一开了花不就结桃吗?桃子不是好吃吗?

所以每念完这首诗,我就接着问祖父:

"今年咱们的樱桃树花开不开花?"

九

除了念诗之外,还很喜欢吃。

记得大门洞子东边那家是养猪的,一个大猪在前边走,一群小猪跟在后边。有一天一个小猪掉井了,人们用抬土的筐子把小猪从井吊了上来。吊上来,那小猪早已死了。井口旁边围了很多人看热闹,祖父和我也在旁边看热闹。

那小猪一被打上来,祖父就说他要那小猪。

祖父把那小猪抱到家里,用黄泥裹起来,放在灶坑里烧上了,烧好了给我吃。

我站在炕沿旁边,那整个的小猪,就摆在我的眼前,祖父把那小猪一撕开,立刻就冒了油,真香,我从来没有吃过那么香的东西,从来没有吃过那么好吃的东西。

第二次,又有一只鸭子掉井了,祖父也用黄泥包起来,烧上给我吃了。

在祖父烧的时候,我也帮着忙,帮着祖父搅黄泥,一边喊着,一边叫着,好像拉拉队似的给祖父助兴。

鸭子比小猪更好吃,那肉是不怎样肥的。所以我最喜欢吃鸭子。

我吃,祖父在旁边看着。祖父不吃。等我吃完了,祖父才吃。他说我的牙齿小,怕我咬不动,先让我选嫩的吃,我吃剩了的他才吃。

祖父看我每咽下去一口,他就点一下头。而且高兴地说:

"这小东西真馋,"或是"这小东西吃得真快。"

我的手满是油,随吃随在大襟上擦着,祖父看了也并不生气,只是说:

"快沾点盐吧,快沾点韭菜花吧,空口吃不好,等会要反胃的……"

说着就捏几个盐粒放在我手上拿着的鸭子肉上。我一张嘴又进肚去了。

祖父越称赞我能吃,我越吃得多。祖父看看不好了,怕我吃多了。让我停下,我才停下来。我明明白白的是吃不下去了,可是我嘴里还说着:

"一个鸭子还不够呢!"

自此吃鸭子的印象非常之深,等了好久,鸭子再不掉到井里,我看井沿有一群鸭子,我拿了秫秆就往井里边赶,可是鸭子不进去,围着井口转,而呱呱地叫着。我就招呼了在旁边看热闹的小孩子,我说:

"帮我赶哪!"

正在吵吵叫叫的时候,祖父奔到了,祖父说:

"你在干什么?"

我说:

"赶鸭子,鸭子掉井,捞出来好烧吃。"

祖父说:

"不用赶了,爷爷抓个鸭子给你烧着。"

我不听他的话,我还是追在鸭子的后边跑着。

祖父上前来把我拦住了,抱在怀里,一面给我擦着汗一面说:

"跟爷爷回家,抓个鸭子烧上。"

我想:不掉井的鸭子,抓都抓不住,可怎么能规规矩矩贴起黄泥来让烧呢?于是我从祖父的身上往下挣扎着,喊着:

"我要掉井的!我要掉井的!"

祖父几乎抱不住我了。

【阅读提示】

1. 这是一篇回忆体的小说：是成年的作者对童年生活的回忆，是生活在现代都市的作者对乡村生活的回忆。作者的叙述出入于成年与童年的不同视角、都市与乡村的不同情境之间。根据这一特点，阅读的重点有二：一是儿童视角下的世界——可着重体味与分析以下段落：①第一节儿童眼睛里的后花园（"太阳在园子里是特大的……好像要压到了祖父的草帽那么低"）；②第六节"我"第一次走出后花园对外部世界的最初感受（"有一天，他们把我带到南河沿上去了……祖母死了，我竟聪明了"）；③第七、八节，"我"跟祖父学诗，也即第一次接受传统文化熏陶时的独特反应与理解。其次，要注意小说时隐时现（第二节结尾，第三节，第四、五节结尾……）的寂寞感，特别要细细体味全章结束时"祖父几乎抱不动我了"这一句给你的感受：这些都构成了小说的潜流，与前述充满童趣的欢乐的调子与纯真之美形成鲜明的对照，显然是成年人回顾童年时的感受。

2. 40年代出现了一批描写童年生活的回忆体小说，并且都采用了童年与成年的双重视角，如端木蕻良的《初吻》《早春》，骆宾基的《混沌》。有兴趣的同学可以将这类小说做一综合性的阅读与研究。

【扩展性阅读书(篇)目】

《呼兰河传》(全书)、《生死场》《小城三月》《后花园》《手》《牛车上》。

【参考书(篇)目】

1. 赵园：《论萧红小说兼及中国现代小说的散文特征》，收《小说十家》，浙江文艺出版社1987年版。

2. 张宇凌：《论萧红〈呼兰河传〉中的儿童视角》，载《中国现代文学研究丛刊》1997年第1期。

倾城之恋（存目）

张爱玲

【阅读提示】

1. 《倾城之恋》写的是白流苏和范柳原的婚恋故事。是香港沦陷这偶然因素改变了两人的关系,但小说为何要说"也许就因为要成全她,一个大都市颠覆了",并将这一故事称为"传奇"？注意结合小说的叙述视点(即白流苏的视角)和两人关系的不对等,来理解这一点。

2. 小说中多处出现"墙"这一意象。范柳原在对白流苏表白时说:"这堵墙,不知为什么使我想起地老天荒那一类的话……有一天,我们的文明整个的毁掉了,什么都完了;——烧完了,炸完了,也许还剩下这堵墙,流苏,如果我们那时候在这墙根底下遇见了……流苏,也许你会对我有一点真心,也许我会对你有一点真心"——思考这段话,并仔细阅读小说中关于香港被轰炸的段落,从更深的层次来理解题目所谓的"倾城"。你认为所谓"城"或"墙"的象征意义可以做怎样的理解？

3. 注意从"胡琴伊咿呀呀拉着""这里悠悠忽忽过了一天,世上已经过了一千年""墙是冷而粗糙,死的颜色""楼上品字式的三间屋……没有人影儿,一间又一间,呼喊着的空虚……""这里是什么都完了,剩下点断墙颓垣"等意象的描写中,联系第二个问题,体会小说所谓"说不尽的苍凉的故事"的"苍凉"。而小说的大部分篇幅都在精巧地呈现白流苏和范柳原近乎"调情"的恋爱过程,并在结尾时写到白流苏"笑吟吟"地站起身来,"将蚊烟香盘踢到桌子底下去"。在"笑吟吟"和"苍凉"的并置间,小说呈现了怎样的叙述风格？

4. 学术界有一种观点认为,《金锁记》是一个关于"禁锢"的故事,而《倾城之恋》是一个关于"逃离"的故事。比较阅读《金锁记》,你是否同意这种观点,并试结合作品来进行分析。

【扩展性阅读书(篇)目】

张爱玲的小说《金锁记》《红玫瑰白玫瑰》。

【参考书(篇)目】

1. 孟悦、戴锦华:《浮出历史地表——现代妇女文学研究》,第十四章"张爱玲:苍凉的莞尔一笑",河南人民出版社1989年初版。

2. 胡兰成:《评张爱玲》,收萧南选编《贵族才女张爱玲》,四川文艺出版社1995年版。

李有才板话（节选）

赵树理

一　书名的来历

阎家山有个李有才，外号叫"气不死"。

这人现在有五十多岁，没有地，给村里人放牛，夏秋两季捎带看守村里的庄稼。他只是一身一口，没有家眷。他常好说两句开心话，说是"吃饱了一家不饥，锁住门也不怕饿死小板凳"。村东头的老槐树底下有一孔窑还有三亩地，是他爹给留下的，后来把地押给阎恒元，土窑就成了他的全部产业。

阎家山这地方有点古怪：村西头是砖楼房，中间是平房，东头的老槐树下是一排二三十孔土窑。地势看来也还平，可是从房顶上看起来，从西到东却是一道斜坡。西头住的都是姓阎的；中间也有姓阎的也有杂姓，不过都是些在地户；只有东头特别，外来的开荒的占一半，日子过倒霉了的杂姓，也差不多占一半，姓阎的只有三家，也是破了产卖了房子才搬来的。

李有才常说："老槐树底的人只有两辈——一个'老'字辈，一个'小'字辈。"这话也只是取笑；他说的"老"字辈，就是说外来的开荒的，因为这些人的名字除了闾长派差派款在条子上开一下以外，别的人很少留意，人叫起来只是把他们的姓上边加个"老"字，像老陈、老秦、老常……等。他说的"小"字辈，就是其余的本地人，因为这地方人起乳名，常把前边加个"小"字，像小顺、小保……等。可是西头那些大户人家，都用的是官名，有乳名别人也不敢叫——比方老村长阎恒元乳名叫"小囤"，别人对上人家不只不敢叫"小囤"，就是该说"谷囤"也只得说成"谷仓"，谁还好意思说出"囤"字来？一到了老槐树底，风俗大变，活八十岁也只能叫小什么，小什么，你就起个官名也使不出去——比方陈小元前几年请柿子洼老先生给起了个官名叫"陈万昌"，回来虽然请闾长在闾账上改过了，可是老村长看账时候想不起这"陈万昌"是谁，问了一下闾长，仍然提起笔来给他改成陈小元。因为这种关系，老槐树底的本地人，终于还都是"小"字辈。李有才自己，也只能算

"小"字辈人,不过他父母是大名府人,起乳名不用"小"字,所以从小就把他叫成"有才"。

在老槐树底,李有才是大家欢迎的人物,每天晚上吃饭时候,没有他就不热闹。他会说开心话,虽是几句平常话,从他口里说出来就能引得大家笑个不休。他还有个特别本领是编歌子,不论村里发生件什么事,有个什么特别人,他都能编一大套,念起来特别顺口。这种歌,在阎家山一带叫"圪溜嘴",官话叫"快板"。

比方说:西头老户主阎恒元,在抗战以前年年连任村长,有一年改选时候,李有才给他编了一段快板道:

村长阎恒元,一手遮住天,
自从有村长,一当十几年。
年年要投票,嘴说是改选,
选来又选去,还是阎恒元。
不如弄块板,刻个大名片,
每逢该投票,大家按一按。
人人省得写,年年不用换,
用他百把年,管保用不烂。

恒元的孩子是本村的小学教员,名叫家祥,一九三〇年在县里的简易师范毕业。这人的相貌不大好看,脸像个葫芦瓢子,说一句话眨十来次眼皮。不过人不可以貌取,你不要以为他没出息,其实一肚肮脏计,谁跟他共事也得吃他的亏。李有才也给他编过一段快板道:

鬼眨眼,阎家祥,
眼睫毛,二寸长,
大腮蛋,塌鼻梁,
说句话儿眼皮忙。
两眼一忽闪,
肚里有主张,
强占三分理,
总要沾些光。
便宜占不足,

气得脸皮黄,
眼一挤,嘴一张,
好像母猪打哼哼!

像这些快板,李有才差不多每天要编,一方面是他编惯了觉着口顺,另一方面是老槐树底的年轻人吃饭时候常要他念些新的,因此他就越编越多。他的新快板一念出来,东头的年轻人不用一天就都传遍了,可是想传到西头就不十分容易。西头的人不论老小,没事总不到老槐树底来闲坐,小孩们偶尔去老槐树底玩一玩,大人知道了往往骂道:"下流东西!明天就要叫你到老槐树底去住啦!"有这层隔阂,有才的快板就很不容易传到西头。

抗战以来,阎家山有许多变化,李有才也就跟着这些变化作了些快板,又因为作快板遭过难。我想把这些变化谈一谈,把他在这些变化中作的快板也抄他几段,给大家看看解个闷,结果就写成这本小书。

作诗的人,叫"诗人",说作诗的话,叫"诗话"。李有才作出来的歌,不是"诗",明明叫做"快板",因此不能算"诗人",只能算"板人"。这本小书既然是说他作快板的话,所以叫做《李有才板话》。

二 有才窑里的晚会

李有才住的一孔土窑,说也好笑,三面看来有三变,门朝南开,靠西墙正中有个炕,炕的两头还都留着五尺长短的地面。前边靠门这一头,盘了个小灶,还摆着些水缸、菜瓮、锅、匙、碗、碟;靠后墙摆着些筐子、箩头,里面装的是村里人送给他的核桃、柿子(因为他是看庄稼的,大家才给他送这些);正炕后墙上,就炕那么高,打了个半截套窑,可以铺半条席子:因此你要一进门看正面,好像个小山果店;扭转头看西边,好像石菩萨的神龛;回头来看窗下,又好像小村子里的小饭铺。

到了冷冻天气,有才好像一炉火——只要他一回家,爱取笑的人们就围到他这土窑里来闲谈,谈起话来也没有什么题目,扯到哪里算哪里。这年正月二十五日,有才吃罢晚饭,邻家的青年后生小福,领着他的表兄就开开门走进来。有才见有人来了,就点着墙上挂的麻油灯。小福先向他表兄介绍道:"这就是我们这里的有才叔!"有才在套窑里坐着,先让他们坐到炕上,就向小福道:"这是哪里的客?"小福道:"是我表兄!柿子洼的!"他表兄虽然年轻,却很精干,就谦虚道:"不算客,不算客!我是十六晚上住在这里看戏,见你老叔唱焦光普唱的那样好,想来领领教!"有才笑了一笑又问道:"你村的戏今年怎么不唱了?"小福的表兄道:"早了赁不下箱,明天才能唱!"有才见他说起唱戏,劲上来了,就不客气地讲起来。他讲:"这焦光普,虽说是个丑,可是个大脚色,唱就得唱出劲来!"说着就举起他的旱烟袋算马鞭子,下边虽然坐着,上边就抡打起来,一边抡着一边道:"一出场,当当当当当令×令当×令……令当×各拉打打当!"他煞住第一段家伙,正预备接着打,门"拍"一声开了,走进来个小顺,拿着两个软米糕道:"慢着老叔!防备着把锣打破了!"说着走到炕边把胳膊往套窑里一展道:"老叔!我爹请你尝尝我们的糕!"(阴历正月二十五,此地有个节叫"添仓",吃黍米糕)有才一边接着一边谦让道:"你们自己吃吧!今天煮的都不多!"说着接过去,随便让了让大家,就吃起来。小顺坐到炕上道:"不多吧总不能像启昌老婆,过个添仓,派给人家小旦两个糕!"小福道:"雇不起长工不雇吧,雇得起管不起吃?"有才道:"启昌也还罢了,老婆不是东西!"小福的表兄问道:"哪个小旦?就是唱国舅爷那个?"小福道:"对!老得贵的孩子给启昌住长工。"小顺道:"那么可比他爹那人强一百二十分!"有才道:"那还用说?"小福的表兄悄悄问小福道:"老得贵怎么?"他虽说得很低,却被小顺听见了,小顺道:"那是有歌的!"接着就念道:

　　张得贵,真好汉,
　　跟着恒元舌头转:
　　恒元说个"长",
　　得贵说"不短",
　　恒元说个"方",
　　得贵说"不圆",
　　恒元说"砂锅能捣蒜",
　　得贵就说"打不烂";
　　恒元说"公鸡能下蛋",
　　得贵说"亲眼见"。
　　要干啥,就能干,
　　只要恒元嘴动弹!

　　他把这段快板念完,小福听惯了,不很笑。他表兄却嘻嘻哈哈笑个不了。

小顺道:"你笑什么?得贵的好事多着哩!那是我们村里有名的吃烙饼干部。"小福的表兄道:"还是干部啦?"小顺道:"农会主席!官也不小。"小福的表兄道:"怎么说是吃烙饼干部?"小顺说:"这村跟别处不同,谁有个事到公所说说,先得十几斤面五斤猪肉,在场的每人一斤面烙饼,一大碗菜,吃了才说理。得贵领一份烙饼,总得把每一张烙饼都挑过。"小福的表兄道:"我们村里二三年前说事就不兴吃喝了。"小顺道:"人家哪一村也不兴了,就这村怪!这都是老恒元的古规。老恒元今天得了病死了,明天管保就吃不成了。"

正说道,又来了几个人:老秦、小元、小明、小保。一进门,小元喊道:"大事情!大事情!"有才忙道:"什么?什么?"小明答道:"老哥!喜富的村长撤差了!"小顺从炕上往地下一跳道:"真的?再唱三天戏!"小福道:"我也算数!"有才道:"还有今天?我当他这饭碗是铁箍箍住了!谁说的?"小元道:"真的!章工作员来了,带着公事!"小福的表兄问小福道:"你村人跟喜富的仇气就这么大?"小顺道:"那也是有歌的:

  一只虎,阎喜富,
  吃吃喝喝有来路;
  当过兵,卖过土,
  又偷牲口又放赌,
  当牙行,卖寡妇……
  什么事情都敢做。
  惹下他,防不住,
  人人见了满招呼!

你看仇恨大不大?"小福的表兄听罢才笑了一声,小明又拦住告诉他道:"柿子洼客你是不知道!他念的那还是说从前,抗战以后这东西趁着兵荒马乱抢了个村长,就更了不得了,有恒元那老不死给撑腰,就没有他干不出来的事,屁大点事弄到公所,也是桌面上吃饭,袖筒里过钱,钱淹不住心,说捆就捆,说打就打,说教谁倾家败产谁就没法治。逼得人家破了产,老恒元管'贱钱二百',买房买地。老槐树底这些人,进了村公所,谁也不敢走到桌边。三天两头出款,谁敢问问人家派的是什么钱;人家姓阎的一年四季也不见走一回差,有差事都派到老槐树底,谁不是荒着地给人家支?……你是不知道,坏透了坏透了!"有才低声问道:"为什么事撤了的?"小保道:"这可还不知道,大概是县里调查出来的吧?"有才道:"光撤了差放在村里还是大害,什么时候毁了他才算干净,可不知道县里还办他不办?"小保道:"只要把他弄下台,攻他的人可多啦!"

　　远远有人喊道:"明天到庙里选村长啦,十八岁以上的人都得去……"一连声叫喊,声音越来越近,小福听出来了,便向大家道:"是得贵!还听不懂他那贱嗓?"进来了,就是得贵。他一进来,除了有才是主人,随便打了个招呼,其余的人都没有说话,小福小顺彼此挤了挤眼。得贵道:"这里倒热闹!省得我跑!明天选村长啦,凡年满十八岁者都去!"又把嗓子放得低低的:"老村长的意思叫选广聚!谁不在这里,你们碰上告诉给他们一声!"说着抽身就走了。他才一出门,小顺抢着道:"吃烙饼去吧!"小元道:"吃屁吧!章工作员还在这里住着啦,饼恐怕烙不成!"老秦埋怨道:"人家听见了!"小元道:"怕什么?就是故意叫他听啦。"小保道:"他也学会打官腔了:'凡满十八岁者'……"小顺道:"还有'老村长的意思'。"小福道:"假大头这回要变真大头啦呀!"小福的表兄问小福道:"谁是假大头?"小顺抢着道:"这也有歌:

　　　　刘广聚,假大头:
　　　　一心要当人物头,
　　　　抱粗腿,借势头,
　　　　拜认恒元干老头。
　　　　大小事,强出头,
　　　　说起话来歪着头。
　　　　从西头,到东头,
　　　　放不下广聚这颗头。

一念歌你就清楚了。"小福的表兄觉着很奇怪,也没有顾上笑,又问道:"怎么你村有这么多的歌?"小顺道:"提起西头的人来,没有一个没歌的,连哪一个女人脸上有麻子都有歌。不只是人,每出一件新事,隔不了一天就有歌出来了。"又指着有才道:"有我们这位老叔,你想听歌很容易!要多少有多少!"

　　小元道:"我看咱们也不用管他'老村长的意思'不意思,明天偏给他放个冷炮,揽上一伙人选别人,偏不选广聚!"老秦道:"不妥不妥,指望咱老槐树底人谁得罪起老恒元?他说选广聚就选广聚,瞎惹那些气有什么好处?"

小元道:"你这老汉真见不得事!只怕柿叶掉下来碰破你的头,你不敢得罪人家,也还不是照样替人家支差出款?"老秦这人有点古怪,只要年轻人一发脾气,他就不说话了。小保向小元道:"你说得对,这一回真是该扭扭劲,要是再选上个广聚还不是仍出不了恒元老家伙的手吗?依我说咱们老槐树底的人这回就出出头,就是办不好也比搓在他们脚板底强得多!"小保这么一说,大家都同意,只是决定不了该选谁好。依小元说,小保就可以办;老陈觉得要是选小明,票数会更多一些;小明却说在场面上说个话还是小元有两下子。李有才道:"我说个公道话吧,要是选小明老弟,保管票数最多,可是他老弟恐怕不能办,他这人太好,太直,跟人家老恒元那家伙人斗个什么事恐怕没有人家的心眼多。小保领过几年羊,在外边走的地方也不少,又能写能算,办倒没有什么办不了,只是他一家五六口子全靠他一个人吃饭,真也有点顾不上。依我说,小元可以办,小保可以帮他记一记账,写个什么公事……"这个意见大家赞成了。小保向大家道:"要那样咱们出去给他活动活动!"小顺道:"对!宣传宣传!"说着就都往外走。老秦着了急,叫住小福道:"小福!你跟人家逛什么能?给我回去!"小顺拉着小福道:"走吧走吧!"又回头向老秦道:"不怕!丢了你的小福我包陪!"说了就把小福拉上走了。老秦赶紧追出来连声喊叫,也没有叫住,只好领上外甥回去睡觉。

窑里丢下有才一个人,也就睡了。

三 打虎

第二天吃过早饭,李有才放出牛来预备往山坡上送,小顺拦住他道:"老叔你不要走了!多一票算一票!今天还许弄成,已经给小元弄到四十多票了。"有才道:"误不了!我把牛送到椒洼就回来。这时候又不怕吃了谁的庄稼!章工作员开会,一讲话还不是一大晌?误不了!"小顺道:"这一回是选举会,又不是讲话会。"有才道:"知道!不论什么会,他在开头总要讲几句'重要性'啦,'什么的意义及其价值'啦,光他讲讲这些我就回来了!"小顺道:"那你去吧!可不要叫误了!"说着就往庙里去了。

庙里还跟平常开会一样,章工作员、各干部坐在拜厅上,群众站在院里,不同的只是因为喜富撤了差,大家要看看他还威风不威风,所以人来得特别多。

不大一会,人到齐了,喜富这次当最后一回主席。他虽然沉着气,可是嗓子究竟有点不自然,说了几句客气话,就请章工作员讲话。章工作员这次也跟从前说话不同了,他没有讲什么"意义"与"重要性",直截了当说道:"这里的村长,犯了一些错误,上级有命令叫另选。在未选举以前,大家对旧村长有什么意见,可以提一提。"大家对喜富的意见,提一千条也有,可是一来没有准备,二来碍于老恒元的面子,三来差不多都怕喜富将来记仇,因此没有人敢马上出头来提,只是交头接耳商量。有的说"趁此机会不治他,将来是村上的大害";有的说"能送死他自然是好事,送不死,一旦放虎归山必然要伤人"……议论纷纷,都没有主意。有个马凤鸣,当年在安徽卖过茶叶,是张启昌的姐夫,在阎家山下了户。这人走过地方,开通一点,不像阎家山人那么小心小胆。喜富当村长的第一年,随便欺压村民,有一次压迫到他头上,当时惹不过,只好忍过去。这次喜富已经下了台,他想趁势算一下旧账,便悄悄向几个人道:"只要你们大家有意见愿意提,我可以打头一炮!"马凤鸣说愿意打头一炮,小元先给他鼓励着:"提吧!你一提我接住就提,说开头多着哩!"他们正商量着,章工作员在台上等急了,便催道:"有没有?再限一分钟!"马凤鸣站起来道:"我有个意见:我的地上边是阎五的坟地,坟地堰上的荆条、酸枣树,一直长到我的地后,遮住半块地不长庄稼。前年冬天我去砍了一砍,阎五说出话来,报告到村公所,村长阎喜富给我说的,叫我杀了一口猪给阎五祭祖,又出了二百斤面叫所有的阎家人大吃一顿,罚了我五百块钱,永远不准我在地后砍荆条和酸枣树。猪跟面大家算吃了,钱算我出了,我都能忍过去不追究,只是我种地出着负担永远叫人家长荆条和酸枣树,我觉着不合理。现在要换村长,我请以后开放这个禁令!"章工作员好像有点吃惊,问大家道:"真有这事?"除了姓阎的,别人差不多齐声答道:"有!"有才也早回来了,听见是说这事,也在中间发冷话道:"比那更气人的事还多得多!"小元抢着道:"我也有个意见!"接着说了一件派差事。两个人发言以后,意见就多起来,你一款我一款,无论是花黑钱、请吃饭、打板子、罚苦工……只要是喜富出头作的坏事,差不多都说出来了;可是与恒元有关系的事差不多还没人敢提,直到晌午,意见似乎没人提了,章工作员气得大瞪眼,因为他常在这里工作,从来也不会想到有这么多的问题。他向大家发命令:"这个好村长!把他捆起来!"一说捆喜富,当然大家很有劲,也不知道上来多少人,七手八脚地把他捆成了倒缚兔。他们问送到哪里,章工作员道:"且捆到下面的小屋里,拨两个人看守着,大家先回去吃饭,吃了饭选过村长,我把他带回区上去!"小顺、小福还有七八个人抢着道:"我看守!我看守!"小顺道:"迟吃一会饭有什么要紧?"章工作员又道:"找个人把上午大家提的意见写成个单子作为报告,我带回去!"马凤鸣道:"我写!"小保道:"我帮你!"章工作员见有了人,就宣布散了会。

这天晌午,最着急的是恒元父子,因为有好多案件虽是喜富出头,却还是与他们有关的。恒元很想吩咐喜富一下叫他到县里不要乱说,无奈那么许多人看守着,没有空子,也只好罢了。吃过午饭,老恒元说身体有点不舒服,只打发儿子家祥去照应选举的事,自己却没有去。

会又开了,章工作员宣布新的选举办法道:"按正规的选法,应该先选村代表,然后由代表会里产生村长,可是现在来不及了。现在想了个变通办法:大家先提出三个候选人,然后用投票的法子从三个人中选一个。投票的方法,因为不识字的人很多,可以用三个碗,上边画上记号,放到人看不见的地方,每人发一颗豆,愿意选谁,就把豆放到谁的碗里去这个办法好不好?"大家齐声道:"好!"这又出了家祥意料之外,他仗着一人部分人离不了他写票,谁知章工作员又用了这个办法。办法既然改了,他借着自己是个教育委员,献了个殷勤,去准备了三个碗,顺路想在这碗上想点办法。大家把三个候选人提出来了:刘广聚是经过老恒元的运动的,自然在数,一个是马凤鸣,一个就是陈小元。家祥把一个红碗两个黑碗上贴了名字向大家声明道:"注意!一会把这三个碗放到里边殿里,次序是这样:从东往西,第一个,红碗,是刘广聚!第二个是马凤鸣,第三个是陈小元。再说一遍:从东往西,第一个,红碗,是刘广聚!第二个是马凤鸣,第三个是陈小元。"说了把碗放到殿里的供桌上,然后站东到西每人发了一颗豆,发完了就投起来。一会,投票完了,结果是马凤鸣五十二票,刘广聚八十八票,陈小元八十六票,跟刘广聚只差两票。

选举完了,章工作员道:"我还要回区上去。派两个人跟我相跟上把喜富送去!"家祥道:"我派我派!"下边有几个人齐声道:"不用你派,我去!我去!"说着走出十几个人来。章工作员道:"有两个就行!"小元道:"多去几个保险!"结果有五个去。章工作员又叫人取来了马凤鸣跟小保写的报告,就带着喜富走了。

刘广聚当了村长,送走章工作员之后,歪着个头,到恒元家里去——一方面是谢恩,一方面是领教,老恒元听了家祥的报告,知道章工作员把喜富带走,又知道小元跟广聚只差两票,心里着实有点不安,少气无力向广聚道:"孩子!以后要小心点!情况变得有点不妙了!马凤鸣,一个外来户,也要翻眼;老槐树底人也起了反了!"说着伸出两个指头来道:"你看危险不危险?两票!只差两票!"又吩咐他道:"孩子以后要买一买马凤鸣的账,捡那不重要的委员给他当一个——就叫他当个建设委员也好!像小元那些没天没地的东西,以后要找个机会重重治他一下,要不就压不住东头那些东西。不过现在还不敢冒失,等喜富的事有个头尾再说!回去吧孩子!我今天有点不得劲,想早点歇歇!"广聚受了这番训,也就辞出。

这天晚上,李有才的土窑里自然也是特别热闹,不必细说。第二天便有两段新歌传出来,一段是:

　　正月二十五,打倒一只虎;
　　到了二十六,老虎更吃苦,
　　大家提意见,尾巴藏不住,
　　咕咚按倒地,打个背绑兔。
　　家祥干映眼,恒元屙一裤。
　　大家哈哈笑,心里满舒服。

还有一段是:

　　老恒元,真混帐,
　　抱住村长死不放。
　　说选举,是假样,
　　侄儿下来干儿上。

【阅读提示】

1. 作者宣称,他写这篇小说是要谈谈中国农村的新变化,"给大家看看解个闷"。由此决定了阅读本篇的两个重点:一是作者对中国农民的关怀——读这篇《板话》,就要像小福的表兄一样,走进农民的土窑,认识与体验他们的日常生活、喜怒哀乐,他们的愿望、追求、命运;二是作者自觉地用农闲时农民最爱听的"评书"的方式来写他的小说——试从"评书"体的小说这一角度来分析赵树理这篇小说在结构、描写、语言等方面的特点,并进而体会中国农民的智慧,中国民间艺术形式对现代小说写作的影响与渗透。在阅读中,可对以下几个片段做重点分析:①作者怎样介绍阎家山的建筑格局与称谓?②作者怎样描写李有才的窑洞?③作者怎样写张福贵的出场,以及人们的反应?这一段对话描写有什么特点?

2. 有兴趣的同学可以就"赵树理与中国乡土小说"这一题目,进行比较性的阅读与研究。例如将赵树理的小说与二三十年代的乡土小说如鲁迅的

《故乡》《祝福》,台静农的《红灯》,茅盾的《春蚕》,沈从文的《边城》作比较,与同时代同在解放区的孙犁的《白洋淀》《吴召儿》作比较,还可以与赵树理自己在1949年以后的作品作比较,甚至与新时期的农村题材小说作比较。

【扩展性阅读书(篇)目】

《李有才板话》(全书)、《小二黑结婚》《传家宝》《孟祥英翻身》。

【参考书(篇)目】

1. 周扬:《论赵树理的创作》,收黄修己编《赵树理研究资料》,北岳文艺出版社1985年版。
2. 孙犁:《谈赵树理》,收《赵树理研究资料》,北岳文艺出版社1985年版。

山地回忆

孙 犁

从阜平乡下来了一位农民代表,参观天津的工业展览会。我们是老交情,已经快有十年不见面了。我陪他去参观展览,他对于中纺的织纺,对于那些改良的新农具特别感到兴趣。临走的时候,我一定要送点东西给他,我想买几尺布。

为什么我偏偏想起买布来?因为他身上穿的还是那样一种浅蓝的土靛染的粗布裤褂。这种蓝的颜色,不知道该叫什么蓝,可是它使我想起很多事情,想起在阜平穷山恶水之间度过的三年战斗的岁月,使我记起很多人。这种颜色,我就叫它"阜平蓝"或是"山地蓝"吧。

他这身衣服的颜色,在天津是很显得突出,也觉得土气。但是在阜平,这样一身衣服,织染既是不容易,穿上也就觉得鲜亮好看了。阜平土地很少,山上都是黑石头,雨水很多很暴,有些泥土就冲到冀中平原上来了——冀中是我的家乡。阜平的农民没有见过大的地块,他们所有的,只是像炕台那样大,或是像锅台那样大的一块土地。在这小小的、不规整的,有时是尖形的,有时是半圆形的,有时是梯形的小块土地上,他们费尽心思,全力经营。他们用石块垒起,用泥土包住,在边沿栽上枣树,在中间种上玉蜀黍。

阜平的天气冷,山地不容易见到太阳。那里不种棉花,我刚到那里的时候,老大娘们手里搓着线锤。很多活计用麻代线,连袜底也是用麻纳的。

就是因为袜子,我和这家人认识了,并且成了老交情。那是个冬天,该是一九四一年的冬天,我打游击打到了这个小村庄,情况缓和了,部队决定休息两天。

我每天到河边去洗脸,河里结了冰,我登在冰冻的石头上,把冰砸破,浸湿毛巾,等我擦完脸,毛巾也就冻挺了。有一天早晨,刮着冷风,只有一抹阳光,黄黄的落在河对面的山坡上。我又登在那块石头上去,砸开那个冰口,正要洗脸,听见在下水流有人喊:

"你看不见我在这里洗菜吗?洗脸到下边洗去!"

这声音是那么严厉,我听了很不高兴。这样冷天,我来砸冰洗脸,反倒妨碍了人。心里一时挂火,就也大声说:

"离着这么远,会弄脏你的菜!"

我站在上风头,狂风吹送着我的愤怒,我听见洗菜的人也恼了,那人说:

"菜是下口的东西呀。你在上流洗脸洗屁股,为什么不脏?"

"你怎么骂人?"我站立起来转过身去,才看见洗菜的是个女孩子,也不过十六七岁。风吹红了她的脸,像带霜的柿叶,水冻肿了她的手,像上冻的红萝卜。她穿的衣服很单薄,就是那种蓝色的破袄裤。

十月严冬的河滩上,敌人往返烧毁过几次的村庄的边沿,在寒风里,她抱着一篮子水沤的杨树叶,这该是早饭的食粮。

不知道为什么,我一时心平气和下来。我说:

"我错了,我不洗了,你在这块石头上来洗吧!"

她冷冷地望着我,过了一会才说:

"你刚在那石头上洗了脸,又叫我站上去洗菜!"

我笑着说:

"你看你这人,我在上水洗,你说下水脏,这么一条大河,哪里就能把我脸上的泥土冲到你的菜上去?现在叫你到上水来,我到下水去,你还说不行,那怎么办哩?"

"怎么办,我还得往上走!"

她说着,扭着身子逆着河流往上去了。登在一块尖石上,把菜篮浸进水里,把两手插在袄襟底下取暖,望着我笑了。

我哭不得,也笑不得,只好说:

"你真讲卫生呀!"

"我们是真卫生,你们是装卫生!你们尽笑话我们,说我们山沟里的人不讲卫生,住在我们家里,吃了我们的饭,还刷嘴刷牙,我们的菜饭再不干净,难道还会弄脏了你们的嘴?为什么不连肠子肚子都刷刷干净!"说着就笑得弯下腰去。

我觉得好笑。可也看见,在她笑着的时候,她的整齐的牙齿洁白的放光。

"对,你卫生,我们不卫生。"我说。

"那是假话吗?你们一个饭缸子,也盛饭,也盛菜,也洗脸,也洗脚,也喝水,也尿泡,那是讲卫生吗?"她笑着用两手在冷水里刨抓。

"这是物质条件不好,不是我们愿意不卫生。等我们打败了日本,占了北平,我们就可以吃饭有吃饭的家伙,喝水有喝水的家伙了,我们就可以一切齐备了。"

"什么时候,才能打败鬼子?"女孩子望着我,"我们的房,叫他们烧过两三回了!"

"也许三年,也许五年,也许十年八年。可是不管三年五年,十年八年,我们总是要打下去,我们不会悲观的。"我这样对她讲,当时觉得这样讲了以后,心里很高兴了。

"光着脚打下去吗?"女孩子转脸望了我脚上一下,就又低下头去洗菜了。

我一时没弄清是怎么回事,就问:

"你说什么?"

"说什么?"女孩子也装没有听见,"我问你为什么不穿袜子,脚不冷吗?也是卫生吗?"

"咳!"我也笑了,"这是没有法子么,什么卫生!从九月里就反'扫荡',可是我们八路军,是非到十月底不发袜子的。这时候,正在打仗,哪里去找袜子穿呀?"

"不会买一双?"女孩子低声说。

"哪里去买呀,尽住小村,不过镇店。"我说。

"不会求人做一双?"

"哪里有布呀? 就是有布,求谁做去呀?"

"我给你做。"女孩子洗好菜站起来,"我家就住在那个坡子上,"她用手一指,"你要没有布,我家里有点,还够做一双袜子。"

她端着菜走了,我在河边上洗了脸。我看了看我那只穿着一双"踢倒山"的鞋子,冻得发黑的脚,一时觉得我对于面前这山,这水,这沙滩,永远不能分离了。

我洗过脸,回到队上吃了饭,就到女孩子家去。她正在烧火,见了我就说:

"你这人倒实在,叫你来你就来了。"

我既然摸准了她的脾气,只是笑了笑,就走进屋里。屋里蒸汽腾腾,等了一会,我才看见炕上有一个大娘和一个四十多岁的大伯,围着一盆火坐着。在大娘背后还有一位雪白头发的老大娘。一家人全笑着让我炕上坐。女孩子说:

"明儿别到河里洗脸去了,到我们这里洗吧,多添一瓢水就够了!"

大伯说:

"我们妞儿刚才还笑话你哩!"

白发老大娘瘪着嘴笑着说:

"她不会说话,同志,不要和她一样呀!"

"她很会说话!"我说,"要紧的是她心眼儿好,她看见我光着脚,就心疼我们八路军!"

大娘从炕角里扯出一块白粗布,说:

"这是我们妞儿纺了半年线赚的,给我做了一条棉裤,下剩的说给她爹做双袜子,现在先给你做了穿上吧。"

我连忙说:

"叫大伯穿吧!要不,我就给钱!"

"你又装假了,"女孩子烧着火抬起头来,"你有钱吗?"

大娘说:

"我们这家人,说了就不能改移。过后再叫她纺,给她爹赚袜子穿。早先,我们这里也不会纺线,是今年春天,家里住了一位女同志,教会了她。还说再过来了,还教她织布哩!你家里的人,会纺线吗?"

"会纺!"我说,"我们那里是穿洋布哩,是机器织纺的。大娘,等我们打败日本……"

"占了北平,我们就有洋布穿,就一切齐备!"女孩子接下去,笑了。

可巧,这几天情况没有变动,我们也不转移。每天早晨,我就到女孩子家里去洗脸。第二天去,袜子已经剪裁好,第三天去她已经纳底子了,用的是细细的麻线。她说:

"你们那里是用麻用线?"

"用线。"我摸了摸袜底,"在我们那里,鞋底也没有这么厚!"

"这样坚实。"女孩子说,"保你穿三年,能打败日本不?"

"能够。"我说。

第五天,我穿上了新袜子。

和这一家人熟了,就又成了我新的家。这一家人身体都健壮,又好说笑。女孩子的母亲,看起来比女孩子的父亲还要健壮。女孩子的姥姥九十岁了,还那么结实,耳朵也不聋,我们说话的时候,她不插言,只是微微笑着,她说:她很喜欢听人们说闲话。

女孩子的父亲是个生产的好手,现在地里没活了,他正计划贩红枣到曲阳去卖,问我能不能帮他的忙。部队重视民运工作,上级允许我帮老乡去做运输,每天打早起,我同大伯背上一百多斤红枣,顺着河滩,爬山越岭,送到曲阳去。女孩子早起晚睡给我们做饭,饭食很好,一天,大伯说:

"同志,你知道我是沾你的光吗?"

"怎么沾了我的光?"

"往年,我一个人背枣,我们妞儿是不会给我吃这么好的!"

我笑了。女孩子说:

"沾他什么光,他穿了我们的袜子,就该给我们做活了!"

又说:

"你们跑了快半月,赚了多少钱?"

"你看,她来查账了,"大伯说,"真是,我们也该计算计算了!"他打开放在被擦底下的一个小包袱,"我们这叫包袱账,赚了赔了,反正都在这里面。"

我们一同数了票子,一共赚了五千多块钱,女孩子说:

"够了。"

"够干什么了?"大伯问。

"够给我买张织布机子了!这一趟,你们在曲阳给我买架织布机子回来吧!"

无论姥姥、母亲、父亲和我,都没人反对女孩子这个正义的要求。我们到了曲阳,把枣卖了,就去买了一架机子。大伯不怕多花钱,一定要买一架好的,把全部盈余都用光了。我们分着背了回来,累得浑身流汗。

这一天,这一家人最高兴,也该是女孩子最满意的一天。这像要了几亩地,买回一头牛;这像置好了结婚前的陪送。

以后,女孩子就学习纺织的全套手艺了:纺、拐、浆、落、经、镶、织。

当她卸下第一匹布的那天,我出发了。从此以后,我走遍山南塞北,那双袜子,整整穿了三年也没有破绽。一九四五年,我们战胜了日本强盗,我从延安回来,在碛口地方,跳到黄河里去洗了一个澡,一时大意,奔腾的黄水,冲走了我的全部衣物,也冲走了那双袜子。黄河的波浪激荡着我关于敌后几年生活的回忆,激荡着我对于那女孩子的纪念。

开国典礼那天,我同大伯一同到百货公司去买布,送他和大娘一人一身蓝士林布，另外，送给女孩子一身红色的。大伯没见过这样鲜艳的红布，对我说：

"多买上几尺，再买点黄色的？"

"干什么用？"我问。

"这里家家门口挂着新旗，咱那山沟里准还没有哩！你给了我一面国旗的样子，一块带回去，叫妞儿给做一个，开会过年的时候，挂起来！"

他说妞儿已经有两个孩子了，还像小时那样，就是喜欢新鲜东西，说什么也要学会。

【阅读提示】

这是一篇文体上很有特色的小说。讲述战争期间"我"和妞儿一家的"老交情"，但人物形象和故事情节都并不是在戏剧性冲突中展开，而是在日常生活的平淡细节中娓娓道来。注意小说的这种"散文化"文体特点，并由此体会孙犁小说及其影响下的"荷花淀派"作家的叙事风格。

小说讲述了一个线索完整的故事：以"袜子"为线索，从河边洗脸"我"与妞儿起冲突，到"我"去妞儿家洗脸和妞儿送新袜子，再到帮助妞儿一家跑运输买回一台织布机，表现了战争期间军民融洽的情感，同时妞儿这个可爱的女孩子的性格与形象也极富生活气息。但这个故事是包裹在回忆的叙述语调之中的，其中包含了过去的战争记忆与现实处境两重时间。叙述语调虽然平淡，但也有情感强烈的抒情语句，如"我看了看我那只穿着一双'踢倒山'的鞋子……一时觉得我对于面前这山，这水，这沙滩，永远不能分离了"，又如"黄河的波浪激荡着我关于敌后几年生活的回忆，激荡着我对于那女孩子的纪念"。注意体味"我"与人物之间的情绪表露的方式，思考这种情绪表达与回忆情调之间的关联性。

孙犁善写美好生动的女性形象。本篇小说中的妞儿也是其创作最成功的女性形象之一。注意小说如何用对话、神态、语言和行为表现妞儿泼辣而善良的性格。从"我"的眼中写出的妞儿，有着某种情感上的投射与混溶特征，军民情与两个年轻人之间的情绪交流既互相激荡又彼此提升。思考这对于小说整体呈现的抒情特征有怎样的作用。

【参考书(篇)目】

1. 孙犁：《关于〈山地回忆〉的回忆》，收《孙犁书话》，北京出版社1997年版。

2. 肖云儒:《孙犁〈山地回忆〉的散文美》,载《陕西教育》1983年第9期。

3. 杨联芬:《孙犁:革命文学的多余人》,载《中国现代文学研究丛刊》1998年第4期。

故里三陈

汪曾祺

陈小手

我们那地方,过去极少有产科医生。一般人家生孩子,都是请老娘。什么人家请哪位老娘,差不多都是固定的。一家宅门的大少奶奶、二少奶奶、三少奶奶,生的少爷、小姐,差不多都是一个老娘接生的。老娘要穿房入户,生人怎么行?老娘也熟知各家的情况,哪个年长的女佣人可以当她的助手,当"抱腰的",不需临时现找。而且,一般人家都迷信哪个老娘"吉祥",接生顺当。——老娘家都供着送子娘娘,天天烧香。谁家会请一个男性的医生来接生呢?——我们那里学医的都是男人,只有李花脸的女儿传其父业,成了全城仅有的一位女医人。她也不会接生,只会看内科,是个老姑娘。男人学医,谁会去学产科呢?都觉得这是一桩丢人没出息的事,不屑为之。但也不是绝对没有。陈小手就是一位出名的男性的产科医生。

陈小手的得名是因为他的手特别小,比女人的手还小,比一般女人的手还更柔软细嫩。他专能治难产。横生、倒生,都能接下来(他当然也要借助于药物和器械)。据说因为他的手小,动作细腻,可以减少产妇很多痛苦。大户人家,非到万不得已,是不会请他的。中小户人家,忌讳较少,遇到产妇胎位不正,老娘束手,老娘就会建议:"去请陈小手吧。"

陈小手当然是有个大名的,但是都叫他陈小手。

接生,耽误不得,这是两条人命的事。陈小手喂着一匹马。这匹马浑身雪白,无一根杂毛,是一匹走马。据懂马的行家说,这马走的脚步是"野鸡柳子",又快又细又匀。我们那里是水乡,很少人家养马。每逢有军队的骑兵过境,大家就争着跑到运河堤上去看"马队",觉得非常好看。陈小手常常骑着白马赶着到各处去接生,大家就把白马和他的名字联系起来,称之为"白马陈小手"。

同行的医生,看内科的、外科的,都看不起陈小手,认为他不是医生,只是一个男性的老娘。陈小手不在乎这些,只要有人来请,立刻跨上他的白马,飞奔而去。正在呻吟惨叫的产妇听到他的马脖子上的銮铃的声音,立刻就安定了一些。他下了马,即刻进产房。过了一会(有时时间颇长),听到哇的一声,孩子落地了。陈小手满头大汗,走了出来,对这家的男主人拱拱手:"恭喜恭喜!母子平安!"男主人满面笑容,把封在红纸里的酬金递过去。陈小手接过来,看也不看,装进口袋里,洗洗手,喝一杯热茶,道一声"得罪",出门上马。只听见他的马的銮铃声"哗棱哗棱"……走远了。

陈小手活人多矣。

有一年,来了联军。我们那里那几年打来打去的,是两支军队。一支是国民革命军,当地称之为"党军";相对的一支是孙传芳的军队。孙传芳自称"五省联军总司令",他的部队就被称为"联军"。联军驻扎在天王寺,有一团人。团长的太太(谁知道是正太太还是姨太太),要生了,生不下来。叫来几个老娘,还是弄不出来。这太太杀猪也似的乱叫。团长派人去叫陈小手。

陈小手进了天王寺。团长正在产房外面不停地"走柳"。见了陈小手,说:

"大人,孩子,都得给我保住!保不住要你的脑袋!进去吧!"

这女人身上的脂油太多了,陈小手费了九牛二虎之力,总算把孩子掏出来了。和这个胖女人较了半天劲,累得他筋疲力尽。他迤里歪斜走出来,对团长拱拱手:

"团长!恭喜您,是个男伢子,少爷!"

团长龇牙笑了一下,说:"难为你了!——请!"

外边已经摆好了一桌酒席。副官陪着。陈小手喝了两盅。团长拿出二十块现大洋,往陈小手面前一送:

"这是给你的!——别嫌少哇!"

"太重了!太重了!"

喝了酒,揣上二十块现大洋,陈小手告辞了:"得罪!得罪!"

"不送你了!"

陈小手出了天王寺,跨上马。团长掏出枪来,从后面,一枪就把他打下来了。

团长说:"我的女人,怎么能让他摸来摸去!她身上,除了我,任何男人都不许碰!这小子,太欺负人了!日他奶奶!"

团长觉得怪委屈。

一九八三年八月一日急就

陈　四

陈四是个瓦匠,外号"向大人"。

我们那个城里,没有多少娱乐。除了听书,瞧戏,大家最有兴趣的便是看会,看迎神赛会,——我们那里叫做"迎会"。

所迎的神,一是城隍,一是都土地。城隍老爷是阴间的一县之主,但是他的爵位比阳间的县知事要高得多,敕封"灵应侯"。他的气派也比县知事要大得多。县知事出巡,哪有这样威严,这样多的仪仗队伍,还有各种杂耍玩艺的呢?再说打我记事起,就没见过县知事出巡过,他们只是坐了一顶小轿或坐了自备的黄包车到处去拜客。都土地东西南北四城都有,保佑境内的黎民,地位相当于一个区长。他比活着的区长要神气得多,但比城隍菩萨可就差了一大截了。他的爵位是"灵显伯"。都土地都是有名有姓的。我所居住的东城的都土地是张巡。张巡为什么会到我的家乡来当都土地呢,他又不是战死在我们那里的,这一点我始终没有弄明白。张巡是太守,死后为什么倒降职成了区长了呢?我也不明白。

都土地出巡是没有什么看头的。短簇簇的一群人,打着一些稀稀落落的仪仗,把都天菩萨(都土地为什么被称为"都天菩萨",这一点我也不明白)抬出来转一圈,无声无息地,一会儿就过完了。所谓"看会",实际上指的是看赛城隍。

我记得的赛城隍是在夏秋之交,阴历的七月半,正是大热的时候。不过好像也有在十月初出会的。

那真是万人空巷,倾城出观。到那天,凡城隍所经的要闹之处的店铺就都做好了准备:燃香烛,挂宫灯,在店堂前面和临街的柜台里面放好了长凳,有楼的则把楼窗全部打开,烧好了茶水,等着东家和熟主顾人家的眷属光临。这时正是各种瓜果下来的时候,牛角酥、奶奶哼(一种很"面"的香瓜)、红瓤西瓜、三白西瓜、鸭梨、槟子、海棠、石榴,都已上市,瓜香果味,飘满一街。各种卖吃食的都出动了,争奇斗胜,吟叫百端。到了八九点钟,看会的都来了。老太太、大小姐、小少爷。老太太手里拿着檀香佛珠,大小姐衣襟上挂着一串白兰花。佣人手里提着食盒,里面是兴化饼子、绿豆糕,各种精细点心。

远远听见鞭炮声、锣鼓声,"来了,来了!"于是各自坐好,等着。

我们那里的赛会和鲁迅先生所描写的绍兴的赛会不尽相同。前面并无所谓"塘报"。打头的是"拜香的"。都是一些十六七岁的小伙子,光头净脸,头上系一条黑布带,前额缀一朵红绒球,青布衣衫,赤脚草鞋,手端一个红漆的小板凳,板凳一头钉着一个铁管,上插一枝安息香。他们合着节拍,依次走着,每走十步,一齐回头,把板凳放到地上,算是一拜,随即转身再走。这都是为了父母生病到城隍庙许了愿的,"拜香"是还愿。后面是"挂香"的,则都是壮汉,用一个小铁钩勾进左右手臂的肉里,下系一个带链子的锡香炉,炉里烧着檀香。挂香多的可至香炉三对。这也是还愿的。后面就是各种玩艺了。

十番锣鼓音乐篷子。一个长方形的布篷,四面绣花篷檐,下缀走水流苏。四角支竹竿,有人撑着。里面是吹手,一律是笙箫细乐,边走边吹奏。锣鼓篷悉有五七篷,每隔一段玩艺有一篷。

茶担子。金漆木桶,桶口翻出,上置一圈细瓷茶杯,桶内和杯内都装了香茶。

花担子。鲜花装饰的担子。

挑茶担子、花担子的扁担都极软,一步一颤。脚步要匀,三进一退,各依节拍,不得错步。茶担子、花担子虽无很难的技巧,但几十副担子同时进退,整整齐齐,亦颇婀娜有致。

舞龙。

舞狮子。

跳大头和尚戏柳翠。

跑旱船。

跑小车。

最清雅好看的是"站高肩"。下面一个高大结实的男人,挺胸调息,稳稳地走着,肩上站着一个孩子,也就是五六岁,都扮着戏,青蛇、白蛇、法海、许仙,关、张、赵、马、黄,李三娘、刘知远、咬脐郎、火公窦老……他们并无动作,只是在大人的肩上站着,但是衣饰鲜丽,孩子都长得清秀伶俐,惹人疼爱。"高肩"不是本城所有,是花了大钱从扬州请来的。

后面是高跷。

再后面是跳判的。判有两种,一种是"地判",一文一武,手执朝笏,边走边跳。一种是"抬判"。两根杉篙,上面绑着一个特制的圈椅,由四个人抬着。圈椅上蹲着一个判官。下面有人举着一个扎在一根细长且薄的竹片上的红绸做的蝙蝠,逗着判官。竹片极软,有弹性,忽上忽下,判官就追着蝙蝠,做出各种带舞蹈性的动作。他有时会跳到椅背上,甚至能在上面打飞脚。抬判不像地判只是在地面做一些滑稽的动作,这是要会一点"轻功"的。有一年看会,发现跳抬判的竟是我的小学的一个同班同学,不禁哑然。

迎会的玩艺到此就结束了。这些玩艺的班子,到了一些大店铺的门前,店铺就放鞭炮欢迎,他们就会停下来表演一会,或绕两个圈子。店铺常有犒赏。南货店送几大包蜜枣,茶食店送糕饼,药店送凉药洋参,绸缎店给各班挂红,钱庄则干脆扛出一钱板一钱板的铜元,俵散众人。

后面才真正是城隍老爷(叫城隍为"老爷"或"菩萨"都可以,随便的)自己的仪仗。

前面是开道锣。几十面大筛同时敲动。筛极大,得吊在一根杆子上,前面担在一个人的肩上,后面的人担着杆子的另一头,敲。大筛的节奏是非常单调的:哐(锣槌头一击)定定(槌柄两击筛面)哐定定哐,哐定定哐定定哐……如此反复,绝无变化。唯其单调,所以显得很庄严。

后面是虎头牌。长方形的木牌,白漆,上画虎头,黑漆扁宋体黑字,大书"肃静""回避""敕封灵应侯""保国佑民"。

后面是伞,——万民伞。伞有多柄,都是各行同业公会所献,彩缎绣花,缂丝平金,各有特色。我们县里最讲究的几柄伞却是纸伞。碌石所出。白宣纸上扎出芥子大的细孔,利用细孔的虚实,衬出虫鱼花鸟。这几柄宣纸伞后来被城隍庙的道士偷出来拆开一扇一扇地卖了,我父亲曾收得几扇。我曾看过纸伞的残片,真是精细绝伦。

最后是城隍老爷的"大驾"。八台大轿,抬轿的都是全城最好的轿夫。他们踏着细步,稳稳地走着。轿顶四面鹅黄色的流苏均匀地起伏摆动着。城隍老爷一张油白大脸,疏眉细眼,五绺长须,蟒袍玉带,手里捧着一柄很大的折扇,端端地坐在轿子里。这时,人们的脸上都严肃起来了,正如鲁迅先生所说:诚惶诚恐,不胜屏营待命之至。

城隍老爷要在行宫(也是一座庙里)呆半天,到傍晚时才"回宫"。回宫时就只剩下少许人扛着仪仗执事,抬着轿子,飞跑着从街上走过,没有人看了。

且说高跷。

我见过几个地方的高跷,都不如我们那里的。我们那里的高跷,一是高,高至丈二。踩高跷的中途休息,都是坐在人家的房檐口。我们县的踩高跷的都是瓦匠,无一例外。瓦匠不怕高。二是能玩出许多花样。

高跷队前面有两个"开路"的,一个手执两个棒槌,不停地"郭郭,郭郭"地敲着。一个手执小铜锣,敲着"光光,光光"。他们的声音合在一起,就是

"郭郭,光光;郭郭,光光。"我总觉得这"开路"的来源是颇久远的。老远地听见"郭郭,光光",就知道高跷来了,人们就振奋起来。

高跷队打头的是渔、樵、耕、读。就中以渔公、渔婆最逗。他们要矮身蹲在高跷上横步跳来跳去做钓鱼撒网各种动作,重心很不好掌握。后面是几出戏文。戏文以《小上坟》最动人。小丑和旦角都要能踩"花梆子"碎步。这一出是带唱的。唱的腔调是柳枝腔。当中有一出"贾大老爷"。这贾大老爷不知是何许人,只是一个衙役在戏弄他,贾大老爷不时对着一个夜壶口喝酒。他的颠颃总是引得看的人大笑。殿底的是"火烧向大人"。三个角色:一个铁公鸡,一个张嘉祥,一个向大人。向大人名荣,是清末的大将,以镇压太平天国有功,后死于任。看会的人是不管他究竟是谁的,也不论其是非功过,只是看扮演向大人的"演员"的功夫。那是很难的。向大人要在高跷上蹬马,在高跷上坐轿,——两只手抄在前面,"存"着身子,两只脚(两只跷)一撩一撩地走,有点像戏台上"走矮子"。他还要能在高跷上做"探海""射雁"这些在平地上也不好做的高难动作(这可真是"高难",又高又难)。到了挨火烧的时候,还要左右躲闪,簸脑袋,甩胡须,连连转圈。到了这时,两旁店铺里的看会人就会炸雷也似地大声叫起"好"来。

擅长表演向大人的,只有陈四,别人都不如。

到了会期,陈四除了在县城表演一回,还要到三垛去赶一场。县城到三垛,四十五里。陈四不卸装,就登在高跷上沿着澄子河堤赶了去。赶到那里准不误事。三垛的会,不见陈四的影子,菩萨的大驾不起。

有一年,城里的会刚散,下了一阵雷暴雨,河堤上不好走,他一路赶去,差点没摔死。到了三垛,已经误了。

三垛的会首乔三太爷抽了陈四一个嘴巴,还罚他当众跪了一炷香。

陈四气得大病了一场。他发誓从此再也不踩高跷。

陈四还是当他的瓦匠。

到冬天,卖灯。

冬天没有什么瓦匠活,我们那里的瓦匠冬天大都以糊纸灯为副业,到了灯节前,摆摊售卖。陈四的灯摊就摆在保全堂廊檐下。他糊的灯很精致。荷花灯、绣球灯、兔子灯。他糊的蛤蟆灯,绿背白腹,背上用白粉点出花点,四只爪子是活的,提在手里,来回划动,极其灵巧。我每年要买他一盏蛤蟆灯,接连买了好几年。

陈泥鳅

邻近几个县的人都说我们县的人是黑屁股。气得我的一个姓孙的同学,有一次当着很多人褪下了裤子让人看:"你们看!黑吗?"我们当然都不是黑屁股。黑屁股指的是一种救生船。这种船专在大风大浪的湖水中救人、救船,因为船尾涂成黑色,所以叫做黑屁股。说的是船,不是人。

陈泥鳅就是这种救生船上的一个水手。

他水性极好,不愧是条泥鳅。运河有一段叫清水潭。因为民国十年、民国二十年都曾在这里决口,把河底淘成了一个大潭。据说这里的水深,三篙子都打不到底。行船到这里,不能撑篙,只能荡桨。水流也很急,水面上拧着一个一个漩涡。从来没有人敢在这里游水。陈泥鳅有一次和人打赌,一气游了个来回。当中有一截,他半天不露脑袋,半天半天,岸上的人以为他沉了底,想不到一会,他笑嘻嘻地爬上岸来了!

他在通湖桥下住。非遇风浪险恶时,救生船一般是不出动的。他看看天色,知道湖里不会出什么事,就呆在家里。

他也好义,也好利。湖里大船出事,下水救人,这时是不能计较报酬的。有一次一只装豆子的船在琵琶闸炸了,炸得粉碎。事后知道,是因为船底有一道小缝漏水,水把豆子浸湿了,豆子吃了水,突然间一齐膨胀起来,"砰"的一声把船撑炸了——那力量是非常之大的。船碎了,人掉在水里。这时跳下水救人,能要钱么?民国二十年,运河决口,陈泥鳅在激浪里救起了很多人。被救起的都已经是家破人亡,一无所有了,陈泥鳅连人家的姓名都没有问,更谈不上要什么酬谢了。在活人身上,他不能讨价;在死人身上,他却是不少要钱的。

人淹死了,尸首找不着。事主家里一不愿等尸首泡胀漂上来,二不愿尸首被"四水捋子"钩得稀烂八糟,这时就会来找陈泥鳅。陈泥鳅不但水性好,且在水中能开眼见物。他就在出事地点附近,察看水流风向,然后一个猛子扎下去,潜入水底,伸手摸触。几个猛子之后,他准能把一个死尸托上来。不过得事先讲明,捞上来给多少酒钱,他才下去。有时讨价还价,得磨半天。陈泥鳅不着急,人反正已经死了,让他在水底多呆一会没事。

陈泥鳅一辈子没少挣钱,但是他不置产业,一个积蓄也没有。他花钱很撒漫,有钱就喝酒尿了,赌钱输了。有的时候,也偷偷地周济一些孤寡老人,但嘱咐千万不要说出去。他也不娶老婆。有人劝他成个家,他说:"瓦罐不离井上破,大将难免阵头亡。淹死会水的。我见天跟水闹着玩,不定哪天龙王爷就把我请了去。留下孤儿寡妇,我死在阴间也不踏实。这样多好,吃饱了一家子不饥,无牵无挂!"

通湖桥桥洞里发现了一具女尸。怎么知道是女尸?她的长头发在洞口外飘动着。行人报了乡约,乡约报了保长,保长报到地方公益会。桥上桥下,围了一些人看。通湖桥是直通运河大闸的一道桥,运河的水由桥下流进澄子河。这座桥的桥洞很高,洞身也很长,但是很狭窄,只有人的肩膀那样宽。桥以西,桥以东,水面落差很大,水势很急,翻花卷浪,老远就听见訇訇的水声,像打雷一样。大家研究,这女尸一定是从大闸闸口冲下来的,不知怎么会卡在桥洞里了。不能就让她这么在桥洞里堵着。可是谁也想不出法,谁也不敢下去。

去找陈泥鳅。

陈泥鳅来了,看了看。他知道桥洞里有一块石头,突出一个尖角(他小时候老在洞里钻来钻去,对洞里每一块石头都熟悉)。这女人大概是身上衣服在这个尖角上绊住了。这也是个巧劲儿,要不,这样猛的水流,早把她冲出来了。

"十块现大洋,我把她弄出来。"

"十块?"公益会的人吃了一惊,"你要得太多了!"

"是多了点,我有急用。这是玩命的事!我得从桥洞西口顺水窜进桥洞,一下子把她拨拉动了,就算成了。就这一下。一下子拨拉不动,我就会塞在桥洞里,再也出不来了!你们也都知道,桥洞只有肩膀宽,没法转身。水流这样急,退不出来。那我就只好陪着她了。"

大家都说:"十块就十块吧!这是砂锅捣蒜,一锤子!"

陈泥鳅把浑身衣服脱得光光的,道了一声"对不起了!"纵身入水,顺着水流,笔直地窜进了桥洞。大家都捏着一把汗。只听见欻地一声,女尸冲出来了。接着陈泥鳅从东面洞口凌空窜出了水面。大家伙发了一声喊:"好水性!"

陈泥鳅跳上岸来,穿了衣服,拿了十块钱,说了声"得罪得罪!"转身就走。

大家以为他又是进赌场、进酒店了。没有,他径直地走进陈五奶奶家里。

陈五奶奶守寡多年。她有个儿子,去年死了,儿媳妇改了嫁,留下一个孩子。陈五奶奶就守着小孙子过,日子很折皱。这孩子得了急惊风,浑身滚烫,鼻翅扇动,四肢抽搐,陈五奶奶正急得两眼发直。陈泥鳅把十块钱交在她手里,说:"赶紧先到万全堂,磨一点羚羊角,给孩子喝了,再抱到王淡人那里看看!"

说着抱了孩子,拉了陈五奶奶就走。

陈五奶奶也不知哪里来的劲,跟着他一同走得飞快。

一九八三年八月一日急就

【阅读提示】

1. 《故里三陈》由三个独立的短篇构成,每篇写一位有特殊技能的故乡人物。小说并没有关于人物的性格、心理的直接描写,更没有刻意设计情节和矛盾冲突来加强故事性,但人物的基本特征却并没有因此淡化,反而呈现出更丰富的文化底蕴。对此,汪曾祺曾认为"气氛即人物。一篇小说要在字里行间都浸透了人物。作品的风格,就是人物性格"(《〈汪曾祺短篇小说选〉自序》)。选择另外一些写人物的小说来与《故里三陈》比较,领会这篇小说在表现人物上的独特手法。

2. 第二篇《陈四》直接写到人物的部分非常少,大量的笔墨都在描写迎神赛会的情景,详细地介绍了"迎会"的各个队列安排、着装、表演等,对于陈四的介绍只限于小说结尾的段落。你怎么理解小说的这种安排?你认为民间风俗是否可以作为小说的独立因素?——结合这些问题来理解汪曾祺小说的"散文化"特征。

【扩展性阅读书(篇)目】

1. 汪曾祺写人物的其他小说,如《岁寒三友》《故乡人》《云致秋行状》等。

2. 汪曾祺的创作谈《〈汪曾祺短篇小说选〉自序》和《作为抒情诗的散文化小说》(与施叔青合写)(《上海文学》1988年第4期)。

【参考书(篇)目】

1. 季红真:《传统的生活与文化铸造的性格》,收《文明与愚昧的冲突》,浙江文艺出版社1986年版。

2. 胡河清:《汪曾祺论》,收《灵地的缅想》,学林出版社1994年版。

棋王（节选）

阿 城

一

　　车站是乱得不能再乱,成千上万的人都在说话。谁也不去注意那条临时挂起来的大红布标语。这标语大约挂了不少次,字纸都折得有些坏。喇叭里放着一首又一首的语录歌儿,唱得大家心更慌。

　　我的几个朋友,都已被我送走插队,现在轮到我了,竟没有人来送。父母生前颇有些污点,运动一开始即被打翻死去。家具上都有机关的铝牌编号,于是统统收走,倒也名正言顺。我虽孤身一人,却算不得独子,不在留城政策之内。我野狼似的转悠一年多,终于还是决定要走。此去的地方按月有二十几元工资,我便很向往,争了要去,居然就批了。因为所去之地与别国相邻,斗争之中除了阶级,尚有国际,出身孬一些,组织上不太放心。我争得这个信任和权利,欢喜是不用说的,更重要的是,每月二十几元,一个人如何用得完？只是没人来送,就有些不耐烦,于是先钻进车厢,想找个地方坐下,任凭站台上千万人话别。

　　车厢里靠站台一面的窗子已经挤满各校的知青,都探出身去说笑哭泣。另一面的窗子朝南,冬日的阳光斜射进来,冷清清地照在北边儿众多的屁股上。两边儿行李架上塞满了东西。我走动着找我的座位号,却发现还有一个精瘦的学生孤坐着,手笼在袖管儿里,隔窗望着车站南边儿的空车皮。

　　我的座位恰与他在一个格儿里,是斜对面儿,于是就坐下了,也把手笼在袖里。那个学生瞄了我一下,眼里突然放出光来,问:"下棋吗？"倒吓了我一跳,急忙摆手说:"不会！"他不相信地看着我说:"这些细长的手指头,就是个捏棋子儿的,你肯定会。来一盘吧,我带着家伙呢。"说着就抬身从窗钩上取下书包,往里掏着。我说:"我只会马走日,象走田。你没人送吗？"他已把棋盘拿出来,放在茶几上。塑料棋盘却搁不下,他想了想,就横摆了,说:"不碍事,一样下。来来来,你先走。"我笑起来,说:"你没人送吗？这么乱,下什么棋？"他一边码好最后一个棋子,一边说:"我他妈要谁送？

去的是有饭吃的地方,闹得这么哭哭啼啼的。来,你先走。"我奇怪了,可还是拈起炮,往当头上一移。我的棋还没移到,他的马却"啪"的一声跳好,比我还快。我就故意将炮移过当头的地方停下。他很快地看了一眼我的下巴,说:"你还说不会?这炮二平六的开局,我在郑州遇见一个名手,就是这么走,险些输给他。炮二平五当头炮,是老开局,可有气势,而且是最稳的。嗯?你走。"我倒不知怎么走了,手在棋盘上游移着。他不动声色地看着整个棋盘,又把手袖笼起来。

就在这时,车厢乱了起来。好多人拥进来,隔着玻璃往外招手。我就站起身,也隔着玻璃往北看月台上。站上的人都拥到车厢前,都在叫,乱成一片。车身忽地一动,人群"嗡"地一下,哭声四起。我的背被谁捅了一下,回头一看,他一手护着棋盘,说:"没你这么下棋的,走哇!"我实在没心思下棋,而且心里有些酸,就硬硬地说:"我不下了。这是什么时候!"他很惊愕地看着我,忽然像明白了,身子软下去,不再说话。

车开了一会儿,车厢开始平静下来。有水送过来,大家就掏出缸子要水。我旁边的人打了水,说:"谁的棋?收了放缸子。"他很可怜的样子,问:"下棋吗?"要放缸子的人说:"反正没意思,来一盘吧。"他就很高兴,连忙码好棋子。对手说:"这横着算怎么回事儿?没法儿看。"他搓着手说:"凑合了,平常看棋的时候,棋盘不等于是横着的?你先走。"对手很老练地拿起棋子儿,嘴里叫着:"当头炮。"他跟着跳上马。对手马上把他的卒吃了,他也立刻用马吃了对方的炮。我看这种简单的开局没有大意思,又实在对象棋不感兴趣,就转了头。

这时一个同学走过来,像在找什么人,一眼望到我,就说:"来来来,四缺一,就差你了。"我知道他们是在打牌,就摇摇头。同学走到我们这一格,正待伸手拉我,忽然大叫:"棋呆子,你怎么在这儿?你妹妹刚才把你找苦了,我说没见啊。没想到你在我们学校这节车厢里,气儿都不吭一声儿。你瞧你瞧,又下上了。"

棋呆子红了脸,没好气儿地说:"你管天管地,还管我下棋?走,该你走了。"就又催促我身边的对手。我这时听出点音儿来,就问同学:"他就是王一生?"同学睁了眼,说:"你不认识他?唉呀,你白活了。你不知道棋呆子?"我说:"我知道棋呆子就是王一生,可不知道王一生就是他。"说着,就仔细看着这个精瘦的学生。王一生勉强笑一笑,只看着棋盘。

王一生简直大名鼎鼎。我们学校与旁边几个中学常常有学生之间的象棋厮杀,后来拼出几个高手。几个高手之间常摆擂台,渐渐地,几乎每次冠军就都是王一生了。我因为不喜欢象棋,也就不去关心什么象棋冠军,但王一生的大名,却常被班上几个棋篓子供在嘴上,我也就对其事迹略闻一二,知道王一生外号棋呆子,棋下得很神不用说,而且在他们学校那一年级里数理成绩总是前数名。我想棋下得好而有个数学脑子,这很合情理,可我又不信人们说的那些王一生的呆事,觉得不过是大家寻逸闻鄙事以快言论罢了。后来运动起来,忽然有一天大家传说棋呆子在串连时犯了事儿,被人押回学校了。我对棋呆子能出去串连表示怀疑,因为以前大家对他的描述说明他不可能解决串连时的吃喝问题。可大家说呆子确实去串连了,因为老下棋,被人瞄中,就同他各处走,常常送他一点儿钱,他也不问,只是收下。后来才知道,每到一处,呆子必然挤地头看下棋。看上一盘,必然把输家挤开,与赢家杀一盘。初时大家看他其貌不扬,不与他下。他执意要杀,于是就杀。几步下来,对方出了小汗,嘴却不软。呆子也不说话,只是出手极快,像是连想都不想。待到对方终于闭了嘴,连一圈儿观棋的人也要慢慢思索棋路而不再支招儿的时候,与呆子同行的人就开始摸包儿。大家正看得紧张,哪里想到钱包已经易主?待三盘下来,众人都摸头。这时呆子倒成了棋主,连问可有谁还要杀?有那不服的,就坐下来杀,最后仍是无一盘得利。后来常常是众人齐做一方,七嘴八舌与呆子对手。呆子也不忙,反倒促众人快走,因为师傅多了,常为一步棋如何走自家争吵起来。就这样,在一处呆子可以连杀上一天,后来有那观棋的人发觉钱包丢了,闹嚷起来。慢慢有几个有心计的人暗中观察,看见有人掏包,也不响,之后见那人晚上来邀呆子走,就发一声喊,将扒手与呆子一齐绑了,由造反队审。呆子糊糊涂涂,只说别人常给他钱,大约是可怜他,也不知钱如何来,自己只是喜欢下棋。审主看他呆相,就命人押了回来,一时各校传为逸事。后来听说呆子认为外省马路棋手高手不多,不能长进,就托人找城里名手邀战。有个同学就带他去见自己的父亲,据说是国内名手。名手见了呆子,也不多说,只摆一副据传是宋时留下的残局,要呆子走。呆子看了半晌,一五一十道来,替古人赢了。名手很惊奇,要收呆子为徒。不料呆子却问:"这残局你可走通了?"名手没反应过来,就说:"还未通。"呆子说:"那我为什么要做你的徒弟?"名手只好请呆子开路,事后对自己的儿子说:"你这个同学桀骜不驯,棋品连着人品,照这样下去,棋品必劣。"又举了一些最新指示,说若能好好学习,棋锋必健。后来呆子认识了一个捡烂纸的老头儿,被老头儿连杀三天而仅赢一盘。呆子就执意要替老头儿去撕大字报纸,不要老头儿劳动。不料有一天撕了某造反团刚贴的"檄文",被人拿获,又被这造反团栽诬于对立派,说对方"施阴谋,弄诡计",必讨之,而且是可忍,孰不可忍!对立派又阴使人偷出呆子,用了呆子的名义,对先前的造反团反戈一击。一时呆子的大名"王一生"贴得满街都是,许多外省来取经的革命战士许久才明白王一生原来是个棋呆子,就有人请了去外省会一些江湖名手。交手之后,各有胜负,不过呆子的棋据说是越下越精了。只可惜全国忙于革命,否则呆子不知会有什么造就。

这时,我旁边的人也明白对手是王一生,连说不下了。王一生便很沮丧。我说:"你妹妹来送你,你也不知道和家里人说说话儿,倒拉着我下棋!"王一生看着我说:"你哪儿知道我们这些人是怎么回事儿!你们这些人好日子过惯了,世上不明白的事儿多着呢!你家父母大约是舍不得你走了?"我怔了怔,看着手说:"哪儿来父母,都死球了。"我的同学就添油加醋地叙了我一番,我有些不耐烦,说:"我家死人,你倒有了故事了。"王一生想了想,对我说:"那你这两年靠什么活着?"我说:"混一天算一天。"王一生就看定了我问:"怎么混?"我不答。呆了一会儿,王一生叹一声,说:"混可不易。一天不吃饭,棋路都乱。不管怎么说,你父母在时,你家日子还好过。"我不服气,说:"你父母在,当然要说风凉话。"我的同学见话不投机,就岔开说:"呆子,这里没有你的对手,走,和我们打牌去吧。"呆子笑一笑,说:"牌算什么,瞌睡着也能赢你们。"我旁边儿的人说:"据说你下棋可以不吃饭?"我说:"人一迷上什么,吃饭倒是不重要的事。大约能干出什么事儿的人,总免不了有这种傻事。"王一生想一想,又摇摇头,说:"我可不是这样。"说完就去看窗外。

一路下去,慢慢我发觉我和王一生之间,既开始有互相的信任和基于经验的同情,又有各自的疑问。他总是问我与他认识之前是怎么生活的,尤其是父母死后的两年是怎么混的。我大略地告诉了他,可他又特别在一些细节上详细地打听,主要是关于吃。例如讲到有一次我一天没有吃到东西,他就问:"一点儿也没吃到吗?"我说:"一点儿也没有。"他又问:"那你后来吃到东西是在什么时候?"我说:"后来碰到一个同学,他要用书包装很多东西,就把书包翻倒过来腾干净,里面有一个干馒头,掉在桌上就碎了。我一边儿和他说话,一边儿就把这些碎馒头吃下去。不过,说老实话,干烧饼比干馒头解饱得多,而且顶时候儿。"他同意我关于干烧饼的见解,可马上又问:"我是说,你吃到这个干馒头的时候是几点?过了当天夜里十二点吗?"我说:"噢,不。是晚上十点吧。"他又问:"那第二天你吃了什么?"讲老实话,我不太愿意复述这些事情,尤其是细节。我说:"当天晚上我睡在那个同学家。第二天早上,同学买了两个油饼,我吃了一个。上午我随他去跑一些事,中午他请我在街上吃。晚上嘛,我不好意思再在他那儿吃,可另一个同学来了,知道我没什么着落,硬拉了我去他家,当然吃得还可以。怎么样?还有什么不清楚?"他笑了,说:"你才不是你刚才说的什么'一天没吃东西',你十二点以前吃了一个馒头,没有超过二十四小时。更何况第二天你的伙食水平不低,平均下来,你两天的热量还是可以的。"我说:"你恐怕还是有些呆!要知道,人吃饭,不但是肚子的需要,而且是一种精神需要。不知道下一顿在什么地方,人就特别想到吃,而且,饿得快。"他说:"你家道尚好的时候,有这种精神压力吗?有,也只不过是想好上再好,那是馋。馋是你们这些人的特点。"我承认他说得有些道理,禁不住问他:"你总在说你们、你们,可你算什么人?"他迅速看着其它地方,只是不看我,说:"我当然不同了。我主要是对吃要求得比较实在。唉,不说这些了,你真的不喜欢下棋?何以解忧?唯有象棋。"我瞧着他说:"你有什么忧?"他仍然不看我,"没有什么忧,没有。'忧'这玩意儿,是他妈文人的佐料儿。我们这种人,没有什么忧,顶多有些不痛快。何以解不痛快?唯有象棋。"

我看他对吃很感兴趣,就注意他吃的时候。列车上给我们这几节知青车厢送饭时,他若心思不在下棋上,就稍稍有些不安。听见前面大家拿吃时铝盒的碰撞声,他常常闭上眼,嘴巴紧紧收着,倒好像有些恶心。拿到饭后,马上就开始吃,吃得很快,喉节一缩一缩的,脸上绷满了筋。常常突然停下来,很小心地将嘴边或下巴上的饭粒儿和汤水油花儿用整个儿食指抹进嘴里。若饭粒儿落在衣服上,就马上一按,拈进嘴里。若一个没按住,饭粒儿由衣服上掉下地,他也立刻双脚不再移动,转了上身找。这时候他若碰上我的目光,就放慢速度。吃完以后,他把两只筷子舔了,拿水把饭盒冲满,先将上面一层油花吸净,然后就带着安全抵岸的神色小口小口的呷。有一次,他在下棋,左手轻轻地叩茶几。一粒干缩了的饭粒儿也轻轻跳着。他一下注意到了,就迅速将那个干饭粒儿放进嘴里,腮上立刻显出筋络。我知道这种干饭粒儿很容易嵌到槽牙里,巴在那儿,舌头是赶它不出的。果然,呆了一会儿,他就伸手到嘴里去抠。终于嚼完和着一大股口水,"咕"地一声儿咽下去,喉节慢慢移下来,眼睛里有了泪花。他对吃是虔诚的,而且很精细。有时你会可怜那些饭被他吃得一个渣儿都不剩,真有点儿惨无人道。我在火车上一直看他下棋,发现他同样是精细的,但就有气度得多。他常常在我们还根本看不出已是败局时就开始重码棋子,说:"再来一盘吧。"有的人不服输,非要下完,总觉得被他那样暗示死刑存些侥幸,他也奉陪,用四五步棋逼死对方,说:"非要听'将',有瘾?"

我每看到他吃饭,就回想起杰克·伦敦的《热爱生命》,终于在一次饭后他小口呷汤时讲了这个故事,我因为有过饥饿的经验,所以特别渲染了故事中的饥饿感觉。他不再喝汤,只是把饭盒端在嘴边儿,一边不动地听我讲。我讲完了,他呆了许久,凝视着饭盒里的水,轻轻吸了一口,才很严肃地看着我说:"这个人是对的。他当然要把饼干藏在褥子底下。照你讲,他是对失去食物发生精神上的恐惧,是精神病?不,他有道理,太有道理了。写书的人怎么可以这么理解这个人呢?杰……杰什么?嗯,杰克·伦敦,这个小子他妈真是饱汉子不知饿汉子饥。"我马上指出杰克·伦敦是一个如何如何的人。他说:"是呀,不管怎么样,像你说的,杰克·伦敦后来出了名,肯定不愁吃的,他当然会叼着根烟,写些嘲笑饥饿的故事。"我说:"杰克·伦敦丝毫也没有嘲笑饥饿,他是……"他不耐烦地打断我说:"怎么不是嘲笑?把一个特别清楚饥饿是怎么回事儿的人写成发了神经,我不喜欢。"我只好苦笑,不再说什么。可是一没人和他下棋了,他就又问我:"嗯?再讲个吃的故事?其实杰克·伦敦那个故事挺好。"我有些不高兴地说:"那根本不是个吃的故事,那是一个讲生命的故事。你不愧为棋呆子。"大约是我脸上有种表情,他于是不知怎么办才好。我心里有一种东西升上来,我还是喜欢他的,就说:"好吧,巴尔扎克的《邦斯舅舅》听过吗?"他摇摇头。我就又好好儿描述一下邦斯这个老饕。不料他听完,马上就说:"这个故事不好,这是一个馋的故事,不是吃的故事。邦斯这个老头儿若只是吃而不馋,不会死。我不喜欢这个故事。"他马上意识到这最后一句话,就急忙说:"倒也不是不喜欢。不过洋人总和咱们不一样,隔着一层。我给你讲个故事吧。"我马上感了兴趣:棋呆子居然也有故事!他把身体靠得舒服一些,说:"从前哪,"笑了笑,又说:"老是他妈从前,可这个故事是我们院儿的五奶奶讲的。嗯——老辈子的时候,有这么一家子,吃喝不愁。粮食一囤一囤的,顿顿想吃多少吃多少,嘿,可美气了。后来呢,娶了个儿媳妇。那真能干,就没说把饭做糊过,不干不稀,特解饱。可这媳妇,每做一顿饭,必抓出一把米藏好……"听到这儿,我忍不住插嘴:"老掉牙的故事了,还不是后来遇了荒年,大家没饭吃,媳妇把每日攒下的米拿出来,不但自家有了,还分给穷人?"他很惊奇地坐直了,看着我说:"你知道这个故事?可那米没有分给别人,五奶没有说分给别人。"我笑了,说:"这是教育小孩儿要节约的故事,你还拿来有滋有味儿地讲,你真是呆子,还不是一个吃的故事。"他摇摇头,说:"这太是吃的故事了,首先得有饭,才能吃,这家子有一囤一囤的粮食,可光穷吃不行,得记着断顿儿的时候,每顿都要欠一点儿。老话儿说'半饥半饱日子长'嘛。"我想笑但没笑出来,似乎明白了一些什么。为了打消这种异样的感触,就说:"呆子,我跟你下棋吧。"他一下高兴起来,紧一紧手脸,啪啪啪就把棋码好,说:"对,说什么吃的故事,还是下棋。下棋最好,何以解不痛快?唯有下象棋。啊?哈哈哈,你先走。"我又是当头炮,他随后把马跳好。我随便动了一个子儿,他很快地把兵移前一格儿。我并不真心下棋,心想他念到中学,大约是读过不少书的,就问:"你读过曹操的《短歌行》?"他说:"什么《短歌行》?"我说:"那你怎么知道'何以解忧,唯有杜康'?"他愣了,问:"杜康是什么?"我说:"杜康是一个造酒的人,后来也就代表酒,你把杜康换成象棋,倒也风趣。"他摆了一下头,说:"啊,不是。这句话是一个老头儿说的,我每回和他下棋,他总说这句。"我想起了传闻中的捡烂纸的老头儿,就问:"是捡烂纸的老头儿吗?"他看了我一眼,说:"不是。不过,捡烂纸的老头儿棋下得好,我在他那儿学到不少东西。"我很感兴趣地说:"这老头儿是个什么人?怎么下得一手好棋还捡烂纸?"他很轻地笑了一下,说:"下棋不当饭。老头儿要吃饭,还得捡烂纸。可不知他以前是什么人。有一回,我抄的几张棋谱不知怎么找不到了,以为当垃圾倒出去了,就到垃圾站去翻,正翻着,这个老头推着筐过来了,指着我说:'你个大小伙子,怎么抢我的买卖?'我说不是,是找丢了的东西,他问什么东西,我没搭理他。可他问个不停,'钱?存折儿?结婚帖子?'我只好说是棋谱,正说着,就找着了。他说叫他看看。他在路灯底下挺快就看完了,说'这棋没根哪'。我说这是以前市里的象棋比赛。可他说,'哪儿的比赛也没用,你瞧这,这叫棋路?狗脑子。'我心想怕是遇上异人了,就问他当怎么走,老头儿哗哗说了一通谱儿,我一听,真的不凡,就提出要跟他下一盘。老头让我先说。我们俩就在垃圾站下盲棋,我是连输五盘。老头儿棋路猛,听头几步,没什么,可着子真阴真狠,打闪一般,网得开,收得又紧又快。后来我们见天儿在垃圾站下盲棋,每天回去我就琢磨他的棋路,以后居然跟他平过一盘,还赢过一盘,其实赢的那盘我们一共才走了十几步。老头儿用铅丝扒子敲了半天地面,叹一声,'你赢了。'我高兴了,直说要到他那儿去看看。老头儿白了我一眼,说,'撑的?!'告诉我明天晚上再在这儿等他。第二天我去了,见他推着筐远远来了。到了跟前,从筐里取出一个小布包,递到我手上,说这也是谱儿,让我拿回去,看瞧得懂不。又说哪天有走不动的棋,让我到这儿来说给他听听,兴许他就走动了。我赶紧回到家里,打开一看,还真他妈不懂。这是本异书,也不知是哪朝哪代的,手抄,边边角角儿,补了又补。上面写的东西,不像是说象棋,好像是说另外的什么事儿。我第二天又去找老头儿,说我看不懂,他哈哈一笑,说他先给我说一段儿,提个醒儿。他一开说,把我吓了一跳。原来开宗明义,是讲男女的事儿,我说这是'四旧'。老头儿叹了,说什么是旧?我这每天捡烂纸是不是在捡旧?可我回去把它们分门别类,卖了钱,养活自己,不是新?又说咱们中国道家讲阴阳,这开篇是借男女讲阴阳之气。阴阳之气相游相交,初不可太盛,太盛则折。折就是'折断'的'折'。"我点点头。"'太盛则折,太弱则泻。'老头儿说我的毛病是太盛。又说,若对手盛,则以柔化之。可要在化的同时,造成克势。柔不是弱,是容,是收,是含。含而化之,让对手入你的势。这势要你造,需无为而无不为。无为即是道,也就是棋运之大不可变,你想变,就不是象棋,输不用说了,连棋边儿都沾不上。棋运不可悖,但每局的势要自己造。棋运和势既有,那可就无所不为了。玄是真玄,可细琢磨,是那么个理儿。我说,这么讲是真提气,可这下棋,千变万化,怎么才能准赢呢?老头儿说这就是造势的学问了。造势妙在契机。谁也不走子儿,这棋没法儿下。可只要对方一动,势就可入,就可导。高手你入他很难,这就要损。损他一个子儿,损自己一个子儿,先导开,或找眼钉下,止住他的入势,铺排下自己的入势。这时你万不可死损,势式要相机而变。势式有相因之气,势套势,小势导开,大势含而化之,根连根,别人就奈何不得。老头儿说我只有套,势不太明。套可以算出百步之远,但无势,不成气候。又说我脑子好,有琢磨劲儿,后来输我的那一盘,就是大势已破,再下,就是玩了。老头儿说他日子不多了,无儿无女,遇见我,就传给我吧。我说你老人家棋道这么好,怎么还干这种营生呢?老头儿叹了一口气,说这棋是祖上传下来的,但有训——'为棋不为生',为棋是养性,生会坏性,所以生不可太盛。又说他从小没学过什么谋生本事,现在想来,倒是训坏了他。"我似乎听明白了一些棋道,可很奇怪。就问:"棋道与生道难道有什么不同么?"王一生说:"我也是这么说,而且魔症起来,问他天下大势。老头儿说,棋就是这么几个子儿,棋盘就这么大,无非是道同势不同,可这子儿你全能看在眼底。天下的事,不知道的太多。这每天的大字报,张张都新鲜,虽看出点道儿,可不能究底。子儿不全摆上,这棋就没法儿下。"

我就又问那本棋谱。王一生很沮丧地说:"我每天带在身上,反复地看。后来你知道,我撕大字报被造反团捉住,书就被他们搜了去,说是'四旧',给毁了,而且是当着我的面儿毁的。好在书已在我的脑子里,不怕他们。"我就又和王一生感叹了许久。

火车终于到了。所有的知识青年都又被用卡车运到农场。在总场,各分场的人上来领我们。我找到王一生,说:"呆子,要分手了,别忘了交情,有事儿没事儿,互相走动。"他说当然。

四

第二天一早儿,大家满身是土地起来,找水擦了擦,又约画家到街上去吃。画家执意不肯,正说着,脚卵来了,很高兴的样子。王一生对他说:"我不参加这个比赛。"大家呆了,脚卵问:"蛮好的,怎么不赛了呢?省里还下来人视察呢!"王一生说:"不赛就不赛了。"我说了说,脚卵叹道:"书记是个文化人,蛮喜欢这些的。棋虽然是家里传下的,可我实在受不了农场这个罪,我只想有个干净的地方住一住,不要每天脏兮兮的。棋不能当饭吃的,用它通一些关节,还是值的。家里也不很景气,不会怪我。"画家把双臂抱在胸前,抬起一只手摸了摸脸,看着天说:"倪斌,不能怪你。你没有什么了不得的要求。我这两年,也常常犯糊涂,生活太具体了。幸亏我还会画画儿。何以解忧?唯有——唉。"王一生很惊奇地看着画家,慢慢转了脸对脚卵说:"倪斌,谢谢你。这次比赛决出高手,我登门去与他们下。我不参加这次比赛了。"脚卵忽然很兴奋,攥起大手一顿,说:"这样,这样!我呢,去跟书记说一下,组织一个友谊赛。你要是赢了这次的冠军,无疑是真正的冠军。输了呢,也不太失身分。"王一生呆了呆:"千万不要跟什么书记说,我自己找他们下。要下,就与前三名都下。"

大家也不好再说什么,就去看各种比赛,倒也热闹,王一生只钻在棋类场地外面,看各局的明棋。第三天,决出前三名。之后是发奖,又是演出,会场乱哄哄的,也听不清谁得的是什么奖。

脚卵让我们在会场等着,过了不久,就领来两个人,都是制服打扮。脚卵作了介绍,原来是象棋比赛的第二、三名。脚卵说:"这就是王一生,棋蛮厉害的,想与你们两位高手下一下,大家也是一个互相学习的机会。"两个人看了看王一生,问:"那怎么不参加比赛呢?我们在这里呆了许多天,要回去了。"王一生说:"我不耽误你们,与你们两人同时下。"两人互相看了看,忽然悟到,说:"盲棋?"王一生点一点头,两人立刻变了态度,笑着说:"我们没下过盲棋。"王一生说:"不要紧,你们看着明棋下。来,咱们找个地方儿。"话不知怎么就传了出去,立刻嚷动了,全场上各县的人都说有一个农场的小子没有赛着,不服气,要同时与亚、季军比试。百十个人把我们围了起来,挤来挤去地看,大家觉得有了责任,便站在王一生身边儿。王一生倒低了头，对两个人说："走吧，走吧，太扎眼。"有一个人挤了进来，说："哪个要下棋？就是你吗？我们大爷这次是冠军，听说你不服气，我来请你。"王一生慢慢地说："不必。你大爷要是肯下，我和你们三人同下。"众人都轰动了，拥着往棋场走去。到了街上，百十人走成一片。行人见了，纷纷问怎么回事，可是知青打架？待明白了，就都跟着走。走过半条街，竟有上千人跟着跑来跑去。商店里的店员和顾客也都站出来张望。长途车路过这里开不过，乘客们纷纷探出头来，只见一街人头攒动，尘土飞起多高，轰轰的，乱纸踏得嚓嚓响。一个傻子呆呆地在街中心，咿咿呀呀地唱，有人发了善心，把他拖开，傻子就依了墙根儿唱。四五条狗窜来窜去，觉得是它们在引路打狼，汪汪叫着。

  到了棋场，竟有数千人围住，土扬在半空，许久落不下来。棋场的标语标志早已摘除，出来一个人，见这么多人，脸都白了。脚卵上去与他交涉，他很快地看着众人，连连点头儿，半天才明白是借场子用。急忙打开门，连说"可以可以"，见众人都要进去，就急了。我们几个，马上到门口守住，放进脚卵、王一生和两个得了荣誉的人。这时有一个人走出来，对我们说："高手既然和三个人下，多我一个也不怕，我也算一个。"众人又嚷动了，又有人报名。我不知怎么办好，只得进去告诉王一生。王一生咬一咬嘴说："你们两个怎么样？"那两个人赶紧站起来，连说可以。我出去统计了，连冠军在内，对手共是十人。脚卵说："十不吉利的，九个人好了。"于是就九个人。冠军总不见来，有人来报，既是下盲棋，冠军只在家里，命人传棋。王一生想了想，说好吧。九个人就关在场里，墙外一副明棋不够用，于是有人拿来八张整开白纸，很快地画了格儿。又有人用硬纸剪了百十个方棋子儿，用红黑颜色写了，背后粘上细绳，挂在棋格儿的钉子上，风一吹，轻轻地晃成一片，街上人们也喊成一片。

  人是越来越多。后来的人拼命往前挤，挤不进去，就抓住人打听，以为是杀人的告示。妇女们也抱着孩子们，远远围成一片。又有许多人支了自行车，站在后架上伸脖子看，人群一挤，连着倒，喊成一团。半大的孩子们钻来钻去，被大人们用腿拱出去。数千人闹闹嚷嚷，街上像半空响着闷雷。

  王一生坐在场当中一个靠背椅上，把手放在两条腿上，眼睛虚望着，一头一脸都是土，像是被传讯的罪人。我不禁笑起来，过去给他拍一拍土。他按住我的手，我觉出他有些抖。王一生低低地说："事情闹大了。你们几个朋友看好，一有动静，一起跑。"我说："不会。只要你赢了，什么都好办。争口气，怎么样？有把握吗？九个人哪！头三名都在这里！"王一生沉吟了一下,说:"怕江湖的不怕朝廷的,参加过比赛的人的棋路我都看了,就不知道其他六个人会不会冒出冤家。书包你拿着,不管怎么样,书包不能丢。书包里有……"王一生看了看我,"我妈的无字棋。"他的瘦脸上又干又脏,鼻沟儿也黑了,头发立着,喉咙一动一动的,两眼黑得吓人。我知道他拼了,心里有些酸,只说:"保重!"就离了他。他一个人空空地在场中央,谁也不看,静静的像一块铁。

棋开始了。上千人不再出声儿。只有自愿服务的人一会儿紧一会儿慢地用话传出棋步,外边儿自愿服务的人就变动着棋子儿。风吹得八张大纸哗哗地响,棋子儿荡来荡去。太阳斜斜地照在一切上,烧得耀眼。前几十排的人都坐下了,仰起来看,后面的人也挤得紧紧的,一个个土眉土眼,头发长长短短吹得飘,再没人动一下,似乎都要把命放在棋里搏。

我心里忽然有一种很古的东西涌上来,喉咙紧紧地往上走。读过的书,有的近了,有的远了,模糊了。平时十分佩服的项羽、刘邦都在目瞪口呆,倒是尸横遍野的那些黑脸士兵,从地下爬起来,哑了喉咙,慢慢移动。一个樵夫,提了斧在野唱。忽然又仿佛见了呆子的母亲,用一双弱手一张一张地折书页。

我不由伸手到王一生的书包里去掏摸,捏到一个小布包儿,拽出来一看,是个旧蓝斜纹布的小口袋,上面用线绣了一只蝙蝠。布的四边儿都用线做了圈口,针脚很是细密。取出一个棋子,确实很小,在太阳底下竟是半透明的,像是一只眼睛,正柔和地瞧着。我把它攥在手里。

太阳终于落下去,立刻爽快了。人们仍在看着,但议论起来。里边儿传出一句王一生的棋步,外边儿的就嚷动一下。专有几个人骑车为在家的冠军传送着棋步,大家就不太客气,笑话起来。

我又进去,看见脚卵很高兴的样子,心里就松开一些,问:"怎么样?我不懂棋。"脚卵抹一抹头发,说:"蛮好,蛮好。这种阵势,我从来也没见过,你想想看,九个人与他一个人下,九局连环!车轮大战!我要写信给我的父亲,把这次的棋谱都寄给他。"这时有两个人从各自的棋盘前站起来,朝着王一生一鞠躬,说:"甘拜下风。"就捏着手出去了。王一生点点头儿,看了他们的位置一眼。

王一生的姿势没有变,仍旧是双手扶膝,眼平视着,像是望着极远极远的远处,又像是盯着极近极近的近处,瘦瘦的肩挑着宽大的衣服,土没拍干净,东一块儿,西一块儿。喉节许久才动一下。我第一次承认象棋也是运动,而且是马拉松,是多一倍的马拉松!我在学校时,参加过长跑,开始后的五百米,确实极累,但过了一个限度,就像不是在用脑子跑,而像一架无人驾驶的飞机,又像是一架到了高度的滑翔机,只管滑翔下去。可这象棋,始终是处在一种机敏的运动之中,兜捕对手,逼向死角,不能疏忽。我忽然担心起王一生的身体来。这几天,大家因为钱紧,不敢怎么吃,晚上睡得又晚,谁也没想到会有这么一个场面。看着王一生稳稳地坐在那里,我又替他赌一口气:死顶吧!我们在山上扛木料,两个人一根,不管路不是路,沟不是沟,也得咬牙,死活不能放手。谁若是顶不住软了,自己伤了不说,另一个也得被木头震得吐血。可这回是王一生一个人过沟过坎儿,我们帮不上忙。我找了点儿凉水来,悄悄走近他,在他眼前一挡,他抖了一下,眼睛刀子似的看了我一下,一会儿才认出是我,就干干地笑了一下。我指指水碗,他接过去,正要喝,一个局号报了棋步。他把碗高高地平端着,水纹丝儿不动。他看着碗边儿,回报了棋步,就把碗缓缓凑到嘴边儿。这时下一个局号又报了棋步,他把嘴定在碗边儿,半响,回报了棋步,才咽一口水下去,"咕"的一声儿,声音大得可怕,眼里有了泪花。他把碗递过来,眼睛望望我,有一种说不出的东西在里面游动,嘴角儿缓缓流下一滴水,把下巴和脖子上的土冲开一道沟儿。我又把碗递过去,他竖起手掌止住我,回到他的世界里去了。

我出来,天已黑了。有山民打着松枝火把,有人用手电照着,黄乎乎的,一团明亮。大约是地区的各种单位下班了,人更多了,狗也在人前蹲着,看人挂动棋子,眼神凄凄的,像是在担忧。几个同来的队上知青,各被人围了打听。不一会儿,"王一生""棋呆子""是个知青""棋是道家的棋",就在人们嘴上传。我有些发噱,本想到人群里说说,但又止住了,随人们传吧,我开始高兴起来。这时墙上只有三局在下了。

忽然人群发一声喊。我回头一看,原来只剩了一盘,恰是与冠军的那一盘,盘上只有不多几个子儿。王一生的黑子儿远远近近地峙在对方棋营格里,后方老帅稳稳地呆着,尚有一"士"伴着,好像帝王与近侍在聊天儿,等着前方将士得胜回朝;又似乎隐隐看见有人在伺候酒宴,点起尺把长的红蜡烛,有人在悄悄地调整管弦,单等有人跪奏捷报,鼓乐齐鸣。我的肚子拖长了音儿在响,脚下觉得软,就拣个地方坐下,仰头看最后的围猎,生怕有什么差池。

红子儿半天不动,大家不耐烦了,纷纷看骑车的人来没来,嗡嗡地响成一片。忽然人群乱起来,纷纷闪开。只见一老者,精光头皮,由旁人搀着,慢慢走出来,嘴嚼动着,上上下下看着八张定局残子。众人纷纷传着,这就是本届地区冠军,是这个山区的一个世家后人,这次"出山"玩玩儿棋,不想就夺了头把交椅,评了这次比赛的大势,直叹棋道不兴。老者看完了棋,轻轻抻一抻衣衫,跺一跺土,昂了头,由人搀进棋场。众人都一拥而起。我急忙抢进了大门,跟在后面。只见老者进了大门,立定,往前看去。

王一生孤身一人坐在大屋子中央,瞪眼看着我们,双手支在膝上,铁铸一个细树桩,似无所见,似无所闻。高高的一盏电灯,暗暗地照在他脸上,眼睛深陷进去,黑黑的似俯视大千世界,茫茫宇宙。那生命像聚在一头乱发中,久久不散,又慢慢弥漫开来,灼得人脸热。

众人都呆了,都不说话。外面传了半天,眼前却是一个瘦小黑魂,静静地坐着,众人都不禁吸了一口凉气。

半响,老者咳嗽一下,底气很足,十分洪亮,在屋里荡来荡去。王一生忽然目光短了,发觉了众人,轻轻地挣了一下,却动不了。老者推开搀的人,向前迈了几步,立定,双手合在腹前摩挲了一下,朗声叫道:"后生,老朽身有不便,不能亲赴沙场。使人传棋,实出无奈。你小小年纪,就有这般棋道,我看了,汇道禅于一炉,神机妙算,先声有势,后发制人,遣龙治水,气贯阴阳,古今儒将,不过如此。老朽有幸与你接手,感触不少,中华棋道,毕竟不颓,愿与你做个忘年之交。老朽这盘棋下到这里,权做赏玩,不知你可愿意平手言和,给老朽一点面子?"

王一生再挣了一下,仍起不来。我和脚卵急忙过去,托住他的腋下,提他起来。他的腿仍然是坐着的样子,直不了,半空悬着。我感到手里好像只有几斤的分量,就示意脚卵把王一生放下,用手去揉他的双腿。大家都拥过来,老者摇头叹息着。脚卵用大手在王一生身上、脸上、脖子上缓缓地用力揉。半响,王一生的身子软下来,靠在我们手上,喉咙嘶嘶地响着,慢慢把嘴张开,又合上,再张开,"啊啊"着。很久,才呜呜地说:"和了吧。"

老者很感动的样子,说:"今晚你是不是就在我那儿歇了?养息两天,我们谈谈棋?"王一生摇摇头,轻轻地说:"不了,我还有朋友。大家一起出来的,还是大家在一起吧。我们到、到文化馆去,那里有个朋友。"画家就在人群里喊:"走吧,到我那里去,我已经买好了吃的,你们几个一起去。真不容易啊。"大家慢慢拥了我们出来,火把一圈儿照着。山民和地区的人层层围了,争睹棋王丰采,又都点头儿叹息。

我搀了王一生慢慢走,光亮一直随着。进了文化馆,到了画家的屋子,虽然有人帮着劝散,窗上还是挤满了人,慌得画家急忙把一些画儿藏了。

人渐渐散了,王一生还有些木。我忽然觉出左手还攥着那个棋子,就张了手给王一生看。王一生呆呆地盯着,似乎不认得,可喉咙里就有了响声,猛然"哇"地一声儿吐出一些粘液,呜呜地说:"妈,儿今天……妈——"大家都有些酸,扫了地下,打来水,劝了。王一生哭过,滞气调理过来,有了精神,就一起吃饭。画家竟喝得大醉,也不管大家,一个人倒在木床上睡去。电工领了我们,脚卵也跟着,一齐到礼堂台上去睡。

夜黑黑的,伸手不见五指。王一生已经睡死。我却还似乎耳边人声嚷动,眼前火把通明,山民们铁了脸,掮着柴火在林中走,咿咿呀呀地唱。我笑起来,想:不做俗人,哪儿会知道这般乐趣?家破人亡,平了头每日荷锄,却自有真人生在里面,识到了,即是幸,即是福。衣食是本,自有人类,就是每日在忙这个。可囿在其中,终于还不太像人。倦意渐渐上来,就拥了幕布,沉沉睡去。

【阅读提示】

1. 小说主人公王一生最关心的两件事:一件是"吃",一件是"下棋"。你如何理解作品的这种安排以及两者之间的关系?注意联系作品写作的背景来思考。

2. 小说的语言风格非常独特:简洁的白描,略带幽默感,避免情感的过分外露。这种风格的形成与作品大量使用动词,很少用形容词,句式简短,避免用长句有关。试以相关段落为例,分析这种语言风格。

【扩展性阅读书(篇)目】

阿城的小说《孩子王》和《树王》。

【参考书(篇)目】

朱伟:《接近阿城》,载《钟山》1991年第3期。

透明的红萝卜（节选）

莫 言

三

夜里，莫名其妙地下了一场雷阵雨。清晨上工时，人们看到工地上的石头子儿被洗得干干净净，沙地被拍打得平平整整。闸下水槽里的水增了两拃，水面蓝汪汪地映出天上残余的乌云。天气仿佛一下子冷了，秋风从桥洞里穿过来，和着海洋一样的黄麻地里的绺缪之声，使人感到从心里往外冷。老铁匠穿上了他那件亮甲似的棉袄，棉袄的扣子全掉光了，只好把两扇襟儿交错着掩起来，拦腰捆上一根红色胶皮电线。黑孩还是只穿一条大裤头子，光背赤足，但也看不出他有半点瑟缩。他原来扎腰的那根布条儿不知是扔了还是藏了，他腰里现在也扎着一节红胶皮电线。他的头发这几天象发疯一样地长，已经有二寸长，头发根根竖起，象刺猬的硬毛。民工们看着他赤脚踩着石头上积存的雨水走过工地，脸上都表现出怜悯加敬佩的表情来。

"冷不冷？"老铁匠低声问。

黑孩惶惑地望着老铁匠，好象根本不理解他问话的意思。"问你哩！冷吗？"老铁匠提高了声音。惶惑的神色从他眼里消失了，他垂下头，开始生火。他左手轻拉风箱，右手持煤铲，眼睛望着燃烧的麦秸草。老铁匠从草铺上拿起一件油腻腻的袄子给黑孩披上。黑孩扭动着身体，显出非常难受的样子。老铁匠一离开，他就把袄子脱下来，放回到铺上去。老铁匠摇摇头，蹲下去抽烟。

"黑孩，怪不得你死活不离开铁匠炉，原来是图着烤火暖和哩，妈的，人小心眼儿不少。"小铁匠打了一个百无聊赖的呵欠，说。

工地上响起哨子声，刘副主任说，全体集合。民工们集合到闸前向阳的地方，男人抱着膀子，女人纳着鞋底子。黑孩偷觑着第七个桥墩上的石缝，心里忐忑不安。刘副主任说，天就要冷，因此必须加班赶，争取结冰前浇完混凝土底槽。从今天起每晚七点到十点为加班时间，每人发给半斤粮，两毛钱。谁也没提什么意见。二百多张脸上各有表情。黑孩看到小石匠的白脸发红发紫、姑娘的红脸发灰发白。

　　当天晚上,滞洪闸工地上点亮了三盏气灯。气灯发着白炽刺眼的光,一盏照耀石匠们的工场,一盏照着妇女们砸石子儿的地方。妇女们多数有孩子和家务,半斤粮食两毛钱只好不挣。灯下只围着十几个姑娘。她们都离村较远,大着胆子挤在一个桥洞里睡觉,桥洞两头都堵上了闸板,只在正面留了个洞,钻进钻出。菊儿姑娘有时钻桥洞,有时去村里睡(村里有她一个姨表姐,丈夫在县城当临时工,有时晚上不回家睡,表姐就约她去作伴)。第三盏气灯放在铁匠炉的桥洞里,照着老年青年和少年。石匠工场上锤声丁当,钢钻子啃着石头,不时迸出红色的火星。石匠们干得还算卖劲,小石匠脱掉夹克衫,大红运动衣象火炬一样燃烧着。姑娘们围灯坐着,产生许多美妙联想。有时嘎嘎大笑,有时窃窃私语,砸石子的声音零零落落。在她们发出的各种声音的间隙里,充填着河上的流水声。菊儿放下锤子,悄悄站起来,向河边走去。灯光把她的影子长长地投在沙地上。"当心被光棍子把你捉去。"一个姑娘在菊儿身后说。菊儿很快走出灯光的圈子。这时她看到的灯光象几个白亮亮的小刺球,球刺儿伸到她面前停住了,刺尖儿是红的、软的。后来她又迎着灯光走上去。她忽然想去看看黑孩儿在干什么,便躲避着灯光,闪到第一个桥墩的暗影里。

　　她看到黑孩儿象个小精灵一样活动着,雪亮的灯光照着他赤裸的身体,象涂了一层釉彩。仿佛这皮肤是刷着铜色的陶瓷橡皮,既有弹性又有韧性,撕不烂也扎不透。黑孩似乎胖了一点点,肋条和皮肤之间疏远了一些。也难怪么,每天中午她都从伙房里给他捎来好吃的。黑孩很少回家吃饭,只是晚上回家睡觉,有时候可能连家也不回——姑娘有天早晨发现他从桥洞里钻出来,头发上顶着麦秸草。黑孩双手拉着风箱,动作轻柔舒展,好象不是他拉着风箱而是风箱拉着他。他的身体前倾后仰,脑袋象在舒缓的河水中漂动着的西瓜,两只黑眼睛里有两个亮点上下起伏着,如萤火虫优雅地飞动。

　　小铁匠在铁钻子旁边以他一贯的姿势立着,双手拄着锤柄,头歪着,眼睛瞪着,象一只深思熟虑的小公鸡。

　　老铁匠从炉子里把一支烧熟的大钢钻夹了出来,黑孩把另一支坏钻子捅到大钢钻腾出的位置上。烧透的钢钻白里透着绿。老铁匠把大钢钻放到铁砧上,用小叫锤敲敲砧子边,小铁匠懒洋洋地抄起大锤,象抡麻秆一样抡起来,大锤轻飘飘地落在钢钻子上,钢花立刻光彩夺目地向四面八方飞溅。钢花碰到石壁上,破碎成更多的小钢花落地,钢花碰到黑孩微微凸起的肚

透明的红萝卜(节选)　　165

皮,软绵绵地弹回去,在空中画出一个个漂亮的半圆弧,坠落下去。钢花与黑孩肚皮相撞以及反弹后在空中飞行时,空气摩擦发热发声。打过第一锤,小铁匠如同梦中猛醒一般绷紧肌肉,他的动作越来越快,姑娘看到石壁上一个怪影在跳跃,耳边响彻"咣咣咣咣"的钢铁声。小铁匠塑铁成形的技术已经十分高超,老铁匠右手的小叫锤只剩下干敲砧子边的份儿。至于该打钢钻的什么地方,小铁匠是一目了然。老铁匠翻动钢钻,眼睛和意念刚刚到了钢钻的某个需要锻打的部位,小铁匠的重锤就敲上去了,甚至比他想的还要快。

姑娘目瞪口呆地欣赏着小铁匠的好手段,同时也忘不了看着黑孩和老铁匠。打得最精彩的时候,是黑孩最麻木的时候(他连眼睛都闭上了,呼吸和风箱同步),也是老铁匠最悲哀的时候,仿佛小铁匠不是打钢钻而是打他的尊严。

钢钻锻打成形,老铁匠背过身去淬火,他意味深长地看了小铁匠一眼,两个嘴角轻蔑地往下撇了撇。小铁匠直勾勾地看着师傅的动作。姑娘看到老铁匠伸出手试试桶里的水,把钻子举起来看了看,然后身体弯着象对虾,眼瞅着桶里的水,把钻子尖儿轻轻地,试试探探地触及水面,桶里水"嗞嗞"地响着,一股很细的蒸气窜上来,笼罩住老铁匠的红鼻子。一会儿,老铁匠把钢钻提起来举到眼前,象穿针引线一样瞄着钻子尖,好象那上边有美妙的画图,老头脸上神采飞扬,每条皱纹里都溢出欣悦。他好象得出一个满意答案似地点点头,把钻子全淹到水里,蒸气轰然上升,桥洞里形成一个小小的蘑菇烟云。气灯光变得红殷殷的,一切全都朦胧晃动。雾气散尽,桥洞里恢复平静,依然是黑孩梦幻般拉风箱,依然是小铁匠公鸡般冥思苦想,依然是老铁匠如枣者脸如漆者眼如屎壳螂者臂上疤痕。

老铁匠又提出一支烧熟的钢钻,下面是重复刚才的一切,一直到老铁匠要淬火时,情况才发生了一些变化。老铁匠伸手试水温。加凉水。满意神色。正当老铁匠要为手中的钻子淬火时,小铁匠耸身一跳到了桶边,非常迅速地把右手伸进了水桶。老铁匠连想都没想,就把钢钻戳到小伙子的右小臂上。一股烧焦皮肉的腥臭味儿从桥洞里飞出来,钻进姑娘的鼻孔。

小铁匠"嗷"地号叫一声,他直起腰,对着老铁匠恶狠狠地笑着,大声喊:"师傅,三年啦!"

老铁匠把钢钻扔在桶里,桶里翻滚着热浪头,蒸气又一次弥漫桥洞。姑娘看不清他们的脸子,只听到老铁匠在雾中说:"记住吧!"

没等烟雾散尽她就跑了,她使劲捂住嘴,有一股苦涩的味儿在她胃里翻腾着。坐在石堆前,旁边一个姑娘调皮地问她:"菊儿,这一大会儿才回去,是跟着大青年钻黄麻地了吧?"她没有回腔,听凭着那个姑娘奚落。她用两个手指捏着喉咙,极力不让自己发出声音。

收工的哨声响了。三个钟头里姑娘恍惚在梦幻中。"想汉子了吗?菊儿?""走吧,菊儿。"她们招呼着她。她坐着不动,看着灯光下憧憧的人影。

"菊子,"小石匠板板整整地站在她身后说,"你表姐让我捎信给你,让你今夜去作伴,咱们一道走吗?"

"走吗?你问谁呢?"

"你怎么啦?是不是冻病啦?"

"你说谁冻病啦?"

"说你哩!"

"别说我。"

"走吗?"

"走。"

石桥下水声响亮,她站住了。小石匠离她只有一步远。她回过头去,看到滞洪闸西边第一个桥洞还是灯火通明,其他两盏气灯已经熄灭。她朝滞洪闸工地走去。

"找黑孩吗?"

"看看他。"

"我们一块去吧,这小混蛋,别迷迷糊糊掉下桥。"

菊子感觉到小石匠离自己很近了,似乎能听到他"砰砰"的心跳声。走着,走着。她的头一倾斜,立刻就碰到小石匠结实的肩膀,她又把身子往后一仰,一只粗壮的胳膊便把她揽住了。小石匠把自己一只大手捂在姑娘窝窝头一样的乳房上,轻轻地按摩着,她的心在乳房下象鸽子一样乱扑棱。脚不停地朝着闸下走,走进亮圈前,她把他的手从自己胸前移开。他通情达理地松开了她。

"黑孩!"她叫。

"黑孩!"他也叫。

小铁匠用只眼看着她和他,腮帮子抽动一下。老铁匠坐在自己的草铺上,双手端着烟袋,象端着一杆盒子炮。他打量了一下深红色的菊子和淡黄色的小石匠,疲惫而宽厚地说:"坐下等吧,他一会儿就来。"

……黑孩提着一只空水桶,沿着河堤往上爬。收工后,小铁匠伸着懒腰说:"饿死啦。黑孩,提上桶,去北边扒点地瓜,拔几个萝卜来,我们开夜餐。"

黑孩睡眼迷蒙地看看老铁匠。老铁匠坐在草铺上,象只羽毛凌乱的败阵公鸡。

"瞅什么?狗小子,老子让你去你尽管去。"小铁匠腰挺得笔直,脖子一抻一抻地说。他用眼扫了一下瘫坐在铺上的师傅。胳膊上的烫伤很痛,但手上愉快的感觉完全压倒了臂上的伤痛,那个温度可是绝对的舒适绝对的妙。

黑孩拎起一只空水桶,踢踢踏踏往外走。走出桥洞,仿佛"忽通"一声掉下了井,四周黑得使他的眼睛里不时迸出闪电一样的虚光,他胆怯地蹲下去,闭了一会眼睛。当他睁开眼睛时,天色变淡了,天空中的星光暖暖地照着他,也照着瓦灰色的大地……

河堤上的紫穗槐枝条交叉伸展着,他用一只手分拨着枝条,仄着肩膀往上走。他的手挦着湿漉漉的枝条和枝条顶端一串串结实饱满的树籽,微带苦涩的槐枝味儿直往他面上扑。他的脚忽然碰到一个软绵绵热乎乎的东西,脚下响起一声"唧喳",没及他想起这是只花脸鹌,这只花脸鹌就懵头转向地飞起来,象一块黑石头一样落到堤外的黄麻地里。他惋惜地用脚去摸花脸鹌适才趴窝的地方,那儿很干燥,有一簇干草,草上还留着鸟儿的体温。站在河堤上,他听到姑娘和小石匠喊他。他拍了一下铁桶,姑娘和小石匠不叫了。这时他听到前边的河水明亮地向前流动着,村子里不知哪棵树上有只猫头鹰凄厉地叫了一声。后娘一怕天打雷,二怕猫头鹰叫。他希望天天打雷,夜夜有猫头鹰在后娘窗前啼叫。槐枝上的露水把他的胳膊濡湿了,他在裤头上擦擦胳膊。穿过河堤上的路走下堤去。这时他的眼睛适应了黑暗,看东西非常清楚,连咖啡色的泥土和紫色的地瓜叶儿的细微色调差异也能分辨。他在地里蹲下,用手扒开瓜垅儿,把地瓜撕下来,"丁丁当当"地扔到桶里。扒了一会儿,他的手指上有什么东西掉下,打得地瓜叶儿哆嗦着响了一声。他用右手摸摸左手,才知道那个被打碎的指甲盖儿整个儿脱落了。水桶已经很重,他拐着水桶往北走。在萝卜地里,他一个挨一个地拔了六个萝卜,把缨儿拧掉扔在地上,萝卜装进水桶……

"你把黑孩弄到哪儿去了?"小石匠焦急地问小铁匠。

"你急什么?又不是你儿子!"小铁匠说。

"黑孩呢?"姑娘两只眼盯着小铁匠一只眼问。

"等等,他扒地瓜去了。你别走,等着吃烤地瓜。"小铁匠温和地说。

"你让他去偷?"

"什么叫偷？只要不拿回家去就不算偷！"小铁匠理直气壮地说。

"你怎么不去扒？"

"我是他师傅。"

"狗屁！"

"狗屁就狗屁吧！"小铁匠眼睛一亮，对着桥洞外骂道："黑孩，你他妈的去哪里扒地瓜？是不是到了阿尔巴尼亚？"

黑孩歪着肩膀，双手提着桶鼻子，趔趔趄趄地走进桥洞，他浑身沾满了泥土，象在地里打过滚一样。

"哟，我的儿！真够下狠的了，让你去扒几个，你扒来一桶！"小铁匠高声地埋怨着黑孩，说，"去，把萝卜拿到池子里洗洗泥。"

"算了，你别指使他了。"姑娘说，"你拉火烤地瓜，我去洗萝卜。"

小铁匠把地瓜转着圈子垒在炉火旁，轻松地拉着火。菊子把萝卜提回来，放在一块干净石头上。一个小萝卜滚下来，沾了一身铁屑停在小石匠脚前，他弯腰把它捡起来。

"拿来，我再去洗洗。"

"算了，光那五个大萝卜就尽够吃了。"小石匠说着，顺手把那个小萝卜放在铁砧子上。

黑孩走到风箱前，从小铁匠手里把风箱拉杆接过来。小铁匠看了姑娘一眼，对黑孩说："让你歇歇哩，狗日的。闲着手痒痒？好吧，给你，这可不怨我，慢着点拉，越慢越好，要不就烤煳了。"

小石匠和菊子并肩坐在桥洞的西边石壁前。小铁匠坐在黑孩后边。老铁匠面南坐在北边铺上，烟锅里的烟早烧透了，但他还是双手捧烟袋，双肘支在膝盖上。

夜已经很深了，黑孩温柔地拉着风箱，风箱吹出的风犹如婴孩的鼾声。河上传来的水声越加明亮起来，似乎它既有形状又有颜色，不但可闻，而且可见。河滩上影影绰绰，如有小兽在追逐，尖细的趾爪踩在细沙上，声音细微如同毳毛纤毫毕现，有一根根又细又长的银丝儿，刺透河的明亮音乐穿过来。闸北边的黄麻地里，"泼剌剌"一声响，麻秆儿碰撞着，摇晃着，好久才平静。全工地上只剩下这盏气灯了，开初在那两盏气灯周围寻找过光明的飞虫们，经过短暂的迷惘之后，一齐麇集到铁匠炉边来，为了追求光明，把气灯的玻璃罩子撞得"哗哗啪啪"响。小石匠走到气灯前，捏着气杆，"噗唧噗唧"打气。气灯玻璃罩破了一个洞，一只蝼蛄猛地撞进去，炽亮的石棉纱罩撞掉了，桥洞里一团黑暗。待了一会儿，才能彼此看清嘴脸。黑孩的风箱把炉火吹得如几片柔软的红绸布在抖动,桥洞里充溢着地瓜熟了的香味。小铁匠用铁钳把地瓜挨个翻动一遍。香味愈来愈浓,终于,他们手持地瓜红萝卜吃起来。扒掉皮的地瓜白气袅袅,他们一口凉,一口热,急一口,慢一口,咯咯吱吱,唏唏溜溜,鼻尖上吃出汗珠。小铁匠比别人多吃了一个萝卜两个地瓜。老铁匠一点也没吃,坐在那儿如同石雕。

"黑孩,回家吗?"姑娘问。

黑孩伸出舌头,舔掉唇上残留的地瓜渣儿,他的小肚子鼓鼓的。

"你后娘能给你留门吗?"小石匠说,"钻麦秸窝儿吗?"

黑孩咳嗽了一声。把一块地瓜皮扔到炉火里,拉了几下风箱,地瓜皮卷曲,燃烧,桥洞里一股焦糊味。

"烧什么你?小杂种,"小铁匠说,"别回家,我收你当个干儿吧,又是干儿又是徒弟,跟着我闯荡江湖,保你吃香的喝辣的。"

小铁匠一语未了,桥洞里响起凄凉亢奋的歌唱声。小石匠浑身立时爆起一层幸福的鸡皮疙瘩,这歌词或是戏文他那天听过一个开头。

    恋着你刀马娴熟,通晓诗书,少年英武,跟着你闯荡江湖,风餐露宿,受尽了世上千般苦——

老头子把脊梁靠在闸板上,从板缝里吹进来的黄麻地里的风掠过他的头顶,他头顶上几根花白的毛发随着炉里跳动不止的煤火轻轻颤动。他的脸无限感慨,腮上很细的两根咬肌象两条蚯蚓一样蠕动着,双眼恰似两粒燃烧的炭火。

    ……你全不念三载共枕,如云如雨,一片恩情,当作粪土。奴为你夏夜打扇,冬夜暖足,怀中的香瓜,腹中的火炉……你骏马高官,良田千亩,丢弃奴家招赘相府,我我我我是苦命的奴呀……

姑娘的心高高悬着,嘴巴半张开,睫毛也不眨动一下地瞅着老铁匠微微仰起的表情无限丰富的脸和他细长的脖颈上那个象水银珠一样灵活地上下移动着的喉结。凄婉艾怨的旋律如同秋雨抽打着她心中的田地,她正要哭出来时,那旋律又变得昂扬壮丽浩渺无边,她的心象风中的柳条一样飘荡着,同时,有一种麻酥酥的感觉从脊椎里直冲到头顶,于是她的身体非常自然地歪在小石匠肩上,双手把玩着小石匠那只厚茧重重的大手,眼里泪光点点,身心沉浸在老铁匠的歌里,意里。老铁匠的瘦脸上焕发出夺目的光彩,她仿佛从那儿发现了自己象歌声一样的未来……

小石匠怜爱地用胳膊揽住姑娘,那只大手又轻轻地按在姑娘硬邦邦的乳房上。小铁匠坐在黑孩背后,但很快他就坐不住了,他听到老铁匠象头老驴一样叫着,声音刺耳,难听。一会儿,他连驴叫声也听不到了。他半蹲起来,歪着头,左眼几乎竖了起来,目光象一只爪子,在姑娘的脸上撕着,抓着。小石匠温存地把手按到姑娘胸脯上时,小铁匠的肚子里燃起了火,火苗子直冲到喉咙,又从鼻孔里、嘴巴里喷出来。他感到自己蹲在一根压缩的弹簧上,稍一松神就会被弹射到空中,与滞洪闸半米厚的钢筋混凝土桥面相撞,他忍着,咬着牙。

　　黑孩双手扶着风箱杆儿,炉中的火已经很弱了,一绺蓝色火苗和一绺黄色火苗在煤结上跳跃着,有时,火苗儿被气流托起来,离开炉面很高,在空中浮动着,人影一晃动,两个火苗又落下去。孩子目中无人,他试图用一只眼睛盯住一个火苗,让一只眼黄一只眼蓝,可总也办不到,他没法把双眼视线分开。于是他懊丧地从火上把目光移开,左右巡睃着,忽然定在了炉前的铁砧上。铁砧踞伏着,象只巨兽。他的嘴第一次大张着,发出一声感叹(感叹声淹没在老铁匠高亢的歌声里)。黑孩的眼睛原本大而亮,这时更变得如同电光源。他看到了一幅奇特美丽的图画:光滑的铁砧子,泛着青幽幽蓝幽幽的光。泛着青蓝幽幽光的铁砧子上,有一个金色的红萝卜。红萝卜的形状和大小都象一个大个阳梨,还拖着一条长尾巴,尾巴上的根根须须象金色的羊毛。红萝卜晶莹透明,玲珑剔透。透明的、金色的外壳里苞孕着活泼的银色液体。红萝卜的线条流畅优美,从美丽的弧线上泛出一圈金色的光芒。光芒有长有短,长的如麦芒,短的如睫毛,全是金色,……老铁匠的歌唱被推出去很远很远,象一个小蝇子的嗡嗡声。他象个影子一样飘过风箱,站在铁砧前,伸出了沾满泥土煤屑、挨过砸伤烫伤的小手,小手抖抖索索……当黑孩的手就要捉住小萝卜时,小铁匠猛地窜起来,他踢翻了一个水桶,水汩汩地流着,溻湿了老铁匠的草铺。他一把将那个萝卜抢过来,那只独眼充着血:"狗日的!公狗!母狗!你也配吃萝卜?老子肚里着火,嗓里冒烟,正要它解渴!"小铁匠张开牙齿焦黑的大嘴就要啃那个萝卜。黑孩以少有的敏捷跳起来,两只细胳膊插进小铁匠的臂弯里,身体悬空一挂,又嘟噜滑下来,萝卜落到了地上。小铁匠对准黑孩的屁股踢了一脚,黑孩一头扎到姑娘怀里,小石匠大手一翻,稳稳地托住了他。

　　老铁匠停下了嘶哑的歌喉,慢慢地站起来。姑娘和小石匠也站起来。六只眼睛一起瞪着小铁匠。黑孩头很晕,眼前的一切都在转动。使劲晃晃头,他看到小铁匠又拿着萝卜往嘴里塞。他抓起一块煤渣投过去,煤渣擦着小铁匠腮边飞过,碰到闸板上,落在老铁匠铺上。

"日你娘,看我打死你!"小铁匠咆哮着。

小石匠跨前一步,说:"你要欺负孩子?"

"把萝卜还给他!"姑娘说。

"还给他?老子偏不。"小铁匠冲出桥洞,扬起胳膊猛力一甩,萝卜带着飕飕的风声向前飞去,很久,河里传来了水面的破裂声。

黑孩的眼前出现了一道金色的长虹,他的身体软软地倒在小石匠和姑娘中间。

四

那个金色红萝卜砸在河面上,水花飞溅起来。萝卜漂了一会儿,便慢慢沉入水底。在水底下它慢慢滚动着,一层层黄沙很快就掩埋了它。从萝卜砸破的河面上,升腾起沉甸甸的迷雾,凌晨时分,雾积满了河谷,河水在雾下伤感地呜咽着。几只早起的鸭子站在河边,忧悒地盯着滚动的雾。有一只大胆的鸭子耐不住了,蹒跚着朝河里走。在蓬生的水草前,浓雾象帐子一样挡住了它。它把脖子向左向右向前伸着,雾象海绵一样富于伸缩性,它只好退回来,"呷呷"地发着牢骚。后来,太阳钻出来了,河上的雾被剑一样的阳光劈开了一条条胡同和隧道,从胡同里,鸭子们望见一个高个子老头儿挑着一卷铺盖和几件沉甸甸的铁器,沿着河边往西走去了。老头的背驼得很厉害,担子沉重,把它的肩膀使劲压下去,脖子象天鹅一样伸出来。老头子走了,又来了一个光背赤脚的黑孩子。那只公鸭子跟它身边那只母鸭子交换了一个眼神,意思是说:记得吧?那次就是他,水桶撞翻柳树滚下河,人在堤上做狗趴,最后也下了河拖着桶残水,那只水桶差点没把麻鸭那个臊包砸死……母鸭子连忙回应:是呀是呀,麻鸭那个讨厌家伙,天天追着我说下流话,砸死它倒利索……

黑孩在水边慢慢地走着,眼睛极力想穿透迷雾,他听到河对岸的鸭子在"呷呷呷呷,嘎嘎嘎嘎"地乱叫着。他蹲下去,大脑袋放在膝盖上,双手抱住凉森森的小腿。他感觉到太阳出来了,阳光晒着背,象在身后生着一个铁匠炉。夜里他没回家,猫在一个桥洞里睡了。公鸡啼鸣时他听到老铁匠在桥洞里很响地说了几句话,后来一切归于沉寂。他再也睡不着,便踏着冰凉的沙土来到河边。他看到了老铁匠伛偻的背影,正想追上去,不料脚下一滑,摔了一个屁股墩,等他爬起来时,老铁匠已经消逝在迷雾中了。现在他蹲着,看着阳光把河雾象切豆腐一样分割开,他望见了河对岸的鸭子,鸭子也用高贵的目光看着他。露出来的水面象银子一样耀眼,看不到河底,他非常失望。他听到工地上吵嚷起来,刘太阳副主任响亮地骂着:"娘的,铁匠炉里出了鬼了,老混蛋连招呼都不打就卷了铺盖,小混蛋也没了影子,还有没有组织纪律性?"

"黑孩!"

"黑孩!"

"那不是黑孩吗?瞧,在水边蹲着。"

姑娘和小石匠跑过来,一人架着一支胳膊把他拉起来。

"小可怜,蹲在这儿干什么?"姑娘伸手摘掉他头顶上的麦秸草,说,"别蹲在这儿,怪冷的。"

"昨夜里还剩下些地瓜,让独眼龙给你烤烤。"

"老师傅走了。"姑娘沉重地说。

"走了。"

"怎么办?让他跟着独眼?要是独眼折磨他呢?"

"没事,这孩子没有吃不了的苦。再说,还有我们呢,谅他不敢太过火的。"

两个人架着黑孩往工地上走,黑孩一步一回头。

"傻蛋,走吧,走吧,河里有什么好看的?"小石匠捏捏黑孩的胳膊。

"我以为你狗日的让老猫叼了去了呢!"刘太阳冲着黑孩说。他又问小铁匠:"怎么样你?把老头挤兑走了,活儿可不准给我误了。淬不出钻子来我剜了你的独眼。"

小铁匠傲慢地笑笑,说:"请着好吧,刘头。不过,老头儿那份钱粮可得给我补贴上,要不我不干。"

"我要先看看你的活。中就中,不中你也滚他妈的蛋!"

"生火,干儿。"小铁匠命令黑孩。

整整一个上午,黑孩就象丢了魂一样,动作杂乱,活儿毛草,有时,他把一大铲煤塞到炉里,使桥洞里黑烟滚滚;有时,他又把钢钻倒头儿插进炉膛,该烧的地方不烧,不该烧的地方反而烧化了。"狗日的,你的心到哪儿去啦?"小铁匠恼怒地骂着。他忙得满身是汗,绝技在身的兴奋劲儿从汗珠缝里不停地流溢出来。黑孩看到他在淬火前先把手插到桶里试试水温,手臂上被钢钻烫伤的地方缠着一道破布,似乎有一股臭鱼烂虾的味道从伤口里散出来。黑孩的眼里蒙着一层淡淡的云翳,情绪非常低落。九点钟以后,阳光异常美丽,阴暗的桥洞里,一道光线照着西壁,折射得满洞辉煌。小铁匠把钢钻淬好,亲自拿着送给石匠师傅去鉴定。黑孩扔下手中工具,蹑手蹑脚溜出桥洞,突然的光明也象突然的黑暗一样使他头晕眼花。略为迟疑了一下,他便飞跑起来,只用了十几秒钟,他就站在河水边缘上了。那些四个棱的狗蛋子草好奇地望着他,开着紫色花朵的水芡和擎着咖啡色头颅的香附草贪婪地嗅着他满身的煤烟味儿。河上飘逸着水草的清香和鲢鱼的微腥,他的鼻翅扇动着,肺叶象活泼的斑鸠在展翅飞翔。河面上一片白,白里掺着黑和紫。他的眼睛生涩刺痛,但还是目不转睛,好象要看穿水面上漂着的这层水银般的亮色。后来,他双手提起裤头的下沿,试试探探下了水,跳舞般向前走。河水起初只淹到他的膝盖,很快淹到大腿,他把裤头使劲捆起来,两半葡萄色的小屁股露了出来。这时候他已经立在河的中央了,四周的光一齐往他身上扑,往他身上涂,往他眼里钻,把他的黑眼睛染成了坝上青香蕉一样的颜色。河水湍急,一股股水流撞着他的腿。他站在河的硬硬的沙底上,但一会儿,脚下的沙便被流水掏走了,他站在沙坑里,裤头全湿了,一半贴着大腿,一半在屁股后飘起来,裤头上的煤灰把一部分河水染黑了。沙土从脚下卷起来,抚摸着他的小腿,两颗琥珀色的水珠挂在他的腮上,他的嘴角使劲抽动着。他在河中走动起来,用脚试探着,摸索着,寻找着。

"黑孩!黑孩!"

他听到小铁匠在桥洞前喊叫着。

"黑孩,想死吗?"

他听到小铁匠到了水边,连头也不回,小铁匠只能看到他青色的背。

"上来呀!"小铁匠挖起一块泥巴,对准黑孩投过去,泥巴擦着他的头发梢子落到河水里,河面上荡开椭圆形的波纹。又一坨泥巴扔过来,正打着他的背,他往前扑了一下,嘴唇沾到了河水。他转回身,"嗯嗯隆隆"地蹚着水往河边上走。黑孩遍身水珠儿,站在小铁匠面前。水珠儿从皮肤上往下滚动,一串一串的,"嘟噜噜"地响。大裤头子贴在身上,小鸡子象蚕蛹一样硬邦邦地翘着。小铁匠举起那只熊掌一样的大巴掌刚要扇下去,忽然觉得心脏让猫爪子给剐了一下子,黑孩的眼睛直盯着他的脸。

"快去拉火。师傅我淬出的钢钻,不比老家伙差。"他得意地拍拍黑孩的脖颈。

铁匠炉上暂时没有活儿,小铁匠把昨夜剩下的生地瓜放在炉边烤着。黄麻地里的风又轻轻地吹进来了。阳光很正地射进桥洞。小铁匠用铁钳翻动着烤出焦油的地瓜,嘴里得意地哼着:"从北京到南京,没见过裤裆里拉电灯。黑孩,你见过裤裆里拉电灯吗?你干娘裤裆里拉电灯哩……"小铁匠忽然记起似地对黑孩说:"快点,拔两个萝卜去,拔回来赏你两个地瓜。"黑孩的眼睛猛然一亮,小铁匠从他肋条缝里看到他那颗小心儿使劲地跳了两下,正想说什么没及开口,孩子就象家兔一样跑走了。

  黑孩爬上河堤时,听到菊子姑娘远远地叫了他一声。他回过头,阳光捂住了他的眼。他下了河堤,一头钻进黄麻地。黄麻是散种的,不成垅也不成行,种子多的地方黄麻秆儿细如手指,铅笔;种子少的地方,麻秆如镰柄,手臂。但全都是一样高矮。他站在大堤上望麻田时,如同望着微波荡漾的湖水。他用双手分拨着粗粗细细的麻秆往前走,麻秆上的硬刺儿扎着他的皮肤,成熟的麻叶纷纷落地。他很快就钻到了和萝卜地平行着的地方,拐了一个直角往西走。接近萝卜地时,他趴在地上,慢慢往外爬。很快他就看到了满地墨绿色的萝卜缨子。萝卜缨子的间隙里,阳光照着一片通红的萝卜头儿。他刚要钻出黄麻地,又悄悄地缩回来。一个老头正在萝卜垅里爬行着,一边爬一边从口袋里往外掏着麦粒,一穴一穴地点种在萝卜垅沟中间。骄傲的秋阳晒着他的背,他穿着一条白布裈儿,脊沟溻湿了,微风扬起灰尘,使汗溻的地方发了黄。黑孩又膝行着退了几米远、趴在地上,双手支起下巴,透过麻秆的间隙,望着那些萝卜。萝卜田里有无数的红眼睛望着他,那些萝卜缨子也在一瞬间变成了乌黑的头发,象飞鸟的尾羽一样耸动不止……

  一个红脸膛汉子从地瓜地里大步走过来,站在老头背后,猛不丁地说:"哎,老生,你说昨天夜里遭了贼?"

  老头手忙脚乱地爬起来,垂着手回答:"遭了,偷了六个萝卜,缨子留下了,地瓜八墩,蔓子留下了。"

  "怕是让修闸的那些狗日的偷去了,加点小心,中饭晚点回去吃。"

  "我听着啦,队长。"老头儿说。

  黑孩和老头一起,目送着红脸汉子走上大堤。老头坐在萝卜地里,面对着孩子。黑孩又惶乱地往后退出一节,这时,密密麻麻的黄麻把他的视线遮住了。

  "黑孩!"

  "黑孩!"

  姑娘和小石匠站在大堤上,对着黄麻地喊着。他们背对着正晌的太阳,阳光照着散工的人群。

  "我看到他钻到黄麻地里,我还以为他去撒尿拉屎了呢!"姑娘说。

  "独眼龙难道又欺负他了?"小石匠说。

"黑孩!"

"黑孩!"

姑娘和小石匠的男女声二重喊贴着黄麻梢头象燕子一样滑翔,正在黄麻梢头捕食灰色小蛾的家燕被惊吓得高飞,好一会儿才落下来。小铁匠站在桥洞前边,独眼望着这并膀站着的男女,感到肚子越胀越大。方才姑娘和小石匠来找黑孩,那语气那神态就象找他们的孩子。"等着吧,丫头养的你们!"他恨恨地低语着。

"黑孩!黑孩!"姑娘说,"他怕是钻到黄麻地里睡着了。"

"去看看吗?"小石匠乞求地看着姑娘。

"去吗?去吧。"

两个人拉着手下了堤,钻到黄麻地里。小铁匠尾追着冲上河堤,他看到黄麻叶子象波浪一样翻滚着,黄麻秆子"唰拉拉"地响着,一男一女的声音在喊叫黑孩,声音象从水里传上来的一样……

黑孩趴累了,舒了一口气,翻了一个身,仰面朝天躺起来。他的身下是干燥的沙土,沙上铺着一层薄薄的黄麻落叶。他后脑勺枕着双手,肚子很瘪的凹陷着,一个带着红点的黄叶飘飘地落下来,盖住了他满是煤灰的肚脐。他望着上方,看到一缕粗一缕细的蓝色光线从黄麻叶缝中透下来,黄麻叶片好象成群的金麻雀在飞舞。成群的金麻雀有时又象一簇簇的葫芦蛾,蛾翅上的斑点象小铁匠眼中那个棕色的萝卜花一样愉快地跳动。

"黑孩!"

"黑孩!"

熟悉的声音把他从梦幻中唤醒,他坐起来,用手臂摇了一下身边那棵粗大的黄麻。

"这孩子,睡着了吗?"

"不会的,我们这么大声喊。他肯定是溜回家去了。"

"这小东西……"

"这里真好……"

"是好……"

声音越来越低,象两只鱼儿在水面上吐水泡。黑孩身上象有细小的电流通过,他有点紧张,双膝跪着,扭动着耳朵,调整着视线,目光终于通过了无数障碍,看到了他的朋友被麻秆分割得影影绰绰的身躯。一时间极静了的黄麻地里掠过了一阵小风,风吹动了部分麻叶,麻秆儿全没动。又有几个叶片落下来,黑孩听到了它们振动空气的声音。他很惊异很新鲜地看到一根紫红色头巾轻飘飘地落到黄麻秆上,麻秆上的刺儿挂住了围巾,象挑着一面沉默的旗帜,那件红格儿上衣也落到地上。成片的黄麻象浪潮一样对着他涌过来。他慢慢地站起来,背过身,一直向前走,一种异样的感觉猛烈冲击着他。

五

一连十几天,姑娘和小石匠好象把黑孩忘记了,再也不结伴到桥洞里来看望他。每当中午和晚上,黑孩就听到黄麻地里响起百灵鸟婉转的歌唱声,他的脸上浮起冰冷的微笑,好象他知道这只鸟在叫着什么。小铁匠是比黑孩晚好几天才注意到百灵鸟的叫声的。他躲在桥洞里仔细观察着,终于发现了奥秘:只要百灵鸟叫起来,工地上就看不见小石匠的影子,菊子姑娘就坐立不安,眼睛四下打量,很快就会扔下锤子溜走。姑娘溜走后一会儿,百灵鸟就歇了歌喉。这时,小铁匠的脸色就变得更加难看,脾气变得更加暴躁。他开始喝起酒来。黑孩每天都要走过石桥到村里小卖部给他装一瓶地瓜烧酒。

这天晚上,月光皎皎如水,百灵鸟又叫起来了。黄麻地里的熏风象温柔的爱情扑向工地。小铁匠攥着酒瓶子,把半瓶烧酒一气灌下去,那只眼睛被烧得泪汪汪的。刘太阳副主任这些天回家娶儿媳妇去了,工地上人心涣散,加夜班的石匠们多半躺在桥洞里吸烟,没有钻子要修理,炉火半死不活地跳动着。

"黑孩……去,给老子拔几个萝卜来……"酒精烧着小铁匠的胃,他感到口中要喷火。

黑孩象木棍一样立在风箱边上,看着小铁匠。

"你,等着老子揍你吗?去……"

黑孩走进月光地,绕着月光下无限神秘的黄麻地,穿过花花绿绿的地瓜地,到了晃动着沙漠蜃影的萝卜地。等他提着一个萝卜走回桥洞时,小铁匠已经歪在草铺上呼呼地睡了。黑孩把萝卜放在铁砧子上,手颤抖着拨亮炉火,可再也弄不出那一蓝一黄升腾到空中的火苗,他变换着角度,瞅那个放在铁砧子上的萝卜,萝卜象蒙着一层暗红色的破布,难看极了,孩子沮丧地垂下头。

这天夜里,黑孩没有睡好。他躺在一个桥洞里,翻来复去地打着滚。刘副主任不在,民工们全都跑回家去睡觉。桥洞里只剩下一层薄薄的麦秸草。

月光斜斜地照进桥洞,桥洞里一片清冷光辉,河水声、黄麻声,小铁匠在最西边桥洞里发出的鼾声,以及其它一些莫名其妙的声音,一齐钻进了他的耳朵。石头上的麦草闪闪烁烁,直扎着他的眼睛。他把所有的麦秸草都收拢起来,堆成一个小草岭,然后钻进去,风还是能从草缝里钻进来,他使劲蜷缩着,不敢动了。他想让自己睡觉,可总是睡不着。他总是想着那个萝卜,那是个什么样的萝卜呀,金色的,透明。他一会儿好象站在河水中,一会儿又站在萝卜地里,他到处找呀,到处找……

第二天早晨,太阳还没出来,月亮还没完全失去光彩,成群的黑老鸹惊惶失措地叫着从工地上空掠过,滞洪闸上留下了它们脱落的肮脏羽毛。东边的地平线上,立着十几条大树一样的灰云,枝杈上挂满了破烂的布条。黑孩从桥洞里一钻出来就感到浑身发冷,象他前些日子打摆子时寒颤上来一样滋味。刘副主任昨天回来了,检查了工地上的情况,他非常生气,大骂了所有的民工。所以今天人们来得都很早,干活也卖力,工地上的锤声象池塘里的蛙鸣连成一片。今天要修的钢钻很多,小铁匠的工作态度也非常认真,活儿干得又麻利又漂亮。来换钢钻的石匠们不断地夸奖他,说他的淬火功夫甚至超过了老铁匠,淬出的钢钻又快又韧,下下都咬石头。

太阳两竿子高的时候,小石匠送来两支钢钻待修。这是两支新钻,每支要值四五块钱。小铁匠瞥瞥神采焕发的小石匠,独眼里射出一道冷光。小石匠没觉察到小铁匠的表情,幸福的眼睛里看到的全是幸福。黑孩儿感到心里害怕,他看出小铁匠要作弄小石匠了。小铁匠把那两支钢钻烧得象银子一样白,草草地在砧子上打出尖儿,然后一下子浸到水里去……

小石匠提着钢钻走了,小铁匠嘴上滑过一个得意的笑容,他对着黑孩眨眨眼,说:"孙子,他他妈的也配使老子淬出的钻子?儿子,你说他配吗?"黑孩缩在角落里,使劲打着哆嗦。一会儿,小石匠回到铁匠炉边,他把两支钻子扔到小铁匠跟前,骂道:"独眼龙,你这是淬得什么火?"

"孙子,叫唤什么?"小铁匠说。

"睁开你那只独眼看看!"

"这是你的钻子不好。"

"放屁,你这是成心作弄老子。"

"作弄你又怎么着?爷们看着你就长气!"

"你、你,"小石匠气得脸色煞白,说,"有种你出来!"

"老子怕你不成!"小铁匠撕下腰间扎着的油布,光着背,象只棕熊一样踱过去。

小石匠站在闸前的沙地上,把夹克衫和红运动衣脱下来,只穿一件小背心。他身材高大,面孔象个书生,身体壮得象棵树。小铁匠脚上还扎着那两块防烫的油布,脚掌踩得地上尖利的石片欻欻地响,他的臂长腿短,上身的肌肉非常发达。

"文打还是武打?"小铁匠不屑一顾地说。

"随你的便。"小石匠也不屑一顾地说。

"你最好回家让你爹立个字据,打死了别让我赔儿子。"

"你最好回家先钉口棺材。"

骂着阵,两个人靠在了一起。黑孩远远地蹲着,一直没停地打着哆嗦。他看到,小铁匠和小石匠最初的交锋很象开玩笑。小石匠卷着舌头啐了小铁匠一脸唾沫,小铁匠扬起长臂,把拳头捅过去,小石匠一退,这一拳打空了。又啐。又一拳。又退。闪空。但小石匠的第三口唾沫没迸出唇。肩头上就被小铁匠猛捅了一拳,他的身体不由自主地转了一圈。

人们惊叫着围拢上来,高喊着:"别打了,别打了。"但没有人上前拉架。后来,连喊声也没有了,大家都睁大眼,屏住气,看着这两个身段截然不同的小伙子比试力气。菊子姑娘脸色灰白,使劲地抓住她身边一个姑娘的肩头。当她的情人吃了小铁匠的铁拳时,她就低声呻唤着,眼睛象一朵盛开的墨菊。

决斗还难分高低,你打我一拳,我也打你一拳,小石匠个头高,拳头打得漂亮潇洒,但显然有点飘,有点花哨,力量不很足,小铁匠动作稍慢一点,但出拳凶狠扎实,被他憞上一拳,小石匠就要转一个圈。后来,小铁匠头上挨了一拳,有点晕头转向,小石匠趁机上前,雨点般的拳头打得小铁匠的身体嘭嘭地响。小铁匠一猫腰,钻进了小石匠腋下,两只长臂象两条鳗鱼一样缠住了小石匠的腰,小石匠急忙夹住小铁匠的头,两个人前进,后退,后退,又前进,小石匠支持不住,仰面朝天摔在沙地上。

人群里爆发了一阵欢呼。

小铁匠站起来,吐吐口中的血沫子,歪着头,象只斗胜的公鸡。

小石匠爬起来,向着小铁匠扑过去。一白一黑两个身体又扭在一起。这次小铁匠把身体伏得很低,保护着自己的下三路不让小石匠得手,四只胳膊紧紧地纠缠着,有时候,小石匠把小铁匠撩起来,转着圈抡动,但并不能把小铁匠摔出去。小石匠气喘吁吁,满身都是汗水,小铁匠却连一个汗珠都没掉。小石匠体力不支,步伐错乱,眼前出现重影,稍一懈息,手臂便被拨开,小铁匠抱住他的腰,箍得他出气不匀,他再次仰天倒地。

第三个回合小石匠败得更惨,小铁匠一个癞狗钻裆把他扛起来,摔出去足有两米远。

菊子姑娘哭着扑上去,扶起了小石匠。在菊子姑娘的哭声中,小铁匠脸上的喜色顿时消逝,换上了满面凄凉。他呆呆地站着。小石匠爬起来,拨开菊子的手,抓起一把沙土,对准小铁匠的脸打上去。沙土迷住了小铁匠的独眼,他象野兽一样嗥叫着,使劲搓着眼睛。小石匠趁机扑上去,卡着小铁匠的脖子把他按倒,拳头象擂鼓一样对着小铁匠的脑袋乱打……

这时候,从人们的腿缝里,钻出了一个黑色的影子。这是黑孩。他象只大鸟一样飞到小石匠背后,用他那两只鸡爪一样的黑手抓住小石匠的腮帮子使劲往后折,小石匠龇着牙,咧着嘴,"喔喔"地叫着,又一次沉重地倒在沙地上。

小铁匠挣扎着坐起来,两只大手摸起地上的碎石片儿,向着四周抛撒。"畜牲!狗!"骂声和着石头片儿,象冰雹一样横扫着周围的人群,人们慌乱地躲闪着。菊子姑娘突然惨叫了一声。小铁匠的手象死了一样停住了。他的独眼里的沙土已被泪水冲积到眼角上,露出了瞳孔。他朦胧地看到菊子姑娘的右眼里插着一块白色的石片,好象眼里长出一朵银耳。他怪叫一声,捂着眼睛,躺在地上痛苦地扭动着。

黑孩听到姑娘的惨叫,便松开了自己的手。他的手指把小石匠的腮帮子抓出两排染着煤灰的血印。趁着人们慌乱的时候,他悄悄地跑回桥洞,蹲在最黑暗的角落上,牙齿"的的"地打着战,偷眼望着工地上乱纷纷的人群。

六

第二天,滞洪闸工地上消失了小石匠和菊子姑娘的影子,整个工地笼罩着沉闷压抑的气氛。太阳象抽疯般颤抖着,一股股萧杀的秋风把黄麻吹得象大海一样波浪起伏,一群群麻雀惊恐不安地在黄麻梢头噪叫着。风穿过桥洞,扬起尘土,把半边天都染黄了。一直到九点多钟,风才停住,太阳也慢慢恢复正常。

刚娶完儿媳妇回来的刘太阳副主任碰上了这些事,心里窝着一腔火,他站在铁匠炉前,把小铁匠骂得狗血淋头,并扬言要抠出他那只独眼给菊子姑娘补眼。小铁匠一气不吭,黑脸上的刺疙瘩一粒粒憋得通红,他大口喘着气,大口喝着酒。

石匠们不知被什么力量催动着,玩儿命地干活,钢钻子磨秃了一大批,堆在红炉旁等着修理。小铁匠象大虾一样蜷曲在草铺上,咕咕地灌着酒,桥洞里酒气扑鼻。

刘副主任发火了,用脚踹着小铁匠骂"你害怕了?装孙子了?躺着装死就没事了?滚起来修钻子,这样也许能将功补过。"

小铁匠把手中的酒瓶向上抛起来,酒瓶在桥面上砰然撞碎,碎玻璃掺着烧酒落了刘副主任一头。小铁匠跳起来,一路歪斜跑出去,喊着:"老子怕什么,老子天都不怕,死都不怕,还怕什么?"他爬上滞洪闸,继续高叫着:"我谁都不怕!"他的腿碰到了石栏杆,身子歪歪扭扭,桥下有人喊:"小铁匠,当心掉下桥。""掉下桥?"他哈哈大笑起来,笑着攀上石栏杆,一松手,抖抖擞擞地站在石栏杆上。桥下的人都中了魔,入了定,呼吸也不敢用力。

小铁匠双臂夸煞开,一上一下起伏着,象两只羽毛丰满的翅膀。他在窄窄的石栏杆上走起来,身体晃来晃去。他慢走变成快走,快走变成小跑,桥下的人捂住眼睛,又松手露出眼睛。

小铁匠一起一伏晃晃悠悠地在石栏杆上跑着,栏杆下乌蓝的水里映出他变了形的身影。他从西头跑到东头,又从东头跑回来,一边跑一边唱起来:"南京到北京,没见过裤裆里拉电灯,格里咙格里格咙,里格咙,里格咙,南京到北京,没见过裤裆里打弹弓……"

几个大胆的石匠跑上闸去,把小铁匠拖了下来。他拼命挣扎着,骂着:"别他妈的管我,老子是杂技英豪,那些大姐在电影上走绳子,老子在闸上走栏杆,你们说,谁他妈的厉害……"几个人累得气喘吁吁,总算把他弄回桥洞里。他象块泥巴一样瘫在铺上,嘴里吐着白沫,手撕着喉咙,哭叫着:"亲娘哟,难受死了,黑孩,好徒弟,救救师傅吧,去拔个萝卜来……"

人们突然发现,黑孩穿上了一件包住屁股的大褂子,褂子是用崭新的、又厚又重的小帆布缝的。这种布非常结实,五年也穿不破。那条大裤头子在褂子下边露出很短的一截,好象褂子的一个花边。黑孩的脚上穿着一双崭新的回力球鞋,由于鞋子太大,只好紧紧地系住鞋带,球鞋变得象两条丑陋的胖头鲇鱼。

"黑孩,听到了吗?你师傅让你去干什么?"一个老石匠用烟袋杆子戳着黑孩的背说。

黑孩走出桥洞,爬上河堤,钻进黄麻地。黄麻地里已经有了一条依稀可辨的小径,麻秆儿都向两边分开。走着走着,他停住脚。这儿一片黄麻倒地、象有人打过滚。他用手背揉揉眼睛,抽泣了一声,继续向前走。走了一会,他趴下,爬进萝卜地。那个瘦老头不在,他直起腰,走到萝卜地中央,蹲下去,看到萝卜垄里点种的麦子已经钻出紫红的锥芽,他双膝跪地,拔出了一个萝卜,萝卜的细根与土壤分别时发出水泡破裂一样的声响。黑孩认真地听着这声响,一直追着它飞到天上去。天上纤云也无,明媚秀丽的秋阳一无遮拦地把光线投下来。黑孩把手中那个萝卜举起来,对着阳光察看。他希望还能看到那天晚上从铁钻上看到的奇异景象,他希望这个萝卜在阳光照耀下能象那个隐藏在河水中的萝卜一样晶莹剔透,泛出一圈金色的光芒。但是这个萝卜使他失望了。它不剔透也不玲珑,既没有金色光圈,更看不到金色光圈里包孕着的活泼的银色液体。他又拔出一个萝卜,又举到阳光下端详,他又失望了。以后的事情就变得很简单了。他行一膝步。拔两个萝卜。举起来看看。扔掉。又膝行一步,拔,举,看,扔……

看菜园的老头子眼睛象两滴混浊的水,他蹲在白菜地里捉拿钻心虫儿。捉一个用手指捏死,再捉一个还捏死。天近中午了,他站起来,想去叫醒正在看园屋子里睡觉的队长。队长夜里误了觉,白天村里不安宁,难以补觉,看园屋子里只能听到秋虫低吟,正好睡觉。老头儿一直起腰,就听到脊椎骨"叭哽叭哽"响。他恍然看到阳光下的萝卜地一片通红,好象遍地是火苗子。老头打起眼罩,急步向前走,一直走到萝卜地里,他才看得那遍地通红的竟是拔出来的还没有完全长成的萝卜。

"作孽啊!"老头子大叫一声。他看到一个孩子正跪在那儿,举着一个大萝卜望太阳。孩子的眼睛是那么大,那么亮,看着就让人难受,但老头子还是不客气地抓住他,扯起来,拖到看园屋子里,叫醒了队长。

"队长,坏了,萝卜,让这个小熊给拔了一半。"

队长睡眼惺松地跑到萝卜地里看了看,走回来时他满脸杀气。对着黑孩的屁股他狠踢了一脚,黑孩半天才爬起来。队长没等他清醒过来,又给了他一耳光子。

"小兔崽子,你是哪个村的?"

黑孩迷惘的眼睛里满是泪水。

"谁让你来搞破坏?"

黑孩的眼睛清澈如水。

"你叫什么名字?"

黑孩的眼睛里水光潋滟。

"你爹叫什么名字?"

两行泪水从黑孩眼里流下来。

"他娘的,是个小哑巴。"

黑孩的嘴唇轻轻嚅动着。

"队长,行行好,放了他吧。"瘦老头说。

"放了他?"队长笑着说,"是要放了他。"

队长把黑孩的新褂子、新鞋子、大裤头子全剥下来,团成一堆,扔到墙角上,说:"回家告诉你爹,让他来给你拿衣裳。滚吧!"

黑孩转身走了,起初他还好象害羞似地用手捂住小鸡儿,走了几步就松开了手。老头子看着这个一丝不挂的黑孩,抽抽搭搭地哭起来。

黑孩钻进了黄麻地,象一条鱼儿游进了大海。扑簌簌黄麻叶儿抖,明晃晃秋天阳光照。

黑孩　　黑孩　　 。

一九八四年十一月

【阅读提示】

1. 小说的核心意象是第三节出现于黑孩幻觉中的"金色的红萝卜"。联系这一意象感受小说所传达的情绪、感觉。注意体味小说结尾时直接透露出的情感——"他恍然看到阳光下的萝卜地一片通红,好象遍地是火苗子"……"他看到一个孩子正跪在那里,举着一个大萝卜望太阳。孩子的眼睛是那么大,那么亮,看着让人难受"……"黑孩钻进了黄麻地,象一条鱼游进了大海。扑簌簌黄麻叶儿抖,明晃晃秋天阳光照。黑孩——黑孩——"。由"阳光""通红"的土地、"孩子"以及"寻找"的动作,这些因素共同构成的画面,给了你怎样的感觉?

2. 区别于一般以"故事"为主的小说,这篇小说着重表达的是"感觉"。这主要是通过小精灵般的黑孩的眼睛和感官印象呈现出来的。这使小说具有"超现实"的诗化色彩。但与此同时,小说并没有放弃关于现实的描写,如小石匠、菊儿、小铁匠、老铁匠等人的故事。你认为将"透明的红萝卜"呈现于这样的现实中有何意味?

【参考书(篇)目】

万千:《莫言:一个物化时代的感伤诗人——读莫言的几个近作》,收《怀抱鲜花的女人——莫言小说近作集》,中国社会科学出版社1993年版。

十九间房（存目）

苏 童

【阅读提示】

　　这部作品是苏童早期著名的"枫杨树故乡"系列小说中的一篇。长满苍天古树、阴暗潮湿的村庄十九间房构成故事发生的场景，也形成了叙述的基本氛围。小说主要是通过人物的心理感觉来呈现这一空间，传递出了一种阴郁、颓废而富于诗意的叙述情调。十九间房这个空间虽然是实感的，但又缺乏一般"寻根"小说那种具体的社会学依据，而呈现出一种虚幻缥缈的特性。小说结尾的"这当然是五十年前的陈年旧事了"，带入另一重有距离的时间感受，从而将故事转换为一种空洞的"怀乡"情调。注意小说关于空间的呈现方式，以及叙述人的游离语调，如何营造出一种"后现代"式的叙述格调。

　　苏童小说善写女人和孩子心理。小说主部是一个传奇性的土匪故事，但是春来一家人纠结的情感状态也得到了很好的呈现。注意小说如何有意识地转换人物的叙述视角，将故事组织在一种充满张力的情与欲的人物关系格局中。特别注意春来从最初的叙述人，到结尾处被怀念的对象，这个过程是如何完成的。

【参考书(篇)目】

　　1. 苏童：《世界两侧·自序》，《苏童文集》，江苏文艺出版社 1993 年版。

　　2. 晓华、汪政：《浪子悲歌：苏童〈飞越我的枫杨树故乡〉赏析》，载《名作欣赏》1991 年第 1 期。

纪实和虚构(节选)

王安忆

第九章

　　有时候我也想，我所以干上写东西这一行，是不是承继了祖上茹荼的某些遗传。他也是那样热心于文字，到一地便有一本"诗草"诞生，他的政绩不怎么样，"诗草"却一本连一本。从这些"诗草"我们可了解他做官的路线和经历。耍笔杆子，是我与他的共通之处。诗这玩意儿我以前也写过，还配上了画。我写过一首关于我和邻家男孩友谊的新体诗，题目叫作"布谷布谷"。第一句是：布谷布谷，他又在招呼。这确有其事。当我父亲母亲在家的时候，他要叫我出去，就在我家门口叫着：布谷布谷。而我多半是出不去的，而他就这样一径无望地"布谷"下去。这样的诗我还写过很多首，汇集成一本，取名为"诗情画意"。再联系茹荼直至目前为止被我找到的仅有的两首诗，《刺桐花》和《晨起》，我便又发现了我们还有两点共同之处：一是我与他的写作，都是源于自身的经历与体验；二是我与他的写作，都并非为了发表这一社会化的目的。我们写作仅止是一种个人的需要。但是，这只是在事情的起始阶段，当我的诗歌阶段过去并且一去不返的时候，我的创作情况就与茹荼他产生了分歧。这分歧简单说就是他一直将诗的道路坚持到了底，而我却去写小说了。我想，小说这样东西是与诗完全不一样的。不一样在于，诗可以坚持抒发源于自身经验的情感，而小说却非逼得人创造出一点超于自身经验的东西。这种不同也可以集中为抒发和创造这两个词汇。创造这事就有些麻烦了，它不仅源于自身的经验，还源于想象力。想象力这玩意儿很奇特，我以为它是由看上去似乎完全相反的两个方面组成。一方面是自己拥有的经验，另一方面则是自己不拥有、甚至严重缺乏的经验。我们往往是从已知的经验出发，然后再走得略远一些。一开始我们不敢太冒险，只敢超出那么一点点。接着，我们越来越大胆，浑身的好奇心和冒险心都被激发起来，我们是可走到天边去了。小说这玩意，从一开头起就要求人无中生有地编一个故事。老实说，大家的经验都很平凡，历史以百年为一计时单位地演进,短暂的一生中能有那么一鳞半爪的好事发生就算可以的了。仅凭我们自己的经验,怎么能构成一个完整的故事?所以,小说的别称应当就是虚构,它从一出发时就走上了虚拟的道路。反正,你看小说就别指望这是真的。我想,我是怎么样走上小说的道路的?起初似乎是因为,诗的韵束缚住了我手脚。那时候,诗只革命了一半,句子可以长短自由,声律当然也无从讲究,然后就剩下了韵。那时候,韵似乎是诗的残存形式了,所以是必须注意的。这韵可把我憋得死去活来,许多好句子就是因为不押韵不得不舍弃。要从那么多字里挑出又合意思又押韵的,真好比大海捞针。后来我想,我何苦受这个罪呢?又没人逼着我写诗,于是,我就放弃了。到了今天,我看见那些连韵的命都革掉了的新诗,就有些遗憾。倘若这时代早二十年,我大约已成为一名诗人了。诗人这名字比小说家真实得多,"小说家"这三个字听起来就有些招摇撞骗的味道,无奈我生不逢时。但韵其实只是个表面现象,更深刻的原因是我实在没有多少经验可供诗作抒发的源泉。我可说连一小点情绪都没有放过抒发的机会。比如,和那后来去了巴拿马的唱歌朋友之间的一点小感觉;再比如,与那萍水相逢的拉琴朋友之间的又一点小感觉,全都写了诗。那时节,我可谓是绞尽了脑汁,想着究竟可以写点什么,再想着如何押韵。而这点情感抒发,是远远赶不上我耍笔杆子的欲望的。也就是说,原料严重缺乏,完全满足不了先进的生产力。我不知道我为什么要这样不停地写啊写的。当我最终放弃了写诗又没有开始写小说的时候,我老实了一阵子,也苦闷了一阵子。我好像生下来就必须写点什么似的。我从小对纸和笔就非常钟爱,它们好像与我有着什么亲缘似的。我对书写也有一种钟爱,我的字开始就写得糟透了,又由于书写过多越写越坏,这合乎南辕北辙的道理。后来我知道,当我用笔在纸上无限情深地画来画去的时候,其实我就已经开始在上面展开我的一个世界,这世界带有空中楼阁的味道。当我在海滩看见孩子用沙子堆砌城堡的游戏,心里总是非常感动,我觉得他们是我的化身。他们的小手那么执著,充满信念,要将松散的沙子筑成堡垒,和我在纸上画来画去同出一辙。当我在写诗和写小说之间停笔的那当儿,我就准备着去建立沙上城堡,从无到有地创造一个情感与经验的世界。因此,当我向着小说出发的时候,一是受了不为韵所束缚的自由动力驱策,二是受了为自身经验所束缚的自由动力驱策。我以为这是一种积极的,化被动为主动的生活态度,意味着我们对于自然的世界不满足于仅仅是服从,而要再创造一个自然。

书写真是一件快事,它使一张白纸改变了虚空的面貌,同时也充实了我们空洞的心灵。它是使我们人生具备意义的最简便又有效的方式。它可使我们人走在冷清的街道,内心却熙熙攘攘,或者人走在熙攘的街道,内心却旷远辽阔。回顾我最早的那首"布谷布谷",便可窥察出我向往创造令人满意的新经验。每段开头总是"布谷布谷,他又在招呼"这一句,接下来就写我们在一起怎样玩耍游戏,快乐无比。事实上就如前面所说,我通常是无法响应他的召唤。在屋里听着他招呼,急得就好像热锅上的蚂蚁而一筹莫展。他直呼唤到精疲力竭,然后扫兴回家。"布谷布谷"其实从来是个没有回应的呼唤,它是我童年时代寂寞的声音。这一种在茫茫人海中寻找联系的焦灼的呼喊,带有我们后来一生的象征。小小的我们,选"布谷"这鸟儿的叫声作我们的联络暗号,反映了我们对自然世界的向往。我们是在儿歌里读到这种提醒人们播种的鸟儿,为我们拿来当作一个吉祥的使者。虽然结果它总是带给我们失败。我写"布谷布谷"那首诗,是为了重建我们的经验,这经验是喜悦的。在我年幼的时候,已经学会用重建经验来鼓舞自己的信心。再后来,写关于那后来去了巴拿马的朋友的诗的时候,我其实也无意地夸大了我与他之间的关系。他讲给我听他的恋爱故事本是平常的事,闲话一桩而已,随了时间过去不留痕迹,而我却以诗的形式挽留下来,使其固定存在。我强调这闲事对我心情的影响,意在建立一种我与他之间的超于现实的联系。现实中的关系总是很疏离,使人孤独从心中来。我是想给人际交往的一切琐细过程都赋于意味,这些意味不同寻常,它可使我们间的联系变得稳固可靠。还有那首"你到底要做什么"的诗,我则是要将萍水相逢的遭遇变成永恒的。我注入这种相逢以人生的教育的意义,让它焕发出照耀我一生的光芒。这种擦肩而过的关系是我们现实中关系的一半以上,假如我们能使这关系全停滞下来,便可成为错综交叉的一张密网,沿了这网络,我们也许可以走通一个世界,从而开放我们封闭的空间。这些诗里已经透露我要重建自己经验的渴望,但我还只是在我确有的经验基础上,进行一些改造、夸张、强调,我着重的还是抒发。甚至在我开始写小说的最初的年头,我还拖有一段抒发的尾巴。我叙述我的已有的经验,然后发表感想。其中有一些是我诗中内容的重复,但重建经验的向往却日益强烈和鲜明,最后将彻底屏除抒发,而抵达一个彻底创造的世界。

我小说的所谓处女作,是从生活中一件小事出发。那一天,我在车站等车,天忽然下起雨来。这路车是二十四路车,二十四是个吉祥的数字,它可以被二、四、六、八的双数统统除尽,双数总是个好兆头。我在二十四路车站等车,雨打在我的头上。车站这种地方是集合的地方,也是离散的地方,还是邂逅与错过的好地方。在这城市的街道上,车站也可算作一个景观,那里济济地站着许多人。他们好像是亲朋好友似地站成一团,这显然使他们有些窘迫。好像是为了说明他们其实互不相干,他们便有意作出漠然的表情。他们目光分散,各朝各的方向。他们甚至还过分地做出不友好的恶狠狠的神态,这样子看上去真有些滑稽。汽车又常常脱班,这城市的街道日益拥挤,堵车的事情时有发生。于是,车站上的人越来越多,气氛也越来越紧张,剑拔弩张似的。等车的时刻最叫人难熬了,人和人的距离真是咫尺天涯。这时天又下起雨来了,我身边有个男孩撑起一把黑伞,雨点打在伞面上噼啪作响。身边站着一个淋雨的女孩叫他很不安,我看出他有几次想要收起伞。这样陪着一个陌生女孩淋雨,就更叫他不安了。他大约是痛苦斗争了几分钟,最后他走过来说:"一起撑吧!"我站在他的半边伞下,伞檐上的雨水湿透了我肩膀,那一边的雨水则湿透了他的肩膀。我们就这样一人一半地站在伞下,窘迫地等着车来。这情景其实非常动人,这还是个好故事的开头。可我们是那种严守路人不说话原则的标准路人,等车一来,我们便分头上了前后车门,消失在济济人群中,从此再也见不着了。我那一篇小说里以这次经验作故事的基础。我延长了这次雨中邂逅的过程,并且将其暗示成一个爱情的前奏,我让那女孩盼望那男孩再次出现,而男孩却从此消失。在此反映出诗和小说这种东西在我心中打架的结果。从诗出发,这种浅尝辄止的情绪过程已足够发挥施展的了,那男孩如要再来倒反画蛇添足,破坏了余韵。而小说强烈要求创造的冲动在此已经不可覆灭地抬头,它力求创造一个完整的故事。这故事所以没完整,是那残存的诗意在作祟。应当说,故事已进行大半,只差个结局,我差点儿就让这次邂逅成为一段爱情了。前边已说过,爱情是一种深刻的关系方式。前边也已说过,要成就一个爱情的关系方式是怎样的难上加难,而小说则是多么轻而易举,心想事成,这是小说最最吸引我们的地方。当我写作这篇雨中小说的时候,我心里就隐隐起了一个念头:生活要改变面貌了。这小说的事情还没完呢!应当说,我就是靠了这篇小说起家的,从此后,我的小说源源不绝,可是,人们却格外地记住这篇小说。我想大约是因为它在某种程度上满足了人们的一个幻想,幻想在拥挤而疏离的等车地点获得一个相遇。等车是这城市人们必不可少的生活内容。

在这城市里编织故事的最大问题是,没有对手。这也是这城市涌现出一大批所谓心理小说的缘故。心理小说在我看来,其实就是一个人的独白,这也是不得已而为之的事情,也是在长期寻找却寻找不到之后的权宜之计。

这些小说从头至尾只有一个人，喃喃自语，将一颗心像翻口袋一样兜底翻过来，角角落落地搜寻着。人们耐心地等待接着会发生什么故事，到头来什么故事也不会发生。这城市还出现了一种抽象小说，这是比较心理小说而能够正视现实的小说。它首先接受这城市里已经概括化了的社会关系，然后再设计人物来代表各类社会关系，组织那种总和性、归纳性的演变，这带有卡通的效果，还带有理论形象化的倾向。描写梦境的小说也渐渐像一种流行病一样蔓延开了，那里的人们说着梦呓一样的话，行动诡秘，神出鬼没。他们无所不能，想和谁搭上关系，就和谁搭上关系。可是在这梦境中，故事呈现出游移不定、支离破碎的状态，叫人摸不着边际，就像拼一副残缺的七巧板，拼来拼去拼不成。但是有一天，我们这里出来一个小说，它的名字使我深受感动，那名字叫"信使之函"。我想，信使是我们这城市里多么重要的人物，他使我们彼此间有了联络。他像骑马一样骑着绿色的自行车，在拥挤的街道穿来穿去。他连最最偏僻最最狭窄的陋巷也不会错过。他背着一个绿色的大背囊，他要把这自行车骑得很熟练，卖弄地撒开双手，像一个祖传的杂技艺人。他应当是一个快乐的信使，谁也抵不上他美好。我想起我的那些等信的日子，望眼欲穿。信使几乎是我钟情的人物，这篇小说的诞生好像是对我多年前的等待作一个回答。写一个信使的故事，我怎么早没有想到？

　　童年往事是我们一大个题目。童年时期总是带有自然的面貌，它与房子、街道、天井、天空都可构成关系，进行对话，并且结下友谊。这是因为儿童的人格还未成熟，他们将一切静物都看作是自己的同类。这还因为叙事者我们给予房子、街道、天井、天空以人格的意义。这是一种拟人化的关系，它只可应用于儿童身上。儿童时期是多么美妙绝伦，样样都可成为伙伴，演出戏剧。这也就是我从小至今特别喜爱童话的原因。我看过的童话无数，直到今天我还有童话必读。童话总是无所不能，可以在任何事物之间，随心所欲地建设关系。中国有个童话大王曾经写了一个"魔方"的童话，这念头也是妙不可言。那时候，我们这里也卷入了魔方大潮，马路上到处可见大人孩子手持一个五彩缤纷的魔方，"格啦啦"地旋转。这种"格啦啦"的声响几乎充满了这城市的上空。这童话大王将"魔方"想象成一个世界，每一个小方格是一个王国，而每一次"格啦啦"旋转便是一年间。这样，每一个国家每一年就要变换一次邻国，每一次变换邻国就要重新调整建设一次国际关系，每一个新的国际关系诞生就必定会产生一个新故事。从此，童话大王就依次叙述一个又一个的无穷无尽的故事，就像《天方夜谭》里那个讲故事人。真不知这家伙是怎么想起这样一个世界,他大约白天想,黑夜想,做梦也想,然后,街上"格啦啦"的魔方旋转声便触动了他的脑筋。他的脑筋因为日夜运转已变得非常发达,于是灵机一动,火花一闪,一个魔方世界诞生了。这世界的诞生对于一个童话大王来说,简直无异于解决了地球的第一次推动,这为所有的童话奠定了发生的基础。它创造了建设各类关系的可能性,有了关系,故事便随之而来。这些故事所以不是一般的故事而是童话,是因为他所建立的关系是在一个非现实的前提之下,这前提就是:魔方是一个世界。这设想多么激动人心,我们将处于一个不断更新不断替换的人际关系之中,我们的生活将发生多少戏剧性的变化。我们将站在一个瞬息万变的世界里,体尝各种社会关系,并由于出自偶然的位置变化,将屡遭奇遇。我还想,这些全神贯注、"格啦啦"转动魔方的男女老少,他们其实没有意识到这魔方真正吸引他们的地方,是在于这些五彩的小方格互相遭遇的机会是那么不可捉摸,无法言说。旋转魔方的情景是孤独的情景。那阵子,我们这城市快被魔方弄疯了,几乎人手一个,还举行各种比赛。童话大王真是了不起,他想出了这个点子后,就高枕无忧,每天睡到日上三竿,再起来写童话。二十六块小方格可有数百上千种外交关系,他就一个一个地写吧。这就是童话的伟大之处,它可假设非现实的关系前提,这一假设可不得了,一切都改变了面貌。我也曾经试着去写童话,我就是设计不好这个前提,我设计前提总是受到真实事物的限制。我写过一个孩子和布娃娃的故事,我想象布娃娃有一颗人的心。这其实是因为布娃娃有一个人的躯壳。我的想象力总是受到现实的羁绊,这注定我干不了童话这一行。我写布娃娃还因为布娃娃是我童年的忠实伴侣。说忠实伴侣是相对于所有的布娃娃而言,具体到个别,我是绝对地喜新厌旧。我每到节日就向妈妈要一个新的娃娃,假日妈妈总是带我去买布娃娃,我每买一个就对妈妈说这是最后一个。这时候的我,就像花花公子,生性轻薄。我频繁地掉换布娃娃其实是不满足与布娃娃的这种假定性的关系,我只能以新鲜感来刺激自己。我童年的布娃娃堆成了山,这是想象力的残骸。我从小就是个现实主义者,这也是我后来写不好童话的根源。我写那布娃娃是一个被孩子抛弃的老布娃娃,孩子不知怎么有一天觉悟过来,想起布娃娃年轻时候与自己一起度过的好日子,然后这孩子就浪子回头。我将这孩子与布娃娃的关系写成一种情人关系,这是我能想象的与布娃娃的最亲密关系,这就好像是对童年时期的背信行为的一个忏悔和检讨。这是我第一篇童话,也是最后一篇,童话对我不合适。这使我处于困境,写诗那样抒发我不满足,童话这样想象我又做不到。我只能走一条中间道路。我既要虚构与创造,又只能根据现实的逻辑,这真是给自己找麻烦。童话那世界我只能站在门口看看,进是进不了的。

  童年往事还吸引我们的是,回想童年往事本身就含有一种既定的两人关系。这关系建立在过去的我与现在的我之间,这是一种自我关系。童年的我是我的故事对手,与我达成时间性的社会关系。我们常常到童年去寻找故事,其实是去寻找故事对手。时间将我们一分为二,一大一小。有人说,童年往事是因为时间的距离,显出了意义。意义这个词太抽象,这样说也太简单。意义是谁给予的,是现在的我给予的。那就是说,童年往事因现在的我参预,才有了意义。童年往事往往是一种哲理性的故事,也就是意义的故事,它的情节发展是一种认识发展。人们有时将回顾童年往事的小说称之为"教育小说",想必就是这个道理。回顾童年往事总是令人愉快,我们觉得故事特别多,随手便可拈来。那些极平常的琐事,都可成为一个故事的核心。比如说我曾经情意绵绵地描写过我家老房子弄底的一扇窗户。那窗户在我幼年记忆里总是黑洞洞的,它长久以来成为我噩梦的根源,我到天黑时就不敢从它底下走过。我那时听来许多恐怖的故事,都提供我培养对这窗户的惧怕心理。我很模糊地认为那里面藏匿有鬼怪和罪人,它给这条狭窄的后弄增添了阴郁的气氛。这是一个相当晦暗的景象,可说是我童年的阴影之一。这扇窗户是真有其事,我对它的恐惧也是真有其事。这扇窗户的阴森气息还在于它底下是一块荒芜的空地,散落着一些垃圾。它在弄底的位置也使这荒凉感有增无减,这就像是被遗弃的一角。它正对着我们的后弄,就像是一种逼视,压迫着我小小的心灵。后来随着我长大,这窗户的恐怖色彩便不断地淡释,我渐渐不再注意它,甚至有些将它忘记。我想那是由于心灵的逐渐健全与成熟,这种带有梦境色彩的偏执心理渐渐消除。我想起有一种古老的说法,它说婴儿能看见鬼魂,所以他们会莫名地惊吓与啼哭。但等他们稍大,会说话时,鬼魂的情景便永远从他们眼前消失。这种说法听来像是无稽之谈,实质上却不无道理。幼年时我对那弄底窗户的恐怖便可说明这一点。反正,有一天阳光明媚,我走过那窗下,无意中一抬头,看见了那窗户。幼年时所有的记忆一下子涌了上来,然后就像潮汐一般退了下去。那窗户周围的墙上有一些藓苔,绿茸茸的,窗扉打开,微微晃动,阳光在上面一闪一闪。这是事情的真实经过,而我为这缓慢的渐变的过程设计了一个绝妙的细节,这一细节我至今还很为之得意。我让幼年的我有一天得到一个机会,那就是走进这座房子,登上楼梯,来到这窗前。这时候,她看见了她熟悉的后弄。她家的后门,后门口放着她的伴侣似的小板凳,小板凳旁是一篮碧绿的蚕豆。这情景此时此地显得又陌生又遥远,这孩子不由怔住了。我要她在窗前怔怔地站一会儿,好好地观望她的后弄,这是一个有益的陶冶的过程,笼罩未知世界的乌云渐渐地驱散,露出了蓝天。孩子的心渐渐明朗起来,那股于身心健康都有害的阴郁气氛消散了。这孩子站在人家的窗户前的情景,就好像在我眼前一样清晰。我好像听见她的心灵吱吱成长的声音,就像麦子拔节儿的声音,我看着那孩子惘然若失的样子,心中涌起无限柔情。让她走上人家的窗前,是成年的我的主意,我要为她的成长设计一个情节化的动作,这是小说创作的要素。走上人家窗前这一动作,我以为符合了这孩子的这一成长过程,这有一种消除盲点的意味,而且也带有喜剧的色彩,这使成长过程故事化了。

　　窗户似乎是潜伏在我心中的一个情结,我讲叙关于窗户的故事至少有三个。现在看来,这里面好像有一种暗示。它首先暗示我是处在一个封闭的空间,犹如房间那样的,这是一个孤独的处境,一人面对四壁。其次它暗示这空间与外界有一个联系,这联系是局部的,带有观望性质,而不是那种自由的,可走出走进的联系,所以它决不以门的形式出现,而以窗的形式。窗户这东西看起来很优美,还有些感伤,带有闺阁气,许多评论家都被这迷住了,而无一注意到其间的暗示意味,这种暗示意味和闺阁毫无关系。关于窗户的故事都是发生于我的成长过程中,不只是童年往事,也包括少年往事。但我是一个晚熟的孩子,我身心的成长都要比普通人漫长而迟缓。这大概是由于我的孤独境地所造成。同时我又是一个喜欢回顾的人,当我只有并不多的东西可供回顾时,我就开始了回顾的活动,这又像是一个早衰的人。所以,这种自我关系的故事将永远伴随我,我总是不断地和过去的我发生情感的、哲学的、教育的关系。这也是由于我的孤独境地所造成。

　　想象是件愉快的事,它可满足我们许多人生愿望。在我们的愿望中,有一个就是说话。谈话的关系也是亲切倍生的关系,谈话伙伴是好伙伴之一。古话早有"酒逢知己千杯少"的说法,一般是酒过三巡,话匣子便打开了。酒可使谈话增添亲密无间的气氛,使生人变熟人。这其实也是对谈话的一种救助,说明谈话伙伴日益匮乏。谈话还有一种危险在于,我们必须要为我们的话负责任,责任这东西不是玩的。我们已经责任累累,再要为谈话这事情加上一点,可实在无聊。假如再要说上一点心里头的话,危险就更大了。谈话是我们这世界上人与人交往的基本手法,连鸟儿都要叽叽喳喳地交谈。但由于以上原因,谈话的内容便稀释、平淡,变成简单的寒暄。时间也是一个大问题。八小时的上下班制度占去我们一天中的主要时间,假期里,我们要打扫卫生,料理家务,我们为了晋升加薪还要用业余时间学习、考试、加班加点。我们变得没有时间谈话,谈话在这城市里逐渐变成一件奢侈品。这时候,晚报、电视、生活类杂志则填补了谈话的空缺,它们在某种程度代替了我们的谈话活动,或者说它们归纳集中我们的谈话,使之变成一种空中大交流。这城市的电台有一个节目叫作"空中大交流",还有一个节目叫作"立体声之友"。这名起得太棒了,它实际上是一种人际交往的抽象化和概括化的描绘。小说的功能在于,第一,它可制造谈话的伙伴,它可虚构谈话的人群,他们在一起气氛无比融洽,想说什么就说什么,不需要负任何责任;其二,它还可创造假想的谈话伙伴,那就是读者,这其实就是所有的独白小说的由来。我们中间有个写小说的朋友,他曾经写过一个小说,题目叫作《谈心公司》,这题目不仅是他小说的题目,也可说是我们所有小说的总题目。这篇小说可说是描绘了我们所有小说的概貌,也是我们所有写小说的朋友的白日梦。"谈心公司"其实是一只收购故事的公司,带有收购废品的性质。因为故事这东西只对很少一部分人,比如我们这些人才有用,对于大多数人非但没用,有时还是累赘。想出这公司的朋友,是手头的故事拮据透了,于是急中生智。"谈心公司"以市场经济的原则形成了谈话的双方关系,并且源源不断,这也有些类似"魔方"的"格啦啦"原则。他们都是聪明人,都解决了地球的第一次推动。要创造谈话的两方有时叫人煞费苦心,一旦设计好,让他们谈了起来,可真叫人高兴。我那时非常陶醉于写人物的谈话,我整齐排列对话,排成诗行一样的。他们你一句我一句的,非常痛快。小说一方面可供我们虚拟谈话关系的双方,另一方面又可使我们和读者构成谈话关系。而这一关系其实可说是我们的出发点。我们写小说就像个饶舌者,口若悬河,滔滔不绝。没有谈话对象生生要憋死了我们。和读者的这种谈话关系,有一个绝大的好处,那就是完全由我们掌握主动性。读者这对象既虚幻又实在,我们可将他们想象成任何一类人物,根据我们的需要。我们的小说刊印在发行上万份的书刊上,使我们觉得在与许多人作交谈,这其实是一种虚幻的景象,它掩盖了我们自言自语的独白的真相,这种单方面的谈话由于缺少对方反应的刺激,它很快就停步不前,无话可说。我们有时候会搜罗一些鸡毛蒜皮的小事去麻烦我们的谈话对象,他们在我们的想象中总是忠实而虔诚地驻守着,我们说什么都得听着,没有丝毫的抵抗能力。这种谈话到终了我们依然会失望,它解救不了我们的孤独。我觉得我们与读者间的谈话关系,使我们的人生蒙上一层假想的色彩。它是我们这些软弱的承受不了孤独的人想出来的麻醉剂。我们不愿意将我们一肚子的话烂在肚子里,我们太看重这一肚子的话。这些话与我们连着心连着肺,血肉相连,而我们硬是将它们撕扯下来拱手献上。然而我们却又无法忍受它们被消费的命运,生产与消费其实是我们与读者之间的真正关系,谈话关系只是我们的一厢情愿。我们心里那些于我们无比宝贵的话,遭到的命运是我们无法左右,它们被曲解、误会,或者被用作功利的武器,全是我们始料未及。我们的话就像飘流瓶一样,随波逐流,命运叵测。这其实只会加深我们的孤独,我们中间说的最认真的那人就最孤独。可那说、说、说的快感使我们欲罢不能了。我们将我们言语的触角伸向茫茫的空间,企图达成一个牢固的联系。我们言语的触角假如有形,就像蛛丝一般,从一端无望地飘向渺茫的另一端。

我们虚构的关系是建立在我们真实的关系之上,我们真实的关系经验就像种子一样,为我们想象力的雨露滋润,然后发芽开花,结出纸上的果实。我们还使我们真实的关系经验像发酵似地膨胀,为使它们能无限膨胀,我们反复研究,反复讨论。我的经验是将我们的关系经验,变成一个"动机",具有强大的推进力。为此,我研究了前人的经验,比如梅里美的小说,这家伙的小说写得没话说。我想,他是如何发展他的小说的?我慢慢发现,他的小说常常是建立在一种复仇的关系上,复仇的关系可说是最具推进力的动机了。复仇还是个相当严谨的契约关系,解除关系的时刻是故事的高潮了。还有日本现代的推理小说也给予我启发,它们是以一种逆向的方式,以推理为武器来揭露出人物关系的真相,而人物关系的真相其实就是故事的核心。推理的方式是一种思维的科学,这标志着人类从混沌的感性走向了清醒的理性。有一个时期,我到处寻找这种可推进为故事的动机关系,我自己的关系经验已被我消耗得差不多了,而且我自己的关系经验又平淡又有限。那时候,我为了寻找这种动机关系,我专门深入到一个信访机构做旁听者。我带了作家协会的介绍信,还带了笔记本和笔。我每逢周一、周五接待日,就来到这里。这个信访站专门为妇女开设,要为妇女排忧解难。信访站就像个门诊部,求诊的人坐成一长排,那情景实在叫人兴奋,她们一个个的神情都像有满腹的故事。我想,她们将要说些什么?她们遇到些什么纠葛?"纠葛"这词也叫人兴奋,它不仅表明一种复杂关系的存在,还表明这关系正发展变化。她们大都被各自的纠葛压迫得忧心忡忡,愁容满面。我的情形实在有些像俗语所说:鹬蚌相争,渔翁得利。有几次我明显遭到反感,她们用白眼看我,对我的提问爱理不理。这使我想到,收集别人的故事也不那么正当,这带有侵犯隐私的性质。但这些都不足以阻挡我,我每一次都满载而归。我像收割庄稼一样,收割着别人的忧烦，装进自己囊中，回到家再挑挑捡捡，就像一个培育良种的农业家。但当最初的兴奋过去，我渐渐平静下来，才发现事情不大妙。我发现，原来，人们彼此的关系经验都是那么相似，不外乎常见的那么几种，带有重复的性质。人们哭哭啼啼来到信访站，她们流露出的惊惶与忧愁，使她们看上去彼此面目相像。信访站的旁听告诉我人们的关系经验一般是大同小异之后，我为建设关系寻找到一条新出路，那就是概括化的道路。我将这些普遍的关系经验加以提炼，经过概括，总结出一个规律，再用以人物与情节来作表述。我们的人生那么平凡，世界上的事情又那么互相类似，建设特殊的关系无据可依，因此，概括化的道路也是我别无选择的出路。问题是要以什么样的人与事来承担表达的任务。在这里，写实的本能又主宰了我。我总是要求故事具有正常的现实的面貌，这就给我自己出了难题。要找一个既有具体化现实面貌又有概括化抽象的内涵的故事谈何容易。我为什么这样紧紧抓住写实不放，大约是因为我始终是在做一个工作，那就是要创造一种现实的关系。我是以虚拟的手段来创造现实关系，这种创造物必须具有自然时空的面目，这才可在现实世界里立足。这一段时期，我醉心于纪实性的材料，我变成了一个具有使命感的新闻记者那样的人物。我东跑西颠，四处采访。开始，我比较热衷于去乡间访问，乡村里的故事总是绵绵不止，源远流长。在我插队日子里，牛房里每晚都有老人在讲古，"讲古"就是说故事的意思，那讲古的情景铭记在我心头。去乡间访问其实带有旧地重游的味道，而乡村的故事已经大大满足不了我的胃口。这些故事都具有自然的形态，从播种到收割，循序渐进。它们基本不具备我这时热切渴望的概括性内涵。这样单纯的故事吸引不了我，我要的故事，自然面貌只是外表，内里的核是一个提炼过的、浓缩的立体交叉而又秩序井然的抽象世界。我发现自己已没有回头路可走，回到自然关系故事中去的路早已断了。我胸膛里跳动着一颗人工的心，对于感受自然事物几乎没有反应，它流连忘返于一个以意义为内容，逻辑为形式的再造世界里，这是一个彻底的完蛋！所以，我只能回到上海这城市，在这城市拥挤的街道上无望地走来走去，人们互不相识，奔赴各自的生计之道。

　　我有个朋友是个画家，他以描摹西藏而闻名，他的画只一眼就把我吸引住了，后来我们成为好朋友其实就是在此开始。他的画里似乎有两个世界神奇地合二而一，一个具体的和一个抽象的。他画中的人形、色彩、线条，全都流露着自然的精致的光芒，但整幅画面却有一种强烈的装饰感。在这装饰感之下，你可体会到一种严肃谨慎的秩序，这秩序其实就是那自然形态之中概括化的本质。这人的画令我着迷，这人也令我着迷。他说他曾经走过许多地方,而直到去了西藏,他才找到他要找的东西,于是紧接着,他便名声大噪。我想他要找的正是这种具象抽象合二而一的载体,最后他在西藏那地方找到了。西藏这地方我没去过,关于它的传说听得不少,从他的画上来看,那地方确实有这种神奇的效果。他的画使我对他生出亲近之感,因为我意识到他找的东西正是我要找的,不同的是他以视觉的方式来体现,我则以故事的方式。是他的画使我的想法变得明晰起来,变得可以言传了。我对那个纪实性故事后面的抽象故事,有了一个较为具体的构想。我从形式着手来剖析和概括我们的人类关系,装饰性的秩序感抓住了我的心。我想人类关系其实充满了装饰性的对称感,这种对称感最为自然的具体体现,大约就是男人与女人的关系,其实这就是我写作男人与女人的故事的初衷。人们说我是写性爱的作家是大错特错了,说我是女权主义更是错上加错。女权主义的说法破坏了我力求实现的平衡状态,这是一条腿走路的方法,和我的方法完全不是一码事。男人与女人的对位图在我眼里,具有具体关系和抽象关系合二而一的效果。他们既是男人与女人这一或者说性爱,或者说情爱,或者说生殖繁衍的具体关系,他们又是阴阳两气的象征,他们是人类最基本的组成单位,最低元素。这关系于我有着极大的概括意义,当我寻找到这种关系之际,我简直欣喜若狂。我想,这大约与我朋友初入西藏时的情景一样。西藏的风景扑面而来,那一刻他是多么欢欣鼓舞,希望百倍!最起初,我被那男人与女人对位的图画迷住了,我的注意力全在他们的位置上,强调位置的意义走到了极端,这是由我一往无前的精神所造成的。我偏执地认为他们所站立的位置对于他们的关系具有决定性意义。我认为,他们说什么,做什么都不重要,重要的是他们所站立的位置。于是,我让他们站在各自的非同小可的位置上,说着些人世间最不咸不淡的闲话。我将这对男女从我们这个熙熙攘攘的闹市驱赶出来,赶到长江上的一条客轮里。江的两岸是陡峭的峡壁,周围的人全是萍水相逢的过客。这本是一条赴死的道路,这对男女将从此走上他们的悲恸之地。选择长江三峡作他们的赴死之路,是因为长江三峡曾经使我深感抑郁,阴沉的崖壁这样劈面而来,好像宿命一般,朝天门码头是我终生难忘的阴郁景色,长江在雾气中蒙蒙发亮有一股邪恶的死亡气息。当这一男一女来到三峡,他们之间的一切就全变了样,这一对为殉情而来的男女后来各自走上了回生之路。我就像一个舞台调度一样,专心于安排他们的位置。我特别强调他们所在位置的平衡感,对称感,要使之达成装饰的效果。我要他们的位置显示出其关系的内涵,以及变化的过程。他们在各自的位置上说话,行动,都具有一种孤立的彼此分离的状态,他们就好像在两个空间里活动,只是共时态才使他们有了表面的联系,这就是他们的概括化的本质关系。我将他们从闹市中驱赶出来是为了使他们从具体环境里脱离,而三峡这个地方则带有抽象的含义,它具有隔离人世的效果,它使人排除一切干扰,只剩下人和人。这一男一女原先紧密深刻的、致使他们踏上赴死道路的关系在此时此地,无声无息地解除了!那一男一女之间的致命的关系其实是在人群中培养起来的,等到人群消失,那关系便呈现出另一番面貌。人群不仅能使人沉没,它还具有欺骗性,它有时会制造深刻关系的假象。这一条赴死之路,像一把尖刀一样,将他俩的关系一剖为二,他们虽然近在眼前,实质却远在天边,这是叫人肝肠寸断的对位图画。我很注意他们的身体位置的图案性,我要他们一个朝天躺着,另一个靠墙坐着,两张床铺形成一个直角,他们的躯干形成相对又独立的关系。我要他们长久保持不变的姿态,以免破坏平衡;我还让他们一个躺在上铺,另一个站在地上,脸对脸,两人形成一个直角,我让他们说了些什么现在是一丁点儿也想不起来了。他们形成的画面是对我们人类关系的一种概括,这关系的内涵是:我们和谐地处于一个世界上,各自鼎立一角,保持了世界的平衡,而我们却是处于永远无法融合的两端。这故事由于我过于注重这装饰感的内涵,而忽略了自然的外壳。这是我唯一的放弃了写实手段的一个故事,我写实上的失败在于我过于刻意地表现他们的位置,看上去就好像是一个现代舞蹈的动作线路图。他们的位置因为我的刻意太重,失去了自然的形态,看上去有些装模作样,好像两个哑剧表演家。这使这故事有一种梦境的感觉,违背了我的本意。梦境在我看来还是一种小说的小说,小说对于我们就有些做梦的意味了,难道还能在梦中做梦?这故事是我唯一的具有做梦效果的故事,它对于我具有铺路石子的作用,若干时间之后,具有具体关系与抽象关系合二而一神奇效果的故事渐渐地酝酿成熟了。

现在,我决心让那对位图变成现实的景象,空白也是现实的空白。我给这对男女规定了一个最具体的环境,这环境具有合理的限制性,限制有第三个人参加,对于这个环境我有一个人间的命名,那就是"性"。"性"的环境,也许是最最典型的两人世界。这个环境有点像一个陷阱,他们无力解脱彼此的关系,只有互相攀附。我以霸权来强迫他们紧密联合的关系,然后我再来摘采故事的果实。摘采故事是我向往的事情,作为一个小说家,故事就是他的生命线,其实,走到"性"这一步多少带点无可奈何的味道。这是一个故事层出的规定环境,这里拥挤着所有的作家,就像菜市场样,闹闹哄哄,可我却感到孤独,我怀着伤感的心情,我想人类的关系都被我使用尽了,只剩下这里了,这里带有末路的意味。我想,我不过是想建一座纸造的房子,可是材料被我消耗完了。我找到"性"这个两人世界决不是出于偶然。我的每一次虚拟关系情节都不是从空想出发,也许我的目的地是空想,但出发地永远是现实。就像蜘蛛,它必得立足于坚实的一面墙壁,才可向空中吐出蛛丝,那蛛丝能否抵达对面的墙壁,要看它运气如何。有的抵达了,结成了网,有的则飘落空中,这就是"游丝"这名词的由来。在我们的屋顶,飘落着无数的游丝,闪闪发亮,这就是蜘蛛的命运。话再说回去,我决定走入这个世界是由着现实的指引。我亲眼目睹一对陷入这困境的男女,现在想来,他们所作所为多么充满了装饰性的对应感啊!他们活脱脱就是一幅具体与抽象合二而一的图画。这种抽象的概括化的本质关系渐渐浮现到图画的表面,抓住这一刻便是成功的希望所在。我让他们做了一对舞蹈者,舞蹈这东西本来就具有夸张的性质,它可以自然地绘出装饰性的抽象图景。我为他们安排了一个双人舞的夜晚,这夜晚犹如晚会一样,十分盛大、迷醉,却充满哀伤的气息。双人舞使他们接触肉体,肉体接触打开了牢狱的门。这一个夜晚我写得动心动肺,震旦和末日合为一体。舞蹈这玩意真是个好东西,它打破了人与人接触的无形却严格的界限,它是躯体夸张与强调的表现。而且它又很美,它脱下了人类行为实用性的外衣,成为一种纯粹的躯体动作。它在空间划下流星般转瞬即逝的线条,这些线条相交而过,穿透了空间。这情景迷住了我自己,我无法使它结束,最后我只能关上电闸,黑暗笼罩。电的好处就是在于它截然划下了明暗两界,使明暗边缘刀割似的利落。陡然降临的黑暗是一个帷幕。我应当提到现代舞予我的启发,它使我发现躯体表现痛苦与绝望的潜在功能。同时,这种躯体的反常状态也使我发现深刻的痛苦存在。它揭露了痛苦这一种状态,它不再是古典舞蹈对自然的表面描述和粉饰,而是揭开了人性的隐秘。我应当坦白,我极其震惊地看见了人类做爱的场面。做爱这活动中所有的挣扎场面,都浮现在了眼前,濒死的绝望与欢愉交织为一体,挣脱与深入的欲望交织在一体。我不由想做爱这一件事是多么完美地具备了具体与抽象,个别与概括的两种状态啊!就这样,黑暗的帷幕揭开了,他们走进了牢狱。他们的做爱活动,在我笔下散发出死亡的气息,我彻底地摧毁了两人世界的幸福希望,我看不见一点希望的曙光。做爱也是一条绳子,可以捆绑这男人和这女人,他们几乎要被勒死了!这时候,我忽然发现,当我企图在纸上建立人类牢固关系,结局总是一掬伤心泪。这些关系情节总是以离散为终结,每一种关系情节都带有唯一的性质。关于做爱的故事,我只可讲这一回,我只一回就将它全讲完了。后来,当我试图再讲一个的时候,就有人尖锐地指出,我把一个故事重复讲了两遍。这种关系其实只有一个故事可讲,一个失败的故事,就是说,这关系破产了。这里没有故事的希望。为他们寻找出路足足耗去我有两万字,这是绝望的两万字,我想我结束不了啦!结束不了算什么故事?这是一个大失职!我想过"自杀"这一条路,觉得有些避难就易,推卸责任,以死解脱不是结束,只是一个粗暴的中断;也是一个失职。讲一个好故事是我的心愿,所以,我又让那女人从河边走了回来。河边这一个情景却启发了我,它带有上帝的伊甸园的味道。它唤起了我对自然的想念,温存的情感涌上我心。我决定为他们安排一次慰藉人心的做爱活动,这是一次古典的做爱,也是一次浪漫的做爱。河岸真是个好地方,星空下的河岸更是个好地方。这一次做爱使他们产生了自然的果实,那就是胎儿。这是意外的收获,生育真是个绝好的消息,我要让他们做一个父亲和一个母亲,以自然的孕育来扩充他们的两人世界,以此解除他们的两人关系。生育的关系是一种自然的紧密的关系,它对于我后来的创造关系情节产生了极大的影响,它提醒我注意人类纵向形的关系世界。而此时此刻,我对横向关系世界还没有挖掘完毕,我对两人关系还缺少一个总结。现在,生育解救了他们,也解救了我自己,使我的故事终于圆满结束,在纸上留下了又一座楼阁,丰富了我的收藏。

过了许多日子之后,我才回想那一句话,其实大有深意,充满了预言的味道。这是一句篇末的话,全句是:"我只得放开了她,随她一个人没有故事地远去了。"我这时候才明白,这个"她"就是我啊!一个人,没有故事地远去了,是一个命运。原先,她其实是企图一个人演出一个故事的。她是一个智商与我对等的人,她有想象力,也有活力,她还有机会。她是一个对关系消耗能力很强的人,旧的关系就像树上的叶子,秋天时分飘落,枯黄,然后被她踩在脚底。她热切地渴望建设新关系,建设新关系几乎是她人生的理想。她在这方面甚至相当贪婪。我想,这是出于孤独的原因。她所生活的这城市有着极其丰富的景象,五光十色,可都与她无关,像河水一样从她身边流过。我特别写道,她所工作的那座房子具有轮船的外形,而街景就像是河流。我又特别地写道,从她那"舷窗"望出去,可看见邻家的花园,花园里晾晒的衣服是一种象征,象征生活的片断,就像一些只言片语。我还安排一个邮差来敲这花园的门,邮差是信使的化身。我写她每天上班的清晨和下班的黄昏。清晨她高高兴兴,希望满怀,衣裙被风鼓起,好像一面美丽的帆。黄昏她回家就像航行归来,启开信箱是最后的希望。我把清晨写得特别新鲜,阳光一圈一圈从梧桐树叶中渗透,那座船形房屋是一副起锚的神情。写过无数个这样的清晨之后,我开始写预兆。写预兆的文字几乎占了我这故事的一半,制造气氛我是一把好手。其实当我沉浸在制造预兆的时候,我还不明白这些预兆是要预兆什么。对于要发生什么我一无所知,我只知道结果什么也不会发生。可是预兆我一点不愿放弃,我一点一滴,一步一趋,那气氛简直有点轰轰烈烈。预兆的气息将片断的景象组织成句。她被这预兆重重的气氛鼓舞起了信心,创造力在她体内活跃起来。我把气氛造得很足,故事已透出了曙光。最初的时期使人兴奋,心里充满期待。我以一种文人笔会的形式使她与一群新人聚集一起,我使他们从固有的责任重重的社会关系中脱身而出,快乐地结成临时的会友的关系。这应当说是一个很好的起点,各种可能性都在等待着他们和她。我把这写成一个快乐的时期,大家兴致勃勃,蠢蠢欲动。我还安排了游览和跳舞这两项提供自由结合机会的活动,这可使人们增进接触和了解,是孕育关系的良机。我特别地要为她创造条件,她是这许多人中间最渴望新的关系情节的人,也是最具有创造力和损耗力的人。她是一个吞吐量极大的人,就和我一样。我为她安排了有意味的接触和谈话,这意味便是新关系的序幕,当意味初初透露时,最有希望的一刻来临了。我特别写到心灵这东西,心灵是她创造关系的武器,和那一对舞蹈表演者不同。那一男一女是使用"性"这物质性的武器,她则使用心灵。这是一种较为安全的方式,也反映了她是一个头脑健全,教养全面,自重自爱的女人。她具备丰富的心灵,却不具备献身精神。她以心灵去接触心灵,企图建设关系。她心里很明白,建设关系是为了安慰孤寂的心灵,于是她便充分享受到想象那关系达成的快感。她想象力格外发达,凭一点蛛丝马迹便可制造遐想的宫殿,在此间漫游。她还有一个比谁都清晰的认识,这认识来自于她频繁地建设关系而又消耗关系的经验。她明白每一个关系的命运,她把建设关系比作拆房子,而我则是比作造房子,我不断地说过,要造一座纸上的房子。她却说,这是拆房子。她说,她会很快将这新关系拆成一座废墟,废墟的命运不可避免。这真是走到我前面去了,比我还要沮丧。因此,她便只愿意做一个心灵的游戏,她让心灵出去闯荡,建设关系,创造故事,然后回家。她是一个行动能力已经退化的人,心灵却奇异地发达。她由于胆怯、软弱、怕受损失而缺乏行动的勇气。而她又是个梦想奇遇的人,她不甘心平凡的单调的生活。开始她是从读书中满足这渴望的,然后她就想亲自创造了。她在心灵上创造奇遇其实和我在纸上创造同出一辙,我们只能享受这种虚拟的关系故事,以图弄假成真。而我们又都是极其清醒的人,要骗自己也没那么容易,所以最终我们都得承认自己的失败,那就是:"一个人没有故事地远去了。"这是一个带有总结性的不是故事的故事,她就是我。她将我想在纸上造房子的过程从始至终地走了一遍,是一个带有自传性的记录,甚至带有一定的超前预言性。比如"拆房子"那比喻,就超越了我的认识,是比我更激进的。而我却坚持不懈地造下一座又一座纸做的房子,我自己似乎也成了个纸人儿。然后,我这个纸人儿,走出纸房子,打点好了行装,慢慢地回了家。

【阅读提示】

1. 《纪实和虚构》是一篇被王安忆称为"虚构自己"的小说,即以"小说"这一艺术虚构形式讲述作家本人的故事。注意小说整体结构安排上的"装饰感":第一、三、五、七、九章从横向上讲述作家个人的成长经历,第二、四、六、八、十章从纵向上讲述母系、父系的家族历史。基本的叙事方式,是为"有限的个体经验性存在"寻求"无限的抽象关联",或者说,是为"具体的景观"寻找"抽象的虚构"。比如,在谈及个人的爱情经历时,小说不断地上升为对"爱情关系"的抽象议论。你如何理解这一试图融会写实/象征、纪实/虚构、经验/理性的"古典主义"创作倾向?

2. 《纪实和虚构》可以被称为"自传性"小说。但与其他的同类小说不同的是,这篇小说不仅仅是对个人经验的虚构,同时有对虚构行为的纪实性呈现,即它不仅告诉我们她经历了什么,而且告诉我们她在如何"叙述"这一经历。找一两篇自传性小说,进行分析比较。

3. 重点阅读"第九章"。体味小说的标题"纪实和虚构"以及副标题"创造世界方法之一种"。这既是对作家创作经历的反省,也是对"写作"这一行为的思考和反省。"写作"为什么被称为"在纸上造房子",同时又被称为"带有自传性的记录"?

【扩展性阅读书(篇)目】

1. 阅读全书及王安忆的另一篇小说《乌托邦诗篇》,比较在触及同样的个人经历时王安忆在处理方式上的不同。

2. 阅读与《纪实和虚构》同一时期发表的自传体小说,如陈染的《与往事干杯》或《私人生活》、林白的《一个人的战争》,试比较自传体小说写作方式的不同。

孕妇和牛

铁　凝

孕妇牵着牛从集上回来,在通向村子的土路上走。

节气已过霜降,午后的太阳照耀着平坦的原野,干净又暖和。孕妇信手撒开缰绳,好让牛自在。缰绳一撒,孕妇也自在起来,无牵挂地摆动着两条健壮的胳膊。她的肚子已经很明显地隆起,把碎花薄棉袄的前襟支起来老高。这使她的行走带出了一种气势,像个雄赳赳的将军。

牛与孕妇若即若离,当它拐进麦地歪起脖子啃麦苗时,孕妇才唤一声:"黑,出来。"

黑是牛的名字,牛却是黄色的。

黑迟迟不肯离开麦地,孕妇就恼了:"黑!"她喝道。她的吆喝在寂静的旷野显得悠长,传得很远,好似正和远处的熟人打着亲热的招呼:"嘿!"

远处没有别人,黑只好独自响应孕妇这恼,它忙着又啃两口,才溜出麦地,拐上了正道。

远处已经出现了那座白色的牌楼。穿过牌楼,家就不远了。四下里是如此的旷达,那气派、堂皇的汉白玉牌楼宛若从天而降,突然矗立在大地上,让人毫无准备。即使对这牌楼望了一辈子的老人,每逢看见蓝天下这耀眼的存在,仍不免有种突然的感觉。

孕妇遥望着牌楼,心想多亏我嫁到了这儿啊。每回见到牌楼,孕妇都不免感叹她的出嫁。

孕妇的娘家在山里,山里的日子不如山前的平原。可孕妇长得俊。俊就是财富,俊就叫人觉得日子有奔头儿。孕妇的爹娘供不起闺女上学,却也不叫她做粗活儿,什么好吃的都尽着她,仿佛在武装一个能献得出手的宝贝。他们一心一意要送这宝贝出山,到富裕的平原去见他们终生也见不着的世面。

孕妇终于嫁到了山前。他的婆婆自豪地给她讲解这里的好风水:这地盘本是清朝一个王爷的坟茔,王爷的陵墓就在村北,那白花花的大牌楼就属于那个王爷。孕妇并不知王爷是多大的官,也不知清朝距离今天有多么远,可她见过了坟墓和牌楼。墓早已被盗,只剩了一个盆样的大坑,坑里是疯长的荒草和碎砖烂瓦。孕妇站在坑边,望着坑底那些阴沉的青砖想着,多亏我嫁到了这儿呵。这大坑原本也是富贵的象征,里边的宝贝虽已被盗贼劫空,可它毕竟盛过宝贝。这坑、这牌楼保佑了这地方的富庶,这就是风水。

孕妇在这风水宝地过着舒心的日子,人更俊了。没有村人敢耻笑她那生硬的山里口音。公婆和丈夫待她很好,丈夫常说,为了媳妇,什么钱多他就干什么。如今的城市需要各式各样的高楼大厦,农闲时丈夫就随建筑队进城作工。婆婆搬过来与孕妇就伴儿,净给她沏红糖水喝。红糖水把孕妇的嘴唇弄得湿漉漉地红,人就异常地新鲜。婆婆逢人便夸儿媳:"俊得少有!"

孕妇怀孕了,越发显得娇贵,越发任性地愿意出去走走。她爱赶集,不是为了买什么,而是为了什么都看看。婆婆总是牵出黑来让孕妇骑,怕孕妇累着身子。

黑也怀了孕啊,孕妇想。但她接过了缰绳,她愿意在空荡的路上有黑作伴儿。她和它各自怀着一个小生命仿佛有点儿同病相怜,又有点儿共同的自豪感。于是,她们一块腆着骄傲的肚子上了路。

孕妇从不骑黑,走快走慢也由着黑的性儿。初到平原,孕妇眼前十分地开阔,住久了平原,孕妇眼里又多了些寂寞。住在山里望不出山去,眼光就短;可平原的尽头又是些什么呢?孕妇走着想着,只觉得她是一辈子也走不到平原的尽头了。当她走得实在沉闷才冷不丁叫一声:"黑——呀!"她夸张地拖着长声,把专心走路的黑弄得挺惊愕。黑停下来,拿无比温顺的大眼瞪着孕妇,而孕妇早已走到它前头去了,四周空无一人。黑直着脖子笨拙而又急忙地往前赶,却发现孕妇又落在了它的身后。于是孕妇无声地乐了,"黑——呀!"她轻轻地叹着,平原顿时热闹起来。孕妇给自己造出来一点儿热闹,觉得太阳底下就不仅是她和黑闲散地走,还有她的叫嚷,她的肚子响亮的蠕动,还有黑的笨手笨脚。

像往常一样,孕妇从集上空手而归,伙同着黑慢慢走近了那牌楼,太阳的光芒渐渐柔和下来,涂抹着孕妇有些浮肿的脸,涂抹着她那蒙着一层小汗珠的鼻尖,她的鼻子看上去很晶莹。远处依稀出现了三三两两的黑点,是那些放学归来的孩子。孕妇累了。每当她看见在地上跑跳着的孩子,就觉出身上累。这累源于她那沉重的肚子,她觉得实在是这肚子跟她一起受了累,或者,干脆就是肚里的孩子在受累,她双手托住肚子直奔躺在路边的那块石碑,好让这肚子歇歇。孕妇在石碑上坐下,黑又信步去了麦地闲逛。

这巨大的石碑也属于那个王爷,从前被同样巨大的石龟驮在背上,与那白色的牌楼遥相呼应。后来这石碑让一些城里来的粗暴的年轻人给推倒了。孕妇听婆婆说过,那些年轻人也曾经想推倒那堂皇的牌楼,推不动,就合计着用炸药。婆婆的爹率领着村人给那些青年下了跪,牌楼保住了。那石碑却再也没有立起来。

石碑躺在路边,成了过路人歇脚的坐物。边边沿沿让屁股们磨得很光滑。碑上刻着一些文字,字很大,个个如同海碗。孕妇不识字,她曾经问过丈夫那是些什么字。丈夫也不知道,丈夫只念了三年小学。于是丈夫说:"知道了有什么用?一个老辈子的东西。"

孕妇坐在石碑上,又看见了这些海碗大的字,她的屁股压住了其中一个。这次她挪开了,小心地坐住碑的边沿。她弄不明白为什么她要挪这一挪,从前她歇脚,总是一屁股就坐上去,没想过是否坐在了字上。那么,缘故还是出自胸膛下边的这个肚子吧。孕妇对这肚子充满着希冀,这希冀又因为远处那些越来越清楚的小黑点而变得更加具体——那些放学的孩子。那些孩子是与字有关联的,孕妇莫名地不敢小视他们。小视了他们,仿佛就小视了她现时的肚子。

孕妇相信,她的孩子将来无疑要加入这上学、放学的队伍,她的孩子无疑要识很多字,她的孩子无疑要问她许多问题,就像她从小老是在她的母亲跟前问这问那。若是她领着孩子赶集(孕妇对领着孩子赶集有着近乎狂热的向往),她的孩子无疑也要看见这石碑的,她的孩子也会问起这碑上的字,就像从前她问她的丈夫。她不能够对孩子说不知道,她不愿意对不起她的孩子。可她实在不认识这碑上的字啊。这时的孕妇,心中惴惴的,仿佛肚里的孩子已经跳出来逼她了。

放学的孩子们走近了孕妇和石碑,各自按照辈份和她打着招呼。她叫住其中一个本家侄子,向他要了一张白纸和一杆铅笔。

孕妇一手握着铅笔,一手拿着白纸,等待着孩子们远去。她觉得这等待持续了很久,她就仿佛要背着众人去做一件鬼祟的事。

当原野重又变得寂静如初,孕妇将白纸平铺在石碑上,开始了她的劳作:她要把这些海碗样的大字抄录在纸上带回村里,请教识字的先生那字的名称,请教那些名称的含义。当她打算落笔,才发现这劳作于她是多么不易。孕妇的手很巧,描龙绣凤、扎花纳底子都不怵,却支配不了手中这杆笔。她努力端详着那于她来说十分陌生的大字。越看那些字就越不像字,好比一团叫不出名称的东西。于是她把眼睛挪开,去看远处的天空和大山,去看辽阔的平原上偶尔的一棵小树,去看奔腾在空中的云彩,去看围绕着牌楼盘旋的寒鸦。它们分散着她的注意,又集中着她的精力,使她终于收回眼光,定住了神。她再次端详碑上的大字,然后胆怯而又坚决地在白纸上落下了第一笔。

有了这第一笔,就什么都不能阻挡孕妇的书写和描画了。她描画着它们,心中揣测它们代表着什么意思。虽然她不知道它们是什么意思,她却懂得那一定是些很好的意思,因为字们个个都很俊——她想到了通常人们对她的形容。这想法似乎把她自己和那些字联得更紧了一点儿,使她心中充满着羞涩的欣喜。她愿意用俊来形容慢慢出现在她笔下的这些字,这些字又叫她由不得感叹:字是一种多么好的东西呵。

夕阳西下,孕妇伏在石碑上已经很久。她那过于努力的描画使她出了很多汗,汗浸湿了她的袄领,汗珠又顺着袄领跌进她的胸脯。她的脸红通通的,茁壮的手腕不时地发着抖。可她不能停笔,她的心不叫她停笔。她长到这么大,还从来没有遇见过一桩这么累人、又这么不愿停手的活儿,这活儿好像使尽了她毕生的聪慧毕生的力。

不知什么时候,黑已从麦地返了回来,卧在了孕妇的身边。它静静地凝视着孕妇,它那憔悴的脸上满是安然的驯顺,像是守候,像是助威,像是鼓励。

孕妇终于完成了她的劳作。在朦胧的暮色中她认真地数了又数,那碑上的大字是十七个:

忠敬诚直勤慎廉明和硕怡贤亲王神道碑

孕妇认真地数了又数,她的白纸上也落着十七个字:

忠敬诚直勤慎廉明和硕怡贤亲王神道碑

纸上的字歪扭而又奇特,像盘错的长虫,像混乱的麻绳。可它们毕竟不是鞋底子不是花绷子,它们毕竟是字。有了它们,她似乎才获得了一种资格,她似乎才真地俊秀起来,她似乎才敢与她未来的婴儿谋面。那是她提前的准备,她要给她的孩子一个满意的回答。她的孩子必将在与俊秀的字们打交道中成长,她的孩子对她也必有许多的愿望,她也要像孩子愿望的那样,美好地成长。孩子终归要离开孕妇的肚子,而那块写字的碑却永远地立在了孕妇的心中。每个人的心中,多少都立着点儿什么吧。为了她的孩子,她找到了一块石碑,那才是心中的好风水。

孕妇将她劳作的果实揣进袄兜,摇着酸麻的腰,呼唤身边的黑启程。在牌楼的那一边,她那村庄的上空已经升起了炊烟。

黑却执意不肯起身,它换了跪的姿势,要它的主人骑上去。

"黑——呀!"孕妇怜悯地叫着,强令黑站起来。她的手禁不住去抚摸黑那沉笨的肚子。想到黑的临产期也快到了,黑的孩子说不定会和她的孩子同一天出生。黑站了起来。

　　孕妇和黑在平原上结伴而行,像两个相依为命的女人。黑身上释放出的气息使孕妇觉得温暖而可靠,她不住地抚摸它,它就拿脸蹭着她的手作为回报。孕妇和黑在平原上结伴而行,互相检阅着,又好比两位检阅着平原的将军。天黑下去,牌楼固执地泛着模糊的白光,孕妇和黑已将它丢在了身后。她检阅着平原、星空,她检阅着远处的山近处的树,树上黑帽子样的鸟窝,还有嘈杂的集市,怀孕的母牛,陌生而俊秀的大字,她未来的婴儿,那婴儿的未来……她觉得样样都不可缺少,或者,她一生需要的不过是这几样了。

　　一股热乎乎的东西在孕妇的心里涌现,弥漫着她的心房。她很想把这突然的热乎乎说给什么人听,她很想对人形容一下她心中这突然的发热,她永远也形容不出,心中的这一股情绪就叫作感动。

　　"黑——呀!"孕妇只在黑暗中小声儿地嘟囔着,声音有点儿颤,宛若幸福的呓语。

【阅读提示】

　　1. 这篇小说没有故事,着重传达的是对生命的温婉和谐的情绪。注意体会内容——孕妇、怀孕的牛,叙述节奏——从容而和谐,叙述语言——质朴而温馨,这三者如何协调起来,共同构成小说的整体氛围。

　　2. 小说有很大一部分都在写孕妇对"字"的摹写。你认为在生殖——对原始而淳朴生命的热爱与生命的延续这样的主题之下,出现"石碑""文字"这样关于历史、文明的标志,是为了表达什么?

【参考书(篇)目】

　　戴锦华:《文明的质询:重读铁凝》,《文学评论》1994年第5期。

许三观卖血记(节选)

余 华

第十八章

许三观对许玉兰说:

"今年是一九五八年,人民公社,大跃进,大炼钢,还有什么?我爷爷、我四叔他们村里的田地都被收回去了,从今往后谁也没有自己的田地了,田地都是归国家了,要种庄稼得向国家租田地,到了收成的时候要向国家交粮食,国家就像是从前的地主,当然国家不是地主,应该叫人民公社……我们丝厂也炼上钢铁了,厂里砌出了八个小高炉,我和四个人管一个高炉,我现在不是丝厂的送茧工许三观,我现在是丝厂的炼钢工许三观,他们都叫我许炼钢。你知道为什么要炼那么多钢铁出来?人是铁,饭是钢,这钢铁就是国家的粮食,就是国家的稻子、小麦,就是国家的鱼和肉。所以炼钢铁就是在田地里种稻子……"

许三观对许玉兰说:

"我今天到街上去走了走,看到很多戴红袖章的人挨家挨户地进进出出,把锅收了,把碗收了,把米收了,把油盐酱醋都收了去,我想过不了两天,他们就会到我们家来收这些了,说是从今往后谁家都不可以自己做饭了,要吃饭去大食堂。你知道城里有多少个大食堂?我这一路走过来看到了三个,我们丝厂一个;天宁寺是一个,那个和尚庙也改成食堂了,里面的和尚全戴上了白帽子,围上了白围裙,全成了大师傅;还有我们家前面的戏院,戏院也变成了食堂,你知道戏院食堂的厨房在哪里吗?就在戏台上,唱越剧的小旦、小生一大群都在戏台上洗菜淘米,听说那个唱老生的是司务长,那个丑角是副司务长……"

许三观对许玉兰说:

"前天我带你们去丝厂大食堂吃了饭,昨天我带你们去天宁寺大食堂吃了饭,今天我带你们去戏院大食堂吃饭。天宁寺大食堂的菜里面肉太少,和尚们以前是不吃荤的,所以肉就少,我们昨天在那里吃青椒炒肉时,你没听到他们在说:'这不是青椒炒肉,这是青椒少肉'吗?三个大食堂吃下来,你和儿子们都喜欢戏院的大食堂,我还是喜欢我们丝厂的大食堂,戏院食堂的菜味道不错,就是量太少;我们丝厂大食堂菜多,肉也多,吃得我心满意足。我在天宁寺食堂吃了以后,没有打饱嗝;在戏院食堂吃了也没打饱嗝;就是在丝厂食堂吃了以后,饱嗝打了一宵,一直打到天亮。明天我带你们去市政府的大食堂吃饭,那里的饭菜是全城最好吃的,我是听方铁匠说的,他说那里的大师傅全是胜利饭店过去的厨师,胜利饭店的厨师做出来的菜,肯定是全城最好的,你知道他们最拿手的菜是什么?就是爆炒猪肝……"

许三观对许玉兰说:

"我们明天不去市政府大食堂吃饭了,在那里吃一顿饭累得我一点力气都没有了,全城起码有四分之一的人都到那里去吃饭,吃一顿饭比打架还费劲,把我们的三个儿子都要挤坏了,我衣服里面的衣服全湿了,还有人在那里放屁,弄得我一点胃口都没。我们明天去丝厂食堂吧?我知道你们想去戏院食堂,可是戏院食堂已经关掉了,听说天宁寺食堂这两天也要关门了,就是我们丝厂食堂还没有关门,不过我们要去得早,去晚了就什么都吃不上了……"

许三观对许玉兰说:

"城里的食堂全关门了,好日子就这么过去了,从今以后谁也不来管我们吃什么了,我们是不是重新自己管自己了?可是我们吃什么呢?"

许玉兰说:

"床底下还有两缸米。当初他们来我们家收锅、收碗、收米、收油盐酱醋时,我舍不得这两缸米,舍不得这些从你们嘴里节省出来的米,我就没有交出去……"

第十九章

许玉兰嫁给许三观已经有十年,这十年里许玉兰天天算计着过日子,她在床底下放着两口小缸,那是盛米的缸。在厨房里还有口大一点的米缸,许玉兰每天做饭时,先是揭开厨房里米缸的木盖,按照全家每个人的饭量,往锅里倒米,然后再抓出一把米放到床下的小米缸中。她对许三观说:

"每个人多吃一口饭,谁也不会觉得多;少吃一口饭,谁也不会觉得少。"

她每天都让许三观少吃两口饭,有了一乐、二乐、三乐以后,也让他们每天少吃两口饭,至于她自己,每天少吃的就不止是两口饭了。节省下来的米,被她放进床下的小米缸。原先只有一口小缸,放满了米以后,她又去弄来了一口小缸,没有半年又放满了,她还想再去弄一口小缸来,许三观没有同意,他说:

"我们家又不开米店,存了那么多米干什么?到了夏天吃不完的话,米里面就会长虫子。"

许玉兰觉得许三观说的有道理,就满足于床下只有两口小缸,不再另想办法。

米放久了就要长出虫子来,虫子在米里面吃喝拉睡的,把一粒一粒的米都吃碎了,好像面粉似的,虫子拉出来的屎也像面粉似的,混在里面很难看清楚,只是稍稍有些发黄。所以床下两口小缸里的米放满以后,许玉兰把它们倒进厨房的米缸里。

然后,她坐在床上,估算着那两小缸的米有多少斤,值多少钱,她把算出来的钱叠好了放到箱子底下。这些钱她不花出去,她对许三观说:

"这些钱是我从你们嘴里一点一点掏出来的,你们一点都没觉察到吧?"

她又说:"这些钱平日里不能动,到了紧要关头才能拿出来。"

许三观对她的做法不以为然,他说:

"你这是脱裤子放屁,多此一举。"

许玉兰说:"话可不能这么说,人活一辈子,谁会没病没灾?谁没有个三长两短?遇到那些倒楣的事,有准备总比没有准备好。聪明人做事都给自己留着一条退路……"

"再说,我也给家里节省出了钱……"

许玉兰经常说:"灾荒年景会来的,人活一生总会遇到那么几次,想躲是躲不了的。"

当三乐八岁,二乐十岁,一乐十一岁的时候,整个城里都被水淹到了,最深的地方有一米多,最浅的地方也淹到了膝盖。在这一年六月里,许三观的家有七天成了池塘,水在他们家中流来流去,到了晚上睡觉的时候,还能听到波浪的声音。

水灾过去后,荒年就跟着来了。刚开始的时候,许三观和许玉兰还没有觉得荒年就在面前了,他们只是听说乡下的稻子大多数都烂在田里了,许三观就想到爷爷和四叔的村庄,他心想好在爷爷和四叔都已经死了,要不他们的日子怎么过呢?他另外三个叔叔还活着,可是另外三个叔叔以前对他不好,所以他也就不去想他们了。

到城里来要饭的人越来越多,许三观和许玉兰这才真正觉得荒年已经来了。每天早晨打开屋门,就会看到巷子里睡着要饭的人,而且每天看到的面孔都不一样,那些面孔也是越来越瘦。

城里米店的大门有时候开着,有时候就关上了,每次关上后重新打开时,米价就往上涨了几倍。没过多久,以前能买十斤米的钱,只能买两斤红薯了。丝厂停工了,因为没有蚕茧;许玉兰也用不着去炸油条了,因为没有面粉,没有食油。学校也不上课了,城里很多店都关了门,以前有二十来家饭店,现在只有胜利饭店还在营业。

许三观对许玉兰说:"这荒年来得真不是时候,要是早几年来,我们还会好些;就是晚几年来,我们也能过得去。偏偏这时候来了,偏偏在我们家底空了的时候来了。

"你想想,先是家里的锅和碗,米和油盐酱醋什么的被收去了,家里的灶也被他们砸了,原以为那几个大食堂能让我们吃上一辈子,没想到只吃了一年,一年以后又要吃自己了,重新起个灶要花钱,重新买锅碗瓢盆要花钱,重新买米和油盐酱醋也要花钱。这些年你一分、两分节省下来的钱就一下子花出去了。

"钱花出去了倒也不怕,只要能安安稳稳过上几年,家底自然又能积起来一些。可是这两年安稳了吗?先是一乐的事,一乐不是我儿子,我是当头挨了一记闷棍,这些就不说了,这个一乐还给我们去闯了祸,让我赔给了方铁匠三十五元钱。这两年我过得一点都不顺心,紧接着这荒年又来了。

"好在床底下还有两缸米……"

许玉兰说:"床底下的米现在不能动,厨房的米缸里还有米。从今天起,我们不能再吃干饭了,我估算过了,这灾荒还得有半年,要到明年开春以后,地里的庄稼都长出来以后,这灾荒才会过去。家里的米只够我们吃一个月,如果每天都喝稀粥的话,也只够吃四个月多几天。剩下还有一个多月的灾荒怎么过?总不能一个多月不吃不喝,要把这一个多月拆开了,插到那四个月里去。趁着冬天还没有来,我们到城外去采一些野菜回来,厨房的米缸过不了几天就要空了,刚好把它腾出来放野菜,再往里面撒上盐,野菜撒上了盐就不会烂,起码四、五个月不会烂掉。家里还有一些钱,我藏在褥子底下,这钱你不知道,是我这些年买菜时节省下来的,有十九元六角七分,拿出来十三元去买玉米棒子,能买一百斤回来,把玉米剥下来,自己给磨成粉,估计也有三十来斤,玉米粉混在稀粥里一起煮了吃,稀粥就会很稠,喝到肚子里也能觉得饱……"

许三观对儿子们说:"我们喝了一个月的玉米稀粥了,你们脸上红润的颜色喝没了,你们身上的肉也越喝越少了,你们一天比一天无精打采,你们现在什么话都不会说了,只会说饿、饿、饿,好在你们的小命都还在。现在城里所有的人都在过苦日子,你们到邻居家去看看,再到你们的同学家里去看看,每天有玉米稀粥喝的已经是好人家了。这苦日子还得往下熬,米缸里的野菜你们都说吃腻,吃腻了也得吃,你们想吃一顿干饭,吃一顿不放玉米粉的饭,我和你们妈商量了,以后会做给你们吃的,现在还不行,现在还得吃米缸里的野菜,喝玉米稀粥。你们说玉米稀粥也越来越稀了,这倒是真的,因为这苦日子还没有完,苦日子往下还很长,我和你们妈也没有别的办法,只好先把你们的小命保住,别的就顾不上了,俗话说得好,留得青山在不怕没柴烧,只要把命保住了,熬过了这苦日子,往下就是很长很长的好日子了。现在你们还得喝玉米稀粥,稀粥越来越稀,你们说尿一泡尿,肚子里就没有稀粥了。这话是谁说的?是一乐说的,我就知道这话是他说的,你这小崽子。你们整天都在说饿、饿、饿,你们这么小的人,一天喝下去的稀粥也不比我少,可你们整天说饿、饿、饿,为什么?就是因为你们每天还出去玩,你们一喝完粥就溜出去,我叫都叫不住,三乐这小崽子今天还在外面喊叫,这时候还有谁会喊叫?这时候谁说话都是轻声细气的,谁的肚子里都在咕咚咕咚响着,本来就没吃饱,一喊叫,再一跑,喝下去的粥他妈的还会有吗?早他妈的消化干净了。从今天起,二乐、三乐,还有你,一乐,喝完粥以后都给我上床去躺着,不要动,一动就会饿,你们都给我静静地躺着,我和你们妈也上床躺着……我不能再说话了,我饿得一点力气都没有了,我刚才喝下去的稀粥一点都没有了。"

许三观一家人从这天起,每天只喝两次玉米稀粥了,早晨一次,晚上一次,别的时间全家都躺在床上,不说话也不动。一说话一动,肚子里就会咕咚咕咚响起来,就会饿。不说话也不动,静静地躺在床上,就会睡着了。于是许三观一家人从白天睡到晚上,又从晚上睡到白天,一睡睡到了这一年的十二月七日。

这一天晚上,许玉兰煮玉米稀粥时比往常多煮了一碗,而且玉米粥也比往常稠了很多,她把许三观和三个儿子从床上叫起来,笑嘻嘻地告诉他们:

"今天有好吃的。"

许三观和一乐、二乐、三乐坐在桌前,伸长了脖子看着许玉兰端出来什

么,结果许玉兰端出来的还是他们天天喝的玉米粥,先是一乐失望地说:
"还是玉米粥。"
二乐和三乐也跟着同样失望地说:
"还是玉米粥。"
许三观对他们说:"你们仔细看看,这玉米粥比昨天的,比前天的,比以前的可是稠了很多。"
许玉兰说:"你们喝一口就知道了。"
三个儿子每人喝了一口以后,都眨着眼睛一时间不知道是什么味道,许三观也喝了一口,许玉兰问他们:
"知道我在粥里放了什么吗?"
三个儿子都摇了摇头,然后端起碗呼呼地喝起来,许三观对他们说:
"你们真是越来越笨了,连甜味道都不知道了。"
这时一乐知道粥里放了什么了,他突然叫起来:
"是糖,粥里放了糖。"
二乐和三乐听到一乐的喊叫以后,使劲地点起了头,他们的嘴却没有离开碗,边喝边发出咯咯的笑声。许三观也哈哈笑着,把粥喝得和他们一样响亮。
许玉兰对许三观说:"今天我把留着过春节的糖拿出来了,今天的玉米粥煮得又稠又粘,还多煮了一碗给你喝,你知道是为什么?今天是你的生日。"
许三观听到这里,刚好把碗里的粥喝完了,他一拍脑袋叫起来:
"今天就是我妈生我的那一天。"
然后他对许玉兰说:"所以你在粥里放了糖,这粥也比往常稠了很多,你还为我多煮了一碗,看在我自己生日的分上,我今天就多喝一碗了。"
当许三观把碗递过去的时候,他发现自己晚了。一乐、二乐、三乐的三只空碗已经抢在了他的前面,朝许玉兰的胸前塞过去,他就挥挥手说:
"给他们喝吧。"
许玉兰说:"不能给他们喝,这一碗是专门为你煮的。"
许三观说:"谁喝了都一样,都会变成屎,就让他们去多屙一些屎出来。给他们喝。"
然后许三观看着三个孩子重新端起碗来,把放了糖的玉米粥喝得哗啦哗啦响,他就对他们说:
"喝完以后,你们每人给我叩一个头,算是给我的寿礼。"

说完以后有些难受了,他说:

"这苦日子什么时候才能完?小崽子们苦得都忘记什么是甜,吃了甜的都想不起来这就是糖。"

三个孩子喝完了玉米粥,都伸长了舌头舔起了碗,舌头像是巴掌似的把碗拍得噼啪响,把碗舔干净了,一乐放下碗问许三观:

"爹,现在是不是要给你叩头了?"

"你们都喝完了吗?"许三观把三个孩子挨着看了一遍,"你们喝完了粥,你们该给我叩头了。"

一乐问:"我们是一个一个轮流着给你叩头,还是三个人一起给你叩头?"

许三观说:"一个一个来,从大到小,一乐你先来。"

一乐走到许三观前面,跪到地上,然后问许三观:

"要叩几个头?"

许三观说:"三个。"

一乐就叩了三个头,然后二乐和三乐也给许三观叩了三个头。许三观看他们都没有把头碰到地上,就说:

"别人家的儿子给爹叩头,脑袋都把地敲出声响来,你们三个小崽子都没碰着地……"

许三观说完以后,一乐说:

"刚才不算了,我们重新给你叩头。"

说着一乐跪下去,将脑袋在地上敲了三下,二乐和三乐也学着一乐的样子用脑袋去敲地。许三观听着他们把地敲得咚咚直响,哈哈笑起来,他说:

"我听到了,我眼睛看到你们叩头了,耳朵也听到你们叩头了,行啦,我已经收到你们送的寿礼了……"

二乐说:"爹,我们一起给你叩一次头。"

许三观连连摆手说:"行啦,不用啦……"

三个孩子排成一排,跪在地上,一起用脑袋敲起了地,他们咯咯笑着把地敲得咚咚响,许三观急了,走上去把三个孩子一个一个提起来,他说:

"别叩啦,你们这地方是脑袋,不是屁股,这地方不能乱敲,你们把自己敲成了傻子,倒楣的还是我。"

然后许三观重新在椅子里坐下,让三个孩子在前面站成一排,他对他们说:

"换成别人家,儿子给爹祝寿,送的礼堆起来就是一座小山,不说别的,光寿桃就是一百个,还有吃的,穿的,用的,什么都有。再看看你们给我祝寿,什么都没有,只有几个响头。"

许三观看到三个儿子互相看来看去的,他继续说:

"你们也别看来看去了,你们三个都穷得皮包骨头,你们能送我什么?你们能叩几个响头给我,我就知足了。"

这天晚上,一家人躺在床上时,许三观对儿子们说:

"我知道你们心里最想的是什么,就是吃,你们想吃米饭,想吃用油炒出来的菜,想吃鱼啊肉啊的。今天我过生日,你们都跟着享福了,连糖都吃到了,可我知道你们心里还想吃,还想吃什么?看在我过生日的分上,今天我就辛苦一下,我用嘴给你们每人炒一道菜,你们就用耳朵听着吃了,你们别用嘴,用嘴连个屁都吃不到,都把耳朵竖起来,我马上就要炒菜了。想吃什么,你们自己点。一个一个来,先从三乐开始。三乐,你想吃什么?"

三乐轻声说:"我不想再喝粥了,我想吃米饭。"

"米饭有的是,"许三观说,"米饭不限制,想吃多少就有多少,我问的是你想吃什么菜?"

三乐说:"我想吃肉。"

"三乐想吃肉,"许三观说,"我就给三乐做一个红烧肉。肉,有肥有瘦,红烧肉的话,最好是肥瘦各一半,而且还要带上肉皮,我先把肉切成一片一片的,有手指那么粗,半个手掌那么大,我给三乐切三片……"

三乐说:"爹,给我切四片肉。"

"我给三乐切四片肉……"

三乐又说:"爹,给我切五片肉。"

许三观说:"你最多只能吃四片,你这么小一个人,五片肉会把你撑死的。我先把四片肉放到水里煮一会,煮熟就行,不能煮老了,煮熟后拿起来晾干,晾干以后放到油锅里一炸,再放上酱油,放上一点五香,放上一点黄酒,再放上水,就用文火慢慢地炖,炖上两个小时,水差不多炖干时,红烧肉就做成了……"

许三观听到了吞口水的声音。"揭开锅盖,一股肉香是扑鼻而来,拿起筷子,夹一片放到嘴里一咬……"

许三观听到吞口水的声音越来越响。"是三乐一个人在吞口水吗?我听声音这么响,一乐和二乐也在吞口水吧?许玉兰你也吞上口水了。你们听着,这道菜是专给三乐做的,只准三乐一个人吞口水,你们要是吞上口水,就是说你们在抢三乐的红烧肉吃,你们的菜在后面,先让三乐吃得心里踏实了,我再给你们做。三乐,你把耳朵竖直了……夹一片放到嘴里一咬,味道是,肥的是肥而不腻,瘦的是丝丝饱满。我为什么要用文火炖肉?就是为了让味道全部炖进去。三乐的这四片红烧肉是……三乐,你可以慢慢品尝了。接下去是二乐,二乐想吃什么?"

二乐说:"我也要红烧肉,我要吃五片。"

"好,我现在给二乐切上五片肉,肥瘦各一半,放到水里一煮,煮熟了拿出来晾干,再放到……"

二乐说:"爹,一乐和三乐在吞口水。"

"一乐,"许三观训斥道,"还没轮到你吞口水。"

然后他继续说:"二乐是五片肉,放到油锅里一炸,再放上酱油,放上五香……"

二乐说:"爹,三乐还在吞口水。"

许三观说:"三乐吞口水,吃的是他自己的肉,不是你的肉,你的肉还没有做成呢……"

许三观给二乐做完红烧肉以后,去问一乐:

"一乐想吃什么?"

一乐说:"红烧肉。"

许三观有点不高兴了,他说:

"三个小崽子都吃红烧肉,为什么不早说?早说的话,我就一起给你们做了……我给一乐切了五片肉……"

一乐说:"我要六片肉。"

"我给一乐切了六片肉,肥瘦各一半……"

一乐说:"我不要瘦的,我全要肥肉。"

许三观说:"肥瘦各一半才好吃。"

一乐说:"我想吃肥肉,我想吃的肉里面要没有一点是瘦的。"

二乐和三乐这时也叫道:"我们也想吃肥肉。"

许三观给一乐做完了全肥的红烧肉以后,给许玉兰做了一条清炖鲫鱼。他在鱼肚子里面放上几片火腿,几片生姜,几片香菇,在鱼身上抹上一层盐,浇上一些黄酒,撒上一些葱花,然后炖了一个小时,从锅里取了来时是清香四溢……

许三观绘声绘色做出来的清炖鲫鱼,使屋子里响起一片吞口水的声音,许三观就训斥儿子们:

"这是给你们妈做的鱼,不是给你们做的,你们吞什么口水?你们吃了那么多的肉,该给我睡觉了。"

最后,许三观给自己做一道菜,他做的是爆炒猪肝,他说:

"猪肝先是切成片,很小的片,然后放到一只碗里,放上一些盐,放上生粉,生粉让猪肝鲜嫩,再放上半盅黄酒,黄酒让猪肝有酒香,再放上切好的葱丝,等锅里的油一冒烟,把猪肝倒进油锅,炒一下,炒两下,炒三下……"

"炒四下……炒五下……炒六下。"

一乐、二乐、三乐接着许三观的话,一人跟着炒了一下,许三观立刻制止他们:

"不,只能炒三下,炒到第四下就老了,第五下就硬了,第六下那就咬不动了,三下以后赶紧把猪肝倒出来。这时候不忙吃,先给自己斟上二两黄酒,先喝一口黄酒,黄酒从喉咙里下去时热乎乎的,就像是用热毛巾洗脸一样,黄酒先把肠子洗干净了,然后再拿起一双筷子,夹一片猪肝放进嘴里……这可是神仙过的日子……"

屋子里吞口水的声音这时是又响成一片,许三观说:

"这爆炒猪肝是我的菜,一乐,二乐,三乐,还有你许玉兰,你们都在吞口水,你们都在抢我的菜吃。"

说着许三观高兴地哈哈大笑起来,他说:

"今天我过生日,大家都来尝尝我的爆炒猪肝吧。"

第二十八章(节选)

许三观让二乐躺在家里的床上,让三乐守在二乐的身旁,然后他背上一个蓝底白花的包裹,胸前的口袋里放着两元三角钱,出门去了轮船码头。

他要去的地方是上海,路上要经过林浦、北荡、西塘、百里、通元、松林、大桥、安昌门、靖安、黄店、虎头桥、三环洞、七里堡、黄湾、柳村、长宁、新镇。其中林浦、百里、松林、黄店、七里堡、长宁是县城,他要在这六个地方上岸卖血,他要一路卖着血去上海。

这一天中午的时候,许三观来到了林浦,他沿着那条穿过城镇的小河走过去,他看到林浦的房屋从河两岸伸出来,一直伸到河水里。这时的许三观解开棉袄的钮扣,让冬天温暖的阳光照在胸前,于是他被岁月晒黑的胸口,又被寒风吹得通红。他看到一处石阶以后,就走了下去,在河水边坐下。河的两边泊满了船只,只有他坐着的石阶这里没有停泊。不久前林浦也下了一场大雪,许三观看到身旁的石缝里镶着没有融化的积雪,在阳光里闪闪发亮。从河边的窗户看进去,他看到林浦的居民都在吃着午饭,蒸腾的热气使窗户上的玻璃白茫茫的一片。

他从包裹里拿出了一只碗,将河面上的水刮到一旁,舀起一碗下面的河水,他看到林浦的河水在碗里有些发绿,他喝了一口,冰冷刺骨的河水进入胃里时,使他浑身哆嗦。他用手抹了抹嘴巴后,仰起脖子一口将碗里的水全部喝了下去,然后他双手抱住自己猛烈地抖动了几下。过了一会儿,他觉得胃里的温暖慢慢地回来了,他再舀起一碗河水,再次一口喝了下去,接着他再次抱住自己抖动起来。

坐在河边窗前吃着热气腾腾午饭的林浦居民,注意到了许三观。他们打开窗户,把身体探出来,看着这个年近五十的男人,一个人坐在石阶最下面的那一层上,一碗一碗地喝着冬天寒冷的河水,然后一次一次地在那里哆嗦,他们就说:

"你是谁?你是从哪里来的?没见过像你这么口渴的人,你为什么要喝河里的冷水,现在是冬天,你会把自己的身体喝坏的。你上来吧,到我们家里来喝,我们有烧开的热水,我们还有茶叶,我们给你沏上一壶茶水……"

许三观抬起头对他们笑道:

"不麻烦你们了,你们都是好心人,我不麻烦你们,我要喝的水太多,我就喝这河里的水……"

他们说:"我们家里有的是水,不怕你喝,你要是喝一壶不够,我们就让你喝两壶、三壶……"

许三观拿着碗站了起来,他看到近旁的几户人家都在窗口邀请他,就对他们说:

"我就不喝你们的茶水了,你们给我一点盐,我已经喝了四碗水了,这水太冷,我有点喝不下去了,你们给我一点盐,我吃了盐就会又想喝水了。"

他们听了这话觉得很奇怪,他们问:

"你为什么要吃盐?你要是喝不下去了,你就不会口渴。"

许三观说:"我没有口渴,我喝水不是口渴……"

他们中间一些人笑了起来,有人说:

"你不口渴,为什么还要喝这么多水?你喝的还是河里的冷水,你喝这么多河水,到了晚上会肚子疼……"

许三观站在那里,抬着头对他们说:

"你们都是好心人,我就告诉你们,我喝水是为了卖血……"

"卖血?"他们说,"卖血为什么要喝水?"

"多喝水,身上的血就会多起来,身上的血多了,就可以卖掉它两碗。"

许三观说着举起手里的碗拍了拍,然后他笑了起来,脸上的皱纹堆到了一起。他们又问:

"你为什么要卖血?"

许三观回答:"一乐病了,病得很重,是肝炎,已经送到上海的大医院去了……"

有人打断他:"一乐是谁?"

"我儿子,"许三观说,"他病得很重,只有上海的大医院能治。家里没有钱,我就出来卖血。我一路卖过去,卖到上海时,一乐治病的钱就会有了。"

许三观说到这里,流出了眼泪,他流着眼泪对他们微笑。他们听了这话都怔住了,看着许三观不再说话。许三观向他们伸出了手,对他们说:

"你们都是好心人,你们能不能给我一点盐?"

他们都点起了头,过了一会儿,有几个人给他送来了盐,都是用纸包着的,还有人给他送来了三壶热茶。许三观看着盐和热茶,对他们说:

"这么多盐,我吃不了,其实有了茶水,没有盐我也能喝下去。"

他们说:"盐吃不了你就带上,你下次卖血时还用得上。茶水你现在就喝了,你趁热喝下去。"

许三观对他们点点头,把盐放到口袋里,坐回到刚才的石阶上,他这次舀了半碗河水,接着拿起一只茶壶,把里面的热茶水倒在碗里,倒满就一口喝了下去,他抹了抹嘴巴说:

"这茶水真是香。"

许三观接下去又喝了三碗,他们说:

"你真能喝啊。"

许三观不好意思地笑了笑,他站起来说:

"其实我是逼着自己喝下去的。"

然后他看看放在石阶上的三只茶壶,对他们说:

"我要走了,可是我不知道这三只茶壶是谁家的,我不知道应该还给谁?"

他们说:"你就走吧,茶壶我们自己会拿的。"

许三观点点头,他向两边房屋窗口的人,还有站在石阶上的人鞠了躬,他说:

"你们对我这么好,我也没什么能报答你们的,我只有给你们鞠躬了。"

然后,许三观来到了林浦的医院,医院的供血室是在门诊部走廊的尽头,一个和李血头差不多年纪的男人坐在一张桌子旁,他的一条胳膊放在桌子上,眼睛看着对面没有门的厕所。许三观看到他穿着的白大褂和李血头的一样脏,许三观就对他说:

"我知道你是这里的血头,你白大褂的胸前和袖管上黑乎乎的,你胸前黑是因为你经常靠在桌子上,袖管黑是你的两条胳膊经常放在桌子上,你和我们那里的李血头一样,我还知道你白大褂的屁股上也是黑乎乎的,你的屁股天天坐在凳子上……"

许三观在林浦的医院卖了血,又在林浦的饭店里吃了一盘炒猪肝,喝了二两黄酒。接下去他走在了林浦的街道上,冬天的寒风吹在他脸上,又灌到了脖子里,他开始知道寒冷了,他觉得棉袄里的身体一下子变冷了,他知道这是卖了血的缘故,他把身上的热气卖掉了。他感到风正从胸口滑下去,一直到腹部,使他肚子里一阵阵抽搐。他就捏紧了胸口的衣领,两只手都捏在那里,那样子就像是拉着自己在往前走。

阳光照耀着林浦的街道,许三观身体哆嗦着走在阳光里。他走过了一条街道,来到了另一条街道上,他看到有几个年轻人靠在一堵洒满阳光的墙壁上,眯着眼睛站在那里晒太阳,他们的手都插在袖管里,他们声音响亮地说着,喊着,笑着。许三观在他们面前站了一会儿,就走到了他们中间,也靠在墙上;阳光照着他,也使他眯起了眼睛。他看到他们都扭过头来看他,他就对他们说:

"这里暖和,这里的风小多了。"

他们点了点头,他们看到许三观缩成一团靠在墙上,两只手还紧紧抓住衣领,他们互相之间轻声说:

"看到他的手了吗?把自己的衣领抓得这么紧,像是有人要用绳子勒死他,他拼命抓住绳子似的,是不是?"

许三观听到了他们的话,就笑着对他们说:

"我是怕冷风从这里进去。"

许三观说着腾出一只手指了指自己的衣领,继续说:

"这里就像是你们家的窗户,你们家的窗户到了冬天都关上了吧?冬天要是开着窗户,在家里的人会冻坏的。"

他们听了这话哈哈笑起来,笑过之后他们说:

"没见过像你这么怕冷的人,我们都听到你的牙齿在嘴巴里打架了,你还穿着这么厚的棉袄,你看看我们,我们谁都没穿棉袄,我们的衣领都敞开着……"

许三观说:"我刚才也敞开着衣领,我刚才还坐在河边喝了八碗河里的冷水……"

他们说:"你是不是发烧了?"

许三观说:"我没有发烧。"

他们说:"你没有发烧?那你为什么说胡话?"

许三观说:"我没有说胡话。"

他们说:"你肯定发烧了,你是不是觉得很冷?"

许三观点点头说:"是的。"

"那你就是发烧了。"他们说,"人发烧了就会觉得冷,你摸摸自己的额头,你的额头肯定很烫。"

许三观看着他们笑,他说:"我没有发烧,我就是觉得冷,我觉得冷是因为我卖……"

他们打断他的话,"觉得冷就是发烧,你摸摸额头。"

许三观还是看着他们笑,没有伸手去摸额头,他们催他:

"你快摸一下额头,摸一下你就知道了,摸一下额头又不费什么力气,你为什么不把手抬起来?"

许三观抬起手来,去摸自己的额头,他们看着他,问他:

"是不是很烫?"

许三观摇摇头,"我不知道,我摸不出来,我的额头和我的手一样冷。"

"我来摸一摸。"

有一个人说着走过来,把手放在了许三观的额头上,他对他们说:

"他的额头是很冷。"

另一个人说:"你的手刚从袖管里拿出来,你的手热乎乎的,你用你自己的额头去试试。"

那个人就把自己的额头贴到许三观的额头上,贴了一会后,他转过身来摸着自己的额头,对他们说:

"是不是我发烧了?我比他烫多了。"

接着那个人对他们说:"你们来试试。"

他们就一个一个走过来,一个挨着一个贴了贴许三观的额头,最后他们同意许三观的话,他们对他说:

"你说得对,你没有发烧,是我们发烧了。"

他们围着他哈哈大笑起来,他们笑了一阵后,有一个人吹起了口哨,另外几个人也吹起了口哨,他们吹着口哨走开去了。许三观看着他们走去,直到他们走远了,看不见了,他们的口哨也听不到了。许三观这时候一个人笑了起来,他在墙根的一块石头上坐下来,他的周围都是阳光,他觉得自己身体比刚才暖和一些了,而抓住衣领的两只手已经冻麻了,他就把手放下来,插到了袖管里。

许三观从林浦坐船到了北荡,又从北荡到了西塘,然后他来到了百里。许三观这时离家已经有三天了,三天前他在林浦卖了血,现在他又要去百里的医院卖血了。在百里,他走在河边的街道上,他看到百里没有融化的积雪在街道两旁和泥浆一样肮脏了,百里的寒风吹在他的脸上,使他觉得自己的脸被吹得又干又硬,像是挂在屋檐下的鱼干。他棉袄的口袋里插着一只喝水的碗,手里拿着一包盐,他吃着盐往前走,嘴里吃咸了,就下到河边的石阶上,舀两碗冰冷的河水喝下去,然后回到街道上,继续吃着盐走去。

这一天下午,许三观在百里的医院卖了血以后,刚刚走到街上,还没有走到医院对面那家饭店,还没有吃下去一盘炒猪肝,喝下去二两黄酒,他就走不动了。他双手抱住自己,在街道中间抖成一团,他的两条腿就像是狂风中的枯枝一样,剧烈地抖着,然后枯枝折断似的,他的两条腿一弯,他的身体倒在了地上。

在街上的人不知道他患了什么病,他们问他,他的嘴巴哆嗦着说不清楚,他们就说把他往医院里送,他们说:好在医院就在对面,走几步路就到了。有人把他背到了肩上,要到医院去,这时候他口齿清楚了,他连着说:

"不、不、不,不去……"

他们说:"你病了,你病得很重,我们这辈子都没见过像你这么乱抖的人,我们要把你送到医院去……"

他还是说:"不、不、不……"

他们就问他:"你告诉我们,你患了什么病?你是急性的病?还是慢性的病?要是急性的病,我们一定要把你送到医院去……"

他们看到他的嘴巴胡乱地动了起来,他说了些什么,他们谁也听不懂,他们问他们:

"他在说些什么?"

他们回答:"不知道他在说些什么,别管他说什么了,快把他往医院里送吧。"

这时候他又把话说清楚了,他说:

"我没病。"

他们都听到了这三个字,他们说:

"他说他没有病,没有病怎么还这样乱抖?"

他说:"我冷。"

这一次他们也听清楚了,他们说:

"他说他冷,他是不是有冷热病?要是冷热病,送医院也没有用,就把他送到旅馆去,听他的口音是外地人……"

许三观听说他们要把他送到旅馆,他就不再说什么了,让他们把他背到了最近的一家旅馆。他们把他放在了一张床上,那间房里有四张床位,他们就把四条棉被全盖在他的身上。

许三观躺在四条棉被下面,仍然哆嗦不止,躺了一会,他们问:

"身体暖和过来了吧?"

许三观摇了摇头,他上面盖了四条棉被,他们觉得他的头像是隔得很远似的,他们看到他摇头,就说:

"你盖了四条被子还冷,就肯定是冷热病了,这种病一发作,别说是四条被子,就是十条都没用,这不是外面冷了,是你身体里面在冷,这时候你要是吃点东西,你就会觉得暖和一些。"

他们说完这话,看到许三观身上的被子一动一动的,过了一会,许三观的一只手从被子里伸了出来,手上捏着一张一角钱的钞票。许三观对他们说:

"我想吃面条。"

他们就去给他买了一碗面条回来,又帮着他把面条吃了下去。许三观吃了一碗面条,觉得身上有些暖和了,再过了一会儿,他说话也有了力气。许三观就说他用不着四条被子了,他说:

"求你们拿掉两条,我被压得喘不过气来了。"

这天晚上,许三观和一个年过六十的男人住在一起,那人来的时候天已经黑了,他穿着破烂的棉袄,黝黑的脸上有几道被冬天的寒风吹裂的口子,他怀里抱着两头猪崽子走进来,许三观看着他把两头小猪放到床上,小猪吱吱地叫,声音听上去又尖又细,小猪的脚被绳子绑着,身体就在床上抖动,他对它们说:

"睡了,睡了,睡觉了。"

说着他把被子盖在了两头小猪的身上,自己在床的另一头钻到了被窝里。他躺下后看到许三观正看着自己,就对许三观说:

"现在半夜里太冷,会把小猪冻坏的,它们就和我睡一个被窝。"

看到许三观点了点头,他嘿嘿地笑了,他告诉许三观,他家在北荡的乡下,他有两个女儿,三个儿子,两个女儿都嫁了男人,三个儿子还没有娶女人,他还有两个孙子。他到百里来,是来把这两头小猪卖掉,他说:

"百里的价格好,能多卖钱。"

最后他说:"我今年六十四岁了。"

"看不出来。"许三观说,"六十四岁了,身体还这么硬朗。"

听了这话,他又是嘿嘿笑了一会儿,他说:

"我眼睛很好,耳朵也听得清楚,身体没有毛病,就是力气比年轻时少了一些,我天天下到田里干活,我干的活和我三个儿子一样多,就是力气不如他们,累了腰会疼……"

他看到许三观盖了两条被子,就对许三观说:

"你是不是病了?你盖了两条被子,我看到你还在哆嗦……"

许三观说:"我没病,我就是觉得冷。"

他说:"那张床上还有一条被子,要不要我替你盖上?"

许三观摇摇头,"不要了,我现在好多了,我下午刚卖了血的时候,我才真是冷,现在好多了。"

"你卖血了?"他说,"我以前也卖过血,我家老三,就是我的小儿子,十岁的时候动手术,动手术时要给他输血,我就把自己的血卖给了医院,医院又把我的血给了我家老三。卖了血以后就是觉得力气少了很多……"

许三观点点头,他说:

"卖一次、两次的,也就是觉得力气少了一些,要是连着卖血,身上的热气也会跟着少起来,人就觉得冷……"

许三观说着把手从被窝里伸出去,向他伸出三根指头说:

"我三个月卖了三次,每次都卖掉两碗,用他们医院里的话说是四百毫升,我就把身上的力气卖光了,只剩下热气了,前天我在林浦卖了两碗,今天我又卖了两碗,就把剩下的热气也卖掉了……"

许三观说到这里,停了下来,呼呼地喘起了气,来自北荡乡下的那个老头对他说:

"你这么连着去卖血,会不会把命卖掉了?"

许三观说:"隔上几天,我到了松林还要去卖血。"

那个老头说:"你先是把力气卖掉,又把热气也卖掉,剩下的只有命了,你要是再卖血,你就是卖命了。"

"就是把命卖掉了,我也要去卖血。"

许三观对那个老头说:"我儿子得了肝炎,在上海的医院里,我得赶紧把钱筹够了送去,我要是歇上几个月再卖血,我儿子就没钱治病了……"

许三观说到这里休息了一会儿,然后又说:

"我快活到五十岁了,做人是什么滋味,我也全知道了,我就是死了也可以说是赚了。我儿子才只有二十一岁,他还没有好好做人呢,他连个女人都还没有娶,他还没有做过人,他要是死了,那就太吃亏了……"

那个老头听了许三观这番话,连连点头,他说:

"你说得也对,到了我们这把年纪,做人已经做全了……"

这时候那两头小猪吱吱地叫上了,那个老头对许三观说:

"我的脚刚才碰着它们了……"

他看到许三观还在被窝里哆嗦,就说:

"我看你的样子是城里人,你们城里人都爱干净,我们乡下人就没有那么讲究,我是说……"

他停顿了一下后继续说:"我是说,如果你不嫌弃,我就把这两头小猪放到你被窝里来,给你暖暖被窝。"

许三观点点头说:"我怎么会嫌弃呢?你心肠真是好,你就放一头小猪过来,一头就够了。"

老头就起身抱过去了一头小猪,放在许三观的脚旁。那头小猪已经睡着了,一点声音都没有,许三观把自己冰冷的脚往小猪身上放了放,刚放上去,那头小猪就吱吱的乱叫起来,在许三观的被窝里抖成一团。老头听到了,有些过意不去,他问:

"你这样能睡好吗?"

许三观说:"我的脚太冷了,都把它冻醒了。"

老头说:"怎么说猪也是畜生,不是人,要是人就好了。"

许三观说:"我觉得被窝里有热气了,被窝里暖和多了。"

四天以后,许三观来到了松林,这时候的许三观面黄肌瘦,四肢无力,头晕脑胀,眼睛发昏,耳朵里始终有着嗡嗡的声响,身上的骨头又酸又疼,两条腿迈出去时似乎是在飘动。

松林医院的血头看到站在面前的许三观,没等他把话说完,就挥挥手要他出去,这个血头说:

"你撒泡尿照照自己,你脸上黄得都发灰了,你说话时都要喘气,你还要来卖血,我说你赶紧去输血吧。"

许三观就来到医院外面,他在一个没有风、阳光充足的角落里坐了有两个小时,让阳光在他脸上,在他身上照耀着。当他觉得自己的脸被阳光晒烫了,他起身又来到了医院的供血室,刚才的血头看到他进来,没有把他认出来,对他说:

"你瘦得皮包骨头,刮大风时你要是走在街上,你会被风吹倒的,可是你脸色不错,黑红黑红的,你想卖多少血?"

许三观说:"两碗。"

许三观拿出插在口袋里的碗给那个血头看,血头说:

"这两碗放足了能有一斤米饭,能放多少血我就不知道了。"

许三观说:"四百毫升。"

血头说:"你走到走廊那一头去,到注射室去,让注射室的护士给你抽血……"

一个戴着口罩的护士,在许三观的胳膊上抽出了四百毫升的血以后,看到许三观摇晃着站起来,他刚刚站直了就倒在了地上。护士惊叫了一阵以后,他们把他送到了急诊室,急诊室的医生让他们把他放在床上,医生先是摸摸许三观的额头,又捏住许三观手腕上的脉搏,再翻开许三观的眼皮看了看,最后医生给许三观量血压了,医生看到许三观的血压只有六十和四十,就说:

"给他输血。"

于是许三观刚刚卖掉的四百毫升血,又回到了他的血管里。他们又给他输了三百毫升别人的血以后,他的血压才回升到了一百和六十。

许三观醒来后,发现自己躺在医院里,他吓了一跳,下了床就要往医院外跑,他们拦住他,对他说虽然血压正常了,可他还要在医院里观察一天,因为医生还没有查出来他的病因。许三观对他们说:

"我没有病,我就是卖血卖多了。"

他告诉医生,一个星期前他在林浦卖了血,四天前又在百里卖了血。医生听得目瞪口呆,把他看了一会儿后,嘴里说了一句成语:

"亡命之徒。"

许三观说:"我不是亡命之徒,我是为了儿子……"

医生挥挥手说:"你出院吧。"

松林的医院收了许三观七百毫升血的钱,再加上急诊室的费用,许三观两次卖血挣来的钱,一次就付了出去。许三观就去找到说他是亡命之徒的那个医生,对他说:

"我卖给你们四百毫升血,你们又卖给我七百毫升血,我自己的血收回来,我也就算了,别人那三百毫升的血我不要,我还给你们,你们收回去。"

医生说:"你在说什么?"

许三观说:"我要你们收回去三百毫升的血……"

医生说:"你有病……"

许三观说:"我没有病,我就是卖血卖多了觉得冷,现在你们卖给了我七百毫升,差不多有四碗血,我现在一点都不觉得冷了,我倒是觉得热,热得难受,我要还给你们三百毫升血……"

医生指指自己的脑袋说:"我是说你有神经病。"

许三观说:"我没有神经病,我只是要你们把不是我的血收回去……"

许三观看到有人围了上来,就对他们说:

"买卖要讲个公道,我把血卖给他们,他们知道,他们把血卖给我,我一点都不知道……"

那个医生说:"我们是救你命,你都休克了,要是等着让你知道,你就没命了。"

许三观听了这话,点了点头说:

"我知道你们是为了救我,我现在也不是要把七百毫升的血都还给你们,我只要你们把别人的三百毫升血收回去,我许三观都快五十岁了,这辈子没拿过别人的东西……"

许三观说到这里,发现那个医生已经走了,他看到旁边的人听了他的话都哈哈笑,许三观知道他们都是在笑话他,他就不说话了,他在那里站了一会儿,然后他转身走出了松林的医院。

那时候已是傍晚,许三观在松林的街上走了很长时间,一直走到河边,栏杆挡住了他的去路后,他才站住脚。他看到河水被晚霞映得通红,有一行拖船长长地驶了过来,柴油机突突地响着,从他眼前驶了过去,拖船掀起的浪花一层一层地冲向了河岸,在石头砌出来的河岸上响亮地拍打过去。

他这么站了一会,觉得寒冷起来了,就蹲下去靠着一棵树坐了下来。坐了一会儿,他从胸口把所有的钱都拿出来,他数了数,只有三十七元四角钱,他卖了三次血,到头来只有一次的钱,然后他将钱叠好了,放回到胸前的口袋里。这时他觉得委屈了,泪水就流出了眼眶,寒风吹过来,把他的眼泪吹落在地,所以当他伸手去擦眼睛时,没有擦到泪水。他坐了一会儿以后,站起来继续往前走。他想到去上海还有很多路,还要经过大桥,安昌门,黄店,虎头桥,三环洞,七里堡,黄湾,柳村,长宁和新镇。

【阅读提示】

1. 小说讲述的是许三观一生中的卖血经历,从许三观第一次卖血到60岁时再也卖不了血。促使许三观卖血的动机,与一个普通人一生中的重大事件相连,如结婚、性爱纠葛等,也与当代中国重要的历史事件联系在一起。重点阅读第十八、十九章,注意"历史"是以怎样的方式进入许三观的日常生活之中,并对其产生了怎样的影响。

2. 小说的一个显著特点,是对人物的对话和语言做了最大限度的实验。人物的对话和语言不仅是交代叙事背景、故事情境和结构转换的主要载体,而且在形式上采取了多种重复的方式。如"他们说""许三观对许玉兰说"等在不同段落中反复出现。这种有意强化对话并重复使用同样的语句的做法,在小说结构和节奏上造成了一种"复沓"的效果。这篇小说在整体上呈现出非常有控制力的冷静、朴素的叙述风格,即得益于此。阅读小说时注意体会小说的这一特点。

3. 重点阅读第二十九章。此前的卖血情境都呈现于琐屑日常生活情境中,并采取一种略带幽默的叙述语调。而这一段落则采取了与《圣经》中漫游经历相仿的写法,从而使"卖血"的苦难性质表现出来。这是小说的"高潮"段落,就像一个在此前间隔地回旋的音符,在这一段落中密集出现。注意体味这种情节、节奏、叙述方式等在整体上造成的形式意味。

【扩展性阅读书(篇)目】

余华的短篇小说《我没有自己的名字》和长篇小说《活着》。

一句顶一万句（节选）

刘震云

十二

吴摩西成亲半年后，挨了一顿打。延津县城有个打更的叫倪三。倪三黑胖，门头一样高，一脸疙瘩肉，满头红毛。无论春夏秋冬，走路皆敞着怀，露着胸前凸出的一条子肉；几十年下来，这肉变得黑红，与身上其他部位不一个颜色。倪三的爷爷，曾是延津出的第一个举人，做过山西潞州的知府。到了倪三他爹，与他爷路数不同，不喜读书，不喜功名；长大后，图个吃喝嫖赌。倪三他爹活到四十岁，临死之前，将他爷做知府积下的家产，也挥霍尽了。人说倪三他爹短寿，倪三他爹临死时说：

"我活一天，等于别人活十年，值了。"

到了倪三这一辈，家徒四壁，倪三开始在县城打更。打更者白天无事，报更是在夜里。夜里从戌时起，用梆子敲出从一更到五更的时辰。倪三虽是一打更者，但有官宦人家的遗风，一是不喜张罗，虽家徒四壁，除了夜里打更，白天不张罗别的，就是歇着；二是穷归穷，不耽误喝酒，一到夜里是醉的。夜里打更，倪三皆趔趄着脚步，闭着眼睛从十字街头穿过，抡着梆子，常常把一更敲成三更，把三更敲成二更；所以直到现在，延津人不论更，一论就是错的，源头就在这里。打更者除了敲梆子，嘴里还应喊"天干物燥，小心灯烛"之类的话，倪三一概省略了；延津打更不喊话，源头也在这里。打更的不靠谱，本来可以换一个；倪三的爷爷虽然做过知府，但那是五六十年前的事了；但延津三任县长，一个爱做木匠活，一个爱讲话，一个爱听戏，为自己的事还忙不过来，无暇留意夜里的梆子。倪三二十五岁那年，倒娶了一个老婆，老婆是个对眼。虽然对眼，但能生孩子；一年一个，不落空当。倪三喝醉酒常打老婆，打老婆不为别的，就为她能生孩儿：

"妈拉个逼，你是人还是猪，身子不能挨，一挨就下崽。"

为躲挨打，也为躲挨身子，倪三的对眼老婆常常住娘家。但十年下来，仍给倪三生下七男二女。生下的孩子倒不对眼。七男二女本是个吉数，但加上倪三两口子,一个打更的,要养活一家十一口人,便有些吃力。倪三虽不爱张罗,但为人憨厚,年轻时,家里虽然穷,既不偷人,也不抢人;后来随着孩子长大,日子一年过得比一年紧,便一年比一年不顾脸皮。不顾脸皮倪三也不偷人,家里断了炊,便到集市的货摊上公开乱拿:

"记着账,回头还你。"

这个"回头",不知会到何年何月。做生意者知他粗鲁,拿吧也就几根葱,半升米,一条子肉的事,皆不与他计较。见无人与他计较,倪三更加变本加厉。变本加厉不是多拿东西;倪三从不多拿人家东西,顾住当天吃喝为止,明天断顿,明天再拿;而是有时喝醉了,边拿东西边说:

"妈拉个逼,我就不信,一个延津县,养不起一个倪三。"

拿东西不气人,这话气人;但拿东西都无人计较,因为一句话,谁与他计较呢?吴摩西过去挑水时,也与倪三认识,还给倪三家挑过水。当然,水是白挑,倪三不会给他工钱;吴摩西知延津县城人人怕倪三,自个儿也不敢多事,水挑完就走,不说别的。平日见倪三走来,也是能躲就躲。倒是倪三见他躲,有些不高兴:

"躲啥?欠我租子?"

但倪三为人仗义。张家王家、李家赵家发生矛盾,县长不务正业,无处说理,或理被说乱了,案子被断得七零八落,大家无处伸冤,便找倪三主持公道。到倪三这里告状,谁先告状谁有理。倪三听原告说完,不由分说,便去被告家中,替原告出气。喝醉酒,进门就砸东西;没喝醉,或被告家人口多,料打斗不过,便从腰里掏出一根绳子,要把自个儿吊死在这家门前。打架还好应付,一个人要自个儿上吊,如何收拾呢?想着他家爷爷,曾是一个举人,到了倪三这里,竟拿上吊说事,也让人哭笑不得;左右无法计较,便不再讲理,与倪三将事情说开,大事化小,小事化了罢了。久而久之,倪三替人出气,不管来到谁家门口,没等倪三开口,这家人赶紧迎出来:

"老倪,知道了,只要不出大格,事情还能商量。"

卖葱卖米者让倪三白拿东西,原因也在这里。吴摩西与倪三,本来井水不犯河水,但吴摩西成亲半年后,被倪三打了一顿。倪三打吴摩西并不是吴摩西惹着了倪三,或跟谁发生了矛盾,倪三替人出气,而是因为半年前吴摩西成亲,没有请倪三喝酒。事情发生在半年前,倪三半年前没打,拖了半年才打,是因为半年之后,吴摩西离开了县政府。与吴香香成亲时,吴摩西曾问吴香香,成亲之后,她会不会让他离开县政府,到"吴记馍坊"去揉馒头;就跟和尚入庙一样,念经就念经,不用再干别的。但吴香香娶他,不图别的,就图个靠山,图个"县政府",好用来支撑门面,倒不让吴摩西回家揉馒头,让他继续在县政府种菜。把县长老史题写的"敢作敢为"四个字高挂门头,也是这个意思。听说让他继续在县政府种菜,吴摩西倒也喜欢。喜欢不是不喜欢揉馒头,喜欢种菜,而是在县政府种菜,还盼着有朝一日出人头地。由于有馒头铺接着他,种起菜来,倒比过去大胆许多。两人成亲后,吴摩西也帮吴香香揉馒头,两人五更起床,揉馒头蒸馒头;待到天亮,吴香香推着馒头车到十字街头做生意,吴摩西到县政府上差种菜;日子过得,倒也各得其乐。半年后突然离开县政府,并不是吴摩西厌烦了种菜,或吴香香改了主意,或因何事又得罪了县长老史,老史把他赶了出来;而是县长老史出了事,离开了延津县。县长老史出事并不是老史县长没当好,像前任县长小韩一样,因为一个爱讲话,出了差错,被上峰拿住了;恰恰是上峰出了问题,省长老费出了事,老史跟着吃了挂落。省长老费出事也不是他省长没当好,恰恰是要当好省长,这省长就没保住。

老费省长已当了十年,国民政府换了几届,老费在河南还纹丝不动,也算老资格了。正因为是老资格,总理衙门又新换了一个总理,老费一时大意,就把这总理给开罪了。新上来的总理姓呼延。这呼延小五十了,放到人中不算年轻,当总理就显得年轻了。老费跟延津县长老史一样,不苟言笑,一天说不了十句话;新上来的呼延总理却跟延津另一个县长小韩一样,喜欢讲话,一讲起话来就眉飞色舞,两手高举,像挥着粪叉,讲起话来,爱讲一二三点,从一点说到十点,还不停歇,一个上午就过去了。呼延总理的意思,灯不挑不亮,话不说不明,事先不把道理说清楚,事情做起来不就乱了?这就是知和行的关系。老费和他不对脾气。这天在京城总理衙门开会,全国三十多位省长都到了。本来说的是边疆防务的事,河南地处中原,跟边疆没太大关系。但呼延总理讲着讲着,由边疆扯到了内地;由黑龙江扯到河北,由河北扯到山西,由山西扯到河南,最后在河南停住了脚。也说了几句河南的好话,由好话说到缺失,又停住了,一口气说了两个钟点。但呼延总理是由京城衙门上来的,没做过地方官,对地方事务不熟,两个钟头说了八点,他说的每一点,都与实情不符;稍微接近的,也隔靴搔痒;不熟的,干脆本末倒置。说过八点,又说改进的举措,也是驴头不对马嘴。当着全国的省长,被呼延批了八点,老费肚子里虽然憋气,嘴上没说什么,也就点头而已。开过会吃饭,呼延总理挨桌敬酒,敬到老费一桌,又旧话重提,开始说河南第九点。说完,还拍着老费的肩膀:

"我说得对不对呀老费?"

如是在会上,老费再点点头就过去了。但换了场合,大家在喝酒,还穷追不舍,老费就有些下不来台;加上老费喝了两杯酒,突然爆发了。老费平日话不多,性子却倔;加上是老资格,本来就看不上这呼延;于是将呼延总理的手从他肩膀上推开:

"对是对呀,但照你的弄法,河南不出三年,就民不聊生了。"

接着又说:

"比河南更大的问题是,当官不靠业绩,靠的是一个裙带。"

明显是指呼延个人了。呼延没做过封疆大吏,能当到总理,靠的就是在衙门里玩裙带。呼延总理脸气得铁青,指着老费说:

"你的意思,这个总理不该我当,该你当了?"

老费针锋相对:

"咋该我当?我不叫'呼延',我也不会'胡言'!"

两人本无私怨;如是私下吵架,说些气话也无妨;但当着三十多位省长,话说绝了,两人结下的怨,就比私怨还大了。京城会散三天,呼延就派人到河南明察暗访。明察没察出什么,暗访却暗访出,老费当省长十年,仅贪污受贿一项,就达千万之巨。劣迹在报上一公布,监察院就把老费下了大狱。全国人民看一个贪官倒了,倒拍手称快。呼延总理这么做,倒也不是私仇公报,而是刚刚上台,从老费的言行,已看出自己地位不稳;也是想借扳倒老费,杀鸡给猴看,让其他三十多个省长都长个记性。但大家知道,当十年省长,家产仅存千万,算是省长中最廉洁的了;其他同僚感叹,就算是只鸡,也算只老鸡了,咋犯了小鸡的幼稚呢?老费进了大狱,延津县长老史是老费推荐的,老费出事第二天,新乡专员老耿就免了老史的县长。老史种菜是为了韬光养晦,看来这菜也白种了。老史卷铺盖卷回福建时,锡剧班子的男旦苏小宝来送他,拉着老史的手,又哽哽咽咽哭了。老史倒没哭,说:

"都笑话我韬光养晦,其实我从这件事上,收获最大。"

苏小宝:

"到了这种时候,你还说笑话。"

老史正色:

"我说的是实话。这群鸡巴人,弄了几千年,还弄这些,没啥指望了。"

接着感叹:

"可惜的是,不能再手谈了。"

苏小宝执着他的手:

"我跟你走。"

老史：

"是县长，才能手谈；不是县长，跟我走也无用了。"

又说：

"手谈，也不是光用手的事。"

老史走后，延津的县长换成了老窦。老窦是专员老耿遴选的，是他姥娘家一个表弟。上回延津县长小韩被撤，省长老费推荐老史，就内举不避亲，这回老耿也不避亲了。老窦是行伍出身，在队伍上当过团副；战场上打瘸一条腿，从队伍上退了下来。一个瘸子，性子却躁，说一句话，带三个"鸡巴"。老窦爱说的一句话是：

"少鸡巴跟我啰嗦，我他妈是个丘八。"

丘八不韬光养晦，所以不喜种菜，本性不改，喜欢打枪；上任之后做的第一件事，就是把县政府后院的菜园子，改成了靶场。自此，延津县城一天到晚枪声不断，生人以为起了战争，其实是延津的县长在打枪玩。这枪声，倒是镇住了外来的贼；延津的社会治安，一下反倒变好了。延津的治安变好了，但菜园子被改成了靶场，吴摩西马上失业了。春天种下的菜，也被老窦一高一低两只马靴踏得稀烂。吴摩西得罪过前任县长老史，老史没把他赶走；新上来的老窦，吴摩西与他只见过一面，老窦只对他说了一句话：

"种什么鸡巴菜，滚蛋！"

吴摩西只好滚蛋，回到"吴记馍坊"，专心揉馒头。吴摩西伤心之余，也有些庆幸，多亏半年前入赘到"吴记馍坊"，现在有个退路，不然仍得流浪街头去给人挑水。当时入赘不入赘，他还拿不定主意，曾找牧师老詹商量，老詹看透他的情形，倒赞成他入赘。老詹一辈子传教不见起色，但关键时候，倒给吴摩西指点了迷津；吴摩西又有些感激老詹。老詹唯一没说准的是，当时不让吴摩西把命运系到老史身上，说老史这个人靠不住；谁知到头来不是老史靠不住，是顶替老史的人靠不住。不能种菜回家揉馒头，对吴摩西倒无大碍，吴香香却觉得上了吴摩西的当。当初她找吴摩西除了为找个男人，还想找个靠山；现在一夜之间，身后的靠山说坍就坍了，吴摩西又成了吴摩西；靠山一失去，吴摩西就不值钱了，房无一间，地无一垄，要钱没钱，要人没人，后悔当初打错了算盘。全不知她不是上了吴摩西的当，是上了县长老史的当；也不是上了县长老史的当，是上了省长老费的当；也不是上了省长的当，是上了总理衙门的当。不管上了谁的当，吴摩西成了吴摩西，"吴记馍坊"的馒头就成了个馒头。吴摩西成亲时，老史曾题过"敢作敢为"四个字，一气之下，吴香香将制成的牌匾从门头上摘下来，用刀给劈了。题字人一倒，不劈也成了笑柄。原以为靠山失去只是个馒头，没想到吴摩西回"吴记馍坊"揉馒头卖馒头的第二天，就被倪三打了一顿。被人从县政府赶出来，不是件多光彩的事，吴摩西回到馒头铺，想在家躲几天，再出门见人；但吴香香觉得，既然县政府的差事丢了，吴摩西就该将功补过，多给馒头铺出力，除了在家里揉馒头和蒸馒头，还得替她到十字街头卖馒头，她好在家里张罗别的。吴摩西害怕到了十字街头，碰到钉鞋的老赵，卖熏兔的豁嘴老冯，棺材铺的老余……吴摩西为啥从县政府被撵出来，他们肯定要问个底儿掉，一时也与他们解释不清。但吴摩西又不好说怕出门见人，便说自己过去没卖过馒头，只卖过豆腐，隔行如隔山，能不能停两天再上街。他搔着头：

"不知道咋吆喝呀。"

吴香香马上急了：

"过去你在县政府当差，天天图个清静；现在就剩下光身一人，难道还让一个女人家抛头露面，你一个大老爷们儿，倒在家里坐着？"

吴香香说得也不是没有道理。于是第二天五更起床，揉过馒头，蒸过馒头，天也亮了，吴摩西便推着馒头车出门，硬着头皮向十字街头走去。过去这个时候，是去县政府上差的时候，又对老史和种菜有些留恋。推着馒头车正走着，打更的倪三趔趄着脚步，从一条胡同里钻出来，大老远，就喊吴摩西：

"那谁，你站住。"

吴摩西站住，倪三斜睨着眼睛：

"当初你娶亲时，为啥不请我喝喜酒？看不起我老倪？"

吴摩西哭笑不得。娶亲已是半年前的事，为何今天又重新提起？就算是昨天娶亲，二人非亲非故，自个儿成亲，为啥非得请他喝酒？自己结一门亲事，当初连爹娘兄弟都没告知，别说一个外人打更的。这跟看起看不起人是两回事。吴摩西以为倪三喝醉了，不与他计较，转身要推车走。没想到倪三大步奔来，不由分说，一脚将吴摩西的馒头车踢翻，馒头登时滚了一地；又一脚踢翻吴摩西，掏出两个醋钵大似的拳头，照吴摩西脸上乱打：

"谁给你撑腰，你敢看不起倪大爷？这气我憋了半年了，今天也让你知道知道，马王爷长着三只眼。"

一时三刻，吴摩西脸上似开了个油酱铺，红的、黑的、绛的，从鼻口里涌出来。天亮正是赶早市的时候，许多人便上前围观；见是倪三打人，也无人敢劝。倪三打累了，才仰起身，指着吴摩西：

"给我滚回杨家庄，这里没你待的地方。不然我见你一回，打你一遍！"

趔趄着脚步走去。吴摩西这才听出些话头,倪三打他,并不为成亲没请他喝酒,背后另有原因。吴摩西挨打是在上午;下午,给吴摩西说媒的驴贩子老崔,也挨了倪三一顿打。倪三打老崔,比打吴摩西下手更狠,将老崔一只胳膊都打折了。不管是吴摩西或是老崔,两人过去皆蒙在鼓里,现在每人挨了一顿打,终于明白,这亲也不是好结的。媒情之外,还有许多其他缘故。追根溯源,明白倪三背后,有姜家指使;倪三收了姜龙姜狗的东西,现在来替姜家出气。过去吴摩西在县政府,无人敢招惹他;如今吴摩西被新县长老窦赶了出来,他们就把仇报到了今天。驴贩子老崔,也跟着吴摩西吃了挂落。驴贩子老崔挨打之后,并不怪倪三,开始怨恨职业说媒者老孙。明知前边是个火坑,半年前自己不跳,唆使别人跳。挨打不算受欺负,被人蒙了,就算受欺负了。挨打之后,老崔没找倪三说理,托着折胳膊,来到县城东街老孙家。老孙也听说今天吴摩西和老崔分别挨打的事,隔着门帘,见老崔来了,慌忙又躺在床上装病。待老崔进屋,来到他床前,他闭着眼睛呻吟:

"老了,天天七歪八病的。"

又伸出一把手,有气无力地说:

"这一回不同往常,五天了,水米没打牙。"

老崔一把将被子给他掀开:

"还他妈装,老东西,我跟你没完!"

老孙见老崔急了,只好翻身坐起,不装了,开始一迭连声地向老崔赔不是:

"兄弟,啥也别说了,怪我。"

又说:

"半年了,以为事情过去了,谁知道又翻旧账。"

又说:

"当初想着开个玩笑,没想到差点儿出了人命。"

又说:

"先看胳膊,不管花多少钱,我出。"

看老崔仍一腔怒气,忙伸过自己的脸:

"你要还不解恨,再打我一顿。"

倒弄得老崔哭笑不得,下决心今后专心贩驴,不再说人的事。这倒正中了老孙的下怀。

吴摩西挨打之后,头是晕的;一是倪三拳头大,二是没有防备,一拳一拳,皆打在脸上。待倪三走后,从地上爬起来,手一抹脸,沾了一手血;从地上捡起土馒头,放回车上馍篓里,馒头成了红的,馍篓也沾满血迹。当众挨打,比从县政府被赶出来还丢人,吴摩西不好再去十字街头卖馒头;馒头成了血馒头和土馒头,也没法再卖。顶着一脸花,也不敢回家,只好推起馒头车,先去了过去挑水时住的货栈。打一盆水,先洗头脸,掸了掸身上的土;又打一盆水,把车上的馒头,一个个擦干净;擦完馒头,又擦馍篓;待上下收拾干净,才推起馒头车,回到西街馒头铺。出门挨了一顿打,不是件有脸的事,吴摩西想将这件事瞒下,等回过神儿来,再慢慢料理;但清早出门,转头又回来了,得给吴香香编一个理由;想出的理由,准备说肠子疼。一手推车,一手捂着肚子进了家门,没想到吴香香已经知道他挨打的事,正泪一把鼻涕一把,坐在老鲁送的竹椅上哭。吴摩西知道事情瞒不住了,将手从肚子上移开,轻描淡写地说:

"没事,一句话说戗了,两人就打了起来。"

吴香香又哭:

"挨打就是挨打,别说也打了别人。"

吴摩西看又瞒不住,说:

"还好,没伤着筋骨。"

吴香香倒没说筋骨的事,而是说:

"我当初找你,不光图你在县政府。"

吴摩西:

"啥?"

吴香香:

"听说你过去杀过猪,想着能支撑门面;没想到你卖馒头头一天,就挨了打。"

吴香香不提这个话头,吴摩西还把自己过去的职业给忘了;经她一提,热血开始往上沸腾。吴香香:

"没你的时候,我没受过这么大委屈;有了男人,男人倒被人欺负。这要开了头,你天天挨打,馒头铺的生意也别做了。"

又说:

"你以为打你只为打你,人家的意思,是要赶咱们走。你要有地方让俺娘俩落脚,我现在就去收拾东西;你要没地方落脚,还想在这个地方跟俺娘俩混下去,你想忍过去,怕是人家也不答应!"

又说:

"孩子他爹在的时候,别说是人,就是苍蝇蚊子,也不敢落下叮一口;自他一死,我们就成了没用的人了。"

接着拍着地又哭:

"我那苦命的人哪,你咋走得这么早哇。"

似在哭姜虎,又似在说吴摩西;似在说吴摩西,又似在将吴摩西。吴摩西听后,觉得吴香香说的也有道理。倪三今天打他,如果仅仅为了个打,似还能忍过去;如是要赶他们走,吴摩西却没地方去。吴摩西一个人有地方去,随便混个差事,一个人吃饱,全家不饿;现在带着老婆孩子,就没地方去了。唯一可以落脚的地方,就是杨家庄。不说杨家庄吴香香愿不愿去,就是吴香香愿去,吴摩西也不愿。半年前成亲,他没有告知老杨,两人也算彻底掰了。这些年从杀猪起,到去染坊挑水,到跟老詹当徒弟,去老鲁的竹业社破竹子,再到沦落街头挑水,到去县政府种菜,到入赘"吴记馍坊",一步步走来,没有一步不坎坷;步步坎坷,好不容易有个安生日子,有人又要赶自己走。步步坎坷没把吴摩西逼到绝路,一个互不相干的倪三,倒把他逼到了绝路。吴香香哭声越来越高,吴摩西心头的火苗也越蹿越高,突然转身去了厨房;待出来,手持一把姜虎留下的牛耳尖刀。吴香香看他拿刀,止住哭问:

"干啥去?"

吴摩西:

"我去杀了倪三。"

吴香香朝地上啐了一口痰:

"知道你就是这个,打你的是倪三,背后指使打你的人是谁呢?"

吴摩西脑子一下子又醒了过来,拎着牛耳尖刀出门,像驴贩子老崔一样,没去北街找倪三,反大步流星,向南街"姜记"弹花铺走去,要找姜龙姜狗算账。出门时一腔怒火,待走到十字街头,心里又开始发虚。姜龙姜狗他也见过,虽不及倪三粗壮,但也五尺五高;倪三一个人还好对付,姜龙姜狗兄弟两个人,自己怕不是对手。虽然过去杀过猪,但没杀过人。几年之前,也曾动过杀马家庄赶大车的老马的念头;但走到马家庄,并没有动手,只是在心里把几个该杀的人想了一遍。真到杀人,自己未必下得去手;不敢杀人,出门为啥带刀呢?这时又觉得自己的老婆吴香香不是一般的女人:别人家遭了横事,妻子皆劝丈夫不要节外生枝;这里丈夫刚挨打,她又唆使丈夫去杀人。但人已拎刀上了路,就无法再退回去;再退回去,不但怕吴香香笑话,也无法向所有人交代。因快到中午,县城街头赶集的人正多,看吴摩西拎着一把刀在街上走,知道这桩婚姻内情的人,便知道火药桶炸了,皆放下手中活计,跟在后面看热闹;不知晓的,稍一打听,也知晓了,也跟着看热闹。如果无人知晓,吴摩西半路还可以躲避;现在众人簇拥,反倒不好再退回去。吴摩西硬着头皮来到"姜记"弹花铺,弹花铺一丈开外,有一个碌碡,碌碡半截戳在土里;吴摩西撩一下身子,脚踏碌碡,壮着胆子大喊一声:

"姓姜的,你给我出来!"

指使倪三打吴摩西和老崔者,正是姜龙姜狗二兄弟。姜龙姜狗生气不单是气吴香香招婿入赘,从此馒头铺永远姓吴;而是半年之前,吴香香从提亲到结亲,只用了三天,没给姜家留反应的余地,就把生米做成了熟饭。当时吴摩西在县政府种菜,是县长老史看上的人,姜龙姜狗对他也无可奈何;现在老史出了事,吴摩西被新县长赶了出来,成了一个卖馒头的,便将倪三找来,给了他五块钱,让他先将吴摩西和老崔教训一顿。老崔虽然可恶,但与馒头铺无关;教训吴摩西,就不光图个教训,像戏台子上唱戏一样,今天只算弦子拉了个过门,大戏还在后头呢;打了头一顿,就有第二顿,直到把吴摩西打跑。这时打跑的就不止是吴摩西,还有吴香香母子二人;吴香香不招赘还不好赶她,如今招了个外人,倒给赶他们提供了方便。这时赶他们,就不光图个馒头铺,还有半年来憋着的闷气。姜龙姜狗过去见过吴摩西在街上挑水,人说什么,他听什么,一看就是个懦人;后来虽然进了县政府种菜,也常被人支使,整日跑得像个陀螺,又是个没主张的人,会一打就跑;头一回不跑,打几回就跑了。没想到吴摩西刚挨头一回打,就有了主张,没等再打,拎着刀就杀上门来。姜龙姜狗本要出去跟吴摩西对打,但被爹爹老姜拦住了。老姜还是上了些岁数,看吴摩西拎着刀,怕因此出了人命;如果出了人命,不管死的是谁,就不光是馒头铺的事了。吴摩西大喊一声过后,姜家无人出来;但一条牛犊般大的狼狗,呼啸着冲出门,扑向吴摩西。不出人放狗,也是老姜的主意。老姜的意思,放出一条狼狗,将吴摩西吓跑,事情暂时有个了结,回头再慢慢计较;没想到适得其反。如果是姜龙、姜狗二人出来,吴摩西倒不知如何对付;现在冲出一条狗,吴摩西倒精神起来。因吴摩西过去跟师傅老曾学杀猪时,杀猪之前,先拿狗练过手。杀人吴摩西犯怵,杀狗吴摩西属重操旧业。待狗扑过来,吴摩西侧身一躲;待狗转身,他已抓住狗的一条前腿,手起刀落,那狗应声倒地,从脖子到胸腔,裂开一条大口子,血"忽"地喷出来,溅了吴摩西一脸一身,狼狗花花绿绿的肠子,流了一地。围观的人群,"噢"地叫了一声好。吴摩西染了一身血,自个儿倒被自个儿的英勇感动了,更加大声喊:

"狗已经死了,该换人了!"

按说姜龙姜狗这时出来,两个人杀一个人,吴摩西还不是对手。如果在狗之前,两人敢出来;现在见吴摩西动了真格的,一条大狼狗,被他手起刀落杀了,反倒有些发憷。或者说,正因为是兄弟二人,无人敢先出来;因见动了刀子,各人的老婆拉住各自的丈夫,盼着另一个人先出来,外面一个血人,明显是要拼命,为何让自己丈夫先死呢?最后姜龙姜狗都没有出来,出来的是"姜记"弹花铺的老掌柜老姜。老姜身穿长袍马褂,头戴瓜皮帽,远远站在自家门口,看着吴摩西:

"大侄子,你搞错了吧?打你的人须不姓姜。"

吴摩西见出来一个老头,话头又往别处扯,知道姜家心里发怵了;姜家发怵,吴摩西倒来劲了:

"大爷,咱们都不是小孩了,就别揣着明白装糊涂了。"

老姜:

"你别误听小人言,咱们结下冤仇。"

老姜越这么说,吴摩西心里越有底,今天丢不了命,但也不敢将弓弦绷得太紧,也说:

"大爷,给您留着面子呢。按我的脾气,不用等谁出来,早拿刀冲进去了;虽不能说让姜家满门抄斩,但像刚才杀狗一样,见一个杀一个,我做得出来。今天既然来了,就没想活着回去;我是杀一个够本,杀两个赚一个。"

老姜浑身打着哆嗦:

"大侄子,不管这事的来龙去脉,事情不能够到那种地步。虽说之间有些误会,但你现跟着我儿媳过日子,说起来也算我的续儿子;看在我年岁分上,听老汉一句话,事情到此为止,知道你了,回去吧。"

吴摩西又往前逼了一步,跨到街道正中,挥起刀子,往自个儿脸上杠狗血:

"大爷,今天没个说法,我不会回去。"

老姜果然上了吴摩西的当:

"不会让你白回去,给你个说法。"

吴摩西:

"啥说法?"

老姜:

"过去的事一概不提,从此两家和好。"

吴摩西朝地上啐了一口唾沫,意思是还不答应。老姜拍了一下大腿:

"再给你加两葫芦棉籽油,回去炸油馍吃。"

棉籽油就是轧棉花脱出的棉籽,又轧出的油;弹花铺不缺这个。吴摩西

见火候已到,怕再扯别的节外生枝,这时说了话:

"大爷,我不要两家和好。"

老姜:

"那你啥意思?"

吴摩西:

"两家永不来往。"

老姜想了想,拍了一下大腿:

"你说得也对,事情到了这种地步,永不来往,就是两家永远和好。"

吴摩西浑身是血,拎着两葫芦棉籽油,从南街往西街走。这时围观者人山人海,不亚于元宵节闹社火。"吴摩西大闹延津城",从此成了一个话题;几十年后,还在延津流传。吴摩西往回走的时候,心里倒开始后怕,后脊梁一阵阵出冷汗,腿一走一软。今天能活着回来,算是命大。待进得馒头铺,吴香香见他得胜而归,一把抱住他,亲他的脸:

"亲人。"

吴摩西一身狗血,站在那里。除了觉得浑身马上要散架,突然觉得这个亲着喊他"亲人"的人,他与她不亲。

姜虎在时,姜家馒头铺一天蒸七锅馒头。头天晚上发三缸面;第二天五更鸡叫,夫妻俩起床,开始揉面,蒸三锅馒头;每锅罩七个笼屉,每个笼屉放十八个馒头;待蒸好,卸下三百七十八个馒头,放到两个馍篓里,这时天刚放亮,将馍篓装车,推到十字街头去卖。一个早上,一个上午,能将馒头卖完。下午再蒸四锅;待蒸好,卸下五百零四个馒头,再推到十字街头去卖。这一卖要到夜里。天黑了,点上麻油灯,一直卖到倪三打更。收摊子回到家,接着发面。姜虎死后,剩吴香香一个人,吴香香每天改蒸四锅馒头。早上两锅,下午两锅;夜里不卖。现在"娶"了吴摩西,吴家馒头铺又恢复到每天蒸七锅馒头。头天晚上发面,第二天五更蒸三锅馒头,下午蒸四锅馒头,推到十字街头去卖;一直卖到夜里,倪三出来打更。"吴摩西大闹延津城"之后,倪三也吃了一惊。过去不见吴摩西说话,见他就躲,原来竟敢杀人。一时摸不清吴摩西的来路,倒对吴摩西客气许多。倪三的客气不在嘴上,见了吴摩西,仍愣着眼,有时还往地上吐一口唾沫,意思是:

"你敢杀别人,可敢杀我?"

但倪三家一断顿,就去集市的摊铺上乱拿东西:拿张家的葱,王家的米,李家一条子肉。过去姜虎卖馒头时,倪三还拿过姜虎的馒头;如今换成吴摩西卖馒头,倪三倒从无拿过吴家的馒头,证明心里给吴摩西留着面子。吴摩西当时大闹延津城也是虚张声势,阴差阳错杀了一只狗,现在见了倪三,也不借题发挥,双方不远不近,保持一段距离。

日子一天天过去,半年馒头卖下来,吴摩西发现自己不喜欢卖馒头。发面、揉面、蒸馒头是个力气活,他倒不怵;卖馒头不用出力,他倒不喜欢。不喜欢卖馒头不是不喜欢馒头或卖,而是卖馒头老得跟人说话。前年跟师傅老曾学杀猪时,到了年关,师傅老曾的老寒腿犯了,走不得路,吴摩西那时还叫杨百顺,一人上阵,出门杀猪,老得跟人打交道,跟人说话,心里就有些犯怵。但卖馒头的犯怵和杀猪时的犯怵又有不同。杀猪时跟人说话,应对的只是一头,一天只在一个主顾家杀猪,顶多两家,还好应付;而且杀猪主要是杀,说话还在其次;就是说话,在张家杀猪,与在李家杀猪同一个套路,话准备一套,可应付多家。如今卖馒头是在十字街头,买馒头者人多嘴杂,一人一个长相,一人一个脾气,一人一个说话的路数;做生意跟人说话,又与平日说话不同,平日说话照着自己的心思,做生意得照着别人的心思,见什么人说什么话。一天馒头卖下来,卖馒头不累,说话累;到了倪三打更,浑身像散了架。这时想起来,还不如过去给人挑水,挑水不用多说话,只讲出把子力气;一个挑水的,主顾还讨厌你多嘴多舌。在十字街头卖馒头,有时也碰到熟人,如牧师老詹、竹业社掌柜老鲁,还有卖葱兼给老詹骑脚踏车的小赵,与生人说了半天话,见到他们,倒觉得亲切。接着又觉得,日子过得累不单是不喜欢卖馒头,比卖馒头更累的是,他与吴香香不对脾气。不对脾气不是说她曾唆使吴摩西杀人,吴摩西与她不亲;比让去杀人更让人头疼的是,过起琐碎日子,两人说不到一起。杀人是一时的事,过日子可是细水长流。吴摩西跟人说话吃力,吴香香跟人说话不吃力。两个人在说上不一个秉性,办起事来就更加不一样了。吴香香看吴摩西卖一天馒头下来,因为个说,就累得浑身像散了架,先在嘴上,就有些看不上他;看他舞社火,能把阎罗舞成潘安,到得眼前,却是一个闷嘴葫芦,连话都说不到点上,何况做?在外边不会说话还在其次,两人回到家里,不管是发面,或是揉面,或是蒸馒头,吴摩西也皆无话。甚至夜里到了床上,干起那事,吴摩西也无话垫着,上来就干,也让吴香香哭笑不得;干比不干还让吴香香憋得慌。吴香香娘家是吴家庄一个皮匠,她爹就是个闷嘴葫芦,她娘是个快嘴。她爹一天说不了十句话,她娘一天得说一千句话;话多不一定能占上风,还看谁能说到理上;问题是她爹话虽少,但句句也说不到点上;她娘话多,不管在不在点上,都将那十句给淹了。吴家庄都知道,老吴家是老婆做主,男人只是个摆设。吴香香在说话上像她娘。但吴香香说话和她娘又有不同。她娘不识字,话虽然多,一多半是胡搅蛮缠；吴香香上过三年私塾，话能往理上说，不但能往理上说，偶尔还能抓住事情的骨节，正是因为这样，更能挑出人的毛病。吴香香当初嫁给姜虎，姜虎虽也不爱说话，但脾气犟，动不动就打人，吴香香降不住他；"娶"了吴摩西，吴摩西虽然大闹过延津城，但日子过久了，发现他为人做事处处懦弱，便知道他的大闹延津城也是一时逞能，也就处处不怵他，反倒事事压他一头。渐渐，在吴家馒头铺，也像吴家庄老吴家一样，十件事有九件事，全由吴香香做主。吴香香像个男的，吴摩西倒像女的。吴摩西"嫁"给吴香香，倒也名副其实。到十字街头卖馒头，有时是吴摩西一个人，有时是夫妻两个人，全看家里忙闲。如果是夫妻两个一块儿卖馒头，来买馒头者，皆与吴香香说话，不与吴摩西说话，好像吴摩西是个摆设。一些浪荡子弟，买馒头时，也与吴香香说些风话，占些嘴上的便宜；吴香香也是兵来将挡，水来土屯。浪荡子弟拿起篓里的馒头，在手里掂了掂：

"馒头不大呀。"

吴香香知道他说的是另一个意思，便说：

"给你蒸个山？你吃得下吗？"

浪荡子弟盯着吴香香的胸脯：

"也不白，没那个馒头白。"

吴香香皮肤白，在县城是出了名的。吴香香：

"那个馒头白，你吃了得给我叫娘。"

吴家馒头铺平日蒸馒头，逢年过节，也蒸包子。浪荡子弟：

"哎哟，包子里没馅呀。"

或者：

"馅里没肉。"

吴香香知他说的也是另外的意思，朝地上啐了一口：

"给你包里一头牛，出来顶死你！"

浪荡子弟并没占着一句便宜，还被吴香香拐着弯骂了一顿。众人都笑了。因是说笑话，不能当真，吴摩西也笑了。这些应对的话，吴摩西就想不起来，倒也佩服吴香香的脑子比自己灵。或者说，吴香香跟姜虎过的时候，吴香香的口才被姜虎压住了；现在换了吴摩西，吴香香就成了吴香香。卖馒头有吴香香在，馒头就卖得快，好像大家不是来买馒头，而是来听吴香香拐着弯骂人；吴香香不在，剩下吴摩西一个人，馒头就卖得慢，一直卖到倪三打更，还要剩些筐底。夜里回去，吴香香见馒头卖得不如意，便说吴摩西。如果吴香香心情好，就是小说；如果心情不对，就是大说，直把吴摩西说得头昏脑涨。好像吴摩西活了二十年,连说话办事都没学会,一切得从头再来。就是从头再来,一切从何入手呢?吴摩西又想,一个人总被另一个人说,一个人总被另一个人压着,怕是永无出头之日。但又想,县长老史已经走了,自己已被新县长老窦赶了出来,与沿街挑水比,总算有个家,每天能吃得饱,身上穿的,也比过去体面许多;不被吴香香压着,自己还能到哪里去?还是有求着别人的一面。面上求着别人,话上就得吃些亏,也不全是口才的问题。便也不再多想,遇到吴香香说他,他想起话来,就回一嘴;想不起来,就闷着头不说话。十次有八次,想起的时候少,想不起的时候多。

吴香香有个女儿叫巧玲。这年五岁了。巧玲从小调皮,一岁多的时候,她玩的时候,总得有人看着她;稍不留意,她不是打碎了桌上的灯盏,就是在灶怀里玩火,燃着了柴草,得赶紧用水泼灭,不然房子就燃着了。巧玲三岁那年,得过一场大病。起初是小病,中秋节吃月饼,吃坏了肚子,拉些痢疾。姜虎和吴香香没当回事,也是图省事,让她误吃了江湖郎中几颗药丸,痢疾倒是止住了,开始发高烧。姜虎只好回头再找正经的药堂。县城北街老李家有一个"济世堂","济世堂"有一个坐堂的中医叫老缪;让老缪看过,巧玲又吃了老缪几服中药,高烧仍是不退,脖子向后肘着。姜虎只好雇马车到新乡"三味堂",巧玲吃了"三味堂"几服中药,高烧退了,头也回到了脖子上,肚子又开始拉东西。这次不拉痢疾,开始拉虫子。拉出的虫子倒也不大,芝麻粒大小;但每次能拉出十来粒,在粪便里涌动;一粒看着不大,十来粒滚到一起,搁在人肚子里就受不了。巧玲天天捂着肚子喊"哎哟",一个月下来,瘦得像个小鬼。姜虎只好又雇马车到开封"悬壶堂",吃了"悬壶堂"几服中药,虫子终于不见了,脸上又开始出斑疹。又雇马车到汲县"回春堂"去看斑疹,前后去了三次,吃了"回春堂"二十多服中药,脸上的斑疹才一点点消退,人渐渐胖了起来,有了个人模样。一场病看下来,前后花了半年时间,百里之内的药堂,算是跑遍了。本是一泡痢疾,蚂蚁般的事,最后拐了几道弯,变成了一头大象;本为图省事,反倒多花出去几十倍的工夫,几十倍的钱。更让姜虎和吴香香懊恼的是,巧玲病是好了,但从此落下个胆小。过去无法无天,现在变得胆小。但她这胆小不是一般的胆小;一般胆小是见啥怕啥,巧玲胆小是只怕外边,不怕家里。外面天一黑她怕;街上一有热闹,别的孩子是往街上跑,巧玲是往家里跑;与别人家孩子闹了别扭,别的孩子打她,她不敢还手,只会哭。但在家里,似换了一个人,仍敢玩灯玩火,敢跟吴香香顶嘴;吴香香说东,她非说西,吴香香让她撵狗,她非撵鸡。但在家里仍怕天黑;吴摩西没"嫁"吴香香之前,她夜里得跟娘睡;吴摩西来了之后,她只好一个人睡；但夜里睡觉，屋里得通宵点灯。吴香香嫌她是夹尾巴狗，只会在家里汪汪，不太喜她。吴摩西进门之后，一开始和巧玲不熟，两人互不来往；后来熟了，倒有些脾气相投：共同不喜欢外边。吴摩西与吴香香说不着，与巧玲说得着；巧玲与吴香香顶嘴，与吴摩西不顶嘴。能说到一起，哪里还用顶嘴？馒头铺蒸馒头要买白面；十天一次，吴摩西要到四十里外白家庄老白的磨坊拉面。县城也有磨坊，但白家庄老白磨坊的面，每斤要比县城磨坊便宜二厘，面的黑白，也差不到哪里去；一斤差二厘，一次拉两千斤面，也差出四块来钱；四块来钱，是卖一天馒头的赚头；所以十天一次，要去白家庄拉面。从县城到白家庄，去时四十里，回来四十里，共八十里；套一个毛驴车，要走一天时间。吴摩西去白家庄拉面，就不用到十字街头卖馒头；去拉面的时候，巧玲爱跟吴摩西去白家庄。吴摩西在别人面前不会说话，但跟巧玲在一起，嘴倒变利索了。赶着毛驴车，两人边走边聊。吴摩西问：

"巧玲，昨晚做梦了吗？"

巧玲：

"做了。"

吴摩西：

"啥？"

巧玲：

"水淹了床。"

吴摩西：

"你干啥了？"

巧玲：

"我骑了一头牛。"

巧玲管吴摩西叫"叔"，不叫"爹"。这样称呼吴摩西，起先是吴香香的主意；后来叫顺了嘴，就没再改口。吴摩西对自己叫啥都不在乎，才有了今天的"吴摩西"；对一个外来的称呼，叫"叔"或是叫"爹"，倒也不大计较。往往毛驴车一出县城，巧玲就说：

"叔，今天要早点儿回来。"

吴摩西知道巧玲怕天黑，从白家庄回来得晚，就会走夜路。但吴摩西看看天，故意逗她：

"刚出门，日头就老高了；到了白家庄，还得装面；接着还要打尖；往回走，怎么也得赶上天黑。"

巧玲：

"要是天黑了,你还让我钻到被窝里,把口扎严实。"

每次去白家庄拉面,吴摩西都带上一床被窝。如果天黑,巧玲就钻到被窝里,让吴摩西用麻绳将被窝扎上;扎上口,巧玲就觉得把天黑挡在了外面。吴摩西:

"给你扎上口,你不能睡着,得跟我说话。"

巧玲:

"我不睡着,跟你说话。"

但如赶上天黑,十次有八次,巧玲在毛驴车的被窝里睡着了。一开始没有睡着,但话说不上十句,就睡着了。吴摩西"嫁"吴香香时,还嫌寡妇带一个孩子;现在看,幸亏有这个巧玲。一家三口,就这么磕磕碰碰,过了下来。唯一让人感到奇怪的是,吴摩西和吴香香在一起好些日子,吴香香不见有喜。有喜无喜,吴香香倒不着急;就是有喜,再生个吴摩西?吴香香不着急,吴摩西也不敢着急。再说,这也不是着急的事。转眼秋去冬来,就到了年底。一到年底,大家都开始张罗过年的东西,也是馒头铺生意最好的时候。平日一天蒸七锅馒头,现在一天蒸十锅馒头,还不够卖。腊月二十七这天,吴香香在家盘账,吴摩西一个人到十字街头卖馒头;买馒头的人多,吴摩西嘴不停,手也不停,忙得满头大汗。这时县城东街卖熏兔的老冯来到馒头摊前,老冯是个豁嘴,先说:

"馒头不白呀。"

吴摩西仰起脸,见是老冯,知是开玩笑,笑了。老冯:

"心里痒痒了没有?"

吴摩西不知老冯指的哪一方面,脑子有些蒙。老冯:

"眼看又到年底了,该玩社火了,你还得来呀。"

吴摩西恍然大悟,又笑了。想起豁嘴老冯还是社火会的会首。一年下来,先在县政府种菜,如今只顾蒸馒头卖馒头,把个社火给忘了。去年不玩社火,他还进不了县政府,接着还成不了亲。正是因为成亲,今年不比去年,如是去年仍在挑水,吴摩西能马上答应会首老冯;但今年"嫁"了吴香香,玩社火要玩七天,会耽误做生意,吴摩西就不敢自专。虽然玩社火是在元宵节,馒头生意没有年前好,但元宵节串亲赶庙会的人多,馒头也比平日好卖。老冯见他不回答,也知他做不了吴香香的主,便说:

"年前给我回信。只要你答应,阎罗还是你的,让杂货铺的老邓,去扮媒婆。"

又说:

"你不要忘了,去年舞社火,就给你带来了好事,说不定今年的社火,又会给你带来好运气。"

吴摩西摇头一笑。哪能舞一回社火,带来一回好运气?有头一回,不一定有第二回。但不提社火吴摩西就把它忘了,一提社火,吴摩西心里真痒痒起来。心里痒痒不光图个玩,而是比起琐碎的日子,舞社火有些"虚"。所谓"虚",是一句延津话,就像"喷空"一样,舞起社火,扮起别人,能让人脱离眼前的生活。当年吴摩西喜欢罗长礼喊丧,就是因为喊丧也有些"虚"。如今天天揉馒头蒸馒头卖馒头,日子是太实了。正是因为太实了,所以想"虚"一下。当天卖馒头到倪三打更。因是年前,吴摩西一个人,也把十锅馒头卖完了。推着空车回家,吴香香见他馒头卖完了,也有些高兴。也是趁着吴香香高兴,吴摩西洗了手脸,躺在床上,便与吴香香说起元宵节玩社火的事。吴摩西想着,虽然两人平日不对脾气,但共同从春天忙到年根,直直忙了大半年,该让人喘口气了。但出乎吴摩西意料,吴香香想也没想,一口就回绝了。回绝不是吴香香不喜欢社火,而是吴摩西平日连馒头都卖不好,不想着借过节将功补过,脑子里还想着玩;耽误生意倒在其次,而是吴摩西这人没心;平日说他那么多,看来都白说了。不是气耽误生意,是气这个白说。但她不说白说,仍说生意:

"你要去玩,生意谁做?"

吴摩西:

"我都想好了,先头天里发好面,平日五更起床,到时候我三更起床,揉面蒸好馒头,白天不耽误你卖。"

吴香香:

"我去做生意,你去玩,照我看,夜里你也别蒸,白天我也不卖,咱都歇着。"

吴摩西知道她说的是气话,退一步说:

"要不咱俩一人一天,轮着做生意,我隔一天一玩。"

吴香香本不生气,见他讨价还价,就生气了。生气不是他退一步还要玩,而是平日以为他没主意,谁知他主意大着呢,早想好了隔一天一玩。吴香香平日说的话,他听不进去,原以为是他没心,通过一个玩社火,知道他有心,就是藏在心里不说;如果平日有心,两人就成了两条心,不听她的话,就成了故意的。这就不是一个白说不白说的事,是她上当受骗的事。吴香香柳眉倒立:

"你明着是要玩社火,心里到底是咋想的?大半年下来你啥也不说,磨磨蹭蹭,到底安的什么心?你从来没把这里当家吧?你就想傍着我们娘俩图个吃喝吧?现在吃够了喝够了,又开始玩了。你不这么死乞白赖要玩,说不定我让你玩;你死乞白赖要玩,我今年偏不让你玩。你今年不但不能玩社火,还得一个人干两个人的活儿,夜里你该蒸馒头蒸馒头,白天你一个人去街上卖,我在家歇着。你不是有劲玩吗?那就把劲用到正地方。"

吴摩西见她越说越多,已经把一件事说成了第三件事;已经说的不是社火,成了治气。本不想回嘴,突然想起一句话;能想起一句有力的话,在吴摩西也不容易,吴摩西便脱口而出:

"我是你男人,不是你雇的伙计;伙计到了年关还放假呢。我想玩就玩,你管不着!"

吴香香见吴摩西这么说,愣在那里。这是吴摩西自"嫁"过来,说的第一句硬话。话硬吴香香也不怕;吴摩西说一句,她能说十句。但她什么也没说,抱起被子,去另一屋跟巧玲睡去,把吴摩西一个人撂在床上。接下来三天,吴香香皆与吴摩西分睡;吴香香跟巧玲睡在一起,巧玲屋里,夜里倒不用点灯了。两人别别扭扭,年也没有过好。到了元宵节头前,吴摩西就没随老冯他们舞社火,仍在十字街头卖馒头。没有舞社火这回事,去街上卖馒头会是两个人;出了这档子事,吴香香说到做到,自己在家歇着,去十字街头卖馒头,就成了吴摩西一个人。吴香香:

"自作自受,让你跟我两条心!"

吴摩西叹息一声,天天仍在十字街头卖馒头。但社火队并没有因为吴摩西没来,就停了下来;仍像去年一样,又在县城闹了七天。从阴历十三,直闹到阴历二十。阎罗这个人,今年就换成了油漆匠小杜;杂货铺的老邓,去年阎罗没扮好,今年改扮媒婆。每天他们敲着打着,舞着闹着,从十字街头穿过;人山人海中,吴摩西边卖馒头,边捎带看上两眼。或者,干脆连这两眼也不看了,埋头卖馒头,就当社火不存在。眼里不存在,心里倒更存在了。白天不看,夜里不由自主,像竹业社的掌柜老鲁一样,社火开始在脑子里走。当时老鲁脑子里走的是晋剧,现在吴摩西脑子里走的是社火。表面和吴香香睡在一起,脑子里却锣鼓喧天。共工蚩尤、妲己祝融、猪八戒孙悟空、阎罗嫦娥,人物一个不少;挟肩提胯,仰脸顿足,一颦一笑,还有"拉脸",过程一步不落。从县城东街舞到西街,又从南街舞到北街。舞着舞着睡着了,梦里又接着舞。有时又梦到社火队人手不齐,老冯又在着急,四处寻找吴摩西来救场;或是自己坐在镜前,正在画脸,老也画不好,但一笔一笔,描的似不是阎罗,而是嫦娥;身扮嫦娥舞着,又脱离了社火队,一身长裙,飘着舞着,奔向了月亮,真成了女的。突然醒来,窗外鸡叫了,觉得一切恍若隔世。五更鸡叫,又得起来蒸馒头。蒸完馒头装馒头,然后推到十字街头去卖。这样脑子不停,连轴转了三天,吴摩西没舞社火,比舞了三天社火还累。正月十七这天上午,吴摩西在十字街头卖馒头,喊着卖着的间隙,竟睡着了。街上一些孩子在玩炮仗,见卖馒头的睡着了,便将吴摩西两篓馒头给抢了。抢的也不是两篓馒头,每一篓都已卖出一多半。吴摩西猛地醒来,开始撵这些顽童。但抓住这个,跑了那个;有的孩子被抓,又故意往抢到手的馒头上吐唾沫,就是将馒头再抢回来,也无法卖了。中午,吴摩西推着空车回家,吴香香已听说馒头被抢的事。大人欺负吴摩西吴香香不急,连孩子都敢欺负他,吴香香急了。天天受人欺负,竟还想着玩社火。吴香香这次急跟以前的急不同。以前急是说吴摩西,或骂吴摩西;说了,也骂了,吴摩西还不长进;不长进没什么,遇事还跟她玩心眼;跟老婆有心眼,出门却被一帮孩子给欺负了。见吴摩西进来,吴香香二话不说,扬手打了吴摩西一巴掌。打完,才找补一句:

"你丢的是你自己的人吗?你连俺吴家祖宗三代的人都丢尽了!"

这是自吴摩西和吴香香成亲以来,吴摩西挨的头一回打。吴摩西本想还手,真打起来,吴香香也不是对手。但吴摩西没打吴香香,只说了一句话:

"去尿!"

转身走了。意思是要跟吴香香一刀两断。吴摩西离开馒头铺,去了过去扛大包的货栈。这时想起来,离开货栈已有一年多光景;重回货栈,仿佛就是昨天,跟吴香香过的这大半年日子,好像只是影子中的事。大正月里,货栈扛大包的伙计,都回家过年了。过年时也无货可扛。无人也好,图个清静。街上又锣鼓喧天,社火队舞到了货栈门前。本来身子又自由了,吴摩西可以去看社火,但吴摩西既没心思出来看,也没脸出来看。心里乱想着,下午转眼过去,到了晚上,吴摩西只顾赌气从馒头铺出来,没带铺盖,夜里只好睡在稻草堆里。货栈墙角,扔着几片装大包的破麻袋,吴摩西便把麻袋片抻开,盖到身上御寒。第二天白天,又在货栈待了一天。饿了,悄悄到货栈对面老刘的烧饼铺赊了几个烧饼。吴摩西以为一天一夜过去,吴香香回过神儿会后悔,或会消气,过来找他,或接着再吵。但吴香香没有露面。这时吴摩西心里又有些发虚,担心吴香香真生了气,也要跟他一刀两断;自己在馒头铺的生活,真要到此为止,从此又得重操旧业,沿街给人挑水,过饥一顿饱一顿的日子。又后悔当初挨了一巴掌,不该赌气离开馒头铺,就是跟吴香香打起来,跟吴香香的线头也不会断;现在自己把线头给揪断了,自己怎么续上去呢?说话又到了晚上,吴香香还没有来。吴摩西叹息一声,又扯开麻袋

一句顶一万句(节选) 247

片,准备睡觉。刚要睡着,听到有动静,仰身坐起来,发现巧玲站在自己面前,正在喘气。吴摩西以为巧玲和吴香香一起来的,吴香香在门外等着,让巧玲进来喊他。人不来找他,吴摩西心里有些发虚;有人来找,吴摩西反倒又赌起气来。吴摩西:

"让你妈进来,我跟她有话说。"

巧玲:

"我妈没来。"

吴摩西吃了一惊:

"那你跟谁来的?"

巧玲:

"我自个儿来的。"

吴摩西心里又开始发虚:

"你妈让你来的?"

巧玲摇摇头:

"我妈让我一辈子不理你,是我自个儿偷偷跑来的。"

吴摩西突然想起什么:

"你不是怕黑吗?怎么跑这么远来找我?"

巧玲哭了:

"我想你了。明天该去白家庄拉面了。"

吴摩西潸然泪下。起身,拉起巧玲的手,重回了馒头铺。

【阅读提示】

  1.《一句顶一万句》被称为刘震云迄今最成熟的小说。它以延津人杨百顺及其后代牛爱国的"出走"与"回归"为主要结构线索,在大的空间与时间跨度中,写出了乡土中国社会中人的精神状态与心灵体验。这里节选的第十二章,写杨百顺(此时人称吴摩西)入赘吴香香家后的生活。

  这部作品极大地借鉴了中国古典小说的叙事传统,在细致的社会日常生活知识(各行百业)描述场景中,以白描式的简洁明快句式,通过外在的戏剧性行为塑造人物性格。"吴摩西大闹延津城"在很多地方都令人联想到《水浒传》。但是传奇性故事本身又是以"戏仿"的方式呈现的,关键在于人物自身的内心活动、行为逻辑,与其外在行为之间,形成了一种明显的反讽性张力。注意小说采用的句式、模拟《水浒传》的经典语词和句子、故事的传奇性与人物内心的不对称,从而把握小说的这一叙事特征。

2. "说话"是小说叙述的核心主题,也是呈现人物精神状态的主要形式。有关人物的"精神"和"心灵",现代小说一般都是通过人物心理活动描写来呈现的,但这部小说显然偏移了现代小说的一般方式,而创造出了一种别样的叙述法。注意不同的人物关系如何通过"说得着"与"说不着"而组织在一起,人物之间的对话如何展开,所说的"话"与人物的心理逻辑如何关联,特别是"实"的日常生活与"虚"的精神诉求之间的连接方式。在这种叙述法中,抽象的人物心理活动和情感状态得到了很实在具体的呈现,比如吴摩西与吴香香之间、吴摩西与巧玲之间的情感关系。可以仔细体味小说的这种叙述效果,并思考这种效果如何达成。

【参考书(篇)目】

1. 刘震云:《从〈手机〉到〈一句顶一万句〉》,《名作欣赏》2011年第5期。
2. 孟繁华:《"说话"是生活的政治》,《文艺争鸣》2009年第8期。

散文部分

野草(节选)

鲁　迅

影的告别

人睡到不知道时候的时候,就会有影来告别,说出那些话——

有我所不乐意的在天堂里,我不愿去;有我所不乐意的在地狱里,我不愿去;有我所不乐意的在你们将来的黄金世界里,我不愿去。

然而你就是我所不乐意的。

朋友,我不想跟随你了,我不愿住。

我不愿意!

呜乎呜乎,我不愿意,我不如彷徨于无地。

我不过一个影,要别你而沉没在黑暗里了。然而黑暗又会吞并我,然而光明又会使我消失。

然而我不愿彷徨于明暗之间,我不如在黑暗里沉没。

然而我终于彷徨于明暗之间,我不知道是黄昏还是黎明。我姑且举灰黑的手装作喝干一杯酒,我将在不知道时候的时候独自远行。

呜乎呜乎,倘若黄昏,黑夜自然会来沉没我,否则我要被白天消失,如果现是黎明。

朋友,时候近了。

我将向黑暗里彷徨于无地。

你还想我的赠品。我能献你甚么呢?无已,则仍是黑暗和虚空而已。但是,我愿意只是黑暗,或者会消失于你的白天;我愿意只是虚空,决不占你的心地。

我愿意这样,朋友——

我独自远行,不但没有你,并且再没有别的影在黑暗里。只有我被黑暗沉没,那世界全属于我自己。

一九二四年九月二十四日。

【阅读提示】

要抓住几个关键词语——

第一部分("有我所不乐意的在天堂里……我不如彷徨于无地"):连续十一个"我不",表达了怎样一种无条件、无讨论余地的拒斥态度?"我"拒斥了什么?

第二部分("我不过一个影……如果现是黎明"):连续四个"然而",表达了怎样一种选择的困境?为什么"黑暗又会吞没我","光明又会使我消失"?

第三部分("朋友,时候近了。……那世界全属于我自己。"):连续三个"我愿意",表达了怎样一种选择?试体验一下:"只有我被黑暗吞没,那世界全属于我自己",是怎样一种生命状态与境界?

过　客

时:或一日的黄昏。

地:或一处。

人:老翁——约七十岁,白须发,黑长袍。

女孩——约十岁,紫发,乌眼珠,白地黑方格长衫。

过客——约三四十岁,状态困顿倔强,眼光阴沉,黑须,乱发,黑色短衣裤皆破碎,赤足著破鞋,胁下挂一个口袋,支着等身的竹杖。

东,是几株杂树和瓦砾;西,是荒凉破败的丛葬;其间有一条似路非路的痕迹。一间小土屋向这痕迹开着一扇门;门侧有一段枯树根。

(女孩正要将坐在树根上的老翁搀起。)

翁——孩子。喂,孩子!怎么不动了呢?

孩——(向东望着,)有谁走来了,看一看罢。

翁——不用看他。扶我进去罢。太阳要下去了。

孩——我,——看一看。

翁——唉,你这孩子!天天看见天,看见土,看见风,还不够好看么?什么也不比这些好看。你偏是要看谁。太阳下去时候出现的东西,不会给你什么好处的。……还是进去罢。

孩——可是,已经近来了。阿阿,是一个乞丐。

翁——乞丐?不见得罢。

(过客从东面的杂树间跄踉走出,暂时踌躇之后,慢慢地走近老翁去。)

客——老丈,你晚上好?

翁——阿,好!托福。你好?

客——老丈,我实在冒昧,我想在你那里讨一杯水喝。我走得渴极了。这地方又没有一个池塘,一个水洼。

翁——唔,可以可以。你请坐罢。(向女孩)孩子,你拿水来,杯子要洗干净。

(女孩默默地走进土屋去。)

翁——客官,你请坐。你是怎么称呼的。

客——称呼?——我不知道。从我还能记得的时候起,我就只一个人。我不知道我本来叫什么。我一路走,有时人们也随便称呼我,各式各样地,我也记不清楚了,况且相同的称呼也没有听到过第二回。

翁——阿阿。那么,你是从那里来的呢?

客——(略略迟疑,)我不知道。从我还能记得的时候起,我就在这么走。

翁——对了。那么,我可以问你到那里去么?

客——自然可以。——但是,我不知道。从我还能记得的时候起,我就在这么走,要走到一个地方去,这地方就在前面。我单记得走了许多路,现在来到这里了。我接着就要走向那边去,(西指,)前面!

(女孩小心地捧出一个木杯来,递去。)

客——(接杯,)多谢,姑娘。(将水两口喝尽,还杯,)多谢,姑娘。这真是少有的好意。我真不知道应该怎样感激!

翁——不要这么感激。这于你是没有好处的。

客——是的,这于我没有好处。可是我现在很恢复了些力气了。我就要前去。老丈,你大约是久住在这里的,你可知道前面是怎么一个所在么?

翁——前面?前面,是坟。

客——(诧异地,)坟?

孩——不,不,不的。那里有许多许多野百合,野蔷薇,我常常去玩,去看他们的。

客——(西顾,仿佛微笑,)不错。那些地方有许多许多野百合,野蔷薇,我也常常去玩过,去看过的。但是,那是坟。(向老翁,)老丈,走完了那坟地之后呢?

翁——走完之后?那我可不知道。我没有走过。

客——不知道?!

孩——我也不知道。

翁——我单知道南边;北边;东边,你的来路。那是我最熟悉的地方,也许倒是于你们最好的地方。你莫怪我多嘴,据我看来,你已经这么劳顿了,还不如回转去,因为你前去也料不定可能走完。

客——料不定可能走完?……(沉思,忽然惊起,)那不行!我只得走。回到那里去,就没一处没有名目,没一处没有地主,没一处没有驱逐和牢笼,没一处没有皮面的笑容,没一处没有眶外的眼泪。我憎恶他们,我不回转去!

翁——那也不然。你也会遇见心底的眼泪,为你的悲哀。

客——不。我不愿看见他们心底的眼泪,不要他们为我的悲哀!

翁——那么,你,(摇头,)你只得走了。

客——是的,我只得走了。况且还有声音常在前面催促我,叫唤我,使我息不下。可恨的是我的脚早经走破了,有许多伤,流了许多血。(举起一足给老人看,)因此,我的血不够了;我要喝些血。但血在那里呢?可是我也不愿意喝无论谁的血。我只得喝些水,来补充我的血。一路上总有水,我倒也并不感到什么不足。只是我的力气太稀薄了,血里面太多了水的缘故罢。今天连一个小水洼也遇不到,也就是少走了路的缘故罢。

翁——那也未必。太阳下去了,我想,还不如休息一会的好罢,像我似的。

客——但是,那前面的声音叫我走。

翁——我知道。

客——你知道?你知道那声音么?

翁——是的。他似乎曾经也叫过我。

客——那也就是现在叫我的声音么?

翁——那我可不知道。他也就是叫过几声,我不理他,他也就不叫了,我也就记不清楚了。

客——唉唉,不理他……。(沉思,忽然吃惊,倾听着,)不行!我还是走的好。我息不下。可恨我的脚早经走破了。(准备走路。)

孩——给你!(递给一片布,)裹上你的伤去。

客——多谢,(接取,)姑娘。这真是……。这真是极少有的好意。这能使我可以走更多的路。(就断砖坐下,要将布缠在踝上,)但是,不行!(竭力站起,)姑娘,还了你罢,还是裹不下。况且这太多的好意,我没法感激。

翁——你不要这么感激,这于你没有好处。

客——是的,这于我没有什么好处。但在我,这布施是最上的东西了。你看,我全身上可有这样的。

翁——你不要当真就是。

客——是的。但是我不能。我怕我会这样:倘使我得到了谁的布施,我就要像兀鹰看见死尸一样,在四近徘徊,祝愿她的灭亡,给我亲自看见;或者咒诅她以外的一切全部灭亡,连我自己,因为我就应该得到咒诅。但是我还没有这样的力量;即使有这力量,我也不愿意她有这样的境遇,因为她们大概总不愿意有这样的境遇。我想,这最稳当。(向女孩,)姑娘,你这布片太好,可是太小一点了,还了你罢。

孩——(惊惧,退后,)我不要了!你带走!

客——(似笑,)哦哦,……因为我拿过了?

孩——(点头,指口袋,)你装在那里,去玩玩。

客——(颓唐地退后,)但这背在身上,怎么走呢?……

翁——你息不下,也就背不动。——休息一会,就没有什么了。

客——对咧,休息……。(默想,但忽然惊醒,倾听。)不,我不能!我还是走好。

翁——你总不愿意休息么?

客——我愿意休息。

翁——那么,你就休息一会罢。

客——但是,我不能……。

翁——你总还是觉得走好么?

客——是的。还是走好。

翁——那么,你也还是走好罢。

客——(将腰一伸,)好,我告别了。我很感谢你们。(向着女孩,)姑娘,这还你,请你收回去。

（女孩惊惧，敛手，要躲进土屋里去。）

翁——你带去罢。要是太重了，可以随时抛在坟地里面的。

孩——（走向前，）阿阿，那不行！

客——阿阿，那不行的。

翁——那么，你挂在野百合野蔷薇上就是了。

孩——（拍手，）哈哈！好！

客——哦哦……。

（极暂时中，沉默。）

翁——那么，再见了。祝你平安。（站起，向女孩，）孩子，扶我进去罢。你看，太阳早已下去了。（转身向门。）

客——多谢你们。祝你们平安。（徘徊，沉思，忽然吃惊，）然而我不能！我只得走。我还是走好罢……。（即刻昂了头，奋然向西走去。）

（女孩扶老人走进土屋，随即阖了门。过客向野地里跄跄踉踉地闯进去，夜色跟在他后面。）

一九二五年三月二日。

【阅读提示】

1. 本文是鲁迅对自己人生使命的哲学化表达，使用剧本这种文体只是为了表达的合适，而不是为了在舞台上演。请注意对"过客"形象的描述，其实就是鲁迅对自己形象的描写。

2. "时"的"或一日的黄昏"，"地"的"或一处"，"人"的"老翁""女孩"等，基本上不给出明确的信息，思考为什么。

3. "翁"问"客"："你是怎么称呼的。""你是从那里来的呢？""我可以问你到那里去么？""客"的回答都是："我不知道。"这其实就是"你是谁？""你从哪儿来？""你到哪儿去？"这最基本的人生三问。鲁迅的"我不知道"，想说明什么？

4. 请查证文中"我只得走"出现了几次。这个"主题句"试图表达怎么样的一种人生姿态？

好的故事

灯火渐渐地缩小了，在预告石油的已经不多；石油又不是老牌，早熏得灯罩很昏暗。鞭爆的繁响在四近,烟草的烟雾在身边:是昏沉的夜。

我闭了眼睛,向后一仰,靠在椅背上;捏着《初学记》的手搁在膝髁上。

我在蒙胧中,看见一个好的故事。

这故事很美丽,幽雅,有趣。许多美的人和美的事,错综起来像一天云锦,而且万颗奔星似的飞动着,同时又展开去,以至于无穷。

我仿佛记得曾坐小船经过山阴道,两岸边的乌桕,新禾,野花,鸡,狗,丛树和枯树,茅屋,塔,伽蓝,农夫和村妇,村女,晒着的衣裳,和尚,蓑笠,天,云,竹,……都倒影在澄碧的小河中,随着每一打桨,各各夹带了闪烁的日光,并水里的萍藻游鱼,一同荡漾。诸影诸物,无不解散,而且摇动,扩大,互相融和;同一融和,却又退缩,复近于原形。边缘都参差如夏云头,镶着日光,发出水银色焰。凡是我所经过的河,都是如此。

现在我所见的故事也如此。水中的青天的底子,一切事物统在上面交错,织成一篇,永是生动,永是展开,我看不见这一篇的结束。

河边枯柳树下的几株瘦削的一丈红,该是村女种的罢。大红花和斑红花,都在水里面浮动,忽而碎散,拉长了,如缕缕的胭脂水,然而没有晕。茅屋,狗,塔,村女,云,……也都浮动着。大红花一朵朵全被拉长了,这时是泼刺奔进的红锦带。带织入狗中,狗织入白云中,白云织入村女中……。在一瞬间,他们又将退缩了。但斑红花影也已碎散,伸长,就要织进塔,村女,狗,茅屋,云里去。

现在我所见的故事清楚起来了,美丽,幽雅,有趣,而且分明。青天上面,有无数美的人和美的事,我一一看见,一一知道。

我就要凝视他们……。

我正要凝视他们时,骤然一惊,睁开眼,云锦也已皱蹙,凌乱,仿佛有谁掷一块大石头下河水中,水波陡然起立,将整篇的影子撕成片片了。我无意识地赶忙捏住几乎坠地的《初学记》,眼前还剩着几点虹霓色的碎影。

我真爱这一篇好的故事,趁碎影还在,我要追回他,完成他,留下他。我抛了书,欠身伸手去取笔,——何尝有一丝碎影,只见昏暗的灯光,我不在小船里了。

但我总记得见过这一篇好的故事,在昏沉的夜……。

一九二五年二月二十四日。

【阅读提示】

1. 《野草》中大部分文章富有哲理性,极有深度而又艰涩难读,气氛阴郁。不过这篇文章并没有什么特别要表达的内容,所写只是鲁迅朦胧中想到的家乡场景。请跟着鲁迅的文字进入他的情境,尤其体会他写景的用词和句式,并跟你所熟悉的其他作家文本比较。

2. 每个人都有这种朦胧的状态,朦胧中也会见到有趣的场景。试着写个相似的小文章,包括进入朦胧、朦胧中所见所感、从朦胧中回到现实。以此体会鲁迅的笔法。

3. 查阅有关"山阴道"的情况,并了解历史上有关的名篇名句。

【扩展性阅读书(篇)目】

《野草》(全书),或再选读《秋夜》《求乞者》《希望》《雪》《过客》《墓碣文》《颓败线的颤动》《死后》等篇,可尝试写一篇《我看〈野草〉》。

【参考书(篇)目】

1. 王乾坤:《鲁迅的生命哲学》第八章"盛满黑暗的光明——读《野草》",人民文学出版社1999年版。

2. 钱理群:《鲁迅〈野草〉里的人生哲学》,收《走进当代的鲁迅》,北京大学出版社1999年版;或《压在心上的坟》,四川人民出版社1997年版。

阿长与《山海经》

鲁　迅

　　长妈妈,已经说过,是一个一向带领着我的女工,说得阔气一点,就是我的保姆。我的母亲和许多别的人都这样称呼她,似乎略带些客气的意思。只有祖母叫她阿长。我平时叫她"阿妈",连"长"字也不带;但到憎恶她的时候,——例如知道了谋死我那隐鼠的却是她的时候,就叫她阿长。

　　我们那里没有姓长的;她生得黄胖而矮,"长"也不是形容词。又不是她的名字,记得她自己说过,她的名字是叫作什么姑娘的。什么姑娘,我现在已经忘却了,总之不是长姑娘;也终于不知道她姓什么。记得她也曾告诉过我这个名称的来历:先前的先前,我家有一个女工,身材生得很高大,这就是真阿长。后来她回去了,我那什么姑娘才来补她的缺,然而大家因为叫惯了,没有再改口,于是她从此也就成为长妈妈了。

　　虽然背地里说人长短不是好事情,但倘使要我说句真心话,我可只得说:我实在不大佩服她。最讨厌的是常喜欢切切察察,向人们低声絮说些什么事,还竖起第二个手指,在空中上下摇动,或者点着对手或自己的鼻尖。我的家里一有些小风波,不知怎的我总疑心和这"切切察察"有些关系。又不许我走动,拔一株草,翻一块石头,就说我顽皮,要告诉我的母亲去了。一到夏天,睡觉时她又伸开两脚两手,在床中间摆成一个"大"字,挤得我没有余地翻身,久睡在一角的席子上,又已经烤得那么热。推她呢,不动;叫她呢,也不闻。

　　"长妈妈生得那么胖,一定很怕热罢?晚上的睡相,怕不见得很好罢?……"

　　母亲听到我多回诉苦之后,曾经这样地问过她。我也知道这意思是要她多给我一些空席。她不开口。但到夜里,我热得醒来的时候,却仍然看见满床摆着一个"大"字,一条臂膊还搁在我的颈子上。我想,这实在是无法可想了。

　　但是她懂得许多规矩;这些规矩,也大概是我所不耐烦的。一年中最高兴的时节,自然要数除夕了。辞岁之后,从长辈得到压岁钱,红纸包着,放在枕边,只要过一宵,便可以随意使用。睡在枕上,看着红包,想到明天买来的小鼓,刀枪,泥人,糖菩萨……。然而她进来,又将一个福橘放在床头了。

"哥儿,你牢牢记住!"她极其郑重地说。"明天是正月初一,清早一睁开眼睛,第一句话就得对我说:'阿妈,恭喜恭喜!'记得么?你要记着,这是一年的运气的事情。不许说别的话!说过之后,还得吃一点福橘。"她又拿起那橘子来在我的眼前摇了两摇,"那么,一年到头,顺顺流流……。"

梦里也记得元旦的,第二天醒得特别早,一醒,就要坐起来。她却立刻伸出臂膊,一把将我按住。我惊异地看她时,只见她惶急地看着我。

她又有所要求似的,摇着我的肩。我忽而记得了——

"阿妈,恭喜……。"

"恭喜恭喜!大家恭喜!真聪明!恭喜恭喜!"她于是十分喜欢似的,笑将起来,同时将一点冰冷的东西,塞在我的嘴里。我大吃一惊之后,也就忽而记得,这就是所谓福橘,元旦辟头的磨难,总算已经受完,可以下床玩耍去了。

她教给我的道理还很多,例如说人死了,不该说死掉,必须说"老掉了";死了人,生了孩子的屋子里,不应该走进去;饭粒落在地上,必须拣起来,最好是吃下去;晒裤子用的竹竿底下,是万不可钻过去的……。此外,现在大抵忘却了,只有元旦的古怪仪式记得最清楚。总之:都是些烦琐之至,至今想起来还觉得非常麻烦的事情。

然而我有一时也对她发生过空前的敬意。她常常对我讲"长毛"。她之所谓"长毛"者,不但洪秀全军,似乎连后来一切土匪强盗都在内,但除却革命党,因为那时还没有。她说得长毛非常可怕,他们的话就听不懂。她说先前长毛进城的时候,我家全都逃到海边去了,只留一个门房和年老的煮饭老妈子看家。后来长毛果然进门来了,那老妈子便叫他们"大王",——据说对长毛就应该这样叫,——诉说自己的饥饿。长毛笑道:"那么,这东西就给你吃了罢!"将一个圆圆的东西掷了过来,还带着一条小辫子,正是那门房的头。煮饭老妈子从此就骇破了胆,后来一提起,还是立刻面如土色,自己轻轻地拍着胸脯道:"阿呀,骇死我了,骇死我了……。"

我那时似乎倒并不怕,因为我觉得这些事和我毫不相干的,我不是一个门房。但她大概也即觉到了,说道:"像你似的小孩子,长毛也要掳的,掳去做小长毛。还有好看的姑娘,也要掳。"

"那么,你是不要紧的。"我以为她一定最安全了,既不做门房,又不是小孩子,也生得不好看,况且颈子上还有许多灸疮疤。

"那里的话?!"她严肃地说。"我们就没有用么?我们也要被掳去。城外有兵来攻的时候,长毛就叫我们脱下裤子,一排一排地站在城墙上,外面的大炮就放不出来;再要放,就炸了!"

这实在是出于我意想之外的,不能不惊异。我一向只以为她满肚子是麻烦的礼节罢了,却不料她还有这样伟大的神力。从此对于她就有了特别的敬意,似乎实在深不可测;夜间的伸开手脚,占领全床,那当然是情有可原的了,倒应该我退让。

这种敬意,虽然也逐渐淡薄起来,但完全消失,大概是在知道她谋害了我的隐鼠之后。那时就极严重地诘问,而且当面叫她阿长。我想我又不真做小长毛,不去攻城,也不放炮,更不怕炮炸,我惧惮她什么呢!

但当我哀悼隐鼠,给它复仇的时候,一面又在渴慕着绘图的《山海经》了。这渴慕是从一个远房的叔祖惹起来的。他是一个胖胖的,和蔼的老人,爱种一点花木,如珠兰,茉莉之类,还有极其少见的,据说从北边带回去的马缨花。他的太太却正相反,什么也莫名其妙,曾将晒衣服的竹竿搁在珠兰的枝条上,枝折了,还要愤愤地咒骂道:"死尸!"这老人是个寂寞者,因为无人可谈,就很爱和孩子们往来,有时简直称我们为"小友"。在我们聚族而居的宅子里,只有他书多,而且特别。制艺和试帖诗,自然也是有的;但我却只在他的书斋里,看见过陆玑的《毛诗草木鸟兽虫鱼疏》,还有许多名目很生的书籍。我那时最爱看的是《花镜》,上面有许多图。他说给我听,曾经有过一部绘图的《山海经》,画着人面的兽,九头的蛇,三脚的鸟,生着翅膀的人,没有头而以两乳当作眼睛的怪物,……可惜现在不知道放在那里了。

我很愿意看看这样的图画,但不好意思力逼他去寻找,他是很疏懒的。问别人呢,谁也不肯真实地回答我。压岁钱还有几百文,买罢,又没有好机会。有书买的大街离我家远得很,我一年中只能在正月间去玩一趟,那时候,两家书店都紧紧地关着门。

玩的时候倒是没有什么的,但一坐下,我就记得绘图的《山海经》。

大概是太过于念念不忘了,连阿长也来问《山海经》是怎么一回事。这是我向来没有和她说过的,我知道她并非学者,说了也无益;但既然来问,也就都对她说了。

过了十多天,或者一个月罢,我还很记得,是她告假回家以后的四五天,她穿着新的蓝布衫回来了,一见面,就将一包书递给我,高兴地说道:

"哥儿,有画儿的'三哼经',我给你买来了!"

我似乎遇着了一个霹雳,全体都震悚起来;赶紧去接过来,打开纸包,是四本小小的书,略略一翻,人面的兽,九头的蛇,……果然都在内。

这又使我发生新的敬意了,别人不肯做,或不能做的事,她却能够做成功。她确有伟大的神力。谋害隐鼠的怨恨,从此完全消灭了。

这四本书,乃是我最初得到,最为心爱的宝书。

书的模样,到现在还在眼前。可是从还在眼前的模样来说,却是一部刻印都十分粗拙的本子。纸张很黄;图像也很坏,甚至于几乎全用直线凑合,连动物的眼睛也都是长方形的。但那是我最为心爱的宝书,看起来,确是人面的兽;九头的蛇;一脚的牛;袋子似的帝江;没有头而"以乳为目,以脐为口",还要"执干戚而舞"的刑天。

此后我就更其搜集绘图的书,于是有了石印的《尔雅音图》和《毛诗品物图考》,又有了《点石斋丛画》和《诗画舫》。《山海经》也另买了一部石印的,每卷都有图赞,绿色的画,字是红的,比那木刻的精致得多了。这一部直到前年还在,是缩印的郝懿行疏。木刻的却已经记不清是什么时候失掉了。

我的保姆,长妈妈即阿长,辞了这人世,大概也有了三十年了罢。我终于不知道她的姓名,她的经历;仅知道有一个过继的儿子,她大约是青年守寡的孤孀。

仁厚黑暗的地母呵,愿在你怀里永安她的魂灵!

三月十日。

【阅读提示】

1. 阅读本文要抓住"语感"这一环节——要学会感悟词语背后的东西。文章一开始就大谈如何"憎恶"长妈妈。注意从一连串充满贬义的词语("实在不大佩服""最讨厌""不耐烦""磨难""烦琐之至""非常麻烦"等等)中读出一丝温馨,一种爱恋,以及掩饰不住的幽默感。

长妈妈一声高喊把文章引入一个新的境界。从"哥儿"的称呼,"三哼经"的误读,快人快语的说话语气中,你对长妈妈有什么新的感受,新的发现?

写到哥儿的反应,作者着意用了一连串的"大词":又是"霹雳""震悚",又是"敬意","伟大的神力"。幼年的"我"为什么会有这样的反应?你自己幼年生活中有过这样的心目中的"伟人"吗?

而最后作者的仰天长啸——"仁厚黑暗的地母呵,愿在你的怀里永安她的魂灵",在鲁迅作品中几乎是绝无仅有的,你由此对鲁迅的内心世界有什么新的感悟?

2. 有兴趣的话,可以写一篇《鲁迅〈朝花夕拾〉里的儿童世界》;再有兴趣,可以将《朝花夕拾》与《野草》连起来读,研究一下"鲁迅心中的两个园子"。

【扩展性阅读书(篇)目】

《朝花夕拾》全书,或选读《猫·狗·鼠》《无常》《〈二十四孝图〉》《五猖会》等篇。——试领会与《野草》、杂文不同的鲁迅另一副笔墨。

【参考书(篇)目】

黄乔生:《〈阿长与山海经〉解说》,收《走进鲁迅世界(散文卷)》,北京工业大学出版社1995年版。

灯下漫笔

鲁　迅

一

　　有一时,就是民国二三年时候,北京的几个国家银行的钞票,信用日见其好了,真所谓蒸蒸日上。听说连一向执迷于现银的乡下人,也知道这既便当,又可靠,很乐意收受,行使了。至于稍明事理的人,则不必是"特殊知识阶级",也早不将沉重累坠的银元装在怀中,来自讨无谓的苦吃。想来,除了多少对于银子有特别嗜好和爱情人物之外,所有的怕大都是钞票了罢,而且多是本国的。但可惜后来忽然受了一个不小的打击。

　　就是袁世凯想做皇帝的那一年,蔡松坡先生溜出北京,到云南去起义。这边所受的影响之一,是中国和交通银行的停止兑现。虽然停止兑现,政府勒令商民照旧行用的威力却还有的;商民也自有商民的老本领,不说不要,却道找不出零钱。假如拿几十几百的钞票去买东西,我不知道怎样,但倘使只要买一枝笔,一盒烟卷呢,难道就付给一元钞票么?不但不甘心,也没有这许多票。那么,换铜元,少换几个罢,又都说没有铜元。那么,到亲戚朋友那里借现钱去罢,怎么会有?于是降格以求,不讲爱国了,要外国银行的钞票。但外国银行的钞票这时就等于现银,他如果借给你这钞票,也就借给你真的银元了。

　　我还记得那时我怀中还有三四十元的中交票,可是忽而变了一个穷人,几乎要绝食,很有些恐慌。俄国革命以后的藏着纸卢布的富翁的心情,恐怕也就这样的罢;至多,不过更深更大罢了。我只得探听,钞票可能折价换到现银呢?说是没有行市。幸而终于,暗暗地有了行市了:六折几。我非常高兴,赶紧去卖了一半。后来又涨到七折了,我更非常高兴,全去换了现银,沉垫垫地坠在怀中,似乎这就是我的性命的斤两。倘在平时,钱铺子如果少给我一个铜元,我是决不答应的。

　　但我当一包现银塞在怀中,沉垫垫地觉得安心,喜欢的时候,却突然起了另一思想,就是:我们极容易变成奴隶,而且变了之后,还万分喜欢。

假如有一种暴力,"将人不当人",不但不当人,还不及牛马,不算什么东西;待到人们羡慕牛马,发生"乱离人,不及太平犬"的叹息的时候,然后给与他略等于牛马的价格,有如元朝定律,打死别人的奴隶,赔一头牛,则人们便要心悦诚服,恭颂太平的盛世。为什么呢?因为他虽不算人,究竟已等于牛马了。

我们不必恭读《钦定二十四史》,或者入研究室,审察精神文明的高超。只要一翻孩子所读的《鉴略》,——还嫌烦重,则看《历代纪元编》,就知道"三千余年古国古"的中华,历来所闹的就不过是这一个小玩艺。但在新近编纂的所谓"历史教科书"一流东西里,却不大看得明白了,只仿佛说:咱们向来就很好的。

但实际上,中国人向来就没有争到过"人"的价格,至多不过是奴隶,到现在还如此,然而下于奴隶的时候,却是数见不鲜的。中国的百姓是中立的,战时连自己也不知道属于那一面,但又属于无论那一面。强盗来了,就属于官,当然该被杀掠;官兵既到,该是自家人了罢,但仍然要被杀掠,仿佛又属于强盗似的。这时候,百姓就希望有一个一定的主子,拿他们去做百姓,——不敢,是拿他们去做牛马,情愿自己寻草吃,只求他决定他们怎样跑。

假使真有谁能够替他们决定,定下什么奴隶规则来,自然就"皇恩浩荡"了。可惜的是往往暂时没有谁能定。举其大者,则如五胡十六国的时候,黄巢的时候,五代时候,宋末元末时候,除了老例的服役纳粮以外,都还要受意外的灾殃。张献忠的脾气更古怪了,不服役纳粮的要杀,服役纳粮的也要杀,敌他的要杀,降他的也要杀:将奴隶规则毁得粉碎。这时候,百姓就希望来一个另外的主子,较为顾及他们的奴隶规则的,无论仍旧,或者新颁,总之是有一种规则,使他们可上奴隶的轨道。

"时日曷丧,予及汝偕亡!"愤言而已,决心实行的不多见。实际上大概是群盗如麻,纷乱至极之后,就有一个较强,或较聪明,或较狡滑,或是外族的人物出来,较有秩序地收拾了天下。厘定规则:怎样服役,怎样纳粮,怎样磕头,怎样颂圣。而且这规则是不像现在那样朝三暮四的。于是便"万姓胪欢"了;用成语来说,就叫作"天下太平"。

任凭你爱排场的学者们怎样铺张,修史时候设些什么"汉族发祥时代""汉族发达时代""汉族中兴时代"的好题目,好意诚然是可感的,但措辞太绕湾子了。有更其直捷了当的说法在这里——

一,想做奴隶而不得的时代;

二，暂时做稳了奴隶的时代。

这一种循环，也就是"先儒"之所谓"一治一乱"；那些作乱人物，从后日的"臣民"看来，是给"主子"清道辟路的，所以说："为圣天子驱除云尔。"

现在入了那一时代，我也不了然。但看国学家的崇奉国粹，文学家的赞叹固有文明，道学家的热心复古，可见于现状都已不满了。然而我们究竟正向着那一条路走呢？百姓是一遇到莫名其妙的战争，稍富的迁进租界，妇孺则避入教堂里去了，因为那些地方都比较的"稳"，暂不至于想做奴隶而不得。总而言之，复古的，避难的，无智愚贤不肖，似乎都已神往于三百年前的太平盛世，就是"暂时做稳了奴隶的时代"了。

但我们也就都像古人一样，永久满足于"古已有之"的时代么？都像复古家一样，不满于现在，就神往于三百年前的太平盛世么？

自然，也不满于现在的，但是，无须反顾，因为前面还有道路在。而创造这中国历史上未曾有过的第三样时代，则是现在的青年的使命！

二

但是赞颂中国固有文明的人们多起来了，加之以外国人。我常常想，凡有来到中国的，倘能疾首蹙额而憎恶中国，我敢诚意地捧献我的感谢，因为他一定是不愿意吃中国人的肉的！

鹤见祐辅氏在《北京的魅力》中，记一个白人将到中国，预定的暂住时候是一年，但五年之后，还在北京，而且不想回去了。有一天，他们两人一同吃晚饭——

在圆的桃花心木的食桌前坐定，川流不息地献着山海的珍珠，谈话就从古董，画，政治这些开头。电灯上罩着支那式的灯罩，淡淡的光洋溢于古物罗列的屋子中。什么无产阶级呀，Proletariat 呀那些事，就像不过在什么地方刮风。

"我一面陶醉在支那生活的空气中，一面深思着对于外人有着'魅力'的这东西。元人也曾征服支那，而被征服于汉人种的生活美了；满人也征服支那，而被征服于汉人种的生活美了。现在西洋人也一样，嘴里虽然说着 Democracy 呀，什么什么呀，而却被魅于支那人费六千年而建筑起来的生活的美。一经住过北京，就忘不掉那生活的味道。大风时候的万丈的沙尘，每三月一回的督军们的开战游戏，都不能抹去这支那生活的魅力。

这些话我现在还无力否认他。我们的古圣先贤既给与我们保古守旧的格言，但同时也排好了用子女玉帛所做的奉献于征服者的大宴。中国人的耐劳，中国人的多子，都就是办酒的材料，到现在还为我们的爱国者所自诩的。西洋人初入中国时，被称为蛮夷，自不免个个蹙额，但是，现在则时机已至，到了我们将曾经献于北魏，献于金，献于元，献于清的盛宴，来献给他们的时候了。出则汽车，行则保护：虽遇清道，然而通行自由的；虽或被劫，然而必得赔偿的；孙美瑶掳去他们站在军前，还使官兵不敢开火。何况在华屋中享用盛宴呢？待到享受盛宴的时候，自然也就是赞颂中国固有文明的时候；但是我们的有些乐观的爱国者，也许反而欣然色喜，以为他们将要开始被中国同化了罢。古人曾以女人作苟安的城堡，美其名以自欺曰"和亲"，今人还用子女玉帛为作奴的贽敬，又美其名曰"同化"。所以倘有外国的谁，到了已有赴宴的资格的现在，而还替我们诅咒中国的现状者，这才是真有良心的真可佩服的人！

但我们自己是早已布置妥贴了，有贵贱，有大小，有上下。自己被人凌虐，但也可以凌虐别人；自己被人吃，但也可以吃别人。一级一级的制驭着，不能动弹，也不想动弹了。因为倘一动弹，虽或有利，然而也有弊。我们且看古人的良法美意罢——

> 天有十日，人有十等。下所以事上，上所以共神也。故王臣公，公臣大夫，大夫臣士，士臣皂，皂臣舆，舆臣隶，隶臣僚，僚臣仆，仆臣台。（《左传》昭公七年）

但是"台"没有臣，不是太苦了么？无须担心的，有比他更卑的妻，更弱的子在。而且其子也很有希望，他日长大，升而为"台"，便又有更卑更弱的妻，供他驱使了。如此连环，各得其所，有敢非议者，其罪名曰不安分！

虽然那是古事，昭公七年离现在也太辽远了，但"复古家"尽可不必悲观的。太平的景象还在：常有兵燹，常有水旱，可有谁听到大叫唤么？打的打，革的革，可有处士来横议么？对国民如何专横，向外人如何柔媚，不犹是差等的遗风么？中国固有的精神文明，其实并未为共和二字所埋没，只有满人已经退席，和先前稍不同。

因此我们在目前，还可以亲见各式各样的筵宴，有烧烤，有翅席，有便饭,有西餐。但茅檐下也有淡饭,路傍也有残羹,野上也有饿莩;有吃烧烤的身价不资的阔人,也有饿得垂死的每斤八文的孩子(见《现代评论》二十一期)。所谓中国的文明者,其实不过是安排给阔人享用的人肉的筵宴。所谓中国者,其实不过是安排这人肉的筵宴的厨房。不知道而赞颂者是可恕的,否则,此辈当得永远的诅咒!

外国人中,不知道而赞颂者,是可恕的;占了高位,养尊处优,因此受了蛊惑,昧却灵性而赞叹者,也还可恕的。可是还有两种,其一是以中国人为劣种,只配悉照原来模样,因而故意称赞中国的旧物。其一是愿世间人各不相同以增自己旅行的兴趣,到中国看辫子,到日本看木屐,到高丽看笠子,倘若服饰一样,便索然无味了,因而来反对亚洲的欧化。这些都可憎恶。至于罗素在西湖见轿夫含笑,便赞美中国人,则也许别有意思罢。但是,轿夫如果能对坐轿的人不含笑,中国也早不是现在似的中国了。

这文明,不但使外国人陶醉,也早使中国一切人们无不陶醉而且至于含笑。因为古代传来而至今还在的许多差别,使人们各各分离,遂不能再感到别人的痛苦;并且因为自己各有奴使别人,吃掉别人的希望,便也就忘却自己同有被奴使被吃掉的将来。于是大小无数的人肉的筵宴,即从有文明以来一直排到现在,人们就在这会场中吃人,被吃,以凶人的愚妄的欢呼,将悲惨的弱者的呼号遮掩,更不消说女人和小儿。

这人肉的筵宴现在还排着,有许多人还想一直排下去。扫荡这些食人者,掀掉这筵席,毁坏这厨房,则是现在的青年的使命!

一九二五年四月二十九日

【阅读提示】

1. "漫笔"之一:要抓住三个逐渐升级的论断,这构成了作者思维的三大跳:"我们极容易变成奴隶,而且变了之后还万分欢喜"——"中国人向来就没有争到过'人'的资格,至多不过是奴隶,到现在还是如此"——(中国的历史就是)"想作奴隶而不得的时代"和"暂时做稳了奴隶的时代"的循环。请琢磨作者是怎样逐步深入地引出这些论断?他的依据是什么?这些分析能说服你吗?

"漫笔"之二:要抓住全文最后的高潮:"这人肉的筵席现在还排着……是现在的青年的使命!"前面所有的文字都在"蓄势":不仅是理性分析的推演,更是情感的酝酿,一步步逼到顶点。请分析这一过程,并从中体会鲁迅杂文的逻辑力量与抒情特性。

2. 以上几个石破天惊的论断,不知惊醒了多少中国人。如果你的灵魂同样受到了震动,试写下你的读后感。也可以联系扩展性阅读的篇目,写一篇《鲁迅对中国社会历史的剖析》。

【扩展性阅读书(篇)目】

《春末闲谈》《论睁了眼看》《论照相之类》《看镜有感》《再论雷峰塔的倒掉》《论"他妈的"》《杂忆》——都是同时期的随笔,均收入《坟》,可以合起来读。

【参考书(篇)目】

李文儒:《〈灯下漫笔〉解说》,收《走进鲁迅世界(杂文卷)》,北京工业大学出版社1995年版。

女 吊

鲁 迅

大概是明末的王思任说的罢:"会稽乃报仇雪耻之乡,非藏垢纳污之地!"这对于我们绍兴人很有光彩,我也很喜欢听到,或引用这两句话。但其实,是并不的确的;这地方,无论为那一样都可以用。

不过一般的绍兴人,并不像上海的"前进作家"那样憎恶报复,却也是事实。单就文艺而言,他们就在戏剧上创造了一个带复仇性的,比别的一切鬼魂更美,更强的鬼魂。这就是"女吊"。我以为绍兴有两种特色的鬼,一种是表现对于死的无可奈何,而且随随便便的"无常",我已经在《朝花夕拾》里得了介绍给全国读者的光荣了,这回就轮到别一种。

"女吊"也许是方言,翻成普通的白话,只好说是"女性的吊死鬼"。其实,在平时,说起"吊死鬼",就已经含有"女性的"的意思的,因为投缳而死者,向来以妇人女子为最多。有一种蜘蛛,用一枝丝挂下自己的身体,悬在空中,《尔雅》上已谓之"蜆,缢女",可见在周朝或汉朝,自经的已经大抵是女性了,所以那时不称它为男性的"缢夫"或中性的"缢者"。不过一到做"大戏"或"目连戏"的时候,我们便能在看客的嘴里听到"女吊"的称呼。也叫作"吊神"。横死的鬼魂而得到"神"的尊号的,我还没有发现过第二位,则其受民众之爱戴也可想。但为什么这时独要称她"女吊"呢?很容易解:因为在戏台上,也要有"男吊"出现了。

我所知道的是四十年前的绍兴,那时没有达官显宦,所以未闻有专门为人(堂会?)的演剧。凡做戏,总带着一点社戏性,供着神位,是看戏的主体,人们去看,不过叨光。但"大戏"或"目连戏"所邀请的看客,范围可较广了,自然请神,而又请鬼,尤其是横死的怨鬼。所以仪式就更紧张,更严肃。一请怨鬼,仪式就格外紧张严肃,我觉得这道理是很有趣的。

也许我在别处已经写过。"大戏"和"目连",虽然同是演给神,人,鬼看的戏文,但两者又很不同。不同之点:一在演员,前者是专门的戏子,后者则是临时集合的 Amateur——农民和工人;一在剧本,前者有许多种,后者却好歹总只演一本《目连救母记》。然而开场的"起殇",中间的鬼魂时时出现,收场的好人升天,恶人落地狱,是两者都一样的。

当没有开场之前,就可看出这并非普通的社戏,为的是台两旁早已挂满了纸帽,就是高长虹之所谓"纸糊的假冠",是给神道和鬼魂戴的。所以凡内行人,缓缓的吃过夜饭,喝过茶,闲闲而去,只要看挂着的帽子,就能知道什么鬼神已经出现。因为这戏开场较早,"起殇"在太阳落尽时候,所以饭后去看,一定是做了好一会了,但都不是精彩的部分。"起殇"者,绍兴人现已大抵误解为"起丧",以为就是召鬼,其实是专限于横死者的。《九歌》中的《国殇》云:"身既死兮神以灵,魂魄毅兮为鬼雄",当然连战死者在内。明社垂绝,越人起义而死者不少,至清被称为叛贼,我们就这样的一同招待他们的英灵。在薄暮中,十几匹马,站在台下了;戏子扮好一个鬼王,蓝面鳞纹,手执钢叉,还得有十几名鬼卒,则普通的孩子都可以应募。我在十余岁时候,就曾经充过这样的义勇鬼,爬上台去,说明志愿,他们就给在脸上涂上几笔彩色,交付一柄钢叉。待到有十多人了,即一拥上马,疾驰到野外的许多无主孤坟之处,环绕三匝,下马大叫,将钢叉用力的连连刺在坟墓上,然后拔叉驰回,上了前台,一同大叫一声,将钢叉一掷,钉在台板上。我们的责任,这就算完结,洗脸下台,可以回家了,但倘被父母所知,往往不免挨一顿竹篠(这是绍兴打孩子的最普通的东西),一以罚其带着鬼气,二以贺其没有跌死,但我却幸而从来没有被觉察,也许是因为得了恶鬼保佑的缘故罢。

这一种仪式,就是说,种种孤魂厉鬼,已经跟着鬼王和鬼卒,前来和我们一同看戏了,但人们用不着担心,他们深知道理,这一夜决不丝毫作怪。于是戏文也接着开场,徐徐进行,人事之中,夹以出鬼:火烧鬼,淹死鬼,科场鬼(死在考场里的),虎伤鬼……孩子们也可以自由去扮,但这种没出息鬼,愿意去扮的并不多,看客也不将它当作一回事。一到"跳吊"时分——"跳"是动词,意义和"跳加官"之"跳"同——情形的松紧可就大不相同了。台上吹起悲凉的喇叭来,中央的横梁上,原有一团布,也在这时放下,长约戏台高度的五分之二。看客们都屏着气,台上就闯出一个不穿衣裤,只有一条犊鼻裈,面施几笔粉墨的男人,他就是"男吊"。一登台,径奔悬布,像蜘蛛的死守着蛛丝,也如结网,在这上面钻,挂。他用布吊着各处:腰,胁,胯下,肘弯,腿弯,后项窝……一共七七四十九处。最后才是脖子,但是并不真套进去的,两手扳着布,将颈子一伸,就跳下,走掉了。这"男吊"最不易跳,演目连戏时,独有这一个脚色须特请专门的戏子。那时的老年人告诉我,这也是最危险的时候,因为也许会招出真的"男吊"来。所以后台上一定要扮一个王灵官,一手捏诀,一手执鞭,目不转睛的看着一面照见前台的镜子。倘镜中见有两个,那么,一个就是真鬼了,他得立刻跳出去,用鞭将假鬼打落台下。假鬼一落台,就该跑到河边,洗去粉墨,挤在人丛中看戏,然后慢慢的回家。倘打得慢,他就会在戏台上吊死;洗得慢,真鬼也还会认识,跟住他。这挤在人丛中看自己们所做的戏,就如要人下野而念佛,或出洋游历一样,也正是一种缺少不得的过渡仪式。

这之后,就是"跳女吊"。自然先有悲凉的喇叭;少顷,门幕一掀,她出场了。大红衫子,黑色长背心,长发蓬松,颈挂两条纸锭,垂头,垂手,弯弯曲曲的走一个全台,内行人说:这是走了一个"心"字。为什么要走"心"字呢?我不明白。我只知道她何以要穿红衫。看王充的《论衡》,知道汉朝的鬼的颜色是红的,但再看后来的文字和图画,却又并无一定颜色,而在戏文里,穿红的则只有这"吊神"。意思是很容易了然的;因为她投缳之际,准备作厉鬼以复仇,红色较有阳气,易于和生人相接近,……绍兴的妇女,至今还偶有搽粉穿红之后,这才上吊的。自然,自杀是卑怯的行为,鬼魂报仇更不合于科学,但那些都是愚妇人,连字也不认识,敢请"前进"的文学家和"战斗"的勇士们不要十分生气罢。我真怕你们要变呆鸟。

她将披着的头发向后一抖,人这才看清了脸孔:石灰一样白的圆脸,漆黑的浓眉,乌黑的眼眶,猩红的嘴唇。听说浙东的有几府的戏文里,吊神又拖着几寸长的假舌头,但在绍兴没有。不是我袒护故乡,我以为还是没有好;那么,比起现在将眼眶染成淡灰色的时式打扮来,可以说是更彻底,更可爱。不过下嘴角应该略略向上,使嘴巴成为三角形:这也不是丑模样。假使半夜之后,在薄暗中,远处隐约着一位这样的粉面朱唇,就是现在的我,也许会跑过去看看的,但自然,却未必就被诱惑得上吊。她两肩微耸,四顾,倾听,似惊,似喜,似怒,终于发出悲哀的声音,慢慢地唱道:

"奴奴本是杨家女,
　呵呀,苦呀,天哪!……"

下文我不知道了。就是这一句,也还是刚从克士那里听来的。但那大略,是说后来去做童养媳,备受虐待,终于弄到投缳。唱完就听到远处的哭声,这也是一个女人,在衔冤悲泣,准备自杀。她万分惊喜,要去"讨替代"了,却不料突然跳出"男吊"来,主张应该他去讨。他们由争论而至动武,女的当然不敌,幸而王灵官虽然脸相并不漂亮,却是热烈的女权拥护家,就在危急之际出现,一鞭把男吊打死,放女的独去活动了。老年人告诉我说:古时候,是男女一样的要上吊的,自从王灵官打死了男吊神,才少有男人上吊;

而且古时候,是身上有七七四十九处,都可以吊死的,自从王灵官打死了男吊神,致命处才只在脖子上。中国的鬼有些奇怪,好像是做鬼之后,也还是要死的,那时的名称,绍兴叫作"鬼里鬼"。但男吊既然早被王灵官打死,为什么现在"跳吊",还会引出真的来呢?我不懂这道理,问问老年人,他们也讲说不明白。

而且中国的鬼还有一种坏脾气,就是"讨替代",这才完全是利己主义;倘不然,是可以十分坦然的和他们相处的。习俗相沿,虽女吊不免,她有时也单是"讨替代",忘记了复仇。绍兴煮饭,多用铁锅,烧的是柴或草,烟煤一厚,火力就不灵了,因此我们就常在地上看见刮下的锅煤。但一定是散乱的,凡村姑乡妇,谁也决不肯省些力,把锅子伏在地面上,团团一刮,使烟煤落成一个黑圈子。这是因为吊神诱人的圈套,就用煤圈炼成的缘故。散掉烟煤,正是消极的抵制,不过为的是反对"讨替代",并非因为怕她去报仇。被压迫者即使没有报复的毒心,也决无被报复的恐惧,只有明明暗暗,吸血吃肉的凶手或其帮闲们,这才赠人以"犯而勿校"或"勿念旧恶"的格言,——我到今年,也愈加看透了这些人面东西的秘密。

【阅读提示】

《女吊》是鲁迅晚年极为自得的杰作,其匠心独运之处,值得仔细体会。

1. 文章写的是"女吊",但直接写"女吊"的文字实际上极少,可以标出有关字句,看看篇幅占整篇文章多少——这些内容是最核心的部分。

2. 文章写的是戏台上的"女吊","女吊"出场之前,先写看客、起殇"男吊"等等,为"女吊"作铺垫,可以标出有关字句,看看篇幅占整篇文章多少——这些内容是直接相关的部分。

3. 在这些文字之间,鲁迅插入各种各样的议论性内容,与叙述交叉进行,这些内容将叙述各部分"隔断",一松一紧,使整篇文章呈现一起一伏的"节奏"。

4. 最后一段有明显的转折,谈了另一层意思,试思考这是对文章开头的良好呼应还是损伤了全文的流畅。

5. 本文主题是"复仇",有条件请阅读鲁迅其他有关作品如《野草》中的《复仇》《故事新编·铸剑》等,以及相关研究文字,思考鲁迅这一人生与思想命题。

【扩展性阅读书(篇)目】

《朝花夕拾·无常》《且介亭杂文末编·我的第一个师父》。

【参考书(篇)目】

《走进鲁迅世界(散文卷)》,北京工业大学出版社1995年版。

苦 雨

周作人

伏园兄：

  北京近日多雨，你在长安道上不知也遇到否，想必能增你旅行的许多佳趣。雨中旅行不一定是很愉快的，我以前在杭沪车上时常遇雨，每感困难，所以我于火车的雨不能感到什么兴味，但卧在乌篷船里，静听打篷的雨声，加上欸乃的橹声以及"靠塘来，靠下去"的呼声，却是一种梦似的诗境。倘若更大胆一点，仰卧在脚划小船内，冒雨夜行，更显出水乡住民的风趣，虽然较为危险，一不小心，拙劣地转一个身，便要使船底朝天。二十多年前往东浦吊先父的保姆之丧，归途遇暴风雨，一叶扁舟在白鹅似的波浪中间滚过大树港，危险极也愉快极了。我大约还有好些"为鱼"时候——至少也是断发文身时候的脾气，对于水颇感到亲近，不过北京的泥塘似的许多"海"实在不很满意，这样的水没有也并不怎么可惜。你往"陕半天"去似乎要走好两天的准沙漠路，在那时候倘若遇见风雨，大约是很舒服的，遥想你胡坐骡车中，在大漠之上，大雨之下，喝着四打之内的汽水，悠然进行，可以算是"不亦快哉"之一。但这只是我的空想，如诗人的理想一样的靠不住，或者你在骡车中遇雨，很感困难，正在叫苦连天也未可知，这须等你回京后问你再说了。

  我住在北京，遇见这几天的雨，却叫我十分难过。北京向来少雨，所以不但雨具不很完全，便是家屋构造，于防雨亦欠周密。除了真正富翁以外，很少用实垛砖墙，大抵只用泥墙抹灰敷衍了事。近来天气转变，南方酷寒而北方淫雨，因此两方面的建筑上都露出缺陷。一星期前的雨把后园的西墙淋坍，第二天就有"梁上君子"来摸索北房的铁丝窗，从次日起赶紧邀了七八位匠人，费两天工夫，从头改筑，已经成功十分八九，总算可以高枕而卧，前夜的雨却又将门口的南墙冲倒二三丈之谱。这回受惊的可不是我了，乃是川岛君"伲们"俩，因为"梁上君子"如再见光顾，一定是去躲在"伲们"的窗下窃听的了。为消除"伲们"的不安起见，一等天气晴正，急须大举地修筑，希望日子不至于很久，这几天只好暂时拜托川岛君的老弟费神代为警护罢了。

前天十足下了一夜的雨,使我夜里不知醒了几遍。北京除了偶然有人高兴放几个爆仗以外,夜里总还安静,那样哗喇哗喇的雨声在我的耳朵已经不很听惯,所以时常被它惊醒,就是睡着也仿佛觉得耳边粘着面条似的东西,睡的很不痛快,还有一层,前天晚间据小孩们报告,前面院子里的积水已经离台阶不及一寸,夜里听着雨声,心里胡里胡涂地总是想水已上了台阶,浸入西边的书房里了。好容易到了早上五点钟,赤脚撑伞,跑到西屋一看,果然不出所料,水浸满了全屋,约有一寸深浅,这才叹了一口气,觉得放心了;倘若这样兴高采烈地跑去,一看却没有水,恐怕那时反觉得失望,没有现在那样的满足也说不定,幸而书籍都没有湿,虽然是没有什么价值的东西,但是湿成一饼一饼的纸糕,也很是不愉快。现今水虽已退,还留下一种涨过大水后的普通的臭味,固然不能留客坐谈,就是自己也不能在那里写字,所以这封信是在里边炕桌上写的。

这回的大雨,只有两种人最是喜欢。第一是小孩们。他们喜欢水,却极不容易得到,现在看见院子里成了河,便成群结队地去"淌河"去。赤了足伸到水里去,实在很有点冷,但他们不怕,下到水里还不肯上来。大人见小孩们玩的有趣,也一个两个地加入,但是成绩却不甚佳,那一天里滑倒了三个人,其中两个都是大人,——其一为我的兄弟,其一是川岛君。第二种喜欢下雨的则为虾蟆。从前同小孩们往高亮桥去钓鱼钓不着,只捉了好些虾蟆,有绿的,有花条的,拿回来都放在院子里,平常偶叫几声,在这几天里便整日叫唤,或者是荒年之兆,却极有田村的风味。有许多耳朵皮嫩的人,很恶喧嚣,如麻雀虾蟆或蝉的叫声,凡足以妨碍他们的甜睡者,无一不痛恶而深绝之,大有欲灭此而午睡之意。我觉得大可以不必如此,随便听听都是很有趣味的,不但是这些久成诗料的东西,一切鸣声其实都可以听。虾蟆在水田里群叫,深夜静听,往往变成一种金属音,很是特别,又有时仿佛是狗叫,古人常称蛙蛤为吠,大约也是从实验而来。我们院子里的虾蟆现在只见花条的一种,它的叫声更不漂亮,只是格格格这个叫法,可以说是革音,平常自一声至三声,不会更多,唯在下雨的早晨,听它一口气叫上十二三声,可见它是实在喜欢极了。

这一场大雨恐怕在乡下的穷朋友是很大的一个不幸,但是我不曾亲见,单靠想象是不中用的,所以我不去虚伪地代为悲叹了。倘若有人说这所记的只是个人的事情,于人生无益,我也承认,我本来只想说个人的私事,此外别无意思。今天太阳已经出来,傍晚可以出外去游嬉,这封信也就不再写下去了。

我本等着看你的秦游记,现在却由我先写给你看,这也可以算是"意表之外"的事罢。

十三年七月十七日在京城书。

【阅读提示】

1. 这是一篇"借物咏怀"的文章,"苦雨"很能代表当时作者的心境,借着回忆、想象以及叙述,各种各样的"雨"被搬到笔下,写得相当自如,而整篇文章始终笼罩在淡淡的哀愁里。另外值得注意的是作者使用的是"书信体",借着这一"私人化"文体,叙述更显得娓娓而谈。

2. 本文也很能体现周作人文章的特点,所用材料都是一般情况下不入诗文的,而他都能写出味道来,自有其过人之长。文章写得似有意似无意,似有意思似无意思,所谈的确都是"私事",又在结尾若有所指若无所指,凡此种种,皆为典型周氏风格。

【扩展性阅读书(篇)目】

《雨天的书·故乡的野菜》《泽泻集·乌篷船》。

【参考书(篇)目】

钱理群:《"雨"的体验——读周作人的〈苦雨〉》,收《名作重读》,上海教育出版社1996年版。

水里的东西

周作人

我是在水乡生长的,所以对于水未免有点情分。学者们说,人类曾经做过水族,小儿喜欢弄水,便是这个缘故。我的原因大约没有这样远,恐怕这只是一种习惯罢了。

水,有什么可爱呢?这件事是说来话长,而且我也有点儿说不上来。我现在所想说的单是水里的东西。水里有鱼虾,螺蚌,茭白,菱角,都是值得记忆的,只是没有这些工夫来一一记录下来,经了好几天的考虑,决心将动植物暂且除外。——那么,是不是想来谈水底里的矿物类么?不,决不。我所想说的,连我自己也不明白它是那一类,也不知道它究竟是死的还是活的,它是这么一种奇怪的东西。

我们乡间称它作 Ghosychiü,写出字来就是"河水鬼"。它是溺死的人的鬼魂。既然是五伤之一,——五伤大约是水、火、刀、绳、毒罢,但我记得又有虎伤似乎在内,有点弄不清楚了,总之水死是其一,这是无可疑的,所以它照例应"讨替代"。听说吊死鬼时常骗人从圆窗伸出头去,看外面的美景,(还是美人?)倘若这人该死,头一伸时可就上了当,再也缩不回来了。河水鬼的法门也就差不多是这一类,它每幻化为种种物件,浮在岸边,人如伸手想去捞取,便会被拉下去,虽然看来似乎是他自己钻下去的。假如吊死鬼是以色迷,那么河水鬼可以说是以利诱了。它平常喜欢变什么东西,我没有打听清楚,我所记得的只是说变"花棒槌",这是一种玩具,我在儿时听见所以特别留意,至于所以变这玩具的用意,或者是专以引诱小儿亦未可知。但有时候它也用武力,往往有乡人游泳,忽然沉了下去,这些人都是像虾蟆一样地"识水"的,论理决不会失足,所以这显然是河水鬼的勾当,只有外道才相信是由于什么脚筋拘挛或心脏麻痹之故。

照例,死于非命的应该超度,大约总是念经拜忏之类,最好自然是"翻九楼",不过翻的人如不高妙,从七七四十九张桌子上跌了下来的时候,那便别样地死于非命,又非另行超度不可了。翻九楼或拜忏之后,鬼魂理应已经得度,不必再讨替代了,但为防万一危险计,在出事地点再立一石幢,上面刻南无阿弥陀佛六字,或者也有刻别的文句的罢,我却记不起来了。在乡下走路,突然遇见这样的石幢,不是一件很愉快的事,特别是在傍晚,独自走到渡头,正要下四方的渡船亲自拉船索渡过去的时候。

话虽如此,此时也只是毛骨略略有点耸然,对于河水鬼却压根儿没有什么怕,而且还简直有点儿可以说是亲近之感。水乡的住民对于别的死或者一样地怕,但是淹死似乎是例外,实在怕也怕不得许多,俗语云,瓦罐不离井上破,将军难免阵前亡,如住水乡而怕水,那么只好搬到山上去,虽然那里又有别的东西等着,老虎、马熊。我在大风暴中渡过几回大树港,坐在二尺宽的小船内在白鹅似的浪上乱滚,转眼就可以沉到底去,可是像烈士那样从容地坐着,实在觉得比大元帅时代在北京还要不感到恐怖。还有一层,河水鬼的样子也很有点爱娇。普通的鬼保存它死时的形状,譬如虎伥鬼之一定大声喊阿唔,被杀者之必用一只手提了它自己的六斤四两的头之类,唯独河水鬼则不然,无论老的小的村的俊的,一掉到水里去就都变成一个样子,据说是身体矮小,很像是一个小孩子,平常三五成群,在岸上柳树下"顿铜钱",正如街头的野孩子一样,一被惊动便跳下水去,有如一群青蛙,只有这个不同,青蛙跳时"不东"的有水响,有波纹,它们没有。为什么老年的河水鬼也喜欢摊钱之戏呢?这个,乡下懂事的老辈没有说明给我听过,我也没有本领自己去找到说明。

我在这里便联想到了在日本的它的同类。在那边称作"河童",读如 Kappa,说是 Kawawappa 之略,意思即是川童二字,仿佛芥川龙之介有过这样名字的一部小说,中国有人译为"河伯",似乎不大妥帖。这与河水鬼有一个极大的不同,因为河童是一种生物,近于人鱼或海和尚。它与河水鬼相同要拉人下水,但也喜欢拉马,喜欢和人角力。它的形状大概如猿猴,色青黑,手足如鸭掌,头顶下凹如碟子,碟中有水时其力无敌,水涸则软弱无力,顶际有毛发一圈,状如前刘海,日本儿童有蓄此种发者至今称作河童发云。柳田国男在《山岛民谭集》(1914)中有一篇"河童驹引"的研究,冈田建文的《动物界灵异志》(1927)第三章也是讲河童的,他相信河童是实有的动物,引《幽明录》云,"水蝠一名蝠童,一名水精,裸形人身,长三五升,大小不一,眼耳鼻舌唇皆具,头上戴一盆,受水三五尺,只得水勇猛,失水则无勇力,"以为就是日本的河童。关于这个问题我们无从考证,但想到河水鬼特别不像别的鬼的形状,却一律地状如小儿,仿佛也另有意义,即使与日本河童的迷信没有什么关系,或者也有水中怪物的分子混在里边,未必纯粹是关于鬼的迷信了罢。

十八世纪的人写文章,末后常加上一个尾巴,说明寓意,现在觉得也有这个必要,所以添写几句在这里。人家要怀疑,即使如何有闲,何至于谈到河水鬼去呢?是的,河水鬼大可不谈,但是河水鬼的信仰以及有这信仰的人却是值得注意的。我们平常只会梦想,所见的或是天堂,或是地狱,但总不大愿意来望一望这凡俗的人世,看这上边有些什么人,是怎么想。社会人类学与民俗学是这一角落的明灯,不过在中国自然还不发达,也还不知道将来会不会发达。我愿意使河水鬼来做个先锋,引起大家对于这方面的调查与研究之兴趣。我想恐怕喜欢顿铜钱的小鬼没有这样力量,我自己又不能做研究考证的文章,便写了这样一篇闲话,要想去抛砖引玉实在有点惭愧。但总之关于这方面是"伫候明教"。

十九年五月

【阅读提示】

和鲁迅《女吊》相类,本文写的也是"鬼物"或至少是"异类",对读者而言将获益匪浅——无论其同其异:

1. 两篇文章同样征引繁富,可见"史才";同样写出鬼的可敬或可爱,可见"诗笔";同样不局限于就事说事,可见"议论"。

2. 《女吊》夹叙夹议,在叙述中逐渐展开议论;本文纯是议论,娓娓而谈,环环相扣。仔细体会这两种写法。

3. 文中有一节写到河水鬼"在岸上柳树下'顿铜钱'",淡淡勾勒;对比《女吊》中对"女吊"浓墨重彩的描绘,体会二者不同的审美趣味。

4. 周作人曾说他不喜欢《伊索寓言》,是因为它讲完故事后每每多此一举地谈意义。本文明知故犯,就文章本身来说,是败笔吗?

【扩展性阅读书(篇)目】

《自己的园地·花煞》《苦竹杂记·说鬼》。

【参考书(篇)目】

钱理群:《属于周作人的"鬼"——读〈水里的东西〉》,收《名作重读》,上海教育出版社1996年版。

金 鱼

周作人

我觉得天下文章共有两种,一种是有题目的,一种是没有题目的。普通做文章大都先有意思,却没有一定的题目,等到意思写出了之后,再把全篇总结一下,将题目补上。这种文章里边似乎容易出些佳作,因为能够比较自由地发表,虽然后写题目是一件难事,有时竟比写本文还要难些。但也有时候,思想散乱不能集中,不知道写什么好,那么先定下一个题目,再做文章,也未始没有好处,不过这有点近于赋得,很有做出试帖诗来的危险罢了。偶然读英国密伦(A. A. Milne)的小品文集,有一处曾这样说,有时排字房来催稿,实在想不出什么东西来写,只好听天由命,翻开字典,随手抓到的就是题目。有一回抓到金鱼,结果果然有一篇金鱼收在集里。我想这倒是很有意思的事,也就来一下子,写一篇金鱼试试看,反正我也没有什么非说不可的大道理,要尽先发表,那么来做赋得的咏物诗也是无妨,虽然并没有排字房催稿的事情。

说到金鱼,我其实是很不喜欢金鱼的,在豢养的小动物里边,我所不喜欢的,依着不喜欢的程度,其名次是叭儿狗,金鱼,鹦鹉。鹦鹉身上穿着大红大绿,满口怪声,很有野蛮气,叭儿狗的身体固然太小,还比不上一只猫,(小学教科书上却还在说,猫比狗小,狗比猫大!)而鼻子尤其耸得难过。我平常不大喜欢耸鼻子的人,虽然那是人为的,暂时的,把鼻子耸动,并没有永久的将它缩作一堆。人的脸上固然不可没表情,但我想只要淡淡地表示就好,譬如微微一笑,或者在眼光中露出一种感情,——自然,恋爱与死等可以算是例外,无妨有较强烈的表示,但也似乎不必那样掀起鼻子,露出牙齿,仿佛是要咬人的样子。这种嘴脸只好放到影戏里去,反正与我没有关系,因为二十年来我不曾看电影。然而金鱼恰好兼有叭儿狗与鹦鹉二者的特点,他只是不用长绳子牵了在贵夫人的裙边跑,所以减等发落,不然这第一名恐怕准定是它了。

我每见金鱼一团肥红的身体,突出两只眼睛,转动不灵地在水中游泳,总会联想到中国的新嫁娘,身穿红布袄裤,扎着裤腿,拐着一对小脚伶俜地走路。我知道自己有一种毛病,最怕看真的,或是类似的小脚。十年前曾写过一篇小文曰《天足》,起头第一句云:"我最喜欢看见女人的天足,"曾蒙友人某君所赏识,因为他也是反对"务必脚小"的人。我倒并不是怕做野蛮,现在的世界正如美国洛威教授的一本书名,谁都有"我们是文明么"的疑问,何况我们这道统国,刚呀割呀都是常事,无论个人怎么努力,这个野蛮的头衔休想去掉,实在凡是稍有自知之明,不是夸大狂的人,恐怕也就不大有想去掉的这种野心与妄想。小脚女人所引起的另一种感想乃是残废,这是极不愉快的事,正如驼背或脖子上挂着一个大瘤,假如这是天然的,我们不能说是嫌恶,但总之至少不喜欢看总是确实的了。有谁会赏鉴驼背或大瘤呢?金鱼突出眼睛,便是这一类的现象。另外有叫做绯鲤的,大约是它的表兄弟罢,一样的穿着大红棉袄,只是不开衩,眼睛也是平平地装在脑袋瓜儿里边,并不比平常的鱼更为鼓出,因此可见金鱼的眼睛是一种残疾,无论碰在水草上时容易戳瞎乌珠,就是平常也一定近视的了不得,要吃馒头末屑也不大方便罢。照中国人喜欢小脚的常例推去,金鱼之爱可以说宜乎众矣,但在不佞实在是两者都不敢爱,我所爱的还只是平常的鱼而已。

想象有一个大池,——池非大不可,须有活水,池底有种种水草才行,如从前碧云寺的那个石池,虽然老实说起来,人造的死海似的水洼都没有多大意思,就是三海也是俗气寒伧气,无论这是哪一个大皇帝所造,因为皇帝压根儿就非俗恶粗暴不可,假如他有点儿懂得风趣,那就得亡国完事,至于那些俗恶的朋友也会亡国,那是另一回事。如今话又说回来,一个大池,里边如养着鱼,那最好是天空或水的颜色的,如鲫鱼,其次是鲤鱼。我这样的分等级,好像是以肉的味道为标准,其实不然。我想水里游泳着的鱼应当是暗黑色的才好,身体又不可太大,人家从水上看下去,窥探好久,才看见隐隐的一条在那里,有时或者简直就在你的鼻子前面,等一忽儿却又不见了,这比一件红冬冬的东西渐渐地近摆来,好像望那西湖里的广告船,(据说是点着红灯笼,打着鼓,)随后又渐渐地远开去,更为有趣得多。鲫鱼便具备这种资格,鲤鱼未免个儿太大一点,但他是要跳龙门去的,这又难怪他。此外有些白鲦,细长银白的身体,游来游去,仿佛是东南海边的泥鳅龙船,有时候不知为什么事出了惊,拨剌地翻身即逝,银光照眼,也能增加水界的活气。在这样地方,无论是金鱼,就是平眼的绯鲤,也是不适宜的。红袄裤的新嫁娘,如其脚是小的,那只好就请她在炕上爬或坐着,即使不然,也还是坐在房中,在油漆气芸香或花露水气中,比较地可以得到一种调和,所以金鱼的去处还是富贵人家的绣房,浸在五彩的磁缸中,或是玻璃的圆球里,去和叭儿狗与鹦鹉做伴侣罢了。

几个月没有写文章,天下的形势似乎已经大变了,有志要做新文学的人,非多讲某一套话不容易出色。我本来不是文人,这些时式的变迁,好歹于我无干,但以旁观者的地位看去,我倒是觉得可以赞成的。为什么呢?文学上永久有两种潮流,言志与载道。二者之中,则载道易而言志难。我写这篇赋得金鱼,原是有题目的文章,与帖括有点相近,盖已少言志而多载道欤。我虽未敢自附于新文学之末,但自己觉得颇有时新的意味,故附记于此,以志作风之转变云耳。

十九年三月十日。

【阅读提示】

1. 与鲁迅一样,周作人文字也是变化多端,本文就是一例。开首议论"三不喜",极尽嬉笑怒骂之能事;"想象一个大池"以下,写得风云舒卷;结尾议论,出语辛辣。试与《苦雨》比较文字特点异同。

2. 文章开头一段分文章"有题目的"和"没有题目的"两种,结尾呼应出文学有"载道""言志"两种,是此文命意所在。周作人认为文学应该是表达个人感情的产物,而不应该成为政治或势力的工具。

【扩展性阅读书(篇)目】

《自己的园地·菱角》《雨天的书·苍蝇》《看云集·虱子》。

鬼的生长

周作人

关于鬼的事情我平常很想知道。知道了有什么好处呢？那也未必有，大约实在也只是好奇罢了。古人云，唯圣人能知鬼神之情状，那么这件事可见不是容易办到的，自悔少不弄道学，此路已是不通，只好发挥一点考据癖，从古今人的纪录里去找寻材料，或者能够间接的窥见百一亦未可知。但是千百年来已非一日，载籍浩如烟海，门外摸索，不得象尾，而且鬼界的问题似乎也多得很，尽够研究院里先生们一生的检讨，我这里只提出一个题目，即上面所说的鬼之生长，姑且大题小做，略陈管见，伫候明教。

人死后为鬼，鬼在阴间或其他地方究竟是否一年年的照常生长，这是一个问题。其解决法有二。一是根据我们这种老顽固的无鬼论，那未免文不对题，而且也太杀风景。其次是普通的有鬼论，有鬼才有生长与否这问题发生，所以归根结底解决还只有这唯一一法。然而有鬼虽为一般信士的定论，而其生长与否却言人人殊，莫宗一是。清纪昀《如是我闻》卷四云：

"任子田言，其乡有人夜行，月下见墓道松柏间有两人并坐，一男子年约十六七，韶秀可爱，一妇人白发垂项，伛偻携杖，似七八十以上人，倚肩笑语，意若甚相悦，窃讶何物淫妪，乃与少年儿狎昵，行稍近，冉冉而灭。次日询是谁家冢，始知某早年夭折，其妇孀守五十余年，殁而合窆于是也。"照这样说，鬼是不会生长的，他的容貌年纪便以死的时候为准。不过仔细想起来，其间有许多不方便的事情，如少夫老妻即是其一，此外则子老父幼，依照礼法温清定省所不可废，为儿子者实有竭蹶难当之势，甚可悯也。又如世间法不禁再婚，贫儒为宗嗣而续弦，死后便有好几房扶养的责任，则此老翁亦大可念，再醮妇照俗信应锯而分之，前夫得此一片老躯，更将何所用之耶。宋邵伯温《闻见录》十八云：

"李夫人生康节公，同堕一死胎，女也。后十余年，夫人病卧，见月色中一女子拜庭下，泣曰，母不察，庸医以药毒儿，可恨。夫人曰，命也。女曰，若为命，何兄独生？夫人曰，汝死兄独生，乃命也。女子涕泣而去。又十余年，夫人再见女子来泣曰，一为庸医所误，二十年方得受生，与母缘重故相别。

又涕泣而去。"曲园先生《茶香室三钞》卷八引此文，案语云：

"此事甚异，此女子既在母腹中死，一无知识之血肉耳，乃死后十余年便能拜能言，岂死后亦如在人间与年俱长乎？"据我看来，准邵氏《闻见录》所说，鬼的与年俱长确无疑义。假如照这个说法，纪文达所记的那年约十六七的男子应该改为七十几岁的老翁，这样一来那篇故事便不成立，因为七八十以上的翁媪在月下谈心，虽然也未免是"马齿长而童心尚在"，却并不怎么的可讶了。还有一层，鬼可见人而人不见鬼，最后松柏间相见，翁鬼固然认得媪，但是媪鬼那时如无人再为介绍，恐怕不容易认识她的五十余年前的良人了罢。邵纪二说各有短长，我们凡人殊难别择，大约只好两存之罢，而鬼在阴间是否也是分道扬镳，各自去生长或不生长呢，那就不得而知了。鬼不生长说似普通，生长说稍奇，但我却也找到别的材料，可以参证。《望杏楼志痛编补》一卷，光绪己亥年刊，无锡钱鹤岑著，盖为其子杏宝纪念者，正编惜不可得。补编中有《乩谈日记》，纪与其子女笔谈，其三子鼎宝生于己卯四旬而殇，四子杏宝生于辛巳十二岁而殇，三女莩贞生于丁亥五日而殇，皆来下坛。记云：

"丙申十二月二十一日晚，杏宝始来。问汝去时十二岁，今身躯加长乎？曰，长。"又云：

"丁酉正月十七日，早起扶乩，则先兄韵笙与闰妹杏宝皆在。问先兄逝世时年方二十七，今五十余矣，容颜亦老乎？曰，老。已留须乎？曰，留。"由此可知鬼之与年俱长，与人无异。又有数节云：

"正月二十九日，问几岁有知识乎？曰，三岁。问食乳几年？曰，三年。"（此系问鼎宝。）

"三月二十一日，闰妹到。问有事乎？曰，有喜事。何喜？曰，四月初四日杏宝娶妇。问妇年几何？曰，十三。问请吾辈吃喜酒乎？曰，不。汝去乎？曰，去。要送贺仪乎？曰，要。问鼎宝娶妇乎？曰，娶。产子女否？曰，二子一女。"

"五月二十九日，问杏儿汝妇山南好否？曰，有喜。盖已怀孕也。喜见于何月？曰，五月。何月当产？曰，七月。因问先兄，人十月而生，鬼皆三月而产乎？曰，是。鬼与人之不同如是，宜女年十一而可嫁也。"

"六月十二日，问次女应科，子女同来几人？杏儿代答曰，十人。余大惊以为误，反复诘之，答如故。呼闰妹问之，言与杏儿同。问嫁才五年，何得产许多，岂一年产几次乎？曰，是。余始知鬼与人迥别，几与猫犬无异，前闻杏儿娶妇十一岁，以为无此事，今合而观之，鬼固不可以人理测也。"

"十九日,问杏儿,寿春叔祖现在否? 曰,死。死几年矣? 曰,三年。死后亦用棺木葬乎? 曰,用。至此始知鬼亦死,古人谓鬼死曰聻,信有之,盖阴间所产者即聻所投也。"以上各节对于鬼之婚丧生死诸事悉有所发明,可为鬼的生活志之材料,很可珍重。民国二十二年春游厂甸,于地摊得此册,白纸木活字,墨笔校正,清雅可喜,《乩谈日记》及《补笔》最有意思,纪述地下情形颇为详细,因虑纸短不及多抄,正编未得到虽亦可惜,但当无乩坛纪事,则价值亦少减耳。吾读此编,觉得邵氏之说已有副署,然则鬼之生长正亦未可否认欤。

我不信鬼,而喜欢知道鬼的事情,此是一大矛盾也。虽然,我不信人死为鬼,却相信鬼后有人,我不懂什么是二气之良能,但鬼为生人喜惧愿望之投影则当不谬也。陶公千古旷达人,其《归园田居》云,"人生似幻化,终当归空无,"《神释》云,"应尽便须尽,无复更多虑",在《拟挽歌词》中则云,"欲语口无音,欲视眼无光,昔在高堂寝,今宿荒草乡。"陶公于生死岂尚有迷恋,其如此说于文词上固亦大有情致,但以生前的感觉推想死后况味,正亦人情之常,出于自然者也。常人更执着于生存,对于自己及所亲之翳然而灭,不能信亦不愿信其灭也,故种种设想,以为必继续存在,其存在之状况则因人民地方以至各自的好恶而稍稍殊异,无所作为而自然流露,我们听人说鬼实即等于听其谈心矣。盖有鬼论者忧患的人生之雅片烟,人对于最大的悲哀与恐怖之无可奈何的慰藉,"风流士女可以续未了之缘,壮烈英雄则曰二十年后又是一条好汉"。相信唯物论的便有祸了,如精神倔强的人麻醉药不灵,只好醒着割肉。关公刮骨固属英武,然实亦冤苦,非凡人所能堪受,则其乞救于吗啡者多,无足怪也。《乩谈日记》云:

"八月初一日,野鬼上乩,报萼贞投生。问何日,书七月三十日。问何地,曰,城中。问其姓氏,书不知。亲戚骨肉历久不投生者尽于数月间陆续而去,岂产者独盛于今年,故尽去充数耶? 不可解也。杏儿之后能上乩者仅留萼贞一人,若斯言果确,则扶鸾之举自此止矣。"读此节不禁黯然。《望杏楼志痛编补》一卷为我所读过的最悲哀的书之一,每翻阅辄如此想。如有大创痛人,饮吗啡剂以为良效,而此剂者乃系家中煮糖而成,路人旁观亦哭笑不得。自己不信有鬼,却喜谈鬼,对于旧生活里的迷信且大有同情焉,此可见不佞之老矣,盖老朽者有些渐益苛刻,有的亦渐益宽容也。

廿三年四月

【阅读提示】

《鬼的生长》属于引起很多争议的"文抄公体",亦即整篇文章大部分由抄书而成,这是周作人的特殊文体之一。

1. 文章开头一本正经地考证人死后是否继续生长的问题,歪题正作,试体味其诙谐之意。

2. 后半部分大量抄引《乩谈日记》,并说是"我读过的最悲哀的书之一",悲哀在于何处?作者重"人情物理",他从这荒唐的"扶乩"记录中读出了什么?

3. 文中说:"我不信人死为鬼,却相信鬼后有人。"这是解读作者谈鬼文字如《水里的东西》,乃至鲁迅《无常》《女吊》的钥匙,宜深加体会。

4. "文抄"所抄皆为古文,相应地,作者的叙述文字也很大程度上文言化了,这其中是否有什么道理?

【扩展性阅读书(篇)目】

《夜读抄·清嘉录》《夜读抄·颜氏家训》《夜读抄·缢女图考释》。

【参考书(篇)目】

钱理群:《读周作人》,天津古籍出版社2001年版。

陶然亭的雪

俞平伯

小　引

　　消然的北风,黯然的同云,炉火不温了,灯还没有上呢。这又是一年的冬天。在海滨草草营巢,暂止飘零的我,似乎不必再学黄叶们故意沙沙的作成那繁响了。老实说,近来时序的迁流,无非逼我换了几回衣裳;把夹衣叠起,把绵衣抖开,这就是秋尽冬来的唯一大事。至于秋之为秋,冬之为冬,我之为我,一切之为一切,固依然自若,并无可叹可悲可怜可喜的意味,而且连那些意味的残痕也觉无从觅哩。千条万派活跃的流泉似全然消释于无何有之乡土,剩下"漠然"这一味来相伴了。看看窗外酿雪的同云,倒活画出我那潦倒的影儿一个。像这样暗哑无声的蠢然一物,除血脉呼吸的轻颤以外,安息在冬天的晚上,真真再好没有了。有人说,这不是静止——静止是没有的——是均衡的动,如两匹马以同速同向去跑着,即不异于比肩站着的石马。但这些问题虽另有人耐烦去想,而我则岂其人呢。所以于我顶顶合式,莫如学那冬晚的停云。(你听见它说过话吗?)无如编辑《星海》的朋友们逼我饶舌。我将怎样呢?——有了!在"悄然的北风,黯然的同云,炉火不温了,灯还没有上呢"这个光景下,令我追忆昔年北京陶然亭之雪。

　　我虽生长于江南,而自曾北去以后,对于第二故乡的北京也真不能无所恋恋了。尤其是在那样一个冬晚,有银花纸糊裱的顶棚和新衣裳一样缔缭的纸窗,一半已烬一半还红着,可以照人须眉的泥炉火,还有墙外边三两声的担子吆喝。因房这样矮而洁,窗这样低而明,越显出天上的同云格外的沉凝欲堕,酿雪的意思格外浓鲜而成熟了。我房中照例上灯独迟些,对面或侧面的火光常浅浅耀在我的窗纸上,似比月色还多了些静穆,还多了些凄清。当我听见廓落的院子里有脚步声,一会儿必要跟着"砰"关风门了,或者"砭搭"下帘子了。我便料到必有寒紧的风在走道的人颈傍拂着,所以他要那样匆匆的走。如此,类乎此的黯淡的寒姿,在我忆中至少可以匹敌江南春与秋的姝丽了,至少也可以使惯住江南的朋友们了解一点名说苦寒的北方,也有足以系人思念的冬之黄昏啊。有人说,"这岂不将钩惹我们的迟暮之感?"真的!——可是,咱们谁又是专喝蜜水的人呢。

总是冬天罢,(谁要你说?)年月日是忘怀了。读者们想决不屑介意于此琐琐的,所以忘怀倒也没要紧。那天是雪后的下午。我其时住在东华门侧一条曲折的小胡同里,而G君所居更偏东一些。我们雇了两辆"胶皮",向着陶然亭去,但车只雇到前门外大外郎营。(从东城至陶然亭路很远,冒雪雇车很不便。)车轮咯咯吱吱的切碾着白雪,留下凹纹的平行线,我们遂由南池子而天安门东,渐逼近车马纷填,兀然在目的前门了。街衢上已是一半儿泥泞,一半儿雪了。幸而北风还时时吹下一阵雪珠,蒙络那一切,正如疏朗冥濛的银雾。亦幸而雪在北京,似乎是白面捏的,又似乎是白泥塑的。(往往到初春时,人家庭院里还堆着与土同色的雪,结果是成筐的挑了出去完事。)若移在江南,檐漏的滴搭,不终朝而消尽了。

言归正传。我们下了车,踏着雪,穿粉房琉璃街而南,眩眼的雪光愈白,栉比的人家渐寥落了。不久就远远望见清旷莹明的原野,这正是在城圈里耽腻了的我们所期待的。累累的荒冢,白着头的,地名叫做窑台。我不禁连想那"会向瑶台月下逢"的所谓瑶台。这本是比拟不伦,但我总不住的那么想。

那时江亭之北似尚未有通衢。我们踯躅于白蓑衣广覆着的田野之间,望望这里,望望那里,都很像江亭似的。商量着,偏西南方较高大的屋,或者就是了。但为什么不见一个亭子呢?藏在里边罢?

到拾级而登时,已确信所测不误了。然踏穿了内外竟不见有什么亭子。幸而上面挂着的一方匾;否则那天到的是不是陶然亭,若至今还是疑问,岂非是个笑话。江亭无亭,这样的名实乖违,总使我们怅然若失。我来时是这样预期的,一座四望极目的危亭,无碍无遮,在雪海中沐浴而嬉,宛如回旋的灯塔在银涛万沸之中,浅礁之上,亭亭矗立一般。而今竟只见拙钝的几间老屋,为城圈之中以习见而不一见的,则已往的名流觞咏,想起来真不免黯然寡色了。

然其时雪又纷纷扬扬而下来,跳舞在灰空里的雪羽,任意地飞集到我们的粗呢氅衣上。趁它们未及融为明珠的时候,我即用手那么一拍,大半掉在地上,小半已渗进衣襟去。"下马先寻题壁字",来来回回的循墙而走,咱们也大有古人之风呢。看看咱们能拾得什么?至少也当有如"白丁香折玉亭亭"一样的句子被传诵着罢。然而竟终于不见!可证"一蟹不如一蟹"这句老话真是有一点意思的。后来幸而觅得略可解嘲的断句,所谓"卅年戎马尽秋尘"者,从此就在咱们嘴里咕噜着了。

在曲折廊落的游廊间,当北风卷雪渺无片响的时分,忽近处递来琅琅的书声。谛听,分明得很,是小孩子的。它对于我们十分亲密,因为和从前我们在书屋里所唱出的正是一个样子的。这尽可以使我重温热久未曾尝的儿时的甜酒,使我俯拾眠歌声里的温馨梦痕,并可以减轻北风的尖冷,抚慰素雪的飘零。换一句干脆点的话,就是在清冷双绝的况味中,它恰好给喝了一点热热酽酽的东西,使一切已凝的,一切凝着的,一切将凝的,都软洋洋孲着腰肢不自支持了。

书声还正琅琅然呢。我们寻诗的闲趣被窥人的热念给岔开了。从回廊下踅过去,两明一暗的三间屋,玻璃窗上帷子亦未下。天色其时尚未近黄昏,惟云天密吻,酿雪意的浓酣,阡陌明胸,积雪痕的寒皎,似乎全与迟暮合缘;催者黄昏快些来罢。至屋内的陈设,人物的须眉,已尽随年月日时的迁移,送进茫茫昧昧的乡土,在此也只好从缺。几个较鲜明的印象,尚可片片掇拾以告诸君的,是厚的棉门帘一个;肥短的旱烟袋一支;老黄色的《孟子》一册,上有银朱圈点,正翻到《离娄》篇首;照例还有白灰泥炉一个,高高的火苗窜着;以外……"算了罢,你不要在这儿写账哟!"

游览必终之以大嚼,是我们的惯例,这里边好像有鬼催着似的。我曾和我姊姊说过:"咱们以后不用说逛什么地方,老实说吃什么地方好了。"她虽付之一笑,却不斥我为胡闹,可见中非无故了。我且曾以之问过吾师。吾师说得尤妙,"好吃是文人的天性",这更令我不便追问下去。因为既曰天性,已是第一因了。还要求它的因,似乎不很知趣。如理化学家说到电子,心理学家说到本能,生机哲学者说到什么"隐得而希"……

闲言少表。天性既不许有例外,谈到白雪,自然会归到一条条的白面上去。不过这种说法是很辱没胜地的,且有点文不对题。所以在江亭中吃的素面,只好割爱不谈。我只记得青汪汪的一炉火,温煦最先散在人的双颊上。那户外的尖风呜呜的独自去响,倚着北窗,恰好鸟瞰那南郊的旷莽积雪。玻璃上偶沾了几片鹅毛碎雪,更显得它的莹明不滓。雪固白得可爱,但它干净得尤好。酿雪的云,融雪的泥,各有各的意思;但总不如一半留着的雪痕,一半飘着的雪华,上上下下,迷眩难分的尤为美满。脚步声听不到,门帘也不动,屋里没有第三个人。我们手都插在衣袋里,悄对着那排向北的窗。窗外的几方妙绝的素雪装成的册页。累累的坟,弯弯的路,枝枝桠桠的树,高高低低的屋顶,都秃着头,耸着白肩膀,危立在卷雪的北风之中。上边不见一只鸟儿展着翅,下边不见一条虫儿蠢然的动(或者要归功于我的近视眼),不用提路上的行人,更不用提马足车尘了。惟有背后已热的瓶笙吱吱的响,最为静之独一异品;然依昔人所谓"蝉噪林逾静"的静这种诠释,它虽努力思与岑寂绝缘终久是失败的哟。死样的寂每每促生胎动的潜能,惟万寂之中留下一分两分的喧哗,使就烬的赤灰不致以内火而重生烟焰;故未全枯寂的外缘正能孕育着止水一泓似的心境。这也无烦高谈妙谛,只当咱们清眠不熟的时光便可以稍稍体验这番悬谈了。闲闲的意想,乍生乍灭,如行云流水一般的不关痛痒,比强制吾心,一念不着的滋味如何?这想必有人能辨别的。

炉火使我们的颊热,素面使我们的胃饱,飘零的暮雪使我们的心越过越黯淡。我们到底不得不出亭一走,到底不得不面迎着雪,脚踹着雪,齐向北快快的走。离亭数十步外有一土坡,上开着一家油厂;厂右有小小的断坟并立。从坟头的小碣,知道一个葬的是鹦鹉;一个名为香冢,想又是美人黄土那类把戏了。只是一件,油厂有狗,喜拦门乱吠。G君是怕狗的;因怕它咬,并怕那未必就吠的狗。而我又是怯登土坡的,雪覆着的坡子滑滑的难走,更有点望之生畏。故我们商量商量,还是别去为妙。

我们绕坡北去时,G君抬头而望(我记得其时狗没有吠)对我说,来年春归时,种些红杜鹃花在上面。我点点头。路上还商量着买杜鹃花的价钱。……现在呢,然而现在呢?我惆怅着夙愿的虚设。区区的愿原不妨孤负;然区区的愿亦未免孤负,则以外的岂不又可知了。——北京冬间早又见了三两寸的雪,而上海至今只是黯然的同云,说是酿雪,说是酿雪,而终于不来。这令我由不得追忆那年江亭玩雪的故事。

一九二四,一,十二。

【阅读提示】

作者是位富有情趣的学者,也是位富有情趣的作者。俞平伯的散文,其温文尔雅、从容不迫,以及背后所蕴藏的书卷气,是他人所不可及的。读他的文章,不要指望有奇句隽语,尤其要体会看似普通而实际上并不普通的文句。比如本文开头:"悄然的北风,黯然的同云,炉火不温了,灯还没有上呢。"结尾:"我惆怅着夙愿的虚设。区区的愿原不妨孤负;然区区的愿亦未免孤负,则以外的岂不又可知了。"看着没什么,实际上一般人是写不出来的。可以从这样的角度去体会他文章的好处。

【扩展性阅读书(篇)目】
　　《桨声灯影里的秦淮河》《西湖的六月十八夜》《月下老人祠下》。

【参考书(篇)目】
　　孙玉蓉编:《古槐树下的俞平伯》,四川文艺出版社1997年版。

儿　女

朱自清

我现在已是五个儿女的父亲了。想起圣陶喜欢用的"蜗牛背了壳"的比喻，便觉得不自在。新近一位亲戚嘲笑我说，"要剥层皮呢！"更有些悚然了。十年前刚结婚的时候，在胡适之先生的《藏晖室札记》里，见过一条，说世界上有许多伟大的人物是不结婚的；文中并引培根的话，"有妻子者，其命定矣。"当时确吃了一惊，仿佛梦醒一般；但是家里已是不由分说给娶了媳妇，又有甚么可说？现在是一个媳妇，跟着来了五个孩子；两个肩头上，加上这么重一副担子，真不知怎样走才好。"命定"是不用说了；从孩子们那一面说，他们该怎样长大，也正是可以忧虑的事。我是个彻头彻尾自私的人，做丈夫已是勉强，做父亲更是不成。自然，"子孙崇拜"，"儿童本位"的哲理或伦理，我也有些知道；既做着父亲，闭了眼抹杀孩子们的权利，知道是不行的。可惜这只是理论，实际上我是仍旧按照古老的传统，在野蛮地对付着，和普通的父亲一样。近来差不多是中年的人了，才渐渐觉得自己的残酷；想着孩子们受过的体罚和叱责，始终不能辩解——像抚摩着旧创痕那样，我的心酸溜溜的。有一回，读了有岛武郎《与幼小者》的译文，对了那种伟大的，沉挚的态度，我竟流下泪来了。去年父亲来信，问起阿九，那时阿九还在白马湖呢；信上说，"我没有耽误你，你也不要耽误他才好。"我为这句话哭了一场；我为什么不像父亲的仁慈？我不该忘记，父亲怎样待我们来着！人性许真是二元的，我是这样地矛盾；我的心像钟摆似的来去。

你读过鲁迅先生的《幸福的家庭》么？我的便是那一类的"幸福的家庭"！每天午饭和晚饭，就如两次潮水一般。先是孩子们你来他去地在厨房与饭间里查看，一面催我或妻发"开饭"的命令。急促繁碎的脚步，夹着笑和嚷，一阵阵袭来，直到命令发出为止。他们一递一个地跑着喊着，将命令传给厨房里佣人；便立刻抢着回来搬凳子。于是这个说，"我坐这儿！"那个说，"大哥不让我！"大哥却说，"小妹打我！"我给他们调解，说好话。但是他们有时候很固执，我有时候也不耐烦，这便用着叱责了；叱责还不行，不由自主地，我的沉重的手掌便到他们身上了。于是哭的哭，坐的坐，局面才算定了。接着可又你要大碗,他要小碗,你说红筷子好,他说黑筷子好;这个要干饭,那个要稀饭,要茶要汤,要鱼要肉,要豆腐,要萝卜;你说他菜多,他说你菜好。妻是照例安慰着他们,但这显然是太迂缓了。我是个暴躁的人,怎么等得及?不用说,用老法子将他们立刻征服了;虽然有哭的,不久也就抹着泪捧起碗了。吃完了,纷纷爬下凳子,桌上是饭粒呀,汤汁呀,骨头呀,渣滓呀,加上纵横的筷子,欹斜的匙子,就如一块花花绿绿的地图模型。吃饭而外,他们的大事便是游戏。游戏时,大的有大主意,小的有小主意,各自坚持不下,于是急执起来;或者大的欺负了小的,或者小的竟欺负了大的,被欺负的哭着嚷着,到我或妻的面前诉苦;我大抵仍旧要用老法子来判断的,但不理的时候也有。最为难的,是争夺玩具的时候:这一个与那一个的是同样的东西,却偏要那一个的;而那一个便偏不答应。在这种情形之下,不论如何,终于是非哭不可的。这些事件自然不至于天天全有,但大致总有好些起。我若坐在家里看书或写什么东西,管保一点钟里要分几回心,或站起来一两次的。若是雨天或礼拜日,孩子们在家的多,那么,摊开书竟看不下一行,提起笔也写不出一个字的事,也有过的。我常和妻说,"我们家真是成日的千军万马呀!"有时是不但"成日",连夜里也有兵马在进行着,在有吃乳或生病的孩子的时候!

我结婚那一年,才十九岁。二十一岁,有了阿九;二十三岁,又有了阿菜。那时我正像一匹野马,那能容忍这些累赘的鞍鞯,辔头,和缰绳?摆脱也知是不行的,但不自觉地时时在摆脱着。现在回想起来,那些日子,真苦了这两个孩子;真是难以宽宥的种种暴行呢!阿九才两岁半的样子,我们住在杭州的学校里。不知怎地,这孩子特别爱哭,又特别怕生人。一不见了母亲,或来了客,就哇哇地哭起来了。学校里住着许多人,我不能让他扰着他们,而客人也总是常有的;我懊恼极了,有一回,特地骗出了妻,关了门,将他按在地下打了一顿。这件事,妻到现在说起来,还觉得有些不忍;她说我的手太辣了,到底还是两岁半的孩子!我近年常想着那时的光景,也觉黯然。阿菜在台州,那是更小了;才过了周岁,还不大会走路。也是为了缠着母亲的缘故吧,我将她紧紧地按在墙角里,直哭喊了三四分钟;因此生了好几天病。妻说,那时真寒心呢!但我的苦痛也是真的。我曾给圣陶写信,说孩子们的磨折,实在无法奈何;有时竟觉着还是自杀的好。这虽是气愤的话,但这样的心情,确也有过的。后来孩子是多起来了,磨折也磨折得久了,少年的锋棱渐渐地钝起来了;加以增长的年岁增长了理性的裁制力,我能够忍耐了——觉得从前真是一个"不成材的父亲",如我给另一个朋友信里所说。

但我的孩子们在幼小时,确比别人的特别不安静,我至今还觉如此。我想这大约还是由于我们抚育不得法;从前只一味地责备孩子,让他们代我们负起责任,却未免是可耻的残酷了!

正面意义的"幸福",其实也未尝没有。正如谁所说,小的总是可爱,孩子们的小模样,小心眼儿,确有些教人舍不得的。阿毛现在五个月了,你用手指去拨弄她的下巴,或向她做趣脸,她便会张开没牙的嘴格格地笑,笑得像一朵正开的花。她不愿在屋里待着;待久了,便大声儿嚷。妻常说,"姑娘又要出去溜达了。"她说她像鸟儿般,每天总得到外面溜一些时候。润儿上个月刚过了三岁,笨得很,话还没有学好呢。他只能说三四个字的短语或句子,文法错误,发音模糊,又得费气力说出;我们老是要笑他的。他说"好"字,总变成"小"字;问他"好不好"?他便说"小",或"不小"。我们常常逗着他说这个字玩儿;他似乎有些觉得,近来偶然也能说出正确的"好"字了——特别在我们故意说成"小"字的时候。他有一只搪磁碗,是一毛来钱买的;买来时,老妈子教给他,"这是一毛钱。"他便记住"一毛"两个字,管那只碗叫"一毛",有时竟省称为"毛"。这在新来的老妈子,是必需翻译了才懂。他不好意思,或见着生客时,便咧着嘴痴笑;我们常用了土话,叫他做"呆瓜"。他是个小胖子,短短的腿,走起路来,蹒跚可笑;若快走或跑,便更"好看"了。他有时学我,将两手叠在背后,一摇一摆的;那是他自己和我们都要乐的。他的大姊便是阿菜,已是七岁多了,在小学校里念着书。在饭桌上,一定得罗罗唆唆地报告些同学或他们父母的事情;气喘喘地说着,不管你爱听不爱听。说完了总问我:"爸爸认识么?""爸爸知道么?"妻常禁止她吃饭时说话,所以她总是问我。她的问题真多:看电影便问电影里的是不是人?是不是真人?怎么不说话?看照相也是一样。不知谁告诉她,兵是要打人的。她回来便问,兵是人么?为什么打人?近来大约听了先生的话,回来又问张作霖的兵是帮谁的?蒋介石的兵是不是帮我们的?诸如此类的问题,每天短不了,常常闹得我不知怎样答才行。她和润儿在一处玩儿,一大一小,不很合式,老是吵着哭着。但合式的时候也有:譬如这个往床底下躲,那个便钻进去追着;这个钻出来,那个也跟着——从这个床到那个床,只听见笑着,嚷着,喘着,真如妻所说,像小狗似的。现在在京的,便只有这三个孩子;阿九和转儿是去年北来时,让母亲暂时带回扬州去了。

阿九是欢喜书的孩子。他爱看《水浒》,《西游记》,《三侠五义》,《小朋友》等;没有事便捧着书坐着或躺着看。只不欢喜《红楼梦》,说是没有味儿。是的,《红楼梦》的味儿,一个十岁的孩子,那里能领略呢?去年我们事实上只能带两个孩子来；因为他大些，而转儿是一直跟着祖母的，便在上海将他俩丢下。我清清楚楚记得那分别的一个早上。我领着阿九从二洋泾桥的旅馆出来，送他到母亲和转儿住着的亲戚家去。妻嘱咐说，"买点吃的给他们吧。"我们走过四马路，到一家茶食铺里。阿九说要熏鱼，我给买了；又买了饼干，是给转儿的。便乘电车到海宁路。下车时，看着他的害怕与累赘，很觉恻然。到亲戚家，因为就要回旅馆收拾上船，只说了一两句话便出来；转儿望望我，没说什么，阿九是和祖母说什么去了。我回头看了他们一眼，硬着头皮走了。后来妻告诉我，阿九背地里向她说："我知道爸爸欢喜小妹，不带我上北京去。"其实这是冤枉的。他又曾和我们说，"暑假时一定来接我啊！"我们当时答应着；但现在已是第二个暑假了，他们还在迢迢的扬州待着。他们是恨着我们呢？还是惦着我们呢？妻是一年来老放不下这两个，常常独自暗中流泪；但我有什么法子呢！想到"只为家贫成聚散"一句无名的诗，不禁有些凄然。转儿与我较生疏些。但去年离开白马湖时，她也曾用了生硬的扬州话，（那时她还没有到过扬州呢）和那特别尖的小嗓子向着我："我要到北京去。"她晓得什么北京，只跟着大孩子们说罢了；但当时听着，现在想着的我，却真是抱歉呢。这兄妹俩离开我，原是常事，离开母亲，虽也有过一回，这回可是太长了；小小的心儿，知道是怎样忍耐那寂寞来着！

我的朋友大概都是爱孩子的。少谷有一回写信责备我，说儿女的吵闹，也是很有趣的，何至可厌到如我所说；他说他真不解。子恺为他家华瞻写的文章，真是"蔼然仁者之言"。圣陶也常常为孩子操心：小学毕业了，到什么中学好呢？——这样的话，他和我说过两三回了。我对他们只有惭愧！可是近来我也渐渐觉着自己的责任。我想，第一该将孩子们团聚起来，其次便该给他们些力量。我亲眼见过一个爱儿女的人，因为不曾好好地教育他们，便将他们荒废了。他并不是溺爱，只是没有耐心去料理他们，他们便不能成材了。我想我若照现在这样下去，孩子们也便危险了。我得计画着，让他们渐渐知道怎样去做人才行。但是要不要他们像我自己哟？这一层，我在白马湖教初中学生时，也曾从师生的立场上问过丏尊，他毫不踌躇地说，"自然罗。"近来与平伯谈起教子，他却答得妙，"总不希望比自己坏罗。"是的，只要不"比自己坏"就行，"像"不"像"倒是不在乎的。职业，人生观等，还是由他们自己去定的好；自己顶可贵，只要指导，帮助他们去发展自己，便是极贤明的办法。

予同说，"我们得让子女在大学毕了业，才算尽了责任。"SK 说，"不然，要看我们的经济,他们的材质与志愿;若是中学毕了业,不能或不愿升学,便去做别的事,譬如做工人吧,那也并非不行的。"自然,人的好坏与成败,也不尽靠学校教育;说是非大学毕业不可,也许只是我们的偏见。在这件事上,我现在毫不能有一定的主意;特别是这个变动不居的时代,知道将来怎样?好在孩子们还小,将来的事且等将来吧。目前所能做的,只是培养他们基本的力量——胸襟与眼光;孩子们还是孩子们,自然说不上高的远的,慢慢从近处小处下手便了。这自然也只能先按照我自己的样子;"神而明之,存乎其人,"光辉也罢,倒楣也罢,平凡也罢,让他们各尽各的力去。我只希望如我所想的,从此好好地做一回父亲,便自称心满意。——想到那"狂人""救救孩子"的呼声,我怎敢不悚然自勉呢?

【阅读提示】

　　就文字才能而言,朱自清不算非常出色,本文平铺直叙,一览无余,颇给人以缺乏才气之感。不过文章读起来并不沉闷,甚至让人感动,这主要是作者态度真诚,老老实实地叙事,也不在技巧上玩"花活",一门心思絮絮叨叨他的小儿女,正合"修辞立其诚"的古训,自有一种感人的力量。

【扩展性阅读书(篇)目】

　　《背影》《桨声灯影里的秦淮河》《荷塘月色》。

【参考书(篇)目】

　　王瑶:《念朱自清先生》,《中国现代文学史论集》,北京大学出版社1998年版。

放 猖

废 名

　　故乡到处有五猖庙,其规模比土地庙还要小得多,土地庙好比是一乘轿子,与之比例则五猖庙等于一个火柴匣子而已。猖神一共有五个,大约都是士兵阶级,在春秋佳日,常把他们放出去"猖"一下,所以驱疫也。"猖"的意思就是各处乱跑一阵,故做母亲的见了自己的孩子应归家时未归家,归家了乃责备他道:"你在那里'猖'了回来呢?"猖神例以壮丁扮之,都是自愿的,不但自愿而已,还要拿出诚敬来"许愿",愿做三年猖兵,即接连要扮三年。有时又由小孩子扮之,这便等于额外兵,是父母替他许愿,当了猖兵便可以没有灾难,身体健康。我当时非常之羡慕这种小猖兵,心想我家大人何以不让我也来做一个呢?猖兵赤膊,着黄布背心,这算是制服,公备的。另外谁做猖谁自己得去借一件女裤穿着,而且必须是红的。我当时跟着已报名而尚未入伍的猖兵沿家逐户借裤,因为是红裤,故必借之于青年女子,我略略知道他和她在那里说笑话了,近于讲爱情了,不避我小孩子。装束好了以后,即是黄背心,红裤,扎裹腿,草鞋,然后再来"打脸"。打脸即是画花脸,这是我最感兴趣的,看着他们打脸,羡慕已极,其中有小猖兵,更觉得天下只有他们有地位了,可以自豪了,像我这天生的,本来如此的脸面,算什么呢?打脸之后,再来"练猖",即由道士率领着在神前(在乡各村,在城各门,各有其所祀之神,不一其名)画符念咒,然后便是猖神了,他们再没有人间的自由,即是不准他们说话,一说话便要肚子痛的。这也是我最感兴趣的,人间的自由本来莫过于说话,而现在不准他们说话,没有比这个更显得他们已经是神了。他们不说话,他们已经同我们隔得很远,他们显得是神,我们是人是小孩子,我们可以淘气,可以嘻笑着逗他们,逗得他们说话,而一看他们是花脸,这其间便无可奈何似的,我们只有退避三舍了,我们简直已经不认得他们了。何况他们这时手上已经拿着叉,拿着叉郎当郎当的响,真是天兵天将的模样了。说到叉,是我小时最喜欢的武器,叉上串有几个铁轮,拿着把柄一上一下郎当着,那个声音把小孩子的什么话都说出了,便是小孩子的欢喜。我最不会做手工,我记得我曾做过叉,以吃饭的筷子做把柄,其不讲究可知,然而是我的创作了。我的叉的铁轮是在城里一个高坡上(我家住在城里)拾得的洋铁屑片剪成的。在练猖一幕之后,才是名副其实的放猖,即由一个凡人(同我们一样别无打扮,又可以自由说话,故我认他是凡人)拿了一面大锣敲着,在前面率领着,拼命地跑着,五猖在后面跟着拼命地跑着,沿家逐户地跑着,每家都得升堂入室,被爆竹欢迎着,跑进去,又跑出来,不大的工夫在乡一村在城一门家家跑遍了。我则跟在后面喝彩。其实是心里羡慕,这时是羡慕天地间唯一的自由似的。羡慕他们跑,羡慕他们的花脸,羡慕他们的叉响。不觉之间仿佛又替他们寂寞——他们不说话!其实我何尝说一句话呢?然而我的世界热闹极了,放猖的时间总在午后,到了夜间则是"游猖",这时不是跑,是抬出神来,由五猖护着,沿村或沿街巡视一遍,灯烛辉煌,打锣打鼓还要吹喇叭,我的心里却寂寞之至,正如过年到了元夜的寂寞,因为游猖接着就是"收猖"了,今年的已经完了。

到了第二天,遇见昨日的猖兵时,我每每把他从头至脚打量一番,仿佛一朵花已经谢了,他的奇迹都到哪里去了呢?尤其是看着他说话,他说话的语言太是贫穷了,远不如不说话。

【阅读提示】

1. 本文题材与《女吊》《水里的东西》相类,但所要表达的意思与周氏兄弟"说鬼"文字并不一样,请考虑其中的区别。

2. 写法上,《女吊》《水里的东西》涉及极广,有上天入地之感;本文纯粹写实,不越雷池一步。这体现了"大家""名家"之别的一个方面,试体会其间不同。

3. 全文皆落实处,仅结尾发了两句议论,并出现一个出人意料的比喻——"仿佛一朵花已经谢了",这样收束是否佳妙?

【扩展性阅读书(篇)目】

《枣》《墓》《桥·送路灯》。

三竿两竿

废 名

中国文章，以六朝人文章最不可及。我尝同朋友们戏言，如果要我打赌的话，乃所愿学则学六朝文。我知道这种文章是学不了的，只是表示我爱好六朝文，我确信不疑六朝文的好处。六朝文不可学，六朝文的生命还是不断的生长着，诗有晚唐，词至南宋，俱系六朝文的命脉也。在我们现代的新散文里，还有"六朝文"。我以前只爱好六朝文，在亡友秋心居士笔下，我才知道人各有其限制，"你不能做我的诗，正如我不能做你的梦"，此君殆六朝才也。秋心写文章写得非常之快，他的辞藻玲珑透澈，纷至沓来，借他自己《又是一年芳草绿》文里形容春草的话，是"泼地草绿"。我当时曾指了这四个字给他看，说他的泼字用得多么好，并笑道，"这个字我大约用苦思也可以得着，而你却是泼地草绿。"庾信文章，我是常常翻开看的，今年夏天捧了《小园赋》读，读到"一寸二寸之鱼，三竿两竿之竹"，怎么忽然有点眼花，注意起这几个数目字来，心想，一个是二寸，一个是两竿，两不等于二，二不等于两吗？于是我自己好笑，我想我写文章决不会写这么容易的好句子，总是在意义上那么的颠斤簸两。因此我对于一寸二寸之鱼三竿两竿之竹很有感情了。我又记起一件事，苦茶庵长老曾为闲步兄写砚，写庾信《行雨山铭》四句"树入床头，花来镜里，草绿衫同，花红面似。"那天我也在茶庵，当下听着长老法言道，"可见他们写文章是乱写的，四句里头两个花字。"真的，真的六朝文是乱写的，所谓生香真色人难学也。

【阅读提示】

文中提到苦茶庵长老评论六朝人"写文章是乱写的"，其实本文也是"乱写"：开篇数句没头没脑；结尾也是似结非结；文中各层意思像是胡乱衔接而又极自然。《放猖》刻意为文，本篇乃不经意而成，试比较二者的笔法。

【扩展性阅读书(篇)目】

《蝇》《中国文章》《孔门之文》。

【参考书(篇)目】

周作人:《怀废名》,《周作人文类编》第 10 卷《八十心情》,湖南文艺出版社 1998 年版。

感伤的行旅

郁达夫

一

犹太人的漂泊，听说是上帝制定的惩罚。中欧一带的"寄泊栖"的游行，仿佛是这一种印度支族浪漫尼的天性。大约是这两种意味都完备在我身上的缘故罢，在一处沉滞得久了，只想把包裹雨伞背起，到绝无人迹的地方去吐一口郁气。更况且节季又是霜叶红时的秋晚，天色又是同碧海似的天天晴朗的青天，我为什么不走？我为什么不走呢？

可是说话容易，实践艰难，入秋以后，想走想走的心愿，却起了好久了，而天时人事，到了临行的时节，总有许多阻障出来。八个瓶儿七个盖，凑来凑去凑不周全的，尤其是几个买舟借宿的金钱。我不会吹箫，我当然不能乞食，况且此去，也许在吴头，也许向楚尾，也许在中途被捉，被投交有砂米饭呼有红衣服着的笼中，所以踏上火车之先，我总想多带一点财物在身边，免得为人家看出，看出我是一个无产无职的游民。

旅行之始，还是先到上海，向各处去交涉了半天。等到几个版税拿到在手里，向大街上买就了些旅行杂品的时候，我的灵魂已经飞到了空中。

"Over the hills and far away!"

坐在黄包车上的身体，好像在腾云驾雾，扶摇上九万里外去了。头一晚，就在上海的大旅馆里借了一宵宿。

是月暗星繁的秋夜，高楼上看出去，能够看见的，只是些黄苍颓荡的电灯光。当然空中还有许多同蜂衙里出了火似的同胞的杂噪声，和许多有钱的人在大街上驶过的汽车声溶合在一处，在合奏着大都会之夜的"新魔丰腻"，但最触动我这感伤的行旅者的哀思的，却是在同一家旅舍之内，从前后左右的宏壮的房间里发出来的娇艳的肉声，及伴奏着的悲凉的弦索之音。屋顶上飞下来的一阵两阵的比西班牙舞乐里的皮鼓铜琶更野噪的锣鼓响乐，也未始不足以打断我这愁人秋夜的客中孤独，可是同败落头人家的喜事一样，这一种绝望的喧阗，这一种勉强的干兴，终觉得是肺病患者的脸上的红潮,静听起来,仿佛是有四万万的受难的人民,在这野声里啜泣似的,"如此烽烟如此(乐),老夫怀抱若为开"呢?

不得已就只好在灯下拿出一本德国人的游记来躺在床沿上胡乱地翻读……

一七七六,九月四日,来干思堡,侵晨。

早晨三点,我轻轻地偷逃出了卡儿斯罢特,因为否则他们怕将不让我走。那一群将很亲热地为我做八月廿八的生日的朋友们,原也有扣留住我的权利;可是此地却不可再事淹留下去了。……

这样地跟这一位美貌多才的主人公看山看水,一直的到了月下行车,将从勃伦纳到物络那(Vom Brenner bis Verona)的时候,我也就在悲凉的弦索声,杂噪的锣鼓声,和怕人的汽车声中昏沉睡着了。

不知是在什么地方,我自身却立在黑沉沉的天盖下俯看海水,立脚处仿佛是危巉屼的一座石山。我的左壁,就是一块身比人高的直立在那里的大石。忽而海潮一涨,只见黑黝黝的涡旋,在灰黄的海水里鼓荡,潮头渐长渐高,逼到脚下来了,我苦闷了一阵,却也终于无路可逃,带粘性的潮水,就毫无踌躇地浸上了我的两脚,浸上了我的腿部,腰部,终至于将及胸部而停止了。一霎时水又下退,我的左右又变了石山的陆地,而我身上的一件青袍,却为水浸湿了。在惊怖和懊恼的中间,梦神离去了我,手支着枕头,举起上半身来看看外边的样子,似乎那些毫无目的,毫无意识,只在大街上闲逛、瞎挤、乱骂、高叫的同胞们都已归笼去了,马路上只剩了几声清淡的汽车警笛之声,前后左右的娇艳的肉声和弦索声也减少了,幽幽寂寂,仿佛从极远处传来似的,只有间隔得很远的竹背牙牌互击的操塔的声音,大约夜也阑了,大家的游兴也倦了罢,这时候我的肚里却也咕噜噜感到了一点饥饿。

披上绵袍,向里间浴室的磁盆里放了一盆热水,漱了一漱口,擦了一把脸,再回到床前安乐椅上坐下,呆看住电灯擦起火柴来吸烟的时候,我不知道怎么的斗然间却感到了一种异样的孤独。这也许是大都会中的深夜的悲哀,这也许是中年易动的人生的感觉,但无论如何,我觉得这样的再在旅舍里枯坐是耐不住的了,所以就立起身来,开门出去,想去找一家长夜开炉的菜馆,去试一回小吃。

开门出去,在静寂粉白和病院里的廊子一样的长巷中走了一段,将要从右角转入另一条长廊去的时候,在角上的那间房里,忽而走出了一位二十左右,面色洁白妖艳,一头黑发松长披在肩上,全身像裸着似的只罩着一件金黄长丝绒的 Negligee 的妇人来。这一回的出其不意地在这一个深夜的时间里忽儿和我这样的一个潦倒的中年男子的相遇，大约也使她感到了一种惊异，她起始只张大了两只黑晶晶的大眼，怀疑惊问似的对我看了一眼，继而脸上涨起了红霞，似羞缩地将头俯伏了下去，终于大着胆子向我的身边走过，走到另一间房间里去了。我一个人发了一脸微笑，走转了弯，轻轻地在走向升降机去的中间，耳朵里还听见了一声她关闭房门的声音，眼睛里还保留着她那丰白的圆肩的曲线，和从宽散的她的寝衣中透露出来的胸前的那块倒三角形的雪嫩的白肌肤。

司升降机的工人和在廊子的一角呆坐着的几位茶役，都也睡态朦胧了，但我从高处的六层楼下来，一到了底下出大门去的那条路上，却不料竟会遇见这许多暗夜之子在谈笑取乐的。他们的中间，有的是跟妓女来的龟奴鸨母，有的是司汽车的机器工人，有的是身上还披着绒毯的住宅包车夫，有的大约是专等到了这一个时候，夹入到这些人的中间来骗取一枝两枝香烟，谈谈笑笑借此过夜的闲人罢！这一个大门道上的小社会里，这时候似乎还正在热闹的黄昏时候一样，而等我走出大门，向东边角上的一家茶馆里坐定，朝壁上的挂钟细细看了一眼时，却已经是午前的三点钟前了。

吃取了一点酒菜回来，在路上向天空注看了许多回。西边天上，正挂着一钩同镰刀似的下弦残月，东北南三面，从高屋顶的电火中间窥探出去，也还见得到一颗两颗黯淡的秋星，大约明朝不会下雨这一件事情总可以决定的了。我长啸了一声，心里却感到了一点满足，想这一次的出发也还算不坏，就再从升降机上来，回房脱去了袍袄，沉酣地睡着了四五个钟头。

二

几个钟头的酣睡，已把我长年不离身心的疲倦医好了一半了，况且赶到车站的时候正还是上行特别快车将发未动的九点之前，买了车票，挤入了车座，浩浩荡荡，火车头在晨风朝日之中，将我的身体搬向北去的中间，老是自伤命薄，对人对世总觉得不满的我这时代落伍者，倒也感到了一心的快乐。"旅行果然是好的"，我斜倚着车窗，目视着两旁的躺息在太阳和风里的大地，心里却在这样的想："旅行果然是不错的，以后就决定在船窗马背里过它半生生活罢！"

江南的风景，处处可爱，江南的人事，事事堪哀，你看，在这一个秋尽冬来的寒月里，四边的草木，岂不还是青葱红润的么？运河小港里，岂不依旧是白帆如织满在行驶的么？还有小小的水车亭子，疏疏的槐柳树林。平桥瓦屋，只在大空里吐和平之气，一堆一堆的干草堆儿，是老百姓在这过去的几个月中间力耕苦作之后的黄金成绩，而车辚辚，马萧萧，这十余年中间，军阀对他们的征收剥夺，虏掠奸淫，从头细算起来，那里还算得明白？江南原说是鱼米之乡，但可怜的老百姓们，也一并的作了那些武装同志们的鱼米了。逝者如斯，将来者且更不堪设想，你们且看看政府中什么局长什么局长的任命，一般物价的同潮也似的怒升，和印花税地税杂税等名目的增设等，就也可以知其大概了。啊啊，圣明天子的朝廷大事，你这贱民那有左右容喙的权利，你这无智的牛马，你还是守着古圣昔贤的大训，明哲以保其身，且细赏赏这车窗外面的迷人秋景罢！人家瓦上的浓霜去管它作甚？

车窗外的秋色，已经到了烂熟将残的时候了。而将这秋色秋风的颓废末级，最明显地表现出来的，要算浅水滩头的芦花丛薮，和沿流在摇映着的柳色的鹅黄。当然杞树，枫树，柏树的红叶，也一律的在透露残秋的消息，可是绿叶层中的红霞一抹，即在春天的二月，只教你向树林里去栽几株一丈红花，也就可以酿成此景的。至于西方莲的殷红，则不问是寒冬或是炎夏，只教你培养得宜，那就随时随地都可以将其他树叶的碧色去衬它的朱红，所以我说，表现这大江南岸的残秋的颜色，不是枫林的红艳和残叶的青葱，却是芦花的丰白与岸柳的髡黄。

秋的颜色，也管不得许多，我也不想来品评红白，裁答一重公案，总之对这些大自然的四时烟景，毫末也不曾留意的我们那火车机头，现在却早已冲过了长桥几架，抄过了洋澄湖岸的一角，一程一程的在逼近故苏台下去了。

苏州本来是我依旧游之地，"一帆冷雨过娄门"的情趣，闲雅的古人，似乎都在称道。不过细雨骑驴，延着了七里山塘，缓缓的去奠拜真娘之墓的那种逸致，实在也尽值得我们的怀忆的。还有日斜的午后，或者上小吴轩去泡一碗清茶，凭栏细数数城里人家的烟灶，或者在冷红阁上，开开它朝西一带的明窗，静静儿的守着夕阳的腕晚西沉，也是尘俗都消的一种游法。我的此来，本来是无遮无碍的放浪的闲行，依理是应该在吴门下榻，离沪的第一晚是应该去听听寒山寺里的夜半清钟的，可是重阳过后，这近边又有了几次农工暴动的风声，军警们提心吊胆，日日在搜查旅客，骚扰居民，像这样的暴风雨将到未来的恐怖期间，我也不想再去多劳一次军警先生的驾了，所以车停的片刻时候，我只在车里跑上先跑落后的看了一回虎丘的山色，想看看这本来是不高不厚的地皮，究竟有没有被那些要人们刮尽。但是还好，那一堆小小的土山，依旧还在那里点缀苏州的景致。不过塔影萧条，似乎新来瘦了，它不会病酒,它不会悲秋,这影瘦的原因,大约总是因为日脚行到了天中的缘故罢。拿出表来一看,果然已经是十一点多钟,将近中午的时刻了。

火车离去苏州之后,路线的两边,耸出了几条绀碧的山峰来。在平淡的上海住惯的人,或者本来是从山水中间出来,但为生活所迫,就不得不在看不见山看不见水的上海久住的人们,大约到此总不免要生出异样的感觉来的罢。同车的有几位从上海来的旅客,一样的因看见了这西南一带的连山而在作点头的微笑。啊啊,人类本来就是大自然的一部分细胞,只教天性不灭,决没有一个会对了这自然的和平清景而不想赞美的,所以那些卑污贪暴的军阀委员要人们,大约总已经把人性灭尽了的缘故罢,他们只知道要打仗,他们只知道要杀人,他们只知道如何的去敛钱争势夺权利用,他们只知道如何的来破坏农工大众的这一个自然给与我们的伊甸园。啊吓,不对,本来是在说看山的,多嘴的小子,却又破口牵涉起大人先生们的狼心狗计来了,不说罢,还是不说罢。将近十二点了,我还是去炒盘芥莉鸡丁弄瓶"苦配"啤酒来浇浇魂磊的好。

三

正吞完最后的一杯苦酒的时候,火车过了一个小站,听说是无锡就在眼前了。

天下第二泉水的甘味,倒也没有什么可以使人留恋的地方。但震泽湖边的芦花秋草,当这一个肃杀的年时,在理想上当然是可以引人入胜的,因为七十二山峰的峰下,处处应该有低浅的水滩,三万六千顷的周匝,少算算也应该有千余顷的浅渚,以这一个统计来计算太湖湖上的芦花,那起码要比扬子江河身的沙渚上的芦田多些。我是曾在太平府以上九江以下的扬子江头看过伟大的芦花秋景的,所以这一回很想上太湖去试试运气看,看我这一次的臆测究竟有没有和事实相合的地方。这样的决定在无锡下车之后,倒觉得前面相去只几哩地的路程特别的长了起来,特别快车的速力也似乎特别慢起来了。

无锡究竟是出大政客的实业中心地,火车一停,下来的人竟占了全车的十分之三四。我因为行李无多,所以一时对那些争夺人体的黄包车夫们都失了敬,一个人踏出站来,在荒地上立了一会,看了一出猴子戴面具的把戏,想等大伙的行客散了,再去叫黄包车直上太湖边去。这一个战略,本是我在旅行的时候常用常效的方法,因为车刚到站,黄包车价总要比平时贵涨几倍,等大家散尽,车夫看看不得不等第二班车了,那他的价钱就会低让一点,可以让到比平时只贵两成三成的地步。况且从车站到湖滨,随便走那一条路,总要走半个钟头才能走到,你若急切的去叫车,那客气一点的车夫,会索价一块大洋,不客气的或者竟会说两块三块都不定的。所以夹在无锡的市民中间,上车站前头的那块荒地上去看一出猴犬两明星合演的拿手好戏,也是一件有意义的事情,因为我在看把戏的中间就在摆布对车夫的战略吓。殊不知这一次的作战,我却大大的失败了。

原来上行特别快车到站是正午十二点的光景,这一班车过后,则下行特快的到来要在下午的一点半过,车夫若送我到湖边去呢,那下半日的他的买卖就没有了,要不是有特别的好处,大家是不愿意去的。况且时刻又来得不好,正是大家要去吃饭缴车的时候,所以等我从人丛中挤攒出来,想再回到车站前头去叫车的当儿,空洞的卵石马路上,只剩了些太阳的影子,黄包车夫却一个也看不见了。

没有办法,只好唱着"背转身,只埋怨,自己做差"而慢慢的踱过桥去,在无锡饭店的门口,反出了一个更贵的价目,才叫着了一乘黄包车拖我到了迎龙桥下。从迎龙桥起,前面是宽广的汽车道了,两公司的驶往梅园的公共汽车,隔十分就有一乘开行,并且就是不坐汽车,从迎龙桥起再坐小照会的黄包车去,也是十分舒适的。到了此地,又是我的世界了,而实际上从此地起,不但有各种便利的车子可乘,就是叫一只湖船,叫她直摇出去,到太湖边上去摇它一晚,也是极容易办到的事情,所以在一家新的公共汽车行的候车的长凳上坐下的时候,我心里觉得是已经到了太湖边上的样子。

开原乡一带,实在是住家避世的最好的地方。九龙山脉,横亘在北边,锡山一塔,障得住东来的烟灰煤气,西南望去,不是龙山山脉的蜿蜒的余波,便是太湖湖面的镜光的返照。到处有桑麻的肥地,到处有起屋的良材,耕地的整齐,道路的修广,和一种和平气象的横溢,是在江浙各农区中所找不出第二个来的好地。可惜我没有去做官,可惜我不曾积下些钱来,否则我将不买阳羡之田,而来这开原乡里置它的三十顷地。营五亩之居,筑一亩之室。竹篱之内,树之以桑,树之以麻,养些鸡豚羊犬,好供岁时伏腊置酒高会之资;酒醉饮饱,在屋前的太阳光中一躺,更可以叫稚子开一开留声机器,听听克拉衣斯勒的提琴的慢调或卡儿骚的高亢的悲歌。若喜欢看点新书,那火车一搭,只教有半日工夫,就可以到上海的壁恒、别发,去买些最近出版的优美的书来。这一点卑卑的愿望,啊啊,这一点在大人先生的眼里看起来,简直是等于矮子的一个小脚趾头般大的奢望,我究竟要在何年何月,才享受得到呢？罢罢,这样的在公共汽车里坐着,这样的看看两岸的疾驰过去的桑田,这样的注视注视龙山的秋景,这样的吸收吸收不用钱买的日色湖光,也就可以了,很可以了,我还是不要作那样的妄想,且念首清诗,聊作个过屠门的大嚼罢!

  Mine be a cot beside the hill
  A bee-hive's hum shall soothe my ear;
  A willowy brook that turns a mill,
  With many a fall shall linger near.

  The swal'ow, oft, beneath my thatch
  Shall twitter from her clay-built nest;
  Oft shall the pilgrim lift the latch,
  And share my meal, a welcome guest.

  Around my ivied porch shall spring
  Each fragrant flower that drinks the dew;
  And Lucy, at her wheel, shall sing
  In russet-gown and apron blue.

  The village-church among the trees,
  Where first our marriage-vows were given,
  With merry peals shall swell the breeze
  And point with taper spire to Heaven.

  这样的在车窗口同诗里的蜜蜂似的哼着念着,我们的那乘公共汽车,已经驶过了张巷荣巷,驶过了一支小山的腰岭,到了梅园的门口了。

四

  梅园是无锡的大实业家荣氏的私园,系筑在去太湖不远的一支小山上的别业,我的在公共汽车里想起的那个愿望,他早已大规模地为我实现造好在这里了;所不同者,我所想的是一间小小的茅篷,而他的却是红砖的高大的洋房,我是要缓步以当车,徒步在那些桑麻的野道上闲走的,而他却因为时间是黄金就非坐汽车来往不可的这些违异。然而人同此心,心同此理,看将起来,有钱的人的心理,原也同我们这些无钱无业的闲人的心理是一样的。我在此地要感谢荣氏的竟能把我的空想去实现而造成这一个梅园,我更要感谢他既造成之后而能把它开放,并且非但把它开放,而又能在梅园里割出一席地来租给人家,去开设一个接待来游者的公共膳宿之场。因为这一晚我是决定在梅园里的太湖饭店内借宿的。

大约到过无锡的人总该知道,这附近的别墅的位置,除了刚才汽车通过的那支横山上的一个别庄之外,总算这梅园的位置算顶好了。这一条小小的东山,当然也是龙山西下的波脉里的一条,南去太湖,约只有小三里不足的路程,而在这梅园的高处,如招鹤坪前,太湖饭店的二楼之上,或再高处那荣氏的别墅楼头,南窗开了,眼下就见得到太湖的一角,波光容与,时时与独山,管社山的山色相掩映。至于园里的瘦梅千树,小榭数间,和曲折的路径,高而不美的假山之类,不过尽了一点点缀的余功,并不足以语园林营造的匠心之所在的。所以梅园之胜,在它的位置,在它的与太湖的接而不离,离而又接的妙处,我的不远数十里的奔波,定要上此地来借它一宿的原因,也只想利用利用这一点特点而已。

在太湖饭店的二楼上把房间开好,喝了几杯既甜且苦的惠泉山酒之后,太阳已有点打斜了,但拿出表来一看,时间还只是午后的两点多钟。我的此来,原想看一看一位朋友所写过的太湖的落日,原想看看那落日与芦花相映的风情的;若现在就赶往湖滨,那未免去得太早,后来怕要生出久候无聊的感想来。所以走出梅园,我就先叫了一乘车子,再回到惠山寺去,打算从那里再由别道绕至湖滨,好去赶上看湖边的落日。但是锡山一停,惠山一转,遇见了些无聊的俗物在惠山泉水旁的大嚼豪游,及许多武装同志们的沿路的放肆高笑,我心里就感到了一心的不快,正同被强人按住在脚下,被他强塞了些灰土尘污到肚里边去的样子,我的脾气又发起来了,我只想登到无人来得的高山之上去尽情吐泻一番,好把肚皮里的抑郁灰尘都吐吐干净。穿过了惠山的后殿,一步一登,朝着只有斜阳和衰草在弄情调戏的濯濯的空山,不晓走了多少时候,我竟走到了龙山第一峰的头茅蓬外了。

目的总算达到了,惠山锡山寺里的那些俗物,都已踏踢在我的脚下,四大皆空,头上身边,只剩了一片蓝苍的天色和清淡的山岚。在此地我可以高啸,我可以俯视无锡城里的几十万为金钱名誉而在苦斗的苍生,我可以任我放开大口来骂一阵无论那一个凡为我所疾恶者,骂之不足,还可以吐他的面,吐面不足,还可以以小便来浇上他的身头。我可以痛哭,我可以狂歌,我等爬山的急喘回复了一点之后,在那块头茅篷前的山峰头上竟一个人演了半日的狂态,直到喉咙干哑,汗水横流,太阳也倾斜到了很低很低的时候为止。

气竭声嘶,狂歌高声叫的音停后,我的两只本来是为我自己的噪聒弄得昏昏的耳里,忽而沁的钻入了一层寂静,风也无声,日也无声,天地草木都仿佛在一击之下变得死寂了。沉默,沉默,沉默,空处都只是沉默。我被这一种深山里的静寂压得怕起来了,头脑里却起了一种很可笑的后悔。"不要这世界完全被我骂得陆沉了哩?"我想,"不要山鬼之类听了我的啸声来将我接受了去,接到了他们的死灭的国里去了哩?"我又想,"我在这里踏着的不要不是龙山山头,不要是阴间的滑油山之类哩?"我再想。于是我就注意看了看四边的景物,想证一证实我这身体究竟还是仍旧活在这卑污满地的阳世呢,还是已经闯入了那个鬼也在革命而谋做阎王的阴间。

朝东望去,远散在锡山塔后的,依旧是千万的无锡城内的民家和几个工厂的高高的烟突,不过太阳斜低了,比起午前的光景来,似乎加添了一点倦意。俯视下去,在东南的角里,桑麻的林影,还是很浓很密的,并且在那条白线似的大道上,还有行动的车类的影子在那里前进呢,那么至少至少,四周都只是死灭的这一个观念总可以打破了。我宽了一宽心,更掉头朝向了西南,太阳落下了,西南全面,只是眩目的湖光,远处银蓝蒙漾,当是湖中间的峰面的暮霭,西面各小山的面影,也都变成了紫色了。因为看见了斜阳,看见了斜阳影里的太湖,我的已经闯入了死界的念头虽则立时打消,但是日暮途穷,只一个人远处在荒山顶上的一种实感,却油然的代之而起。我就伸长了脖子拼命的查看起四面的路来,这时候我实在只想找出一条近而且坦的便道,好遵此便道而且赶回家去。因为现在我所立着的,是龙山北脉在头茅篷下折向南去的一条支岭的高头,东西南三面只是岩石和泥沙,没有一条走路的。若再回至头茅篷前,重沿了来时的那条石级,再下至惠山,则无缘无故便白白的不得不多走许多的回头曲路,大丈夫是不走回头路的,我一边心里虽在这样的同小孩子似的想着,但实在我的脚力也有点虚竭了。"啊啊,要是这儿有一所庵庙的话,那我就可以不必这样的着急了。"我一边尽在看四面的地势,一边心里还在作这样的打算,"这地点多么好啊,东面可以看无锡全市,西面可以见太湖的夕阳,后面是头茅篷的高顶,前面是朝正南的开原乡一带的村落,这里比起那头茅篷来,形势不晓要好几十倍。无锡人真没有眼睛,怎么会将这一块龙山南面的平坦的山岭这样的弃置着,而不来造一所庵庙的呢?唉唉,或者他们是将这一个好地方留着,留待我来筑室幽居的吧？或者几十年后将有人来因我今天的在此一哭而为我起一个痛哭之台而与我那故乡的谢氏西台来对立的罢？哈哈,哈哈。不错,很不错。"末后想到了这一个夸大妄想狂者的想头之后,我的精神也抖擞起来了,于是拔起脚跟,不管它有路没有路,只是往前向那条朝南斜拖下去的山坡下乱走。结果在乱石上滑坐了几次,被荆棘钩破了一块小襟和一双线袜,我跳过几块岩石,不到三十分钟,我也居然走到了那支荒山脚下的坟堆里了。

到了平地的坟树林里来一看,西天低处太阳还没有完全落尽,走到了离坟不远的一个小村子的时候,我看了看表,已经是五点多了。村里的人家,也已经在预备晚餐,门前晒在那里的干草豆萁,都已收拾得好好,老农老妇,都在将暗未暗的天空下,在和他们的孙儿孙女游耍。我走近前去,向他们很恭敬的问了问到梅园的路径,难得他们竟有这样的热心,居然把我领到了通汽车的那条大道之上。等我雇好了一乘黄包车坐上,回头来向他们道谢的时候,我的眼角上却又扑簌簌地滚下了两粒感激的大泪来。

五

山居清寂,梅园的晚上,实在是太冷静不过。吃过了晚饭,向庭前去一走,只觉得四面都是茫茫的夜雾和每每的荒田,人家也看不出来,更何况乎灯烛辉煌的夜市。绕出园门,正想拖了两只倦脚走向南面野田里去的时候,在黄昏的灰暗里我却在门边看见了一张有几个大字写在那里的白纸。摸近前去一看,原来是中华艺大的旅行写生团的通告。在这中华艺大里,我本有一位认识的画家 C 君在那里当主任的,急忙走回饭店,教茶房去一请,C 君果然来了。我们在灯下谈了一会,又出去在园中的高亭上站立了许多时候,这一位不趋时尚,只在自己精进自己的技艺的画家,平时总老是呐呐不愿多说话的,然而今天和我的这他乡一遇,仿佛把他的习惯改过来了,我们谈了些以艺术作了招牌,拼命的在运动做官做委员的艺术家的行为。我们又谈到了些设了很好听的名目,而实际上只在骗取青年学子的学费的艺术教育家的心迹。我们谈到了艺术的真髓,谈到了中国的艺术的将来,谈到了革命的意义,谈到了社会上的险恶的人心,到了叹声连发,不忍再谈下去的时候,高亭外的天色也完全黑了。两人伸头出去,默默地只看了一回天上的几颗早见的明星。我们约定了下次到上海时,再去江湾访他的画室的日期,就各自在黑暗里分手走了。

大约是一天跑路跑得太多了的缘故罢,回旅馆来一睡,居然身也不翻一个,好好儿的睡着了。约莫到了残宵二三点钟的光景,槛外的不知从那一个庙里来的钟磬,尽是当当当当的在那里慢击。我起初梦醒,以为是附近报火的钟声,但披衣起来,到室外廊前去一看,不但火光看不出来,就是火烧场中老有的那一种叫嗓的人号狗吠之声也一些儿听它不出。庭外如云如雾,静浸着一庭残月的清光。满屋沉沉,只充满着一种遥夜酣眠的呼吸。我为这钟声所诱,不知不觉,竟扣上了衣裳,步出了庭前,将我的孤零的一身,浸入了仿佛是要粘上衣来的月光海里。夜雾从太湖里蒸发起来了,附近的空中,只是白茫茫的一片。叉桠的梅树林中,望过去仿佛是有人立在那里的样子。我又慢慢的从饭店的后门,步上了那个梅园最高处的招鹤坪上。南望太湖,也辨不出什么形状来,不过只觉得那面的一块空阔的地方,仿佛是由千千万万的银丝织就似的,有月光下照的清辉,有湖波返射的银箭,还有如无却有,似薄还浓,一半透明,一半粘湿的湖雾湖烟,假如你把身子用力的朝南一跳,那这一层透明的白网,必能悠扬地牵举你起来,把你举送到王母娘娘的后宫深处去似的。这是我当初看了那湖天一角的景象的时候的感想,但当万籁无声的这一个月明的深夜,幽幽地慢慢地,被那远寺的钟声,当嗡,当嗡的接连着几回有韵律似的催告,我的知觉幻想,竟觉得渐渐地渐渐地麻木下去了。终至于什么也不想,什么也不干,两只脚柔软地跪坐了下去,眼睛也只同呆了似的盯视住了那悲哀的残月不能动了。宗教的神秘,人性的幽幻,大约是指这样的时候的这一种心理状态而说的罢,我像这样的和耶稣教会的以马内利的圣像似的,被那幽婉的钟声,不知魔伏了许多时,直到钟声停住,木鱼声发,和尚——也许是尼姑——的念经念咒的声音幽幽传到我耳边的时候,方才挺身立起,回到了那旅馆的居室里来,这时候大约去天明总也已经不远了罢?

回房不知又睡着了几个钟头,等第二次醒来的时候,前窗的帷幕缝中却漏入了几行太阳的光线来。大约时候总也已不早了,急忙起来预备了一下,吃了一点点心,我就出发到太湖湖上去。天上虽各处飞散着云层,但晴空的缺处,看起来仍可以看得到底的,所以我知道天气总还有几日好晴。不过太阳光太猛了一点,空气里似乎有多量的水蒸气含着,若要登高处去望远景,那像这一种天气是不行的,因为晴而不爽,你不能从厚层的空气里辨出远处的寒鸦林树来,可是只要看看湖上的风光,那像这样的晴天,也已经是尽够的了。并且昨晚上的落日没有看成,我今天却打算牺牲它一天的时日,来试试太湖里的远征,去找出些前人所未见的岛中僻景来,这是当走出园门,打杨庄的后门经过,向南走入野田,在走上太湖边上去的时候的决意。

太阳升高了,整洁的野田里已有早起的农夫在辟土了。行经过一块桑园地的时候,我且看见了两位很修媚的姑娘,头上罩着了一块白布,在用了一根竹竿,打下树上的已经黄枯了的桑叶来。听她们说这也是蚕妇的每年秋季的一种工作,因为枯叶在树上悬久了,那老树的养分不免要为枯叶吸几分去,所以打它们下来是很要紧的,并且黄叶干了,还可以拿去生火当柴烧,也是一举两得的事情。

在野田里的那条通至湖滨的泥路,上面铺着的尽是些细碎的介虫壳儿,所以阳光照射下来,有几处虽只放着明亮的白光,但有几处简直是在发虹霓似的彩色。

像这样的有朝阳晒着的野道,像这样的有林树小山围绕着的空间,况且头上又是青色的天,脚底下并且是五彩的地,饱吸着健康的空气,摆行着不急的脚步,朝南的走向太湖边去,真是多么美满的一幅清秋行乐图呀!但是风云莫测,急变就起来了,因为我走到了管社山脚,正要沿了那条山脚下新辟的步道走向太湖旁的一小湾,俗名五里湖滨的时候,在山道上朝着东面的五里湖心却有两位着武装背皮带的同志和一位穿长袍马褂的先生立在那里看湖面的扁舟。太阳光直射在他们身上,皮带上的镀镍的金属,在放异样的闪光。我毫不留意地走近前去,而听了我的脚步声将头掉转来的他们中间的武装者的一位,突然叫了我一声,吃了一惊我张开了大眼向他一看,原来是一位当我在某地教书的时候的从前的学生。

他在学校里的时候本来就是很会出风头的,这几年来际会风云,已经步步高升成了党国的要人了,他的名字我也曾在报上看见过几多次的,现在突然的在这一个地方被他那么的一叫,我真骇得颜面都变成了土色了,因为两三年来,流落江湖,不敢出头露面的结果,我每遇见一个熟人的时候,心里总要怦怦的惊跳。尤其是在最近被几位满含恶意的新闻记者大书了一阵我的叛党叛国的记载以后,我更是不敢向朋友亲戚那里去走动了。而今天的这一位同志,却是党国的要人,现任的中委机关里的常务委员,若论起罪来,要是从他的手中发落的,冤家路窄,这一关叫我如何的偷逃过去呢?我先发了一阵抖,立住了脚呆木了一下,既而一想,横竖逃也逃不脱了,还是大着胆子迎上去罢,于是就立定主意保持着若无其事的态度,前进了几步,和他握了握手。

"啊!怎么你也会在这里!"我很惊喜似地装着笑脸问他。

"真想不到在这里会见到先生的,近来身体怎么样!脸色很不好哩!"他也是很欢喜地问我。看了他这样态度,我的胆子放大了,于是就造了一篇很圆满的历史出来报告给他听。

我说因为身体不好,到太湖边上来养病已经有二年多了,自从去年夏天起,并且因为闲空不过,就在这里聚拢了几个小学生来在教他们的书,今天是礼拜,所以才出来走走,但吃中饭的时候却非要回去不可的,书房是在城外××桥××巷的第××号,我并且要请他上书房去坐坐,好细谈谈别后的闲天。我这大胆的谎语原也已经听见了他这一番来锡的任务之后才敢说的,因为他说他是来查勘一件重大党务的,在这太湖边上一转,午后还要上苏州去,等下次再有来无锡的机会的时候再来拜访,这是他的遁辞。

他为我介绍了那另外的两位同志,我们就一同的上了万顷堂,上了管社山,我等不到一碗清茶泡淡的时候,就设辞和他们告别了。这样的我在惊恐和疑惧里,总算访问了太湖,游尽了无锡,因为中午十二点的时候我已同逃狱囚似的伏在上行车的一角里在喝压惊的"苦配"啤酒了。这一次游无锡的回味,实在也同这啤酒的味儿差仿不多。

一九二八年十一月作者在途中记

【阅读提示】

郁达夫的创作前半段以小说知名,后半段以散文尤其游记为多。总的来说,作者个人气质偏于纤弱、忧郁,这种特点也带到作品中。另外,作者语言有拖沓、不够干净的毛病。本文是他游记中较好的一篇,由于略混用些许文言字句,而且写作对象并没有引发他愁苦的思绪,抒情议论也较节制,所以总体风格还比较清朗。

【扩展性阅读书(篇)目】

郁达夫:《屐痕处处》,江西人民出版社1983年版。

【参考书(篇)目】

郁达夫:《〈中国新文学大系·散文二集〉导言》,《中国新文学大系导言集》,上海书店影印本。

独　语

何其芳

　　设想独步在荒凉的夜街上,一种枯寂的声响固执的追随着你,如昏黄的灯光下的黑色影子,你不知该对它珍爱抑是不能忍耐了:那是你脚步的独语。

　　人在孤寂时常发出奇异的语言,或是动作。动作也就是语言的一种。

　　决绝的离开了绿蒂的"维特",独步在阳光与垂柳的堤岸上,如在梦里,诱惑的彩色又激动了他作画家的欲望,遂决心试卜他自己的命运了:从衣袋里摸出一把小刀子,从垂柳里,掷入河水中,若是能看见它的落下他就将成为一个画家,否则不。——那寂寞的一挥手使你感动吗?你了解吗?

　　我又想起了一个西晋人物,他爱驱车独游,到车辙不通之处就痛哭而返。

　　绝顶登高,谁不悲慨的一长啸呢?是想以他的声音填满宇宙的寥阔吗?等到追问时怕又只有沉默的低首了。我曾经走进一个古代的建筑物,画檐巨柱都争着向我有所诉说,低小的石栏也发出声息,像一些坚忍的深思的手指在上面呻吟,而我自己倒成了一个化石了。

　　或是昏黄的灯光下,放在你面前的是一册杰出的书,你将听见里面各个人物的独语。温柔的独语,悲哀的独语,或者狂暴的独语。黑色的门紧闭着:一个永远期待的灵魂死在门内,一个永远找寻的灵魂死在门外。每一个灵魂是一个世界,没有窗户。而可爱的灵魂都是倔强的独语者。

　　我的思想倒不是在荒野上奔驰。有一所落寞的古颓的屋子,画壁漫漶,阶石上铺着白藓,像期待着最后的脚步,当我独自时我就神往了。

　　真有这样一个所在,或者在梦里吗?或者不过是两章宿昔嗜爱的诗篇的揉合,没有关联的奇异的揉合,幔子半掩,地板已扫,死者的床榻上长春藤影在爬;死者的魂灵回到他熟悉的屋子里,朋友们在餐聚,嬉笑,都说着"明天明天",无人记起"昨天"。

　　这是颓废吗?我能很美丽的想着"死",反不能美丽的想着"生"吗?

　　冥冥之手牵张着一个网,"人"如一粒蜘蛛蹲伏在中央。憎固愈令彼此疏离,爱亦徒增错误的挂系。谁曾在自己的网里顾盼,跳跃,感到因冥冥之丝不足一割遂甘愿受缚的怅怃吗?

而,何以我又叹息:"去者日以疏,生者日以亲?"是慨叹着我被人忘记了,抑是我忘记了人呢?

"这里是你的帽子,"或者"这里是你的纱巾,我们出去走走吧?"我还能说这些惯口的句子。而我那有温和的沉默的朋友,我更记起他:他屋里有一个古怪的抽屉,精致的小信封,函着丁香花,或是不知名的扇形的叶子;像为着分我的寂寞而展示他温柔的记忆。墙上是一张小画片,翻过背面来,写着"月的渔女"。

唉。我尝自忖度:那使人类温暖的,我不是过分的缺乏了它就是充溢了它。两者都足以致病的。

印度王子出游,看见生老病死,遂发自度度人的宏愿。我也倒想有一树菩提之荫,坐在下面,思索一会儿。虽然我要思索的是另外一个题目。

于是,我的目光在窗上徘徊了。天色像一张阴晦的脸压在窗前,发出令人窒息的呼吸,这就是我抑郁的缘故吗?而又,在窗格的左角,我发现一个我的独语的窃听者了:像一个鸣蝉蜕弃的躯壳,向上蹲伏着,噤默的。噤默的,和着它一对长长的触须,三对屈曲的瘦腿。我记起了它是我用自己的手笔描画成的一个昆虫的影子,当它迟徐的爬到我窗纸上,发出孤独的银样的鸣声,在一个过逝的有阳光的秋天里。

【阅读提示】

1. 普通散文或叙事或抒情或议论,皆有实指,这篇散文名曰"独语",指向内心,也可以说以想象为材料。这是另一类文章,更准确地说,这是写文章的另一种方式。

2. 这类冥想式的文字使得叙述和语言显现出特殊的风格;另外,作者的文字总的说来有好用修饰语、略伤华丽的毛病,试予以体会。

3. 文中说:"可爱的灵魂都是倔强的独语者。"请结合全文,考虑作者的命意。

【扩展性阅读书(篇)目】

《画梦录·扇上的烟云》《画梦录·梦后》《画梦录·弦》。

【参考书(篇)目】
　　吴晓东:《梦中的国土——析〈画梦录〉》,《二十世纪中国文学史论》(第二卷),东方出版中心1997年版。

一九三四年一月十八

沈从文

　　我仿佛被一个极熟的人喊了又喊,人清醒后那个声音还在耳朵边。原来我的小船已开行了许久,这时节正在一个长潭中顺风滑行,河水从船舷轻轻擦过,把我弄醒了。

　　我的小船今天应当停泊到一个大码头,想起这件事,我就有点儿慌张起来了。小船应停泊的地方,照史籍上所说,出丹砂,出辰川符。事实上却只出胖人,出肥猪,出边炮,出雨伞。一条长长的河街,在那里可以见到无数水手柏子与无数柏子的情妇。长街尽头飘扬着用红黑二色写上扁方体字税关的幡信,税关前停泊了无数上下行验关的船只。长街尽头油坊围墙如城垣,长年有油可打。打油匠摇荡悬空油槌,訇的向前抛去时,莫不伴以摇曳长歌,由日到夜,不知休止。河中长年有大木筏停泊,每一木筏浮江而下时,同时四方角隅至少有三十个人举桡激水。沿河吊脚楼下泊定了大而明黄的船只,船尾高张,常到两丈左右,小船从下面过身时,仰头看去恰如一间大屋。(那上面必用金漆写得有福字同顺字!)这个地方就是我一提及它时充满了感情的辰州。

　　小船去辰州还约三十里,两岸山头已较小,不再壁立拔峰渐渐成为一堆堆黛色与浅绿相间的邱阜,山势既较和平,河水也温和多了。两岸人家渐渐越来越多,随处可以见到毛竹林。山头已无雪,虽尚不出太阳,气候干冷,天空倒明明朗朗。小船顺风张帆向上流走去时,似乎异常稳定。

　　但小船今天至少还得上三个滩与一个长长的急流。

　　大约九点钟时,小船到了第一个长滩脚下了,白浪从船旁跑过快如奔马,在惊心眩目情形中小船居然上了滩。小船上滩照例并不如何困难,大船可不同一点。滩头上就有四只大船斜卧在白浪中大石上,毫无出险的希望。其中一只货船,大致还是昨天才坏事的,只见许多水手在石滩上搭了棚子住下,且摊晒了许多被水浸湿的货物。正当我那只小船上完第一滩时,却见一只大船,正搁浅在滩头激流里。只见一个水手赤裸着全身向水中跳去,想在水中用肩背之力使船只活动,可是人一下水后,就即刻为激流带走了。在浪声哕吼里尚听到岸上人沿岸追喊着,水中那一个大约也回答着一些遗嘱之类,过一会儿,人便不见了。这个滩共有九段。这件事从船上人看来,可太平常了。

小船上第二段时,河流已随山势曲折,再不能张帆取风,我担心到这小小船只的完全问题,就向掌舵水手提议,增加一个临时纤手,钱由我出。得到了他的同意,一个老头子,牙齿已脱,白须满腮,却如古罗马战士那么健壮,光着手脚蹲在河边那个大青石上讲生意来了。两方面都大声嚷着而且辱骂着,一个要一千,一个却只出九百,相差那一百钱折合银洋约一分一厘。那方面既坚持非一千文不出卖这点气力,这一方面却以为小船根本不必多出这笔钱给一个老头子。我即或答应了不拘多少钱统由我出,船上三个水手,一面与那老头子对骂,一面把船开到急流里去了。见小船已开出后,老头子方不再坚持那一分钱,却赶忙从大石上一跃而下,自动把背后纤板上短绳,缚定了小船的竹缆,躬着腰向前走去了。待到小船业已完全上滩后,那老头就赶到船边来取钱,互相又是一阵辱骂。得了钱,坐在水边大石上一五一十数着。我问他有多少年纪,他说七十七。那样子,简直是一个托尔斯太!眉毛那么长,鼻子那么大,胡子那么多,一切都同画相上的托尔斯太相去不远。看他那数钱神气,人快到八十了,对于生存还那么努力执着,这人给我的印象真太深了。但这个人在他们弄船人看来,一个又老又狡猾的东西罢了。

小船上尽长滩后,到了一个小小水村边,有母鸡生蛋的声音,有人隔河喊人的声音,两山不高而翠色迎人。许多等待修理的小船,一字排开斜卧在岸上,有人在一只船边敲敲打打,我知道他们正用麻头与桐油石灰嵌进船缝里去。一个木筏上面还搁了一只小船,在平潭中溜着。忽然村中有炮仗声音,有唢呐声音,且有锣声;原来村中人正接媳妇。锣声一起,修船的,放木筏的,划船的,无不停止了工作,向锣声起处望去。——多美丽的一幅画图,一首诗!但除了一个从城市中因事挤出的人觉得惊讶,难道还有谁看到这些光景矍然神往。

下午二时左右,我坐的那只小船,已经把辰河由桃源到沅陵一段路程主要滩水上完,到了一个平静长潭里。天气转晴,日头初出,两岸小山作浅绿色,山水秀雅明丽如西湖。船离辰州只差十里,我估计过不久,船到了白塔下再上个小滩,转过山嘴,就可以见到税关上飘扬的长幡信了。

想起再过两点钟,小船泊到泥滩上后,我就会如同我小说写到的那个柏子一样,从跳板一端摇摇荡荡的上了岸,直向有吊脚楼人家的河街走去,再

一九三四年一月十八

也不能蜷伏在船里了。

我坐到后舱口日光下,向着河流清算我对于这条河水这个地方的一切旧帐。原来我离开这地方已十六年。十六年的日子实在过得太快了一点。想起从这堆日子中所有人事的变迁,我轻轻的叹息了好些次。这地方是我第二个故乡。我第一次离乡背井,随了那一群肩扛刀枪向外发展的武士为生存而战斗,就停顿到这个码头上。这地方每一条街每一处衙署,每一间商店,每一个城洞里作小生意的小担子,还如何在我睡梦里占据一个位置!这个河码头在十六年前教育我,给我明白了多少人事,帮助我作过多少幻想,如今却又轮到它来为我温习那个业已消逝的童年梦境来了。

望着汤汤的流水,我心中好象忽然彻悟了一点人生,同时又好象从这条河上,新得到了一点智慧。的的确确,这河水过去给我的是"知识",如今给我的却是"智慧"。山头一抹淡淡的午后阳光感动我,水底各色圆如棋子的石头也感动我。我心中似乎毫无渣滓,透明烛照,对万汇百物,对拉船人与小小船只,一切都那么爱着,十分温暖的爱着!我的感情早已融入这第二故乡一切光景声色里了。我仿佛很渺小很谦卑,对一切有生无生似乎都在伸手,且微笑的轻轻的说:

"我来了,是的,我仍然同从前一样的来了。我们全是原来的样子,真令人高兴。你,充满了牛粪桐油气味的小小河街,虽稍稍不同了一点,我这张脸,大约也不同了一点。可是,很可喜的是我们还互相认识,只因为我们过去实在太熟习了!"

看到日夜不断千古长流的河水里石头和砂子,以及水面腐烂的草木,破碎的船板,使我触着了一个使人感觉惆怅的名词。我想起"历史"。一套用文字写成的历史,除了告给我们一些另一时代另一群人在这地面上相斫相杀的故事以外,我们决不会再多知道一些要知道的事情。但这条河流,却告给了我若干年来若干人类的哀乐!小小灰色的渔船,船舷船顶站满了黑色沉默的鱼鹰,向下游缓缓划去了。石滩上走着脊梁略弯的拉船人。这些东西于历史似乎毫无关系,百年前或百年后皆仿佛同目前一样。他们那么忠实庄严的生活,担负了自己那份命运,为自己,为儿女,继续在这世界中活下去。不问所过的是如何贫贱艰难的日子,却从不逃避为了求生而应有的一切努力。在他们生活爱憎得失里,也依然摊派了哭,笑,吃,喝。对于寒暑的来临,他们便更比其他世界上人感到四时交替的严肃。历史对于他们俨然毫无意义,然而提到他们这点千年不变无可记载的历史,却使人引起无言的哀戚。

我有点担心,地方一切虽没有什么变动,我或者变得太多了一点。

船到了税关前趸船旁泊定时,我想象那些税关办事人,因为见我是个陌生旅客,一定上船来盘问我,麻烦我。我于是便假定恰如数年前作的一篇文章上我那个样子,故意不大理会,希望引起那个公务人员的愤怒,直到把我带局为止。我正想要那么一个人引路到局上去,好去见他们的局长!还很希望他们带到当地驻军旅部去,因为若果能够这样,就使我进衙门去找熟人时,省得许多琐碎的手续了。

可是验关的来了,一个宽脸大身材的青年苗人。见到他头上那个盘成一饼的青布包头,引动了我一点乡情。我上岸的计划不得不变更了。他还来不及开口我就说:

"同年,你来查关!这是我坐的一只空船,你尽管看。我想问你。你局长姓什么!"

那苗人已上了小船在我面前站定,看看舱里一无所有,且听我喊他为"同年",从乡音中得到了点快乐。便用着小孩子似的口音问我:

"你到哪里去?你从哪里来呀?"

"我从常德来——就到这地方。你不是梨林人吗?我是……我要会你局长!"

那关吏说:"我是凤凰县人!你问局长,我们局长姓陈!"

第一个碰到的原来就是自己的乡亲,我觉得十分激动,赶忙请他进舱来坐坐。可是这个人看看我的衣服行李,大约以为我是个什么代表,一种身分的自觉,不敢进舱里来了。就告我若要找陈局长,可以把船泊到中南门去。一面说着一面且把手中的粉笔,在船篷上画了个放行的记号,却回到大船上去:"你们走!"他挥手要水手开船,且告水手应当把船停到中南门,上岸方便。

船开上去一点,又到了一个复查处。仍然来了一个头裹青布帕的乡亲,从舱口看看船中的我。我想这一次应当故意不理会这个公务人,使他生气方可到局里去。可是这个复查员看看我不作声的神气,一问水手,水手说了两句话,又挥挥手把我们放走了。

我心想:这不成,他们那么和气,把我想象中安排的计划全给毁了,若到中南门起岸,水手在身后扛了行李,到城门边检查时,只需水手一句话又无条件通过,很无意思。我多久不见到故乡的军队了,我得看看他们对于职务上的兴味与责任,过去和现在有什么不同处。我便变更了计划,要小船在东门下傍码头停停,我一个人先上岸去,上了岸后小船仍然开到中南门,等等

一九三四年一月十八

我再派人来取行李。我于是上了岸,不一会就到河街上了。当我打从那河街上过身时,做炮仗的,卖油盐杂货的,收买发卖船上一切零件的,所有小铺子皆牵引了我的眼睛,因此我走得特别慢些。但到进城时却使我很失望,城门口并无一个兵。原来地方既不戒严,兵移到乡下去驻防,城市中已用不着守城兵了。长街路上虽有穿着整齐军服的年青人,我却不便如何故意向他们生点事。看看一切皆如十六年前的样子,只是兵不同了一点。

我既从东门从从容容的进了城,不生问题,不能被带过旅部去,心想时间还早,不如到我弟弟哥哥共同在这地方新建筑的"芸庐"新家里看看,那新房子全在山上。到了那个外观十分体面的房子大门前,问问工人谁在监工,才知道我哥哥来此刚三天。这就太妙了,若不来此问问,我以为我家中人还依然全在凤凰县城里!我进了门一直向楼边走去时,还有使我更惊异而快乐的,是我第一个见着的人,原来就正是五年来行踪不明的"虎雏"。这人五年前在上海从我住处逃亡后,一直就无他的消息,我还以为他早已腐了烂了。他把我引导到我哥哥住的房中,告给我哥哥已出门,过三点钟方能回来。在这三点钟之内,他在我很惊讶盘问之下,却告给了我他的全部历史。原来八岁时他就因为用石块砸死了人逃出家乡,做过玩龙头宝的助手,做过土匪,做过采茶人,当过兵。到上海发生了那件事情后,这六年中又是从一想象不到的生活里,转到我军官兄弟手边来作一名"副爷"。

见到哥哥时,我第一句话说的是"家中虎雏真是个了不起的人物",我哥哥却回答得妙:"了不起的人吗?这里比他了不起的人多着哪。"

到了晚上,我哥哥说的话,便被我所见到的几个青年军官证实了。

一九三四年一月十八日作

【阅读提示】

本文是《湘行散记》中的一篇,描绘坐船经历由桃源到沅陵一段水路的风物和心境。重点阅读从"我坐到后舱日光下,向着河流清算我对于这条河水这个地方的一切旧帐"到"我有点担心,地方一切虽没有什么变动,我或者变得太多了一点"。你如何理解这里所谓"一套用文字写成"的历史与河流上的人"千年不变无可记载"的历史?

【扩展性阅读书(篇)目】

读《湘行散记》与《湘西》全书,或选读《鸭窠围的夜》《箱子岩》《一个多情水手与一个多情妇人》《一个爱惜鼻子的朋友》等篇。

【参考书(篇)目】
《沈从文名作欣赏》,中国和平出版社1993年版。

烛虚（节选）

沈从文

五

说他人不如说自己，记人事不如记心情，试从《三星在户》杂记中摘抄若干则。作烛虚五。

书本给我的启示极多，我欢喜《新约·哥林多书》记的一段：

> 我认得一个在基督里的人，……我认得这人，或在身内，或在身外，我都不知道，只有神知道。他被提到乐园里，听见隐秘的言语，是人不可说的。为这人，我要夸口。但是我为自己，除了我的软弱以外，我并不夸口。

——《哥林多书》十二章四〇四页

办事处小楼上隔壁住了个木匠，终日锤子凿子，敲敲打打，声音不息。可是真正吵闹到我不能构思，不能休息的，似乎还是些无形的事物，一片颜色，一闪光，在回想中盘旋的一点笑和怨，支吾与矜持，过去与未来。

为了这一切，上帝知道我应当怎么办。

我需要清静，到一个绝对孤独环境里去消化消化生命中具体与抽象。最好去处是到个庙宇前小河旁边大石头上坐坐，这石头是被阳光和雨露漂白磨光了的。雨季来时上面长了些绿绒似的苔类。雨季一过，苔已干枯了，在一片未干枯苔上正开着小小蓝花白花，有细脚蜘蛛在旁边爬。河水从石罅间潋流，水中石子蚌壳都分分明明。石头旁长了一株大树，枝干苍青，叶已脱尽。我需要在这种地方，一个月或一天。我必须同外物完全隔绝，方能同"自己"重新接近。

黄昏时闻湖边人家竹园里有画眉鸣啭，使我感觉悲哀。因为这些声音对于我实在极熟习，又似乎完全陌生。二十年前这种声音常常把我灵魂带向高楼大厦灯火辉煌的城市里,事实上那时节我却是个小流氓,正坐在沅水支流一条小河边大石头上,面对一派清波做白日梦。如今居然已生活在二十年前的梦境里,而且感到厌倦了,我却明白了自己,始终还是个乡下人。但与乡村已离得很远很远了。

二十八年五月五日

我发现在城市中活下来的我,生命俨然只淘剩一个空壳。正如一个荒凉的原野,一切在社会上具有商业价值的知识种子,或道德意义的观念种子,都不能生根发芽。个人的努力或他人的关心,都无结果。试仔细加以注意,这原野可发现一片水塘泽地,一些瘦小芦苇,一株半枯怪柳,一个死兽的骸骨,一只干田鼠。泽地角隅尚开着一丛丛小小白花紫花(报春花),原野中惟一的春天。生命已被"时间""人事"剥蚀快尽了。天空中鸟也不再在这原野上飞过投个影子。生存俨然只是烦琐继续烦琐,什么都无意义。

百年后也许会有一个好事者,从我这个记载加以检举,判案似的说道:"这个人在若干年前已充分表示厌世精神。"要那么说,就尽管说好了,这于我是不相干的。

事实上我并不厌世。人生实在是一本大书,内容复杂,分量沉重,值得翻到个人所能翻看到的最后一页,而且必需慢慢的翻。我只是翻得太快,看了些不许看的事迹。我得稍稍休息,缓一口气!我过于爱有生一切。爱与死为邻,我因此常常想到死。在有生中我发现了"美",那本身形与线即代表一种最高的德性,使人乐于受它的统治,受它的处置。人的智慧无不由此影响而来。典雅词令与华美文学,与之相比都见得黯然无光,如细碎星点在朗月照耀下同样黯然无光。它或者是一个人,一件物,一种抽象符号的结集排比,令人都只想低首表示虔敬。阿拉伯人在沙漠中用嘴唇触地,表示皈依真主,情绪和这种情形正复相同,意思是如此一来,虽不曾接近上帝真主,至少已接近上帝造物。

这种美或由上帝造物之手所产生,一片铜,一块石头,一把线,一组声音,其物虽小,可以见世界之大,并见世界之全。或即"造物",最直接最简便那个"人"。流星闪电刹那即逝,即从此显示一种美丽的圣境,人亦相同。一微笑,一皱眉,无不同样可以显出那种圣境。一个人的手足眉发在此一闪即逝缥缈的印象中,即无不可以见出造物者之手艺无比精巧。凡知道用各种感觉捕捉住这种美丽神奇光影的,此光影在生命中即终生不灭。但丁、歌德、曹植、李煜,便是将这种光影用文字组成形式,保留的比较完整的几个人。这些人写成的作品虽各不相同,所得启示必中外古今如一,即一刹那间被美丽所照耀,所征服,所教育是也。

"如中毒,如受电,当之者必暗哑萎悴,动弹不得,失其所信所守。"美之所以为美,恰恰如此。

我好单独,或许正希望从单独中接近印象里未消失那一点美。温习过去,即依然能令人神智清明,灵魂放光,恢复情感中业已失去甚久之哀乐弹性。

五月十日

宇宙实在是个极复杂的东西,大如太空列宿,小至虮蜉蝼蚁,一切分裂与分解,一切繁殖与死亡,一切活动与变易,俨然都各有秩序,照固定计划向一个目的进行。然而这种目的,却尚在活人思索观念边际以外,难于说明。人心复杂,似有过之无不及。然而目的却显然明白,即求生命永生。永生意义,或为生命分裂而成子嗣延续,或凭不同材料产生文学艺术。也有人仅仅从抽象产生一种境界,在这种境界中陶醉,于是得到永生快乐的。

我不懂音乐,倒常常想用音乐表现这种境界。正因为这种境界,似乎用文字颜色以及一切坚硬的物质器材通通不易保存(本身极不具体,当然不能用具体之物保存)。如知和声作曲,必可制成若干动人乐章。

表现一抽象美丽印象,文字不如绘画,绘画不如数学,数学似乎又不如音乐。因为大部分所谓"印象动人",多近于从具体事实感官经验而得到。这印象用文字保存,虽困难尚不十分困难。但由幻想而来的形式流动不居的美,就只有音乐,或宏壮,或柔静,同样在抽象形式中流动,方可望能将它好好保存并重现。

试举一例。仿佛某时、某地、某人,微风拂面,山花照眼,河水浑浊而有生气,漂浮着菜叶。有小小青蛙在河畔草丛间跳跃,远处母黄牛在豆田阡陌间长声唤子。上游或下游不知何处有造船人斧斤声,遥度山谷而至。河边有紫花、红花、白花、蓝花,每一种花每一种颜色都包含一种动人的回忆和美丽联想。试摘蓝花一束,抛向河中,让它与菜叶一同逐流而去,再追索这花色香的历史,则长发、清眸、粉脸、素足,都一一于印象中显现。似陌生、似熟习,本来各自分散,不相粘附,这时节忽拼合成一完整形体,美目含睇,手足微动,如闻清歌,似有爱怨。……稍过一时,一切已消失无余,只觉一白鸽在虚空飞翔,在不占据他人视线与其它物质的心的虚空中飞翔。一片白光荡摇不定。无声、无香,只一片白。《法华经》虽有对于这种情绪极美丽形容,尚令人感觉文字大不济事,难于捕捉这种境界。……又稍过一时,明窗绿树,已成陈迹。惟窗前尚有小小红花在印象中鲜艳夺目,如焚如烧。这颗心也同样如焚如烧。……唉,上帝。生命之火燃了又熄了,一点蓝焰,一堆灰。谁看到?谁明白?谁相信?

我说的是什么?凡能著于文字的事事物物,不过一个人的幻想之糟粕而已。

天气阴雨,对街瓦沟一片苔,因雨而绿,逼近眼边。心之所注,亦如在虚幻中因雨而绿,且开花似碎锦,一片芬芳,温静美好,不可用言语形容。白日既去,黄昏随来,夜已深静,我尚依然坐在桌边,不知何事必需如此有意挫折自己肉体,求得另外一种解脱。解脱不得,自然困缚转加。直到四点,闻鸡叫声,方把灯一扭熄,眼已润湿。看看窗间横格已有微白。如闻一极熟习语音,带着自得其乐的神气说:"荷叶田田,露似银珠。"不知何意。但声音十分柔美,因此又如有秀腰白齿,往来于一巨大梧桐树下。桐荚如小船,缀有梧子。思接手牵引,既不可及。忽尔一笑,翻成愁苦。

凡此种种,如由莫扎特用音符排组,自然即可望在人间成一惊心动魄伏神荡志乐曲。目前我手中所有,不过一支破笔,一堆附有各种历史上的霉斑与俗气意义文字而已。用这种文字写出来时,自然好象不免有些陈腐,有些颓废,有些不可解。

上帝吝于人者甚多。人若明白这一点,必求其自取自用。求自取自用,以"人"教育"我"是唯一方法。教育"我"的事照例于"人"无损,扩大自我,不过更明白"人"而已。

天之予人经验,厚薄多方,不可一例。耳目口鼻虽同具一种外形,一种同样能感受吸收外物外事本性,可是生命的深度,人与人实在相去悬远。读万卷书,行万里路,自然有浩浩然雍雍然书卷气和豪爽气。然而识万种人,明白万种人事,从其中求同识差,有此一分知识,似乎也不是坏事。知人方足以论世。知人在大千世界中,虽只占一个极平常地位,而且个体生命又甚短促,然而手脑并用,工具与观念堆积日多,人类因之就日有进步,日趋复杂,直到如今情形。所谓知人,并非认识其复杂,只是归纳万汇,把人认为一单纯不过之"生物"而已。极少人能违反生物原则,换言之,便是极少人能避免自然所派定义务,"爱"与"死"。人既必死,即应在生存时知所以生。故孔子说,未知生,焉知死?多数人以为能好好吃喝,生儿育女,即所谓知生。然而尚应当有少数人,知生存意义,不仅仅是吃喝了事!爱就是生的一种方式,知道爱的也并不多。

我实需要"静",用它来培养"知",启发"慧",悟彻"爱"和"怨"等等文字相对的意义。到明白较多后,再用它来重新给"人"好好作一度诠释,超越世俗爱憎哀乐的方式,探索"人"的灵魂深处或意识边际,发现"人",说明"爱"与"死"可能具有若干新的形式。这工作必然可将那个"我"扩大,占有更大的空间,或更长久的时间。

可是目前问题呢,我仿佛正在从各种努力上将自己生命缩小,似乎必如此方能发现自己,得到自己,认识自己。"吾丧我",我恰如在找寻中。生命或灵魂,都已破破碎碎,得重新用一种带胶性观念把它粘合起来,或用别一种人格的光和热照耀烘炙,方能有一个新生的我。

可是,这个我的存在,还为的是反照人。正因为一个人的青春是需要装饰的,如不能用智慧来装饰,就用愚骁也无妨。

八月三日

【阅读提示】

《烛虚·五》表现了40年代后期沈从文创作所追求的"抽象的抒情"的创作特点。在作品的表层,是一种近乎"失语"的寻求表达的焦虑。对于孤独的心境、瞬间的意境、某一难以追忆的情境的描绘,都是片段性的,破碎而难以整合的。这是作者试图从极具体的形、色、声、影的体验到达极抽象的关于"宇宙""神""人""美"的体验之间的巨大张力造成的。这种关于"不能表达"的终极体验的表达,即是"抽象的抒情"的主要特征。反复阅读作品,体验这种张力所具有的现代美学内涵。

【扩展性阅读书(篇)目】

沈从文散文《烛虚》《潜渊》《生命》及小说《看虹录》。

【参考书(篇)目】

赵学勇:《探寻隐去的神性之径》,汪晖:《至道之极,昏昏默默》,汪晖:《寒冰在近,孤寂无边》,收《沈从文名作欣赏》,中国和平出版社1993年版。

更衣记

张爱玲

如果当初世代相传的衣服没有大批卖给收旧货的,一年一度六月里晒衣裳,该是一件辉煌热闹的事罢。你在竹竿与竹竿之间走过,两边拦着绫罗绸缎的墙——那是埋在地底下的古代宫室里发掘出来的甬道。你把额角贴在织金的花绣上。太阳在这边的时候,将金线晒得滚烫,然而现在已经冷了。

从前的人吃力地过了一辈子,所作所为,渐渐蒙上了灰尘;子孙晾衣裳的时候又把灰尘给抖了下来,在黄色的太阳里飞舞着。回忆这东西若是有气味的话,那就是樟脑的香,甜而稳妥,像记得分明的快乐,甜而怅惘,像忘却了的忧愁。

我们不大能够想象过去的世界,这么迂缓,安静,齐整——在满清三百年的统治下,女人竟没有什么时装可言!一代又一代的人穿着同样的衣服而不觉得厌烦。开国的时候,因为"男降女不降",女子的服装还保留着显著的明代遗风。从十七世纪中叶直到十九世纪末,流行着极度宽大的衫裤,有一种四平八稳的沉着气象。领圈很低,有等于无。穿在外面的是"大袄"。在非正式的场合,宽了衣,便露出"中袄"。"中袄"里面有紧窄合身的"小袄",上床也不脱去,多半是娇媚的桃红或水红。三件袄子之上又加着"云肩背心",黑缎宽镶,盘着大云头。

削肩,细腰,平胸,薄而小的标准美女在这一层层衣衫的重压下失踪了。她的本身是不存在的,不过是一个衣架子罢了。中国人不赞成太触目的女人。历史上记载的耸人听闻的美德——譬如说,一只胳膊被陌生男子拉了一把,便将它砍掉——虽然博得普通的赞叹,知识阶级对之总隐隐地觉得有点遗憾,因为一个女人不该吸引过度的注意;任是铁铮铮的名字,挂在千万人的嘴唇上,也在呼吸的水蒸气里生了锈。女人要想出众一点,连这样堂而皇之的途径都有人反对,何况奇装异服,自然那更是伤风败俗了。

出门时裤子上罩的裙子,其规律化更为澈底。通常都是黑色,逢着喜庆年节,太太穿红的,姨太太穿粉红。寡妇系黑裙,可是丈夫过世多年之后,如有公婆在堂,她可以穿湖色或雪青。裙上的细褶是女人的仪态最严格的试验。家教好的姑娘,莲步珊珊,百褶裙虽不至于纹丝不动,也只限于最轻微的摇颤。不惯穿裙的小家碧玉走起路来便予人以惊风骇浪的印象。更为苛刻的是新娘的红裙,裙腰垂下一条条半寸来宽的飘带,带端系着铃。行动时只许有一点隐约的叮当,像远山上宝塔上的风铃。晚至一九二〇年左右,比较潇洒自由的宽褶裙入时了,这一类的裙子方才完全废除。

穿皮子,更是禁不起一些出入,便被目为暴发户。皮衣有一定的季节,分门别类,至为详尽。十月里若是冷得出奇,穿三层皮是可以的,至于穿什么皮,那却要顾到季节而不能顾到天气了。初冬穿"小毛",如青种羊、紫羔、珠羔;然后穿"中毛",如银鼠、灰鼠、灰脊、狐腿、甘肩、倭刀;隆冬穿"大毛",——白狐、青狐、西狐、玄狐、紫貂。"有功名"的人方能穿貂。中下等阶级的人以前比现在富裕得多,大都有一件金银嵌或羊皮袍子。

姑娘们的"昭君套"为阴森的冬月添上点色彩。根据历代的图画,昭君出塞所戴的风兜是爱斯基摩氏的,简单大方,好莱坞明星仿制者颇多。中国十九世纪的"昭君套"却是颠狂冶艳的,——一顶瓜皮帽,帽沿围上一圈皮,帽顶缀着极大的红绒球,脑后垂着两根粉红缎带,带端缀着一对金印,动辄相击作声。

对于细节的过分的注意,为这一时期的服装的要点。现代西方的时装,不必要的点缀品未尝不花样多端,但是都有个目的——把眼睛的蓝色发扬光大起来,补助不发达的胸部,使人看上去高些或矮些,集中注意力在腰肢上,消灭臀部过度的曲线⋯⋯古中国衣衫上的点缀品却是完全无意义的,若说它是纯粹装饰性质的罢,为什么连鞋底上也满布着繁缛的图案呢?鞋的本身就很少在人前漏脸的机会,别说鞋底了,高底的边缘也充塞着密密的花纹。

袄子有"三镶三滚","五镶五滚","七镶七滚"之别,镶滚之外,下摆与大襟上还闪烁着水钻盘的梅花、菊花。袖上另钉着名唤"阑干"的丝质花边,宽约七寸,挖空镂出福寿字样。

这里聚集了无数小小的有趣之点,这样不停地另生枝节,放恣,不讲理,在不相干的事物上浪费了精力,正是中国有闲阶级一贯的态度。惟有世上最清闲的国家里最闲的人,方才能够领略到这些细节的妙处。制造一百种相仿而不犯重的图案,固然需要艺术与时间;欣赏它,也同样地烦难。

古中国的时装设计家似乎不知道,一个女人到底不是大观园。太多的堆砌使兴趣不能集中。我们的时装的历史,一言以蔽之,就是这些点缀品的逐渐减去。

当然事情不是这么简单。还有腰身大小的交替盈蚀。第一个严重的变化发生在光绪三十二年。铁路已经不这么稀罕了，火车开始在中国人的生活里占一重要位置。诸大商港的时新款式迅速地传入内地。衣裤渐渐缩小，"阑干"与阔滚条过了时，单剩下一条极窄的。扁的是"韭菜边"，圆的是"灯果边"，又称"线香滚"。在政治动乱与社会不靖的时期——譬如欧洲的文艺复兴时代——时髦的衣服永远是紧匝在身上，轻捷俐落，容许剧烈的活动。在十五世纪的意大利，因为衣裤过于紧小，肘弯膝盖，筋骨接笋处非得开缝不可。中国衣服在革命酝酿期间差一点就胀裂开来了。"小皇帝"登基的时候，袄子套在人身上像刀鞘。中国女人的紧身背心的功用实在奇妙——衣服再紧些，衣服底下的肉体也还不是写实派的作风，看上去不大像个女人而像一缕诗魂。长袄的直线延至膝盖为止，下面虚飘飘垂下两条窄窄的裤管，似脚非脚的金莲抱歉地轻轻踏在地上。铅笔一般瘦的裤脚妙在给人一种伶仃无告的感觉。在中国诗里，"可怜"是"可爱"的代名词。男子向有保护异性的嗜好，而在青黄不接的过渡时代，颠连困苦的生活情形更激动了这种倾向。宽袍大袖的，端凝的妇女现在发现太福相了是不行的，做个薄命的人反倒于她们有利。

那又是一个各趋极端的时代。政治与家庭制度的缺点突然被揭穿。年轻的知识阶级仇视着传统的一切，甚至于中国的一切。保守性的方面也因为惊恐的缘故而增强了压力。神经质的论争无日不进行着，在家庭里，在报纸上，在娱乐场所。连涂脂抹粉的文明戏演员，姨太太们的理想恋人，也在戏台上向他的未婚妻借题发挥，讨论时事，声泪俱下。

一向心平气和的古国从来没有如此骚动过。在那歇斯底里的气氛里，"元宝领"这东西产生了——高得与鼻尖平行的硬领，像缅甸的一层层叠至尺来高的金属项圈一般，逼迫女人们伸长了脖子。这吓人的衣领与下面的一捻柳腰完全不相称。头重脚轻，无均衡的性质正象征了那个时代。

民国初建立，有一时期似乎各方面都有浮面的清明气象。大家都认真相信卢骚的理想化的人权主义。学生们热诚拥护投票制度，非孝，自由恋爱。甚至于纯粹的精神恋爱也有人实验过，但似乎不曾成功。

时装上也显出空前的天真，轻快，愉悦。"喇叭管袖子"飘飘欲仙，露出一大截玉腕。短袄腰部极为紧小。上层阶级的女人出门系裙，在家里只穿一条齐膝的短裤，丝袜也只到膝为止，裤与袜的交界处偶然也大胆地暴露了膝盖。存心不良的女人往往从袄底垂下挑拨性的长而宽的淡色丝质裤带，带端飘着排穗。

民国初年的时装，大部分的灵感是得自西方的。衣领减低了不算，甚至被蠲免了的时候也有。领口挖成圆形，方形，鸡心形，金刚钻形。白色丝质围巾四季都能用。白丝袜脚跟上的黑绣花，像虫的行列，蠕蠕爬到腿肚子上。交际花与妓女常常有戴平光眼镜以为美的。舶来品不分皂白地被接受，可见一斑。

军阀来来去去，马蹄后飞沙走石，跟着他们自己的官员，政府，法律，跌跌绊绊赶上去的时装，也同样地千变万化。短袄的下摆忽而圆，忽而尖，忽而六角形。女人的衣服往常是和珠宝一般，没有年纪的，随时可以变卖，然而在民国的当铺里不复受欢迎了，因为过了时就一文不值。

时装的日新月异并不一定表现活泼的精神与新颖的思想。恰巧相反。它可以代表呆滞；由于其他活动范围内的失败，所有的创造力都流入衣服的区域里去。在政治混乱期间，人们没有能力改良他们的生活情形。他们只能创造他们贴身的环境——那就是衣服。我们各人住在各人的衣服里。

一九二一年，女人穿上了长袍。发源于满洲的旗装自从旗人入关之后一直与中土的服装并行着的，各不相犯，旗下的妇女嫌她们的旗袍缺乏女性美，也想改穿较妩媚的袄裤，然而皇帝下诏，严厉禁止了。五族共和之后，全国妇女突然一致采用旗袍，倒不是为了效忠于满清，提倡复辟运动，而是因为女子蓄意要模仿男子。在中国，自古以来女人的代名词是"三绺梳头，两截穿衣。"一截穿衣与两截穿衣是很细微的区别，似乎没有什么不公平之处，可是一九二〇年的女人很容易地就多了心。她们初受西方文化的薰陶，醉心于男女平权之说，可是四周的实际情形与理想相差太远了，羞愤之下，她们排斥女性化的一切，恨不得将女人的根性斩尽杀绝。因此初兴的旗袍是严冷方正的，具有清教徒的风格。

政治上，对内对外陆续发生的不幸事件使民众灰了心。青年人的理想总有支持不了的一天。时装开始紧缩。喇叭管袖子收小了。一九三〇年，袖长及肘，衣领又高了起来。往年的元宝领的优点在它的适宜的角度，斜斜地切过两腮，不是瓜子脸也变了瓜子脸，这一次的高领却是圆筒式的，紧抵着下颔，肌肉尚未松弛的姑娘们也生了双下巴。这种衣领根本不可恕。可是它象征了十年前那种理智化的淫逸的空气——直挺挺的衣领远远隔开了女神似的头与下面的丰柔的肉身。这儿有讽刺，有绝望后的狂笑。

当时欧美流行着的双排钮扣的军人式的外套正和中国人凄厉的心情一拍即合。然而恪守中庸之道的中国女人在那雄赳赳的大衣底下穿着拂地的丝绒长袍,袍叉开到大腿上,露出同样质料的长裤子,裤脚上闪着银色花边。衣服的主人翁也是这样的奇异的配搭,表面上无不激烈地唱高调,骨子里还是唯物主义者。

近年来最重要的变化是衣袖的废除。(那似乎是极其艰难危险的工作,小心翼翼地,费了二十年的工夫方才完全剪去。)同时衣领矮了,袍身短了,装饰性质的镶滚也免了,改用盘花钮扣来代替,不久连钮扣也被捐弃了,改用揿钮。总之,这笔账完全是减法——所有的点缀品,无论有用没用,一概剔去。剩下的只有一件紧身背心,露出颈项、两臂与小腿。

现在要紧的是人,旗袍的作用不外乎烘云托月忠实地将人体轮廓曲曲勾出。革命前的装束却反之,人属次要,单只注重诗意的线条,于是女人的体格公式化,不脱衣服,不知道她与她有什么不同。

我们的时装不是一种有计划有组织的实业,不比在巴黎,几个规模宏大的时装公司如 Lelong's Schiaparellis,垄断一切,影响及整个白种人的世界。我们的裁缝却是没主张的。公众的幻想往往不谋而合,产生一种不可思议的洪流。裁缝只有追随的份儿。因为这缘故,中国的时装更可以作民意的代表。

究竟谁是时装的首创者,很难证明,因为中国人素不尊重版权,而且作者也不甚介意,既然抄袭是最隆重的赞美。最近入时的半长不短的袖子,又称"四分之三袖",上海人便说是香港发起的,而香港人又说是上海传来的,互相推诿,不敢负责。

一双袖子翩翩归来,预兆形式主义的复兴。最新的发展是向传统的一方面走,细节虽不能恢复,轮廓却可尽量引用,用得活泛,一样能够适应现代环境的需要。旗袍的大襟采取围裙式,就是个好例子,很有点"三日入厨下"的风情,耐人寻味。

男装的近代史较为平淡。只有一个极短的时期,民国四年至八九年,男人的衣服也讲究花哨,滚上多道的如意头,而且男女的衣料可以通用,然而生当其时的人都认为那是天下大乱的怪现状之一。目前中国人的西装,固然是谨严而黯淡,遵守西洋绅士的成规,即使中装也长年地在灰色、咖啡色、深青里面打滚,质地与图案也极单调。男子的生活比女子自由得多,然而单凭这一件不自由,我就不愿意做一个男子。

衣服似乎是不足挂齿的小事。刘备说过这样的话:"兄弟如手足,妻子如衣服。"可是如果女人能够做到"丈夫如衣服"的地步,就很不容易。有个西方作家(是萧伯纳么?)曾经抱怨过,多数女人选择丈夫远不及选择帽子一般的聚精会神,慎重考虑。再没有心肝的女子说起她"去年那件织锦缎夹袍"的时候,也是一往情深的。

直到十八世纪为止,中外的男子尚有穿红着绿的权利。男子服色的限制是现代文明的特征。不论这在心理上有没有不健康的影响,至少这是不必要的压抑。文明社会的集团生活里,必要的压抑有许多种,似乎小节上应当放纵些,作为补偿。有这么一种议论,说男性如果对于衣着感到兴趣些,也许他们会安分一点,不至于千方百计争取社会的注意与赞美,为了造就一己之声望,不惜祸国殃民。若说只消将男人打扮得花红柳绿的,天下就太平了,那当然是笑话。大红蟒衣里面戴着绣花肚兜的官员,照样会淆乱朝纲。但是预言家威尔斯的合理化的乌托邦里面的男女公民一律穿着最鲜艳的薄膜质的衣裤,斗蓬,这倒也值得做我们参考的资料。

因为习惯上的关系,男子打扮得略略不中程式,的确看着不顺眼,中装上加大衣,就是一个例子,不如另加上一件棉袍或皮袍来得妥当,便臃肿些也不妨。有一次我在电车上看见一个年轻人,也许是学生,也许是店伙,用米色绿方格的兔子呢制了太紧的袍,脚上穿着女式红绿条纹短袜,嘴里衔着别致的描花假象牙烟斗,烟斗里并没有烟。他吮了一会,拿下来把它一截截拆开了,又装上去,再送到嘴里吮,面上颇有得色。乍看觉得可笑,然而为什么不呢,如果他喜欢?……秋凉的薄暮,小菜场上收了摊子,满地的鱼腥和青白色的芦粟的皮与渣。一个小孩骑了自行车冲过来,卖弄本领,大叫一声,放松了扶手,摇摆着,轻情地掠过。在这一刹那,满街的人都充满了不可理喻的景仰之心。人生最可爱的当儿便在那一撒手罢?

【阅读提示】

1. 这是一篇相当独特的散文,以六千字左右的篇幅写出了服装的"近代史"。它把清代以来服饰的变迁娓娓道来,但并不拘泥于对于服饰本身的琐屑描述,而是从不同时期的服饰特点写出当时的文化氛围和社会心理。由这篇文章我们可以很好地理解张爱玲特有的洞察世事的机智。注意文章如何评述清代、民国各个时期的女装,并比较在评述女装和男装时的差别。

2. 文章的另一特色是在取喻和用词上的灵动和准确,如"极其宽大的衣裤,有一种四平八稳的沉着气象""更为苛刻的是新娘的红裙……行动时只许有一点隐约的叮当,像远山上宝塔上的风铃""一双袖子翩翩归来,预兆形式主义的复兴"等。注意细心体味。

3. 文章通篇都在讲服饰的流行与共同的社会文化之间的关联,但又把衣服说成是每个人"贴身的环境","我们各人住在各人的衣服里"。注意联系结尾的"人生最可爱的当儿便在那一撒手罢",来理解张爱玲对于服饰、对于人生的态度。

【扩展性阅读书(篇)目】

张爱玲的散文《天才梦》《公寓生活记趣》《中国的日夜》。

十年一梦

巴 金

我十几岁的时候,读过一部林琴南翻译的英国小说,可能就是《十字军英雄记》吧,书中有一句话,我一直忘记不了:"奴在身者,其人可怜;奴在心者,其人可鄙。"话是一位公主向一个武士说的,当时是出于误会,武士也并不是真的奴隶,无论在身或者在心。最后好象是"有情人终成眷属"。

使我感到兴趣的并不是这个结局。但是我也万想不到小说中一句话竟然成了十年浩劫中我自己的写照。经过那十年的磨炼,我才懂得"奴隶"这个字眼的意义。在悔恨难堪的时候,我常常想起那一句名言,我用它来跟我当时的处境对照,我看自己比任何时候更清楚。奴隶,过去我总以为自己同这个字眼毫不相干,可是我明明做了十年的奴隶!这十年的奴隶生活也是十分复杂的。我们写小说的人爱说,有生活跟没有生活大不相同,这倒是真话。从前我对"奴在身者"和"奴在心者"这两个词组的理解始终停留在字面上。例如我写《家》的时候,写老黄妈对觉慧谈话,祷告死去的太太保佑这位少爷,我心想这大概就是"奴在心者";又如我写鸣凤跟觉慧谈话,觉慧说要同她结婚,鸣凤说不行,太太不会答应,她愿做丫头伺候他一辈子。我想这也就是"奴在心者"吧。在"文革"期间我受批斗的时候,我的罪名之一就是"歪曲了劳动人民的形象"。有人举出了老黄妈和鸣凤为例,说她们应当站起来造反,我却把她们写成向"阶级敌人"低头效忠的奴隶。过去我也常常翻阅、修改自己的作品,对鸣凤和黄妈这两个人物的描写不曾看出什么大的问题,忽然听到这样的批判,觉得问题很严重,而且当时只是往牛角尖里钻,完全跟着"造反派"的逻辑绕圈子。我想,我是在官僚地主的家庭里长大的,受到旧社会、旧家庭各式各样的教育,接触了那么多的旧社会、旧家庭的人,因此我很有可能用封建地主的眼光去看人看事。越想越觉得"造反派"有理,越想越觉得自己有罪。说我是地主阶级的"孝子贤孙",我承认;说我写《激流》是在为地主阶级树碑立传,我也承认;一九七〇年我们在农村"三秋"劳动,我给揪到田头,同当地地主一起挨斗,我也低头认罪,我想我一直到二十三岁都是靠老家养活,吃饭的钱都是农民的血汗,挨批挨斗有什么不可以！但是一九七〇年的我和一九六七、六八年的我已经不相同了。六六年九月以后在"造反派"的"引导"和威胁之下（或者说用鞭子引导之下），我完全用别人的脑子思考，别人大吼"打倒巴金"！我也高举右手响应。这个举动我现在回想起来，觉得不大好理解。但当时我并不是做假，我真心表示自己愿意让人彻底打倒，以便从头做起，重新做人。我还有通过吃苦完成自我改造的决心。我甚至因为"造反派"不"谅解"我这番用心而感到苦恼。我暗暗对自己说："他们不相信你，不要紧，你必须经得住考验"。每次批斗之后，"造反派"照例要我写《思想汇报》，我当时身心十分疲倦，很想休息。但听说要马上交卷，我就打起精神，认真汇报自己的思想，总是承认批判的发言打中了我的要害，批斗真是为了挽救我，"造反派"是我的救星。那一段时期，我就是只按照"造反派"经常高呼的口号和反复宣传的"真理"思考的。我再也没有自己的思想。倘使追问下去，我只能回答说：只求给我一条生路。六九年后我渐渐地发现"造反派"要我相信的"真理"他们自己并不相信，他们口里所讲的并不是他们心里所想的。最奇怪的是六九年五月二十三日学习毛主席的《讲话》我写了"思想汇报"。我们那个班组的头头大加表扬，把《汇报》挂出来，加上按语说我有认罪服罪、向人民靠拢的诚意。但是过两三天上面讲了什么话，他们又把我揪出来批斗，说我假意认罪、骗取同情。谁真谁假，我开始明白了。我仍然按时写《思想汇报》，引用"最高指示"痛骂自己，但是自己的思想暗暗地、慢慢地在进行大转弯。我又有了新的发现：我就是"奴在心者"，而且是死心塌地的精神奴隶。

这个发现使我十分难过！我的心在挣扎，我感觉到奴隶哲学象铁链似地紧紧捆住我全身，我不是我自己。

没有自己的思想，不用自己的脑子思考，别人举手我也举手，别人讲什么我也讲什么，而且做得高高兴兴，——这不是"奴在心者"吗？这和小说里的黄妈不同，和鸣凤不同，她们即使觉悟不"高"，但她们有自己的是非观念，黄妈不愿意"住浑水"，鸣凤不肯做冯乐山的小老婆。她们还不是"奴在心者"。固然她们相信"命"，相信"天"，但是她们并不低头屈服，并不按照高老太爷的逻辑思考。她们相信命运，她们又反抗命运。她们绝不象一九六七、六八年的我。那个时候我没有反抗的思想，一点也没有。

我没有提一九六六年。我是六六年八月进"牛棚"，九月十日被抄家的，在那些夜晚我都是服了眠尔通才能睡几小时。那几个月里我受了多大的折磨，听见捶门声就浑身发抖。但是我一直抱着希望：不会这样对待我吧,对我会从宽吧;这样对我威胁只是一种形式吧。我常常暗暗地问自己:"这是真的吗?"我拼命拖住快要完全失去的希望,我不能不这样想:虽然我"有罪",但几十年的工作中多少总有一点成绩吧。接着来的是十二月。这可怕的十二月!它对于我是沉重的当头一击,它对于萧珊的病和死亡也起了促进的作用。红卫兵一批一批接连跑到我家里,起初翻墙入内,后来是大摇大摆地敲门进来,凡是不曾贴上封条的东西,他们随意取用。晚上来,白天也来。夜深了,我疲劳不堪,还得低声下气,哀求他们早些离开,不说萧珊挨过他们的铜头皮带!这种时候,这种情况,我还能有什么希望呢?从此我断了念,来一个急转弯,死心塌地做起"奴隶"来。从一九六七年起我的精神面貌完全不同了。我把自己心灵上过去积累起来的东西丢得一干二净。我张开胸膛无条件地接收"造反派"的一切"指示"。我自己后来分析说,我入了迷,中了催眠术。其实我还挖得不深。在那两年中间我虔诚地膜拜神明的时候,我的耳边时时都有一种仁慈的声音:你信神你一家人就有救了。原来我脑子里始终保留着活命哲学。就是在入迷的时候,我还受到活命思想的指导。在一九六九年以后我常常想到黄妈,拿她同我自己比较。她是一个真实的人,姓袁,我们叫她"袁袁",我和三哥离开成都前几年中间都是她照料我们。她喜欢我们,我们出川后不久,她就辞工回家,但常常来探问我们的消息,始终关心我们。一九四一年年初我第一次回到成都,她已经死亡。我无法打听到她的坟在什么地方,其实我也不会到她墓前去感谢她的服务和关怀。只有在拿她比较的时候,我才知道我欠了她一笔多么深切的爱。她不是奴隶,更不是"奴在心者"。

我在去年写的一则"随想"中讲起那两年在"牛棚"里我跟王西彦同志的分歧。我当时认为自己有大罪,赎罪之法是认真改造,改造之法是对"造反派"的训话、勒令和决定句句照办。西彦不服,他经常跟监督组的人争论,他认为有些安排不合情理,是有意整人。我却认为磨炼越是痛苦,对我们的改造越有好处。今天看来我的想法实在可笑,我用"造反派"的训话思考,却得出了陀思妥耶夫斯基式的结论。对"造反派"来说,陀思妥耶夫斯基是"反动的"作家。可是他们用了各种方法、各种手段逼迫我、也引导我走上陀思妥耶夫斯基的路。这说明大家的思想都很混乱,谁也不正确。我说可笑,其实也很可悲。我自称为知识分子,也被人当做"知识分子"看待,批斗时甘心承认自己是"精神贵族",实际上我完全是一个"精神奴隶"。

到六九年,我看出一些"破绽"来了:把我们当作奴隶、在我们面前挥舞皮鞭的人其实是空无所有,他们并不知道自己的明天。有人也许奇怪我会有这样的想法，其实这也是容易理解的。我写了几十年的书嘛，总还有那么一点"知识"。我现在完全明白"四人帮"为什么那样仇恨"知识"了。哪怕只有那么一点"知识"，也会看出"我"的"破绽"来。何况是"知识分子"，何况还有文化！"你"有了对付"我"的武器，不行！非缴械不可。其实武器也可以用来为"你"服务嘛。不，不放心！"你"有了武器，"我"就不能安枕。必须把"你"的"知识"消除干净。

六七、六八年两年中间我多么愿意能够把自己那一点点"知识"挖空，挖得干干净净，就象扫除尘土那样。但是这怎么能办到呢？果然从一九六九年起，我那么一点点"知识"就作怪起来了。迷药的效力逐渐减弱。我自己的思想开始活动。除了"造反派""革命左派"，还有"工宣队""军代表"……他们特别爱讲话！他们的一言一行，我都看在眼里，听在耳里，记在心上。我的思想在变化，尽管变化很慢，但是在变化，内心在变化。这以后我也不再是"奴在心者"了，我开始感觉到做一个"奴在心者"是多么可鄙的事情。

在外表上我没有改变，我仍然低头沉默，"认罪服罪"。可是我无法再用别人的训话思考了。我忽然发现在我周围进行着一场大骗局。我吃惊，我痛苦，我不相信，我感到幻灭。我浪费了多少宝贵的时光啊！但是我更加小心谨慎，因为我害怕。当我向神明的使者虔诚跪拜的时候，我倒有信心。等到我看出了虚伪，我的恐怖增加了，爱说假话的人什么事都做得出来！无论如何我要保全自己。我不再相信通过苦行的自我改造了，在这种场合连陀思妥耶夫斯基的道路也救不了我。我渐渐地脱离了"奴在心者"的精神境界，又回到"奴在身者"了。换句话说，我不是服从"道理"，我只是屈服于权势，在武力之下低头，靠说假话过日子。同样是活命哲学，从前是：只求给我一条生路；如今是：我一定要活下去，看你们怎样收场！我又记起一九六六年我和萧珊用来互相鼓舞的那句话：坚持下去就是胜利。

萧珊逝世，我却看到了"四人帮"的灭亡。

编造假话，用假话骗人，也用假话骗了自己，而终于看到假话给人戳穿，受到全国人民的唾弃，这便是"四人帮"的下场。以"野蛮"征服"文明"、用"无知"战胜"知识"时代也跟着他们永远地去了。

一九六九年我开始抄录、背诵但丁的《神曲》，因为我怀疑"牛棚"就是"地狱"。这是我摆脱奴隶哲学的开端。没有向导，一个人在摸索，我咬紧牙关忍受一切折磨，不再是为了赎罪，却是想弄清是非。我一步一步艰难地走着，不怕三头怪兽，不怕黑色魔鬼，不怕蛇发女怪，不怕赤热沙地……我经受了几年的考验,拾回来"丢开"了的"希望"①,终于走出了"牛棚"。我不一定看清别人,但是我看清了自己。虽然我十分衰老,可是我还能用自己的思想思考。我还能说自己的话,写自己的文章。我不再是"奴在心者",也不再是"奴在身者"。我是我自己。我回到我自己身上了。

那动乱的十年,多么可怕的一场大梦啊!

六月中旬

【阅读提示】

《十年一梦》写于1981年,是巴金的散文集《随想录》第三卷《真话集》中的一篇。《随想录》的核心内容是对"文化大革命"所做的回顾和批判,《十年一梦》是反映这一主题思想的代表性作品。

1. 注意作品反省历史的方式。从解剖自己开始,正视个人在历史的非常时期的复杂体验。这其中的一个关键性的悖论是:作为人类理性和社会良知代表的"知识分子","文革"中怎么会成为"奴在心者"的"精神奴隶"?注意文章在面对这一悖论时,如何呈现自己的心灵痛苦和逐渐"觉醒"的精神历程。

2. 注意作品在反省历史时所采取的基本态度和立足点,即不是简单地把自己看做历史的"受害者",而是对社会负有责任的"文化英雄"。这一点决定了文章的写作动机、关注的主要内容以及行文风格。

3. 更深入的第三点,是文章中提到的"用'造反派'的训话思考,却得出了陀斯妥耶夫斯基的结论"这样一种知识分子独立思考的要求和"受难"意识之间的困境。对这一层次的思考,揭示出了"梦"之所以成立的内在逻辑,以及作者在反省历史时无法解脱的矛盾。

【扩展性阅读书(篇)目】

《随想录》全书。

【参考书(篇)目】

洪子诚:《作家的姿态与自我意识》第三章"忏悔意识",陕西人民出版社1991年版。

---

① 见《神曲·地狱篇》第三曲:"你们进来的人,丢开一切的希望吧。"

午门忆旧

汪曾祺

北京解放前夕,一九四八年夏天到一九四九年春天,我曾在午门的历史博物馆工作过一段时间。

午门是紫禁城总体建筑的一个重要的组成部分。这是故宫的正门,是真正的"宫门"。进了天安门、端门,这只是宫廷的"前奏",进了午门,才算是进了宫。有午门,没有午门,是不大一样的,没有午门,进天安门、端门,直接看到三大殿,就太敞了,好像一件衣裳没有领子。有午门当中一隔,后面是什么,都瞧不见,这才显得宫里神秘庄严,深不可测。

午门的建筑是很特别的。下面是一个凹形的城台。城台上正面是一座九间重檐庑殿顶的城楼;左右有重檐的方亭四座。城楼和这四座正方的亭子之间,有廊庑相连属,稳重而不笨拙,玲珑而不纤巧,极有气派,俗称为"五凤楼"。在旧戏里,五凤楼成了皇宫的代称。《草桥关》里姚期唱:"到来朝陪王在那五凤楼",《珠帘寨》里程敬思唱道:"为千岁懒登五凤楼",指的就是这里。实际上姚期和程敬思都是不会登上五凤楼的。楼不但大臣上不去,就是皇帝也很少上去。

午门有什么用呢?旧戏和评书里常有一句话:"推出午门斩首!"哪能呢!这是编戏编书的人想象出来的。午门的用处大概有这么三项:一是逢什么大典时,皇上登上城楼接见外国使节。曾见过一幅紫铜的版刻,刻的就是这一盛典。外国使节、满汉官员,分班肃立,极为隆重。是哪一位皇上,庆的是何节日,已经记不清了。其次是献俘。打了胜仗(一般都是镇压了少数民族),要把俘虏(当然不是俘虏的全部,只是代表性的人物)押解到京城来。献俘本来应该在太庙。《清会典·礼部》:"解送俘囚至京师,钦天监择日献俘于太庙社稷。"但据熟悉掌故的同志说,在午门。到时候皇上还要坐到城楼亲自过过目。究竟在哪里,余生也晚,未能亲历,只好存疑。第三,大概是午门最有历史意义,也最有戏剧性的故实,是在这里举行廷杖。廷杖,顾名思义,是在朝廷上受杖。不过把一位大臣按在太和殿上打屁股,也实在不大像样子,所以都在午门外举行。廷杖是对廷臣的酷刑。据朱国桢《涌幢小品》，廷杖始于唐玄宗时。但是盛行似在明代。原来不过是"意思意思"。《涌幢小品》说："成化以前，凡廷杖者不去衣，用厚棉底衣，毛毡迭帊，示辱而已。"穿了厚棉裤，又垫着几层毡子，打起来想必不会太疼。但就这样也够呛，挨打以后，要"卧床数日，而后得愈"。"正德初年，逆瑾（刘瑾）用事，恶廷臣，始去衣。"——那就说脱了裤子，露出屁股挨打了。"遂有杖死者。"掌刑的是"厂卫"。明朝宦官掌握的特务机关有东厂、西厂，后来又有中行厂。廷杖在午门外进行，抡杖的该是中行厂的锦衣卫。五凤楼下，血肉横飞，是何景象？

不知从什么时候起，五凤楼就很少有人上去。"马道"的门锁着。民国以后，在这里建立了历史博物馆。据历史博物馆的老工友说，建馆后，曾经修缮过一次，从城楼的天花板上扫出了一些烧鸡骨头、荔枝壳和桂元壳。他们说，这是"飞贼"留下来的。北京的"飞贼"做了案，就到五凤楼天花板上藏着，谁也找不着——那倒是，谁能搜到这样的地方呢？老工友们说，"飞贼"用一根麻绳，一头系一个大铁钩，一甩麻绳，把铁钩搭在城垛子上，三把两把，就"就"上来了。这种情形，他们谁也不会见过，但是言之凿凿。这种燕子李三式的人物引起老工友们美丽的向往，因为他们都已经老了，而且有的已经半身不遂。

"历史博物馆"名目很大，但是没有多少藏品，东边的马道里有两尊"将军炮"，是很大的铜炮，炮管有两丈多长。一尊叫做"武威将军炮"，另一尊叫什么将军炮，忘了，据说张勋复辟时曾起用过两尊将军炮，有的老工友说他还听到过军令："传武威将军炮！"传"××将军炮！"是谁传？张勋，还是张勋的对立面？说不清。马道拐角处有一架李大钊烈士就义的绞刑机。据说这架绞刑机是德国进口的，只用过一次。为什么要把这东西陈列在这里呢？我们在写说明卡片时，实在不知道如何下笔。

城楼（我们习惯叫做"正殿"）里保留了皇上的宝座。两边铁架子上挂着十多件袁世凯祭孔用的礼服，黑缎的面料，白领子，式样古怪，道袍不像道袍。这一套服装为什么陈列在这里，也莫名其妙。

四个方亭子陈列的都是没有多大价值，也不值什么钱的文物：不知道来历的墓志、烧瘫在"匣"里的钧窑瓷碗、清代的"黄册"（为征派赋役编造的户口册），殿试的卷子、大臣的奏折……西北角一间亭子里陈列的东西却有点特别，是多种刑具。有两把杀人用的鬼头刀，都只有一尺多长。我这才知道杀头不是用力把脑袋砍下来，而是用"巧劲"把脑袋"切"下来。最引人注意的是一套凌迟用的刀具，装在一个木匣里，有一二十把，大小不一。还有一把细长的锥子。据说受凌迟的人挨了很多刀,还不会死,最后要用这把锥子刺穿心脏,才会气绝。中国的剐刑搞得这样精细而科学,真是令人叹为观止。

整天和一些价值不大、不成系统的文物打交道,真正是"抱残守缺"。日子过得倒是蛮清闲的。白天检查检查仓库,更换更换说明卡片,翻翻资料,都是可做可不做的事情。下班后,到左掖门外筒子河边看看算卦的算卦,——河边有好几个卦摊;看人叉鱼,——叉鱼的沿河走,捏着鱼叉,欻地一叉下去,一条二尺来长的黑鱼就叉上来了。到了晚上,天安门、端门、左右掖门都关死了,我就到屋里看书。我住的宿舍在右掖门旁边,据说原是锦衣卫——就是执行廷杖的特务值宿的房子。四外无声,异常安静。我有时走出房门,站在午门前的石头坪场上,仰看满天星斗,觉得全世界都是凉的,就我这里一点是热的。

北平一解放,我就告别了午门,参加四野南下工作团南下了。从此就再也没有到午门去看过,不知道午门现在是什么样子。

有一件事可以记一记。解放前一天,我们正准备迎接解放。来了一个人,说:"你们赶紧收拾收拾,我们还要办事呢!"他是想在午门上登基。这人是个疯子。

【阅读提示】

汪曾祺的散文接近宋代的笔记,以闲谈的态度记录风物人情,既不刻意追求散文的抒情效果,也不刻意从寻常小事中挖掘深奥的道理。他曾这样评述自己理想的散文:"记人事、写风景、谈文化、述掌故,兼及草木虫鱼、瓜果食物,皆有情致。间作小考证,亦可喜。娓娓而谈,态度亲切,不矜持作态。文求雅洁,少雕饰。"他的大多数散文都有这样的特点。《午门忆旧》这篇散文名为"忆旧",实际上却主要是关于午门建筑的诸多掌故的介绍。因而散文的主体部分不是人事,而是旧物,叙述者的情感便在对于旧物的描述中隐隐地透露出来。注意这篇文章与一般"散文"的差别,并领会作者在状物、叙事时文字的特色。

【扩展性阅读书(篇)目】

汪曾祺的散文《泡茶馆》《沈从文先生在西南联大》《城隍·土地·灶王爷》和创作谈《〈蒲桥集〉再版后记》。

【参考书(篇)目】

汪朗、汪明、汪朝:《老头儿汪曾祺——我们眼中的父亲》之《搂草打了只肥兔子》,中国人民大学出版社2000年版。

隐身衣

杨 绛

我们夫妇有时候说废话玩儿。

"给你一件仙家法宝,你要什么?"

我们都要隐身衣;各披一件,同出邀游。我们只求摆脱羁束,到处阅历,并不想为非作歹。可是玩得高兴,不免放肆淘气,于是惊动了人,隐身不住,得赶紧逃跑。

"阿呀!还得有缩地法!"

"还要护身法!"

想得越周到,要求也越多,干脆连隐身衣也不要了。

其实,如果不想干人世间所不容许的事,无需仙家法宝,凡间也有隐身衣;只是世人非但不以为宝,还惟恐穿在身上,像湿布衫一样脱不下。因为这种隐身衣的料子是卑微。身处卑微,人家就视而不见,见而无睹。

我记得我国笔记小说里讲一人梦魂回家,见到了思念的家人,家里人却看不见他。他开口说话,也没人听见。家人团坐吃饭,他欣然也想入座,却没有他的位子。身居卑微的人也仿佛这个未具人身的幽灵,会有同样的感受。人家眼里没有你,当然视而不见;心上不理会你,就会瞠目无睹。你的"自我"觉得受了轻忽或怠慢或侮辱,人家却未知有你;你虽然生存在人世间,却好像还未具人形,还未曾出生。这样活一辈子,不是虽生犹如未生吗?谁假如说,披了这种隐身衣如何受用,如何逍遥自在,听的人只会觉得这是发扬阿 Q 精神,或阐述"酸葡萄论"吧?

且看咱们的常言俗语,要做个"人上人"呀,"出类拔萃"呀,"出人头地"呀,"脱颖而出"呀,"出锋头"或"拔尖""冒尖"呀等等,可以想见一般人都不甘心受轻忽。他们或悒悒而怨,或愤愤而怒,只求有朝一日挣脱身上这件隐身衣,显身而露面。英美人把社会比作蛇阱(snake pit)。阱里压压挤挤的蛇,一条条都拼命钻出脑袋,探出身子,把别的蛇排挤开,压下去;一个个冒出又没入的蛇头,一条条拱起又压下的蛇身,扭结成团、难分难解的蛇尾,你上我下,你死我活,不断的挣扎斗争。钻不出头,一辈子埋没在下;钻出头,就好比大海里坐在浪尖儿上的跳珠飞沫,迎日月之光而生辉,可说是大丈夫得志了。人生短促,浪尖儿上的一刹那,也可作一生成就的标志,足以自豪。你是"窝囊废"吗?你就甘心郁郁久居人下?

但天生万物,有美有不美,有才有不才。万具枯骨,才造得一员名将;小兵小卒,岂能都成为有名的英雄。世上有坐轿的,有抬轿的;有坐席的主人和宾客,有端茶上菜的侍仆。席面上,有人坐首位,有人陪末座。厨房里,有掌勺的上灶,有烧火的灶下婢。天之生材也不齐,怎能一律均等。

人的志趣也各不相同。《儒林外史》二十六回里的王太太,津津乐道她在孙乡绅家"吃一、看二、眼观三"的席上,坐在首位,一边一个丫头为她掠开满脸黄豆大的珍珠拖挂,让她露出嘴来吃蜜饯茶。而《堂吉诃德》十一章里的桑丘,却不爱坐酒席,宁愿在自己的角落里,不装斯文,不讲礼数,吃些面包葱头。有人企求飞上高枝,有人宁愿"曳尾涂中"。人各有志,不能相强。

有人是别有怀抱,旁人强不过他。譬如他宁愿"曳尾涂中",也只好由他。有人是有志不伸,自己强不过命运。譬如庸庸碌碌之辈,偏要做"人上人",这可怎么办呢?常言道:"烦恼皆因强出头"。猴子爬得愈高,尾部又秃又红的丑相就愈加显露;自己不知道身上只穿着"皇帝的新衣",却忙不迭地挣脱"隐身衣",出乖露丑。好些略具才能的人,一辈子挣扎着求在人上,虚耗了毕生精力,一事无成,真是何苦来呢。

我国古人说:"彼人也,予亦人也。"西方人也有类似的话,这不过是勉人努力向上,勿自暴自弃。西班牙谚云:"干什么事,成什么人。"人的尊卑,不靠地位,不由出身,只看你自己的成就。我们不妨再加上一句:"是什么料,充什么用"。假如是一个萝卜,就力求做个水多肉脆的好萝卜;假如是棵白菜,就力求做一棵糙糙实实的包心好白菜。萝卜白菜是家常食用的菜蔬,不求做庙堂上供设的珍果。我乡童谣有"三月三,荠菜开花赛牡丹"的话。荠菜花怎赛得牡丹花呢!我曾见草丛里一种细小的青花,常猜测那是否西方称为"勿忘我"的草花,因为它太渺小,人家不容易看见。不过我想,野草野菜开一朵小花报答阳光雨露之恩,并不求人"勿忘我",所谓"草木有本心,何求美人折"。

我爱读东坡"万人如海一身藏"之句,也企慕庄子所谓"陆沉"。社会可以比作"蛇阱",但"蛇阱"之上,天空还有飞鸟;"蛇阱"之旁,池沼里也有游鱼。古往今来,自有人避开"蛇阱"而"藏身"或"陆沉"。消失于众人之中,如水珠包孕于海水之内,如细小的野花隐藏在草丛里,不求"勿忘我",不求

"赛牡丹",安闲舒适,得其所哉。一个人不想攀高就不怕下跌,也不用倾轧排挤,可以保其天真,成其自然,潜心一志完成自己能做的事。

而且在隐身衣的掩盖下,还会别有所得,不怕旁人争夺。苏东坡说:"山间之明月,水上之清风"是"造物者之无尽藏",可以随意享用。但造物所藏之外,还有世人所创的东西呢。世态人情,比明月清风更饶有滋味;可作书读,可当戏看。书上的描摹,戏里的扮演,即使栩栩如生,究竟只是文艺作品;人情世态,都是天真自然的流露,往往超出情理之外,新奇得令人震惊,令人骇怪,给人以更深刻的效益,更奇妙的娱乐。唯有身处卑微的人,最有机缘看到世态人情的真相,而不是面对观众的艺术表演。

不过这一派胡言纯是废话罢了。急要挣脱隐身衣的人,听了未必入耳;那些不知世间也有隐身衣的人,知道了也还是不会开眼的。平心而论,隐身衣不管是仙家的或凡间的,穿上都有不便——还不止小小的不便。

英国威尔斯(H. G. Wells)的科学幻想小说《隐形人》(*Invisible Man*)里,写一个人使用科学方法,得以隐形。可是隐形之后,大吃苦头,例如天冷了不能穿衣服,穿了衣服只好躲在家里,出门只好光着身子,因为穿戴着衣服鞋帽手套而没有脸的人,跑上街去,不是兴妖作怪吗?他得把必需外露的面部封闭得严严密密:上部用帽檐遮盖,下部用围巾包裹,中部架上黑眼镜,鼻子和两颊包上纱布,贴满橡皮膏。要掩饰自己的无形,还需这样煞费苦心!

当然,这是死心眼儿的科学制造,比不上仙家的隐身衣。仙家的隐身衣随时可脱,而且能把凡人的衣服一并隐掉。不过,隐身衣下的血肉之躯,终究是凡胎俗骨,耐不得严寒酷热,也经不起任何损伤。别说刀枪的袭击,或水烫火灼,就连砖头木块的磕碰,或笨重的踩上一脚,都受不了。如果没有及时逃避的法术,就需炼成金刚不坏之躯,才保得无事。

穿了凡间的隐身衣有同样不便。肉体包裹的心灵,也是经不起炎凉,受不得磕碰的。要炼成刀枪不入、水火不伤的功夫,谈何容易!如果没有这份功夫,偏偏有缘看到世态人情的真相,就难保不气破了肺,刺伤了心,哪还有闲情逸致把它当好戏看呢。况且,不是演来娱乐观众的戏,不看也罢。假如法国小说家勒萨日笔下的瘸腿魔鬼请我夜游,揭起一个个屋顶让我观看屋里的情景,我一定辞谢不去。获得人间智慧必须身经目击吗?身经目击必定获得智慧吗?人生几何!凭一己的经历,沾沾自以为独具冷眼,阅尽人间,安知不招人暗笑。因为凡间的隐身衣不比仙家法宝,到处都有,披着这种隐身衣的人多得很呢,他们都是瞎了眼的吗?

但无论如何,隐身衣总比国王的新衣好。

【阅读提示】

1. 《隐身衣》是杨绛散文集《将饮茶》中的最后一篇,也称《废话》或《代后记》。文章值得注意的第一个层面,是作者在文章中所推崇、所选择的生活位置和人生态度,即甘愿居于卑微,同时不自暴自弃,"是什么料,充什么用"。

2. 第二个层面,是由这种人生态度所构成的观察世界和人生的基点和境界,并由此形成的叙述风格。作品在关于"隐身衣"故事的讲述中,温婉而简约地刻画出"世态人情的真相"以及作者的人生态度。对于人世的争端和艰难,文章基本上采取的是走出事态之外的平静审视,既不夸张也不妄自菲薄,从而获得了一种举重若轻的效果。试比较杨绛的这种叙述风格与巴金文章的差别,并谈谈你对这两种风格的理解。

【扩展性阅读书(篇)目】

杨绛的散文集《将饮茶》。

【参考书(篇)目】

洪子诚:《作家的姿态与自我意识》第三章"忏悔意识",陕西人民出版社1991年版。

商州又录

贾平凹

小 序

去年两次回到商州,我写了《商州初录》。拿在《钟山》文学期刊第五期上刊了,社会上议论纷纷,尤其在商州,《钟山》被一抢而空,能识字的差不多都看了,或褒或贬,或抑或扬。无论如何,外边的世界知道了商州,商州的人知道了自己,我心中就无限欣慰。这次到商州,我是同画家王军强一块行旅的,他是有天才的,彩墨对印的画无笔而妙趣天成。文字毕竟不如彩墨了,我仅仅录了这十一篇。录完一读,比《初录》少多了,且结构不同,行文不同,地也无名,人也无姓,只具备了时间和空间,我更不知道这算什么样文体,匆匆又拿来求读者鉴定了。

商州这块地方,大有意思,出山出水出人出物,亦出文章。面对这块地方,细细作一个考察,看中国山地的人情风俗,世时变化,考察者没有不长了许多知识,清醒了许多疑难,但要表现出来实在是笔不能胜任的。之所以我还能初录了又录,全凭着一颗拳拳之心。我甚至有一个小小的野心:将这种记录连续地写下去。这两录重在山光水色,人情风俗上,往后的就更要写到建国以来各个时期的政治、经济诸方面的变迁在这里的折光。否则,我真于故乡"不肖",大有"无颜见江东父老"之愧了。

一

最耐得寂寞的,是冬天的山,褪了红,褪了绿,清清奇奇的瘦;像是从皇宫里出走到民间的女子,沦落或许是沦落了,却还原了本来的面目。石头裸裸的显露,依稀在草木之间。草木并没有摧折,枯死的是软弱,枝柯僵硬,风里在铜韵一般的颤响。冬天是骨的季节吗?是力的季节吗?

三个月的企望,一轮嫩嫩的太阳在头顶上出现。

风开始暖暖地吹,其实那不应该算作风,是气,肉眼儿眯着,是丝丝缕缕的捉不住拉不直的模样。石头似乎要发酥呢,菊花般的苔藓亮了许多。说不定在什么时候,满山竟有了一层绿气,但细察每一根草,每一枝柯,却又绝对没有。两只鹿,一只有角的和一只初生的,初生的在试验腿力,一跑,跑在一片新开垦的田地上,清新的气息使它撑了四蹄,呆呆的,然后一声锐叫。寻它的父亲的时候,满山树的枝柯,使它分不清哪一丛是老鹿的角。

山民挑着担子从沟底走来,棉袄已经脱了,垫在肩上,光光的脊梁上滚着有油质的汗珠。路是顽皮的,时断时续,因为没有浮尘,也没有他的脚印;水只是从山上往下流,人只是牵着路往上走。

山顶的窝洼里,有了一簇屋舍。一个小妞儿刚刚从鸡窝里取出新生的热蛋,眯了一只眼儿对着太阳耀。

二

这个冬天里,雪总是下着。雪的故乡在天上,是自由的纯洁的王国;落在地上,地也披上一件和平的外衣了。洼后的山,本来也没有长出什么大树,现在就浑圆圆的,太阳并没有出来,却似乎添了一层光的虚晕,慈慈祥祥的像一位梦中的老人。洼里的梢林全覆盖了,幻想是陡然涌满了凝固的云,偶尔的风间或使某一处承受不了压力,陷进一个黑色的坑,却也是风,又将别的地方的雪扫来补缀了。只有一直走到洼下的河沿,往里一看,云雪下是黑黝黝的树干,但立即感觉那不是黑黝黝,是蓝色的,有莹莹的青光。

河面上没有雪,是冰。冰层好像已经裂了多次,每一次分裂又被冻住,明显着纵纵横横的银白的线。

一棵很丑的柳树下,竟有一个冰的窟窿,望得见下面的水,是黑的,幽幽的神秘。这是山民凿的,从柳树上吊下一条绳索,系了竹筐在里边,随时来提提,里边就会收获几尾银亮亮的鱼。于是,窟窿周围的冰层被水冲击,薄亮透明,如玻璃罩儿一般。

山民是一整天也没有来提竹筐了吧?冬天是他们享受人伦之乐的季节,任阳沟的雪一直涌到后墙的檐下去,四世同堂,只是守着那火塘。或许,火上的吊罐里,咕嘟嘟煮着熏肉,热灰里的洋芋也熟得冒起白气。那老爷子兴许喝下三碗柿子烧酒,醉了。孙子却偷偷拿了老人的猎枪,拉开了门,门外半人高的雪扑进来,然后在雪窝子里拔着腿,无声地消失了。

一切都是安宁的。

黄昏的时候,一只褐色的狐狸出现了。它一边走着,一边用尾巴扫着身后的脚印,悄没声地伏在一个雪堆下。雪堆上站着一只山鸡,这是最俏的小动物了,翘着赤红色的长尾,欣赏不已。远远的另一个雪堆上,老爷子的孙子同时卧倒了,伸出黑黑的枪口,右眼和准星已经同狐狸在一个线上……

三

初春的早晨,没有雪的时候就有着雾。雾很浓,像扯不开的棉絮,高高的山就没有了吓人的巉石,山弯下的土塬上,梢林也没有了黝黝的黑光。河水在流着,响得清喧喧的。

河对岸的一家人,门拉开的声很脆,走出一个女儿,接着又牵出一头毛驴走下来。她穿着一件大红袄儿,像天上的那个太阳,晕了一团,毛驴只显出一个长耳朵的头,四个蹄腿被雾裹着。她是下到河里打水的。

这地面只有这一家人,屋舍偏偏建得高,原本那是山嘴,山嘴也原本是一个囫囵的石头。石头上裂了一条缝,缝里长出一棵花栗木树。用碎石在四周帮砌上来,便做了屋舍的基础。门前的石头面上可以捶布,也可以晒粮食。这女儿是独生女,二十出头,一表人才。方圆几十里的后生都来对面的山上、山下的梢林里,割龙须草,拾毛栗子,给她唱花鼓。

她牵着毛驴一步步走下来,往四周看看,四周什么都看不清,心想:今日倒清静了!无声的笑笑,却又感到一种空落。河上边的木板桥上,有一鸡爪子厚的霜,没有一个人的脚印。

在河边,她蹴下了,卸下毛驴背上的水桶,一拎,水就满了,但却不急着往驴背上挂,大了胆儿往河那边的山上、塬上看。看见了河水割开的十几丈高的岸壁,吃水线在雾里时隐时现。有一棵树,她认得是冬青木的,斜斜地在壁上长着。这是一棵几百年的古木,个儿虽并不粗高,却是岸上塬头上的梢林的祖爷子。那些梢林长出一代,砍伐了一代,这冬青还是青青地长着,又孕了半粒大的籽儿。

她突然心里作想:这冬青,长在那么危险的地方,却活得那么安全呢。

于是,也就想起了那些唱给她的花鼓曲儿。水桶挂在毛驴背上,赶着往回走,走一步,回头看一下,走一步,再回过头来。雾还没有褪。桥面上的霜还白白的。上斜坡的时候,路仄仄的拐成之字,她却唱起一首花鼓曲了:

后院里有棵苦李子树啊,
小郎儿哟,

未曾开花,亲人哪,
谁敢尝哎,哥呀嗳!

四

  秋天里,什么都成熟了;成熟了的东西是受不得用手摸的;一摸就要掉呢。四个女子,欢得像风里的旗,在一棵柿树上吃蛋柿。洼地里路纵纵横横,似一个大网,这树就在网底,像伏着的一只大蜘蛛。果实很繁,将枝股都弯弯地坠下来,用不着上树,寻着一个目标,拿嘴轻轻咬开那红软了的尖儿,一吸,甜的香的软的光的就全到了肚里。只需再送一口气去,那蛋柿壳儿就又复圆了。末了,最高的枝儿上还有一颗,她们拿石子掷打,打一次没有打中,再打一次,还是不中。

  树后的洼地里,呜哇哇有了唢呐声,一支队伍便走过来了。这是迎亲的;一家在这边的山上,一家在那边的山上,家与家都能看见,路却要深入到这洼地,半天才能走到。洼地里长满了黄蒿,也长满了石头,迎亲的队伍便时隐时现,好像不是在走,是浮着漂着来的。前面两杆唢呐,三尺长的铜杆、一个碗大的口孔,拉长了喉咙,扩大了嘴地吹。后边是两架花轿,轿简易却奇特,是两根红桑木碾杆,用红布裹了,上边缚一个坐椅,也是铺了红布的,一走一颠,一颠一闪,新郎便坐了一架,新娘便坐了一架。再后边,是未婚的后生抬了柜,抬了箱、被子、单子、盆子、镜子。再后边,是一群老幼。友人们衣服都浆得硬硬的,头上抹了油,一边交头接耳,一边拿崭新的印花手帕撩撩,赶那些追着油香飞的蜂。

  吃蛋柿的女子忙隐身在树后,睁一只眼儿看,看见了那红桑木碾杆上的新娘,从头到脚穿得严严实实,眼睛却红红的,像是流过泪。吹唢呐的回头看一眼,故意生动着变形的脸面,新娘扑地笑了,但立即就噤住,脸红得烧了火炭。

  一生都在山路上走,只有这一次竟不走路啊。被抬着,娘生她在这个山头上,长大了又要到那个山头上去生去养了。

  树后的女子都觉得有趣,细嚼起来,却不知道这是怎么回事。

  她们很快被迎亲的队伍发现了,都拿眼光往这里瞅。四个女子羞羞的,却一起仰头儿盯着那高枝儿上的蛋柿。她们没有用石子去打,蛋柿也没有掉下来。

  迎亲队伍没有停,过去了。他们走过了一条小路,柿树下同时放射出的、通往四面八方山头的小路上,便都有了唢呐的余音。

五

高高的山挑着月亮在旋转,旋转得太快了,看着便感觉没有动,只有月亮的周围是一圈一圈不规则的晕,先是黑的,再是黄的,再灰,再紫,再青,再白。洼地里全模糊了,看不见地头那个草庵子,庵后那一片桃林,桃林全修剪了,出地像无数的五指向上分开的手。桃林过去,是拴驴的地方,三个碌碡,还有一根木桩;现在看不见了,剪了尾巴的狗在那里叫。河里,桥空无人,白花花的水。

一个男人,蹲在屋后阳沟的泉上,拿一个杆杖在水里搅,搅得月亮碎了,星星也碎了,一泉的烂银,口中念念有词。接着就摸起横在泉口的竹管。

这竹管是打通了节的,一头接在泉里,一头是通过墙眼到屋里的锅台上。他却不得进屋去。他已经是从门口走过来,又走到门口去,心是痒痒的,腿Id软得像抽了筋,末了就使劲敲门。屋里有骂他的声音。

骂他的是一个婆子,婆子正在搬弄着他的女人,女人正在为他生着儿子。要看看儿子是怎样生出来的,婆子却总是把他关在门外。

"这是人生人呢!"

"我是男子汉;死都不怕呢!"

"不怕死,却怕生呢。"

他不明白,人生人还这么可怕。当女人在屋里一阵一阵惨叫起来,他着实是害怕了。他搅着泉水祈祷,他想跑到那桃林,一个人到河面的桥上去喊。他却没了力气,倒在木桩篱笆下,直眼儿只看着月亮,认作那是风火轮子,是一股旋风,是黑黑的夜空上的一个白洞。

一更过去,二更已尽,已经是三更,鸡儿都叫了。女人还在屋里嘶叫。他认为他的儿子糊涂:来到这个世界竟这么为难。山洼里多好,虽然有狼,但只要在猪圈墙上画白灰圈圈,它就不敢来咬猪了。这里山高,再高的山也在人的脚下。太阳每天出来,怕什么,只要脊背背了它从东山走到西山,它就成月亮了。晚上不是还有疙瘩柴火烤吗?还有洋芋糊汤呢。你是会有媳妇,还有酒,柿子可以烧,包谷也可以烧,喝醉了,唱花鼓。

女人一声锐叫,不言语了。接替女人叫的是一阵尖而脆的哇哇啼声。

门打开了,接生的婆子喊着男人:"你儿子生下了,生下了!"催他进去烧水,打鸡蛋,泡馍。男人却稀软得立不起来。天上的月亮没有了,星星亮

商州又录 355

起来,他觉得星星是多了一颗。

"又一个山里人。"他说。

六

你毕竟是看见了,仲夏的山上并不是一种纯绿,有黄的颜色,有蓝的颜色,主体则是灰黑的,次之为白,那是枸子和狼牙刺的花了。你走进去,你就是你梦中的人,感觉到渺小。却常常会不辨路径,坐下来看那峡谷,两壁的梢林交错着,你不知道谷深到何处,成团成团的云雾往出涌,疑心是神鬼在那里出没。偶然间一棵干枯的树站在那里,满身却是肉肉的木耳。有蛇,黑藤一样地缠在树上。气球大的一个土葫芦,团结了一群细腰黄蜂。蹑手蹑脚地走过去,一只松鼠就在路中摇头洗脸了。这小玩意儿,招之,即来,上了身却不被抓住,从右袖筒钻进去了,又从左袖筒钻出去了。同时有一声怪叫,嘎喇喇地,在远处的什么地方,如厉鬼狞笑。

你终于禁不住了寂寞,唱起来;一旦唱起来,就不敢停下,想要使所有的东西都听见,来提醒它们:你是有力量的,是强者。但唱得声越来越颤了。惊恐驱使着你突然跑动,越跑越紧,像是在梦中一样,力不从心。后来就滚下去,什么也不可得知了。

人昏了,权当是睡着了;但醒来,却是忍不住的苦痛;腿上的血还在流呢!

一位老者,正抱着你,你只看见那下巴上一窝银须,在动,不见那嘴,末了,胡子中吐出一团烂粥般的草,敷在腿上的伤口,于是,血凝固,亦不疼。你不知道他是谁,哪儿来的?

"采药的。"他说。

"采药的?就在这山上,成年采吗?"

他点点头,孤独已经使他不愿再多说话吗?扶着你站起来,他就走了。

你是该下山了,但你不愿意;想陪陪他,心里在说:山上是太苦了。正是太苦,才长出了这苦口的草药吗?采药的人成年就是挖着这苦,也正是挖着了这草药的苦,才医治了世上人的一生中所遇到的苦痛吗?

你一定得意了你这话里的哲理,回头再寻那采药人,云雾又从那一丛黑柏下涌过来了,什么也没有了响动,你听见的是你的呼吸声。

七

  一群乌鸦在天上旋转,方向不固定的,末了,就落下来;黑夜也在翅膀上驮下来了。九沟十八岔的人,都到河湾的村里来,村里正演电影。三天前消息就传开,人来得太多,场畔的每一棵苦楝子树上,枝枝丫丫上都坐满了,从上面看,净是头,像冰糖葫芦,从下面看,尽是脚,长的短的,布底的,胶底的。后生们都是二十出头,永不安静在一个地方,灰暗里,用眼睛寻着眼睛说话。

  早先在一起,他们常被组织着,去修台田,去狩猎,去护秋,男男女女在一起说话,嬉闹,大声笑。现在各在各家地里,秋麦二料忙清了,袖着手总觉得要做什么,却不知道做什么。只看见推完磨碾后的驴,在尘土里打滚,自己的精神泄不出去,力气也恢复不来。

  场畔不远,就是河,河并不宽,却深深的水。两岸都密长了杂木,又一层儿相对向河面斜,两边的树枝就复交纠缠了。河面常被这种纠缠覆盖,时隐时现。一只木排,被八个女子撑着,咿咿呀呀漂下来。树分开的时候,河是银银的,钻树的防空洞了,看不见了树身上的蛇一样裹绕的葛条,也看不见葛条上生出茸茸的小叶的苔藓。木排泊在场畔下,八个女子互相照看了头发,假装抹脸,手心儿将香脂就又一次在脸上擦了,大声说笑着跳上场畔。

  后生们立即就发现了,但却正经起来,两只眼儿都睁着,一只看银幕,一只看着场畔。

  八个女子,三个已经结了婚,勾肩搭背的,往人窝里去了,她们不停地笑,笑是给同伴听的,笑也是给前后的人听的。前后有了后生,也大声说话,话是说明电影上的事,话也是给他人说明自己的能耐的。都知道是为了什么,都不说是为了什么。

  五个女子是没有订婚的,五个女子却不站在一起,又不到人窝去,全分散在场畔边上,离卖糖糟的小贩摊,不远不近,小贩摊上的马灯照在身上,不暗不明。有后生就匆匆走过去,又匆匆走过来,忙乱中瞅一眼,或者站在前边,偏踩在一块圆石头上,身子老不得平衡,每一次从石头上歪下来,后看一眼,不经意的。女子就吃吃地笑。后生一转身,笑声便噤,身再一转,吃吃又响。目光碰在一起了,目光就说了话。后生便勇敢了,要么搭讪一句,要么,挪过步来,女子倒忽地冷了脸,骂一声"流氓!"热热的又冷冷了,后生无趣地走了。女子却无限后悔,望着星星,星星蒙蒙的,像滴流着水儿。再换过地方,站在卖糖糟的那边,一只手儿托着下巴,食指咬在牙里。

一场电影完了,看了银幕上的人,也看了看银幕上的人的人,也被人看了。八个女子集合在场畔,唱了一段花鼓,却说:别唱了,那些没皮脸的净往这儿看呢! 就爆一阵笑声,上了木排,从水面上划走了。木排在河里,一河的星星都在身下,她们数起来,都争着说哪颗星星是她的,但星星老数不清。说:"这电影真好!"奋力划桨。

木排上行到五里外的湾里,八个女子跳下去,各自问一句"几时还演电影呢?"一时间,脚腿却沉重起来,没了一丝儿力气。

八

西风一吹,柴门就掩了。

女人坐在炕上,炕上铺着四六席;满满当当的,是女人的世界。火塘的出口和炕门接在一起,连炕沿子上的红椿木板都烙腾腾的。女人舍不得这份热,把粮食磨子搬上来,盘脚正坐,摇那磨拐儿,两块凿着纹路的石头,就动起来,呼噜噜一匝,呼噜噜一匝。"毛儿,毛儿",她叫着小儿子,小儿子对娘的召唤并不理睬;打开了炕角一个包袱,翻弄着五颜六色的、方的圆的长的短的碎布头儿。玩腻了,就来扑着娘的脊背抓。女人将儿子抱在从梁上吊下来的一个竹筐子里,一边摇一匝磨拐儿,一边推一下竹筐儿。有节奏的晃动,和有节奏的响声,使小儿子就迷糊了。女人的右手也疲乏了,两只手夹一个六十度的角,一匝匝继续摇磨拐儿。

风天里,太阳走得快,过了屋脊,下了台阶,在厦屋的山墙上腐蚀了一片,很快就要从西山崾上滚下去了。太阳是地球的一个磨根吧? 它转动一圈,把白天就从磨眼里磨下去,天就要黑了!

女人从窗子里往外看,对面的山头上,孩子的爹正在那里犁地。一排儿五个山头上,山头上都是地,已经犁了四个山头,犁沟全是外田往里转,转得像是指印的斗纹,五个山头就是一个手掌。女人看不到手掌外的天地。

女人想:这日子真有趣,外边人在地里转圈圈,屋里人在炕上摇圈圈;春天过去了,夏天就来了,夏天过去了,秋天就来,秋天过去了,冬天就来,一年四季,四个季节完了,又是一年。

天很快就黑了,女人溜下炕生火做饭。饭熟了,她一边等着男人回来,一边在手心唾口唾沫,抹抹头发。女人最爱的是晚上,她知道,太阳在白日散尽了热,晚上就要变成柔柔情情的月亮的。

小儿子醒了,女人抱了他的儿子,倚在柴门口指着山上下来的男人,说:

"毛儿爹——叫你娃哟!——哟——哟——。"

"哟——哟——",却是叫那没尾巴狗的,因为小儿子屎拉下来了,要狗儿来舔屎的。

九

冬天里沟深,山便高,月便小,逆着一条河水走,水下是沙,沙下是水,突然水就没有了,沙干白得像漂了粉,疑惑水干枯了,再走一段,水又出现,如此忽隐忽现。一个源头,倒分地上地下两条河流。山在转弯的时候,出现一片栲树,树里是三间房,房没有木架,硬打硬搁,两边山墙上却用砖砌了四个"吉"字。栲树叶子都枯了,只是不脱落,静得没声没息。屋后是十三个坟墓,墓前边都有一个砖砌的灯盏窝。这是百十年里这屋里的主人。十三个主人都死去了,这屋还没有倒,新的主人正坐在炕上。

这是个老婆子,七十岁了,牙口还好,在灯下捏针纳扣门儿,续线的时候,线头却穿不到针眼,就叹口气坐着,起身从锅台上抱了猫儿上来。猫是妩媚的玩物,她离不得它,它也离不得她,她就在嘴里嚼馍花,嚼得烂烂的了,拿在手里喂它吃。

孙子还没有回来,黄昏时到下边人家喝酒去了。孙子是儿子的一条根,儿子死了,媳妇也死了,她盼着这孙子好生守住这个家。孙子却总是在家里坐不住,他喜欢看电影,十里外的地方也去,回来就呆呆痴几天。他不愿留光头,衣服上不钉扣门儿。两年前就不和她一个炕上睡,嫌她脚臭。早晚还刷牙呢。有男朋友,也有女朋友,一起说话,笑,她听不懂。

她总觉得这孙子有一对翅膀,有一天会飞了。

灯光幽幽的,照在墙角一口棺木上,这是她将来睡的地方,儿子活着的时候就做的,但儿子死了,她还活着;每一年就用土漆在上边刷一次,已经刷过八次了。她也奇怪自己命长。是没有尽到活着的责任吗?洋芋糊汤疙瘩火,这么好的生活,她不愿离去,倒还收不住他的心呢!

心想:现在的人,怎么就不像前几年的人了;一天不像一天了。她疑心是她没在门框上挂一个镜儿。上辈人常是家里有灾有祸了,要挂一块镜子的。她爬起来,将镜子就挂上了,企望让一切邪事不要勾了孙子的魂,把外界的诱惑都用镜收住吧。

半夜里,门外有了脚步声,有人在敲门。老婆子从窗子看出去,三个人背着孙子回来了,打着松油节子火把,说是孙子喝醉了。白日得知县上要修一条柏油公路到这里来,他们庆祝,酒就喝得多了。老婆子悉悉索索下来开门,嘟囔道:"越来越不像山里人了!"

门框上的镜亮亮的,天上的月亮分外明,照得满山满谷里的光辉。

十

路到山上去,盘十八道弯,山顶上一棵栗木树下一口泉,趴下喝了,再从那边绕十八道弯下去。山的两面再没有长别的树,石头也很分散,却生满了刺玫,全拉着长条儿覆盖在石上,又互相交织在一起。花儿都嫩得噙出水儿,一律白色,惹得蝴蝶款款地飞。

十八道弯口,独独一户人家,住着个寡妇,寡妇年轻,穿着一双白布蒙了尖儿的鞋,开了店卖饭。

公路上往来的司机都认识她,她也认识司机,迟早在店里窗内坐着,对着奔跑的汽车一招手,车就停了。方圆三十里的山民,都称她是"车闸"。

山里人出到山外去,或者从山外回到山里来,都在店里歇脚。谁也不惹她,谁也没理由敢惹她。她认了好多亲家,当然,干儿子干女儿有几十,有本乡本土的,有山外城里的。为了讨好她,送给她狗的人很多;为了讨好她,一走到店前就唤了狗儿喂东西吃。十几条狗都没有剪尾巴,肥得油光水亮。

八月里,店里店外堆满了柿子、核桃、黄蜡、生漆、桐油。山民们都把山货背来交给她。她一宗一宗转卖给山外来的汽车。店里说话的人多,吃饭的人少,营业的时间长,获取的利润少。她不是为了钱,钱在城乡流通着,使她有了不是寡妇的活泼。活泼,使一些外地亲人都知道了她是寡妇。她不害羞,穿了那双有白布的鞋儿,整头平脸,拿光光的眼睛看人,外地来人也就把她这个寡妇知道了。也讨好的掰了干粮给那狗儿吃,也只有给狗儿吃。

满山的刺玫都开了,白得宣净,一直繁衍到了店的周围。因为刺在花里,谁也不敢糟踏花。因为花围了店屋,店里人总是不断。忽一日,深山跑来一只美丽的麂子,从那边十八道弯上跑上,从这边十八道弯里跑下,又在山梁上跑。山里的一切猎手都不去打。他们一起坐在店里往山头上看,说那麂子来回跑得那么快,是为它自身的香气兴奋呢。

十一

一座山竟是一块完整的石头,这石头好像曾经受了高温,稀软着往下墩,显出一层一层下墩的纹线。在左边,有一角似乎支持不住,往下滴溜,上边的拉出一个向下的奶头状,下边的向上壅一个蘑菇状,快要接连了,突然却凝固,使完整的石头又生出了许多灵巧,倒疑心此山是从什么地方飞来的。

河水就绕着这山的半圆走,水很深,像黑的液体,只有盛在桶里,才知道它是清白。沿着河边的石砭,人家就筑起屋舍。屋舍并不需起基础,前墙根紧挨着石砭沿,屋下的水面,什么地方在石砭上凿出坑儿,立栽上石条,然后再用石头斜斜垒起来,算作是台阶。水涨了,台阶就缩短,水落了,台阶就拉长。水也是长了脚的,竟有一年走到门坎下,鸡儿站在门墩上能喝水。

现在,水平平地伏在台阶下,那里是码头,柏木解成了一溜长排,被拴在石嘴上。船儿从峡谷里并没有回来,女人们就蹲在那里捶打一种树皮。这树皮在水里泡了七七四十九天,用棒槌砸着,砸出麻一样的丝来,晒干了可以拧绳纳鞋底。四只五只鸭子在那里浮,看着一个什么就钻下去啄,其实那不是鱼,是天上落下的还没有消失的残月。

一只很大的木排撑了下来,靠近了对面的山根,几十人开始抬一个棺材往山上去,唢呐咿咿呜呜的。这是河湾上一个汉子要走了,他是在上游砍荆条,然后扎排运到下游去卖,已经砍了许多,往山下扛的时候,滚了坡。在外的人横死了,尸首不能进家门,棺材上就缚了一只雄鸡,一直要运到河那边山头的坟地去。熟人死了一个,新鬼多了一名。孝子婆娘在唢呐声中哭,有板有眼。这边砸树皮的女人都站起来,说那汉子的好话。

在水里钻了一生,死了却都要到山顶上去,女人们不明白这是为什么,或许山上有荆条,有龙须草,有桐子,有土漆,河里只是来往的路吧。唢呐吹得这么响,唢呐是人生的乐器呢。出世的时候,吹过一阵,结婚的时候,吹过一阵,下世的时候,还是这么吹。

一个女人突然觉得肚子疼,她想了想,才六个月,还不是坐炕的日子呀!就怀疑是那汉子的阴魂要作孽了,吓得脸色苍白。夜里,女人的男人偷偷从门前石阶上下去,坐船到了对岸山上,浇了一壶酒,将削好的四个桃木橛子钉在坟头,说:"你不要勾了我的儿子,让他满满月月生下来,咱山上河里总是盼着一个劳力啊!"

一切很安静。住人家的那块完整石头的山上,月亮小小的。水落了,门下斜斜的台阶,长长的,月亮水影照着像一条光光的链条。

【阅读提示】

　　这是80年代前期贾平凹关于商州的系列散文中的一部,前有《商州初录》,后有《商州再录》,故这一篇称《商州又录》。这是一篇带有传统文化韵味的写景散文。十一个段落之间的结构方式散漫、随意,季节的时序只是一个大致的线索,更像是由十一幅写意的素描画组成的画卷。用心体味每一段落营造的画面感极强的意境:注意用字(如"褪了红,褪了绿,清清奇奇的瘦"中的"红""绿""瘦"字);注意以拟人、通感的方式传递的感觉(如"路是顽皮的,时断时续,因为没有浮尘,也没有他的脚印");注意不同意象之间的组合方式(包括人与物、物与物),尤其注意其中视点的转换或无主体的句式造成的透视效果。

【扩展性阅读书(篇)目】

　　贾平凹的散文《商州初录》和《商州再录》。

【参考书(篇)目】

　　许子东:《寻根文学中的贾平凹和阿城》,收《当代小说阅读笔记》,华东师范大学出版社1997年版。

我与地坛

史铁生

一

　　我在好几篇小说中都提到过一座废弃的古园,实际上就是地坛。许多年前旅游业还没有开展,园子荒芜冷落得如同一片野地,很少被人记起。

　　地坛离我家很近。或者说我家离地坛很近。总之,只好认为这是缘份。地坛在我出生前四百多年就座落在那儿了,而自从我的祖母年轻时带着我父亲来到北京,就一直住在离它不远的地方——五十多年间搬过几次家,可搬来搬去总是在它周围,而且是越搬离它越近了。我常觉得这中间有着宿命的味道:仿佛这古园就是为了等我,而历尽沧桑在那儿等待了四百多年。

　　它等待我出生,然后又等待我活到最狂妄的年龄上忽地残废了双腿。四百多年里,它一面剥蚀了古殿檐头浮夸的琉璃,淡褪了门壁上炫耀的朱红,坍圮了一段段高墙又散落了玉砌雕栏,祭坛四周的老柏树愈见苍幽,到处的野草荒藤也都茂盛得自在坦荡。这时候想必我是该来了。十五年前的一个下午,我摇着轮椅进入园中,它为一个失魂落魄的人把一切都准备好了。那时,太阳循着亘古不变的路途正越来越大,也越红。在满园弥漫的沉静光芒中,一个人更容易看到时间,并看见自己的身影。

　　自从那个下午我无意中进了这园子,就再没长久地离开过它。我一下子就理解了它的意图。正如我在一篇小说中所说的:"在人口密聚的城市里,有这样一个宁静的去处,像是上帝的苦心安排。"

　　两条腿残废后的最初几年,我找不到工作,找不到去路,忽然间几乎什么都找不到了,我就摇了轮椅总是到它那儿去,仅为着那儿是可以逃避一个世界的另一个世界。我在那篇小说中写道:"没处可去我便一天到晚耗在这园子里。跟上班下班一样,别人去上班我就摇了轮椅到这儿来。""园子无人看管,上下班时间有些抄近路的人们从园中穿过,园子里活跃一阵,过后便沉寂下来。""园墙在金晃晃的空气中斜切下一溜荫凉,我把轮椅开进去,把椅背放倒,坐着或是躺着,看书或者想事,撅一杈树枝左右拍打,驱赶那些和我一样不明白为什么要来这世上的小昆虫。""蜂儿如一朵小雾稳稳地停在半空;蚂蚁摇头晃脑捋着触须,猛然间想透了什么,转身疾行而去;瓢虫爬得不耐烦了,累了祈祷一回便支开翅膀,忽悠一下升空了;树干上留着一只蝉蜕,寂寞如一间空屋;露水在草叶上滚动,聚集,压弯了草叶轰然坠地摔开万道金光。""满园子都是草木竞相生长弄出的响动,窸窸窣窣窸窸窣窣片刻不息。"这都是真实的记录,园子荒芜但并不衰败。

除去几座殿堂我无法进去,除去那座祭坛我不能上去而只能从各个角度张望它,地坛的每一棵树下我都去过,差不多它的每一米草地上都有过我的车轮印。无论是什么季节,什么天气,什么时间,我都在这园子里呆过。有时候呆一会儿就回家,有时候就呆到满地上都亮起月光。记不清都是在它的哪些角落里了,我一连几小时专心致志地想关于死的事,也以同样的耐心和方式想过我为什么要出生。这样想了好几年,最后事情终于弄明白了:一个人,出生了,这就不再是一个可以辩论的问题,而只是上帝交给他的一个事实;上帝在交给我们这件事实的时候,已经顺便保证了它的结果,所以死是一件不必急于求成的事,死是一个必然会降临的节日。这样想过之后我安心多了,眼前的一切不再那么可怕。比如你起早熬夜准备考试的时候,忽然想起有一个长长的假期在前面等待你,你会不会觉得轻松一点?并且庆幸并且感激这样的安排?

剩下的就是怎样活的问题了。这却不是在某一个瞬间就能完全想透的,不是能够一次性解决的事,怕是活多久就要想它多久了,就像是伴你终生的魔鬼或恋人。所以,十五年了,我还是总得到那古园里去,去它的老树下或荒草边或颓墙旁,去默坐,去呆想,去推开耳边的嘈杂理一理纷乱的思绪,去窥看自己的心魂。十五年中,这古园的形体被不能理解它的人肆意雕琢,幸好有些东西是任谁也不能改变它的。譬如祭坛石门中的落日,寂静的光辉平铺的一刻,地上的每一个坎坷都被映照得灿烂;譬如在园中最为落寞的时间,一群雨燕便出来高歌,把天地都叫喊得苍凉;譬如冬天雪地上孩子的脚印,总让人猜想他们是谁,曾在哪儿做过些什么,然后又都到哪儿去了;譬如那些苍黑的古柏,你忧郁的时候它们镇静地站在那儿,你欣喜的时候它们依然镇静地站在那儿,它们没日没夜地站在那儿从你没有出生一直站到这个世界上又没了你的时候;譬如暴雨骤临园中,激起一阵阵灼烈而清纯的草木和泥土的气味,让人想起无数个夏天的事件;譬如秋风忽至,再有一场早霜,落叶或飘摇歌舞或坦然安卧,满园中播散着熨帖而微苦的味道。味道是最说不清楚的,味道不能写只能闻,要你身临其境去闻才能明了。味道甚至是难于记忆的,只有你又闻到它你才能记起它的全部情感和意蕴。所以我常常要到那园子里去。

二

现在我才想到,当年我总是独自跑到地坛去,曾经给母亲出了一个怎样的难题。

她不是那种光会疼爱儿子而不懂得理解儿子的母亲。她知道我心里的苦闷,知道不该阻止我出去走走,知道我要是老呆在家里结果会更糟,但她又担心我一个人在那荒僻的园子里整天都想些什么。我那时脾气坏到极点,经常是发了疯一样地离开家,从那园子里回来又中了魔似的什么话都不说。母亲知道有些事不宜问,便犹犹豫豫地想问而终于不敢问,因为她自己心里也没有答案。她料想我不会愿意她跟我一同去,所以她从未这样要求过,她知道得给我一点独处的时间,得有这样一段过程。她只是不知道这过程得要多久,和这过程的尽头究竟是什么。每次我要动身时,她便无言地帮我准备,帮助我上了轮椅车,看着我摇车拐出小院;这以后她会怎样,当年我不曾想过。

有一回我摇车出了小院,想起一件什么事又返身回来,看见母亲仍站在原地,还是送我走时的姿势,望着我拐出小院去的那处墙角,对我的回来竟一时没有反应。待她再次送我出门的时候,她说:"出去活动活动,去地坛看看书,我说这挺好。"许多年以后我才渐渐听出,母亲这话实际上是自我安慰,是暗自的祷告,是给我的提示,是恳求与嘱咐。只是在她猝然去世之后,我才有余暇设想。当我不在家里的那些漫长的时间,她是怎样心神不定坐卧难宁,兼着痛苦与惊恐与一个母亲最低限度的祈求。现在我可以断定,以她的聪慧和坚忍,在那些空落的白天后的黑夜,在那不眠的黑夜后的白天,她思来想去最后准是对自己说:"反正我不能不让他出去,未来的日子是他自己的,如果他真的在那园子里出了什么事,这苦难也只好我来承担。"在那段日子里——那是好几年前的一段日子,我想我一定使母亲作过了最坏的准备了,但她从来没有对我说过:"你为我想想。"事实上我也真的没为她想过。那时她的儿子还太年轻,还来不及为母亲想,他被命运击昏了头,一心以为自己是世上最不幸的一个,不知道儿子的不幸在母亲那儿总是要加倍的。她有一个长到二十岁上忽然截瘫了的儿子,这是她惟一的儿子;她情愿截瘫的是自己而不是儿子,可这事无法代替;她想,只要儿子能活下去哪怕自己去死呢也行,可她又确信一个人不能仅仅是活着,儿子得有一条路走向自己的幸福;而这条路呢,没有谁能保证她的儿子终于能找到。——这样,一个母亲,注定是活得最苦的母亲。

有一次与一个作家朋友聊天,我问他学写作的最初动机是什么?他想了一会说:"为我母亲。为了让她骄傲。"我心里一惊,良久无言。回想自己最初写小说的动机,虽不似这位朋友的那般单纯,但如他一样的愿望我也有,且一经细想,发现这愿望也在全部动机中占了很大比重。这位朋友说:"我的动机太低俗了吧?"我光是摇头,心想低俗并不见得低俗,只怕是这愿望过于天真了。他又说:"我那时真就是想出名,出了名让别人羡慕我母亲。"我想,他比我坦率。我想,他又比我幸福,因为他的母亲还活着。而且我想,他的母亲也比我的母亲运气好,他的母亲没有一个双腿残废的儿子,否则事情就不这么简单。

在我的头一篇小说发表的时候,在我的小说第一次获奖的那些日子里,我真是多么希望我的母亲还活着。我便又不能在家里呆了,又整天整天独自跑到地坛去,心里是没头没尾的沉郁和哀怨,走遍整个园子却怎么也想不通:母亲为什么就不能再多活两年?为什么在她儿子就快要碰撞开一条路的时候,她却忽然熬不住了?莫非她来此世上只是为了替儿子担忧,却不该分享我的一点点快乐?她匆匆离我去时才只有四十九岁呀!有那么一会儿,我甚至对世界对上帝充满了仇恨和厌恶。后来我在一篇题为"合欢树"的文章中写道:"我坐在小公园安静的树林里,闭上眼睛,想,上帝为什么早早地召母亲回去呢?很久很久,迷迷糊糊的我听见了回答:'她心里太苦了,上帝看她受不住了,就召她回去。'我似乎得了一点安慰,睁开眼睛,看见风正从树林里穿过。"小公园,指的也是地坛。

只是到了这时候,纷纭的往事才在我眼前幻现得清晰,母亲的苦难与伟大才在我心中渗透得深彻。上帝的考虑,也许是对的。

摇着轮椅在园中慢慢走,又是雾罩的清晨,又是骄阳高悬的白昼,我只想着一件事:母亲已经不在了。在老柏树旁停下,在草地上在颓墙边停下,又是处处虫鸣的午后,又是鸟儿归巢的傍晚,我心里只默念着一句话:可是母亲已经不在了。把椅背放倒,躺下,似睡非睡挨到日没,坐起来,心神恍惚,呆呆地直坐到古祭坛上落满黑暗然后再渐渐浮起月光,心里才有点明白,母亲不能再来这园中找我了。

曾有过好多回,我在这园子里呆得太久了,母亲就来找我。她来找我又不想让我发觉,只要见我还好好地在这园子里,她就悄悄转身回去,我看见过几次她的背影。我也看见过几回她四处张望的情景,她视力不好,端着眼镜像在寻找海上的一条船,她没看见我时我已经看见她了,待我看见她也看见我了我就不去看她,过一会儿我再抬头看她就又看见她缓缓离去的背影。我单是无法知道有多少回她没有找到我。有一回我坐在矮树丛中,树丛很密,我看见她没有找到我;她一个人在园子里走,走过我的身旁,走过我经常呆的一些地方,步履茫然又急迫。我不知道她已经找了多久还要找多久,我不知道为什么我决意不喊她——但这绝不是小时候的捉迷藏,这也许是出于长大了的男孩子的倔强或羞涩?但这倔强只留给我痛悔,丝毫也没有骄傲。我真想告诫所有长大了的男孩子,千万不要跟母亲来这套倔强,羞涩就更不必,我已经懂了可我已经来不及了。

儿子想使母亲骄傲,这心情毕竟是太真实了,以致使"想出名"这一声名狼藉的念头也多少改变了一点形象。这是个复杂的问题,且不去管它了罢。随着小说获奖的激动逐日暗淡,我开始相信,至少有一点我是想错了:我用纸笔在报刊上碰撞开的一条路,并不就是母亲盼望我找到的那条路。年年月月我都到这园子里来,年年月月我都要想,母亲盼望我找到的那条路到底是什么。母亲生前没给我留下过什么隽永的誓言,或要我恪守的教诲,只是在她去世之后,她艰难的命运,坚忍的意志和毫不张扬的爱,随光阴流转,在我的印象中愈加鲜明深刻。

有一年,十月的风又翻动起安详的落叶,我在园中读书,听见两个散步的老人说:"没想到这园子有这么大。"我放下书,想,这么大一座园子,要在其中找到她的儿子,母亲走过了多少焦灼的路。多年来我头一次意识到,这园中不单是处处都有过我的车辙,有过我的车辙的地方也都有过母亲的脚印。

三

如果以一天中的时间来对应四季,当然春天是早晨,夏天是中午,秋天是黄昏,冬天是夜晚。如果以乐器来对应四季,我想春天应该是小号,夏天是定音鼓,秋天是大提琴,冬天是圆号和长笛。要是以这园子里的声响来对应四季呢?那么,春天是祭坛上空漂浮着的鸽子的哨音,夏天是冗长的蝉歌和杨树叶子哗啦啦地对蝉歌的取笑,秋天是古殿檐头的风铃响,冬天是啄木鸟随意而空旷的啄木声。以园中的景物对应四季,春天是一径时而苍白时而黑润的小路,时而明朗时而阴晦的天上摇荡着串串杨花;夏天是一条条耀眼而灼人的石凳,或阴凉而爬满了青苔的石阶,阶下有果皮,阶上有半张被坐皱的报纸;秋天是一座青铜的大钟,在园子的西北角上曾丢弃着一座很大的铜钟,铜钟与这园子一般年纪,浑身挂满绿锈,文字已不清晰;冬天,是林中空地上几只羽毛蓬松的老麻雀。以心绪对应四季呢?春天是卧病的季节,否则人们不易发觉春天的残忍与渴望;夏天,情人们应该在这个季节里失恋,不然就似乎对不起爱情;秋天是从外面买一棵盆花回家的时候,把花搁在阔别了的家中,并且打开窗户把阳光也放进屋里,慢慢回忆慢慢整理一些发过霉的东西;冬天伴着火炉和书,一遍遍坚定不死的决心,写一些并不发出的信。还可以用艺术形式对应四季,这样春天就是一幅画,夏天是一部长篇小说,秋天是一首短歌或诗,冬天是一群雕塑。以梦呢?以梦对应四季呢?春天是树尖上的呼喊,夏天是呼喊中的细雨,秋天是细雨中的土地,冬天是干净的土地上的一只孤零的烟斗。

因为这园子,我常感恩于自己的命运。

我甚至现在就能清楚地看见,一旦有一天我不得不长久地离开它,我会怎样想念它,我会怎样想念它并且梦见它,我会怎样因为不敢想念它而梦也梦不到它。

四

现在让我想想,十五年中坚持到这园子来的人都是谁呢?好像只剩了我和一对老人。

十五年前,这对老人还只能算是中年夫妇,我则货真价实还是个青年。他们总是在薄暮时分来园中散步,我不大弄得清他们是从哪边的园门进来,一般来说他们是逆时针绕这园子走。男人个子很高,肩宽腿长,走起路来目不斜视,胯以上直至脖颈挺直不动,他的妻子攀了他一条胳膊走,也不能使他的上身稍有松懈。女人个子却矮,也不算漂亮,我无端地相信她必出身于家道中衰的名门富族;她攀在丈夫胳膊上像个娇弱的孩子,她向四周观望似总含着恐惧,她轻声与丈夫谈话,见有人走近就立刻怯怯地收住话头。我有时因为他们而想起冉阿让与柯赛特,但这想法并不巩固,他们一望即知是老夫老妻。两个人的穿着都算得上考究,但由于时代的演进,他们的服饰又可以称为古朴了。他们和我一样,到这园子里来几乎是风雨无阻,不过他们比我守时。我什么时间都可能来,他们则一定是在暮色初临的时候。刮风时他们穿了米色风衣,下雨时他们打了黑色的雨伞,夏天他们的衬衫是白色的裤子是黑色的或米色的,冬天他们的呢子大衣又都是黑色的,想必他们只喜欢这三种颜色。他们逆时针绕这园子一周,然后离去。他们走过我身旁时只有男人的脚步响,女人像是贴在高大的丈夫身上跟着漂移。我相信他们一定对我有印象,但是我们没有说过话,我们互相都没有想要接近的表示。十五年中,他们或许注意到一个小伙子进入了中年,我则看着一对令人羡慕的中年情侣不觉中成了两个老人。

曾有过一个热爱唱歌的小伙子,他也是每天都到这园中来,来唱歌,唱了好多年,后来不见了。他的年纪与我相仿,他多半是早晨来,唱半小时或整整唱一个上午,估计在另外的时间里他还得上班。我们经常在祭坛东侧的小路上相遇,我知道他是到东南角的高墙下去唱歌,他一定猜想我去东北角的树林里做什么。我找到我的地方,抽几口烟,便听见他谨慎地整理歌喉了。他反反复复唱那么几首歌。文化革命没过去的时候,他唱"蓝蓝的天上白云飘,白云下面马儿跑……"我老也记不住这歌的名字。文革后,他唱《货郎与小姐》中那首最为流传的咏叹调。"卖布——卖布嘞,卖布——卖布嘞!"我记得这开头的一句他唱得很有声势,在早晨清澈的空气中,货郎跑遍园中的每一个角落去恭维小姐。"我交了好运气,我交了好运气,我为幸福唱歌曲……"然后他就一遍一遍地唱,不让货郎的激情稍减。依我听来,他的技术不算精到,在关键的地方常出差错,但他的嗓子是相当不坏的,而且唱一个上午也听不出一点疲惫。太阳也不疲惫,把大树的影子缩小成一团,把疏忽大意的蚯蚓晒干在小路上。将近中午,我们又在祭坛东侧相遇,他看一看我,我看一看他,他往北去,我往南去。日子久了,我感到我们都有结识的愿望,但似乎都不知如何开口,于是互相注视一下终又都移开目光擦身而过;这样的次数一多,便更不知如何开口了。终于有一天——一个丝毫没有特点的日子,我们互相点了一下头,他说:"你好。"我说:"你好。"他说:"回去啦?"我说:"是,你呢?"他说:"我也该回去了。"我们都放慢脚步(其实我是放慢车速),想再多说几句,但仍然是不知从何说起,这样我们就都走过了对方,又都扭转身子面向对方。他说:"那就再见吧。"我说:"好,再见。"便互相笑笑各走各的路了。但是我们没有再见,那以后,园中再没了他的歌声,我才想到,那天他或许是有意与我道别的,也许他考上了哪家专业的文工团或歌舞团了吧?真希望他如他歌里所唱的那样,交了好运气。

还有一些人,我还能想起一些常到这园子里来的人。有一个老头,算得一个真正的饮者;他在腰间挂一个扁瓷瓶,瓶里当然装满了酒,常来这园中消磨午后的时光。他在园中四处游逛,如果你不注意你会以为园中有好几个这样的老头,等你看过了他卓尔不群的饮酒情状,你就会相信这是个独一无二的老头。他的衣着过分随便,走路的姿态也不慎重,走上五六十米路便选定一处地方,一只脚踏在石凳上或土埂上或树墩上,解下腰间的酒瓶,解酒瓶的当儿迷起眼睛把一百八十度视角内的景物细细看一遭,然后以迅雷不及掩耳之势倒一大口酒入肚,把酒瓶摇一摇再挂向腰间,平心静气地想一会儿什么,便走下一个五六十米去。还有一个捕鸟的汉子,那岁月园中人少,鸟却多,他在西北角的树丛中拉一张网,鸟撞在上面,羽毛戗在网眼里便不能自拔。他单等一种过去很多而现在非常罕见的鸟,其它的鸟撞在网上他就把它们摘下来放掉,他说已经有好多年没等到那种罕见的鸟了,他说他再等一年看看到底还有没有那种鸟,结果他又等了好多年。早晨和傍晚,在这园子里可以看见一个中年女工程师,早晨她从北向南穿过这园子去上班,傍晚她从南向北穿过这园子回家,事实上我并不了解她的职业或者学历,但我以为她必是学理工的知识分子,别样的人很难有她那般的素朴并优雅。当她在园子穿行的时刻,四周的树林也仿佛更加幽静,清淡的日光中竟似有悠远的琴声,比如说是那曲《献给艾丽丝》才好。我没有见过她的丈夫,没有见过那个幸运的男人是什么样子,我想象过却想象不出,后来忽然懂了想象不出才好,那个男人最好不要出现。她走出北门回家去,我竟有点担心,担心她会落入厨房,不过,也许她在厨房里劳作的情景更有另外的美吧,当然不能再是《献给艾丽丝》,是个什么曲子呢?还有一个人,是我的朋友,他是个最有天赋的长跑家,但他被埋没了。他因为在文革中出言不慎而坐了几年牢,出来后好不容易找了个拉板车的工作,样样待遇都不能与别人平等,苦闷极了便练习长跑。那时他总来这园子里跑,我用手表为他计时,他每跑一圈向我招一下手,我就记下一个时间。每次他要环绕这园子跑二十圈,大约两万米。他盼望以他的长跑成绩来获得政治上真正的解放,他以为记者的镜头和文字可以帮他做到这一点。第一年他在春节环城赛上跑了第十五名,他看见前十名的照片都挂在了长安街的新闻橱窗里,于是有了信心。第二年他跑了第四名,可是新闻橱窗里只挂了前三名的照片,他没灰心。第三年他跑了第七名,橱窗里挂前六名的照片,他有点怨自己。第四年他跑了第三名,橱窗里却只挂了第一名的照片。第五年他跑了第一名——他几乎绝望了,橱窗里只有一幅环城赛群众场面的照片。那些年我们俩常一起在这园子里呆到天黑,开怀痛骂,骂完沉默着回家,分手时再互相叮嘱:先别去死,再试着活一活看。现在他已经不跑了,年岁太大了,跑不了那么快了。最后一次参加环城赛,他以三十八岁之龄又得了第一名并破了纪录,有一位专业队的教练对他说:"我要是十年前发现你就好了。"他苦笑一下什么也没说,只在傍晚又来这园中找到我,把这事平静地向我叙说一遍。不见他已有好几年了,现在他和妻子和儿子住在很远的地方。

这些人现在都不到园子里来了,园子里差不多完全换了一批新人。十五年前的旧人,现在就剩我和那对老夫老妻了。有那么一段时间,这老夫老妻中的一个也忽然不来,薄暮时分唯男人独自来散步,步态也明显迟缓了许多,我悬心了很久,怕是那女人出了什么事。幸好过了一个冬天那女人又来了,两个人仍是逆时针绕着园子走,一长一短两个身影恰似钟表的两支指针;女人的头发白了许多,但依旧攀着丈夫的胳膊走得像个孩子。"攀"这个字用得不恰当了,或许可以用"搀"吧,不知有没有兼具这两个意思的字。

五

我也没有忘记一个孩子——一个漂亮而不幸的小姑娘。十五年前的那个下午,我第一次到这园子里来就看见了她,那时她大约三岁,蹲在斋宫西边的小路上捡树上掉落的"小灯笼"。那儿有几棵大栾树,春天开一簇簇细小而稠密的黄花,花落了便结出无数如同三片叶子合抱的小灯笼,小灯笼先是绿色,继尔转白,再变黄,成熟了掉落得满地都是。小灯笼精巧得令人爱惜,成年人也不免捡了一个还要捡一个。小姑娘咿咿呀呀地跟自己说着话,一边捡小灯笼;她的嗓音很好,不是她那个年龄所常有的那般尖细,而是很圆润甚或是厚重,也许是因为那个下午园子里太安静了。我奇怪这么小的孩子怎么一个人跑来这园子里?我问她住在哪儿?她随指一下,就喊她的哥哥,沿墙根一带的茂草之中便站起一个七八岁的男孩,朝我望望,看我不像坏人便对他的妹妹说:"我在这儿呢",又伏下身去,他在捉什么虫子。他捉到螳螂,蚂蚱,知了和蜻蜓,来取悦他的妹妹。有那么两三年,我经常在那几棵大栾树下见到他们,兄妹俩总是在一起玩,玩得和睦融洽,都渐渐长大了些。之后有很多年没见到他们。我想他们都在学校里吧,小姑娘也到了上学的年龄,必是告别了孩提时光,没有很多机会来这儿玩了。这事很正常,没理由太搁在心上,若不是有一年我又在园中见到他们,肯定就会慢慢把他们忘记。

那是个礼拜日的上午。那是个晴朗而令人心碎的上午,时隔多年,我竟发现那个漂亮的小姑娘原来是个弱智的孩子。我摇着车到那几棵大栾树下去,恰又是遍地落满了小灯笼的季节;当时我正为一篇小说的结尾所苦,既不知为什么要给它那样一个结尾,又不知何以忽然不想让它有那样一个结尾,于是从家里跑出来,想依靠着园中的镇静,看看是否应该把那篇小说放弃。我刚刚把车停下,就见前面不远处有几个人在戏耍一个少女,作出怪样子来吓她,又喊又笑地追逐她拦截她,少女在几棵大树间惊惶地东跑西躲,却不松手揪卷在怀里的裙裾,两条腿袒露着也似毫无察觉。我看出少女的智力是有些缺陷,却还没看出她是谁。我正要驱车上前为少女解围,就见远处飞快地骑车来了个小伙子,于是那几个戏耍少女的家伙望风而逃。小伙子把自行车支在少女近旁,怒目望着那几个四散逃窜的家伙,一声不吭喘着粗气,脸色如暴雨前的天空一样一会儿比一会儿苍白。这时我认出了他们,小伙子和少女就是当年那对小兄妹。我几乎是在心里惊叫了一声,或者是哀号。世上的事常常使上帝的居心变得可疑。小伙子向他的妹妹走去。少女松开了手,裙裾随之垂落了下来,很多很多她捡的小灯笼便洒落了一地,铺散在她脚下。她仍然算得漂亮,但双眸迟滞没有光彩。她呆呆地望那群跑散的家伙,望着极目之处的空寂,凭她的智力绝不可能把这个世界想明白吧?大树下,破碎的阳光星星点点,风把遍地的小灯笼吹得滚动,仿佛喑哑地响着无数小铃铛。哥哥把妹妹扶上自行车后座,带着她无言地回家去了。

  无言是对的。要是上帝把漂亮和弱智这两样东西都给了这个小姑娘,就只有无言和回家去是对的。

  谁又能把这世界想个明白呢?世上的很多事是不堪说的。你可以抱怨上帝何以要降诸多苦难给这人间,你也可以为消灭种种苦难而奋斗,并为此享有崇高与骄傲,但只要你再多想一步你就会坠入深深的迷茫了:假如世界上没有了苦难,世界还能够存在么?要是没有愚钝,机智还有什么光荣呢?要是没了丑陋,漂亮又怎么维系自己的幸运?要是没有了恶劣和卑下,善良与高尚又将如何界定自己又如何成为美德呢?要是没有了残疾,健全会否因其司空见惯而变得腻烦和乏味呢?我常梦想着在人间彻底消灭残疾,但可以相信,那时将由患病者代替残疾人去承担同样的苦难。如果能够把疾病也全数消灭,那么这份苦难又将由(比如说)相貌丑陋的人去承担了。就算我们连丑陋,连愚昧和卑鄙和一切我们所不喜欢的事物和行为,也都可以统统消灭掉,所有的人都一样健康、漂亮、聪慧、高尚,结果会怎样呢?怕是人间的剧目就全要收场了,一个失去差别的世界将是一潭死水,是一块没有感觉没有肥力的沙漠。

  看来差别永远是要有的。看来就只好接受苦难——人类的全部剧目需要它,存在的本身需要它。看来上帝又一次对了。

于是就有一个最令人绝望的结论等在这里:由谁去充任那些苦难的角色? 又有谁去体现这世间的幸福、骄傲和快乐? 只好听凭偶然,是没有道理好讲的。

就命运而言,休论公道。

那么,一切不幸命运的救赎之路在哪里呢?

设若智慧或悟性可以引领我们去找到救赎之路,难道所有的人都能够获得这样的智慧和悟性吗?

我常以为是丑女造就了美人。我常以为是愚氓举出了智者。我常以为是懦夫衬照了英雄。我常以为是众生度化了佛祖。

六

设若有一位园神,他一定早已注意到了,这么多年我在这园里坐着,有时候是轻松快乐的,有时候是沉郁苦闷的,有时候优哉游哉,有时候恓惶落寞,有时候平静而且自信,有时候又软弱,又迷茫。其实总共只有三个问题交替着来骚扰我,来陪伴我。第一个是要不要去死? 第二个是为什么活? 第三个,我干嘛要写作?

现在让我看看,它们迄今都是怎样编织在一起的吧。

你说,你看穿了死是一件无需乎着急去做的事,是一件无论怎样耽搁也不会错过的事,便决定活下去试试? 是的,至少这是很关键的因素。为什么要活下去试试呢? 好像仅仅是因为不甘心,机会难得,不试白不试,腿反正是完了,一切仿佛都要完了,但死神很守信用,试一试不会额外再有什么损失。说不定倒有额外的好处呢是不是? 我说过,这一来我轻松多了,自由多了。为什么要写作呢? 作家是两个被人看重的字,这谁都知道。为了让那个躲在园子深处坐轮椅的人,有朝一日在别人眼里也稍微有点光彩,在众人眼里也能有个位置,哪怕那时再去死呢也就多少说得过去了。开始的时候就是这样想,这不用保密,这些现在不用保密了。

我带着本子和笔,到园中找一个最不为人打扰的角落,偷偷地写。那个爱唱歌的小伙子在不远的地方一直唱。要是有人走过来,我就把本子合上把笔叼在嘴里。我怕写不成反落得尴尬。我很要面子。可是你写成了,而且发表了。人家说我写的还不坏,他们甚至说:真没想到你写得这么好。我心说你们没想到的事还多着呢。我确实有整整一宿高兴得没合眼。我很想让那个唱歌的小伙子知道,因为他的歌也毕竟是唱得不错。我告诉我的长跑家朋友的时候,那个中年女工程师正优雅地在园中穿行;长跑家很激动,他说好吧,我玩命跑,你玩命写。这一来你中了魔了,整天都在想哪一件事可以写,哪一个人可以让你写成小说。是中了魔了,我走到哪儿想到哪儿,在人山人海里只寻找小说,要是有一种小说试剂就好了,见人就滴两滴看他是不是一篇小说,要是有一种小说显影液就好了,把它泼满全世界看看都是哪儿有小说,中了魔了,那时我完全是为了写作活着。结果你又发表了几篇,并且出了一点小名,可这时你越来越感到恐慌。我忽然觉得自己活得像个人质,刚刚有点像个人了却又过了头,像个人质,被一个什么阴谋抓了来当人质,不定哪天被处决,不定哪天就完蛋。你担心要不了多久你就会文思枯竭,那样你就又完了。凭什么我总能写出小说来呢?凭什么那些适合作小说的生活素材就总能送到一个截瘫者跟前来呢?人家满世界跑都有枯竭的危险,而我坐在这园子里凭什么可以一篇接一篇地写呢?你又想到死了。我想见好就收吧。当一名人质实在是太累了太紧张了,太朝不保夕了。我为写作而活下来,要是写作到底不是我应该干的事,我想我再活下去是不是太冒傻气了?你这么想着你却还在绞尽脑汁地想写。我好歹又拧出点水来,从一条快要晒干的毛巾上。恐慌日甚一日,随时可能完蛋的感觉比完蛋本身可怕多了,所谓不怕贼偷就怕贼惦记,我想人不如死了好,不如不出生的好,不如压根儿没有这个世界的好。可你并没有去死。我又想到那是一件不必着急的事。可是不必着急的事并不证明是一件必要拖延的事呀?你总是决定活下来,这说明什么?是的,我还是想活。人为什么活着?因为人想活着,说到底是这回事,人真正的名字叫作:欲望。可我不怕死,有时候我真的不怕死。有时候,——说对了。不怕死和想去死是两回事,有时候不怕死的人是有的,一生下来就不怕死的人是没有的。我有时候倒是怕活。可是怕活不等于不想活呀!可我为什么还想活呢?因为你还想得到点什么,你觉得你还是可以得到点什么的,比如说爱情,比如说价值感之类,人真正的名字叫欲望。这不对吗?我不该得到点什么吗?没说不该。可我为什么活得恐慌,就像个人质?后来你明白了,你明白你错了,活着不是为了写作,而写作是为了活着。你明白了这一点是在一个挺滑稽的时刻。那天你又说你不如死了好,你的一个朋友劝你:你不能死,你还得写呢,还有好多好作品等着你去写呢。这时候你忽然明白了,你说:只是因为我活着,我才不得不写作。或者说只是因为你还想活下去,你才不得不写作。是的,这样说过之后我竟然不那么恐慌了。就像你看穿了死之后所得的那份轻松?一个人质报复一场阴谋的最有效的办法是把自己杀死。我看出我得先把我杀死在市场上,那样我就不用参加抢购题材的风潮了。你还写吗?还写。你真的不得不写吗?人都忍不住要为生存找一些牢靠的理由。你不担心你会枯竭了?我不知道,不过我想,活着的问题在死前是完不了的。

这下好了,您不再恐慌了不再是个人质了,您自由了。算了吧你,我怎么可能自由呢?别忘了人真正的名字是:欲望。所以您得知道,消灭恐慌的最有效的办法就是消灭欲望。可是我还知道,消灭人性的最有效的办法也是消灭欲望。那么,是消灭欲望同时也消灭恐慌呢?还是保留欲望同时也保留人生?

我在这园子里坐着,我听见园神告诉我:每一个有激情的演员都难免是一个人质。每一个懂得欣赏的观众都巧妙地粉碎了一场阴谋。每一个乏味的演员都是因为他老以为这戏剧与自己无关。每一个倒霉的观众都是因为他总是坐得离舞台太近了。

我在这园子里坐着,园神成年累月地对我说:孩子,这不是别的,这是你的罪孽和福祉。

七

要是有些事我没说,地坛,你别以为是我忘了,我什么也没忘,但是有些事只适合收藏。不能说,也不能想,却又不能忘。它们不能变成语言,它们无法变成语言,一旦变成语言就不再是它们了。它们是一片朦胧的温馨与寂寥,是一片成熟的希望与绝望,他们的领地只有两处:心与坟墓。比如说邮票,有些是用于寄信的,有些仅仅是为了收藏。

如今我摇着车在这园子里慢慢走,常常有一种感觉,觉得我一个人跑出来已经玩得太久了。有一天我整理我的旧像册,看见一张十几年前我在这园子里照的照片——那个年轻人坐在轮椅上,背后是一棵老柏树,再远处就是那座古祭坛。我便到园子里去找那棵树。我按着照片上的背景找很快就找到了它,按着照片上它枝干的形状找,肯定那就是它。但是它已经死了,而且在它身上缠绕着一条碗口粗的藤萝。有一天我在这园子里碰见一个老太太,她说:"哟,你还在这儿哪?"她问我:"你母亲还好吗?""您是谁?""你不记得我,我可记得你。有一回你母亲来这儿找你,她问我您看没看见一个摇轮椅的孩子?……"我忽然觉得,我一个人跑到这世界上来玩真是玩得太久了。有一天夜晚,我独自坐在祭坛边的路灯下看书,忽然从那漆黑的祭坛里传出一阵阵唢呐声;四周都是参天古树,方形祭坛占地几百平方米空旷坦荡独对苍天,我看不见那个吹唢呐的人,唯唢呐声在星光寥寥的夜空里低吟高唱,时而悲怆时而欢快,时而缠绵时而苍凉,或许这几个词都不足以形容它,我清清醒醒地听出它响在过去,响在现在,响在未来,回旋飘转亘古不散。

必有一天,我会听见喊我回去。

那时您可以想象一个孩子,他玩累了可他还没玩够呢,心里好些新奇的念头甚至等不及到明天。也可以想象是一个老人,无可置疑地走向他的安息地,走得任劳任怨。还可以想象一对热恋中的情人,互相一次次说"我一刻也不想离开你",又互相一次次说"时间已经不早了",时间不早了可我一刻也不想离开你,一刻也不想离开你可时间毕竟是不早了。

我说不好我想不想回去。我说不好是想还是不想,还是无所谓。我说不好我是像那个孩子,还是像那个老人,还是像一个热恋中的情人。很可能是这样:我同时是他们三个。我来的时候是个孩子,他有那么多孩子气的念头所以才哭着喊着闹着要来,他一来一见到这个世界便立刻成了不要命的情人,而对一个情人来说,不管多么漫长的时光也是稍纵即逝,那时他便明白,每一步每一步,其实一步步都是走在回去的路上。当牵牛花初开的时节,葬礼的号角就已吹响。

但是太阳,它每时每刻都是夕阳也都是旭日。当它熄灭着走下山去收尽苍凉残照之际,正是它在另一面燃烧着爬上山巅布散烈烈朝辉之时。那一天,我也将沉静着走下山去,扶着我的拐杖。有一天,在某一处山洼里,势必会跑上来一个欢蹦的孩子,抱着他的玩具。

当然,那不是我。

但是,那不是我吗?

宇宙以其不息的欲望将一个歌舞炼为永恒。这欲望有怎样一个人间的姓名,大可忽略不计。

一九九〇年

【阅读提示】

《我与地坛》是史铁生以自己的亲身经历为基础,叙述多年来他在地坛公园沉思流连所观察到的人生百态和对命运的感悟。"地坛"既是具体的活动空间,在很大程度上,又等同于"世界"或"人生"。注意这一空间的象征性。

1. 体味文章的叙述风格。其一是倾诉的语气。文章的大部分都是向老朋友讲述自己生命体验的那种娓娓而谈的风格,但到第七节,倾诉的对象忽然转为地坛。注意这种因为情感强度的加重而导致的叙述方式的变化。其二是冥想的氛围。叙述内容追随着叙述主体的观察和沉思,对感性的一己体验做了思辨性的抽象思考,同时采取了舒缓的句式和富于诗意的意象作为基本表达方式,这使文章整体上呈现出一种沉思默想的氛围。

2. 这篇文章最为人称道的地方在于对人类普遍生存困境的追问和思考。认真思考文中涉及的健全/残疾、幸运/不幸、生/死、苦难/救赎等一系列生存悖论。尤其注意第五、六、七节中表现出的一种广漠而悲悯的类宗教情怀,这是作者超越困境的方式,也是作者借以俯瞰(回顾)人生和人世的立足点,也可以说是这篇文章得以产生的原因。

【扩展性阅读书(篇)目】

史铁生的小说《命若琴弦》和散文《游戏·平等·墓地》《对话四则》。

【参考书(篇)目】

1. 吴俊:《当代西绪福斯神话——史铁生小说的心理透视》,载《文学评论》1989年第1期。

2. 陈顺馨:《反思、建构与解构——论史铁生的精神历程》,收《中国当代文学的叙事与性别》,北京大学出版社1995年版。

思维的乐趣

王小波

一

二十五年前,我到农村去插队时,带了几本书,其中一本是奥维德的《变形记》,我们队里的人把它翻了又翻,看了又看,以致它像一卷海带的样子。后来别队的人把它借走了,以后我又在几个不同的地方见到了它,它的样子越来越糟。我相信这本书最后是被人看没了的。现在我还忘不了那本书的惨状。插队的生活是艰苦的,吃不饱,水土不服,很多人得了病,但是最大的痛苦是没有书看,倘若可看的书很多的话,《变形记》也不会这样悲惨地消失了。除此之外,还得不到思想的乐趣。我相信这不是我一个人的经历:傍晚时分,你坐在屋檐下,看着天慢慢地黑下去,心里寂寞而凄凉,感到自己的生命被剥夺了。当时我是个年轻人,但我害怕这样生活下去,衰老下去。在我看来,这是比死亡更可怕的事。

我插队的地方有军代表管着我们,现在我认为,他们是一批单纯的好人,但我还认为,在我这一生里,再没有谁比他们使我更加痛苦过了。他们认为,所谓思想的乐趣,就是一天二十四小时都用毛泽东思想来占领,早上早请示,晚上晚汇报,假如有闲暇,就去看看说他们自己"亚古都"的歌舞。我对那些歌舞本身并无意见,但是看过二十遍以后就厌倦了。假如我们看书被他们看到了,就是一场灾难,甚至"著迅鲁"的书也不成——小红书当然例外。顺便说一句,还真有人因为带了旧版的鲁迅著作给自己带来了麻烦。有一个知识可能将来还有用处,就是把有趣的书换上无趣的皮。我不认为自己能够在一些宗教仪式中得到思想的乐趣,所以一直郁郁寡欢。像这样的故事有些作者也写到过,比方说,茨威格写过一部以此为题材的小说《象棋》,可称是现代经典,但我不认为他把这种痛苦描写得十全十美了。这种痛苦的顶点不是被拘押在旅馆里没有书看、没有合格的谈话伙伴,而是被放在外面,感到天地之间同样寂寞,面对和你一样痛苦的同伴。在我们之前,生活过无数的大智者,比方说,罗素、牛顿、莎士比亚,他们的思想和著述可以使我们免于这种痛苦,但我们和他们的思想、著述,已经被隔绝了。一个人倘若需要从思想中得到快乐,那么他的第一个欲望就是学习。我承认,我在抵御这种痛苦方面的确是不够坚强,但我绝不是最差的一个。举例言之,罗素先生在五岁时,感到寂寞而凄凉,就想道:假如我能活到七十岁,那么我这不幸的一生才度过了十四分之一!但是等他稍大一点,接触到智者的思想的火花,就改变了想法。假设他被派去插队,很可能就要自杀了。

谈到思想的乐趣,我就想到了我父亲的遭遇。我父亲是一位哲学教授,在五六十年代从事思维史的研究。在老年时,他告诉我自己一生的学术经历,就如一部恐怖电影。每当他企图立论时,总要在大一统的官方思想体系里找自己的位置,就如一只老母鸡要在一个大搬家的宅院里找地方孵蛋一样。结果他虽然热爱科学而且很努力,在一生中却没有得到思维的乐趣,只收获了无数的恐慌。他一生的探索,只剩下了一些断壁残垣,收到一本名为《逻辑探索》的书里,在他身后出版。众所周知,他那一辈的学人,一辈子能留下一本书就不错。这正是因为在那些年代,有人想把中国人的思想搞得彻底无味。我们这个国家里,只有很少的人觉得思想会有乐趣,却有很多的人感受过思想带来的恐慌,所以现在还有很多人以为,思想的味道就该是这样的。

二

"文化革命"之后,我读到了徐迟先生写哥德巴赫猜想的报告文学,那篇文章写得很浪漫。一个人写自己不懂得的事就容易这样浪漫。我个人认为,对于一个学者来说,能够和同行交流,是一种起码的乐趣。陈景润先生一个人在小房子里证数学题时,很需要有些国外的数学期刊可看,还需要有机会和数学界的同仁谈谈。但他没有,所以他未必是幸福的,当然他比没定理可证的人要快活。把一个定理证了十几年,就算证出时有绝大的乐趣,也不能平衡。但是在寂寞里枯坐就更加难熬。假如插队时,我懂得数论,必然会有陈先生的举动,而且就是最后什么都证不出也不后悔;但那个故事肯定比徐先生作品里描写的悲惨。然而,某个人被剥夺了学习、交流、建树这三种快乐,仍然不能得到我最大的同情。这种同情我为那些被剥夺了"有趣"的人保留着。

"文化革命"以后,我还读到了阿城先生写知青下棋的小说,这篇小说写得也很浪漫。我这辈子下过的棋有五分之四是在插队时下的,同时我也从一个相当不错的棋手变成了一个无可救药的庸手。现在把下棋和插队两个词拉到一起,就能引起我生理上的反感。因为没事干而下棋,性质和手淫差不太多。我决不肯把这样无聊的事写进小说里。

假如一个人每天吃一样的饭,干一样的活,再加上把八个样板戏翻过来倒过去地看,看到听了上句知道下句的程度,就值得我最大的同情。我最赞成罗素先生的一句话:"须知参差多态,乃是幸福的本源。"大多数的参差多态都是敏于思索的人创造出来的。当然,我知道有些人不赞成我们的意见。他们必然认为,单一机械,乃是幸福的本源。老子说,要让大家"虚其心而实其腹",我听了就不是很喜欢;汉儒废黜百家,独尊儒术,在我看来是个很卑鄙的行为。摩尔爵士设想了一个细节完备的乌托邦,但我像罗素先生一样,决不肯到其中去生活。在这个名单的末尾是一些善良的军代表,他们想把一切从我头脑中驱除出去,只剩一本270页的小红书。在生活的其他方面,某种程度的单调、机械是必须忍受的,但是思想决不能包括在内。胡思乱想并不有趣,有趣是有道理而且新奇。在我们生活的这个世界上,最大的不幸就是有些人完全拒绝新奇。

我认为自己体验到最大快乐的时期是初进大学时,因为科学对我来说是新奇的,而且它总是逻辑完备,无懈可击,这是这个平凡的尘世上罕见的东西。与此同时,也得以了解先辈科学家的杰出智力。这就如和一位高明的棋手下棋,虽然自己总被击败,但也有机会领略妙招。在我的同学里,凡和我同等年龄、有同等经历的人,也和我有同样的体验。某些单调机械的行为,比如吃、排泄、性交,也能带来快感,但因为过于简单,不能和这样的快乐相比。艺术也能带来这样的快乐,但是必须产生于真正的大师,像牛顿、莱布尼兹、爱因斯坦那样级别的人物,时下中国的艺术家,尚没有一位达到这样的级别。恕我直言,能够带来思想快乐的东西,只能是人类智慧至高的产物。比这再低一档的东西,只会给人带来痛苦;而这种低档货,就是出于功利的种种想法。

三

有必要对人类思维的器官(头脑)进行"灌输"的想法,时下正方兴未艾。我认为脑子是感知至高幸福的器官,把功利的想法施加在它上面,是可疑之举。有一些人说它是进行竞争的工具,所以人就该在出世之前学会说话,在三岁之前背诵唐诗。假如这样来使用它,那么它还能获得什么幸福,实在堪虞。知识虽然可以带来幸福，但假如把它压缩成药丸子灌下去，就丧失了乐趣。当然，如果有人乐意这样来对待自己的孩子，那不是我能管的事，我只是对孩子表示同情而已。还有人认为，头脑是表示自己是个好人的工具，为此必须学会背诵一批格言、教条——事实上，这是希望使自己看上去比实际上要好，十足虚伪。这使我感到了某种程度的痛苦，但还不是不能忍受的。最大的痛苦莫过于总有人想要用种种理由消灭幸福所需要的参差多态。这些人想要这样做，最重要的理由是道德；说得更确切些，是出于功利方面的考虑。因此他们就把思想分门别类，分出好的和坏的，但所用的标准很是可疑。他们认为，假如人们脑子里灌满了好的东西，天下就会太平。因此他们准备用当年军代表对待我们的态度，来对待年轻人。假如说，思想是人类生活的主要方面，那么，出于功利的动机去改变人的思想，正如为了某个人的幸福把他杀掉一样，言之不能成理。

有些人认为，人应该充满境界高尚的思想，去掉格调低下的思想。这种说法听上去美妙，却使我感到莫大的恐慌。因为高尚的思想和低下的思想的总和就是我自己；倘若去掉一部分，我是谁就成了问题。假设有某君思想高尚，我是十分敬佩的；可是如果你因此想把我的脑子挖出来扔掉，换上他的，我绝不肯，除非你能够证明我罪大恶极，死有余辜。人既然活着，就有权保证他思想的连续性，到死方休。更何况那些高尚和低下完全是以他们自己的立场来度量的，假如我全盘接受，无异于请那些善良的思想母鸡到我脑子里下蛋，而我总不肯相信，自己的脖子上方，原来是长了一座鸡窝。想当年，我在军代表眼里，也是很低下的人，他们要把自己的思想方法、生活方式强加给我，也是一种脑移植。菲尔丁曾说，既善良又伟大的人很少，甚至是绝无仅有的，所以这种脑移植带给我的不光是善良，还是愚蠢。在此我要很不情愿地用一句功利的说法：在现实世界上，蠢人办不成什么事情。我自己当然希望变得更善良，但这种善良应该是我变得更聪明造成的，而不是相反。更何况赫拉克利特早就说过，善与恶为一，正如上坡和下坡是同一条路。不知道何为恶，焉知何为善？所以他们要求的，不过是人云亦云罢了。

假设我相信上帝（其实我是不信的），并且正在为善恶不分而苦恼，我就会请求上帝让我聪明到足以明辨是非的程度，而绝不会请他让我愚蠢到让人家给我灌输善恶标准的程度。假若上帝要我负起灌输的任务，我就要请求他让我在此项任务和下地狱中做一选择，并且我坚定不移的决心是：选择后者。

四

假如要我举出一生最善良的时刻,那我就要举出刚当知青时,当时我一心想要解放全人类,丝毫也没有想到自己。同时我也要承认,当时我愚蠢得很,所以不仅没干成什么事情,反而染上了一身病,丢盔卸甲地逃回城里。现在我认为,愚蠢是一种极大的痛苦;降低人类的智能,乃是一种最大的罪孽。所以,以愚蠢教人,那是善良的人所能犯下的最严重的罪孽。从这个意义上说,我们决不可对善人放松警惕。假设我被大奸大恶之徒所骗,心理还能平衡;而被善良的低智人所骗,我就不能原谅自己。

假如让我举出自己最不善良的时刻,那就是现在了。可能是因为受了一些教育,也可能是因为已经成年,反正你要让我去解放什么人的话,我肯定要先问问,这些人是谁,为什么需要帮助;其次要问问,帮助他们是不是我能力所及;最后我还要想想,自己直奔云南去挖坑,是否于事有补。这样想来想去,我肯定不愿去插队。领导上硬要我去,我还得去,但是这以后挖坏了青山、造成了水土流失等等,就罪不在我。一般人认为,善良而低智的人是无辜的。假如这种低智是先天造成的,我同意。但是人可以发展自己的智力,所以后天的低智算不了无辜——再说,没有比装傻更便当的了。当然,这结论绝不是说当年那些军代表是些装傻的奸邪之辈——我至今相信他们是好人。我的结论是:假设善恶是可以判断的,那么明辨是非的前提就是发展智力,增广知识。然而,你劝一位自以为已经明辨是非的人发展智力,增广见识,他总会觉得你让他舍近求远,不仅不肯,还会心生怨恨。我不愿为这样的小事去得罪人。

我现在当然有自己的善恶标准,而且我现在并不比别人表现得坏。我认为低智、偏执、思想贫乏是最大的邪恶。按这个标准,别人说我最善良,就是我最邪恶时;别人说我最邪恶,就是我最善良时。当然我不想把这个标准推荐给别人,但我认为,聪明、达观、多知的人,比之别样的人更堪信任。基于这种信念,我认为我们国家在"废黜百家,独尊儒术"之后,就丧失了很多机会。

我们这个民族总是有很多的理由封锁知识、钳制思想、灌输善良,因此有很多才智之士在其一生中丧失了学习、交流、建树的机会,没有得到思想的乐趣就死掉了。想到我父亲就是其中的一个,我就心中黯然;想到此类人士的总和有恒河沙数之多,我就趋向于悲观。此种悲剧的起因,当然是现实世界里存在的种种问题。伟大的人物总认为,假设这世界上所有的人都像他期望的那样善良——更确切地说,都像他期望的那样思想,"思无邪",或者"狠斗私字一闪念",世界就可以得救。提出这些说法的人本身就是无邪或者无私的,他们当然不知邪和私是什么,故此这些要求就是:我没有的东西,你也不要有。无数人的才智就此被扼杀了。考虑到那恒河沙数才智之士的总和是一种难以想像的庞大资源,这种想法就是打算把整个大海装入一个瓶子之中。我所看到的事实是,这种想法一直在实行中,也就是说,对于现实世界的问题,从愚蠢的方面找办法。据此我认为,我们国家自汉代以后,一直在进行思想上的大屠杀;而我能够这样想,只说明我是幸存者之一。除了对此表示悲伤之外,我想不到别的了。

五

我虽然已活到了不惑之年,但还常常为一件事感到疑惑:为什么有很多人总是这样的仇恨新奇,仇恨有趣。古人曾说:天不生仲尼,万古长如夜;但我有相反的想法。假设历史上曾有一位大智者,一下发现了一切新奇、一切有趣,发现了终极真理,根绝了一切发现的可能性,我就情愿到该智者以前的年代去生活。这是因为,假如这种终极真理已经被发现,人类所能做的事就只剩下了依据这种真理来做价值判断。从汉代以后到近代,中国人就是这么生活的。我对这样的生活一点都不喜欢。

我认为,在人类的一切智能活动里,没有比做价值判断更简单的事了。假如你是只公兔子,就有做出价值判断的能力——大灰狼坏,母兔子好;然而兔子就不知道九九表。此种事实说明,一些缺乏其他能力的人,为什么特别热爱价值的领域。倘若对自己做价值判断,还要付出一些代价;对别人做价值判断,那就太简单、太舒服了。讲出这样粗暴的话来,我的确感到羞愧,但我并不感到抱歉。因为这种人士带给我们的痛苦实在太多了。

在一切价值判断之中,最坏的一种是:想得太多、太深奥、超过了某些人的理解程度是一种罪恶。我们在体验思想的快乐时,并没有伤害到任何人;不幸的是,总有人觉得自己受了伤害。诚然,这种快乐不是每一个人都能体验到的,但我们不该对此负责任。我看不出有什么理由要取消这种快乐,除非把卑鄙的嫉妒计算在内——这世界上有人喜欢丰富,有人喜欢单纯;我未见过喜欢丰富的人妒恨、伤害喜欢单纯的人,我见到的情形总是相反。假如我对科学和艺术稍有所知的话,它们是源于思想乐趣的浩浩江河,虽然惠及一切人,但这江河决不是如某些人所想像的那样,为他们而流,正如以思想为乐趣的人不是为他们而生一样。

对于一位知识分子来说,成为思维的精英,比成为道德精英更为重要。人当然有不思索、把自己变得愚笨的自由;对于这一点,我是一点意见都没有的。问题在于思索和把自己变聪明的自由到底该不该有。喜欢前一种自由的人认为,过于复杂的思想会使人头脑昏乱,这听上去似乎有些道理。假如你把深山里一位质朴的农民请到城市的化工厂里,他也会因复杂的管道感到头晕,然而这不能成为取消化学工业的理由。所以,质朴的人们假如能把自己理解不了的事情看作是与己无关的事,那就好了。

假如现在我周围的世界又充满了"文革"时的军代表和道德教师,只能使我惊,不能使我惧。因为我已经活到了四十二岁。我在大学里遇到了把知识当作幸福来传播的数学教师,他使学习数学变成了一种乐趣。我遇到了启迪我智慧的人。我有幸读到了我想看的书——这个书单很是庞杂,从罗素的《西方哲学史》,一直到英国维多利亚时期的地下小说。这最后一批书实在是很不堪的,但我总算是把不堪的东西也看到了。当然,我最感谢的是那些写了好书的人,比方说,萧伯纳、马克·吐温、卡尔维诺、杜拉斯等等,但对那些写了坏书的人也不怨恨。我自己也写了几本书,虽然还没来得及与大陆读者见面,但总算获得了一点创作的快乐。这些微不足道的幸福就能使我感到在一生中稍有所得,比我父亲幸福,比那些将在思想真空里煎熬一世的年轻人幸福。作为一个有过幸福和痛苦两种经历的人,我期望下一代人能在思想方面有些空间来感到幸福,而且这种空间比给我的大得多。而这些呼吁当然是对那些立志要当军代表和道德教师的人而发的。

【阅读提示】

这篇随笔和王小波的大部分文章一样,具有很强的现实针对性,即针对具体的社会、思想问题而发,并在戏噱笑骂间表明自己的态度。注意体味文章的这种批判性。

1. 注意论述过程中议论和叙述的有机结合。文中有大量随机引入的个人经历或有趣的故事,论述者的观点和态度即蕴涵在这些叙述性的段落之中。

2. 注意体会作者如何游刃有余地使用多种"反讽"性语言。例如"我承认,我在抵御这种痛苦方面的确是不够坚强,但我绝不是最差的一个"——略带夸张的形容词"痛苦""坚强"等,"的确不够……但绝不是……"——调侃性的语意转换,共同构成"反讽"的多意性和暧昧性。

大地上的事情(节选)

苇 岸

我观察过蚂蚁营巢的三种方式。小型蚁筑巢,将湿润的土粒吐在巢口,垒成酒盅状、灶台状、坟冢状、城堡状或松疏的蜂房状,高耸在地面;中型蚁的巢口,土粒散得均匀美观,围成喇叭口或泉心的形状,仿佛大地开放的一只黑色花朵;大型蚁筑巢像北方人的举止,随便、粗略、不拘细节,它们将颗粒远远地衔到什么地方,任意一丢,就像大步奔走撒种的农夫。

下雪时,我总想到夏天,因成熟而褪色的榆荚被风从树梢吹散。雪纷纷扬扬,给人间带来某种和谐感,这和谐感正来自于纷纭之中。雪也许是更大的一棵树上的果实,被一场世界之外的大风刮落。它们漂泊到大地各处,它们携带的纯洁,不久蕃衍成春天动人的花朵。

写《自然与人生》的日本作家德富芦花,观察过落日。他记录太阳由衔山到全然沉入地表,需要三分钟。我观察过一次日出,日出比日落缓慢。观看落日,大有守侍圣哲临终之感;观看日出,则像等待伟大英雄辉煌的诞生。太阳从露出一丝红线,到伸缩着跳上地表,用了约五分钟。

世界上的事物在速度上,衰落胜于崛起。

我看到一具熊蜂的尸体,它是自然死亡,还是因疾病或敌害而死,不得而知。它偃卧在那里,翅零乱地散开,肢蜷曲在一起。它的尸身僵硬,很轻,最小的风能将它推动。我见过胡蜂巢、土蜂巢、蜜蜂巢和别的蜂巢,但从没有见过熊蜂巢。熊蜂是穴居者,它们将巢筑在房屋的立柱、檩木、横梁、椽子或枯死的树干上。熊蜂从不集群活动,它们个个都是英雄,单枪匹马到处闯荡。熊蜂是昆虫世界当然的王,它们身着的黑黄斑纹,是大地上最怵目的图案,高贵而恐怖。老人们告诉过孩子,它们能蜇死牛马。

麻雀在地面的时间比在树上的时间多。它们只是在吃足食物后,才飞到树上。它们将短硬的喙像北方农妇在缸沿砺刀那样,在枝上反复擦拭。麻雀蹲在枝上啼鸣,如孩子骑在父亲的肩上高声喊叫,这声音蕴含着依赖、信任、幸福和安全感。麻雀在树上就和孩子们在地上一样,它们的蹦跳就是孩子们的奔跑。树木伸展的愿望,是给鸟儿送来一个个广场。

穿越田野的时候,我看到一只鹞子。它静静地盘旋,长久浮在空中。它好像看到了什么,径直俯冲下来,但还未触及地面又迅疾飞起。我想像它看到一只野兔,因人类的扩张在平原上已近绝迹的野兔,梭罗在《瓦尔登湖》中预言过的野兔:"要是没有兔子和鹧鸪,一个田野还成什么田野呢?它们是最简单的土生土长的动物,与大自然同色彩、同性质,和树叶、和土地是最亲密的联盟。看到兔子和鹧鸪跑掉的时候,你不觉得它们是禽兽,它们是大自然的一部分,仿佛飒飒的木叶一样。不管发生怎么样的革命,兔子和鹧鸪一定可以永存,像土生土长的人一样。不能维持一只兔子的生活的田野一定是贫瘠无比的。"

看到一只在田野上空徒劳盘旋的鹞子,我想起田野往昔的繁荣。

在我的住所前面,有一块空地,它的形状像一只盘子,被四周的楼群围起。它盛过田园般安详的雪,盛过赤道般热烈的雨,但它盛不住孩子们的欢乐。孩子们把欢乐撒在里面,仿佛一颗颗珍珠滚到我的窗前。我注视着男孩和女孩在一起做游戏,这游戏是每个从他们身边匆匆走过的大人都做过的。大人告别了童年,就将游戏像玩具一样丢在了一边。但游戏在孩子们手里,依然一代代传递。

在一所小学教室的墙壁上,贴着孩子们写自己家庭的作文。一个孩子写道:他的爸爸是工厂干部,妈妈是中学教师,他们很爱自己的孩子,星期天常常带他去山边玩,他有许多玩具,有自己的小人书库,他感到很幸福。但是妈妈对他管教很严,命令他放学必须直接回家,回家第一件事是用肥皂洗手。为此他感到非常不幸,恨自己的妈妈。

每一匹新驹都不会喜欢给它套上羁绊的人。

黎明,我常常被麻雀的叫声惊醒。日子久了,我发现它们总在日出前二十分钟开始啼叫。冬天日出较晚,它们叫的也晚;夏天日出早,它们叫的也早。麻雀在日出前和日出后的叫声不同,日出前它们发出"鸟、鸟、鸟"的声音,日出后便改成"喳、喳、喳"的声音。我不知它们的叫法和太阳有什么关系。

在山岗小径上,我看到一只蚂蚁在拖蜣螂的尸体。蜣螂可能被人踩过,尸体已经变形,渗出的体液粘着两粒石子,使它更加沉重。蚂蚁紧紧咬住蜣螂,它用力扭动身躯,想把蜣螂拖走。蜣螂微微摇晃,但丝毫没有向前移动。我看了很久,直到我离开时,这个可敬的勇士仍在不懈地努力。没有其他蚁来帮它,它似乎也没有回巢去请援军的想法。

麦子是土地上最优美、最典雅、最令人动情的庄稼。麦田整整齐齐摆在辽阔大地上,仿佛一块块耀眼的黄金。麦田是五月最宝贵的财富,大地蓄积的精华。风吹麦田,麦田摇荡,麦浪把幸福送到外面的村庄。到了六月,农民抢在雷雨之前,把麦田搬走。

在我窗外阳台的横栏上,落了两只麻雀。那里是一个阳光的海湾,温暖、平静、安全。这是两只老雀,世界知道它们为它哺育了多少雏鸟。两只麻雀蹲在辉煌的阳光里,一副丰衣足食的样子。它们眯着眼睛,脑袋转来转去,毫无顾忌。它们时而啼叫几声,声音朴实而亲切。它们的体态肥硕,羽毛蓬松,头缩进厚厚的脖颈里,就像冬天穿着羊皮袄的马车夫。

下过雪许多天了,地表的阴面还残留着积雪。大地斑斑点点,仿佛一头在牧场垂首吃草的花斑母牛。积雪收缩,并非因为气温升高了,而是大地的体温在吸收它们。

冬天,一次在原野上,我发现一个奇异的现象,它纠正了我原有关于火的观念。我没有见到这个人,他点起火走了。火像一头牲口,已将枯草吞噬很大一片。北风吹着,风头很硬,火紧贴在地面上,火首却逆风而行,这让我吃惊。为了再次证实,我把火种引到另一片草上,火依旧溯风烧向北方。

我时常忆起一个情景,它发生在午后时分。如大兵压境,滚滚而来的黑云,很快占据了整面天空。随后,闪电迸绽,雷霆轰鸣,豆大的雨砸在地上,烟雾四起。骤雨是一个丧失理性的对人间复仇的巨人。在这万物偃息的时刻,我看到一只衔虫的麻雀从远处飞回,雷雨没能拦住它,它的儿女在雨幕后面的屋檐下。在它从空中降落飞进檐间的一瞬,它的姿势和蜂鸟在花丛前一样美丽。

五月,在尚未插秧的稻田里,闪动着许多小鸟。我叫不出它们的名字,它们神态机灵,体型比麻雀娇小。它们走动的样子,非常庄重。麻雀行走用双足蹦跳,它们行走像公鸡那样迈步。它们飞得很低,从不落到树上。它们是田亩的精灵。它们停在田里,如果不走动,便认不出它们。

秋收后,田野如新婚的房间,被农民拾掇得干干净净。一切要发生的,一切已经到来的,它都将容纳。在人类的身旁,落叶悲壮地诀别它们的母亲。树木养育了它们,为了大地上呈现的勇士形象。

在冬天空旷的原野上,我听到过啄木鸟敲击树干的声音。它的速度很快,仿佛弓的颤响,我无法数清它的频率。冬天鸟少,鸟的叫声也被藏起。听到这声音,我感到很幸福。我忽然觉得,这声音不是来自啄木鸟,也不是来自光秃的树木,它来自一种尚未命名的鸟,这只鸟,是这声音创造的。

一九八八年一月十六日,我看见了日出。我所以记下这次日出,因为有

大地上的事情(节选)

生以来我从没有见过这样大的太阳。好像发生了什么奇迹,它使我惊得目瞪口呆,久久激动不已。哥伦比亚作家加西亚·马尔克斯在《百年孤独》中这样描述马贡多连续下了四年之久的雨后日出:"一轮憨厚、鲜红、像破砖碎末般粗糙的红日照亮了世界,这阳光几乎像流水一样清新。"我所注视的这次日出,我不想用更多的话来形容它,红日的硕大,让我首先想到乡村的磨盘。如果你看到了这次日出,你会相信。

已经一个月了,那窝蜂依然伏在那里,气温渐渐降低,它们似乎已预感到什么,紧紧挤在一起,等待最后一刻的降临。只有太阳升高,阳光变暖的时候,它们才偶尔飞起。它们的巢早已失去,它们为什么不在失去巢的那一天飞走呢?每天我看见它们,心情都很沉重。在它们身上,我看到了某种大于生命的东西。

太阳的道路是弯曲的。我注意几次了。在立夏前后,朝阳能够照到北房的后墙,夕阳也能够照到北房的后墙。其他时间,北房拖着浓重的影子。

立春一到,便有冬天消逝、春天降临的迹象。整整过了一冬的北风,已经从天涯返回。看着旷野,我有一种庄稼满地的幻觉。踩在松动的土地上,我感到肢体在伸张,血液在涌动。我想大声喊叫或疾速奔跑,想拿起锄头拼命劳动一场。爱默生认为,每一个人都应当与这世界上的劳作保持着基本关系。劳动是上帝的教育,它使我们自己与泥土和大自然发生基本的联系。

但是,在这个世界上,有一部分人,一生从未踏上土地。

捕鸟人天不亮就动身,鸟群天亮开始飞翔。捕鸟人来到一片果园,他支起三张大网,呈三角状。一棵果树被围在里面。捕鸟人将带来的鸟笼,挂在这棵树上,然后隐在一旁。捕鸟人称笼鸟为"游子",它们的作用是呼喊。游子在笼里不懈地转动,每当鸟群从空中飞过,它们便急切地扑翅呼应。它们凄怆的悲鸣,使飞翔的鸟群回转。一些鸟撞到网上,一些鸟落在网外的树上,稍后依然扑向鸟笼。鸟像树叶一般,坠满网片。

丰子恺先生把诱引羊群走向屠场的老羊,称作"羊奸"。我不称这些游子为"鸟奸",人类制造的任何词语,都仅在它自己身上适用。

平常,我们有"北上"和"南下"的说法。向北行走,背离光明,称作向上;向南行走,接近光明,称作向下。不知这种上下之分依据什么而定(纬度或地势?)。在大地上旅行时,我们的确有这种内心感觉。像世间称做官为上,还民为下一样。

麻雀和喜鹊,是北方常见的留鸟。它们的存在,使北方的冬天格外生动。民间有"家雀跟着夜猫子飞"的说法,它的直接意思,指小鸟盲目追随大鸟的现象。我留意过麻雀尾随喜鹊的情形,并由此发现了鸟类的两种飞翔方式。它们具有代表性。喜鹊飞翔,姿态镇定、从容,两翼像树木摇动的叶子,体现着在某种基础上的自信。麻雀敏感、慌忙,它们的飞法类似蛙泳,身体总是朝前一耸一耸的,并随时可能转向。

这便是小鸟和大鸟的区别。

一次,我穿越田野。一群农妇,蹲在田里薅苗。在我凝神等待远处布谷鸟再次啼叫时,我听到了两个农妇的简短对话:

农妇甲:"几点了?"

农妇乙:"该走了,十二点多了。"

农妇甲:"十二点了,孩子都放学了,还没做饭呢。"

无意听到的两句很普通的对话,竟震撼了我。认识词易,比如"母爱"或"使命",但要完全懂得它们的意义难。原因在于我们不常遇到隐在这些词后面的,能充分体现这些词涵义的事物本身;在于我们正日渐远离原初意义上的"生活"。我想起曾在美术馆看过的美国女画家爱迪娜·米博尔画展,前言有画家这样一段话,我极赞同:"美的最主要表现之一是,肩负着重任的人们的高尚与责任感。我发现这一特点特别地表现在世界各地生活在田园乡村的人们中间。"

栗树大都生在山里。秋天,山民爬上山坡,收获栗实。他们先将树下杂草,刈除干净。然后环树刨出一道道沟垄,为防敲下的栗实四处滚动。栗实包在毛森森的壳里,像蜷缩一团的幼小刺猬。栗实成熟时,它们黄绿色壳斗便绽开缝隙,露出乌亮的栗核。如果没有人采集,栗树会和所有植物一样,将自己漂亮的孩子自行还给大地。

进入冬天,便怀念雪。一个冬天,迎来几场大雪,本是平平常常的事情,如今已成为一种奢求(谁剥夺了我们这个天定的权利?)。冬天没有雪,就像土地上没有庄稼,森林里没有鸟儿。雪意外地下起来时,人间一片喜悦。雪赋予大地神性;雪驱散了那些平日隐匿于人们体内,禁锢与吞噬着人们灵性的东西。我看到大人带着孩子在旷地上堆雪人,在我看不到的地方,一定同样进行着许多欢乐的与雪有关的事情。

可以没有风,没有雨,但不可以没有雪。在人类美好愿望中发生的事情,都是围绕雪进行的。

一只山路上的蚂蚁,它衔着一具比它大数倍的蚜虫尸体,正欢快地朝家走去。它似乎未费太多的力气,从不放下猎物休息。在我粗暴地半路打劫时,它并不惊慌逃走。它四下寻着它的猎物,两只触角不懈地探测。它放过了土块,放过了石子和瓦砾,当它触及那只蚜虫时,便再次衔起。仿佛什么事情也未发生,它继续去完成自己庄重的使命。

每次新月出现,只要你注意,你会在它附近看到一颗亮星。有时它们挨得极近,它们各自的位置,身处的背景,密切的情形,都让我将它们看做大海上的船与撑船人。可是不久,撑船人便会弃船而去。后来,我查阅了天文方面的书,始知这个撑船人原来是大名鼎鼎的金星,我们熟悉的太阳系第二位行星,地球最近的邻居。由于金星是地内行星,因而它的行踪往往漂泊不定。黄昏在西方最早显现,凌晨在东方最迟隐去的星,就是这个活跃的"撑船人"。在古代,中国人给它起了很优雅的名字:黄昏称它"长庚",凌晨称它"启明"。希腊人比较粗爽,他们本能地,形象地,诗化地,亲昵地,直截了当叫它"流浪者"。

尽管我很喜欢鸟类,但我无法近距离观察它们。每当我从鸟群附近经过,无论它们在树上,还是在地面,我都不能停下来,不能盯着它们看,我只能侧耳听听它们兴高采烈的声音。否则,它们会马上警觉,马上做出反应,终止议论或觅食,一哄而起,迅即飞离。

我的发现,对我,只是生活的一个普通认识;鸟的反应,对鸟,则是生命的一个重要经验。

在樗树(臭椿)上,有一种甲虫,体很小,花背,象形,生物学称它为象鼻虫或象甲,乡下的孩子自己叫它"老锁"。它们通常附在樗树的干上,有时很低,伸手可及。只要有人轻轻一碰,它们便迅速蜷起六足,象鼻状的长喙紧贴胸前,全身抱在一起。此时,孩子们抓起一只,对着它不断呼唤:"老锁,老锁,开门!"情真意切,永不生厌。仿佛精诚所至,它最终总会松开肢身,然后谨慎地,像一头小象,开始在孩子们的手上四下走动。

秋天,大地上到处都是果实,它们露出善良的面孔,等待着来自任何一方的采取。每到这个季节,我便难于平静,我不能不为在这世上永不绝迹的崇高所感动,我应当走到土地里面去看看,我应该和所有的人一道去得到陶冶和启迪。

太阳的光芒普照原野,依然热烈。大地明亮,它敞着门,为一切健康的生命。此刻,万物的声音都在大地上汇聚,它们要讲述一生的事情,它们要抢在冬天到来之前,把心内深藏已久的歌全部唱完。

第一场秋风已经刮过去了,所有结满籽粒和果实的植物都把丰足的头垂向大地,这是任何成熟者必至的谦逊之态,也是对孕育了自己的母亲一种无语的敬祝和感激。手脚粗大的农民再次忙碌起来,他们清理了谷仓和庭院,他们拿着家什一次次走向田里,就像是去为一头远途而归的牲口卸下背上的重负。

看着生动的大地,我觉得它本身也是一个真理。它叫任何劳动都不落空,它让所有的劳动者都能看到成果,它用纯正的农民在暗示我们:土地最宜养育勤劳、厚道、朴实,所求有度的人。

【阅读提示】

这篇散文由许多札记式的片段组成,记录自然界或作者身边的种种事物,并记录了作者的哲理式感悟和评价。文章所谓的"大地上的事情",比如蚂蚁窝的样子、熊蜂的尸体、一只飞翔的鸽子、空地上的孩子、黎明时鸟的叫声、五月的麦田、阳台上的两只麻雀等,都是一些往往被人群忽略的事物。但文章的描述方式,却使我们仿佛第一次看到这些事物,兴致盎然地去观察虽微小却蕴涵着生命的庄严和奇妙的自然界。注意体味每一段落中的白描——以简洁的文字勾勒事物的行状,取喻——采用拟人或比喻,议论——从普通事物中挖掘出意义,这三者的融合,使每一段文字既是对实物的描绘也是充满诗意的哲理性片段。

十年一日（存目）

格 非

【阅读提示】

　　这篇散文从亲历者的角度记录了 80 年代中后期几个"先锋小说"作家的见闻、经历和创作理念。它采取了为几个作家写印象记的形式，介绍这些作家的活动方式，他们主要借鉴的文学资源、叙事探索的主要观念。注意文中对作家评价的分寸感，特别是个人印象与历史叙述之间的自觉距离。理论性的观念表述与一些富于意味的历史细节、心理感受组合在一起，使得这篇写"先锋"作家的散文本身也具有了某种"先锋散文"的意味。分析这种写法与一般散文的人物印象记有何不同。

寒风吹彻

刘亮程

雪落在那些年雪落过的地方,我已经不注意它们了。比落雪更重要的事情开始降临到生活中。三十岁的我,似乎对这个冬天的来临漠不关心,却又好像一直在倾听落雪的声音,期待着又一场雪悄无声息地覆盖村庄和田野。

我静坐在屋子里,火炉上烤着几片馍馍,一小碟咸菜放在炉旁的木凳上,屋里光线暗淡。许久以后我还记起在这样的一个雪天,围抱火炉,吃咸菜啃馍馍想着一些人和事情,想得深远而入神。柴禾在炉中啪啪地燃烧着,炉火通红,我的手和脸都烤得发烫了,脊背却依旧凉飕飕的。寒风正从我看不见的一道门缝吹进来。冬天又一次来到村里,来到我的家。我把怕冻的东西——搬进屋子,糊好窗户,挂上去年冬天的棉门帘,寒风还是进来了。它比我更熟悉墙上的每一道细微裂缝。

就在前一天,我似乎已经预感到大雪来临。我劈好足够烧半个月的柴禾,整齐地码在窗台下;把院子扫得干干净净,无意中像在迎接一位久违的贵宾——把生活中的一些事情扫到一边,腾出干净的一片地方来让雪落下。下午我还走出村子,到田野里转了一圈。我没顾上割回来的一地葵花秆,将在大雪中站一个冬天。每年下雪之前,都会发现有一两件顾不上干完的事而被搁一个冬天。冬天,有多少人放下一年的事情,像我一样用自己那只冰手,从头到尾地抚摸自己的一生。

屋子里更暗了,我看不见雪。但我知道雪在落,漫天地落。落在房顶和柴垛上,落在扫干净的院子里,落在远远近近的路上。我要等雪落定了再出去。我再不像以往,每逢第一场雪,都会怀着莫名的兴奋,站在屋檐下观看好一阵,或光着头钻进大雪中,好像有意要让雪知道世上有我这样一个人,却不知道寒冷早已盯住了我活蹦乱跳的年轻生命。

经过许多个冬天之后,我才渐渐明白自己再躲不过雪,无论我蜷缩在屋子里,还是远在冬天的另一个地方,纷纷扬扬的雪,都会落在我正经历的一段岁月里。当一个人的岁月像荒野一样敞开时,他便再无法照管好自己。

就像现在,我紧围着火炉,努力想烤热自己。我的一根骨头,却露在屋外的寒风中,隐隐作疼。那是我多年前冻坏的一根骨头,我再不能像捡一根牛骨头一样,把它捡回到火炉旁烤热。它永远地冻坏在那段天亮前的雪路上了。那个冬天我十四岁,赶着牛车去沙漠里拉柴禾。那时一村人都是靠在沙漠里的一种叫梭梭的灌木取暖过冬。因为不断砍挖,有柴禾的地方越来越远。往往用一天半夜时间才能拉回一车柴禾。每次拉柴禾,都是母亲半夜起来做好饭,装好水和馍馍,然后叫醒我。有时父亲也会起来帮我套好车。我对寒冷的认识是那些夜晚开始的。

牛车一走出村子,寒冷便从四面八方拥围而来,把你从家里带出的那点温暖搜刮得一干二净,让你浑身上下只剩下寒冷。

那个夜晚并不比其他夜晚更冷。

只是这次,是我一个人赶着牛车进沙漠。以往牛车一出村,就会听到远远近近的雪路上其他牛车的走动声,赶车人隐约的吆喝声。只要紧赶上一阵路,便会追上一辆或好几辆去拉柴的牛车,一长串,缓行在铅灰色的冬夜里。那种夜晚天再冷也不觉得。因为寒风在吹好几个人,同村的、邻村的、认识和不认识的好几架牛车在这条夜路上抵挡着寒冷。

而这次,一野的寒风吹着我一个人。似乎寒冷把其他一切都收拾掉了。现在全部地对付我。

我披着羊皮大衣,一动不动趴在牛车里,不敢大声吆喝牛,免得让更多的寒冷发现我。从那个夜晚我懂得了隐藏温暖——在凛洌的寒风中,身体那点温暖正一步步退守到一个隐秘的有时连我自己都难以找到的深远处——我把这点隐深的温暖节俭地用于此后多年的爱情生活。我的亲人们说我是个很冷的人,不是的,我把仅有的温暖全给了你们。

许多年后有一股寒风,从我自以为火热温暖的从未被寒冷浸入的内心深处阵阵袭来时,我才发现穿再厚的棉衣也没用了。生命本身有一个冬天,它已经来临。

天亮时,牛车终于到达有柴禾的地方。我的一条腿却被冻僵了,失去了感觉。我试探着用另一条腿跳下车,拄着一根柴禾棒活动了一阵,又点了一堆火烤了一会儿,勉强可以行走了。腿上的一块骨头却生疼起来,是我从未体验过的一种疼,像一根根针刺在骨头上狠命往骨髓里钻——这种疼感一直延续到以后所有的冬天以及夏季里阴冷的日子。

天快黑时,我装着半车柴禾回到家里,父亲一见就问我:怎么拉了这点柴,不够两天烧的。我没吭声,也没向家里说腿冻坏的事。

我想很快会暖和过来。

那个冬天要是稍短些,家里的火炉要是稍旺些,我要是稍把这条腿当回事些,或许我能暖和过来。可是现在不行了。隔着多少个季节,今夜的我,围抱火炉,再也暖不热那个遥远冬天的我;那个在上学路上不慎掉进冰窟窿,浑身是冰往回跑的我;那个跺着冻僵的双脚,捂着耳朵在一扇门外焦急等待的我……我再不能把他们唤回到这个温暖的火炉旁。我准备了许多柴禾,是准备给这个冬天的。我才三十岁,肯定能走过冬天。

但在我周围,肯定有个别人不能像我一样度过冬天。他们被留住了。冬天总是一年一年地弄冷一个人,先是一条腿、一块骨头、一副表情、一种心情……尔后整个人生。

我曾在一个寒冷的早晨,把一个浑身结满冰霜的路人让进屋子,给他倒了一杯热茶。那是个上了年纪的人,身上带许多冬天的寒冷,当他坐在我的火炉旁时,炉火须臾间变得苍白。我没有问他的名字,在火炉的另一边,我感到迎面逼来的一个老人的透骨寒气。

他一句话不说。我想他的话肯定全冻硬了,得过一阵才能化开。

大约坐了半个时辰,他站起来,朝我点了一下头,开门走了。我以为他暖和过来了。

第二天下午,听人说村西边冻死了一个人。我跑过去,看见这个上了年纪的人躺在路边,半边脸埋在雪中。

我第一次看到一个人被冻死。

我不敢相信他已经死了。他的生命中肯定还深藏着一点温暖,只是我们看不见。一个最后的微弱挣扎我们看不见。呼唤和呻吟我们听不见。

我们认为他死了。彻底地冻僵了。

他的身上怎么能留住一点点温暖呢?靠什么去留住。他的烂了几个洞、棉花露在外面的旧棉衣?底磨得快透了一边帮已经脱落的那双鞋?还有他的比多少个冬天加起来还要寒冷的心境?……

落在一个人一生中的雪,我们不能全部看见。每个人都在自己的生命中,孤独地过冬。我们帮不了谁。我的一小炉火,对这个贫寒一生的人来说,显然杯水车薪。他的寒冷太巨大。

我有一个姑妈,住在河那边的村庄里,许多年前的那些个冬天,我们兄弟几个常手牵手走过封冻的河去看望她。每次临别前,姑妈总要说一句:天热了让你妈过来喧喧。

妈妈年老多病,她总担心自己过不了冬天。天一冷她便足不出户,猫在一间矮土屋里,抱着火炉,等待着春天来临。

一个人老的时候,是那么渴望春天来临。尽管春天来了她没有一片要抽芽的叶子,没有半瓣要开放的花朵。春天只是来到大地上,来到别人的生命中。但她还是渴望春天,她害怕寒冷。

我一直没有忘记姑妈这句话,也不只一次地把它转告给母亲。母亲只是望望我,又忙着做她的活。母亲不是一个人在过冬,她有五六个没长大的孩子,她要拉着他们度过冬天,不让一个孩子受冷。她和姑妈一样期盼着春天。

……天热了,母亲会带着我们,趟过河,到对岸的村子里看望姑妈。姑妈也会走出蜗居一冬的土屋,在院子里晒着暖暖的太阳和我们说说笑笑……多少年过去了,我们一直没有等到这个春天。好像姑妈那句话中的"天"一直没有热。

姑妈死在几年后的一个冬天。我回家过年,记得是大年初四,我陪着母亲沿一条即将解冻的马路往回走。母亲在那段路上告诉我姑妈去世的事。她说:"你姑妈死掉了。"

母亲说得那么平淡,像在说一件跟死亡无关的事情。

"咋死的?"我似乎问得更平淡。

母亲没有直接回答我。她只是说:"你大哥和你弟弟过去帮助料理了后事。"

此后的好一阵,我们再没说这事,只顾静静地走路。快到家门口时,母亲说了句:天热了。

我抬头看了看母亲,她的身上正冒着热气,或许是走路的缘故,不过天气真的转热了。对母亲来说,这个冬天已经过去了。

"天热了过来喧喧。"我又想起姑妈的这句话。这个春天再不属于姑妈了。她熬过了许多个冬天还是被这个冬天留住了。我想起爷爷奶奶也是分别死在几年前的冬天。母亲还活着。我们在世上的亲人会越来越少。我告诉自己,不管天冷天热,我们都要常过来和母亲坐坐。

母亲拉扯大她的七个儿女。她老了。我们长高长大的七个儿子,或许能为母亲挡住一丝的寒冷。每当儿女们回到家里,母亲都会特别高兴,家里也顿时平添热闹的气氛。

但母亲斑白的双鬓分明让我感到她一个人的冬天已经来临,那些雪开始不退、冰霜开始不融化——无论春天来了,还是儿女们的孝心和温暖备至。

隔着三十年这样的人生距离,我感觉着母亲独自在冬天的透心寒冷。我无能为力。

雪越下越大。天彻底黑透了。

我围抱着火炉,烤热着漫长一生的一个时刻。我知道这一时刻之外,我其余的岁月,我的亲人们的岁月,远在屋外的大雪中,被寒风吹彻。

【阅读提示】

这是一篇抒情散文,但既非纯粹地写景也非直接抒发情感,而是以一种独特的方式将情境与情感联系起来。寒冷的冬天,在光线暗淡的屋内围抱火炉,散漫地回想一些人与事——从一次寒夜的经历、一个冻死的陌生人、在冬天死去的亲人和年迈的艰难地抵御着冬天寒冷的母亲,直至黑夜完全降临。这是散文的主要内容,但它所传递的内涵却是某种关于生命的抽象体验。这种效果的获得,主要是因为文章始终是在双重含义上使用"雪""冬天"和"寒冷"这些字眼。"雪""冬天""寒冷"在这篇文章中,既是对真实情境的描绘,也蕴涵了叙述者随着年龄增长而对生命中的冷漠、孤单、衰老等的体验。文章开始时写到:"比落雪更重要的事情开始降临到生活中。三十岁的我,似乎对这个冬天的来临漠不关心,却又好像一直在倾听落雪的声音。"——联系整篇文章,理解这里所谓的"比落雪更重要的事情"指的是什么?

山南水北（节选）

韩少功

01. 扑进画框

我一眼就看上了这片湖水。

汽车爬高已经力不从心的时候，车头大喘一声，突然一落。一片巨大的蓝色冷不防冒出来，使乘客们的心境顿时空阔和清凉。前面还在修路，汽车停在大坝上，不能再往前走了。乘客如果还要前行，投访蓝色水面那一边的迷蒙之处，就只能收拾自己的行李，疲惫地去水边找船。这使我想起了古典小说里的场面：好汉们穷途末路来到水边，幸有酒保前来接头，一支响箭射向湖中，芦苇泊里便有造反者的快船闪出……

这支从古代射来的响箭，射穿了宋代元代明代清代民国新中国，疾风嗖嗖又余音袅袅——我今天也在这里落草？

我从没见过这个水库——它建于上个世纪70年代中期，是我离开了这里之后。据说它与另外两个大水库相邻和相接，构成梯级的品字形，是红色时代留下的一大批水利工程之一，至今让山外数十万亩农田受益，也给老山里的人带来了驾船与打渔一类新的生计。这让我多少有些好奇。我熟悉水库出现以前的老山。作为那时的知青，我常常带着一袋米和一根扁担，步行数十公里，来这里寻购竹木，一路上被长蛇、野猪粪以及豹子的叫声吓得心惊胆战。为了对付国家的禁伐，躲避当地林木站的拦阻，当时的我们贼一样昼息夜行，十多个汉子结成一伙，随时准备闯关甚至打架。有时候谁掉了队，找不到路了，在月光里恐慌地呼叫，就会叫出远村里此起彼伏的狗吠。

当时这里也有知青点，其中大部分是我中学的同学，曾给我提供过红薯和糍粑，用竹筒一次次为我吹燃火塘里的火苗。他们落户的地点，如今已被大水淹没，一片碧波浩渺中无处可寻。当机动木船突突突犁开碧浪，我没有参与本地船客们的说笑，只是默默地观察和测量着水面。我知道，就在此刻，就在脚下，在船下暗无天日的水深之处，有我熟悉的石阶和墙垣正在飘移，有我熟悉的灶台和门槛已经残腐，正在被鱼虾探访。某一块石板上可能还留有我当年的刻痕：一个不成形的棋盘。

米狗子，骨架子，虱婆子，小猪，高丽……这些读者所陌生的绰号不用我记忆就能脱口而出。他们是我知青时代的朋友，是深深水底的一只只故事，足以让我思绪暗涌。三十年前飞鸟各投林，弹指之间已不觉老之将至——他们此刻的睡梦里是否正有一线突突突的声音飘过？巴童浑不寐，夜半有行舟。这是杜甫的诗。独行潭底影，数息身边树。这是贾长江的诗。云间迷树影，雾里失峰形。这是王勃的诗。野旷天低树，江清月近人。这是孟浩然的诗。芦荻荒寒野水平，四周唧唧夜虫声。这是《阅微草堂笔记》中俞君祺的诗。……机船剪破一匹水中的山林倒影，绕过一个个湖心荒岛，进入了老山一道越来越窄的皱褶，沉落在两山间一道越来越窄的天空之下。我感觉到这船不光是在空间里航行，而是在中国历史文化的画廊里巡游，驶入古人幽深的诗境。

我用手机接到一个朋友的电话，在柴油机的轰闹中听不太清楚，只听到他一句惊讶："你在哪里？你真的去了八溪？"——他是说这个乡的名字。

为什么不？

"你就打算住在那里？"

不行吗？

我觉得他的停顿有些奇怪。

融入山水的生活，经常流汗劳动的生活，难道不是一种最自由和最清洁的生活？接近土地和五谷的生活，难道不是一种最可靠和最本真的生活？我被城市接纳和滋养了三十年，如果不故作矫情，当心怀感激和长存思念。我的很多亲人和朋友都在城市。我的工作也离不开轰轰城市。但城市不知从什么时候开始已越来越陌生，在我的急匆匆上下班的线路两旁与我越来越没有关系，很难被我细看一眼；在媒体的罪案新闻和八卦新闻中与我也格格不入，哪怕看一眼也会心生厌倦。我一直不愿被城市的高楼所挤压，不愿被城市的噪声所烧灼，不愿被城市的电梯和沙发一次次拘押。大街上汽车交织如梭的钢铁鼠流，还有楼墙上布满空调机盒子的钢铁肉斑，如同现代的鼠疫和麻风，更让我一次次惊悚，差点以为古代灾疫又一次入城。侏罗纪也出现了，水泥的巨蜥和水泥的恐龙已经以立交桥的名义，张牙舞爪扑向了我的窗口。

"生活有什么意义呢？"

酒吧里的男女们疲惫地追问，大多找不出答案。就像一台老式留声机出了故障，唱针永远停留在不断反复的这一句，无法再读取后续的声音。这些男女通常会在自己的墙头挂一些带框的风光照片或风光绘画,算是他们记忆童年和记忆大自然的三两存根,或者是对自己许诺美好未来的几张期票。未来迟迟无法兑现,也许永远无法兑现——他们是被什么力量久久困锁在画框之外?对于都市人来说,画框里的山山水水真是那样遥不可及?

我不相信,于是扑通一声扑进画框里来了。

65. 青龙偃月刀

何爹剃头几十年,是个远近有名的剃匠师傅。无奈村里的脑袋越来越少,包括好多脑袋打工去了,好多脑袋移居山外了,好多脑袋入土了,算一下,生计越来越难以维持——他说起码要九百个脑袋,才够保证他基本的收入。

这还没有算那些一头红发或一头绿发的脑袋。何爹不愿趋时,说年轻人要染头发,五颜六色地染下来,狗不像狗,猫不像猫,还算是个人?他不是不会染,是不愿意染。师傅没教给他的,他绝对不做。结果,好些年轻人来店里看一眼,发现这里不能焗油和染发,更不能做负离子和爆炸式,就打道去了镇上。

何爹的生意一天天更见冷清。我去找他剪头的时候,在几间房里寻了个遍,才发现他在竹床上睡觉。

"今天是初八,估算着你是该来了。"他高兴地打开炉门,乐滋滋地倒一盆热水,大张旗鼓进入第一道程序:洗脸清头。

"我这个头是要带到国外去的,你留心一点剃。"我提醒他。

"放心,放心!建伢子要到阿联酋去煮饭,不也是要出国?他也是我剃的。"

洗完脸,发现停了电。不过不要紧,他的老式推剪和剃刀都不用电——这又勾起了他对新式美发的不满和不屑:你说,他们到底是人剃头呢,还是电剃头呢?只晓得操一把电剪,一个吹筒,两个月就出了师,就开得店,那也算剃头?更好笑的是,眼下婆娘们也当剃匠,把男人的脑壳盘来拨去,要球不是要球,和面不是和面,成何体统?男人的头,女子的腰,只能看,不能挠。这句老话都不记得了么?

我笑他太老腔老板,劝他不必过于固守男女之防。

好吧好吧,就算男人的脑壳不金贵了,可以由婆娘们随便来挠,但理发不用剃刀,像什么话呢?他振振有词地说,剃匠剃匠,关键是剃,是一把刀。

剃匠们以前为什么都敬奉关帝爷？就因为关大将军的功夫也是在一把刀上，过五关，斩六将，杀颜良，诛文丑，于万军之阵取上将军头颅如探囊取物。要是剃匠手里没有这把刀，起码一条，光头就是刨不出来的，三十六种刀法也派不上用场。

我领教过他的微型青龙偃月。其一是"关公拖刀"：刀背在顾客后颈处长长地一刮，刮出顾客麻酥酥的一阵惊悚，让人十分享受。其二是"张飞打鼓"：刀口在顾客后颈上弹出一串花，同样让顾客特别舒服。"双龙出水"也是刀法之一，意味着刀片在顾客鼻梁两边轻捷地铲削。"月中偷桃"当然是另一刀法，意味着刀片在顾客眼皮上轻巧地刨刮。至于"哪吒探海"更是不可错过的一绝：刀尖在顾客耳朵窝子里细剔，似有似无，若即若离，不仅净毛除垢，而且让人痒中透爽，整个耳朵顿时清新和开阔，整个面部和身体为之牵动，招来嗖嗖嗖八面来风。气脉贯通和精血涌跃之际，待剃匠从容收刀，受用者一个喷嚏天昏地暗，尽吐五脏六腑之浊气。

何师傅操一杆青龙偃月，阅人间头颅无数，开刀、合刀、清刀、弹刀，均由手腕与两三指头相配合，玩出了一朵令人眼花缭乱的花。一把刀可以旋出任何一个角度，可以对付任何复杂的部位，上下左右无敌不克，横竖内外无坚不摧，有时甚至可以闭着眼睛上阵，无需眼角余光的照看。

一套古典绝活玩下来，他只收三块钱。

尽管廉价，尽管古典，他的顾客还是越来越少。有时候，他成天只能睡觉，一天下来也等不到一个脑袋，只好招手把笑花子那流浪崽叫进门，同他说说话，或者在他头上活活手，提供免费服务。但他还是决不焗油和染发，宁可败走麦城也决不背汉降魏。

大概是白天睡多了，他晚上反而睡不着，常常带着笑花子去邻居家看看电视，或者去老朋友那里串门坐人家。从李白的"床前明月光"，到白居易的"此恨绵绵无绝期"，他诗兴大发时，能背出很多古人诗作。

三明爹一辈子只有一个发型，就是刨光头，每次都被何师傅刨得灰里透白，白里透青，滑溜溜地毫光四射，因此多年来是何爹刀下最熟悉、最亲切、最忠实的脑袋。虽然不识几个字，三明爹也是他背诗的最好听众。有一段，三明爹好久没送脑袋来了，让何爹算着算着日子，不免起了疑心。他翻过两个岭去看望老朋友，发现对方久病在床，已经脱了形，奄奄一息。

他含着泪回家，取来了行头，再给对方的脑袋上刨一次，包括使完了他全部的绝活。三明爹半躺着，舒服得长长呼出一口气："贼娘养的好过呀。兄弟，我这一辈子抓泥捧土，脚吃了亏，手吃了亏，肚子也吃了亏呵。搭帮你,就是脑壳没有吃亏。我这个脑壳,来世……还是你的。"

何爹含着泪说:"你放心,放心。"

光头脸上带着笑,慢慢合上了眼皮,像睡过去了。

何爹再一次张飞打鼓:刀口在光亮亮的头皮上一弹,弹出了一串花,由强渐弱,余音袅袅,算是最后一道工序完成。他看见三明爹眼皮轻轻跳了一下。

那一定是人生最后的极乐。

【阅读提示】

《山南水北》是著名作家韩少功写作的一部长篇叙事散文,记录作者在湖南山村八溪峒几年间的乡居生活。全书由百余篇短文构成,各自成篇,又有内在的关联性。内容分两大部分,其一是记录乡居见闻,其一是勾勒山村异人轶事。

《扑进画框》是全书第一篇,属第一种。仔细体味"我"对乡村的复杂态度:作为一个城里人,作者一方面有着过去知青历史经历中的山村记忆,同时又对城市生活极度厌倦,因而决定回归乡村。"水库"的自然风景在作者这里唤起的,不仅有中国古典历史文化中积淀的诗意,也有已经被淹没在水底之下的特定经历中的乡村生活场景。作者表达了一种对乡村生活的重新认可和明确的价值选择:"融入山水的生活,经常流汗的生活,难道不是一种最自由和最清洁的生活?接近土地和五谷的生活,难道不是一种最可靠和最本真的生活?"结合本篇标题"扑进画框",仔细体味作者这一选择中蕴含的现实态度。

《青龙偃月刀》属于第二种,写一个山村中坚持传统职业技法的老式剃头匠。全篇采取了某种戏谑的叙述语调,将剃头匠手中的小剃刀与古典传奇英雄关羽的武器青龙偃月刀对接起来,极度细致的"刀法"描写,显然具有某种反讽意味。从一个"落伍"的老剃头匠的经历和视角写出的乡村现实,包含着作者对现代生活的反思和对某种值得尊敬的职业伦理的思考。你认为这种戏谑语调表达的是怎样复杂的情感?你如何看待这种即将消失的古典乡村技艺?注意本篇关于人物对话的描写,以及如何呈现何爹自身的思维逻辑。"我"在面对这个人物时,既不是怜悯也非完全崇敬,注意体味作者所采取的这种态度和立场的独特之处。

【参考书(篇)目】

1. 李敬泽:《词典撰写者——〈山南水北〉》,收《为文学申辩》,作家出版社 2009 年版。
2. 李少君:《读〈山南水北〉》,收孔见编《对一个人的阅读:韩少功和他的时代》,江苏文艺出版社 2013 年版。

诗歌部分

梦与诗

胡 适

都是平常经验,
都是平常影象,
偶然涌到梦中来,
变幻出多少新奇花样!

都是平常情感,
都是平常言语,
偶然碰着个诗人,
变幻出多少新奇诗句!

醉过才知酒浓,
爱过才知情重:——
你不能做我的诗,
正如我不能做你的梦。

（自跋）这是我的"诗的经验主义"（Poetic empiricism）。简单一句话：做梦尚且要经验做底子,何况做诗？现在人的大毛病就在爱做没有经验做底子的诗。北京一位新诗人说"棒子面一根一根的往嘴里送"；上海一位诗学大家说"昨日蚕一眠,今日蚕二眠,明日蚕三眠,蚕眠人不眠!"吃面养蚕何尝不是世间最容易的事？但没有这种经验的人,连吃面养蚕都不配说。——何况做诗？

九,一〇,一〇

（原载1921年1月1日《新青年》第8卷第5号）

【阅读提示】

　　胡适最早提出和实践白话诗,主张用白话写诗,不用典,作诗如作文等。总体上说,他缺乏诗才,因此其诗歌具有文学史意义,而并不为后来的读者所喜。《梦与诗》是他写得较好的一首,文字平白是他的特点,而尤其最后两句,"你不能做我的诗,正如我不能做你的梦",既有诗意又富意味,可以说展示了白话的好处。

【扩展性阅读书(篇)目】

　　胡适:《尝试集》第二编,《尝试集》,人民文学出版社1984年版。

【参考书(篇)目】

　　陈平原:《经典是怎样形成的——周氏兄弟等为胡适删诗考》,载《鲁迅研究月刊》2001年第4、5期。

天　狗

郭沫若

我是一条天狗呀！
我把月来吞了，
我把日来吞了，
我把一切的星球来吞了，
我把全宇宙来吞了。
我便是我了！

我是月底光，
我是日底光，
我是一切星球底光，
我是 X 光线底光，
我是全宇宙底 Energy 底总量！

我飞奔，
我狂叫，
我燃烧。
我如烈火一样地燃烧！
我如大海一样地狂叫！
我如电气一样地飞跑！
我飞跑，
我飞跑，
我飞跑，
我剥我的皮，
我食我的肉，
我吸我的血，
我啮我的心肝，

我在我神经上飞跑,
我在我脊髓上飞跑,
我在我脑筋上飞跑。

我便是我呀!
我的我要爆了!

1920 年 2 月初作

【阅读提示】

要抓住本诗无羁的想象,无羁的思想(在民间传说中的"天狗"形象中寄予彻底的否定与破坏直至自我否定与破坏的现代精神),无羁的形式(不拘格律,不拘平仄,不拘长短),由此显示的诗人无羁的创造力,并进而感受"五四"的时代精神。

"我不知道风是在那一个方向吹"

徐志摩

  我不知道风
  是在那一个方向吹——
  我是在梦中,
  在梦的轻波里依洄。

  我不知道风
  是在那一个方向吹——
  我是在梦中,
  她的温存,我的迷醉。

  我不知道风
  是在那一个方向吹——
  我是在梦中,
  甜美是梦里的光辉。

  我不知道风
  是在那一个方向吹——
  我是在梦中,
  她的负心,我的伤悲。

  我不知道风
  是在那一个方向吹——
  我是在梦中,
  在梦的悲哀里心碎!

  我不知道风

是在那一个方向吹——
我是在梦中,
黯淡是梦里的光辉。

（选自《猛虎集》,新月书店 1931 年 8 月初版。）

【阅读提示】

1. 要抓住本诗形式上的追求：前三句完全重复,第四句变化中有重复(1、5 节,2、4 节,3、6 节末句句式一一对应),形成"依洄"吟唱的风格；精心选用灰韵(吹、洄、醉、辉、悲、碎),营造一种阴柔感。——请在反复吟诵中感受本诗的韵味。

2. 可以徐诗与郭诗比较,进而领悟徐志摩及新月派诗人"使诗的内容及形式双方表现出美的力量,成为一种完美的艺术"的努力与贡献(于赓虞：《志摩的诗》)。

【扩展性阅读书(篇)目】

《志摩的诗》《猛虎集》,或其中的《雪花的快乐》《残诗》《太平景象》《再别康桥》《黄鹂》等篇。

【参考书(篇)目】

《徐志摩名作欣赏》,中国和平出版社 1993 年版。

闻一多诗二首

发　现

我来了,我喊一声,迸着血泪,
"这不是我的中华,不对,不对!"
我来了,因为我听见你叫我;
鞭着时间的罡风,擎一把火,
我来了,不知道是一场空喜。
我会见的是噩梦,那里是你?
那是恐怖,是噩梦挂着悬崖,
那不是你,那不是我的心爱!
我追问青天,逼迫八面的风,
我问,拳头擂着大地的赤胸,
总问不出消息,我哭着叫你,
呕出一颗心来,你在我心里!

(选自《死水》,新月书店1928年1月初版。)

【阅读提示】

1. 要抓住本诗的艺术构思:诗人满怀爱国激情从海外赶回祖国,国家的现状却使他极度失望,于是就有了写诗的冲动。但诗人却把感情的酝酿、发展过程全部压缩掉,只从感情的爆发点起笔,连声高呼"我来了""我来了""不对""不对",先声夺人地把悲愤、绝望的情绪一下子推到读者面前,仿佛郁积已久的火山突然爆发。

2. 同样引人注目的是这首诗形式上的整齐:每行字数基本一致,两行一韵。这不仅体现了闻一多"建筑美"的追求,更是将奔放的情感收敛于谨严的形式中,形成闻诗所特具的沉郁的风格。

闻一多先生的书桌①

忽然一切的静物都讲话了,
　　忽然间书桌上怨声腾沸:
墨盒呻吟道"我渴得要死!"
　　字典喊雨水渍湿了他的背;

信笺忙叫道②弯痛了他的腰;
　　钢笔说烟灰闭塞了他的嘴,
毛笔讲③火柴烧秃了他的须,
　　铅笔抱怨牙刷压了他的腿;

香炉咕喽着"这些野蛮的书
　　早晚定规要把你挤倒了!"
大钢表叹息快睡锈了骨头;
　　"风来了!风来了!"稿纸都叫了;

笔洗说他分明是盛水的,
　　怎么吃得惯臭辣的雪茄灰;
桌子怨④一年洗不上两回澡,
　　墨水壶说"我两天给你洗一回。"
"什么主人?谁是我们的主人?"
　　一切的静物⑤都同声骂道,
"生活若果⑥是这般的狼狈,
　　倒还不如没有生活的好!"

---

①　本诗最初发表于1925年9月19日《现代评论》第2卷第41期,收入《死水》时文字小有改动。
②　"叫道"初刊时作"说"。
③　"毛笔讲"初刊时作"毛笔说"。
④　"桌子怨"初刊时作"桌子讲"。
⑤　"一切的静物"初刊时作"文房的四宝"。
⑥　"生活若果"初刊时作"如其生活"。

主人咬着烟斗迷迷的笑,①
　"一切的众生②应该各安其位。
我何曾有意的糟蹋你们,
　秩序不在我的能力之内。"

【阅读提示】
　1. 这首诗在闻一多先生的诗中,是颇为特别的,甚至在现代新诗中都不多见;很多关于闻诗与新诗的选本中,也很少选录。它的价值大概也在这里:通过这首诗的阅读,你对闻一多先生其人其诗有什么新的体认?
　2. 在注释中,提到了本诗收入诗集时,对在报刊上发表的文本有所改动。试对这些改动做出你的分析。

【扩展性阅读书(篇)目】
　《红烛》《死水》,或选读其中的《李白之死》《太阳吟》《忆菊》《口供》《也许——葬歌》《忘掉她》《死水》《心跳》等篇。

【参考书(篇)目】
　《闻一多名作欣赏》,中国和平出版社1993年版。

---

① "迷迷的笑"初刊时作"在摇椅上摇"。
② "一切的众生"初刊时作"芸芸的众生"。

戴望舒诗二首

寻梦者

梦会开出花来的,
梦会开出娇妍的花来的:
去求无价的珍宝吧。

在青色的大海里,
在青色的大海的底里,
深藏着金色的贝一枚。

你去攀九年的冰山吧,
你去航九年的旱海吧,
然后你逢到那金色的贝。

它有天上的云雨声,
它有海上的风涛声,
它会使你的心沉醉。

把它在海水里养九年,
把它在天水里养九年,
然后,它在一个暗夜里开绽了。

当你鬓发斑斑了的时候,
当你眼睛朦胧了的时候,
金色的贝吐出桃色的珠。

把桃色的珠放在你怀里,
把桃色的珠放在你枕边,
于是一个梦静静地升上来了。

你的梦开出花来了。
你的梦开出娇妍的花来了,
在你已衰老了的时候。

【阅读提示】

读本诗要抓住诗人的艺术构思:将现代人的"寻梦"思绪寄寓在一个"寻找金色的贝"的民间故事里,一虚一实,巧妙交织为一体。——细读全诗,体会诗人怎样把他这一艺术构思转化为外在的形式特点:将类似民歌的夸饰、复沓与意象朦胧的现代象征手法,不露痕迹地结合为一体;用亲切的日常口语说话的调子,将复杂化、精微化的现代人的感受含蓄地表达出来。然后,反复吟诵全诗,体味流动其间的诗情与诗绪:既是明朗的(表现了追求理想的执著),又是迷惘、感伤的(表现追求中的疲倦与苍老)。

乐园鸟

飞着,飞着,春,夏,秋,冬,
昼,夜,没有休止,
华羽的乐园鸟,
这是幸福的云游呢,
还是永恒的苦役?

渴的时候也饮露,
饥的时候也饮露,
华羽的乐园鸟,
这是神仙的佳肴呢,
还是为了对于天的乡思?

是从乐园里来的呢,
还是到乐园里去的?

华羽的乐园鸟,
在茫茫的青空中,
也觉得你的路途寂寞吗?

假使你是从乐园里来的,
可以对我们说吗,
华羽的乐园鸟,
自从亚当,夏娃被逐后,
那天上的花园已荒芜到怎样了?

【阅读提示】

　　欣赏本诗本要从形式上的一个特点入手:全诗四节,每节五句,第三句将全诗分为两段,而且是同一句"华羽的乐园鸟",仿佛在反复地呼唤与寻问;本诗正是向着这只宗教里的天堂中的华美的鸟连续发出了五个问题。因此,可以把这首《乐园鸟》看做是现代人的"天问"。再进一步琢磨,还可以发现,这只"春,夏,秋,冬,昼,夜,没有休止"地"飞着"的"乐园鸟"也就是诗人自己,他们合二为一,"天问"就是"自问"。仔细琢磨诗中的"五问",想一想:诗人对人(自己)无休止的理想追求提出了怎样的疑问?这反映了现代人(作者)的怎样一种矛盾的心境?

【扩展性阅读书(篇)目】

　　《戴望舒诗全编》(浙江文艺出版社 1989 年版),或选集,或《雨巷》《我底记忆》《印象》《对于天的怀乡病》《单恋者》《秋天的梦》《我用残损的手掌》等篇。

【参考书(篇)目】

　　1. 孙玉石:《去寻找无价之宝吧——读戴望舒的〈寻梦者〉》,收《中国现代诗导读(1917—1938)》,北京大学出版社 1990 年版。

　　2. 刘孟沐:《求索者的脚印——读戴望舒的〈乐园鸟〉》,收《中国现代诗导读(1917—1938)》,北京大学出版社 1990 年版。

预 言

何其芳

这一个心跳的日子终于来临。
你夜的叹息似的渐近的足音
我听得清不是林叶和夜风私语,
麋鹿驰过苔径的细碎的蹄声。
告诉我,用你银铃的歌声告诉我
你是不是预言中的年轻的神?

你一定来自温郁的南方,
告诉我那儿的月色,那儿的日光,
告诉我春风是怎样吹开百花,
燕子是怎样痴恋着绿杨。
我将合眼睡在你如梦的歌声里,
那温馨我似乎记得又似乎遗忘。

请停下,停下你长途的奔波,
进来,这儿有虎皮的褥你坐!
让我烧起每一秋天拾来的落叶,
听我低低唱起我自己的歌,
那歌声将火光样沉郁又高扬,
火光样将落叶的一生诉说。

不要前行,前面是无边的森林,
古老的树现着野兽身上的斑纹,
半生半死的藤蟒蛇样交缠着,
密叶里漏不下一颗星,
你将怯怯地不敢放下第二步,

当你听见了第一步空寥的回声。

一定要走吗?等我和你同行,
我的足知道每一条平安的路径,
我可以不停地唱着忘倦的歌,
再给你,再给你手的温存。
当夜的浓黑遮断了我们,
你可以不转眼地望着我的眼睛。

我激动的歌声你竟不听,
你的足竟不为我的颤抖暂停,
象静穆的微风飘过这黄昏里,
消失了,消失了你骄傲的足音……
呵,你终于如预言中所说的无语而来
无语而去了吗,年轻的神?

1931年秋

(选自《汉园集》,商务印书馆1936年初版。)

【阅读提示】

读这首诗要抓住全诗构思与结构上的特点:前五节充满青春激情的对爱情的竭力渲染与铺写,与最后一节的突然翻跌,形成强烈对比——这不过是"无语而来,无语而去"的梦。抓住这一"全局"之后,再去细读各节诗,就可以发现,最后的"突转",其实前面早有蛛丝马迹,形成一股青春激流底下的感伤的潜流,最后才喷发出来。了然于此,再去吟诵全诗,就会读出两种诗情明暗、虚实、起伏之间的丰厚的韵味。

【扩展性阅读书(篇)目】

《汉园集》,商务印书馆1936年版。

【参考书(篇)目】

孙玉石:《梦中升起的小花——何其芳〈预言〉浅析》,收《中国现代诗导读(1917—1938)》,北京大学出版社1990年版。

卞之琳诗二首

尺　八

象候鸟衔来了异方的种子，
三桅船载来了一枝尺八，
从夕阳里，从海西头。
长安丸载来的海西客
夜半听楼下醉汉的尺八，
想一个孤馆寄居的番客
听了雁声，动了乡愁，
得了慰藉于邻家的尺八，
次朝在长安市的繁华里
独访取一枝凄凉的竹管……
(为什么霓虹灯的万花间
还飘着一缕凄凉的古香?)
归去也，归去也，归去也——
象候鸟衔来了异方的种子，
三桅船载来了一枝尺八，
尺八乃成了三岛的花草。
(为什么霓虹灯的万花间
还飘着一缕凄凉的古香?)
归去也，归去也，归去也——
海西人想带回失去的悲哀吗?

六月十九日

【阅读提示】

　　1935 年春，诗人乘一艘名叫"长安丸"的船来到日本，住在日本古都京都的东北郊,夜半听楼下房东吹奏"尺八"——一种类似箫的乐器,相传于唐朝时传入日本,因长度定为一尺八寸,故称"尺八";后来据周作人考证,尺八起于印度,传入中国,于宋代传到日本,在中国本土反而失传——因而引发出无限乡愁,同时渗透着"对祖国式微的哀愁"(卞之琳语)。

　　要抓住本诗抒情方式的变化——诗的小说化与戏剧化的努力。要注意诗人怎样将直接的抒情转化为一种叙述,特别要把握全诗叙述角度的变化:前三句客观叙述尺八从中国传入日本的历史;四、五句将诗人客观化为一个"海西客",叙述由历史时空进入现实时空;六至十句则通过"海西客"(即诗人自己)的想象,重现唐代的日本"番客"从长安"访取"尺八传入日本的历史;十一至十三句括号里的设问与"归去也"的呼唤,可以看做是诗人直接发出的声音,也是全诗的点题之笔:诗人正是从日本在"年红灯"(霓虹灯)所象征的现代化的繁荣中仍然保留着中国古代的传统("还漂着一缕凄凉的古香")中,感受到了不可扼制的乡愁与中国落后的式微感。

<h2 style="text-align:center">断　章</h2>

　　你站在桥上看风景,
　　看风景人在楼上看你。

　　明月装饰了你的窗子,
　　你装饰了别人的梦。

十月

【阅读提示】

　　本诗只有短短四行,却可以引发读者与评论者的多样阐释。有读者将本诗读解为人生不过是一种别人的"装饰";作者却表示他并不看重"装饰"的意思,"我的意思是着重在'相对'上,强调事物既是相对的,又是相互联系的:"你"在看风景,"你"也在"看风景人"的视野中成为风景,两者互为风景,又都是观看者,处于"看"与"被看"的关系和情境中。也有人把《断章》看做是"一首情诗",或者说是"想写的情诗中的片断":它"写出了'人'对'情'的无奈,及'情'对'人'的捉弄"。

　　请细细琢磨本诗,对前述"释义"提出自己的看法,或者另作解读。

【扩展性阅读书(篇)目】

《雕虫纪历》,人民文学出版社1984年版;或选读《古镇的梦》《航海》《雨同我》《白螺壳》等篇。

【参考书(篇)目】

1. 何志云:《层层叠叠"梦之根"——读卞之琳的〈尺八〉》,收《中国现代诗导读(1917—1938)》,北京大学出版社1990年版。
2. 孙玉石:《小景物中有大哲学——读卞之琳的〈断章〉》,收《中国现代诗导读(1917—1938)》,北京大学出版社1990年版。

艾青诗三首

雪落在中国的土地上

雪落在中国的土地上,
寒冷在封锁着中国呀……

风,
象一个太悲哀了的老妇,
紧紧地跟随着
伸出寒冷的指爪
拉扯着行人的衣襟,
用着象土地一样古老的话
一刻也不停地絮聒着……

那丛林间出现的,
赶着马车的
你中国的农夫
戴着皮帽
冒着大雪
你要到哪儿去呢?

告诉你
我也是农人的后裔——
由于你们的
刻满了痛苦的皱纹的脸
我能如此深深地
知道了

生活在草原上的人们的
岁月的艰辛。

而我
也并不比你们快乐啊
——躺在时间的河流上
苦难的浪涛
曾经几次把我吞没而又卷起——
流浪与禁监
已失去了我的青春的
最可贵的日子,
我的生命
也象你们的生命
一样的憔悴呀

雪落在中国的土地上,
寒冷在封锁着中国呀……

沿着雪夜的河流,
一盏小油灯在徐缓地移行,
那破烂的乌篷船里
映着灯光,垂着头
坐着的是谁呀?

——啊,你
蓬发垢面的少妇,
是不是
你的家
——那幸福与温暖的巢穴——
已被暴戾的敌人
烧毁了么?
是不是
也象这样的夜间,

失去了男人的保护,
在死亡的恐怖里
你已经受尽敌人刺刀的戏弄？

咳,就在如此寒冷的今夜,
无数的
我们的年老的母亲,
都蜷伏在不是自己的家里,
就象异邦人
不知明天的车轮
要滚上怎样的路程……
——而且
中国的路
是如此的崎岖
是如此的泥泞呀。

雪落在中国的土地上,
寒冷在封锁着中国呀……

透过雪夜的草原
那些被烽火所啮啃着的地域,
无数的土地的垦植者
失去了他们所饲养的家畜
失去了他们肥沃的田地
拥挤在
生活的绝望的污巷里:
饥馑的大地
朝向阴暗的天
伸出乞援的
颤抖着的两臂。

中国的苦痛与灾难
象这雪夜一样广阔而又漫长呀!

雪落在中国的土地上,
寒冷在封锁着中国呀……

中国,
我的在没有灯光的晚上
所写的无力的诗句
能给你些许的温暖么?

1937年12月28日夜间。

（选自《北方》,文化生活出版社1942年1月初版。）

【阅读提示】

注意本诗音乐式的结构:起句"雪落在中国的土地上,寒冷在封锁着中国呀……",平缓,低沉,倾诉式的叙述语调,形成全诗的"主旋律";接着精心安排三个乐段,由诗人与土地上的"人"——北国林间赶车的农夫,南方乌篷船里的农妇,失去了"他们肥沃的田地"的"土地的垦殖者",进行对话,在如怨如恕的倾诉中,不断深化刻骨铭心的"寒冷感",并做抽象的概括提升:"中国的路/是如此的崎岖/是如此的泥泞呀""中国的苦痛和灾难/像这雪夜一样广阔而又漫长呀",突现了全诗的象征意义。在这三个乐段之间,主旋律乐句不断重现,将诗人悲苦、忧郁的情感逐渐推向高潮。而最后的尾句却又给人以"些许的温暖",有如余音袅袅,引人遐想。

乞　丐

在北方
乞丐徘徊在黄河的两岸
徘徊在铁道的两旁

在北方
乞丐用最使人厌烦的声音
呐喊着痛苦
说他们来自灾区

来自战地

饥饿是可怕的
它使年老的失去仁慈
年幼的学会憎恨

在北方
乞丐用固执的眼
凝视着你
看你在吃任何食物
和你用指甲剔牙齿的样子

在北方
乞丐伸着永不缩回的手
乌黑的手
要求施舍一个铜子
向任何人
甚至那掏不出一个铜子的兵士

1939,春,陇海道上。
(选自《北方》,文化生活出版社1942年1月初版。)

【阅读提示】

注意本诗的"造型"的特点:乞丐"凝视着你"的"固执的眼","永不缩回"的"乌黑的手",具有极强的雕塑感与概括性,诗人的同情与愤激全都凝定其中;这正是"诗"与"画"的相通。

黎明的通知

为了我的祈愿
诗人啊,你起来吧

而且请你告诉他们

说他们所等待的已经要来

说我已踏着露水而来
已借着最后一颗星的照引而来

我从东方来
从汹涌着波涛的海上来

我将带光明给世界
又将带温暖给人类

借你正直人的嘴
请带去我的消息

通知眼睛被渴望所灼痛的人类
和远方的沉浸在苦难里的城市和村庄

请他们来欢迎我——
白日的先驱,光明的使者

打开所有的窗子来欢迎
打开所有的门来欢迎

请鸣响汽笛来欢迎
请吹起号角来欢迎

请清道夫来打扫街衢
请搬运车来搬去垃圾

让劳动者以宽阔的步伐走在街上吧
让车辆以辉煌的行列从广场流过吧

请村庄也从潮湿的雾里醒来

为了欢迎我打开它们的篱笆

请村妇打开她们的鸡埘
请农夫从畜棚牵出耕牛

借你的热情的嘴通知他们
说我从山的那边来,从森林的那边来

请他们打扫干净那些晒场
和那些永远污秽的天井

请打开那糊有花纸的窗子
请打开那贴着春联的门

请叫醒殷勤的女人
和那打着鼾声的男子

请年轻的情人也起来
和那些贪睡的少女

请叫醒困倦的母亲
和她身边的婴孩

请叫醒每个人
连那些病者与产妇

连那些衰老的人们
呻吟在床上的人们

连那些因正义而战争的负伤者
和那些因家乡沦亡而流离的难民

请叫醒一切的不幸者

我会一并给他们以慰安

请叫醒一切爱生活的人
工人,技师以及画家

请歌唱者唱着歌来欢迎
用草与露水所渗合的声音

请舞蹈者跳着舞来欢迎
披上她们白雾的晨衣

请叫那些健康而美丽的醒来
说我马上要来叩打她们的窗门

请你忠实于时间的诗人
带给人类以慰安的消息

请他们准备欢迎,请所有的人准备欢迎
当雄鸡最后一次鸣叫的时候我就到来

请他们用虔诚的眼睛凝视天边
我将给所有期待我的以最慈惠的光辉

趁这夜已快完了,请告诉他们
说他们所等待的就要来了

(选自《黎明的通知》,文化供应社1948年8月新一版。)

【阅读提示】

  注意本诗"呼唤式"的叙述语调,可与《雪落在中国的土地上》相比较。诗人着意运用两行一节的快节奏,精心选用排比句式,以造成一浪推一浪的气势,全诗充满了动感,意境也十分开阔。请在朗读中体会诗人对光明的渴求,以及历史黎明期的欢乐感。

【扩展性阅读书(篇)目】

《艾青全集》第1卷,花山文艺出版社1991年版;或选读《透明的夜》《马赛》《大堰河——我的保姆》《北方》《手推车》《向太阳》《我爱这土地》《树》等篇。可尝试写《艾青笔下的土地与太阳》。

【参考书(篇)目】

1. 《艾青名作欣赏》,中国和平出版社1993年版。
2. 洪子诚:《〈雪落在中国的土地上〉分析》,收《新讲台——学者教授讲析新版中学语文名篇》,中央编译出版社2001年版。

冯至诗二首

《十四行集》之十六

我们站立在高高的山巅
化身为一望无边的远景,
化成面前的广漠的平原,
化成平原上交错的蹊径。

哪条路,哪道水,没有关连,
哪阵风,哪片云,没有呼应:
我们走过的城市、山川,
都化成了我们的生命。

我们的生长,我们的忧愁
是某某山坡的一棵松树,
是某某城上的一片浓雾;

我们随着风吹,随着水流,
化成平原上交错的蹊径,
化成蹊径上行人的生命。

【阅读提示】

　　读冯至的《十四行诗集》要抓住"生命的体验"这一环节。在本诗里,诗人选取了一个特定的视角——高高的山巅,站在那里,于一呼一吸之间,体验着风吹水流式的生命感应。试还原诗的情境,想象自己也身处于高高的山巅,细细体验:自我生命怎样融化入大自然,达到"物我一体"的境界;那流动着的生命(水,风,云,雾……)如何凝定在生命的静态(山,平原,路,树,蹊径……)之中……

《十四行集》之二十六

我们天天走着一条熟路
回到我们居住的地方;
但是在这林里面还隐藏
许多小路,又深邃,又生疏。

走一条生的,便有些心慌,
怕越走越远,走入迷途,
但不知不觉从树疏处
忽然望见我们住的地方

像座新的岛屿呈现在天边。
我们的身边有多少事物
向我们要求新的发现:

不要觉得一切都已熟悉,
到死时抚摸自己的发肤
生了疑问:这是谁的身体?

【阅读提示】

　　这是另一种生命体验:如何看待我们自以为已经熟知的外部与自我世界?阅读此诗要抓住几个关键词语:诗的一开始就提出"熟路"这样一个意象,然后不断以"隐藏""生疏""迷途"这样的抽象词语加以颠覆,自然引出第三节的意念提升:对"身边"的"事物"要保持一种新鲜的紧张感,不断有"新的发现";最后一节更是引向"自己":连自己的发肤属于谁都是可以提出"疑问"的。

　　反复吟诵这两首诗,以体会"诗与思相结合"的"沉思的诗"的韵味。

【扩展性阅读书(篇)目】

　　《十四行集》,或选读《什么能从我们身上脱落》《原野的小路》《我们有时度过一个亲密的夜》《我们听着狂风里的暴雨》《深夜又是深山》《从一片泛滥无形的水里》等篇。

【参考书(篇)目】

1. 解志熙:《诗与思——冯至三首十四行诗解读》,载《中国现代文学研究丛刊》1992年第3期。

2. 王毅:《中国现代主义诗歌史论(1925—1949)》关于《十四行集》的细读部分,西南师范大学出版社1999年版。

穆旦诗三首

赞 美

走不尽的山峦的起伏,河流和草原,
数不尽的密密的村庄,鸡鸣和狗吠,
接连在原是荒凉的亚洲的土地上,
在野草的茫茫中呼啸着干燥的风,
在低压的暗云下唱着单调的东流的水,
在忧郁的森林里有无数埋藏的年代。
它们静静地和我拥抱:
说不尽的故事是说不尽的灾难,沉默的
是爱情,是在天空飞翔的鹰群,
是干枯的眼睛期待着泉涌的热泪,
当不移的灰色的行列在遥远的天际爬行;
我有太多的话语,太悠久的感情,
我要以荒凉的沙漠,坎坷的小路,骡子车,
我要以槽子船,漫山的野花,阴雨的天气,
我要以一切拥抱你,你,
我到处看见的人民呵,
在耻辱里生活的人民,佝偻的人民,
我要以带血的手和你们一一拥抱。
因为一个民族已经起来。
一个农夫,他粗糙的身躯移动在田野中,
他是一个女人的孩子,许多孩子的父亲,
多少朝代在他的身边升起又降落了
而把希望和失望压在他身上,
而他永远无言地跟在犁后旋转,

翻起同样的泥土溶解过他祖先的,
是同样的受难的形象凝固在路旁。
在大路上多少次愉快的歌声流过去了,
多少次跟来的是临到他的忧患;
在大路上人们演说,叫嚣,欢快,
然而他没有,他只放下了古代的锄头,
再一次相信名词,溶进了大众的爱,
坚定地,他看着自己溶进死亡里,
而这样的路是无限的悠长的
而他是不能够流泪的,
他没有流泪,因为一个民族已经起来。

在群山的包围里,在蔚蓝的天空下,
在春天和秋天经过他家园的时候,
在幽深的谷里隐着最含蓄的悲哀:
一个老妇期待着孩子,许多孩子期待着
饥饿,而又在饥饿里忍耐,
在路旁仍是那聚集着黑暗的茅屋,
一样的是不可知的恐惧,一样的是
大自然中那侵蚀着生活的泥土,
而他走去了从不回头诅咒。
为了他我要拥抱每一个人,
为了他我失去了拥抱的安慰,
因为他,我们是不能给以幸福的,
痛哭吧,让我们在他的身上痛哭吧,
因为一个民族已经起来。

一样的是这悠久的年代的风,
一样的是从这倾圮的屋檐下散开的
无尽的呻吟和寒冷,
它歌唱在一片枯槁的树顶上,
它吹过了荒芜的沼泽,芦苇和虫鸣,
一样的是这飞过的乌鸦的声音。

当我走过，站在路上踟蹰，
我踟蹰着为了多年耻辱的历史
仍在这广大的山河中等待，
等待着，我们无言的痛苦是太多了，
然而一个民族已经起来，
然而一个民族已经起来。

1941 年 12 月

【阅读提示】

　　1938 年 2 月，抗日战争开始不久，年仅 20 岁的西南联大学生穆旦作为"护校队员"，和部分师生一起，从长沙出发，跨越湘、黔、滇三省，将学校迁往昆明，行程三千里。诗人第一次感受到自我生命与生养自己的土地、土地上的人民之间的血肉联系，思考着民族的未来。于是，诗泉喷涌，写下了以后在现代诗歌史上很有影响的《赞美》等诗篇。

　　这是诗人的切身经验、生命体验与理性思考的结合，是现实、象征与玄思的结合，表现在诗歌语言上就是具象与抽象的结合。——阅读《赞美》应该在总体把握全诗的思绪、情调的基础上，具体分析本诗的语言。

　　试以诗的第一段为例：头两句"走不尽的……/数不尽的……"都是具体的现实的描写；第三句总体的具象描写中，出现了"亚洲的"这样的修饰语，赋予眼前的"土地"以更广阔的意义；第五句中叙述性的"东流的水"前出现了"单调"这一抽象词语，于客观形象中加入了主观感受；第六句就达到了抽象的提升，这里的"森林"已不是森林本身，而具有一种历史的象征意义，读者也因此领悟：这整段的描写都具有某种象征性，或者说是写实与象征的结合。

　　请对下面的诗句也做这样的具体分析。

诗 八 首

1

你底眼睛看见这一场火灾，
你看不见我，虽然我为你点燃；
唉，那燃烧着的不过是成熟的年代，

你底,我底。我们相隔如重山!

从这自然底蜕变底程序里,
我却爱了一个暂时的你。
即使我哭泣,变灰,变灰又新生,
姑娘,那只是上帝玩弄他自己。

2

水流山石间沉淀下你我,
而我们成长,在死底子宫里。
在无数的可能里一个变形的生命
永远不能完成他自己。

我和你谈话,相信你,爱你,
这时候就听见我底主暗笑,
不断地他添来另外的你我
使我们丰富而且危险。

3

你底年龄里的小小野兽,
它和春草一样地呼吸,
它带来你底颜色,芳香,丰满,
它要你疯狂在温暖的黑暗里。

我越过你大理石的理智殿堂,
而为它埋藏的生命珍惜;
你我底手底接触是一片草场,
那里有它底固执,我底惊喜。

4

静静地,我们拥抱在
用言语所能照明的世界里,
而那未成形的黑暗是可怕的,

那可能和不可能的使我们沉迷。

那窒息着我们的
是甜蜜的未生即死的言语,
它底幽灵笼罩,使我们游离,
游进混乱的爱底自由和美丽。

5

夕阳西下,一阵微风吹拂着田野,
是多么久的原因在这里积累。
那移动了景物的移动我底心
从最古老的开端流向你,安睡。

那形成了树木和屹立的岩石的,
将使我此时的渴望永存,
一切在它底过程中流露的美
教我爱你的方法,教我变更。

6

相同和相同溶为怠倦,
在差别间又凝固着陌生;
是一条多么危险的窄路里,
我制造自己在那上面旅行。

他存在,听从我底指使,
他保护,而把我留在孤独里,
他底痛苦是不断的寻求
你底秩序,求得了又必须背离。

7

风暴,远路,寂寞的夜晚,
丢失,记忆,永续的时间,
所有科学不能祛除的恐惧

让我在你底怀里得到安憩——

呵,在你底不能自主的心上,
你底随有随无的美丽的形象,
那里,我看见你孤独的爱情
笔立着,和我底平行着生长!

8

再没有更近的接近,
所有的偶然在我们间定型;
只有阳光透过缤纷的枝叶
分在两片情愿的心上,相同。

等季候一到就要各自飘落,
而赐生我们的巨树永青,
它对我们的不仁的嘲弄
(和哭泣)在合一的老根里化为平静。

1942年2月

【阅读提示】

  在这首诗里,诗人表达了他对爱情这一人类与文学永恒主题的独特的现代体验。依然是相互矛盾的感受与概念对立、渗透、纠结为一团:一位"上帝""我的主"(诗人郑敏认为,"上帝"是"代表命运和客观世界"的)在冷冷地观察、支配着"我"和"你"。要从总体上去把握,不要试图做逐字逐句的落实性的解读,那是徒然的。初读者可以抓住一些关键的词句,如"我们相隔如重山""爱了一个暂时的你"(第一首),"永远不能完成他自己""不断地他添来另外的你我/使我们丰富而危险"(第二首),"我越过你大理石的理智殿堂"(第三首),"那可能和不可能的使我们沉迷"(第四首),"从最古老的开端流向你,安睡","一切在它过程中流露的美/教我爱你的方法,教我变更"(第五首),"相同和相同溶为怠倦,/在差别间又凝固着陌生""他底痛苦是不断的寻求/你底秩序,求得了,又必须背离"(第六首),"让我在你的怀里得到安憩"(第七首),"在合一的老根里化为平静"(第八首),

但仍要还原为对每一首诗的思绪、情感的整体把握。

出　发

告诉我们和平又必需杀戮，
而那可厌的我们先得去欢喜。
知道了"人"不够，我们再学习
蹂躏它的方法，排成机械的阵式，
智力体力蠕动着像一群野兽，

告诉我们这是新的美。因为
我们吻过的已经失去了自由；
好的日子去了，可是接近未来，
给我们失望和希望，给我们死，
因为那死的制造必需摧毁。

给我们善感的心灵又要它歌唱
僵硬的声音。个人的哀喜
被大量制造又该被蔑视
被否定，被僵化，是人生的意义；
在你的计划里有毒害的一环，

就把我们囚进现在，呵上帝！
在犬牙的甬道中让我们反复
行进，让我们相信你句句的紊乱
是一个真理。而我们是皈依的，
你给我们丰富，和丰富的痛苦。

1942年2月

【阅读提示】

　　全诗充满了对立的概念："和平"与"杀戮"，"欢喜"与"可厌"，"人"与"机械""野兽"，"新的美"与"失去了自由"，"希望"与"失望"以至"死"，

"善感"与"僵硬","个人的哀喜"与"被蔑视、被否定"……前者是人们告知与许诺给予的,后者是诗人的眼睛与心灵所看见与感知的;正是在这对立两极间的渗透,纠结,缠绕,跳跃,猛进与突转,造成一种陌生与生涩的奇峻、冷峭、惊异的美,显示了诗人"思维的复杂化,情感的线团化"(郑敏语),诗人与我们读者也就从中收获了"丰富,和丰富的痛苦"。

【扩展性阅读书(篇)目】

《穆旦诗全集》,中国文学出版社1996年版;或选读《在寒冷的腊月的夜里》《春》《防空洞里的抒情诗》《五月》《还原作用》《控诉》《幻想的乘客》《森林之魅——祭胡康河上的白骨》《冬》等篇。可尝试写一篇《艾青〈雪落在中国的土地上〉与穆旦〈在寒冷的腊月的夜里〉的比较》。

【参考书(篇)目】

1. 郑敏:《诗人与矛盾》,收《一个民族已经起来:怀念诗人、翻译家穆旦》,江苏人民出版社1987年版。
2. 王毅:《中国现代主义诗歌史论(1925—1949)》关于《诗八首》的细读部分,西南师范大学出版社1999年版。

悼念一棵枫树

牛 汉

> 我想写几篇小诗，把你最后的绿叶保留下几片来。
>
> ——摘自日记

湖边山丘上
那棵最高大的枫树
被伐倒了……
在秋天的一个早晨

几个村庄
和这一片山野
都听到了，感觉到了
枫树倒下的声响

家家的门窗和屋瓦
每棵树，每根草
每一朵野花
树上的鸟，花上的蜂
湖边停泊的小船
都颤颤地哆嗦起来……
是由于悲哀吗？

这一天
整个村庄
和这一片山野上
飘忽着浓郁的清香

清香
落在人的心灵上
比秋雨还要阴冷

想不到
一棵枫树
表皮灰暗而粗犷
发着苦涩气息
但它的生命内部
却贮蓄了这么多的芬芳

芬芳
使人悲伤

枫树直挺挺的
躺在草丛和荆棘上
那么庞大,那么青翠
看上去比它站立的时候
还要雄伟和美丽
伐倒三天之后
枝叶还在微风中
簌簌地摇动
叶片上还挂着明亮的露水
仿佛亿万只含泪的眼睛
向大自然告别
哦,湖边的白鹤
哦,远方来的老鹰
还朝着枫树这里飞翔呢

枫树
被解成宽阔的木板
一圈圈年轮

涌出了一圈圈的
凝固的泪珠

泪珠
也发着芬芳

不是泪珠吧
它是枫树的生命
还没有死亡的血球

村边的山丘
缩小了许多
仿佛低下了头颅

伐倒了
一棵枫树
伐倒了
一个与大地相连的生命

1973 年秋

【阅读提示】

　　这首诗借助一棵被伐倒的枫树,寄托诗人所体验到的人生的创伤和痛苦,具有咏物诗的传统表现方式。但是诗的情感,与作为情感、经验的寄托和构形物的枫树之间,并不是一种简单的比喻性质的关系,而能够在主观与客观的相互投射中,带领读者进入一种复杂的情境。注意领会这首诗如何以客观的物象表现主观情感,从而,"伐倒了/一棵枫树"在诗句的结尾上升为"伐倒了/一个与大地相连的生命"。

【扩展性阅读书(篇)目】

　　阅读牛汉的诗《华南虎》等,进一步体会"咏物诗"的特点。

【参考书(篇)目】
　　参阅洪子诚《中国当代新诗史》(人民文学出版社1992年版)或《中国当代文学史》(北京大学出版社1999年版)中的相关部分。

凶年逸稿
（在饥馑的年代）

昌　耀

1

我喜欢望山。
席坐山脚，望山良久良久
而蓦然心猿意马。
我喜欢在峻峭的崖岸背手徘徊复徘徊，
而蓦然被茫无头绪的印象或说不透的原由
深深苦恼。

2

有一个时期（那已像梦一般遥远）
我坐在黄瓜藤蔓的枝影里抄录采自民间的歌词。
我时而停下笔来揣摩落在桌布的影迹
或有着石涛的墨韵笔意。
中午，太阳强烈地投射在这个城市上空
烧得屋瓦的釉质层面微微颤抖。
没有云。没有风。斗拱檐角的钟铃不再摇摆。
真实的夏季每天在此仅停留四个小时。
但在紧张施工的城市下水道堑壕却极阴凉。
整晚我坐在自己的斗室敞开唯有的后窗
听古城墙上泥土簌簌剥落如铭文流失于金石。
夜气中沉浮着一种特殊的丁香气味。
是线装图书、露水或透明的气味。

3

这是一个被称作绝少孕妇的年代。

我们的绿色希望以语言形式盛在餐盘
任人下箸。我们习惯了精神会餐。
一次我们隐身草原暮色将一束青草误投给了
夜游的种公牛,当我们蹲在牛胯才绝望地醒悟
已不可能得到原所期望吮嗫的鲜奶汁。
我们在大草原上迷失,跑啊跑啊……
直到深夜才跑到一处陌生村落,
我们倒头便在廊阶沉沉睡去,
一晚夕只觉着门厅里笙歌弦舞不辍,
身边时而驰过送客的车马。
我们再也醒不来。
既然这里曾也沃若我们青春的花叶,
我们早已与这土地融为一体。
我们不想苏醒。但是鸡已啼明。
新燃的腐殖土堆远在对河被垦荒者巡护,
荧荧如同万家灯火,如黎明中的城。
而我们才发觉自己是露宿在一片荒坟。

4

是的,在那些日子我们因饥馑而恍惚。
当我走出森林头枕手杖在草地睡去,
银杉弯向我年青的脸庞,讨好地
向我证实我的山河诚然可爱。
而当在薄暮中穿越荒芜的滩头,
一只白须翁伸立起在坟场泥淖,
让我重新考虑他所护卫的永恒真理,
我感觉他开裂的指爪已迫近我单薄的马甲,
然而此刻究竟是谁的口吻暖似红樱桃
轻轻吹亮了我胸中的火种。

5

有一天我看到了山的分娩。
我看见从山的穴道降生一条钢铁长龙。

这里原是一处僻远州县，
不久前熊还是截道逞强的暴徒
大胆邀击过往的卡车司机。
后来建筑师用图板在山边构思出了
许多许多的红色屋顶，从此
骆驼队跨过沙漠走在沥青路的鱼形脊背。
那一年在双层防风玻璃窗底
有各式花瓣的雕刻奇妙地折射阳光，
那是以冬日黄昏的寒冷孕育的浮雕。
终于等到某日一个男孩推开门扇跨进大厅，
手举一棵采自向阳墙脚连同土根刨起的青禾，
众人从文案抬起下颌向他送去一束可疑的目光，
仿佛男孩手心托起的竟是一块盗来的宝石。
而我想道：大地果然已在悄悄中妊娠了啊。

6

我以炊烟运动的微粒
娇纵我梦幻的马驹。而当我注目深潭，
我的马驹以我的热情又已从湖底跃出，
有一身黧黑的水浆。我觉得它的因成熟
而欲绽裂的股臀更显丰足更显美润。
我觉得我的马驹行走在水波，甩一甩尾翼
为自己美润的倒影而有所矜持。
我以冥构的牧童为它抱来甜美的刍草，
另以冥构的铁匠为它打制晶亮的蹄铁。
当我坐在湖岸用杖节点触涟漪，
那时在我的期盼中会听到一位村姑问我
何以如此忧郁，而我定要向她提议：
可愿与我一同走到湖心为海神的马驹梳沐？

7

我是这土地的儿子。
我懂得每一方言的情感细节。

那些乡间的人们总是习惯坐在黄昏的门槛
向着延伸在远方的路安详地凝视。
夜里,裸身的男子趴卧在炕头毡条被筒
让苦惯了的心薰醉在捧吸的烟草。
黑眼珠的女儿们都是一颗颗生命力旺盛的种子。
都是一盏盏清亮的油灯。

8

风是鹰的母亲。鹰是风的宠儿。
我常在鹰群与风的嬉戏中感受到被勇敢者
领有的道路,听风中激越的嘶鸣迂回穿插
有着瞬息万变。有着钢丝般的柔韧。
我在沉默中感受了生存的全部壮烈。
如果我不是这土地的儿子,将不能
在冥思中同样勾勒出这土地的锋刃,

9

我以极好的兴致观察一撮春天的泥土。
看春天的泥土如何跟阳光角力。
看它们如何僵持不下,看它们喘息。
看它们摩擦,痛苦地分泌出黄体脂。
看阳光晶体如何刺入泥土润湿的毛孔。
看泥土如何附着松针般锐利的阳光挛缩抽搐。
看它们相互吞噬又相互吐出。
看它们如何相互威胁、挖苦、嘲讽。
看它们又如何挤眉弄眼紧紧地拥抱。

啊,美的泥土。
啊,美的阳光。
生活当然不朽。

1961—1962　于祁连山

【阅读提示】

　　这首诗写于1961—1962年,是当代中国历史上的灾荒年代,副标题"在饥馑的年代"即源于此。联系作品的写作年代需要关注的有两点:一是作品对时代的评价,注意领会诗中"这是一个被称作绝少孕妇的年代。/我们的绿色希望以语言形式盛在餐盘/任人下箸。我们习惯了精神会餐"这样的句子;另一是与同一时期的诗歌如"政治抒情诗"等进行比较,以领会昌耀诗歌创作的独特性。而从昌耀个人的经历来看,写作这首诗时,正是他被打为"右派"后在祁连山区服苦役的时期。在大多数有类似经历的作家停止创作的时候,昌耀不仅坚持创作,而且保持了良好的创作力,并没有因为时代或经历的酷烈而丧失发现诗意的能力,或降低诗歌创作的水平。在这一点上,昌耀是非常独特的。

　　本诗分为九部分。各个部分大致可以描述为:沉思——回忆——荒芜——困惑——希望的萌动——憧憬——感恩(对土地和人民)——领悟(勇敢者的生存)——希望和对生的赞美。每一段落是一种情感的表达,而各部分之间又有着内在的连续,最后上升为对生存之美的赞叹。理解这首诗的关键,是诗中对苦难的思考以及面对苦难的英雄主义态度。注意领会"我在沉默中感受了生存的全部壮烈。/如果我不是这土地的儿子,将不能/在冥思中同样勾勒出这土地的锋刃"等诗句所传达的内涵。

　　另外,这首诗的意象以及语词组织方式,也值得认真体味。这些意象和语词不仅摆脱了60年代的通行模式,而且既明朗又富于质感。认真体味诗中的这些句子:"听古城墙上泥土簌簌剥落如铭文流失于金石""我感觉他开裂的指爪已迫近我单薄的马甲""听风中的激越的嘶鸣迂回穿插/有着瞬息万变。有着钢丝般的柔韧""看它们如何互相威胁、挖苦、嘲讽。/看它们又如何挤眉弄眼紧紧地拥抱"等。

【扩展性阅读书(篇)目】

　　《命运之书——昌耀四十年诗作精品》,青海人民出版社1994年版;或选读《高车》《慈航》《斯人》等篇。

多多诗二首

手 艺
——和玛琳娜·茨维塔耶娃

我写青春沦落的诗
（写不贞的诗）
写在窄长的房间中
被诗人奸污
被咖啡馆辞退街头的诗
我那冷漠的
再无怨恨的诗
（本身就是一个故事）
我那没有人读的诗
正如一个故事的历史
我那失去骄傲
失去爱情的
（我那贵族的诗）
她，终会被农民娶走
她，就是我荒废的时日……

1973

【阅读提示】

1. 多多是"文革"时期"地下诗歌"写作中"白洋淀诗群"的代表诗人。其诗作讲究语词锤炼的精确及表现力，意象简洁，节奏明快，并对"心灵细节"有着敏感而痛苦的体认，被认为达到了这一时期诗歌写作的很高成就。

《手艺》是一首表达诗人对诗歌写作态度的诗。把诗歌写作当做一门

"手艺"来经营的观念,与副标题提及的俄国女诗人玛琳娜·茨维塔耶娃相关,后者的诗集曾被命名为《手艺集》,也和多多对诗歌写作的基本态度联系在一起。"手艺"是一种技艺或技术,同时也与个体的身体投入与生命感觉紧密相连。你如何看待这一诗歌态度?

2. 这首诗充满了内在的情绪张力,一方面是由"我写""我那"这样的第一人称抒情语句表达的坚定态度,另一方面是诗歌被诋毁被漠视的处境,如"不贞""被诗人奸污""被咖啡馆辞退街头""没人读""贵族的诗"与"被农民娶走"等。这其中包含着诗人特定的反抗态度,突出其作为"异端"的反叛性格,同时也与诗人对写作意义的反讽性认知相关。仔细体味这其中的心理张力,进而把握诗歌如何通过简洁的意象传递这一复杂内涵。

能　够

能够有大口喝醉烧酒的日子
能够壮烈、酩酊
能够在中午
在钟表滴答的窗幔后面
想一些琐碎的心事
能够认真地久久地难为情

能够一个人散步
坐到漆绿的椅子上
合一会儿眼睛
能够舒舒服服地叹息
回忆并不愉快的往事
忘记烟灰
弹落在什么地方

能够在生病的日子里
发脾气,做出不体面的事
能够沿着走惯的路
一路走回家去
能够有一个人亲你

擦洗你,还有精致的谎话
在等你,能够这样活着
可有多好,随时随地
手能够折下鲜花
嘴唇能够够到嘴唇
没有风暴也没有革命
灌溉大地的是人民捐献的酒
能够这样活着
可有多好,要多好就有多好!

1973

【阅读提示】

《能够》是一首表达青春期欢快感觉的诗。诗中第1—3段所叙"能够"做到的事情,是日常生活中琐碎细腻的许多平凡时刻,却传达出了一种温馨感人的情调。这背后包含着对"不能够"的痛苦体认。结合"没有风暴也没有革命",深入体味"要多好就有多好"这一感叹情绪的升华如何完成。

【参考书(篇)目】

1. 廖亦武主编:《沉沦的圣殿——中国20世纪70年代地下诗歌遗照》,新疆少儿出版社1999年版。
2. 张桃洲:《诗人的手艺》,收《语词的探险:中国新诗的文本与现实》,社会科学文献出版社2012年版。

北岛诗二首

古　寺

消失的钟声
结成蛛网,在裂缝的柱子里
扩散成一圈圈年轮
没有记忆,石头
空濛的山谷里传播回声的
石头,没有记忆
当小路绕开这里的时候
龙和怪鸟也飞走了
从房檐上带走暗哑的铃铛
荒草一年一度
生长,那么漠然
不在乎它们屈从的主人
是僧侣的布鞋,还是风
石碑残缺,上面的文字已经磨损
仿佛只有在一场大火之中
才能辨认,也许
会随着一道生者的目光
乌龟在泥土中复活
驮着沉重的秘密,爬出门坎

【阅读提示】

　　《古寺》写到了荒凉古寺中的蛛网、暗哑的铃铛、荒草、残缺的石碑等,这些意象共同构成一个废墟场景。注意体味其中的象征内涵。

走向冬天

风,把麻雀最后的余温
朝落日吹去

走向冬天
我们生下来并不是为了
一个神圣的预言,走吧
走过驼背的老人搭成的拱门
把钥匙留下
走过鬼影幢幢的大殿
把梦魇留下
留下一切多余的东西
我们不欠什么
甚至卖掉衣服、鞋
和最后一份口粮
把叮当作响的小钱留下

走向冬天
唱一支歌吧
不祝福,也不祈祷
我们绝不回去
装饰那些漆成绿色的叶子
在失去诱惑的季节里
酿不成酒的果实
也不会变成酸味的水
用报纸卷支烟吧
让乌云象狗一样忠实
象狗一样紧紧跟着
擦掉一切阳光下的谎言

走向冬天

不在绿色的淫荡中
堕落,随遇而安
不去重复雷电的咒语
让思想省略成一串串雨滴
或者在正午的监视下
象囚犯一样从街上走过
狠狠踩着自己的影子
或者躲进帷幕后面
口吃地背诵死者的话
表演着被虐待狂的欢乐

走向冬天
在江河冻结的地方
道路开始流动
乌鸦在河滩的鹅卵石上
孵化出一个个月亮
谁醒了,谁就会知道
梦将降临大地
沉淀成早上的寒霜
代替那些疲倦不堪的星星
罪恶的时间将要中止
而冰山连绵不断
成为一代人的塑像

【阅读提示】

1. 注意体会诗歌意象的象征性内涵,如"冬天""乌鸦""月亮""石头""钟声"等。这些意象在诗中往往蕴涵着某种对比性的价值取向,如"理想"/"现实""合理的人性"/"破坏人性的力量"等。意象间的对比和撞击造成了一种悖论性的情境,以表达叙说者复杂的精神内涵和心理冲突。

2. 结合诗歌写作的背景,理解为何在《走向冬天》的结尾处,要以"而冰山连绵不断/成为一代人的雕像"来概括全诗表达的情绪。

【扩展性阅读书(篇)目】

　　北岛、江河、舒婷、顾城、杨炼的合集《五人诗选》中的北岛部分,作家出版社 1986 年版。可延伸阅读《走吧》《红罂粟》等篇目。

【参考书(篇)目】

　　参阅洪子诚《中国当代文学史》的相关部分,北京大学出版社 1999 年版。

会唱歌的鸢尾花

舒　婷

> 我的忧伤因为你的照耀
> 升起一圈淡淡的光轮
>
> ——题记

1

在你的胸前
我已变成会唱歌的鸢尾花
你呼吸的轻风吹动我
在一片丁当响的月光下

用你宽宽的手掌
暂时
覆盖我吧

2

现在我可以做梦了吗
雪地。大森林
古老的风铃和斜塔
我可以要一株真正的圣诞树吗
上面挂满
溜冰鞋、神笛和童话
焰火、喷泉般炫耀欢乐
我可以大笑着在街上奔跑吗

3

我那小篮子呢
我的丰产田里长草的秋收啊

我那旧水壶呢
我的脚手架下干渴的午休啊
我的从未打过的蝴蝶结
我的英语练习:I love you love – you
我在街灯下折叠而又拉长的身影啊
我那无数次
流出来又咽进去的泪水啊

还有
还有
不要问我
为什么在梦中微微转侧
往事,象躲在墙角的蛐蛐
小声而固执地呜咽着

4

让我做个宁静的梦吧
不要离开我
那条很短很短的街
我们已走了很长很长的岁月
让我做个安详的梦吧
不要惊动我
别理睬那盘旋不去的鸦群
只要你眼中没有一丝阴云

让我做个荒唐的梦吧
不要笑话我
我要葱绿地每天走进你的诗行
又绯红地每晚回到你的身旁
让我做个狂悖的梦吧
原谅并且容忍我的专制
当我说:你是我的! 你是我的
亲爱的,不要责备我……

我甚至渴望
涌起热情的千万层浪头
千万次把你淹没

5

当我们头挨着头
象乘着向月球去的高速列车
世界发出尖锐的啸声向后倒去
时间疯狂地旋转
雪崩似地纷纷挥落

当我们悄悄对视
灵魂象一片画展中的田野
一涡儿一涡儿阳光
吸引我们向更深处走去
寂静、充实、和谐

6

就这样
握着手坐在黑暗里
听任那古老而又年轻的声音
在我们心中穿来穿去
即使有个帝王前来敲门
你也不必搭理

但是……

7

等等！那是什么？什么声响
唤醒我血管里猩红的节拍
在我晕眩的时候
永远清醒的大海啊
那是什么？谁的意志

使我肉体和灵魂的眼睛一齐睁开
"你要每天背起十字架
跟我来"

8

伞状的梦
蒲公英一般飞逝
四周一片环形山

9

我情感的三角梅啊
你宁可生生灭灭
回到你风风雨雨的山坡
不要在花瓶上摇曳

我天性中的野天鹅啊
你即使负着枪伤
也要横越无遮拦的冬天
不要留恋带栏杆的春色
然而,我的名字和我的信念
已同时进入跑道
代表民族的某个单项纪录
我没有权利休息
生命的冲刺
没有终点,只有速度

10

向
将要做出最高裁决的天空
我扬起脸

风啊,你可以把我带去
但我还有为自己的心

承认不当幸福者的权利

11

亲爱的,举起你的灯
照我上路
让我同我的诗行一起远播吧
理想之钟在沼地后面敲响,夜那么柔和
村庄和城市簇在我的臂弯里,灯光拱动着
让我的诗行随我继续跋涉吧
大道扭动触手高声叫嚷:不能通过
泉水纵横的土地却把路标交给了花朵

12

我走过钢齿交错的市街,走向广场
我走进南瓜棚,走出青稞地、深入荒原
生活不断铸造我
一边是重轭、一边是花冠
却没有人知道
我还是你的不会做算术的笨姑娘
无论时代的交响怎样立刻卷去我的呼应
你仍然能认出我那独一无二的声音

13

我站得笔直
无畏、骄傲,分外年轻
痛苦的风暴在心底
太阳在额前
我的黄皮肤光亮透明
我的黑头发丰洁茂盛
中国母亲啊
给你应声而来的儿女
重新命名

14

把我叫做你的"桦树苗儿"
你的"蔚蓝的小星星"吧,妈妈
如果子弹飞来
就先把我打中
我微笑着,眼睛分外清明地
从母亲的肩头慢慢滑下
不要哭泣了,红花草
血,在你的浪尖上燃烧

……

15

到那时候,心爱的人
你不要悲伤
虽然再没有人
扬起浅色衣裙
穿过蝉声如雨的小巷
来敲你的彩镶玻璃窗
虽然再没有淘气的手
把闹钟拨响
着恼地说:现在各就各位
去,回到你的航线上
你不要在玉石的底座上
塑造我简朴的形象
更不要陪孤独的吉他
把日历一页一页往回翻

16

你的位置
在那旗帜下
理想使痛苦光辉
这是我嘱托橄榄树

留给你的
最后一句话

和鸽子一起来找我吧
在早晨来找我
你会从人们的爱情里
找到我
找到你的
　　会唱歌的鸢尾花

【阅读提示】

1. 全诗16节,表达叙述者作为一个普通人需要温情呵护的生活愿望和回应时代的呼应而主动承担"历史责任"之间的矛盾心情,以及这一矛盾如何被克服的心理过程。第1—6节是清新婉转的爱情诗,所选择的意象和呈现的意境带有童话色彩。从第7节开始语调变得雄壮。注意体味这两个段落在意象的选择、抒情主体的形象和叙述语调上的变化,以及这两种情感和意象并置于诗中所产生的"感伤"情调,由此来理解题记"我的忧伤因为你的照耀/升起一圈淡淡的光轮"。

2. 选择几个段落,分析诗中如何使用修饰性语词和假设、让步、转折等句式,看看这些修辞方式是怎样传达出叙述者的曲折情感的。

【参考书(篇)目】

参阅洪子诚《中国当代新诗史》中的相关部分,人民文学出版社1993年版。

母　亲

翟永明

无力到达的地方太多了,脚在疼痛,母亲,你没有
教会我在贪婪的朝霞中染上古老的哀愁。我的心只象你

你是我的母亲,我甚至是你的血液在黎明流出的
血泊中使你惊讶地看到你自己,你使我醒来

听到这世界的声音,你让我生下来,你让我与不幸构成
这世界的可怕的双胞胎。多年来,我已记不得今夜的哭声

那使你受孕的光芒,来得多么遥远,多么可疑,站在生与死
之间,你的眼睛拥有黑暗而进入脚底的阴影何等沉重

在你怀抱之中,我曾露出谜底似的笑容,有谁知道
你让我以童贞方式领悟一切,但我却无动于衷

我把这世界当作处女,难道我对着你发出的
爽朗的笑声没有燃烧起足够的夏季吗?没有?

我被遗弃在世上,只身一人,太阳的光线悲哀地
笼罩着我,当你俯身世界时是否知道你遗落了什么?

岁月把我放在磨子里,让我亲眼看着自己被碾碎
呵,母亲,当我终于变得沉默,你是否为之欣喜

没有人知道我是怎样不着痕迹地爱你,这秘密
来自你的一部分,我的眼睛象两个伤口痛苦地望着你

活着为了活着,我自取灭亡,以对抗亘古以久的爱
一块石头被抛弃,直到象骨髓一样风干,这世界

有了孤儿,使一切祝福暴露无遗,然而谁最清楚
凡在母亲手上站过的人,终会因诞生而死去

【阅读提示】

1. 这是翟永明 1984 年写作的由 21 首诗组成的结构完整的组诗《女人》中的一首。注意理清这首诗的语义脉络,并从生与死、母女代代相袭的命运等角度,来理解这首诗所传达的痛楚情感。这首诗以女儿对于母亲的认同作为基本视角,展现"成长"历程中所经历的内心伤痛。这种感受世界的方式曾被理解为诗歌中的"女性意识"。结合《女人》组诗,并细读《母亲》这首诗,你是否同意这样的说法?

2. 这首诗的叙述方式带有"自白诗"的倾诉性,但其表白却又并非仅仅是对情感的直接宣泄,而是在表达情感的同时又包含着对这种情感或经验的富于张力的分析和评述。如"那使你受孕的光芒,来得多么遥远,多么/可疑,站在生与死/之间,你的眼睛拥有黑暗而进入脚底的阴/影何等沉重",即是对"听到这世界的声音,你让我生下来"的分析和评述。这样一种表达方式,使得这首诗不同于经验性情感的抒发,而呈现出更复杂的语义内涵和情感表达的厚度。仔细体味这首诗在抒情方式上的特点。

【扩展性阅读书(篇)目】

阅读组诗《女人》,见翟永明:《女人》,漓江出版社 1986 年版;或《翟永明诗集》,成都出版社 1994 年版。

【参考书(篇)目】

唐小渡:《女性诗歌:从黑夜到白昼——读翟永明的组诗〈女人〉》,载《诗刊》1987 年第 2 期。

尚义街六号

于 坚

尚义街六号
法国式的黄房子
老吴的裤子晾在二楼
喊一声　胯下就钻出戴眼镜的脑袋
隔壁的大厕所
天天清早排着长队
我们往往在黄昏光临
打开烟盒　打开嘴巴
打开灯
墙上钉着于坚的画
许多人不以为然
他们只认识凡高
老卡的衬衣　揉成一团抹布
我们用它拭手上的果汁
他在翻一本黄书
后来他恋爱了
常常双双来临
在这里吵架　在这里调情
有一天他们宣告分手
朋友们一阵轻松　很高兴
次日他又送来结婚的请柬
大家也衣冠楚楚　前去赴宴
桌上总是摊开朱小羊的手稿
那些字乱七八糟
这个杂种警察一样盯牢我们

面对那双红丝丝的眼睛
我们只好说得朦胧
像一首时髦的诗
李勃的拖鞋压着费嘉的皮鞋
他已经成名了　有一本蓝皮会员证
他常常躺在上边
告诉我们应当怎样穿鞋子
怎样小便　怎样洗短裤
怎样炒白菜　怎样睡觉　等等
八二年他从北京回来
外衣比过去深沉
他讲文坛内幕
口气像作协主席
茶水是老吴的　电表是老吴的
地板是老吴的　邻居是老吴的
媳妇是老吴的　胃舒平是老吴的
口痰烟头空气朋友　是老吴的
老吴的笔躲在抽桌里
很少露面
没有妓女的城市
童男子们老练地谈着女人
偶尔有裙子们进来
大家就扣好钮子
那年纪我们都渴望钻进一条裙子
又不肯弯下腰去
于坚还没有成名
每回都被教训
在一张旧报纸上
他写下许多意味深长的笔名
有一人大家都很怕他
他在某某处工作
"他来是别有用心的，
我们什么也不要讲！"

有些日子天气不好
生活中经常倒霉
我们就攻击费嘉的近作
称朱小羊为大师
后来这只羊摸摸钱包
支支吾吾　闪烁其辞
八张嘴马上笑嘻嘻地站起
那是智慧的年代
许多谈话如果录音
可以出一本名著
那是热闹的年代
许多脸都在这里出现
今天你去城里问问
他们都大名鼎鼎
外面下着小雨
我们来到街上
空荡荡的大厕所
他第一回独自使用
一些人结婚了
一些人成名了
一些人要到西部
老吴也要去西部
大家骂他硬充汉子
心中惶惶不安
吴文光　你走了
今晚我去哪里混饭
恩恩怨怨　吵吵嚷嚷
大家终于走散
剩下一片空地板
像一张旧唱片　再也不响
在别的地方
我们常常提到尚义街六号
说是很多年后的一天

孩子们要来参观

1984 年 6 月

【阅读提示】

    1. 这首诗发表于 1986 年 11 月号的《诗刊》，被文学史家称为"第三代"或"后朦胧诗"诗人的口语写作。在一篇自传性的文章中，于坚曾说明，尚义街 6 号是他大学时代和一群被称为"大学才子"的朋友们聚集的地方，因此尚义街 6 号和诗中写到的那些人都是对于真实经验的记录。对于这种把普通人的日常生活经验纳入到诗歌写作中的诗，你认为和你所读到的许多兼有抒情性的叙事诗在所传达的"诗意"上有什么不同？

    2. 这首诗的最大特点在于把口语作为主要的诗歌语言。这些口语是直白的、日常生活中的语词，与我们所熟悉的隐喻性的诗化语词相比，它们往往不负载双重或多重语义，而只是对日常经验的平实记录。但是一旦日常语言转化为"诗"，它显然又具有了不同于"真实经验"的更多内涵。注意结合"第三代"诗人所倡导的"诗到语言为止""回到日常生活"等观念，来体味这首诗在诗学观念上所做的尝试。

海子诗二首

亚洲铜

亚洲铜,亚洲铜
祖父死在这里,父亲死在这里,我也将死在这里
你是唯一的一块埋人的地方

亚洲铜,亚洲铜
爱怀疑和爱飞翔的鸟,淹没一切的是海水
你的主要却是青草,住在自己细小的腰上,守住
　野花的手掌和秘密

亚洲铜,亚洲铜
看见了吗?那两只白鸽子,它们是屈原遗落在
　沙滩上的白鞋子
让我们——我们和河流一起,穿上它们吧

亚洲铜,亚洲铜
击鼓之后,我们把在黑暗中跳舞的心脏叫作月亮
这月亮主要由你构成

1984

【阅读提示】

　　海子的诗歌创作分为短诗和长篇史诗两种。他的短诗带有强烈的抒情色彩,并在语言、节奏和表达形式上别具一格。这些诗产生了广泛影响,并能引起普遍共鸣。这一方面得益于语言表达上的别致和表现力,另

一方面则因为这些诗歌中营造的意象作用于某种集体无意识和普遍心理共识。

《亚洲铜》是海子早期的代表作,在海子整个诗歌创作中具有承前启后的意义,被认为是他最脍炙人口的诗作之一。

1. "亚洲铜"这一主题意象象征着北方中国的黄土地,注意其在色彩、质地、深埋地下的品性等方面的特点,特别是其与"中国"想象之间的关联性。

2. 全诗分四个段落,第一段写土地与血缘家族,第二段写自然,第三段写诗人谱系,第四段是一组动态意象。你如何理解这四个段落的关联性?

3. 诗中每一段都以"亚洲铜,亚洲铜"开始,这种叠句与"铜"的拟声效果,与击鼓、心跳的共振,在声韵和声音效果上使你产生了怎样的感觉?

春天,十个海子

春天,十个海子全部复活
在光明的景色中
嘲笑这一个野蛮而悲伤的海子
你这么长久的沉睡究竟为了什么?

春天,十个海子低低的怒吼
围着你和我跳舞、唱歌
扯乱你的黑头发,骑上你飞奔而去,尘土飞扬
你被劈开的疼痛在大地弥漫

在春天,野蛮而悲伤的海子
就剩下这一个,最后一个
这是一个黑夜的孩子,沉浸于冬天,倾心死亡
不能自拔,热爱着空虚而寒冷的乡村

那里的谷物高高堆起,遮住了窗户
他们把一半用于一家六口人的嘴,吃和胃
一半用于农业,他们自己的繁殖

大风从东刮到西,从北刮向南,无视黑夜和黎明
你所说的曙光究竟是什么意思

1989.3.14.凌晨3点—4点

【阅读提示】

《春天,十个海子》是海子最后一首抒情短诗,注意分析这首诗怎样以"十个海子"这种抒情主体自我分裂的意象,传达伤痛而荒凉的心境。"春天""光明的景色""跳舞、唱歌"等戏剧化情境,与"野蛮而悲伤的海子"之间构成了怎样的张力,表达了何种难以言说的情绪?如何理解"黑夜的孩子"与"乡村"这一意象的关系?

【扩展性阅读书(篇)目】

《海子的诗》,人民文学出版社1995年版;或选读《麦地》《麦地与诗人》《祖国(或以梦为马)》《黑夜的献诗》《面朝大海,春暖花开》等篇。

【参考书(篇)目】

1. 骆一禾:《我考虑真正的史诗》,收海子《土地》,春风文艺出版社1990年版。
2. 奚密:《海子〈亚洲铜〉探析》,收崔卫平编《不死的海子》,中国文联出版公司1999年版。

帕斯捷尔纳克

王家新

不能到你的墓地献上一束花
却注定要以一生的倾注，读你的诗
以几千里风雪的穿越
一个节日的破碎，和我灵魂的颤栗

终于能按照自己的内心写作了
却不能按一个人的内心生活
这是我们共同的悲剧
你的嘴角更加缄默，那是

命运的秘密，你不能说出
只是承受、承受，让笔下的刻痕加深
为了获得，而放弃
为了生，你要求自己去死，彻底地死

这就是你，从一次次劫难里你找到我
检验我，使我的生命骤然疼痛
从雪到雪，我在北京的轰响泥泞的
公共汽车上读你的诗，我在心中

呼喊那些高贵的名字
那些放逐、牺牲、见证，那些
在弥撒曲的震颤中相逢的灵魂
那些死亡中的闪耀，和我的

自己的土地！那北方牲畜眼中的泪光

在风中燃烧的枫叶
人民胃中的黑暗、饥饿，我怎能
撇开这一切来谈论我自己？

正如你，要忍受更疯狂的风雪扑打
才能守住你的俄罗斯，你的
拉丽萨，那美丽的、再也不能伤害的
你的，不敢相信的奇迹

带着一身雪的寒气，就在眼前！
还有烛光照亮的列维坦的秋天
普希金诗韵中的死亡、赞美、罪孽
春天到来，广阔大地裸现的黑色

把灵魂朝向这一切吧，诗人
这是幸福，是从心底升起的最高律令
不是苦难，是你最终承担起的这些
仍无可阻止地，前来寻找我们

发掘我们：它在要求一个对称
或一支比回声更激荡的安魂曲
而我们，又怎配走到你的墓前？
这是耻辱！这是北京的十二月的冬天

这是你目光中的忧伤、探询和质问
钟声一样，压迫着我的灵魂
这是痛苦，是幸福，要说出它
需要以冰雪来充满我的一生

1990 年 12 月　北京

【阅读提示】

《帕斯捷尔纳克》是诗人王家新获得广泛赞誉的作品，也是 90 年代诗歌的代表作之一。这首诗所表达的情绪和诗歌态度,与90年代初期的历史语境和知识界的社会心态紧密关联。帕斯捷尔纳克是俄罗斯著名小说家和诗人,其长篇小说《日瓦戈医生》1958年曾获诺贝尔文学奖,并成为冷战格局中重要的文学与政治事件。这部小说在中国有多个译本出版。本诗与这部小说的内容及其命运直接相关,通过对帕斯捷尔纳克的理解而表明了一种独特的写作精神。仔细体认诗歌如何在帕斯捷尔纳克与"我"、俄罗斯与北京之间建立直接的对话关系。"雪""冬天"构成了诗中一个最主要的意象,你如何理解这个意象传递的情绪内涵?通过对苦难的"见证"与"承受",诗人主要要表达一种"承担"精神。诗中用以表达"苦难"的是哪些意象?你如何看待诗歌写作与承担"苦难"的关系?"终于可以按照自己的内心写作了/却不能按一个人的内心生活",你认为这是时代的悲剧还是诗人共同的命运?

【参考书(篇)目】

1. 霍俊明:《在寒冷的雪中让内心和时代发声:王家新〈帕斯捷尔纳克〉欣赏》,载《名作欣赏》2008年第11期。

2. 洪子诚:《一部小说的延伸阅读》,收《我的阅读史》,北京大学出版社2011年版。

致敬(节选)

西　川

四　巨兽

　　那巨兽,我看见了。那巨兽,毛发粗硬,牙齿锋利,双眼几乎失明。那巨兽,喘着粗气,嘟囔着厄运,而脚下没有声响。那巨兽,缺乏幽默感,像竭力掩盖其贫贱出身的人,像被使命所毁掉的人,没有摇篮可资回忆,没有目的地可资向往,没有足够的谎言来为自我辩护。它拍打树干,收集婴儿;它活着,像一块岩石,死去,像一场雪崩。

　　乌鸦在稻草人中间寻找同伙。

　　那巨兽,痛恨我的发型,痛恨我的气味,痛恨我的遗憾和拘谨。一句话,痛恨我把幸福打扮得珠光宝气。它挤进我的房门,命令我站立在墙角,不由分说坐垮我的椅子,打碎我的镜子,撕烂我的窗帘和一切属于我个人的灵魂屏障。我哀求它:"在我口渴的时候别拿走我的茶杯!"它就地掘出泉水,算是对我的回答。

　　一吨鹦鹉,一吨鹦鹉的废话!

　　我们称老虎为"老虎",我们称毛驴为"毛驴"。而那巨兽,你管它叫什么?没有名字,那巨兽的肉体和阴影便模糊一片,你便难于呼唤它,你便难于确定它在阳光下的位置并预卜它的吉凶。应该给它一个名字,比如"哀愁"或者"羞涩",应该给它一片饮水的池塘,应该给它一间避雨的屋舍。没有名字的巨兽是可怕的。

　　一只画眉把国王的爪牙全干掉!

　　它也受到诱惑,但不是王宫,不是美女,也不是一顿丰饶的烛光晚宴。它朝我们走来,难道我们身上有令它垂涎欲滴的东西?难道它要从我们身上啜饮空虚?这是怎样的诱惑呵!侧身于阴影的过道,迎面撞上刀光,一点点伤害使它学会了的呻吟——呻吟,生存,不知信仰为何物;可一旦它安静下来,便又听见芝麻拔节的声音,便又闻到月季的芳香。

飞越千山的大雁,羞于谈论自己。

这比喻的巨兽走下山坡,采摘花朵,在河边照见自己的面影,内心疑惑这是谁;然后泅水渡河,登岸,回望河上雾霭,无所发现亦无所理解;然后闯进城市,追踪少女,得到一块肉,在屋檐下过夜,梦见一座村庄、一位伴侣;然后梦游五十里,不知道害怕,在清晨的阳光里醒来,发现回到了早先出发的地点:还是那厚厚的一层树叶,树叶下面还藏着那把匕首——有什么事情要发生?

沙土中的鸽子,你由于血光而觉悟。

啊,飞翔的时代来临了!

六　幽灵

空气拥抱我们,但我们向未觉察;死者远离我们,在田野中,在月光下,但我们确知他们的所在——他们高兴起来,不会比一个孩子跑得更远。

那些被埋藏很深并且无人知晓的财富,被时间花掉了,没有换取任何东西。

那些被埋藏很深并且渐被忘却的死者,怎能照顾好自己?应该将他们从坟穴挪出。

他人的死使我们负罪。

悲伤的风围住死者索要安慰。

不能死于雷击,不能死于溺水,不能死于毒药,不能死于械斗,不能死于疾病,不能死于事故,不能死于大笑不止或大哭不止或暴饮暴食或滔滔不绝的谈说,直到力量用尽。那么如何死去呢?崇高的死亡,丑陋的尸体:不留下尸体的死亡是不可能的。

我们翻修街道,起造高楼,为了让幽灵迷路。

那些死者的遗物围坐成一圈,屏住呼吸,等待被使用。

幽灵将如何显现呢?除非帽子可以化作帽子的幽灵,衣服可以化作衣服的幽灵,否则由肉体转化的幽灵必将赤裸,而赤裸的幽灵显现,不符合我们存在的道德。

黑暗中有人伸出手指刮我的鼻子。

魔鬼的铃声,恰好被我所利用。

【阅读提示】

　　《致敬》是西川1992年完成的一首长诗,1994年发表于《花城》第1期。这首诗表现了西川90年代诗歌的一种创作倾向,用他自己的话说是:在内容上是"经验、矛盾、悖论、噩梦"等荒谬生存处境的反讽性呈现,其表现形式则追求一种把"叙事性、歌唱性、戏剧性熔于一炉"的"综合创造"。这首长诗无论从内容还是形式上都很难做简单描述,大致可以概括为对充满了悖谬、恐惧、死亡阴影的生存状态的某种寓言式表达。

　　第四章《巨兽》写的是一种无以名状的怪兽。西川曾解释道:"在我内心深处,有一片巨大的黑暗的海洋,这是哲学所不能照亮的。所以我写到《巨兽》。"这里所谓的"巨兽"可以象征地看做生存中的非理性、恐惧、诱惑、多重自我等。在形式上,这一章以长句群表现"巨兽",而以单一的短句写到各种鸟类。飞鸟在这里是"飞翔"的象征。注意这种形式和内容上的错落造成的特殊的诗学效果。第六章《幽灵》写的是死者的幽灵对生者的压迫——"他人的死使我们负罪"。注意体味语言上的张力。例如,在"他们的死使我们负罪。/悲伤的风围住死者索要安慰"的悲痛之后,是一长串嘲讽性语句"不能死于雷击,不能死于溺水……",最后是悖论性的结论:"崇高的死亡,丑陋的尸体:不留下尸体的死亡是不可能的。"

【扩展性阅读书(篇)目】

　　西川:《大意如此》,湖南文艺出版社1997年版;或选读《大意如此·自序》和《致敬》全诗。

戏剧部分

酒　后

丁西林

　　这篇独幕短剧是由一个朋友叔华的一篇短篇小说产生出来的（小说见《现代评论》第五期），我读了那篇小说觉得他的意思新颖，情节很配作一独幕剧。当时同读的两位朋友亦表示赞同并极力怂恿我写一篇短剧。我既受了那篇小说的启示，又得到他们两位的鼓励，遂写成了这本剧本。现在我一面向他们表示我的感谢，一面要向读者说个明白，如果你们对于这篇剧本的意思和情节，有什么赞许，那么你们应该将赞许都送给那篇小说的著者；对于剧本的修辞上，剧中人的性格及表现上，如果有不满意的地方，那——那只好归咎于我的那两位朋友，——因为是他们要我写的！

人　物　夫
　　　　妻
　　　　客人
布　景　一个冬天的深夜，一间华美的厅屋。喝醉了酒的一位客人，睡在一张长的沙发上。一个年近三十岁的男子，坐在桌旁削水果。桌上除了水果碟子、茶壶、茶杯之外，还有一个烧水的小洋炉，下边的火正燃着。屋内非常的幽静沉寂，只有水壶里发出细微蛩蛩的声音。

　　　　　　开幕之后，约过了半分钟，一个青年的女子，一手拿了茶叶瓶，一手拿了一条毯子，走进屋来。进来之后，先把毯子在靠近男子的一张椅上放了，带了茶叶瓶，走近桌来。

妻　拿来了，替他盖上吧。
夫　（吃水果要紧，并且想难她一下）好，替他盖上。你比我盖得好。（说完了看了她一眼）
妻　（回看了他一眼，将已经拿在手里的茶壶放下）你以为我不敢吗？这有什么稀奇？做给你看看！（重新取了毯子，轻轻走去将毯子盖在那客人的身上）

夫　水开了。

〔妻走了回来,用沸水先冲了空壶,把水倾在痰盂里。

夫　芷青啊,起来。——起来喝点茶睡觉去。

妻　你看,我教你不要叫醒他,让他睡一会儿。(放了茶叶,冲了茶,灭了火,壶上加了套子)

夫　(吃了好几口水果)唉,我说,你不让叫醒他,如果他今晚一夜不醒觉,你要我等他到明天怎么样?

妻　你吃了那么多东西,你现在会睡得着吗?——就睡了也不舒服。

夫　不过这太不公平了。你让他舒舒服服的睡在那里,要我辛辛苦苦的坐在这里等他。

妻　他喝醉了酒,你没有喝醉酒。——你们几个人喝他一个,……

夫　(更正她)喝你们两个。

妻　喝我们两个?我就只喝了半杯酒。现在还觉得心跳呢。(坐到沙发上)

夫　你没有喝酒,你帮了他讲话。

妻　不应该,是不是?

夫　(吃完了水果,擦了手,也坐到沙发上)应该,应该。不过也让我躺一躺,我想总可以吧?(躺在她的怀里)

妻　这样很公平,是不是?

夫　怎么?

妻　他睡在一张椅子的上面,你睡在——一个女人的怀里。

夫　这非常的公平。因为他是喝醉了酒,保不住要吐的,要把你的衣服弄脏了,所以不能睡在你的怀里,我——并没有喝醉酒。

妻　喔,这股酒味儿!你靠在那一边去。(将他推开了,把身后的一个腰枕给了他。他领受了她的这番情意,也从另外的一张椅上,取了一个腰枕递给她)谢谢你,我没有那个很舒服。

夫　(把两个腰枕都领受了下来,从衣袋里摸出一个烟斗)准不准抽烟?

妻　不准!

夫　(叹了一口气)唉,什么都好,就是这一点,有点美中不足。

妻　啊,美中不足的地方多得很,屋子不舒服,饭菜不合口,太太不漂亮,……

夫　不要这样的得意!

妻　谁得意？

夫　你得意。

妻　怎么我得意？

夫　你以为一个人得意了，一定是说大话吗？一个人，心虚的时候，方才说大话，自谦的时候，多半是自负。

妻　我一点都不自负。我自己知道，什么都没有弄得好。不过你应该帮助我才是啊。

夫　（懒怠的）亦民啊，……

妻　唉。

夫　我时常的想，象我这样的一个人，享受这样的一种幸福，我只有感谢上帝，再也不敢有一个非分的欲望。不过我有一件事，我死的时候，我要立在我的遗嘱里。

妻　什么事？

夫　我要教他们替我做一个大箱子，装一箱子的烟，放在我的棺材里。（说完了两个人都笑了起来。他趁了这个好机会，又倒到她的身上）喔，亲爱的，这是天堂的生活，这是仙宫的生活，然而这是人的生活。一个人既然生在世上就应该过这样的生活，——最少要有一天，——一点钟——一忽儿！（握了她的手）你说对不对？

妻　荫棠，我想世界上什么幸福都是假的幸福，只有爱的幸福，是真的幸福。

夫　啊，这是你最得意的题目。——喔，对不起，讲讲。（坐直）

妻　我想一个人在世界上，要有了爱，方才可以说是生在世上，如果没有爱，只可以说是活在世上。

夫　生在世上，和活在世上，是怎样的分别法子？

妻　一个人，在世上，有了爱，他就觉得他是人类的一个，他就觉得这个世界也是他的，他希望大家都有幸福，他感觉到大家的痛苦，这样方才能够叫生在世上。一个人，如果没有爱，他就觉得他不过是一个旁观的人，他是他，世界是世界，他要吃饭，因为不吃饭就要饿死，他要穿衣服，因为不穿衣服就要冻死，他要睡觉，因为不睡觉就要累死。他的动作，都不过是从怕死来的，所以只好叫做活在世上。

夫　照你这样的定义，中国有四万万人，最少有三万九千九百九十九万，是活在那里，不是生在那里。

妻　所以我想一个人如果没有爱，不知道爱，那就是世界上最可怜

酒后　487

夫　一个人没有爱,也不是最可怜的人,不知道爱,也不是最可怜的人。最可怜的人,是他知道爱,没有得爱,或有得爱,社会不容他爱的人。

妻　你是说——(转头向那个客人看了一看)芷青,是不是?

夫　是的。

妻　(静默了一回)荫棠,为什么没有人爱他?

夫　因为他结了婚。

妻　喔,结了婚!那算得数吗?他就没有和他的太太同住过。

夫　那不管。中国的女人,只要结婚,不管爱不爱的。这本来也是很对的,因为婚姻是一个社会的制度,社会制度,都是为那一般活在世上的人设的,不是为那少数的生在世上的人设的。

妻　这样说,婚姻的制度就应该打破。

夫　那可不要提倡。从前的人,以为结了婚就是爱,那已经受不了;现在有不少的人,以为不结婚就是爱,那更加受不了。

妻　这样说,象他这样的人,就让他这样孤单的过一生吗?

夫　你要他结婚吗?你如果要他结婚,那容易得很。你只要给他一点毒药,教他把他的太太今天毒死了,明天就有人和他结婚。如果你觉得毒死人是不人道的事,那么你或是把她赶走,或是说她不能生小孩子,或是说她有精神病。这些方法虽然不同,目的是一样。这是一般活在世上的人定的规矩。

妻　荫棠,我实在非常的可怜他。

夫　你用不着可怜他。他虽然没有得到爱,但是他不是仅仅的活在那里,他还生在那里。你不要因为看了他的外表很镇静,很凉淡,以为他失望。他的内部,有一把火在那里烧着。我们虽然看不见那火焰,可是我们时常看见他喷出来的火星子。

妻　(转想)你知道,我初认识他的时候,很有点怕他。

夫　现在呢?

妻　现在已经熟了,还怕什么?

夫　是的,我相信有许多女人,初见了他的时候,一定怕他。其实他对于女人,是再温和没有的。

妻　那我老早就看出来了。

夫　(好象刚刚想到)唉,我想他和你心目中所理想的一种男子,倒有点相近。

妻　我心目中所理想的一种男子是怎么样？

夫　一个人,意志很坚决,感情很浓厚,爱情很专一,不轻易的爱一个人,如果爱了一个人,就永久不要改变,设或那个女人实在不值得爱,那也是你自己的过失,只好跳在海里自尽去。

妻　你心目中的理想的男子是怎么样？

夫　我心目中的理想的男子,完全的和我一样！……

妻　嗤！（摸手绢）

夫　不然,我会这样的快乐么？

妻　看见我的手绢没有？

夫　你刚才不是坐在那边……

妻　（看见了手绢,起了身）你要不要喝茶？

夫　谢谢你,不要喝。

妻　（从另外一张椅上取了手绢,脑中生了一个异想,靠在桌旁,想了一回）荫棠,你不是说过年的时候,要送我一样礼物么？

夫　是的,你想要我送你什么东西？

妻　我现在不想要你送我东西了。

夫　为什么？为什么又不要我送东西？

妻　我想向你提出一个要求,不知道你能不能答应我？

夫　只要我能做得到的,我都答应你。

妻　你做得到,一个很简单的要求。

夫　（起立）什么要求？

妻　要你答应了我,我方才说给你听。

夫　我答应你。

妻　真的答应我？

夫　真的答应你。

妻　芷青睡在那里,你让我去吻他一吻。

夫　什么？

妻　去吻他一吻。

夫　（嬉笑的）那不行！（坐到椅上）

妻　为什么不行？

夫　那——那是不应该的。

妻　为什么不应该？难道一个女人结了婚,就没有表示她意志的自由么？就不能向另外一个男子表示她的钦佩么？

夫　表示意志的自由,自然是有的。不过表示钦佩——是那样表示的么?

妻　(又坐到椅上)那有什么?难道你还吃醋吗?我想你一定不会吧?

夫　喔,不是,我是不十分赞成这个表示钦佩的方法,不是吃醋。中国的男人,就没有一个知道吃醋的。

妻　中国的女人呢?

夫　中国的女人?——和外国的女人一样!

妻　女人也不是个个都是一样的。我从来就不知道吃醋,我最讨厌的是一个女人吃醋。

夫　不要把吃醋说得这样的要不得,吃醋也有吃醋的味儿。一个女人,如果完全不吃醋,那就和一个男人完全不喝酒一样,一定干燥无味得很。不过酒喝多了是要吐的,醋吃多了也是要吐的,吃醋吃到要吐的程度,就没有趣味了。

妻　我相信一个人,真正有了爱情,是不会吃醋的。

夫　好了,真正有了爱情的,是不会吃醋的;真正没有爱情的,也是不会吃醋的;所以只有那真正有了一半爱情的,最会吃醋,对不对?

妻　喔,你知道我的意思。我是说,两个人彼此有了绝对的信任,方才能够有真正的爱情。有了绝对的信任,就不会有吃醋的事发生。

夫　你对于我,我相信是有绝对的信任的了,现在如果我要和一个女人接吻,你答应不答应?

妻　一定答应。

夫　真的?

妻　真的。——不过你要得到我的允许,当着我的面。

夫　哦!当着你的面,我去和谁接吻去!那还有什么意思?

妻　我现在向你要求的,也是当着你的面去和一个男人接吻呀。

夫　是呀!那也一样的没有意思,所以我不赞成啊。

妻　(没有话说)不行,你已经答应了我。

夫　(看出她真有那个意思)你真的想去和他接吻吗?如果你真的想去和他接吻,我立刻答应你。

妻　你答应我?

夫　(诚意的)我答应你。

妻　那我就去!(立起)

夫　(镇静得很)你去好了。

妻　（软了下来）他会知道吗？

夫　（取笑）你要不要他知道？

妻　（安自己的心）喔，他不会知道。

夫　（捣乱）我告诉你一个方法，如果你不要他知道，你轻一点儿，如果你要他知道，你就重一点儿。（立了起来）现在让我走开。

妻　（没有想到）你不要走！你为什么要走开？

夫　刚才你说，你对我有信任，所以我可以当着你的面和一个女人接吻；我对你，更信任，所以你和一个男人接吻的时候，我可以走开。（想走）

妻　那不行，那我不答应。（将他拉住）

夫　这真奇怪！你要我怎么？

妻　（将他按在椅上）你不要走。（她走了几步，停了）荫棠，我有点怕。

夫　不要怕，鼓起胆子来。（她还是不走）去啊！

妻　（真的鼓起胆子，毅然向那张睡了人的沙发走去，走了几步，又回过头来）你和我一块儿来。

夫　喔，这样的无用！

〔她又走了几步，站在沙发旁边犹豫。

夫　（偷偷的走到门口）我给你绝对的自由唉。（走出）

妻　（吓回）荫棠，荫棠，荫棠！（客人惊醒了）

客人　啊！（立刻坐了起来）

夫　（走进屋来。见客人坐起，大失所望）这可不要怨我，这是你自己……

〔妻给了他一个眼色。

客人　（睡眼朦胧的走近桌子来）什么时候了？

夫　什么时候！谁教你不多睡一会儿？

客人　为什么？

夫　为什么？因为……

妻　荫棠！

夫　因为有一个人……

妻　荫棠！不许说！

夫　（一字一字的）……正……想……要……

妻　（急了，赶紧的走来，掩住他的嘴）不许说！

夫　（将她的手扯开）想要和你……（嘴又掩住了）

妻　不许说！（紧紧的掩住他的嘴不放）说不说？说不说？（他垂了两手，不再挣扎了）

客　人　（已经糊糊涂涂的倒下三杯茶，屋内的举动，一点也没有觉到，端了一杯茶，送到那位嘴还被人掩住的先生的面前）喝茶。

——闭幕

【阅读提示】

1. 要抓住本文的语言。首先是戏剧语言的特点——注意琢磨剧中人物说话的"潜台词"，即台词背后隐藏着的微妙心理与人物之间的微妙关系；其次是要抓住剧作者丁西林的戏剧语言的特殊风格——作者写的是知识分子客厅里的"几乎无事的喜剧"，人物的语言充满了机智的幽默。可重点分析：①妻与夫关于"生在世上"与"活在世上"的概念辨析，并由此了解这对情感颇不错的夫妻之间潜在的矛盾；②妻向夫提出"一吻"之求到夫表示同意之间的种种曲折，特别是丈夫同意以后妻的态度的突变，并由此体会荒诞的"一吻之恋"背后所隐藏的悲剧性。

2. 要抓住本剧精巧的戏剧结构——除了"妻"与"夫"这一主要冲突方外，又出现了在剧中几乎不说话，对所发生的一切处于完全无知状态的"客人"，构成一个"三元结构"。想想"客人"在剧中起了什么作用？

【扩展性阅读书（篇）目】

《一只马蜂》《压迫》——同写在 20 年代的独幕喜剧，有类似的追求；《妙峰山》——作者写于 40 年代的多幕喜剧，另有新的开拓。

【参考书（篇）目】

钱理群：《〈酒后〉批注》，收《名作重读》，上海教育出版社 1996 年版。

日出（节选）

曹　禺

〔黄省三由中门进。

黄省三　（胆小地）李……李先生。
李石清　怎么？（吃了一惊）是你！
黄省三　是，是，李先生。
李石清　又是你，谁叫你到这儿来找我的？
黄省三　（无力地）饿，家里的孩子大人没有饭吃。
李石清　（冷冷地）你到这儿就有饭吃么？这是旅馆，不是粥厂。
黄省三　李，李先生，可当的都当干净了。我实在没有法子，不然，我决不敢再找到这儿来麻烦您。
李石清　（烦恶地）哧，我跟你是亲戚？是老朋友？或者我欠你的，我从前占过你的便宜？你这一趟一趟地，我走哪儿你跟哪儿，你这算怎么回事？
黄省三　（苦笑，很凄凉地）您说哪儿的话，我都配不上。李先生，我在银行里一个月才用您十三块来钱，我这儿实在是无亲无故，您辞了我之后，我在哪儿找事去？银行现在不要我等于不叫我活着。
李石清　（烦厌地）照你这么说，银行就不能辞人啦。银行用了你，就算跟你保了险，你一辈子就可以吃上银行啦，嗯？
黄省三　（又卷弄他的围巾）不，不，不是，李先生，我……我，我知道银行待我不错，我不是不领情。可是……您是没有瞅见我家里那一堆孩子，活蹦乱跳的孩子，我得每天找东西给他们吃。银行辞了我，没有进款，没有米，他们都饿得直叫。并且房钱有一个半月没有付，眼看着就没有房子住。（嗫嚅地）李先生，您没有瞅见我那一堆孩子，我实在没有路走，我只好对他们——哭。
李石清　可是谁叫你们一大堆一大堆养呢？

黄省三　李先生,我在银行没做过一件错事。我总天亮就去上班,夜晚才回来,我一天干到晚,李先生——

李石清　(不耐烦)得了,得了,我知道你是个好人,你是安分守己的。可是难道不知道现在市面萧条,经济恐慌?我跟你说过多少遍,银行要裁员减薪,我并不是没有预先警告你!

黄省三　(踌躇地)李先生,银行现在不是还盖着大楼,银行里面还添人,添了新人。

李石清　那你管不着!那是银行的政策,要繁荣市面。至于裁了你,又添了新人,我想你做了这些年的事,你难道这点世故还不明白?

黄省三　我……我明白,李先生。(很凄楚地)我知道我身后面没有人挺住腰。

李石清　那就得了。

黄省三　不过我当初想,上天不负苦心人,苦干也许能补救我这个缺点。

李石清　所以银行才留你四五年,不然你会等到现在?

黄省三　(乞求)可是,李先生,我求求您,您行行好。我求您跟潘经理说说,只求他老人家再让我回去。就是再累一点,再加点工作,就是累死我,我也心甘情愿的。

李石清　你这个人真麻烦。经理会管你这样的事?你们这样的人,就是这点毛病。总把自己看得太重,换句话,就是太自私。你想潘经理这样忙,会管你这样小的事,不过,奇怪,你干了三四年,就一点存蓄也没有?

黄省三　(苦笑)存蓄?一个月十三块来钱,养一大家子人?存蓄?

李石清　我不是说你的薪水。从薪水里,自然是挤不出油水来。可是——在别的地方,你难道没有得到一点的好处?

黄省三　没有,我做事凭心,李先生。

李石清　我说——你没有从笔墨纸张里找出点好处?

黄省三　天地良心,我没有,您可以问庶务刘去。

李石清　哼,你这个傻子,这时候你还讲良心!怪不得你现在这么可怜了。好吧,你走吧。

黄省三　(着慌)可是,李先生——

李石清　有机会,再说吧。(挥挥手)现在是毫无办法。你走吧。

黄省三　李先生,您不能——
李石清　并且,我告诉你,你以后再要狗似地老跟着我,我到哪儿,你到哪儿,我就不跟你这么客气了。
黄省三　李先生,那么,事还是一点办法也没有?
李石清　快走吧!回头,一大堆太太小姐们进来,看到你跑到这儿找我,这算是怎么回事?
黄省三　好啦!(泪汪汪的,低下头)李先生,真对不起您老人家。(苦笑)一趟一趟地来麻烦您,我走啦。
李石清　你看你这个麻烦劲儿,走就走得啦。
黄省三　(长长地叹一口气,走了两步,忽然跑回来,沉痛地)可是,您叫我到哪儿去?您叫我到哪儿去?我没有家,我拉下脸跟你说吧,我的女人都跟我散了,没有饭吃,她一个人受不了这样的苦,他跟人跑了。家里有三个孩子,等着我要饭吃。我现在口袋里只有两毛钱,我身上又有病,(咳嗽)我整天地咳嗽!李先生,您叫我回到哪儿去?您叫我回到哪儿去?
李石清　(可怜他,但又厌恶他的软弱)你愿意上哪儿去,就上哪儿去吧。我跟你讲,我不是不想周济你,但是这个善门不能开,我不能为你先开了例。
黄省三　我没有求您周济我,我只求您赏给我点事情做。我为着我这群孩子,我得活着!
李石清　(想了想,翻着白眼)其实,事情很多,就看你愿意不愿意做。
黄省三　(燃着了一线希望)真的?
李石清　第一,你可以出去拉洋车去。
黄省三　(失望)我……我拉不动(咳嗽)您知道我有病。医生说我这边的肺已经(咳)——靠不住了。
李石清　哦,那你还可以到街上要——
黄省三　(脸红,不安)李先生我也是个念过书的人,我实在有点——
李石清　你还有点叫不出口,是么?那么你还有一条路走,这条路最容易,最痛快,——你可以到人家家里去(看见黄的嘴喃喃着)——对,你猜的对。
黄省三　哦,您说,(嘴唇颤动)您说,要我去——(只见唇动,听不见声音)
李石清　你大声说出来,这怕什么?"偷!""偷!"这有什么做不得,有钱的人的钱可以从人家手里大把地抢,你没有胆子,你怎么不能偷?

黄省三 李先生,真地我急的时候也这么想过。

李石清 哦,你也想过去偷?

黄省三 (惧怕地)可是,我怕,我怕,我下不了手。

李石清 (愤慨地)怎么你连偷的胆量都没有,那你叫我怎么办?你既没有好亲戚,又没有好朋友,又没有了不得的本领。好啦,叫你要饭,你要顾脸,你不肯做;叫你拉洋车,你没有力气,你不能做;叫你偷,你又胆小,你不敢做。你满肚子的天地良心,仁义道德,你只想凭着老实安分,养活你的妻儿老小,可是你连自己一个老婆都养不住,你简直就是个大废物,你还配养一大堆孩子!我告诉你,这个世界不是替你这样的人预备的。(指窗外)你看见窗户外面那所高楼么?那是新华百货公司,十三层高楼我看你走这一条路是最稳当的。

黄省三 (不明白)怎么走,李先生?

李石清 (走到黄面前)怎么走?(魔鬼般地狞笑着)我告诉你,你一层一层地爬上去。到了顶高的一层,你可以迈过栏杆,站在边上。你只再向空,向外多走一步,那时候你也许有点心跳。但是你只要过一秒钟,就一秒钟,你就再也不可怜了,你再也不愁吃,不愁穿了。——

黄省三 (呆若木鸡,低得几乎听不见的声音)李先生,您说顶好我"自——"(忽然爆发地悲声)不,不,我不能死,李先生,我要活着!我为着我的孩子们,为我那没了妈的孩子们我得活着!我的望望,我的小云,我的——哦,这些事,我想过。可是,李先生,您得叫我活着!(拉着李的手)您得帮帮我,帮我一下!我不能死,活着再苦我也死不得,拼命我也得活下去啊!(咳嗽)

〔左门大开。里面有顾八奶奶、胡四、张乔治等的笑声。潘月亭露出半身,面向里面,说"你们先打着。我就来。"

李石清 (甩开黄的手)你放开我。有人进来,不要这样没规矩。

〔黄只得立起,倚着墙,潘月亭进。

潘月亭 啊?

黄省三 经理!

潘月亭　石清，这是谁？他是干什么的？
黄省三　经理，我姓黄，我是大丰的书记。
李石清　他是这次被裁的书记。
潘月亭　你怎么跑到这里来，(对李)谁叫他进来的？
李石清　不知道他怎么找进来的。
黄省三　(走到潘面前，哀痛地)经理，您行行好，您要裁人也不能裁我，我有三个小孩子，我不能没有事。经理，我跟您跪下，您得叫我活下去。
潘月亭　岂有此理！这个家伙，怎么能跑到这儿来找我求事。(厉声)滚开！
黄省三　可是，经理，——
李石清　起来！起来！走！走！走！(把他一推倒在地上)你要再这样麻烦，我就叫人把你打出去。
　　〔黄望望李，又望望潘。
潘月亭　滚，滚，快滚！真岂有此理！
黄省三　好，我起来，我起来，你们不用打我！(慢慢立起来)那么，你们不让我再活下去了！你！(指潘)你！(指李)你们两个说什么也不叫我再活下去了。(疯狂似地又哭又笑地抽咽起来)哦，我太冤了。你们好狠的心哪！你们给我一个月不过十三块来钱，可是你们左扣右扣的，一个月我实在领下的才十块二毛五。我为着这辛辛苦苦的十块二毛五，我整天地写，整天给你们伏在书桌上写；我抬不起头，喘不出一口气地写；我从早到晚地写；我背上出着冷汗，眼睛发着花，还在写；刮风下雨，我跑到银行也来写！(做势)五年哪！我的潘经理！五年的工夫，你看看，这是我！(两手捶着胸)几根骨头，一个快死的人！我告诉你们，我的左肺已经坏了，哦，医生说都烂了！(尖锐的声音，不顾一切地)我跟你说，我是快死的人，我为着我的可怜的孩子，跪着来求你们。叫我还能够跟你们写，写，写，——再给我一碗饭吃。把我这个不值钱的命再换几个十块二毛五。可是你们不答应我！你们不答应我！你们自己要弄钱，你们要裁员，你们一定要裁我！(更沉痛地)可是你们要这十块二毛五干什么呀！我不是白拿你们的钱，我是拿命跟你们换哪！(苦笑)并且我也拿不了你们几个十块二毛五，

	我就会死的。(愤恨地)你们真是没有良心哪,你们这样对待我,——是贼,是强盗,是鬼呀!你们的心简直比禽兽还不如——
潘月亭	这个混蛋,还不跟我滚出去!
黄省三	(哭着)我现在不怕你们啦!我不怕你们啦!(抓着潘经理的衣服)我太冤了,我非要杀了——
潘月亭	(很敏捷地对着黄的胸口一拳)什么!(黄立刻倒在地下)〔半晌。
李石清	经理,他是说他要杀他自己——他这样的人是不会动手害人的。
潘月亭	(擦擦手)没有关系,他这是晕过去了。福升!福升!〔福升上。
潘月亭	把他拉下去。放在别的屋子里面,叫金八爷的人跟他拍拍捏捏,等他缓过来,拿三块钱给他,叫他滚蛋!
王福升	是!
	〔福升把黄省三拖下去。

【阅读提示】

1. 曹禺在《日出》的开头引述了老子《道德经》里的一段话:"天之道损有余而补不足,人之道则不然——损不足以奉有余。"在剧本中,大丰银行的经理潘月亭属于"有余者"。黄省三是社会的"不足者"——他本是大丰银行的小职员,专门从事抄写工作,现已被辞退而失业,作者说他是"一个非常神经质而胆小的人"。李石清则是由"不足者"努力挤上了"有余者"的地位——从小职员、经理秘书,刚刚提升为银行襄理(相当于经理助理)。作者说他有一个"讨厌而又可悯的性格":对上,他忍气吞声,谄媚逢迎,心里又恨他们;对下,他凶狠自负,鄙视他们"没有本事"。只有在夫人面前,他才吐露真情:"我要起来,我要翻过身来。我要硬得成一块石头,我要不讲一点人情。我以后不可怜人,不同情人;我只自私,我要报仇。"作者显然要批判这"损不足以奉有余"的"人之道",但为什么要着力于描写黄省三与李石清的冲突,这样写有什么好处?

2. 欣赏戏剧作品要下功夫琢磨剧本台词。曹禺的台词又特别适合舞台演出。试分角色朗读。在朗读中要把握好以下几点:

① 要注意从人物性格出发,读出剧中人性格的差异。例如,李石清给

黄省三指明几条出路及黄省三的反应,是这场戏最触目惊心的核心台词,你能读出这背后的性格冲突吗?

② 不仅要读出台词的表面意义,还要读出潜在的心理与情感。——在李石清狠毒绝情的言词背后,你有没有读出潜台词中难言的隐痛?

③ 要读出人物之间的情感的交流与撞击,读出情感发展的过程与其间的起伏。——黄省三最后"不顾一切"地高喊"我不怕你们啦",显然是这场戏的高潮。但这样的爆发,既是被对方逼出来的,也有一个酝酿的过程。试对黄省三在这场戏中情感发展的线索做出具体细致的分析。

④ 曹禺的台词同时又具有很强的文学性。试重点剖析李石清"叫你要饭,你要顾脸,你不肯做……你再也不愁吃,不愁穿了"这一段台词,注意其句式的选择、组合所造成的语言的节奏感,并通过声音的高低、徐疾等朗读技巧来体现这样的戏剧语言的音乐性。

3. 有研究兴趣的同学可以选一个角度来对《日出》做进一步的分析。如《从对顾八奶奶、胡四、张乔治的刻画看曹禺的语言艺术》《〈日出〉中的次要人物(如黄省三、福升)在戏剧结构中的作用》《陈白露·竹均·方达生》《〈日出〉中的声响(第二、四幕首尾的打夯声、唱"小海号""轴号"的声音,第三幕的叫卖声、唱"叫声小亲亲"的声音)》《〈日出〉里的一个细节:那本也叫做〈日出〉的书》等。

【扩展性阅读书(篇)目】

《雷雨》《原野》——同写于30年代,加上《日出》,被研究者称为"生命三部曲"。

【参考书(篇)目】

1. 田本相:《曹禺剧作论》中的《〈日出〉论》,中国戏剧出版社1981年版。

2. 钱理群:《大小舞台之间——曹禺戏剧新论》中有关《日出》的分析,北京大学出版社2007年版。

北京人（节选）

曹　禺

曾思懿　（提出正事）媳妇听说袁先生不几天就要走了,不知道愫妹妹的婚事爹觉得——

曾　皓　（摇头,轻蔑地）这个人,我看——（江泰早猜中他的心思,异常不满地由鼻孔"哼"了一声,皓回头望他一眼,气愤地立刻对那正要走开的愫方）好,愫方,你先别走。乘你在这儿,我们大家谈谈。

愫　方　我要给姨父煎药去。

江　泰　（善意地嘲讽）咳,我的愫小姐,这药您还没有煎够？（迭连快说）坐下,坐下,坐下,坐下。

〔愫又勉强坐下。

曾　皓　愫方,你觉得怎么样？

愫　方　（低声不语）

曾　皓　愫,你自己觉得怎么样？不要想到我,你应该替你自己想,我这个当姨父的,恐怕也照料不了你几天了,不过照我看,袁先生这个人哪——

曾思懿　（连忙）是呀,愫妹妹,你要多想想,不要屡次辜负姨父的好意,以后真是耽误了自己——

曾　皓　（也抢着说）思懿,你让她自己想想。这是她一辈子的事情,答应不答应都在她自己,（假笑）我们最好只做个参谋。愫方,你自己说,你以为如何？

江　泰　（忍不住）还有什么问题？袁先生并不是个可怕的怪物！他是研究人类学的学者,第一人好,第二有学问,第三有进款,这,这自然是——

曾　皓　（带着那种"少安毋躁"的神色）不,不,你让她自己考虑。（转对愫,焦急地）愫方,你要知道,我就有你这么一个姨侄女,我一直把你当我的亲女儿一样看,不肯嫁的女儿,我不是也一样养么？——

曾思懿　（抢说）就是啊！我的愫妹妹，嫁不了的女儿也不是——
曾文清　（再也忍不下去，只好拔起脚就向书斋走——）
曾思懿　（斜睨着文）咦，走什么？走什么？
〔文不顾，由书斋小门下。
曾　皓　文清，怎么？
曾思懿　（冷笑）大概他也是想给爹煎药呢！（回头对愫又万分亲热地）愫妹妹，你放心，大家提这件事，也是为着你想。你就在曾家住一辈子，谁也不能说半句闲话。（阴毒地）嫁不出去的女儿不也是一样得养么？何况愫妹妹你父母不在，家里原底就没有一个亲人——
曾　皓　（当然听出她话里的根苗，不等她说完——）好了，好了，大奶奶请你不要说这么一大堆好心话吧。（思的脸突然罩上一层霜，皓转对愫）那么愫方你自己有个决定不？
曾思懿　（着急对愫）你说呀！
曾文彩　（听了半天，一直都在点头，突然也和蔼地）说吧，愫妹妹，我看——
江　泰　（猝然，对自己的妻）你少说话！
〔彩默然，愫默立起低头向通大客厅的门走。
曾　皓　愫方，你说话呀，小姐。你也说说你的意思呀。
愫　方　（摇头）我，我没有意思。
〔愫由通大客厅的门下。

【阅读提示】

1. 这场戏选自《北京人》第一幕，出场的有六个人物：处于戏剧中心位置的是愫芳——一个有极高的教养又富有牺牲精神的传统家庭中的"淑女"，却从小失去了父母，寄养在姨父家里，终生未嫁。而她的姨父曾皓——一个行将就木的封建大家庭的家长，却从不顾及她个人的幸福，只希望她侍奉自己到死。曾皓的长子曾文清——外表上与愫方一样飘逸典雅，他们之间早就有了恋情，但文清已被没落的北京士大夫文化掏空了心，懒惰得没有勇气与力气去争取自己的幸福。文清的妻子曾思懿——一个漂亮、能干、凶狠的王熙凤式的女人，自然不能容忍愫方，但又不能公开违背公公（曾皓）的意志，于是，设计将愫方介绍给曾家的房客袁任敢——一位人类学的研究者(未出场)。她的主张得到了曾家的姑爷江泰的支持,这位"充满幻想,做事情却总是失败"的大学毕业生,虽赖在岳父家里吃闲饭,却看不惯曾皓的自私,要来打抱不平,又根本不知愫方的隐情。而他的妻子曾文彩,只知道崇拜与服从丈夫,对一切都麻木不知,也稀里糊涂地参加到这场"议婚"的悲喜剧中来。

在弄清以上人物的身份、地位、个性与彼此微妙而复杂的关系后,请仔细琢磨每个人物的台词背后的潜在心理,以及每一个人的发言所引起的在场其他人的反应,由此而形成的戏剧(情感、心理、性格、语言)冲突。尤其要细心体味处于"箭垛"位置上的愫方(所有的人的话都冲着她而来)的内心世界——尽管她在这场戏中只说了十四个字、两句话。

2. 曹禺笔下的人物都有非常复杂与丰富的性格,如有研究兴趣,可尝试做一点"人物分析",例如《愫方论》《曾文清论》或《愫方、曾文清合论》等。

【扩展性阅读书(篇)目】

《北京人》全剧和《家》——都是40年代曹禺的剧作,与30年代的剧作有不同的追求。

【参考书(篇)目】

1. 田本相:《曹禺剧作论》中的《〈北京人〉论》,中国戏剧出版社1981年版。

2. 钱理群:《大小舞台之间——曹禺戏剧新论》中"生命的诗"一章,北京大学出版社2007年版。

茶馆（节选）

老 舍

第 一 幕

时　间　一八九八年（戊戌）初秋，康梁等的维新运动失败了。早半天。
地　点　北京，裕泰大茶馆。
人　物　王利发　刘麻子　庞太监　唐铁嘴　康六　小牛儿　松二爷
　　　　黄胖子　宋恩子　常四爷　秦仲义　吴祥子　李三　老人
　　　　康顺子　二德子　乡妇　茶客甲、乙、丙、丁　马五爷　小妞
　　　　茶房一二人

〔幕启：这种大茶馆现在已经不见了。在几十年前，每城都起码有一处。这里卖茶，也卖简单的点心与菜饭。玩鸟的人们，每天在蹓够了画眉、黄鸟等之后，要到这里歇歇腿，喝喝茶，并使鸟儿表演歌唱。商议事情的，说媒拉纤的，也到这里来。那年月，时常有打群架的，但是总会有朋友出头给双方调解；三五十口子打手，经调人东说西说，便都喝碗茶，吃碗烂肉面（大茶馆特殊的食品，价钱便宜，作起来快当），就可以化干戈为玉帛了。总之，这是当日非常重要的地方，有事无事都可以来坐半天。

〔在这里，可以听到最荒唐的新闻，如某处的大蜘蛛怎么成了精，受到雷击。奇怪的意见也在这里可以听到，象把海边上都修上大墙，就足以挡住洋兵上岸。这里还可以听到某京戏演员新近创造了什么腔儿，和煎熬鸦片烟的最好的方法。这里也可以看到某人新得到的奇珍——一个出土的玉扇坠儿，或三彩的鼻烟壶。这真是个重要的地方，简直可以算作文化交流的所在。

〔我们现在就要看见这样的一座茶馆。

〔一进门是柜台与炉灶——为省点事,我们的舞台上可以不要炉灶;后面有些锅勺的响声也就够了。屋子非常高大,摆着长桌与方桌,长凳与小凳,都是茶座儿。隔窗可见后院,高搭着凉棚,棚下也有茶座儿。屋里和凉棚下都有挂鸟笼的地方。各处都贴着"莫谈国事"的纸条。

〔有两位茶客,不知姓名,正眯着眼,摇着头,拍板低唱。有两三位茶客,也不知姓名,正入神地欣赏瓦罐里的蟋蟀。两位穿灰色大衫的——宋恩子与吴祥子,正低声地谈话,看样子他们是北衙门的办案的(侦缉)。

〔今天又有一起打群架的,据说是为了争一只家鸽,惹起非用武力解决不可的纠纷。假若真打起来,非出人命不可,因为被约的打手中包括着善扑营的哥儿们和库兵,身手都十分厉害。好在,不能真打起来,因为在双方还没把打手约齐,已有人出面调停了——现在双方在这里会面。三三两两的打手,都横眉立目,短打扮,随时进来,往后院去。

〔马五爷在不惹人注意的角落,独自坐着喝茶。

〔王利发高高地坐在柜台里。

〔唐铁嘴踏拉着鞋,身穿一件极长极脏的大布衫,耳上夹着几张小纸片,进来。

王利发　唐先生,你外边蹓蹓吧!
唐铁嘴　(惨笑)王掌柜,捧捧唐铁嘴吧!送给我碗茶喝,我就先给您相相面吧!手相奉送,不取分文!(不容分说,拉过王利发的手来)今年是光绪二十四年,戊戌。您贵庚是……
王利发　(夺回手去)算了吧,我送给你一碗茶喝,你就甭卖那套生意口啦!用不着相面,咱们既在江湖内,都是苦命人!(由柜台内走出,让唐铁嘴坐下)坐下!我告诉你,你要是不戒了大烟,就永远交不了好运!这是我的相法,比你的更灵验!

〔松二爷和常四爷都提着鸟笼进来,王利发向他们打招呼。他们先把鸟笼子挂好,找地方坐下。松二爷文绉绉的,提着小黄鸟笼;常四爷雄赳赳的,提着大而高的画眉笼。茶房李三赶紧过来,沏上盖碗茶。他们自带茶叶。茶沏好,松二爷、常四爷向邻近的茶座让了让。

松二爷　您喝这个！（然后，往后院看了看）
常四爷
松二爷　好象又有事儿？
常四爷　反正打不起来！要真打的话，早到城外头去啦；到茶馆来干吗？

〔二德子，一位打手，恰好进来，听见了常四爷的话。

二德子　（凑过去）你这是对谁甩闲话呢？
常四爷　（不肯示弱）你问我哪？花钱喝茶，难道还教谁管着吗？
松二爷　（打量了二德子一番）我说这位爷，您是营里当差的吧？来，坐下喝一碗，我们也都是外场人。
二德子　你管我当差不当差呢！
常四爷　要抖威风，跟洋人干去，洋人厉害！英法联军烧了圆明园，尊家吃着官饷，可没见您去冲锋打仗！
二德子　甭说打洋人不打，我先管教管教你！（要动手）

〔别的茶客依旧进行他们自己的事。王利发急忙跑过来。

王利发　哥儿们，都是街面上的朋友，有话好说。德爷，您后边坐！

〔二德子不听王利发的话，一下子把一个盖碗搂下桌去，摔碎。翻手要抓常四爷的脖领。

常四爷　（闪过）你要怎么着？
二德子　怎么着？我碰不了洋人，还碰不了你吗？
马五爷　（并未立起）二德子，你威风啊！
二德子　（四下扫视，看到马五爷）喝，马五爷，您在这儿哪？我可眼拙，没看见您！（过去请安）
马五爷　有什么事好好地说，干吗动不动地就讲打？
二德子　嗻！您说的对！我到后头坐坐去。李三，这儿的茶钱我候啦！（往后面走去）
常四爷　（凑过来，要对马五爷发牢骚）这位爷，您圣明，您给评评理！
马五爷　（立起来）我还有事，再见！（走出去）
常四爷　（对王利发）邪！这倒是个怪人！
王利发　您不知道这是马五爷呀！怪不得您也得罪了他！
常四爷　我也得罪了他？我今天出门没挑好日子！
王利发　（低声地）刚才您说洋人怎样，他就是吃洋饭的。信洋教，说洋话，有事情可以一直地找宛平县的县太爷去，要不怎么连官面上都不惹他呢!

常四爷　(往原处走)哼,我就不佩服吃洋饭的!
王利发　(向宋恩子、吴祥子那边稍一歪头,低声地)说话请留点神!(大声地)李三,再给这儿沏一碗来!(拾起地上的碎磁片)
松二爷　盖碗多少钱?我赔!外场人不作老娘们事!
王利发　不忙,待会儿再算吧!(走开)

〔纤手刘麻子领着康六进来。刘麻子先向松二爷、常四爷打招呼。

刘麻子　您二位真早班儿!(掏出鼻烟壶,倒烟)您试试这个!刚装来的,地道英国造,又细又纯!
常四爷　唉!连鼻烟也得从外洋来!这得往外流多少银子啊!
刘麻子　咱们大清国有的是金山银山,永远花不完!您坐着,我办点小事!(领康六找了个座儿)

〔李三拿过一碗茶来。

刘麻子　说说吧,十两银子行不行?你说干脆的!我忙,没工夫专伺候你!
康　六　刘爷!十五岁的大姑娘,就值十两银子吗?
刘麻子　卖到窑子去,也许多拿一两八钱的,可是你又不肯!
康　六　那是我的亲女儿!我能够……
刘麻子　有女儿,你可养活不起,这怪谁呢?
康　六　那不是因为乡下种地的都没法子混了吗?一家大小要是一天能吃上一顿粥,我要还想卖女儿,我就不是人!
刘麻子　那是你们乡下的事,我管不着。我受你之托,教你不吃亏,又教你女儿有个吃跑饭的地方,这还不好吗?
康　六　到底给谁呢?
刘麻子　我一说,你必定从心眼里乐意!一位在宫里当差的!
康　六　宫里当差的谁要个乡下丫头呢?
刘麻子　那不是你女儿的命好吗?
康　六　谁呢?
刘麻子　庞总管!你也听说过庞总管吧?侍候着太后,红的不得了,连家里打醋的瓶子都是玛瑙作的!
康　六　刘大爷,把女儿给太监作老婆,我怎么对得起人呢?
刘麻子　卖女儿,无论怎么卖,也对不起女儿!你胡涂!你看,姑娘一

	过门,吃的是珍馐美味,穿的是绫罗绸缎,这不是造化吗?怎样,摇头不算点头算,来个干脆的!
康　六	自古以来,哪有……他就给十两银子?
刘麻子	找遍了你们全村儿,找得出十两银子找不出?在乡下,五斤白面就换个孩子,你不是不知道!
康　六	我,唉!我得跟姑娘商量一下!
刘麻子	告诉你,过了这个村可没有这个店,耽误了事别怨我!快去快来!
康　六	唉!我一会儿就回来!
刘麻子	我在这儿等着你!
康　六	(慢慢地走出去)
刘麻子	(凑到松二爷、常四爷这边来)乡下人真难办事,永远没有个痛痛快快!
松二爷	这号生意又不小吧?
刘麻子	也甜不到哪儿去,弄好了,赚个元宝!
常四爷	乡下是怎么了?会弄得这么卖儿卖女的!
刘麻子	谁知道!要不怎么说,就是一条狗也得托生在北京城里嘛!
常四爷	刘爷,您可真有个狠劲儿,给拉拢这路事!
刘麻子	我要不分心,他们还许找不到买主呢!(忙岔话)松二爷,(掏出个小时表来)您看这个!
松二爷	(接表)好体面的小表!
刘麻子	您听听,嘎登嘎登地响!
松二爷	(听)这得多少钱?
刘麻子	你爱吗?就让给您!一句话,五两银子!您玩够了,不爱再要了,我还照数退钱!东西真地道,传家的玩艺!
常四爷	我这儿正咂摸这个味儿:咱们一个人身上有多少洋玩艺儿啊!老刘,就看你身上吧:洋鼻烟,洋表,洋缎大衫,洋布裤褂……
刘麻子	洋东西可是真漂亮呢!我要是穿一身土布,象个乡下脑壳,谁还理我呀!
常四爷	我老觉乎着咱们的大缎子,川绸,更体面!
刘麻子	松二爷,留下这个表吧,这年月,戴着这么好的洋表,会教人另眼看待!是不是这么说,您哪?
松二爷	(真爱表,但又嫌贵)我……

茶馆(节选)

刘麻子　您先戴两天,改日再给钱!
〔黄胖子进来。
黄胖子　(严重的沙眼,看不清楚,进门就请安)哥儿们,都瞧我啦!我请安了!都是自己弟兄,别伤了和气呀!
王利发　这不是他们,他们在后院哪!
黄胖子　我看不大清楚啊!掌柜的,预备烂肉面。有我黄胖子,谁也打不起来!(往里走)
二德子　(出来迎接)两边已经见了面,您快来吧!
〔二德子同黄胖子入内。
〔茶房们一趟又一趟地往后面送茶水。老人进来,拿着些牙签、胡梳、耳挖勺之类的小东西,低着头慢慢地挨着茶座儿走;没人买他的东西。他要往后院去,被李三截住。
李　三　老大爷,您外边蹓蹓吧!后院里,人家正说和事呢,没人买您的东西!(顺手儿把剩茶递给老人一碗)
松二爷　(低声地)李三!(指后院)他们到底为了什么事,要这么拿刀动杖的?
李　三　(低声地)听说是为一只鸽子。张宅的鸽子飞到了李宅去,李宅不肯交还……唉,咱们还是少说话好,(问老人)老大爷您高寿啦?
老　人　(喝了茶)多谢!八十二了,没人管!这年月呀,人还不如一只鸽子呢!唉!(慢慢走出去)
〔秦仲义,穿得很讲究,满面春风,走进来。
王利发　哎哟!秦二爷,您怎么这样闲在,会想起下茶馆来了?也没带个底下人?
秦仲义　来看看,看看你这年轻小伙子会作生意不会!
王利发　唉,一边作一边学吧,指着这个吃饭嘛。谁叫我爸爸死的早,我不干不行啊!好在照顾主儿都是我父亲的老朋友,我有不周到的地方,都肯包涵,闭闭眼就过去了。在街面上混饭吃,人缘儿顶要紧。我按着我父亲遗留下的老办法,多说好话,多请安,讨人人的喜欢,就不会出大岔子!您坐下,我给您沏碗小叶茶去!
秦仲义　我不喝!也不坐着!
王利发　坐一坐!有您在我这儿坐坐,我脸上有光!

秦仲义　也好吧！（坐）可是，用不着奉承我！
王利发　李三，沏一碗高的来！二爷，府上都好？您的事情都顺心吧？
秦仲义　不怎么太好！
王利发　您怕什么呢？那么多的买卖，您的小手指头都比我的腰还粗！
唐铁嘴　（凑过来）这位爷好相貌，真是天庭饱满，地阁方圆，虽无宰相之权，而有陶朱之富！
秦仲义　躲开我！去！
王利发　先生，你喝够了茶，该外边活动活动去！（把唐铁嘴轻轻推开）
唐铁嘴　唉！（垂头走出去）
秦仲义　小王，这儿的房租是不是得往上提那么一提呢？当年你爸爸给我的那点租钱，还不够我喝茶用的呢！
王利发　二爷，您说的对，太对了！可是，这点小事用不着您分心，您派管事的来一趟，我跟他商量，该长多少租钱，我一定照办！是！嗻！
秦仲义　你这小子，比你爸爸还滑！哼，等着吧，早晚我把房子收回去！
王利发　您甭吓唬着我玩，我知道您多么照应我，心疼我，决不会叫我挑着大茶壶，到街上卖热茶去！
秦仲义　你等着瞧吧！
　　　　〔乡妇拉着个十来岁的小妞进来。小妞的头上插着一根草标。李三本想不许她们往前走，可是心中一难过，没管。她们俩慢慢地往里走。茶客们忽然都停止说笑，看着她们。
小　妞　（走到屋子中间，立住）妈，我饿！我饿！
　　　　〔乡妇呆视着小妞，忽然腿一软，坐在地上，掩面低泣。
秦仲义　（对王利发）轰出去！
王利发　是！出去吧，这里坐不住！
乡　妇　哪位行行好？要这个孩子，二两银子！
常四爷　李三，要两个烂肉面，带她们到门外吃去！
李　三　是啦！（过去对乡妇）起来，门口等着去，我给你们端面来！
乡　妇　（立起，抹泪往外走，好象忘了孩子；走了两步，又转回身来，搂住小妞吻她）宝贝！宝贝！
王利发　快着点吧！
　　　　〔乡妇、小妞走出去。李三随后端出两碗面去。

王利发　（过来）常四爷，您是积德行好，赏给她们面吃！可是，我告诉您：这路事儿太多了，太多了！谁也管不了！（对秦仲义）二爷，您看我说的对不对？

常四爷　（对松二爷）二爷，我看哪，大清国要完！

秦仲义　（老气横秋地）完不完，并不在乎有人给穷人们一碗面吃没有。小王，说真的，我真想收回这里的房子！

王利发　您别那么办哪，二爷！

秦仲义　我不但收回房子，而且把乡下的地，城里的买卖也都卖了！

王利发　那为什么呢？

秦仲义　把本钱拢在一块儿，开工厂！

王利发　开工厂？

秦仲义　嗯，顶大顶大的工厂！那才救得了穷人，那才能抵制外货，那才能救国！（对王利发说而眼看着常四爷）唉，我跟你说这些干什么，你不懂！

王利发　您就专为别人，把财产都出手，不顾自己了吗？

秦仲义　你不懂！只有那么办，国家才能富强！好啦，我该走啦。我亲眼看见了，你的生意不错，你甭再耍无赖，不长房钱！

王利发　你等等，我给您叫车去！

秦仲义　用不着，我愿意蹓跶蹓跶！

〔秦仲义往外走，王利发送。

〔小牛儿搀着庞太监走进来。小牛儿提着水烟袋。

庞太监　哟！秦二爷！

秦仲义　庞老爷！这两天您心里安顿了吧？

庞太监　那还用说吗？天下太平了，圣旨下来，谭嗣同问斩！告诉您，谁敢改祖宗的章程，谁就掉脑袋！

秦仲义　我早就知道！

〔茶客们忽然全静寂起来，几乎是闭住呼吸地听着。

庞太监　您聪明，二爷，要不然您怎么发财呢！

秦仲义　我那点财产，不值一提！

庞太监　太客气了吧？您看，全北京城谁不知道秦二爷！您比作官的还厉害呢！听说呀，好些财主都讲维新！

秦仲义　不能这么说，我那点威风在您的面前可就施展不出来了！哈哈哈！

庞太监　说得好,咱们就八仙过海,各显其能吧!哈哈哈!
秦仲义　改天过去给您请安,再见!(下)
庞太监　(自言自语)哼,凭这么个小财主也敢跟我逗嘴皮子,年头真是改了!(问王利发)刘麻子在这儿哪?
王利发　总管,您里边歇着吧!
〔刘麻子早已看见庞太监,但不敢靠近,怕打搅了庞太监、秦仲义的谈话。
刘麻子　喝,我的老爷子!您吉祥!我等了您好大半天了!(搀庞太监往里面走)
〔宋恩子、吴祥子过来请安,庞太监对他们耳语。
〔众茶客静默了一阵之后,开始议论纷纷。
茶客甲　谭嗣同是谁?
茶客乙　好象听说过!反正犯了大罪,要不,怎么会问斩呀!
茶客丙　这两三个月了,有些作官的,念书的,乱折腾乱闹,咱们怎能知道他们捣的什么鬼呀!
茶客丁　得!不管怎么说,我的铁杆庄稼又保住了!姓谭的,还有那个康有为,不是说叫旗兵不关钱粮,去自谋生计吗?心眼多毒!
茶客丙　一份钱粮倒叫上头克扣去一大半,咱们也不好过!
茶客丁　那总比没有强啊!好死不如赖活着,叫我去自己谋生,非死不可!
王利发　诸位主顾,咱们还是莫谈国事吧!
〔大家安静下来,都又各谈各的事。
庞太监　(已坐下)怎么说?一个乡下丫头,要二百银子?
刘麻子　(侍立)乡下人,可长得俊呀!带进城来,好好地一打扮、调教,准保是又好看,又有规矩!我给您办事,比给我亲爸爸作事都更尽心,一丝一毫不能马虎!
〔唐铁嘴又回来了。
王利发　铁嘴,你怎么又回来了?
唐铁嘴　街上兵荒马乱的,不知道是怎么回事!
庞太监　还能不搜查搜查谭嗣同的余党吗?唐铁嘴,你放心,没人抓你!
唐铁嘴　嚓,总管,你要能赏给我几个烟泡儿,我可就更有出息了!
〔有几个茶客好象预感到什么灾祸,一个个往外溜。

松二爷　咱们也该走啦吧！天不早啦！
常四爷　嗻！走吧！
　　　　〔二灰衣人——宋恩子和吴祥子走过来。
宋恩子　等等！
常四爷　怎么啦？
宋恩子　刚才你说"大清国要完"？
常四爷　我,我爱大清国,怕它完了！
吴祥子　（对松二爷）你听见了？他是这么说的吗？
松二爷　哥儿们,我们天天在这儿喝茶。王掌柜知道:我们都是地道老好人！
吴祥子　问你听见了没有？
松二爷　那,有话好说,二位请坐！
宋恩子　你不说,连你也锁了走！他说"大清国要完",就是跟谭嗣同一党！
松二爷　我,我听见了,他是说……
宋恩子　（对常四爷）走！
常四爷　上哪儿？事情要交代明白了啊！
宋恩子　你还想拒捕吗？我这儿可带着"王法"呢！（掏出腰中带着的铁链子）
常四爷　告诉你们,我可是旗人！
吴祥子　旗人当汉奸,罪加一等！锁上他！
常四爷　甭锁,我跑不了！
宋恩子　量你也跑不了！（对松二爷）你也走一趟,到堂上实话实说,没你的事！
　　　　〔黄胖子同三五个人由后院过来。
黄胖子　得啦,一天云雾散,算我没白跑腿！
松二爷　黄爷！黄爷！
黄胖子　（揉揉眼）谁呀？
松二爷　我！松二！您过来,给说句好话！
黄胖子　（看清）哟,宋爷,吴爷,二位爷办案哪？请吧！
松二爷　黄爷,帮帮忙,给美言两句！
黄胖子　官厅儿管不了的事,我管！官厅儿能管的事呀,我不便多嘴！（问大家）是不是？

众　　　嚄！对！
　　　　〔宋恩子、吴祥子带着常四爷、松二爷往外走。
松二爷　（对王利发）看着点我们的鸟笼子！
王利发　您放心，我给送到家里去！
　　　　〔常四爷、松二爷、宋恩子、吴祥子同下。
黄胖子　（唐铁嘴告以庞太监在此）哟，老爷在这儿哪？听说要安份儿家，我先给您道喜！
庞太监　等吃喜酒吧！
黄胖子　您赏脸！您赏脸！（下）
　　　　〔乡妇端着空碗进来，往柜上放。小妞跟进来。
小　妞　妈！我还饿！
王利发　唉！出去吧！
乡　妇　走吧，乖！
小　妞　不卖妞妞啦？妈！不卖啦？妈！
乡　妇　乖！（哭着，携小妞下）
　　　　〔康六带着康顺子进来，立在柜台前。
康　六　姑娘！顺子！爸爸不是人，是畜生！可你叫我怎办呢？你不找个吃饭的地方，你饿死！我不弄到手几两银子，就得叫东家活活地打死！你呀，顺子，认命吧，积德吧！
康顺子　我，我……（说不出话来）
刘麻子　（跑过来）你们回来啦？点头啦？好！来见见总管！给总管磕头！
康顺子　我……（要晕倒）
康　六　（扶住女儿）顺子！顺子！
刘麻子　怎么啦？
康　六　又饿又气，昏过去了！顺子！顺子！
庞太监　我要活的，可不要死的！
　　　　〔静场。
茶客甲　（正与乙下象棋）将！你完啦！

——幕落

【阅读提示】

《茶馆》第一幕是中国话剧史上空前的一幕,出场人物之众多、对白之精到是中外话剧罕见的。这有赖于剧作家老舍、导演焦菊隐以及满台好演员的"绝配"。现从剧本角度提几个可供分析的问题:

1. 欣赏剧本主要是看对话如何展现人物性格和推进戏剧冲突,本剧出色之处也在人物对话,比如台词最多的王利发与最少的马五爷,都能以极普通的日常口语将他们的身份、性格展现出来。马五爷开口三次,台词一共三十个字,却被塑造得栩栩如生。请为每个角色找一句最能体现性格的台词。

2. 角色众多,满台都是人,不可能同时参与对话,本幕可分数节,每节以几个人为主,发展一个冲突。请划分段落,并体会如何过渡,以哪个角色"串场"。

3.《茶馆》曾拍成电影,有条件可以一看,注意舞台设计、演员调度等细节,并与剧本比较异同。

【扩展性阅读书(篇)目】

《茶馆》全剧和《龙须沟》。

【参考书(篇)目】

焦菊隐等:《座谈老舍的〈茶馆〉》,载《文艺报》1958年第1期,收《老舍研究资料》,北京十月文艺出版社1985年版。